제노사이드

GENOCIDE

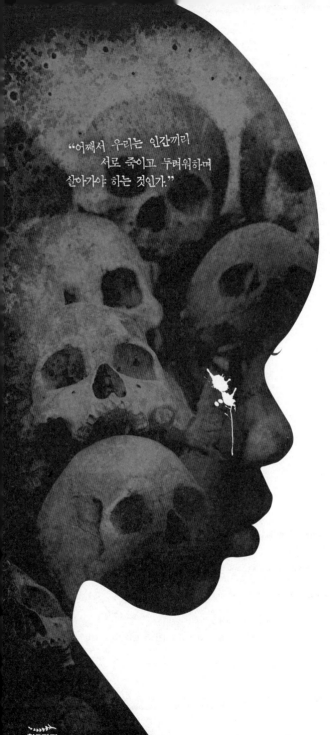

GENOCIDE

"어째서 우리는 인간끼리
서로 죽이고 두려워하며
살아가야 하는 것인가."

제노사이드

다카노 가즈아키 장편소설

김수영 옮김

황금가지

차례

이 호화로운 거처에 산 지 벌써 몇 년이 지났지만 익숙해지질 않았다. 매일 밤 얕은 잠을 자는 이유도 나이 탓만은 아닐 터였다. 숙면과는 거리가 먼, 그저 의식을 잃은 상태일 뿐인 시간이 지난 뒤 그레고리. S. 번즈는 평소처럼 모닝콜 소리에 눈을 떴다.

모닝콜 담당과 짧은 대화를 마치고 잠시 침대 속에 그대로 누워 세상에서 가장 편안한 시간을 귀중하게 보냈다. 그러다 천천히 일어나서 양팔을 높이 들어 기지개를 펴면서 입을 한껏 벌려 하품했다. 찬물로 샤워하면서 잠이 덜 깬 머릿속을 깨끗하게 씻어 내고 아내가 미리 준비해 둔 옷으로 갈아입었다.

식당으로 나오니 아내와 두 딸이 아침 식사를 하고 있었다. 잠에서 막 깨 기분이 별로인 딸들이 학교생활에 대해 불만을 털어놓았지만 적당히 맞장구치며 흘려들었다. 가족에 대한 배려가 소홀해져도 아내가 예전처럼 잔소리를 늘어놓는 일도 없었다. 이것도 번즈가 오래 투쟁 끝에 얻어 낸 특권의 하나일지도 몰랐다.

집이 직장을 겸하고 있다 보니 거실로 나가면 바로 공적인 공간이었다. 일단 발밑에 놓여 있던 18킬로그램쯤 되는 가방을 방에서 들고 나갔다. 이 가방은 통칭 '뉴클리어 풋볼(Nuclear football)'이라고 불렸다. 안에는 이름 그대로 인류 멸망의 방아쇠가 될 흉흉한 물건이 들어 있었다. 번즈가 핵 공격 명령을 내릴 때 없어서는 안 되는 것이었다.

"안녕하십니까, 대통령 각하."

미리 불러 두었던 새뮤얼 깁슨 해군 중령이 이쪽으로 왔다. 그는 이른 바 '양키 화이트', 즉 국방부의 철저한 신원 조회에서 최고 등급을 받은 군인이었다.

"잘 잤나, 샘."

중령이 가방을 받아서 손잡이와 자기 손목에 수갑을 채웠다. 번즈는 그와 함께 아래층으로 내려가서 비밀 검찰국의 경호원과 합류한 뒤 백악관 서관으로 향했다. 도중에 국가 안보국(NSA)의 직원을 만나서 작은 플라스틱 카드를 받았다. 대부분 이 카드를 '비스킷'이라고 불렀다. 카드 표면에는 난수 배열로 이루어진 핵미사일 발사 코드가 인쇄되어 있었다. 이 무작위적인 문자열을 대통령의 승인 하에 '뉴클리어 풋볼'에 장치된 키보드로 입력하면 핵공격이 실행된다. 번즈는 카드를 넣은 지갑을 윗옷 안주머니에 넣었다.

타원형 집무실의 창 너머로 아침 햇살에 반짝이는 장미 정원이 보였다. 번즈는 대통령 일일 브리핑의 멤버가 나타나기를 기다렸다. 이윽고 입실 허가를 받은 부통령, 비서실장, 국가 안보 보좌관, 국가 정보장, 그리고 중앙 정보국(CIA) 국장이 차례차례 모습을 드러냈다.

소파에 앉아 서로 아침 인사를 나누는 동안 번즈는 참석자가 평소보다 한 명 많다는 사실을 깨달았다. 초로의 백인 남성이 끝자리에 앉아 있었다. 과학 기술 보좌관 멜빈 가드너 박사였다. 이곳은 자기가 올 데가 아니라고 느끼는지, 편치 않은 듯 어깨를 움츠리고 있었다. 은발 아래 형형하게 빛나는 지적이고 온화한 눈, 그리고 허세 없는 수수한 차림은 이 행성의 최고 권력자가 주관하는 모임에 참석하기에는 맞지 않아 보였다.

번즈는 온화하게 말을 걸었다.

"안녕하십니까, 박사님."

"안녕하십니까, 대통령 각하."

가드너 박사가 미소를 지으니 그 자리의 공기가 다소 부드러워졌다. 여기 모인 사람들 중에서 이 과학자만이 가지고 있는 특별한 성질이 있었다. 바로 '무해함'이었다.

"왓킨스 씨가 부르셔서 오게 되었습니다."

가드너의 말에 번즈는 국가 정보장 찰스 왓킨스를 바라보았다.

"가드너 박사님의 조언이 필요해서 모셨습니다."

번즈는 얼굴에 불만스러운 기색이 드러나지 않도록 신경 쓰면서 왓킨스의 설명에 살짝 끄덕였다. 박사를 데리고 오려면 사전에 허가를 얻는 게 마땅했다. 신설된 국가 정보장 자리에 임명된 왓킨스가 벌써 여러 차례 독단적인 행동을 했던 터라 짜증이 났다.

번즈는 가드너 박사가 불려 온 이유를 곧 알 수 있을 거라고 생각하며 진정하려 했다. 충동적인 분노를 얼마나 잘 억누를 수 있는지가 최근 그 자신의 과제였다.

"오늘 아침 대통령 일일 브리핑(PDB)입니다."

왓킨스가 가죽 표지로 된 바인더를 꺼냈다. 지난 24시간 동안 미국의 모든 정보기관이 모은 중요 정보의 요약본이었다.

처음 두 건은 번즈 자신이 시작한 중동 전쟁에 관련된 업무였다. 이라크와 아프가니스탄의 전황은 탐탁지 않았다. 이라크의 치안은 악화일로를 걷고 있었고, 아프가니스탄에서는 잠재적 테러범들의 은신처를 찾아내기가 의외로 어려워 미군 병사들의 힘만 빼고 있었다. 전사자 수의 증가는 대통령의 지지율 하락으로 이어질 터였다. 개전 시 국방 장관이 했던 말을 곧이곧대로 받아들여 육군 참모 총장이 요구한 병력의 겨우 5분의 1로 적지로 쳐들어갔던 일이 이제야 후회되었다. 10만 명이 채 되지 않는 전력은 독재자를 해치우고 소국의 주권을 궤멸시키기에는 충분했지만, 점령지 전역의 치안을 회복시키기에는 너무나 무력했다.

세 번째는 더욱 불온한 배후 상황을 전한 보고서였다. 중동에서 활동하고 있는 CIA 준군사 요원에게 이중 스파이의 의혹이 있다는 내용이었다.

CIA 국장 로버트 홀랜드가 발언 허가를 얻은 뒤 설명을 시작했다.

"그 이중 스파이 건입니다만, 새로운 형태로 정보가 누설되었습니다. 혐의가 사실이라면 이 피의자는 기밀 정보를 적국으로 흘린 것이 아니라 인권 감시 단체에게 유출시켰다는 말이 됩니다."

"NGO 말이오?"

"그렇습니다. 저희가 실시하고 있는 '특별 이송(Special Rendition)' 프로그램에 대한 정보를 누설한 것 같습니다."

경청하던 번즈는 부루퉁하게 답했다.

"이 건은 법무 장관을 통해서 다시 한 번 협의하도록 하겠소."

"알겠습니다."

네 번째는 동맹국 지도자의 건강 상태에 대한 내용으로, 한 나라의 수상이 우울증에 걸려서 집무 불능 상태에 빠졌다는 소식이었다. 수상 교체가 시간문제였지만 해당 국가의 친미 노선이 바뀌지는 않을 것이라고 기술되어 있었다.

다섯 번째, 여섯 번째 건으로 종이를 넘기면서 적당히 분석관들이 덧붙이는 설명에 귀를 기울이다가 드디어 마지막 페이지를 펼쳤다. 표제에는 이렇게 쓰여 있었다.

인류 멸망의 가능성

아프리카에 신종 생물 출현

번즈가 보고서를 보다가 고개를 들었다.

"이게 뭐요? 할리우드 개봉작 줄거린가?"

대통령의 농담에 비서실장의 입가만 슬며시 올라갔을 뿐 다른 사람들은 당황을 감추지 못하고 입을 다물었다. 번즈가 국가 정보장을 응시했다. 대통령의 시선을 정면으로 받았지만 그보다 연장자인 왓킨스는 움츠러드는 기색 없이 "NSA의 보고입니다."라고만 대답했다.

그러고 보니 번즈도 떠오르는 사건이 있었다. 과거 치사율 높은 바이러스가 워싱턴 인근 레스턴에 출현한 적이 있었는데 육군 전염병 의학 연구소(USAMRIID)와 질병 통제 예방 센터(CDC)가 공동으로 봉쇄 작전을 실시한 적이 있었다. 이번에도 그런 문제일까.

번즈는 보고서로 눈을 돌려 본문을 읽기 시작했다.

콩고 민주 공화국 동부의 열대 우림에 신종 생물 출현. 이 생물이 번식하게 될 경우, 미국 국가 안전 보장에 중대한 위협이 될 뿐만 아니라 전 인류 멸망이라는 위험으로 번질 가능성이 있다. 또한 이 사태는 1977년에 슈나이더 연구소가 제출한 「하이즈먼 리포트」에서 이미 경고되었다.

몇 분에 걸쳐 꼼꼼하게 보고서를 훑어보고 나서 소파에 등을 기댔다. 이 회의에 과학 고문이 불려 온 이유를 알았다. 이윽고 번즈의 입을 통해 나온 말은 야유 섞인 농담이었다.

"이슬람 과격파를 잘못 본 것 아니오?"

왓킨스는 사무적인 어조를 바꾸지 않고 말했다.

"신뢰할 수 있는 정보입니다. 전문 지식을 가진 분석관이 검토한 결과……"

"거기까지. 가드너 박사님의 의견을 듣고 싶소."

번즈가 말을 잘랐다. 보고서 그 자체가 불쾌했다. 내용뿐만 아니라 이런 문서가 존재하는 것 자체를 용납할 수 없었다.

의논의 주역 자리는 조용히 대기 중이던 초로의 과학자에게로 옮겨갔다. 심기가 불편한 최고 권력자를 상대로 가드너는 우물거리며 말을 시작했다.

"이런 사태가 일어날 가능성은 20세기 후반부터 예상되었습니다. 보고서에 언급된 「하이즈먼 리포트」도 그런 의견을 반영한 것이죠."

지나치게 진지한 답변에 번즈는 새삼 놀랐다. 과학자의 생각이란 문외한의 이해를 초월하는 모양이었다. 하지만 마음속에 자리 잡은 굴욕감이 걷히지를 않았다. 인류를 멸망으로 내몰 신종 생물이 출현했다는 말 따위를 누가 믿겠는가?

"박사님도 이 정보에 신빙성이 있다고 생각하십니까?"

"없다고 단언할 수는 없군요."

왓킨스가 새 서류를 폴더에서 꺼냈다.

"「하이즈먼 리포트」도 준비했습니다. 필요한 곳마다 간단히 의견을 적어 붙였습니다. 거기서 다섯 번째 항목입니다."

번즈는 이전 세기에 작성된 보고서도 읽었다. 그가 다 읽기를 기다렸다가 가드너 박사가 말했다.

"이번 정보 자체는 간접적입니다. 정보의 발신자를 제외하고는 아직 아무도 이 생물을 확인하지 않았습니다. 우리 정부가 직원을 파견해서 무슨 일이 일어났는지 확인하는 것이 옳다고 생각합니다."

왓킨스가 박사의 말을 끊고 끼어들었다.

"현 단계에서 이 의문에 대처하는 것은 간단합니다. 비용도 들지 않습니다. 대략 수백만 달러 정도로 그칩니다. 단, 기밀 유지에는 만전을 기해야 하겠습니다만."

"구체적인 계획이 있소?"

번즈가 물었다.

"「하이즈먼 리포트」를 작성한 슈나이더 연구소에 대처 계획 입안을 명령했습니다. 이번 주말까지는 구체적인 계획이 올라올 겁니다."

번즈가 재빨리 머리를 굴렸다. 뭐가 어떻게 굴러가도 손해 볼 이야기는 아니라 생각했다. 현재 전쟁 중인 국가의 대통령이라면 이런 자잘한 업무는 바로바로 처리하는 것이 당연했다. 그리고 그는 지금 이 문제에 대해 지독한 반감을 느끼고 있었다.

"알겠소. 완성되면 보고하시오."

"네."

이른 아침의 일례 행사가 끝나고 9시부터 시작되는 각료급 회의에서 다시 한 번 이 문제가 도마에 올랐다. 국방 장관 라티머는 마지막 의제인 '생물학상의 문제'를 단 2분 만에 정리해 버렸다.

"이런 하찮은 이야기는 슈나이더 연구소에 맡겨 둡시다."

마지막으로 대통령의 제안으로 전원이 고개를 숙이고 지고의 존재에게 기도했다.

회의 종료 후, CIA 요원이 내각 회의실에 들어가서 각료들에게 나눠진 대통령 일일 브리핑의 사본을 모두 회수했다. 최고 기밀로 지정된 이 문서는 랭글리에 있는 CIA 본부에 보관된다. 2004년 어느 여름밤에 시

행된 이번 회의에 대해서, 그리고 어떤 정보가 제공되어 무슨 이야기가
돌았는지에 대해서 아는 사람은 전 세계에서 열 명을 넘지 않았다.

제1부

하이즈먼 보고서

1

장갑 차량으로 개조된 서버번 세 대가 흩날리는 모래 먼지 속을 질주하고 있었다. 맨 뒤에서 달리던 차는 트렁크 문을 열어 둔 채였다. 짐칸에는 다리를 떼어 버린 1인용 소파가 차의 진행 방향과 반대로 설치되어 있었다. 조너선 '호크' 예거는 그 날림으로 만든 좌석에 앉아 눈을 빛내며 후방을 감시하고 있었다.

이제 5분이면 안전지대에 있는 숙소에 도착할 예정이었다. 3개월이 다 되어 가는 바그다드 업무도 이제 겨우 일단락되리라.

고용주인 웨스턴 실드 사(社)에서 배당받은 임무는 요인 경호밖에 없었다. 예거는 동료들과 함께 미국에서 온 보도 관계자나 전후 재건 상황을 시찰하러 온 영국 석유 회사 중역, 아시아 소국의 대사관 관계자 등 세계 각국에서 잇따라 드나드는 VIP들을 보호해 왔다.

호위 임무를 시작했을 무렵에는 살갗을 찌르듯 강했던 햇빛도 이제 꽤 누그러졌다. 오후 느지막한 시간이 되면 방탄복이나 전술 장비를 껴

입은 중무장 상태에서도 으스스한 한기가 들 정도였다. 이 이상 기온이 내려가면 거무튀튀한 색의 저층 가옥만 늘어서 있는 이 거리가 더욱 황량하게 보일 것 같았다. 내일부터 시작되는 한 달 동안의 휴가 때문에 예거의 기분은 더욱 우울했다. 바그다드에 그냥 머무르고 싶었다. 문명 도시가 마땅히 누려야 할 평화로부터 방치된 이 마을이 예거에게는 가상의 놀이터나 다름없었다.

주택지 옥상을 저공비행하며 빠르게 스치는 무장 헬리콥터. 박격포탄이 밤의 정적을 잡아 찢으며 날아가는 소리. 거친 모래땅에 방치된 전차의 잔해. 그리고 언제나 시체가 떠다니는 티그리스 강.

5200년의 세월 동안 수많은 전란에 시달렸던 이 인류 문명의 발상지는 21세기 초반인 현재, 또다시 새로운 적의 침략을 받고 있었다. 다른 문명권에서 온 침략자들은 정치적인 이데올로기를 내세우고 있었지만 그들이 진짜로 노리고 있는 것이 지하에 잠들어 있는 막대한 양의 석유 자원이라는 사실에는 의심할 여지가 없었다.

예거도 이 전쟁에 정의란 없다는 사실을 아주 잘 알고 있었다. 하지만 그가 알 바는 아니었다. 중요한 건 여기에 돈이 될 만한 일이 있다는 사실이었다. 가족 곁으로 돌아가면 전장보다 뼈아프고 가혹한 현실이 기다리고 있었다. 바그다드에만 있으면 외아들 곁에 있어 주지 않아도 맡은 소임을 다하고 있다고 스스로에게 변명할 여지가 생겼다.

멀리서 산발적인 총성이 들려왔다. 미군이 사용하는 M16 소총의 발사음이었다. AK47 소총의 응사 소리가 들리지 않는 것을 보면 본격적인 전투는 아닌 듯했다.

시선을 다시 돌리니 저 멀리 후방에서 달리던 차량의 대열에서 소형 차 한 대가 휙 뛰쳐나오는 것이 보였다. 예거는 선글라스 너머로 차체를 확인했다. 낡아빠진 일제차였다. 바그다드에서 무척 흔한 차종인데, 그 탓에 자폭 테러를 기도하는 테러리스트들이 애용했다. 폭파 목표까지 도달하는데 남의 이목을 끌지 않기 때문이었다.

아드레날린의 작용으로 예거의 시야가 살짝 좁아졌다. 서버번이 줄지어 달리고 있는 이 간선 도로는 살상 반경으로 지정되어 있었다. 출동 전에 실시된 브리핑에서도 위험한 상황이 보고되었다. 지난 30일 동안 무장 집단의 공격 목표가 바뀌어 미군 병사뿐만 아니라 민간 군사 기업의 계약직 용병까지 표적으로 노리는 상황이 되었다. 겨우 몇 킬로미터 남짓한 이 도로 위에서 십수 명이나 되는 경비 요원이 살해당했다.

무전기를 통해 차량 행렬의 선두 차량에서 보고가 들어왔다.

"오른쪽 전방 도로 밖에 수상한 차량. 입체 교차로 아래 한 대 정차 중이다. 아침에는 없던 차량이다."

급조 폭발물(IED) 탑재 차량일 가능성이 높았다. 차에서 멀찍이 떨어진 채 이 간선 도로를 감시하고 있는 무장 집단이 원격 기폭 장치 스위치에 손을 얹고 있을 터였다. 급조 폭발물이라고는 해도 폭발하면 장갑차쯤은 거뜬히 날려 버릴 수 있었다.

"어떻게 하지? 되돌아갈까?"

"잠깐. 후방에서 소형차가 접근 중이다."

예거는 입가의 무선 마이크에 대고 말했다.

일제 차는 이제 거의 500미터 거리까지 다가왔다.

"내려!"

예거가 M4 카빈 소총을 오른팔에 얹고 왼팔을 흔들어 후방으로 접근 중인 차량에 신호했다. 하지만 차량은 속도를 줄이기는커녕 급가속하며 쫓아왔다.

"방해 전파 체크해!"

호송대 지휘관인 맥퍼슨이 소리치는 것이 들렸다. 테러리스트들은 휴대 전화를 원격 기폭 장치로 사용하는 경우가 많았는데, 방해 전파를 발신하고 있으면 폭발을 저지할 수 있었다.

"방해 전파 발신 중!"

선두 차량이 응답했다.

"이대로 전진한다. 후속 차량은 쫓아 버려."

맥퍼슨이 지시했다.

"라저!"

예거가 대답하며 다시 한 번 일제 차량에게 후퇴 명령을 소리 높여 외쳤다.

하지만 차량은 명령에 따르지 않았다. 모래 먼지로 더러워진 앞 유리 안에 적의를 드러낸 이라크인 운전자의 얼굴이 보였다. 민간 경비 요원에게 부과된 교전 규칙에 따라 예거가 한 번 발포했다. 속사된 네 발의 총탄이 일제 차량 범퍼 바로 앞에 떨어져 콘크리트 조각을 흩날렸다.

경고 사격을 받고도 소형차의 속도는 떨어지지 않았다. 예거는 총구를 들어 보닛을 노리기로 했다.

"IED 조심해!"

무전기에서 맥퍼슨의 화난 외침이 들려온 직후 낮은 폭발음이 차체를 뒤흔들었다. 폭발이 일어난 곳은 전방의 입체 교차로가 아니라 예거의 총구 끝에서 수백 미터 떨어진 후방이었다. 이어진 도로에 우두커니 선 대추야자나무가 솟아오르는 검은 연기에 휩싸여 있었다. 또 누군가가 열렬한 신앙심과 증오로 똘똘 뭉쳐서 죽음을 맞이했다. 바그다드에서는 흔한 일상이었다. 같은 일이 후방 소형차에서도 일어나면 예거의 몸도 순식간에 무수한 고깃점이 되어 흩날릴 터였다.

예거는 두 번째 경고 사격을 생략하고 운전자를 사살하려고 M4 소총의 과녁을 수정했다. 조준기에 떠오른 붉은 광점이 이라크인의 콧부리 근처에 표시되었다.

눈을 감지 마. 예거는 마음속으로 운전자에게 외쳤다. 자폭을 앞둔 테러리스트가 마지막 순간에 짓는 비장한 표정을 보였다가는 바로 방아쇠를 당길 테다.

이라크인 운전자의 표정에 처음으로 공포가 번졌다. 죽을 셈인가 하는 생각에 예거가 방아쇠에 건 손가락에 힘을 넣는데 조준기 속의 남자 모습이 급속히 작아졌다. 소형 차량이 겨우 속도를 줄인 것이다.

일순 어둠이 길을 뒤덮고 서버번 차열이 입체 교차로를 빠져나갔다. 다리 바로 아래 있던 빈 차도 폭발하지 않았다.

예거는 후속 차량이 차선을 바꾸기를 기다렸다가 보고했다.

"후방 클리어."

"알았다. 이대로 돌아간다."

선두 차량에서 맥퍼슨이 대답했다.

이런 생각이 들었다. 소형차 운전수는 테러리스트가 아니라 일반 시민이며, 그저 이쪽을 도발하러 온 것이 아니었을까. 입체 교차로 밑에 있던 빈 차는 위장 폭탄이 아니라 고장 때문에 그냥 정차한 게 아니었을까.

아무것도 알 수 없었다. 분명한 것은 예거 자신이 지독한 증오에 사로잡힌 데다 공포를 느꼈고, 대화 한 번 나눈 적 없는 사람을 총으로 쏴 죽이려 했다는 사실이었다.

세 대의 장갑 서버번은 미군 검문소에서 검문을 받고 나서 자살 폭탄 차량의 돌입을 막기 위해 설정된 우회로를 지나 안전지대로 들어왔다. 수도의 중심부, 일찍이 이 나라를 통치하고 있었던 독재자의 궁전을 둘러싼 지역이었다.

웨스턴 실드 사의 숙소는 궁전에서 그렇게 멀지 않은 도로에 인접해 있었다. 페인트가 벗겨진 좁고 긴 2층짜리 콘크리트 블록 건물. 꽤나 방이 많은 이 건물이 민간 군사 기업에게 임대되기 전엔 어디에 쓰였던 건물인지 아무도 알지 못했다. 관공서에 붙은 기숙사였거나 아니면 학교 기숙사였는지도 몰랐다.

앞마당에 정차된 차량 행렬에서 모두 여섯 명의 호송대 멤버가 내려왔다. 예거를 포함한 전원이 미 육군 특수 부대, 별칭 '그린베레' 출신이었다. 다들 주먹을 부딪치거나 하면서 서로의 임무 완료를 축하했다. 차로 달려온 정비 담당자가 선두 차량의 측면에서 고성능 라이플의 저격 흔적을 발견했지만 아무도 개의치 않았다. 자주 있는 일이었다.

맥퍼슨이 숙소로 가는 예거를 불러 세웠다.

"어이, 호크. 발포 보고서는 쓰지 않아도 돼. 오늘 저녁엔 옥상에서 파티다."

"그래."

예거는 입가에 미소를 지으며 고마움을 표했다. 맥퍼슨이 자신의 송별 파티를 열어 줄 생각이리라. 내일 교대할 요원이 도착하면 예거는 혼자 이 부대에서 빠질 예정이었다. 석 달 근무에 한 달 휴가가 이 업종에서 일반적인 로테이션이니, 다음에 복귀할 때는 지금의 동료와 다시 함께할 수 있을 거라고 단정 짓기는 어려웠다. 어디선가 날아온 탄환의 궤도에 따라서는 두 번 다시 이들과 마주할 수 없게 될 수도 있었다.

"휴가는 어떻게 보내지? 고향으로 돌아가나?"

"아니, 리스본에 가."

포르투갈로 가는 이유를 아는 맥퍼슨이 고개를 작게 끄덕이며 말했다.

"힘내."

"그래."

예거는 2층에 있는 4인실로 돌아가서 M4 소총을 2층 침대에 두고 전투용 장비를 풀어 로커에 넣었다. 무기와 탄약 같은 지급품은 여기 남겨 둬야 했다. 짐 꾸리는 작업이라고 해 봐야 얼마 되지도 않는 사물을 백팩에 쑤셔 넣는 것이 고작이었다.

잠깐 짬을 내어 작업하던 손을 멈추고 로커 문에 붙어 있는 가족사진을 들여다보았다. 6년 전, 가족이 아직 행복했던 무렵에 찍은 사진이었다. 노스캐롤라이나의 집. 예거와 아내 리디아, 그리고 아들 저스틴이 거실 소파에 앉아 카메라를 향해 웃고 있었다. 예거의 무릎에 앉은 저스틴은 양팔을 쭉 뻗어도 아빠의 뒤에 숨을 수 있을 정도로 작았다. 아빠의 밤갈색 머리카락과 엄마의 파란 눈동자를 이어받았다는 것이 확연히 보였다. 천진하게 웃을 때는 리디아와 닮았지만 토라졌을 때는 험악한 특수 부대원인 예거의 축소판이었다. 부부는 이 아이가 크면 누구를 닮게 될지 자주 화젯거리로 삼곤 했다.

예거는 읽던 책에 사진을 끼우고 휴대 전화를 꺼내 리스본에 있는 아내에게 전화를 걸었다. 시차가 세 시간이니 그쪽은 점심이 끝났을 때겠지만 리디아는 병원에 있을 터였다. 한 번 걸어서 바로 받지는 않을 것 같아 전화를 해 달라는 음성 메시지를 남겼다. 그리고 M4 소총을 빠르게 점검하고 휴대 전화와 노트북 컴퓨터를 들고 숙소 1층으로 내려왔다.

'오락실'은 오늘도 북적거렸다. 별로 넓지도 않은 공간에 낡아빠진 텔레비전이나 소파, 커피메이커, 자유롭게 쓸 수 있는 컴퓨터 등이 설치되어 있었다. 예거는 인터넷 포르노 사이트를 보며 농담을 나누는 무리를 지나쳐서 노트북을 고속 인터넷선에 연결했다. 시작 전부터 실망스런 결과를 얻을 걸 알고 있었음에도 그는 학술 논문 검색 사이트에서 한 단어를 검색해 보았다.

역시, 오늘도 수확이 없다. '폐포 상피 세포 경화증'의 치료와 관련된 획기적인 연구 따위는 어디서도 찾을 수 없었다.

"예거."

입구에서 부르는 소리가 들려 뒤돌아보니 숙소 관리 책임자 알 스테파노가 손짓하고 있었다.

"내 사무실로 와. 손님이 왔어."

"나한테?"

대체 누가 왔나 궁금해 하며 스테파노를 따라 오락실을 나서서 계단 밑에 있는 관리 사무실로 갔다.

문을 여니 접객용 소파에서 중년 남자가 일어섰다. 키는 180 조금 넘는 정도라 예거와 비슷했다. 반팔 티셔츠에 카고 바지 차림이 경비 요원과 비슷했지만 연령은 예거보다 스무 살 남짓 연상인 50대였다. 살벌한 눈매 그대로 입으로만 미소 짓는 군인 특유의 표정을 지으며 남자가 악수를 청했다.

"이분은 웨스턴 실드 사의 임원이신 윌리엄 라이븐 씨야."

스테파노가 소개했다.

이름을 들어 본 적이 있었다. 예거를 고용한 민간 군사 기업은 육군 최강이라고 일컬어지는 델타포스 부대 출신들에 의해 창설되었는데, 라이븐이라면 넘버 투의 실력자라고 들었다. 기업이 급성장한 것도 경영진과 미군 사이에 굵은 연줄이 있는 덕이었다. 역전의 용사인 윌리엄 라이븐도 다른 특수 부대 출신자와 똑같이 결코 험상궂다고는 할 수 없는 얼굴이었다.

만만하게 봐도 되지 않을까 싶었지만 악수에 응하면서 무난하게 인사를 건넸다.

"처음 뵙겠습니다. 라이븐 씨. 조너선 예거입니다."

"콜 네임은 있나?"

곧바로 라이븐이 물었다.

"호크입니다."

"좋아, 호크. 앉아서 이야기하지."

라이븐은 예거에게 소파를 권하고는 스테파노에게 말했다.

"우리끼리 이야기해도 괜찮겠나?"

"네, 물론이죠."

스테파노가 대답하며 자기 사무실에서 나갔다.

둘이 남게 되자 지금에야 신경 쓰인다는 듯이 라이븐은 좁은 방을 둘러보며 말을 꺼냈다.

"이 방의 비밀 유지 설비는 문제없나?"

"스테파노가 문에 귀를 붙이고 있지 않는 한은요."

라이븐은 미소 비슷한 것도 짓지 않았다.

"뭐, 상관없네. 바로 본론으로 들어가지. 내일부터 보낼 휴가를 좀 연기할 수 있겠나?"

"무슨 일입니까?"

"앞으로 한 달만 더 일해 줬으면 하네."

예거는 리스본 행을 지연시킨다면 리디아가 뭐라고 할지 생각해 봤다.

"나쁘지 않을 걸세. 일당은 1500달러를 지불하지."

현재 버는 금액의 배 이상이었다. 예거는 기쁨보다 경계심이 앞섰다. 어째서 웨스턴 실드 사의 넘버 투가 직접 찾아와서 일을 권하는지 의문이 들었다.

"알 힐라(이라크 중부 바빌 주의 도시 — 옮긴이)입니까?"

"뭐라고?"

예거는 이라크 최악의 전투 지역을 입에 담았다.

"알 힐라로 가는 업무입니까?"

"아닐세. 작전 지역은 이 나라가 아니야. 다른 나라로 가게 되네. 준비 기간은 20일 정도 되고 작전 수행 기간은 길어야 열흘, 넉넉잡아도 닷새면 끝나네. 하지만 기간이 얼마나 단축되든 지불되는 금액은 30일치야."

한 달에 4만 5000달러라는 수입은 분명 꽤 괜찮은 제안이었다. 현재 예거의 가정은 돈을 아무리 벌어도 부족한 상태이기 때문이었다.

"업무 내용을 구체적으로 알려 주십시오."

"곤란하게도 지금 단계에서는 밝히기 어렵군. 자네에게 제공할 수 있는 정보는 한정되어 있네. 일단 첫째, 이 업무를 의뢰한 곳은 프랑스를 포함한 나토 가맹국 중 한 곳이라네. 러시아나 중국은 아니고 하물며 북한은 더더욱 아니지. 둘째, 그리 위험하진 않아. 적어도 바그다드보다는 안전해. 셋째, 특정 나라의 이해관계에 관련된 일은 아니네. 말하자면 인류 전체에 봉사하는 일이야."

일의 내용은 전혀 상상도 할 수 없었지만 적어도 그렇게 위험한 다리는 아니라는 것만은 두들겨 보지 않아도 알 수 있었다.

"그럼 어째서 일당이 그렇게 센 겁니까?"

그랬더니 라이븐이 주름 패인 눈가에 미약하게 혐오감을 담았다.

"여기까지 말하면 알아주리라 생각하네. 그러니까, 별로 깨끗한 일은 아니네."

그것을 듣고 겨우 깨달았다. 더러운 일. 아마 암살 임무이리라. 하지만 특정 나라의 이해관계와 상관없다고 했다. 정치적 암살이 아니면 대체 무슨 암살이란 말인가?

"받아들인다면 일단 처음에 수락 서약서에 사인을 하고 그 다음에 작전 준비로 들어가고 나서, 거기서 임무의 구체적인 내용을 듣게 될 걸세. 하지만 일단 서약서에 사인하면 내용만 듣고 물러나는 건 불가능하네."

"기밀 정보의 누출을 걱정하시는 겁니까? 그거라면 괜찮습니다. 저는 TS 레벨의 기밀 취급 자격이 있습니다."

미국의 군사 정보는 기밀 보호 단계에 따라 비밀(Confidential), 기밀 (Secret), 최고 기밀(Top Secret)의 3단계로 나뉜다. 각 레벨의 정보를 취급할 자격을 얻기 위해서는 거짓말 탐지기 검사를 포함하여 엄중한 신원 조회를 받게 된다. 육군을 제대한 뒤에도 예거는 최고 기밀(TS) 레벨의 자격을 계속 갱신했다. 그렇지 않으면 미 국방부가 민간 군사 기업에 발주하는 업무를 맡을 수 없기 때문이다.

"물론 자네가 신뢰할 수 있는 특수 부대 출신이라는 사실은 잘 알고 있네. 하지만 비밀을 완전히 지키기 위해서는 만전을 기해야만 하는 상황이라."

입을 열지 않는 라이븐을 보고 새로운 단서를 얻었다. 델타 대원 출신의 중역인 그가 처한 상황은 최고 기밀 취급 자격이 있는 사람도 들을 수 없는 '최고 기밀급 특수정보(TS-SI)'나 '최고 기밀급 요주의 분류 정보(TS-SCI)'정도로, 보다 높은 레벨의 비밀 보장이 필요한 임무가 아닐까? 이야기의 분위기를 보니 백악관이 주도하는 암살 작전, 즉 정보 접근이 최대한 제한된 '특별 접촉 계획(SAP)'이 발동했을 것이라 추측됐다. 하지만 그래도 의문점이 남았다. 통상적으로 그런 임무는 델타포스나 네이비실 같은 부대가 담당할 텐데. 민간 군사 기업이 맡을 업무 같지는 않았다.

라이븐이 결정을 재촉했다.

"어때? 해 볼 생각 있나?"

예거는 기묘한 예감에 사로잡혔다. 10대 초반 무렵, 부모님이 이혼하면서 누구와 살고 싶은지 그에게 물어봤을 때도 이와 비슷한 느낌이었다. 아니면 고등학교를 졸업하면서 대학 장학금을 받기 위해 육군에 입대하기로 결정했을 때도 느꼈던, 뒷걸음질치고 싶은 절박한 느낌. 지금 자신이 운명의 분기점에 서 있다는 사실이 확실하게 느껴졌다. 오른쪽과 왼쪽, 어느 쪽을 선택하는지에 따라 그 후의 인생이 완전히 달라지리라.

"궁금한 점이 있으면 바로바로 물어보게. 대답할 수 있는 범위에서 대답해 주겠네."

"정말 위험은 없습니까?"

"바보짓만 안 한다면."

"일은 저 혼자 하게 됩니까?"

"아니, 자네를 포함해 네 명이 한 팀일세."

네 사람이라면 특수 부대에서 짜는 최소 인원이었다.

"다른 고용 조건은 평소와 같아. 각자 조준선이 정렬된 무기를 지급하며 임무 수행 중에 사망할 경우에는 해외 기지 산재 보상법에 따라 보험금으로 6만 4000달러가 유족에게 지급되네."

"그럼 수락 서약서라는 것을 볼 수 있습니까?"

라이븐은 만족스럽게 미소 지으며 군용 가방에서 서류를 꺼냈다.

"망설일 이유가 없지 않은가. 자네 운을 시험해 보게. 분명 자네는 운이 아주 좋을 걸세."

"제가요? 저는 제가 불행하다고 생각하고 있었는데요."

예거가 한쪽 볼을 일그러뜨리며 시니컬하게 웃자 라이븐은 입가를 굳히며 말했다.

"절대 그렇지 않네. 자네는 이미 행운의 생존자 아닌가. 사실 이 임무에는 여태까지 여섯 명의 후보자가 있었는데 전원 사망했네. 대상 목록에 있던 사람들이 무장 집단의 공격을 받고 차례로 죽었지. 요새는 민간 경비 요원도 노리나 본데. 오늘에서야 겨우 직접 대화할 수 있는 사람을 만난 거라네."

예거는 마음속에 퍼져 가는 불길한 기분을 숫자로 뒤집었다. 한 달에 4만 5000달러. 거절할 이유가 있을까? 설령 더러운 일이라 할지라도 자신은 쓰고 버리는 도구에 지나지 않았다. 인간의 손에 쥐어진 총이나 마찬가지인 존재였다. 누군가를 죽인다 할지라도 총이 나쁜 것은 아니지 않던가. 죄는 방아쇠를 당기는 인간, 살인을 명령한 당사자에게 있었다.

수락 서약서를 훑어보니 구두로 설명을 받은 내용 외에 새로운 항목은 없었다. 남은 것은 결정을 내리고 사인하는 것뿐이었다.

라이븐이 펜을 내밀었다. 예거는 받으려다가 가슴 주머니에서 진동을 느끼곤 멈칫했다.

"실례합니다."

예거는 휴대 전화를 꺼내서 확인했다. 리스본에서 리디아가 건 전화였다.

"사인하기 전에 아내와 이야기를 좀 하고 싶습니다. 내일 다시 뵙고 말씀 드리겠습니다."

라이븐의 눈빛은 다 잡은 고기를 놓친 어부 같았다.

"그래, 알았네."

예거는 통화 버튼을 눌렀다. 전화기를 귀에 대니 이쪽이 아무 말도 꺼내지 않는 동안 리디아의 목소리가 들려왔다. 여태 몇 번이나 들었던 불안과 절망에 사로잡힌 목소리였다.

"존? 나야. 큰일 났어."

"큰일? 무슨 일인데?"

잠시 눈물을 삼키고 나서 리디아가 말했다.

"저스틴이 중환자실로 들어갔어."

또 돈이 들겠다는 생각이 들었다. 역시 서약서에 사인을 할 수밖에 없겠다.

"진정해. 결국엔 회복되고 그랬잖아."

"이번엔 달라. 담에 혈이 고이기 시작했대."

아들을 뒤덮은 병마의 기운이 말기 증상을 보인다는 말을 들으니 뒷목에 한기가 슥 돌았다. 라이븐을 돌아보면서 자리를 좀 뜨겠다고 양해를 구하고 사무실 바깥으로 나왔다. 업무를 마친 경비 요원들이 복도 옆에 있는 계단을 소란스럽게 지나다니고 있었다.

"확실한 거야?"

"내가 똑똑히 봤어. 실오라기 엉킨 것 같은 빨간 선을."

"빨간 선이라고."

예거는 되읊으며 폐포 상피 세포 경화증의 세계적 권위자인 포르투갈인 주치의의 이름을 꺼냈다.

"갈라도 선생님은 뭐라고 하셔?"

리디아가 뭐라고 했지만 흐느끼는 목소리에 파묻혀서 잘 들리지 않았다. 손가락으로 눈물을 훔치고 있는 아내의 모습이 눈에 선했다.

"갈라도 선생님 의견은?"

"……심장이랑 간에도 이상이 생긴 것 같다고. ……아마 얼마 남지 않은 것 같대."

정지된 사고를 필사적으로 움직여서 예거는 난치병에 대한 지식을 샅샅이 뒤졌다. 폐포로부터 출혈이 시작되면 남은 수명은 한 달.

리디아가 매달리듯이 물었다.

"자기, 내일 만날 수 있지?"

당장이라도 아들이 있는 곳으로 가야만 했다. 하지만 치료비는 어떻게 하지? 예거는 닫혀 있는 사무실 문을 보았다. 얼마간 버텨 보려 했지만 한계에 달한 기력 때문에 이내 의식이 혼돈 속으로 빠져들었다.

왜 나는 지금 바그다드의 지저분한 숙소 복도에 멍청하게 서서 전화를 틀어쥐고 있을까, 왜 지금 여기 있을까?

아내의 울음소리가 귓가에 메아리쳤다.

"존? 자기, 듣고 있어? 존?"

2

불행이라는 존재는 그것을 보는 타인 입장인지, 직접 겪는 당사자 입장인지에 따라 완전히 견해가 달랐다.

아버지의 시신을 옮기는 영구차가 가나가와 현 아쓰기 시의 좁은 상점가를 통과하며 달려갔다. 고가 겐토는 장의사가 준비한 검은 차에 타고 영구차 뒤를 천천히 따라가고 있었다.

평일 정오가 지났다. 가냘픈 겨울 햇살 아래로 길을 걷는 쇼핑 인파 속의 그 누구도 검은 차의 행렬을 뒤돌아보지 않았다. 그 안에 타고 있는 청년이 받은 충격에 동정을 보이는 사람도 없었다.

겐토는 아버지가 급사했다는 소식을 들은 뒤부터 자신의 기분이 어떤지 스스로도 알지 못하고 있었다. 정신의 기반이 깎여 나간 듯 불안정한 느낌밖에 없었다. 황급히 달려간 병원에서 '흉부 대동맥류 파열'이라는 아버지의 사인을 듣고 난 뒤 5일 동안, 자신이나 어머니 둘 다 오열하거나 하는 일은 없었고 그저 망연자실 눈앞의 큰일을 치르며 표류하듯이 둥실둥실 떠다녔다. 부고를 듣고 야마나시에서 찾아와 준 큰아버지네 식구들은 부탁도 하지 않았는데 모든 장례 절차를 맡아 주었다. 전업 주부인 어머니와 몸집도 작고 비쩍 마른 대학원생 외아들은 딱 봐도 미덥지 않을 터였다.

겐토는 어릴 적부터 아버지를 존경해 본 적이 없었다. 모든 일에 부정적이며 배배 꼬인 아버지는 대학 교수라는 직함을 가졌지만 어른으로서는 실패한 인생처럼 보였다. 그래서 바로 30분 전, 아버지가 잠든 관에 꽃을 채워 넣기 시작했을 때 슬픔인지 뭔지도 모르겠는데 눈물이 왈칵 솟아올라서 놀랐을 정도였다. 이것이 혈연인가. 그저 안경 안쪽에 묻은 눈물을 닦으며 생각했다.

이윽고 관 뚜껑이 닫히고 형형색색의 꽃 속에 누인 유해가 시야에서 사라졌다. 그것이 아버지의 모습을 본 마지막 순간이었다. 여윈 얼굴의, 어지간히도 지쳐 보이는 대학 교수. 아버지와 함께한 지도 겨우 24년밖에 되지 않았다.

유족과 조문객들을 태운 차의 행렬이 화장터에 도착하고 관이 화로 속으로 옮겨졌다. 화로는 두 종류 중 요금이 저렴한 쪽을 택했다. 죽은 사람이 어떻게 돈으로 품격을 살 수 있겠는가? 겐토는 죽음에 대한 일본인의 사고방식에 화가 났다.

서른 명 정도 되는 친족들과 지인들은 2층 대합실로 향했다. 겐토는 혼자 잠시 화로 앞에 서서 굳게 닫힌 문을 바라보았다. 그 안에는 혼을 잃은 아버지의 육체가 고온의 불꽃에 타오르고 있었다. 머릿속에 중학생 때 읽었던 과학 서적의 한 구절이 떠올랐다.

'……당신의 혈액 속에 흐르는 철분은 45억 년 이상이나 전에 일어난 초신성 폭발에 의해 생겨난 물질입니다. 그것이 우주 공간을 표류하다가 태양계가 생성될 때 지구라는 행성에 함께 섞여서 음식물을 통해 당신의 몸속으로 들어갔습니다. 또한 당신의 육체 전체에 퍼져 있는 물질, 수소는 우주의 탄생과 함께 만들어진 원소입니다. 137억 년이나 전부터 계속 이 우주에 존재하며 지금 당신의 일부가 된 것입니다……'

아버지의 육체를 형성하고 있던 다양한 원소가 원래 세계로 돌아갈 때가 왔다.

과학 지식이 육신의 죽음을 조금이나마 무미건조하게 느끼게 해 주었다.

겐토는 그 자리를 떠나서 넓은 홀의 벽에 맞닿은 계단을 걸어올라 대합실로 갔다.

다다미가 깔린 넓은 방 한가운데 커다란 탁자가 있고 조문객 일행이 둘러앉아 있었다. 어머니는 확실히 초췌한 기색은 감출 수 없었지만 감정적으로는 아직 의연했다. 조의를 표하는 아버지의 옛 친구들과 친척들에게 똑바르게 정좌한 자세로 맞절을 했다.

고후에서 와 주신 조부모와 큰아버지 일가도 보였다. 고가 집안은 원래 야마나시 현의 고후에서 상점을 경영하는 꽤 위세 높던 집이었다. 요새는 대형 슈퍼마켓에 손님을 빼앗겨 고전한다지만, 대를 이은 큰아버지가 그럭저럭 집안의 생계를 꾸리고 있었다. 상인 집안의 둘째 아들로 태어난 겐토의 아버지는 그 집안에서 유일하게 이질적인 존재였는데, 근처 지방 대학에서 도쿄의 대학원으로 진학해 박사 직함을 달게 된 뒤로는 취직하지 않고 대학에 남아 연구자의 인생을 살았다.

겐토는 친가쪽 친척들과는 잘 맞지가 않다는 생각을 했던 적도 있고, 아무래도 친해지기 어려웠다. 어디에 앉을까 고심하다가 그냥 제일 끝에 있는 방석에 자리를 잡았다.

"네가 겐토냐?"

탁자 맞은편에 앉은 흰머리가 성성하고 마른 남자가 말을 걸어왔다. 아버지의 친구이며 신문 기자인 스가이 씨였다. 겐토가 아쓰기에서 부모님과 함께 살 때 몇 번인가 찾아온 적도 있어서 면식이 있었다. 스가이는 겐토의 옆으로 옮겨 앉으며 말을 이었다.

"오랜만이구나. 많이 컸다. 지금은 대학원에 다니고 있다면서?"

"네."

"전공이?"

"제약 화학 연구실에서 유기 합성을 맡고 있습니다."

겐토는 무뚝뚝하게 대답했다. 대화를 더 하고 싶지 않다는 의사를 표현한 셈이었지만 스가이는 신경 쓰지 않고 또 물었다.

"구체적으로는 어떤 일을 하는 거냐?"

겐토는 하는 수없이 대답했다.

"요즘은 컴퓨터로 새로운 약을 디자인할 수 있어서 설계도를 보고 약을 만듭니다. 다양한 화합물을 조합해서요."

"실험실에서 시험관을 흔들기도 하고 말이냐."

"그렇습니다."

"인간에게 이로운 연구로구나."

"뭐, 그렇긴 하지만…… 할 줄 아는 게 그것밖에 없으니까요."

사소한 칭찬조차 겐토의 심기에 거슬렸다.

스가이는 신기하다는 듯이 고개를 갸웃했다. 아무리 신문 기자라도 자기 능력이나 적성 때문에 망설이고 있는 겐토의 마음속은 캐내지 못하는 모양이었다. 지금의 겐토는 별 인물도 아니었고, 나중에 무엇이 될지도 생각하지 않고 있었다.

"일본 과학 분야는 기초가 약하니까 열심히 해라."

스가이는 그렇게만 말했다.

아무것도 모르면서 기초가 약하다고 멋대로 말하지 말라는 반발심이 들었다. 겐토는 이 대형 신문사의 과학부 기자를 도저히 좋아할 수 없었다. 스가이를 비난하는 것은 아니었다. 하지만 그의 친절이 마음에 상처가 되었다.

10년 정도 전에 아버지의 연구 성과가 전국 모든 신문의 과학면에 올라갔던 적이 있었다. 하지만 지금까지 아버지가 과학자로서 각광받던 시기는 그때가 전부였다. 그 당시에 기사를 쓴 이가 스가이였다. 환경 호르몬이라는 용어가 세상을 떠들썩하게 하던 시기였다. 아버지가 대학 연구실에서 했던 실험에서는 문제가 되었던 합성 세제의 원료가 인간의 내분비계에 악영향을 미치지 않는다는 결과가 나왔다. '다마 이과 대학 고가 세이지 교수 발표'라는 글자가 신문에 실린 것을 본 그때만큼은 아버지가 자랑스러웠다. 하지만 곧 아버지에 대한 존경심은 검게 퇴색되었다. 아버지가 그 합성 세제 회사로부터 거액의 연구 자금을 받고 있었다는 사실을 알게 되었기 때문이다.

바이러스학을 전공한 아버지가 어째서 그때만 내분비 교란 물질 연구에 손을 댔을까? 과연 중립적인 실험이었을까? 후원자와 연합하여 실험 데이터를 왜곡하려는 시도를 하지 않았을까?

그 후 전 세계의 학자들이 환경 호르몬이 인체에 미치는 영향을 조사했지만 명백하게 유해하다는 결론은 나오지 않았다. 하지만 한편으로 100퍼센트 무해하다고 단언할 수도 없다는 석연치 않은 결과로 끝났다. 그것이 당시 과학의 한계였을 것이다. 하지만 아버지의 존재 그 자체가 껄끄럽던 10대 시절이라 아버지에 대한 의심이 걷힐 날이 없었다. 그리고 기사를 쓴 스가이도 아버지와 똑같다는 생각을 했었다. 어른이라는 이름의, 더러운 세상의 주인.

"이번 일은 정말 유감이구나. 아직 한참은 더 일할 나이였는데."

겐토 옆에 앉은 스가이는 동시대를 지낸 친구의 급사에 충격을 받은 것 같았다.

"먼 곳에서 와 주셔서 감사합니다."

"원, 별말을 다 하는구나. 내가 할 수 있는 일이 이런 것밖에 없으니 오히려 안타깝지."

스가이가 고개를 떨어뜨렸다.

침묵을 견디기 어려워서 겐토는 작은 찻주전자를 들어 두 사람이 마실 차를 탔다.

스가이는 차를 우리면서 잠깐 아버지와의 추억 이야기를 했다. 연구실에서 정말 위엄이 있었다든가, 내심 외아들을 자랑스럽게 생각했을 거라든가. 뭐든 싸구려 텔레비전 드라마에 나올 법한 에피소드였다. 아버지의 인생이 참을 수 없이 따분하게 느껴졌다.

이윽고 화젯거리가 다 떨어졌는지 스가이가 말을 돌렸다.

"그런데 오늘 초칠일 법회도 곧 시작할 거냐?"

"네."

"나는 유골을 수습하고 나면 실례하도록 할 테니, 잊기 전에 네게 이야기해야겠구나."

"무슨 일이십니까?"

"겐토, 너 「하이즈먼 리포트」라고 들어봤냐?"

"「하이즈먼 리포트」요?"

학술 논문인가 하는 생각이 들었다. 하지만 하이즈먼이라는 학자가 누군지 생각나지는 않았다.

"아니요. 들어본 적 없습니다."

"그래? 네 아버지한테 조사해 달라는 부탁을 받아서 어쩔까 하던 중이었거든."

"뭐죠, 그 「하이즈먼 리포트」가?"

"지금부터 30년쯤 전에 미국의 한 싱크탱크가 대통령에게 제출한 보고서인데, 네 아버지가 그 내용을 자세하게 알고 싶어 했었어."

아버지의 전문 분야를 생각하면 바이러스 감염증의 대책이나 그런 종류일 터였다.

"저와는 관계없습니다."

생각 외로 냉정한 어조에 스가이가 뜻밖이라는 듯이 겐토를 보며 말했다.

"알았어. 그럼 됐다."

스가이가 어떻게 생각하든 별 상관없었다. 아버지와 자식의 관계를 가지고 주위에서 이러쿵저러쿵 할 필요는 없지 않나 싶었다. 100퍼센트의 애정을 나누며 지내는 부자 관계 따위 이 세상에 존재하지 않을 것이다.

이윽고 장례 회사 사람이 부르러 왔다. 감정을 억누르고서 격의 없이 대화를 나누던 사람들이 자리에서 일어나 아래층으로 내려갔다.

겐토는 화로 앞에 서서 유골이 된 고인을 맞이했다. 유백색의 뼈가 단상 위에 흩어져 있는 모습은 너무나 초라한 나머지 살풍경해 보였고 한 사람의 인간이 이 세상에서 소멸했다는 사실을 그대로 말해 주고 있었다.

할머니, 할아버지와 삼촌 그리고 어머니가 가느다란 소리로 울고 있었다. 겐토도 아버지가 돌아가시고 나서 두 번째로 눈물을 흘렸다.

이어서 초칠일의 법회 행사까지 마치고 고인을 보내는 장례식 절차는 모두 끝났다.

다음 날 아침 일찍 자명종 소리에 잠이 깬 겐토는 아침 식사를 서둘러 마치고 아쓰기의 집을 나섰다. 대학원생 생활로 돌아가야 했다. 아파트 단칸방에 잠만 자러 들르며 준교수(일본에서 교수 바로 아래 직책. 2007년 교육법 개정에 따라 준교수는 폐지된 조교수와는 달리 교수와 비슷한 업무를 수행한다. — 옮긴이)의 지시에 따라 무미건조하게 실험을 반복하는 일상 생활로.

뼛속까지 시린 공기 속에서 방 세 칸짜리 주택을 뒤로하는 순간 어머니 생각이 났다. 당분간은 외할머니, 외할아버지께서 계신 곳에 머무실 테지만 그 후에는 혼자 살게 되시리라. 54세에 홀몸이 된 어머니의 심중이 어떠할지 자식 입장에서는 상상조차 할 수 없었다.

떠날 무렵 어머니가 "가끔씩이라도 들르렴." 하고 말해서 "응, 그렇게 할게." 하고 대답하고는 혼아쓰기 역으로 향했다.

겐토가 다니는 도쿄 문리대(文理大)는 가나가와 현에서 보면 수도 반대쪽에 있는 지바 현과의 경계에 가까운 긴시초에 있었다. 학생 수가 1만 5000명에 달하는 종합 대학이었다. 제일 가까운 긴시초 역에서 도보 15분. 역에서 북동쪽으로 걷다 보면 요코짓켄가와 강이라는 운하를 끼고서 왼쪽으로는 이과, 오른쪽으로는 문과 캠퍼스가 보였다. 대학병원에 붙어 있는 의학부만 뚝 떨어져서 역 근처에 있었다. 90년 전에 창립된 유서 깊은 대학이지만 건물 리모델링이 진행되어 옛날에 농대에서 밭으로 쓰던 넓은 부지에도 학부 건물이 들어섰다. 콘크리트 길 위에 똑같은 모양의 빌딩들이 늘어선 옆모습은 같은 지역 다른 종합 대학과 비슷하게 어딘가 살풍경했다.

아쓰기에서 전차를 갈아타며 대학까지 가는 길은 2시간이나 걸려서 겐토가 자기 장래를 생각해 볼 시간이 충분했다. 집 경제 상태가 마음에 걸렸다. 대학원 석사 과정 2년째인데, 박사 과정으로 진학하기로 정한 상황이라 구직 활동을 하지 않고 있었다. 말하자면 남은 3년간은 학비와 생활비를 부모님께 의지할 생각이었다.

이전에 문과인 친구가 부모님 등골을 파먹는다며 겐토를 비웃은 적이 있었다. "학비 정도는 스스로 벌어야지 않겠냐?"라며 설교를 해 댔는데, 그런 일은 문과처럼 공부는 제쳐 놓고 놀기만 하는 학부에서나 할 만한 달콤한 생각이었다. 약학부는 대부분이 필수 과목이었고 기준점에서 하나라도 떨어지면 낙제당하는 데다, 약사 국가고시와 졸업 시험을 통과한 뒤에는 대학원에서 실험에 찌들어 사는 나날이 기다리고 있었다. '가혹'을 넘어서서 '상상 초월'이라고밖에 할 수 없는 정신없이 바쁜 생활이었다. 겐토가 진학한 제약 화학 연구실에서는 평일 오전 10시부터 한밤중까지 줄곧 연구실에 틀어박혀서 실험을 했다. 일요일과 공휴일은 쉬는 날이었지만, 실험 시간이 초과되는 날도 있으니 휴일의 반 정도는 날리기 십상이었다. 휴가는 따로 없었고 설과 추석에만 각각 5일 정도 쉬는 것이 고작이었다. 대학에 입학하고 나서 9년 동안 그렇게 지내야 겨우 한 명의 '박사'가 탄생했다. 학비를 버는 아르바이트에 힘을 쏟을 여유 따위는 없었다.

하다못해 한 달만 빨랐다면 구직 활동을 해 볼 수도 있었다. 겐토는 안 좋은 시기에 이런 일이 터진 것을 저주했다. 사실 진로는 아무래도 상관없었다. 박사 과정으로 진학하려고 생각한 이유는 그저 사회에 나올 각오가 되지 않았기 때문이었고, 연구직에 딱히 매력을 느낀 것도 아니었다. 오히려 대학에 들어간 이래로 줄곧 진로를 잘못 잡은 것이 아닌가 하는 느낌을 받고 있었다. 약학이나 유기 합성이 재미있다고 생각한 적은 단 한 번도 없었다. 달리 할 줄 아는 일이 없으니까 어쩔 수 없이 계속 하고 있는 것이었다. 이대로 20년만 지나면 아버지처럼 과학계 곁다리에 맴도는 하찮은 연구자로 남게 되리라는 것은 불 보듯 뻔했다.

대학에 도착하여 이공계 학부 쪽 뒷문을 지나 약학부 연구동으로 향하는 동안 겐토의 발걸음이 무거워졌다. 한 걸음씩 뗄 때마다 점점 스스로가 쓸모없는 인간이 되는 것 같다는 생각이 들어서 걷는 속도를 일부러 떨어뜨렸다.

리놀륨이 깔린 좁은 계단을 딛고 올라가며 3층에 있는 '소노다 연구실'에 다다랐다. 복도에서 문을 열면 또 짧은 복도가 있었다. 좌우에는 각각의 로커가 있는 작은 공간과 세미나실이 있었고 막다른 곳이 교수실, 안쪽 왼편에 넓은 곳이 실험실이었다.

다운재킷을 로커에 넣고 평소처럼 청바지에 트레이닝복 차림으로 교수실을 들여다보았다. 열려 있는 문 너머로 넥타이를 맨 소노다 교수의 모습이 보였다.

"실례합니다."

겐토는 안으로 들어갔다. 책상에 있는 서류에서 눈을 뗀 소노다 교수가 겐토를 보더니 걱정스러운 표정을 지었다. 평소에는 50대 후반이라는 나이답지 않게 넘치는 활력으로 대학원생들을 다독여 주었지만 지금만큼은 침통한 얼굴이었다.

"이번 일은 참 안됐네. 좀 진정되었나?"

"네."

겐토는 끄덕이고 아버지의 장례식에 화환을 보내 준 데 감사를 표했다.

"아버님과는 면식이 없었네만 역시 같은 연구자로서 나도 여러 가지로 생각이 많았네. 정말 유감일세."

겐토는 지도 교수의 조의가 솔직히 고마웠다. 소노다는 원래 대형 제약 회사에서 신약 개발도 여럿 이루어 낸 초일류 연구자였다. 바쁜 업무 중에도 시간을 내서 논문을 많이 써 온 덕에 이 대학원에 교수로 초빙되었다. 연구 이외의 업무에도 뛰어난 수완을 보이며 제약 메이커와 공동 연구를 여럿 체결한 덕에 연구 자금도 넉넉하게 확보하고 있었다. 아버지도 이 정도로 우수한 연구자였더라면. 겐토는 저도 모르게 비교했다.

소노다는 위로의 말을 늘어놓다가 오히려 겐토의 슬픔을 자극할지도 모른다고 생각했는지 화제를 바꿨다.

"그런데, 고가 자네는? 이제 복귀할 수 있나?"

"네⋯⋯."

겐토는 말을 시작하려다가 잠시 생각했다. 유골을 납골하는 일 외에도 뭔가 할 것이 남았던가?

"어쩌면 또 휴가를 받아야 할지도 모르겠습니다."

"아, 그래. 그때는 걱정 말고 말하게."

"감사합니다."

"자, 일하자 일."

마지막으로 교수가 격려하듯이 웃음 지으며 그를 옆에 있는 실험실로 내보냈다.

대학원생들이 생활의 태반을 보내는 실험실은 방이라고 부르기에는 너무 넓은 공간이었다. 면적이 중학교나 고등학교 교실을 네 개 붙여 놓은 정도였다. 그 한가운데 큰 실험대가 네 개의 섬처럼 나뉘어 배치되어 있었고, 테이블 위는 셀 수 없을 만큼 많은 실험 기구나 약품으로 뒤덮여 있었다. 3면으로 있는 벽에도 책상이나 시약대, 강제 배기 장치가 붙은 드래프트 챔버 등이 설치되어 있었다. 정신없이 혼잡한 가운데 느껴지는 기능미가 어떤 묵직한 압박감마저 풍겼다.

자가 면역 질환의 치료약 개발을 목표로 하고 있는 소노다 연구실은 교수, 준교수 이하 20명의 연구자가 소속되어 있었지만 1월인 지금만큼은 예외적으로 한산했다. 학부생은 약사 국가고시를 준비하느라, 석사 과정에서 졸업하는 대학원생들은 구직 활동을 하느라 연구실을 비웠기 때문이다.

"고가, 큰일 치렀지."

겐토의 지도 담당인 박사 과정 2년차 니시오카가 말을 걸었다. 눈이 새빨간 것이 방금 전까지 울던 것 같았다. 겐토에 대한 동정으로 눈물을 흘린 것이 아니라 밤을 새며 실험했기 때문이었다.

니시오카가 휴대 전화로 조의를 담은 문자를 보냈던 것이 생각났다.

"문자 잘 받았습니다."

"아니, 조문하러 못 가서 미안하다."

"바쁜 시간데 다들 왔다가는 큰일 납니다. 저야말로 5일이나 쉬어서……."

"신경 쓰지 마."

니시오카가 충혈된 눈을 끔뻑거리며 말했다.

그 후로도 연구실 동료들이 잇달아 따뜻한 말을 건넸다. 평소 꽤 차갑고 딱딱하게 굴던 여자애들도 전에 없이 상냥한 분위기로 다가왔다. 겐토가 방황 속에서도 연구 생활을 계속할 수 있었던 것은 이 사람들이 있기 때문이었다.

겐토는 실험대 자기 자리에 서서 본업으로 돌아갔다. 유기 합성이라는 분야는 탄소를 주성분으로 하는 화합물을 만들어 내는 것이 목적이었다. 예를 들어 탄소라는 원자는 다른 분자에 결합하기 위한 손을 네 개 가지고 있다. 그에 비해 산소는 손이 두 개다. 둘이 만나면 하나의 탄소에 두 산소가 결합되어 CO_2, 즉 이산화탄소 분자가 된다. 이야기가 이렇게 단순하면 고생할 필요도 없겠지만, 보다 복잡한 구조의 분자를 서로 반응시켜 원하는 화합물을 만들기란 참 쉽지 않은 일이었다. 시약의 양이나 온도 설정, 반응을 촉진시키는 촉매의 선택 등, 세세한 조건 변화에 따라 전혀 다른 결과가 나올 수 있었다. 소노다 연구실에서는 약으로 사용할 수 있는 분자 구조를 찾아내 보다 활성이 높아지도록 개선해 새로운 약물을 만들어 내려 했다.

지금 겐토에게 주어진 과제는 다수의 탄소나 산소, 질소 등이 이어져서 만들어진 '모핵(母核)'이라는 기본 구조에 '측쇄(側鎖)'라는 다른 원자단을 붙이는 일이었다. 실험대 위에는 준교수가 지시한 레시피가 적힌 종이가 붙어 있었다. 무슨 반응을 어떤 순서로 시행하면 되는지 알려 주는 지시였다. 약학 계열의 실험은 어딘가 요리와 상통하는 부분이 있었는데, 그 탓인지는 모르겠지만 약대에는 압도적으로 여자가 많았다. 대학에 따라서는 90퍼센트가 여학생인 곳도 있었다. 대학원에서도 이과치고는 이례적일 정도로 여성 연구자의 비율이 반 이상을 차지했다.

시약이나 기구를 꺼내 늘어놓고 첫 번째 반응이 완료될 때까지 오전을 꼬박 기다려야 했다. 결과가 나오기까지의 시간을 헤아려서 창가 자리 책상에 있는 컴퓨터를 켰다. 짐작했던 대로 위로 내용을 담은 메일이 몇 건 와 있었다. 친구들의 마음씀씀이가 고마웠다. 하나하나 훑어보고 차례로 답신을 보내고 있었는데 마지막 한 건에서 손이 멎었다. 수신 목록에는 기묘한 발신자 이름이 표시되어 있었다.

'다마 이과 대학 고가 세이지'

그 글자를 재차 확인하다가 소름이 쫙 돋았다.

죽은 아버지로부터 온 메일이었다.

너무나 뜻밖이라서 무심코 소리가 입에서 새어 나왔다. 황급히 입을 막고 주위를 둘러보았다. 실험실 동료들은 각자 작업에 몰두하고 있어서 아무도 겐토에게 관심을 갖지 않았다.

겐토는 흘러내린 안경을 고쳐 올리고 화면으로 눈을 돌렸다. 수신 시각은 오늘 새벽 0시 정각. 즉, 아버지가 돌아가신 지 5일 이상이나 지나고 나서 메일이 발신되었다는 뜻이었다. 제목은 '겐토에게, 아버지로부터.'였다.

아버지의 이름을 사칭한 바이러스 메일이나 스팸이라고는 생각할 수 없었다. 그러면 누군가의 장난인가?

백신 프로그램이 가동되고 있는 것을 확인하고 나서 메일을 열어 보았다. 액정 화면에 9포인트의 작은 글씨로 본문이 떴다.

겐토에게

이 메일이 도착했다는 뜻은 내가 5일 이상 너나 엄마 앞에서 모습을 감추었다는 말이겠지. 하지만 걱정하지 마라. 아마 며칠 지나면 돌아올 테니까.

의미 불명의 내용이었다. '돌아온다'는 것은 저세상에서 되살아나겠다는 말인가? 겐토는 계속해서 읽었다.

하지만 잠시 돌아올 수 없는 경우를 생각해서 부탁하고 싶은 일이 있구나.
아이스바로 더러워진 책을 펴라.
그리고 이 메일은 엄마를 포함해서 아무에게도 말하지 말거라.
이상이다.

메일은 거기서 끝났다.

짧은 내용이었지만 수수께끼로 가득했다. 유서라기에는 죽음에 대해서 전혀 고려하고 있지 않았다. 애초에 이 메일은 누가 보낸 걸까. 준비한 메일을 정해진 시각에 보내는 프로그램이 있나? 아버지가 그렇게 보냈다고 하면 '너나 엄마 앞에서 모습을 감춘다'는 것을 예상했다는 말이었다. 생전에 아버지가 모습을 감출 만한 일이 있었나?

겐토는 한 문장에서 눈을 멈추었다.

'아이스바로 더러워진 책을 펴라.'

암호 같은 말에 고개를 기울이던 겐토는 겨우 그 의미를 짐작하고는 이 메일을 아버지가 보냈다는 것을 확신했다. 겐토가 초등학생이었던 어느 여름 방학, 아버지는 영재 교육이라도 하려 했는지 화학 참고서를 펴고 원소 주기율표를 보여 준 적이 있었다. 그때 겐토가 핥던 아이스바가 막대기에서 녹아 내려 '아연Zn' 부근을 딸기색으로 물들였다. 그 일을 아는 사람은 아버지밖에 없었다.

문제의 책은 본가에 있는 아버지 서재의 책장에 있을 것이다. 어머니에게 전화해서 안을 봐 달라고 할까 싶었지만 그러자니 '아무에게도 말하지 말도록.'이라는 지시가 마음에 걸렸다. 아버지의 뜻에 따르려면 편도 2시간이 걸리더라도 본가로 돌아가야만 했다.

겐토는 의자에 등을 기대며 생각에 잠겼다.

그런데…… '아이스바로 더러워진 책'에 대체 뭐가 숨겨져 있단 거야?

3

예거는 항공편으로 남아프리카 공화국에 들어왔다. 요하네스버그에서 비행기를 갈아타고 케이프타운으로 갔다. 남반구에 왔기 때문에 계절은 한여름이 되었다. 공항으로 마중 나온 현지의 민간 군사 기업 제타 시큐리티 사의 차를 타고 케이프타운 교외에 있는 훈련 시설로 향했다.

이 나라는 민간 군사 기업의 발상지였다. 돈을 대가로 군사 서비스를 제공하는 새로운 비즈니스는 아프리카의 여러 나라들에서 일어나는 내전을 종결시키는 등 어느 정도 성과를 올리기는 했다. 하지만 그 이면에는 전투에 승리한 나라가 패전국의 광물 자원 권익을 차지하게 되어 결국 피에 굶주린 용병 집단이 무력으로 부를 획득하는 끔찍한 결과를 낳았다. 남아프리카 정부는 '반(反)용병법'을 제정하여 외국에 군사 서비스를 제공하는 행위를 위법으로 보았지만 이라크의 재건을 원조한다는 미명 아래 다수의 회사가 새로 설립되었다. 제타 시큐리티도 그중 하나였는데, 예거를 고용한 웨스턴 실드와는 하청 관계라고 했다.

차창 밖으로 보이는 경치는 아름다운 해안선이 보이는 도시에서 포도밭이 펼쳐진 평원으로, 그리고 산으로 차례차례 변하고 있었다. 예거는 밴의 뒷좌석에 앉아서 이 선택이 올바른 것이었는지, 그것만을 계속 생각하고 있었다.

바그다드에 있을 때 새 일을 거절하고 처자식이 있는 리스본에 가려는 결심을 한 번은 했었다. 그러다 아내나 갈라도 선생과 통화하면서 아들 목숨을 연명할 마지막 방법을 위해서는 아직 고액의 의료비가 필요하다는 것을 알았다. 지난 4년간 타국에서 고도의 선진 의료 혜택을 받느라 금융 기관에서 융자받은 금액은 이제 한계에 이르렀다. 아들과 지낼 얼마 남지 않은 시간을 줄여서라도 돈을 벌어야만 했다.

지금은 갈라도 선생이 마지막 보루였다. 폐포 상피 세포 경화증을 일으킨 어린이는 대부분 6세 이전에 사망한다. 9세까지 살아남은 예가 없다. 이 병의 많지 않은 세계적 권위자 중 한 사람인 갈라도는 여러 대증 요법을 써서 저스틴의 목숨을 여덟 살까지 이어 주고 있었다. 말기 증상이 나타났으니 남은 수명은 한 달밖에 되지 않는 셈이었지만 그 의사라면 몇 개월 더 아들의 목숨을 지켜 주지 않을까 기대할 수 있었다. 그렇게 되면 이번 일을 끝내고 나서 달려가도 늦지 않으리라. 그리고 아들과 마지막 시간을 보낼 수 있을 터였다.

하지만 저스틴이 죽으면 그 후 자신은 어떻게 될까? 리디아는 어떤 선택을 할까?

그들 부부는 여태까지 여러 번의 이혼 위기를 맞이했다. 겨우 두 살에 호흡 곤란을 일으킨 저스틴이 그 난해한 이름의 병에 걸린 것으로 판명되었을 때, 육군 병원의 의사는 '단일 유전자 질환'이라는 용어로 이렇게 설명했다.

"인간은 다 부모로부터 받은 한 쌍의 유전자를 가지고 있습니다. 이 때문에 한 유전자에 이상이 있어도 정상인 다른 하나가 기능을 하기 때문에 문제없이 지낼 수 있는 거죠. 그런데 우연히 부모가 둘 다 같은 타입의 이상이 있는 유전자를 갖고 있는 경우에는 문제가 생길 수 있습니다. 아드님의 경우에는 폐를 만드는 유전자의 한곳에서 변이가 일어난 결과 산소를 잘 받아들일 수 없게 된 겁니다."

예거는 자기가 책망을 받는 것처럼 느껴졌다. 리디아도 같은 기분이었을 것이다. 그런 두 사람의 마음을 헤아렸는지 의사는 덧붙여 말했다.

"이것은 누구의 탓도 아닙니다. 구태여 말하면 불운이라고 할 수 있지요. 이런 이상이 있는 유전자는 누구라도 많든 적든 가지고 있습니다. 이번에는 드물게 그것이 같은 부분에 한 쌍으로 이어진 겁니다."

하지만 납득할 수 없는 불운이었다. 리디아와 결혼하지 않았다면, 아이가 불치병으로 고통 받을 일이 없었을 터였다. 마찬가지로 리디아도 남편에게 책임을 전가하고 싶었을 것이다. 죄책감이 그들 사이를 끊임없이 오갔다. 상대에게 던진 공격의 칼끝이 같은 날카로움으로 자신에게도 파고들었다. 그럴수록 서로가 불행해진다는 것을 알면서도 멈출수 없었다.

가정 파괴는 시간문제 같았다. 그때쯤 포르투갈의 리스본 대학 병원에 안토니오 갈라도라는 전문가가 있다는 사실을 알았지만 군에서 보장되는 의료 보험은 해외에서 적용되지 않았다. 게다가 호봉이 E-8 등급인 예거 상사에게는 처자식을 포르투갈로 보내 의료비를 대줄 만한 재력이 없었다.

장기간 임무를 끝내고 집으로 돌아온 어느 날, 평소처럼 말싸움을 반복하다가 예거가 무심코 이혼 이야기를 꺼냈다. 하지만 리디아는 받아들이지 않았다. 앞으로 아이에게 남은 3년은 어떻게든 참아야 한다고 우겼다. 평소처럼 손가락으로 눈물을 닦으며 그녀는 말했다.

46

"저스틴은 철들기 전부터 줄곧 병으로 고통 받았어. 행복한 추억이 하나라도 있겠어? 그런데 이혼해서 그 애 인생을 더욱 끔찍하게 만들 셈이야?"

부모의 이혼을 경험해 본 예거에게는 그 말로 충분했다. 짧은 휴가 후 그는 군에 복귀했다. 그리고 아프가니스탄에 태스크포스의 일원으로 파병되어 공중 폭격 유도 임무를 수행하던 중 작전에 참가한 민간 군사 기업의 계약직 용병과 알게 되었다. 네이비실 출신으로, 예거에게 생각이 있으면 계약한 곳을 소개해 주겠다고 했다.

바라던 바였다. 계약직 용병에게는 복리후생이나 연금이 없지만 연수입이 육군의 세 배 이상이었고 최저 15만 달러는 벌 수 있었다. 예거는 병사의 전근이나 전역을 금지하는 '스톱 로스'가 일시적으로 해제되기를 기다려 이적했다. 그리고 처자식을 포르투갈에 이주시켰다.

'남은 3년'이라고 리디아는 말했다. 갈라도 선생의 노력으로 그 기한은 5년으로 늘어났다. 하지만 저스틴의 폐포에서 출혈이 확인된 지금, 남은 시간은 길어 봤자 수십 일이 고작이었다.

아들이 하늘의 부름을 받는 순간까지 예거는 가족을 계속 지킬 것이었다. 하지만 그 뒤에 무언가가 끝날 테고, 예거 자신은 혼자 남게 되리라. 조국을 지키는 군인이 아니라 돈을 위해 싸우는 용병으로.

"자, 이제 본사에 도착했소."

운전수의 목소리에 정신을 차렸다. 손목시계를 보니 공항을 나선 지 한 시간이 넘었다. 제타 시큐리티의 사륜 구동 자동차는 호위소 게이트를 빠져나가 회사 부지로 들어섰다. 건조한 구릉지였다. 펜스로 둘러싸인 광대한 토지에 본사 빌딩과 훈련 시설, 수송기 이착륙까지 가능한 비행장이 갖춰져 있었다.

목적지인 본사는 너비가 넓은 지중해 양식의 3층 건물이었다. 민간 군사 기업이 풍기는 음침한 이미지를 엷은 크림색 외벽이 완벽하게 가려 주고 있었다. 모르는 사람이 보면 말쑥한 호텔을 연상할지도 몰랐다.

예거는 차에서 내리는 순간 업무에 온 신경을 집중했다. 힘든 현실을 잊게 되는 쇼타임이 시작되었다.

사물이 든 백팩과 스포츠백을 들고 로비로 들어갔더니 콧수염을 기른 키 큰 남자가 맞이했다. 카키색 상하의에 미소를 잃어버린 것 같은 딱딱한 눈빛. 어지간히 군인 출신임을 드러내는 용모의 남자가 남아프리카 억양의 영어로 이름을 댔다.

"작전 부장 마이크 싱글턴이다. 자네 동료들은 이미 도착했네. 방으로 안내하지."

예거는 싱글턴의 뒤를 따라 건물 안으로 들어갔다. 복잡한 복도에 번호가 붙은 문이 늘어서 있었다. 싱글턴이 그중 하나인 109호의 문을 노크하고 열었다.

숙소가 될 방은 이런 업무에서는 익숙한 4인실이었다. 양쪽 벽에 2층 침대, 정면 안쪽에 개인용 로커. 색다른 점이라면 작은 서류장이 있다는 정도였다.

"제군들, 동료를 데려왔다. 조녀선 '호크' 예거다."

싱글턴의 말에 잡담을 나누던 세 남자가 고개를 들어 이쪽을 보았다. 그들 사이에 아직 서먹한 긴장감이 남아 있는 것이 보였다. 예거에게는 전우가 될 귀중한 동료들이었다.

"17:00에 2층 브리핑 룸에 집합해 주게."

싱글턴은 그 말을 남기고 방에서 나갔다.

"호크, 난 스콧 '블랭킷' 마이어스야."

부드러운 표정의 마른 남자가 먼저 입을 열었다. 20대쯤으로 보였는데, 계약직 용병치고는 젊은 축에 들었다. 이런 자리에서는 성격이 밝은 사람에서 어두운 사람 순서로 자기소개가 진행되는 법이었다.

예거가 웃으며 '블랭킷'과 악수했다.

"잘 부탁해."

다음으로 예거와 동년배로 보이는 남자가 손을 내밀었다.

"워런 개럿이다. 콜 네임은 딱히 없어."

개럿은 사려 깊은 참모 타입의 풍모였다. 소박하면서도 여차할 때는 누구보다 의지가 될 것 같았다.

마이어스와 개럿은 둘 다 백인이었고 미국 출신 같았는데, 세 번째 사람은 아시아인이었다. 신장이 짧은 것에 비하면 목에서 어깨에 걸쳐서 근육이 이상할 정도로 발달했다. 스테로이드제를 복용하는 것이 분명했다.

"가시와바라 미키히코야."

아시아인이 이름을 말했다.

"미키……헤코?"

예거가 되물으니 마이어스와 개럿이 목소리를 낮춰 웃었다.

"아무도 이 녀석 이름 발음이 안 돼. 일본인 이름은 어려워."

개럿이 말했다.

"이전 업무에서는 뭐라고 불렸어? 미키?"

마이어스가 물었다.

"믹."

약간 지겹다는 표정으로 일본인이 말했다. 본인은 그 호칭이 마음에 들지 않는 듯했다.

"좋아, 믹."

개럿이 정했다.

이 업계에 일본인은 드물었다. 예거는 관심이 생겼다.

"여기 들어오기 전에 무슨 일을 했는지 물어봐도 돼?"

"프랑스 외인부대에 있었어. 그 전에는 일본 자위대였고."

믹이 사투리 억양이 강한 영어로 대답했다.

벌써 걱정거리가 생겼다. 용병끼리 팀을 꾸릴 때에는 같은 출신 멤버가 모이는 것이 관례였다. 예를 들어 미군 중에서도 육군과 해병대는 전술도 장비도 다르다. 막상 전투할 때 그런 차이로 혼란이 발생되면 모두의 목숨이 위험해지기 때문에, 민간 군사 기업의 계약직이 되고 나서도 군대 시절 소속이 그대로 이어지는 일이 보통이었다.

"나는 미 육군 특수 부대에 있었는데."

예거가 말하며 다른 두 사람에게 차례를 넘겼다. 마이어스가 입을 열었다.

"나는 미 공군. 항공 구조대에 있었어."

항공 구조대란 높은 의료 기술과 전투 능력을 겸비한 구조 전문 특수 부대를 가리켰다. 모토는 '다른 이들이 살 수 있도록(That Others May Live)'이었다. 계약직 용병들의 세계에서는 매우 희귀한 전력이었다.

마지막으로 개럿이 말했다.

"난 해병대 수색대였어."

아무리 봐도 오합지졸이었다. 전투 때 사용하는 은어나 수신호부터 확인해야겠다고 생각했다. 그리고 유일하게 아시아인인 믹이 팀 내에서 고립되지 않도록 신경도 써야 했다.

브리핑 룸은 창문이 없는 좁은 회의실이었다. 직사각형 책상이 줄맞춰 놓인 채 벽에 붙은 화이트보드와 마주보는 형태였다.

17시 정각에 싱글턴이 나타났다. 작전 부장은 필기구를 지참한 마이어스를 보자마자 말했다.

"이제부터 시작되는 브리핑에서 메모는 일절 금지다. 모든 정보는 머릿속에 새겨 넣도록."

마이어스는 잠자코 메모지를 집어넣었다.

"아직 서로 잘 모를 것 같으니 여기서 소개를 겸해서 각자 담당을 나누도록 하지. 일단 모두가 공수 부대 기장(紀章)은 갖고 있다. 이번 임무에서는 예거가 팀 리더다. 담당은 무기 취급과 공격. 사용 언어는 영어와 아랍어, 그리고 파슈토어(아프가니스탄의 공식 언어 — 옮긴이)지?"

"그렇습니다."

예거가 대답했다.

"그렇지만 이번 작전에서는 전문 기능도 파슈토어도 필요 없다. 마이어스의 담당은 의료다. 사용 언어는 영어 외에 뭐지?"

"딱히 없습니다. 굳이 말하자면 의학 용어는 좀 알죠."

의무병 역할을 맡은 젊은이의 말에 싱글턴은 굳은 눈꺼풀 그대로 마이어스를 흘낏 봤다. 이 작전 부장은 전에 남아공 정규군 장교였다고 했다.

"다음 개럿. 통신 담당. 사용 언어는 영어와 프랑스어, 그리고 아랍어."

개럿은 말없이 끄덕였다.

"마지막으로 가시……와바라."

싱글턴이 신중하게 발음했다.

"담당은 파괴 공작. 사용 언어는 일본어와 프랑스어라고 되어 있는데,

영어도 가능한가?"

"대충은요."

애매한 대답에 싱글턴이 불만스러운 표정을 지었지만 "그럼 다음으로 스케줄." 하고 이야기를 진행시켰다.

준비 기간 동안에는 하루 40킬로미터 완전 군장 행군과 사격 같은 기초 훈련을 포함해서 스와힐리어 등의 강좌, 그리고 황열병을 비롯한 모든 감염증의 예방 접종을 하게 되어 있었다.

"그럼 작전 지역에 대해 서술한다."

싱글턴은 프로젝터 앞으로 자리를 옮겨 파워포인트로 작성된 자료를 스크린에 띄웠다. 처음 나온 장면은 아프리카 지도였다. 그는 레이저 포인터로 대륙 중심 부분을 가리키며 말했다.

"자네들이 투입될 곳은 콩고 민주 공화국. 예전에는 자이르라고 불렸던 나라다."

예거는 콩고 민주 공화국의 위치를 확인했다. 그야말로 대륙 한가운데, 적도 바로 아래에 있는 광대한 나라였다. 국토는 콩고 강을 따라 끝으로 갈수록 가늘어지며 서쪽으로 뻗어 있고 수도인 킨샤사를 경유하여 대서양 해안까지 미쳤다. 색으로 구분된 지도를 보니 아프리카 열대 우림이 콩고 국내에 집중되어 있다는 것을 알 수 있었다. 숲으로 가득한 나라인 것 같았다.

"자네들은 수도 킨샤사와는 반대쪽인 동부 정글 지대로 잠입한다. 수색 및 섬멸 임무다. 야생 동물 보호 단체 직원으로 신분을 위장할 테니 머리는 기르도록. 주요 무기는 AK47이나 수렵용 산탄총으로 한정된다. 분대 지원 화기는 지급하지 않는다. 그 밖의 장비는 나중에 자세히 설명하겠다. 마이어스, 자네 에볼라 출혈열에 대한 지식이 있나?"

싱글턴은 항공 구조대 출신 대원에게 고개를 돌렸다.

"네."

"임무에 관련된 이야기이니 이 병에 대해 다른 사람에게 설명할 수 있겠나?"

마이어스는 망설이면서도 동료들에게 설명하기 시작했다.

"에볼라 출혈열은 인류가 조우한 병 중에서도 가장 위험한 감염증이야. 바이러스가 몸속으로 들어오면 뇌를 포함한 모든 세포에 달라붙어 먹어치워. 산 채로 내장과 근육이 녹아 버리는 상태가 되는 셈이야. 감염자는 귀와 코, 입과 항문, 그리고 모공까지 포함한 모든 구멍에서 바이러스에 오염된 체액을 분출하며 사망하는 거지. 에볼라 자이르(Ebola Zaire, 에볼라 바이러스의 한 유형 ― 옮긴이)의 치사율은 90퍼센트야."

용병들은 표정을 바꾸지 않고 열심히 설명을 들었다. 마이어스는 일어서서 스크린에 떠 있는 콩고 지도를 손가락으로 가리키며 말했다.

"우리가 들어갈 콩고 동부는 에볼라가 유행한 적이 있는 지역으로 둘러싸여 있어. 서쪽 에볼라 강 유역, 북동쪽 수단, 그리고 동쪽의 케냐 우간다 국경 부근에서도 에볼라의 아종이 발생되었지."

예거가 손을 들어 질문했다.

"그 병의 치료법은?"

"없어. 감염되면 기도할 수밖에."

이어서 개럿도 물었다.

"치사율이 90퍼센트라면, 남은 10퍼센트는 어떻게 되는 거지?"

"몸의 면역력 덕에 무사히 살아남는 거지."

개럿은 "호오" 하고 작게 감탄했다.

싱글턴이 뒤이어 말했다.

"유행 지역에서 떨어져 있다고는 해도 제군들도 충분히 주의를 기울여야 한다. 박쥐가 에볼라 바이러스의 숙주일 가능성이 높으니 물리거나 배설물을 만지는 행동을 하지 마라. 그리고 인간 이외의 영장류에도 감염되기 때문에 침팬지나 고릴라, 작은 원숭이에게도 접근하지 말도록."

예거가 다시 물었다.

"감염된 경우 증상이 어떻죠?"

"발열이나 구토, 말라리아와 비슷한 증상이다. 하지만 에볼라는 안구와 고환에 주로 붙는다."

처음으로 남자들의 표정이 확 구겨졌다.

"그러니 눈이 새빨갛게 되면 에볼라를 의심하는 편이 좋다."

"남의 고환만큼은 정말 보고 싶지 않은데."

마이어스의 말에 다들 웃었다.

잠자코 있던 믹이 어눌한 영어로 물었다.

"그 병은 어떻게 전 세계로 전염되지 않습니까? HIV처럼."

마이어스가 믹을 추켜세우며 대답했다.

"아, 그거 좋은 질문이군. 이 바이러스는 잠복기가 무척 짧아. 감염되고 나서 약 7일이면 증상이 나타나거든. 그러니까 환자가 많은 사람에게 옮기기 전에 죽어 버리지."

"그렇군."

"에볼라의 공포에 대해서는 이해했나?"

싱글턴이 일동에게 물었다. 네 사람이 끄덕였다. 입 밖으로 말하지는 않아도 누구나 같은 질문을 머릿속에 떠올리며 스스로 대답을 찾고 있었다. 임무 수행 중에 팀 누군가가 에볼라에 감염되면 어떻게 대처할 것인가. 구출 헬기는 오지 않는다. 주사기와 모르핀 마취제를 나눠 준 뒤 정글 속에 내버려지리라. 그것은 전투지에서 용병의 숙명이었다. 예거 일행은 고액의 보수를 받고서 버리는 패가 된 것이었다.

"그럼 오늘의 본론, 자네들이 잠입할 콩고 민주 공화국의 정세로 넘어간다."

싱글턴이 파워포인트를 조작하여 다음 자료로 넘겼다. 갑자기 나타난 처참한 사진들에 남자들은 깜짝 놀랐다.

인간의 시체가 어지럽게 흩어져 있었다. 젊은이, 노인, 남자, 여자. 손을 뒤로 묶인 채로 죽은 사람도 있는가 하면, 목을 잘려 몸만 남은 사람도 있었다.

"제노사이드(특정 집단을 말살할 목적으로 대량 학살하는 행위 — 옮긴이)다. 현재 콩고에서는 '제1차 아프리카 대전'이라 불리는 전쟁이 진행 중이다. 사망자 수는 제2차 세계 대전 이후 가장 많은 400만 명에 이르지. 정전 협정이 여러 차례 무너졌고 지금도 전투가 끝날 기미는 없다."

네 사람의 얼굴에 떠오른 어렴풋한 의심을 읽었는지 싱글턴이 말을 이었다.

"이것은 실제 이야기다. 신문이나 텔레비전은 보도하지 않는데, 말하자면 보도 차별이다. 선진국 보도 기관은 아프리카에서 사람이 몇 사람 죽는지 신경 쓰지 않는다. 현지에서 빈발하는 대학살보다 고릴라 일곱 마리 죽은 사건이 더 크게 보도되는 형편이다. 뭐, 확실히 아프리카인은 멸종 위기종이 아니니까."

싱글턴의 굳은 표정이 움직여서 냉담한 미소로 변했다. 이 남아프리카의 백인은 아파르트헤이트(남아프리카 공화국의 인종 차별 정책 — 옮긴이) 지지자임에 틀림없었다.

"콩고에서 일어나는 분쟁의 원인은 구시대적인 식민지 지배가 남긴 화근이다. 식민 종주국이었던 벨기에의 민족 정책이 그때까지 공존했던 민족 간에 적대심을 심었고, 투치족과 후투족(르완다의 주요 부족들 — 옮긴이)이 대립하게 되었다. 종주국이 자의적으로 투치족을 우수한 민족이라고 정해 우대한 결과 후투족의 반감을 샀다. 이 민족들 사이에 증오가 쌓이고 쌓여서 르완다 대학살이 일어난 것이다."

이 전란에 대해서는 예거도 잘 알고 있었다. 후투계 대통령의 비행기가 누군가에게 격추된 사건이 민족 대립의 시발점이 되었고, 폭주한 후투족은 투치족을 습격하기 시작했다. 라디오 방송이 학살을 선동하고 수많은 일반인들이 손도끼나 곤봉 같은 무기를 들고 이웃을 죽이기 시작했다. 공격의 창끝은 맨 처음 여자와 어린이들에게로 향했다. 투치족을 쉽게 근절하기 위해서였다. 이처럼 신속하게 살인 집단이 조직된 배경에는 민족 대립뿐만 아니라 습격에 가담하지 않으면 설령 후투족이더라도 살해당할 거라는 위기감이나, 투치족을 죽인 사람에게는 농장이 수여되리라는 등의 허위 정보가 있었다. 극단적인 학살이 일어났다. 희생자 중에는 무딘 날붙이로 전신을 난도질당하는 것을 피하기 위해 일부러 돈을 주며 총으로 머리를 쏴 달라고 부탁하는 사람까지 있었다. 게다가 많은 후투계 주민까지 투치족으로 오인 받아 죽었다.

제노사이드가 시작된 지 100일 뒤, 투치계 세력이 외국에서 군대를 조직해 반격에 들어가자 겨우 사태가 진정되었지만 이미 전 인구의 10퍼센트에 달하는 10만 명 이상이 살해된 상황이었다.

싱글턴이 냉소를 머금고 브리핑을 계속했다.

"르완다는 투치족 정권이 들어서자 평화를 되찾았다. 그 덕에 제노사이드를 없던 일로 하자는 역사 수정론자까지 나타나고 있는 상황이다. 세계가 알고 있는 사실은 여기까지다. 그런데 참사는 끝나지 않았다. 이

대학살이 제1차 아프리카 대전의 도화선이 된 것이다."

파워포인트 도면이 콩고 주변의 확대도로 변했다. 싱글턴이 손에 든 레이저포인터의 빛이 동쪽 르완다와 서쪽의 콩고를 움직이기 시작했다. "르완다 학살의 주모자였던 후투족 일파가 이웃나라인 콩고로 숨어 들어 거기서 다시금 국경을 넘어 공격했다. 콩고 정부가 이를 묵인하자 르완다는 격노했다. 사태가 이 지경에 이르자 대립 구도는 르완다 대 콩고로 바뀌었다. 르완다는 같은 투치족 정권인 우간다와 손잡고 콩고의 독립 정권 타도를 목표로 움직이기 시작했는데, 콩고 동부의 반정부 게릴라에게 군사 지원을 해서 반란군들의 무장 봉기가 일어나도록 했다. 이 계획은 대성공이었다. 반란군은 순식간에 서쪽에 있는 수도까지 침공했고 독재자를 몰아내 신 정권을 수립했다. 새 대통령 자리에 앉은 사람은 르완다의 지원을 받은 반란군 수장이었다. 여기서 끝나나 했지만 그 후부터 이전투구가 시작되었다."

스크린에는 이어서 세 장의 같은 지도가 나란히 있는 페이지가 나왔다. 콩고 각 지역이 어느 무장 집단의 지배 아래 있는지 그 추이를 보이는 그림이었다.

"새 대통령은 르완다의 괴뢰 세력이라는 인식을 불식시키기 위해 그때까지 지원해 줬던 투치족을 배신하고 동부에 남은 후투족 무장 그룹과 손을 잡았다. 말할 것도 없이 르완다가 또 다시 격노했지. 그래서 우간다, 브룬디와 함께 콩고를 침공해 새로운 독재자를 쓰러뜨리려 했다. 새 정권은 궁지에 몰리자 이웃나라에 조력을 구해서 차드를 비롯한 인근의 여러 나라를 우방으로 만들었다. 그렇게 1998년, 아프리카의 10여 개국 이상이 관여하는 대전쟁이 시작된 것이다."

싱글턴이 말을 끊었기 때문에, 예거는 손을 들어 발언 허가를 구했다.

"분쟁 당사국에 그런 큰 전쟁을 유지할 만큼의 재력이 있었습니까?"

그러자 싱글턴은 아까 지었던 차가운 미소를 지었다.

"이건 스폰서가 붙은 전쟁이다. 싸움이 시작되자마자 곧바로 전쟁의 진짜 목적이 나타났다. 콩고에 잠든 대량의 지하자원. 다이아몬드, 금, 컴퓨터에 쓰이는 희귀 금속, 그리고 유전. 콩고로 침공한 놈들은 지배 지역의 광물 자원을 붙들고 있기 위해서 피투성이 싸움을 계속하고 있고, 유럽과 아시아에서 100여 개나 되는 기업들이 한몫 잡으려 여기에 끼어들었다. 광산 회사 같은 곳은 자원을 약탈하는 쪽에 전쟁 비용을 원조하고 콩고물을 받아먹고 있다. 르완다가 자국 산출량을 상회하는 광물을 유출하는데도 선진국은 그것이 약탈품이라는 사실을 알면서 사들인다. 휴대 전화에 쓰이는 콜탄(푸른 금이라고도 불리는 콩고 동부지방에서 생산되는 희귀금속 — 옮긴이)을 얻기 위해 수십만 명의 콩고인이 살해되는 상황이다. 게다가 미국이나 러시아 두 대국은 겉으로는 콩고 정부를 지지하면서 르완다나 우간다에도 자금을 원조하고 있다. 그게 누가 승리하더라도 지하자원의 권익을 얻어낼 수 있는 방법이니까. 자금 흐름까지 포함하면 큰 나라들 대부분이 참여한 세계 대전이 된 셈이다."

"인적 자원은요? 그렇게 많은 병사를 어떻게 확보합니까?"

개럿이 물었다.

"처음엔 실업자, 다음으론 빈곤층이 징병되었다. 군대에 있으면 식량 만큼은 지급받을 수 있으니까. 그래도 병력이 부족해져서 지금은 어린 애들을 유괴해서 병사로 만들고 있다. 말해 두지만 이것은 이미 국가끼리의 전쟁이 아니다. 콩고 국민 대부분은 이런 멍청한 무력 충돌을 지지하지 않았다. 하지만 아주 적은 수, 예를 들어 200명 정도 되는 무장 집단이 아이들을 납치해서 병력 1만 명의 군대를 조직하고 있다. 독재자에게 붙은 정부군도 똑같지. 자국 영토를 습격해서 약탈하고 사람들을 학살하고 있으니까."

싱글턴은 지도 앞으로 돌아와서 계속 이야기했다.

"콩고 서쪽을 보면 현재 남부는 정부군이 지배하고 있지만 북부와 동부는 혼돈 상태다. 함께 싸우고 있었던 르완다와 우간다가 지하자원 권익을 둘러싸고 분열되는 바람에 수급이 맞지 않게 되었기 때문이다. 자네들이 투입될 동부에는 스무 개 이상 되는 무장 집단이 전투를 벌이고 있는 판국이니 싸우고 있는 당사자들도 누가 적인지조차 잘 모른다. 그리고 민족 간의 증오까지 휘말려 있어서 제노사이드가 도처에서 일어나고 있는 것이 현재 상황이다. 유엔 평화 유지군도 파견되어 있지만 광대한 정글 전역을 지켜보기란 불가능한 일이다."

"그럼 저희는 어느 세력을 위해 싸웁니까? 유엔군입니까?"

예거가 물었다.

"어느 세력에도 가담하지 않는다. 무장 집단에 들키지 않고 정글 안쪽에 잠입해서 이 전쟁과는 독립된 목적을 위한 임무를 수행해야 한다."

"구체적으로는?"

"임무 상세 사항은 아직 밝힐 수 없다. 지금은 아무 의문도 품지 말고 훈련에 전념하도록."

예거는 육군 시절이 떠올랐다. '의문을 품지 마라.' 이 말은 신병에게 철저하게 주입시키는 군대의 불문율이었다.

"콩고에는 남자들이 흥미를 가질 만한 좋은 무기가 존재하지 않는다. 핀 포인트 폭격 같은 세련된 전술도 없다. 대의도 이데올로기도 애국심도 없다. 있는 것은 일체의 허식이 사라진 섬멸전뿐이다. 지하자원 쟁탈과 민족 간의 증오, 날붙이와 소총에 의한 살육."

싱글턴은 감정이 드러나지 않는 강인한 표정으로 되돌아와서 브리핑을 다음 말로 맺었다.

"현지에 잠입한 뒤, 지옥을 보고 싶지 않다면 절대로 인간에게는 다가가지 마라."

4

일요일이 되기를 기다려 겐토는 아쓰기에 있는 집으로 향했다. 며칠 만에 돌아온 집이 너무 쥐 죽은 듯이 고요해서 놀랐다.

어머니는 아직 여윈 모습이었지만 외조부모가 함께 있는 덕에 꽤 안정을 되찾은 것 같았다.

잠시 거실에서 이야기를 나누다가 겐토는 계단 위로 올라갔다. 2층에 있는 세 방 중에 2평이 조금 넘는 작은 방이 아버지의 서재였다. 벽이 있는 세 방향이 전부 책장으로 가득했고, 방 한가운데에는 책상이 덩그러니 놓여 있었다.

안으로 들어가니 아버지의 냄새가 겐토를 사로잡았다. 감상에 젖긴 했지만 호기심이 더 강했다. 아버지가 돌아가신 뒤에 받은 메일. 거기에 쓰여 있던 '아이스바로 더러워진 책'을 찾아 끝에서부터 책장을 살펴보았다. 맨 아랫단 가운데에 찾고 있던 책이 눈에 띄었다. 『화학정의(上)』였다.

대체 뭐가 있을지 궁금해 하며 표지를 폈더니 책에는 세밀한 작업이 되어 있었다. 페이지를 깨끗하게 빼내고 밀봉된 문서가 두 번 접혀 숨겨져 있었다.

봉투를 손에 들고 꼼꼼하게 살펴보았다. 아버지의 글씨로 '겐토에게'라고 겉봉에 쓰여 있었다. 안을 들여다보니 한 장의 메모와 현금 카드가 들어 있었다.

겐토는 봉투 안의 메모를 읽었다.

1. 이 책과 메모는 바로 처분할 것.
2. 책상 서랍에 검은색 소형 노트북이 있다. 그것을 보관해 다오. 결코 다른
   사람에게 넘겨서는 안 된다.

겐토는 뒤돌아서 책상을 보고 서랍을 열었다. 지시대로 검은 10인치
짜리 소형 노트북이 들어 있었다. 꺼내서 전원을 켜 봤지만 파란 화면이
표시될 뿐 OS가 설치되어 있지 않았다. 아무래도 뭔가 에러가 난 것 같
았다. 하는 수 없이 강제 종료하고 메모를 다시 폈다.

3. 현금 카드는 맘대로 써라. 누구 명의인지 모를 테지만 신경 쓰지 말고.
   잔고는 500만 엔이다. 암호는 파피의 생일이다.

겐토는 놀라서 대형 은행에서 발행한 현금 카드를 보았다. 표면에
'SUZUKI YOSINOBU'라는 명의가 각인되어 있었는데 정말 모르는 이름
이었다.

'암호는 파피의 생일'

파피는 어렸을 적에 키웠던 소형견 파피용이었다. 기억을 더듬다 보
니 잊은 줄 알았던 생일이 떠올랐다. 파피가 겐토와 가족들에게 둘러싸
여 1년에 한 번 맛있는 음식을 먹었던 그날. 암호는 1206이었다.

그런데 이 계좌에 500만 엔이나 되는 큰돈이 들어 있다면 그건 아버
지의 유산이라는 뜻이었다. 상속세 같은 것은 어떻게 하지? 외아들의

학비와 생활비를 위해서 이렇게 큰돈을 남겨 둔 걸까?

겐토는 메모를 마저 읽었다.

4. 지금 바로 아래 주소로 가거라.

'도쿄 도 마치다 시 모리카와 1-8-3-202'

열쇠는 아파트 바깥 계단 첫 번째 단에 테이프로 붙어 있다.

5. 이 모든 일은 절대로 다른 사람에게 말해서는 안 된다. 모든 일을 너 혼 자 비밀리에 하여라.

엄마에게도 말하지 마라. 지금 이후로 네가 사용하는 전화, 휴대 전화, 이 메일, 팩스 등의 모든 통신 수단은 도청되고 있다고 생각해라.

메모는 거기서 끝났다.

피해망상증이라는 생각까지 들게 하는 마지막 말에 겐토는 얼굴을 찌 푸렸다. 친아들밖에 찾아낼 수 없는 책 속에 메모를 숨긴 것도 메일이 해킹될 것을 우려해서 그런 것 같았다. 아버지는 흉부의 동맥뿐이 아니 라 정신도 병들었던 모양이었다.

"뭐하니?"

등 뒤에서 갑자기 말소리가 들려서 겐토의 심장이 펄떡 뛰었다. 뒤돌 아보니 어머니가 문가에 서 있었다.

"점심 차렸는데 안 먹니?"

"으응."

허공에다 답하면서 겐토는 재빨리 생각했다. 이 메모에 대해서 어머 니에게 이야기해야 하나? 하지만 '비밀리에 하여라.'는 아버지의 지시는 어쩌지?

"잠깐 찾을 거 찾고 나서 먹을게."

그렇게 말하고 겐토는 『화학정의(上)』를 메모와 함께 그대로 덮었다.

어머니는 수상하다는 기색 없이 계단을 내려갔다.

겐토는 다시 한 번 메시지를 읽고서 네 번째 항에 적혀 있는 마치다의 주소에 찾아가 봐야겠다는 생각을 했다. 아쓰기에서 출발해서 긴시초에 있는 하숙집으로 가는 길에 들르면 될 것 같았다. 기괴한 롤플레잉 게임을 억지로 하는 기분이 들었지만 할 수 없었다. 메모와 현금 카드를 주머니에 집어넣고 '아이스바로 더러워진 책'과 소형 컴퓨터를 겨드랑이에 끼고 아래층으로 내려갔다.

부엌에는 겐토 먹으라고 점심상이 차려져 있었다. 의자에 앉으면서 겐토가 물었다.

"할아버지는?"

"산책도 하실 겸 장보러 가셨어."

어머니가 힘없이 대답했다. 적당히 통통해서 좋았던 얼굴이 지금은 살이 쪽 빠졌다.

젓가락을 들고 심드렁한 말투로 물어보았다.

"아버지 말인데, 뭔가 이상한 일 없으셨어?"

대답이 없어서 고개를 드니 어머니가 놀랐다는 듯이 입을 벌리고 이쪽을 보고 있었다. 겐토는 겨우 깨달았다. 어머니가 풀죽었던 까닭은 아버지의 죽음 말고도 다른 큰 이유가 있는 것 아닐까? 그것이 자기가 받았던 기묘한 메시지와 관계 있는 것은 아닐까?

"너도 알았니?"

어머니가 역으로 질문했다.

"뭘?"

어머니는 외조부모가 자리에 없다는 것을 확인하듯 좌우로 시선을 던지며 말했다.

"뭔가 예감이 안 좋아. 요 몇 달 동안, 네 아버지 상태가 이상했어."

"상태가? 어떻게?"

"어지간히 바쁘게 다니면서 집에 귀가하는 것도 늦고."

"일이 바쁘셨나 보지? 의사 선생님도 과로 같다고 했잖아."

그래서 수명이 줄어든 것이라는 생각도 들었다.

"그게 다가 아니야. 매일 밤 너무 늦게 들어오니까 한번 물어봤었어. 어디서 뭘 하는 거냐고. 그랬더니 네 아버지가 이렇게 말하더라."

어머니가 말을 잠깐 멈추자 겐토는 재촉했다.

"뭐라고 하셨는데?"

"대학에서 아는 사람 자식이 히키코모리 증후군이라 그 애 가정교사를 하고 있댔어."

명백한 거짓말이었다. 어지간히 아버지답게 서투르고 빤히 보이는 핑계였다. 대학 교수나 되는 사람이 가정교사 아르바이트 같은 것을 할 리 없었다. 거짓말을 해서라도 가정을 비워야만 하는 이유가 있던 것이다.

"그러고 보니…… 미타카 역에서 쓰러지셨지?"

겐토가 생각났다는 듯이 말했다.

"그래, 그것도 이상해."

겐토는 열흘 전의 일을 회상했다. 아버지가 쓰러졌다는 연락을 받고 연구실을 뛰쳐나왔는데, 병원 위치가 집이 있는 아쓰기도 아니고 아버지 근무지였던 다마 시도 아니었다. 도쿄 도 미타카 시의 응급 의료 지정 병원은 집에서 전차로 1시간 정도 떨어져 있었고 아버지 출퇴근길에서도 크게 벗어난 지점이었다. 병원에 남아 있던 제복 차림의 경관과 응급실 담당 의사가 했던 말을 종합해 보면, 아버지는 미타카 역의 홈에서 전차를 기다리고 있다가 가슴의 동맥이 파열되어 병원으로 호송된 뒤 사망했다는 얘기였다. 애초에 어째서 미타카에 갔단 말인가. 겐토도 그냥 일이나 다른 볼일이 있었을 거라고 생각했지만…….

방금 전에 읽었던 피해망상증처럼 보이는 메모가 떠올라서 순간 공포심이 들었다. 아버지는 살해당한 것일지도 모른다는 의심이 고개를 들었다. 냉정해지자고 스스로에게 말하며 아버지 사망 당시의 상황을 다시 떠올렸다. 아무리 생각해도 이상한 점은 없었다. 겐토도 황급히 병원으로 찾아가서 의사의 설명을 듣고 흉부 CT촬영 후 대동맥류의 파열이 보였다는 사실을 확인했다. 독극물로 비슷한 증상을 일으키는 일이 불가능하다는 것쯤은 약학 전문가인 겐토도 바로 알 수 있었다. 아버지는 틀림없이 병사했다.

하지만 겐토의 머릿속에 아버지가 죽음 뒤에 보내 온 메일이 떠올랐다. 아버지는 자신이 '모습을 감추었을' 것을 미리 예상하고서 그런 것들을 준비했을 터였다. 죽음까지 짐작하지는 않았다고 해도 뭔가 문제가 일어날 것을 예상했던 것은 틀림없었다.

"그리고 구급차를 불러 준 사람에게 고맙다고 인사하려고 했는데, 누군지 모르겠더라. 아버지와 함께 있던 여자 같은데, 바로 역 근처에서 사라졌대."

아버지가 여자와 함께 있었다는 이야기는 처음 들었다.

"어떤 여자?"

"마르고 머리는 어깨까지 오는 길이인데 40대로 보였대."

어머니가 떠올리는 줄거리가 겨우 겐토에게도 파악이 되었다.

"그러니까, 엄마 말은……."

겐토는 순간 말이 막혔다. 어머니는 조금 무서운 눈을 하고 끄덕였다.

"근데……. 근데, '그' 아버지가?"

믿기 어려운 이야기였다. 낡아빠진 양복을 몸에 걸치고 연구 자금조차 부족한 형편의 대학 교수. 작은 몸에 불평불만을 가득 담은 우리 아버지. 환갑을 앞둔 나이에 황혼의 로맨스를? 하지만 아버지가 살해되었다고 생각하는 것보다는 훨씬 현실적인 이야기였다. 너무 불명예스럽고 하찮은 결말이라 겐토는 낙담했다. 자신에게 맡겨진 롤플레잉 게임의 목적은 불륜 뒤처리가 아닐까 싶었다. 이렇게 되면 어머니를 진실에서 떼어 놓을 필요가 있었다.

"생각이 지나친 것 같아. 함께 있던 여자래도 우연히 그 자리에 있던 사람일 수도 있잖아."

겐토가 어렵사리 가볍게 말했다.

"그러길 바랄 뿐이야."

어머니가 한숨을 푹 쉬었다.

전차에 타서 마치다로 향하는 길에서 겐토는 머리를 흔들었다. 자기 주변의 세계가 갑자기 변한 느낌이었다. 여태 부모로만 봤던 두 사람이 부부라는 특별한 관계였다는 사실을 지금에서야 깨달았다. 그것은 부모의 존재를 두 사람의 인간으로 보게 되었다는 말이었다.

마냥 어리던 시절은 이제 아마도 끝난 것 같다는 생각이 들었다. 어제까지는 자신이 어른이라고 생각하고 있었는데. 부모라는 존재는 죽음을 통해서 자식에게 마지막으로 가장 큰 교육을 하는 건지도 몰랐다. 좋게도 나쁘게도.

마치다 역에서 전차에서 내려서 은행으로 향했다. 이 동네 지리는 잘 알고 있었다. 집에서 20분 정도 거리라 고등학생 때 자주 책을 사러 가거나 영화를 보러 가기도 했다. 아버지의 출퇴근길을 생각해 보면 집과 근무지 정중앙에 위치하고 있었다. 거기에 아파트를 빌려서 애인과 밀회를 즐겼는지도 몰랐다.

현금 카드를 발행한 지점은 패션 빌딩 옆에 있었다. 겐토는 ATM 코너에 들어가서 'SUZUKI YOSINOBU' 명의의 카드를 기계에 넣고 비밀번호 1206을 입력했다. 잔액을 확인하니 '500만 엔'이 떴다.

가볍게 한 방 먹은 듯했다. 역시 이것은 돌아가신 아버지의 숨겨진 유산, 속되게 말하면 비자금이었다. 큰 금액에 당황한 겐토는 숫자를 바꾸기가 무서워서 잔고 확인만 하고 말았다. 불륜의 의혹이 점점 짙어졌다.

겐토는 역 근처에 돌아와서 '마치다 시 모리카와 1-8-3'에 있는 아파트를 찾아 주변 지도를 살펴보았다. 선로를 사이에 끼고 백화점이나 음식점으로 가득한 거리의 반대편 쪽이었다.

오피스텔과 공동 주택 사이를 따라 걷다가 차도 바로 옆에 난 좁은 통로를 발견했다. 문제의 아파트는 그 길 막다른 곳에 있을 터였다. 사유지로 보이는 통로 오른쪽에는 벽돌담이 있었고, 왼쪽에는 자갈을 박아서 주차장을 둘러싼 펜스처럼 돌담을 만들어서 번화가의 소음을 막게 되어 있었다.

안쪽으로 들어간 겐토는 드디어 목표하던 것을 찾았다. 무심코 발을 멈추고 2층짜리 시멘트 반죽으로 마감된 목조 아파트를 바라보았다.

금이 간 외벽, 비틀린 창틀, 녹슬기 시작한 바깥 계단.

쇼와 시대 유물이라고도 할 수 있을 정도로 예스런 느낌의 건물이었다. 마치 해자처럼 잡초가 가득 난 작은 공터가 아파트 주변을 둘러싸고 있었다. 아파트는 큰 빌딩들 틈바구니에 기척 없이 파묻힌 채 현대로부터 동떨어져 있었다. 아무래도 개발의 물결 속에서 혼자 뒤처진 건물 같았다. 남의 눈을 피하는 데 최적의 장소였지만 애인과 함께 살기에는 너무 음침했다. 정말 유령의 집 분위기였다. 실제로 이 아파트 주변만 인기척이 전혀 없었다.

다가가려면 용기가 필요했지만 결국 잡초를 밟고 부지에 들어섰다. 창문 수를 보면 1층과 2층에 각각 방이 세 개씩 있는 것 같았다.

아버지가 보낸 메시지에 나왔던 방 번호는 '202'. 우편함을 확인했지만 주인 이름이 인쇄된 우편물은 하나도 없었다.

겐토는 건물 측면에 있는 바깥 계단을 디뎠다. 도둑이라도 된 기분으로 주위를 둘러보고 나서, 손을 뻗어 맨 아랫단 뒷면을 더듬어 보았다.

손끝에 넓은 테이프의 감촉이 느껴졌다. 그것도 하나가 아닌 것 같았다. 손에 닿는 대로 테이프를 벗겼더니 열쇠 세 개가 나왔다. 병적인 경계심이 느껴져서 다시금 아버지에 대한 인상이 나빠졌다.

계속해서 발소리를 죽이고 계단 위로 올라갔다. 명패는 없었다. 문에는 최근에 다시 달았다는 느낌이 드는 너무 새 것 같은 자물쇠가 빛나고 있었다. 손에 든 세 개의 열쇠 중 어떤 게 맞는 것인지 이것저것 찔러 보면서 겨우 입구를 열었다.

딱 한 사람이 서 있을 정도로 좁은 현관이 있었는데 그 바로 오른쪽 개수대 위에 가스풍로가 있었다. 왼쪽 작은 문은 화장실 문인 것 같았다. 신발을 벗고 안으로 들어갔다. 짧은 복도 바로 맞은편에 문이 있었다. 화려한 시트로 감싼 더블베드가 있는 게 아닐까 이상한 상상에 빠진 채 문을 열었다.

방 안은 캄캄했다. 하지만 의외로 따뜻했다. 온풍기에서 나는 바람 소리가 작게 들려왔다. 벽을 더듬어 전기 스위치를 켰다. 형광등이 음울한 빛으로 비추는 방의 풍경에 겐토는 눈을 번쩍 뜨고 우뚝 섰다.

애인과 밀회를 즐기는 집이 아니었다. 약 3평 정도의 크기. 창에는 차광 커튼이 걸려 있어서 바깥에서 빛이 들어오는 것을 완전히 차단하고 있었다.

방 전체를 차지하고 있는 큰 식탁용 탁자 위에 다양한 실험 기구가 놓여 있었다. 15인치 노트북, 시약대로 쓰고 있는 책꽂이, 피펫과 삼각 플라스크, 회전 증발기에 자외선램프까지 갖추어져 있었다. 벽에 붙은 냉장고도 가정용이 아니라 연구실용이었다. 겐토가 평소에 익히 쓰던 실험 도구들. 즉, 이곳은 겐토의 전공인 유기 합성을 하는 실험실 같았다.

이만큼의 기자재를 구입하는 데는 상당한 비용이 들었을 터였다. 바닥에 침구나 칫솔 세트도 놓여 있는 걸로 봐서 누군가 상주하며 작업한 게 분명했다.

그때였다. 바로 뒤에서 살아 있는 무언가가 바스락 움직이는 기척이 있었다. 이 방에 자기 이외의 생명체가 있을 거라고는 상상도 못했던지라 확 뒤를 돌아봤다. 창문 반대쪽, 여태 쳐다보지 않았던 벽에 벽장이 있었는데 그 위쪽 칸에 투명한 플라스틱으로 된 큰 상자가 여러 개 있었다. 환기 장치나 사료 자동 급여 장치 등을 갖춘 실험동물 사육용 우리였다. 전부 40마리 정도 되는 쥐가 10마리씩 그룹으로 나뉘어 있었다. 이 쥐들은 낡은 아파트 벽장 속에서 줄곧 살고 있었던 것 같았다.

불쌍하게도 절반인 오른쪽 스무 마리는 상당히 쇠약한 모습이었다. 뭔가 해 주고 싶었지만 평소 실험동물을 써 본 적이 없으니 대처하기 어려웠다. 급수기에 물이 적은 것을 보고 수돗물을 채워 줄까 생각도 해봤지만 멸균수를 써야 하지 않나 하는 의문이 들었다. 전공이 아닌 이런저런 문제에 머리를 굴려 본 결과, 돌아가기 전에 근처 편의점에서 생수를 사 오기로 했다.

겐토는 다시 한 번 이상한 실험실을 둘러보았다. 아버지는 무슨 목적으로 이런 집을 준비했을까. 맞아, 실험 노트! 갑자기 떠오르는 게 있어서 탁자 위에서 연구자용 큰 노트를 찾아냈다.

표지를 여니 한 통의 봉투가 끼워져 있었다. 안에 들어 있는 것은 컴퓨터로 인쇄된 메시지였다.

겐토에게

여기까지 잘 도착했구나. 기묘한 실험실을 봐서 놀랐겠지만 본론은 이제부터다. 나는 사정이 있어서 개인적인 연구를 하고 있었다. 내가 모습을 감추고 있을 동안, 그 연구를 네가 이어받았으면 좋겠다.

다시 나타난 아버지의 유언 역시 이번에도 자기 죽음을 예상하고 있지는 않았다. '모습을 감추다'라는 말이 어떠한 상황을 가리키고 있는 것인지는 여전히 명확하지 않았다.

이 연구는 모든 것을 너 혼자서 해라. 누구에게도 누설하지 말도록. 하지만 혹시 신변의 위험이 느껴지는 사태가 생기면 바로 집어치우더라도 상관없다.

여기도 피해망상이 느껴지는 글이 쓰여 있었다. 겐토는 눈썹을 찌푸리며 이어받아야 하는 연구 내용을 훑어봤다.

일단 15인치짜리 흰 노트북에 연구에 필요한 프로그램이 들어 있으니 이것을 써라. 집에 있는 서재에서 가져온 10인치짜리 컴퓨터는 절대로 남에게 맡기지 마라. 그대로 잘 보관하도록.

 등받이 없는 회전의자가 있기에 실험대 앞에 앉아 메시지에 있는 두 대의 노트북을 앞에 두었다. 몸체는 흑과 백의 두 가지 색이다. 우선 큰 쪽, 하얀 15인치짜리 노트북에 전원을 켰다. 집에 있던 검은 노트북이 작동하지 않는다는 것을 알고 있었지만 시험 삼아 다시 한 번 스위치를 켜 보았다. 이 소형 컴퓨터에는 아버지가 숨겨 두려 한 개인 문서, 어쩌면 이메일이 남겨져 있지 않을까 하는 생각이 들었다. 아버지가 미타카 역에서 쓰러졌을 때, 함께 있던 여자에 대해서는 아직 아무것도 알 수 없었다. 불륜이라는 의심이 완전히 사라지지는 않았다.

 두 대의 컴퓨터가 켜지는 것을 기다리며 겐토는 남은 글을 읽었다.

 구체적 연구 내용:

 1. 너에게 부탁하고 싶은 것은 오펀 수용체(orphan receptor)의 아고니스트(agonist)를 디자인하여 합성하는 것이다.
 2. 목표인 GPCR의 상세 설명은 15인치 노트북을 보면 안다.
 3. 2월 28일까지 완성해라.

 "윽."

 겐토는 신음했다. 가당치도 않은 말 같았다. 전공이 아닌 지식이 필요해서 몇 번이나 다시 읽고 잘못 이해하지 않았는지 확인했다.

 아버지의 지시를 종합해 보면 이런 말이었다. 세포의 표면에 있는 여러 종류의 '수용체(受容體)'라는 단백질이 고개를 내밀고 있다. 이름대로 주머니처럼 움푹 들어간 구조를 가지고 있는데, 거기로 특정 물질(리간드)이 들어가서 결합해야 세포 자체가 생명 활동에 지장 없이 움직일 수 있다. 남성 호르몬이나 여성 호르몬 등으로 불리는 리간드가 근육을 발달시키거나 피부를 깨끗하게 하는 것도 그것이 작용하는 세포에 수용체가 있기 때문이다. 여기에 들어가야 비로소 각종 호르몬이 특정 기능을 발휘하도록 세포에게 명령하는 것이 가능하다.

메시지에 있는 '오편 수용체'는 그 기능도, 거기 결합되는 리간드도 밝혀지지 않은 수용체이므로 아버지의 요구는 그것을 활성화시키는 물질을 만들라는 말이었다.

그런데 '목표인 GPCR', G단백질 연결 수용체(G protein coupled receptor)는 밧줄처럼 가늘고 긴 단백질인데, 세포막의 안쪽과 바깥쪽을 일곱 번이나 오가며 그 중심부에 주머니를 만들어 내는 수용체다. 수용체의 모양을 특정 짓기가 지극히 어려운 탓에, 결합하는 리간드를 디자인 하는 일은 몹시도 난해한 기술이었다.

여기 적혀 있는 지시를 제대로 이행하려면 제약 회사 같은 큰 연구 기관이 우수한 연구자를 모아서 적어도 10년 이상의 세월과 수백억 엔이나 되는 자금을 들여야 했다. 그렇게 하더라도 잘 되리라고 확신하기 어려울 정도로 난이도가 높은 과제였다. 그것을 대학원 석사 과정 2년차 학생이 혼자 겨우 500만 엔의 자금으로 딱 한 달 안에 완성하라는 것은 아무리 생각해도 무리한 이야기였다.

아버지에게는 뭔가 승산이 있었던 걸까? 남은 단서는 실험 노트에 기재된 내용이었지만 그것은 겐토의 전공에서 크게 벗어나 있었다.

노트에 적혀 있는 것은 겨우 네 장이었는데 처음에 연구 목적으로 '변이형 GPR769의 아고니스트를 디자인하여 합성한다.'고 적혀 있었다.

이걸 '변이형 GPR769'이라고 부르는 구나. 목표물인 오편 수용체의 명칭이 판명되었다. 아고니스트란 이 수용체에 엮여 들어서 세포를 활성화시키는 약물인데, 이른바 인공적으로 만들어진 리간드였다. 하지만 겐토가 알게 된 사실은 그게 다였다. 다음으로 연구 순서 항목이 이어졌다.

- 변이형 GPR769의 입체 구조 해석
- CADD(in silico에서의 디자인)
- 합성
- in vitro(생체 외 실험으로 분자 생물학적 실험 등을 지칭 — 옮긴이)에서 바인딩 어세이
- in vivo(동물을 이용한 생체 실험 — 옮긴이)에서 활성 평가

'합성' 이외의 항목은 다른 분야의 전문 지식이 필요했기에 겐토로서는 타당한 방침인지 판단할 수조차 없었다. 그렇지만 아버지가 아무래도 제약이라는 분야를 너무 쉽게 생각하는 것 같다는 인상을 받았다. 합성한 화합물의 구조 최적화라든가, 인체에 대한 임상 시험이나 중요하면서도 손이 많이 가는 단계가 싹 다 빠져 있었다.

그러자 문득 다른 곳에 생각이 미쳤다. '변이형 GPR769'라는 것이 원래 사람의 세포에 있는 수용체일까? 아니면 다른 생물일까? '변이형'이라고 되어 있으니 코드가 되는 유전자에 돌연변이를 일으키는 것은 틀림없었다. 그 변이는 이 수용체를 가진 생물에게 어떤 변화를 초래할까? 상대가 인간이 아니라면 임상 시험이 생략되어 있는 것도 납득이 됐다.

유품인 두 대의 컴퓨터도 당장 도움이 되는 물건이 아니었다. 연구에 쓰라고 지시를 받았던 흰 노트북의 OS는 리눅스였다. 유기 합성 연구자

에게는 익숙한 시스템이었다. 다른 한 대의 노트북은 역시나 멈춰 있는 상태였다.

아버지의 유지를 따르려면 다른 사람의 지혜를 빌려야만 했다. '이 연구는 모든 것을 너 혼자서 해라.'라는 지시를 거스르게 되지만.

겐토는 노트에 끼워져 있던 메시지를 다시 살폈다. 마지막 항목이 남아 있었다.

내가 장기간 돌아오지 않을 경우 :

나는 바로 돌아올 것이라 생각하지만, 만에 하나 부재 기간이 길어질 경우에 대해서 써 두겠다.

언젠가 미국인 한 명이 너를 찾아 올 것이다. 그 미국인에게 합성한 화합물을 넘겨라. 영어 동아리에도 있어 봤으니 회화 실력이 부족하진 않겠지. 이 애비와는 달리. 하하.

이상이다.

유서가 된 아버지의 메시지는 꽤나 밝은 분위기로 끝났다. 글 속에 계신 아버지와 함께 웃으며 겐토는 '장기간 돌아오지 못할 경우'에 대해 생각했다. 아버지는 장기간이 아니라 영원히 돌아오지 않을 터였다. 그렇다면 겐토를 방문할 미국인이라니 대체 누굴까? 영어 실력이 부족했던 아버지에게 미국인 지인이 있을 것이라고는 생각되지 않았다.

결국 수수께끼는 수수께끼를 부를 뿐이었다. 알고 있는 사항이라면 아버지가 '변이형 GPR769'라는 주머니에 집어넣을 물질을 만들려 했다는 것뿐이다. 겐토로서는 이것이 실현 가능한 연구인지 아닌지 조사한 뒤에 그 후의 방침을 정할 수밖에 없다.

일어나서 다운재킷을 입었다. 실험 노트를 덮으려 했을 때, 글씨 칸 바깥에 쓰인 영어 단어가 눈에 들어왔다. 연구 내용은 볼펜으로 꼼꼼하게 기입되어 있었지만 그 흘려 쓴 글씨만은 연필로 엷게 쓰여 있었다.

Heisman Report #5.

어디선가 들어 본 기억이 있는 단어였다.

하이즈먼 리포트.

신문 기자의 얼굴이 떠올랐다.

5

백악관 지하에 설치된 상황실에 전시 내각을 구성하는 각료들이 한자리에 모여 있었다. 창문 하나 없이 가늘고 긴 방을 천장에 붙은 형광등이 환하게 비추고는 있었지만 실내를 감싼 음울한 공기를 내쫓기는 역부족이었다.

모든 물건의 색채가 결여된 세상이었다. 마호가니로 된 회의용 탁자, 검은 가죽 의자, 의자에 앉아 있는 고관들이 입은 어두운 양복. 실내에 있는 모든 사람이나 사물이 흑백으로 가라앉아 서로의 윤곽을 지우고 있으니 마치 방 전체가 하나의 생명체 같은 기분 나쁜 인상을 조성하고 있었다. 바로 이곳이 초 거대국의 수뇌부였으며, 이 국가의 인격을 몸으로 나타내는 최고 의사 결정권자는 성미가 급했다.

"그럼 원인은 밝혀냈소? 이렇게 엄청난 손해를 입었으니 이쪽 정보가 새어나갔다고밖에 할 수 없잖소."

탁자 위에 앉은 번즈 대통령이 시야 안쪽으로 줄줄이 늘어선 고관들 바로 앞에서 울화를 터트렸다. 발언을 서로 미루는 각료들을 보고 번즈는 대답할 사람을 지명했다.

"당신에게 묻는 거요, 찰리."

국가 정보장인 왓킨스는 그에게 도저히 도움이 안 될 간략한 보고서에서 눈을 떼고 대통령에게 대답했다.

"말씀하신 대로 이라크에서 계약직 사망자 수가 급속하게 늘어나고 있지만 지난 일주일 만에 이전과 같은 추이로 돌아왔습니다. 아마 저희 방첩 대책이 효과를 거둔 것이 아닐까요?"

"질문에 대답하시오. 적이 어떻게 이쪽 움직임을 이미 파악하고 있었던 거요?"

바그다드에 있는 무장 집단이 어떻게 민간 군사 기업 계약직만을 효율적으로 노려서 공격할 수 있었는지는 왓킨스도 궁금한 사항이었다. 하지만 그의 책임은 아닐 터였다.

"민간 군사 기업의 활동에 대해서는 정보국보다 펜타곤이 더 잘 알 것 같습니다. 그들의 행동 계획은 국방부가 파악하고 있을 테니까요. 아니면 국무부라든가."

"우리 조사로는 문제될 소지는 전혀 없었소."

라티머 국방 장관이 언제나 그렇듯 찌푸린 얼굴로 응했다.

그 말을 받아 체임벌린 부통령이 비난에 가득 찬 어조로 말했다.

"CIA는 이슬람 무장 조직의 정보 수집 능력을 과소평가하고 있는 것 아니오?"

이런 답답한 회의를 이번 정권에서 벌써 여러 차례 되풀이해 왔던 참석자들은 익숙하게 매번 겪어 온 힘의 논리를 민감하게 알아차렸다. 체임벌린 부통령이 회합에 앞서서 정보기관을 속죄양으로 삼은 것이다. 모든 것은 저들 탓이라고.

"그럴 리 없습니다! 우리 분석이 유출될 우려는 없습니다."

부정하고 나선 것은 침묵을 지키던 CIA 국장 홀랜드였다. 스파이 조직의 수장에 걸맞게 은발에 수염을 기른 풍모가 어딘지 신비로웠다.

"그렇게 단언할 수 있는 근거가 뭐요?"

체임벌린이 그렇게 힐난하던 참에 라티머가 끼어들었다.

"그 이야기는 다른 자리에서 의제로 삼도록 합시다. 중요한 사실은 민간 군사 기업의 용병들은 탄광 속의 카나리아(환기시설이 없는 탄광에서는 유해 가스에 민감한 카나리아가 살아 있으면 안심하고, 죽으면 작업을 중단하고 벗어난다. 다가오는 위험에 대한 대비책 — 옮긴이)나 마찬가지라는 거요. 그들이 몇 명이 죽든 국민이 알 수는 없습니다. 하지만 똑같은 소모율이 우리 군에서 발생되면 여론까지 적으로 돌리게 됩니다. 아무튼 지금은 공식 발표된 전사자 수를 늘리지 않는 것이 관건입니다."

마지못해 홀랜드도 끄덕였다. 무의미한 논쟁은 빨리 끝내는 것이 당연했다. 마지막으로 그는 국가 안보 보좌관을 원망 그득한 눈으로 흘끔 노려보았다. 관청 간의 알력 다툼을 조정하는 업무는 저놈이 할 일인데.

"좋소. 오늘은 이걸로 끝이오?"

서류를 정리하려던 번즈에게 비서실장인 에이커스가 말했다.

"또 하나, 국제 형사 재판소(ICC) 문제가 남아 있습니다."

번즈가 작게 신음하고는 윌리스 법무 장관에게 물었다.

"서명 철회는 어찌 되었소?"

"유엔 사무국에서는 합중국의 서명 철회를 수리하지 않고 있습니다."

번즈는 혀를 찼다. 이전 정권 말기에 전대 대통령이 국제 형사 재판소 설치를 위한 국제 조약에 서명했다. 그대로 조약이 비준되면 미국인이 전쟁 범죄를 저질렀을 경우, 국제법으로 제재당할 수가 있었다. 그래서 이쪽이 일방적으로 서명을 취하했지만 유엔은 그것이 마음에 들지 않는 모양이었다. 이게 무슨 꼴인지. 번즈가 속으로 중얼거렸다.

"양국 간의 면책 협정 체결을 정할 수밖에 없겠군요."

발라드 국무 장관이 입을 열었다. 군인 출신 반전론자는 현 정권이 되고 나서 급속도로 존재감을 잃고 있었지만 그 자신에게 주어진 직무는 충실히 수행하고 있었다.

"그렇게 되면 상대국은 미국 국적인 사람을 국제 형사 재판소에 넘길 수 없게 됩니다."

"그것만으로는 미지근하군. 면책 협정을 맺지 않는 나라는 일절 경제 원조를 끊어 버리시오."

번즈가 말했다.

"그렇게 진행하도록 하겠습니다."

개인적인 의견은 숨기고서 발라드가 말했다.

"좋소. 제군들. 각자 업무로 돌아가시오."

대통령은 회의가 끝났음을 선언했다. 가늘고 긴 탁자 양 끝에서 각료나 차관들이 돌아갈 준비를 했다. 번즈는 가장 가까이 있는 자리가 비는 것을 기다렸다가 비서실장을 불렀다.

"가드너 박사를 불러 주게."

"네."

에이커스가 대답하며 내선용 전화 수화기를 들었다.

"가드너 박사님을 부탁합니다."

상황실을 나가는 고관들과 교대로 초로의 과학자가 나타났다.

"박사님, 기다리게 해서 죄송합니다."

번즈가 의자에서 일어나 과학 기술 보좌관을 맞이했다. 경계심을 품지 않고 이야기를 나눌 수 있는 상대는 지금 번즈에게 귀중한 존재였다.

친근한 느낌이 전해졌는지, 가드너도 온화한 미소를 지으며 번즈가 권한 의자에 앉았다.

그 자리에 남아 있던 CIA 국장 홀랜드는 불미스런 일로 비난의 대상이 되었다는 불쾌함도 잊은 채 개인적인 관심을 갖고 과학 고문의 언동에 주목했다. 순전히 취미로 아마추어 과학 잡지를 구독하던 홀랜드는 이번 특별 접촉 계획을 심각하게 우려하고 있었다. 지금 이 순간에도 그 생물은 콩고 오지에서 비밀리에 성장하고 있을 터였다.

번즈는 본론에 들어가기에 앞서 다른 간단한 문제부터 꺼냈다.

"전에 여쭤 봤던 건인데, 어…… 뭐라고 하셨었죠?"

"배아 줄기세포 말씀이십니까."

"맞아요, 배아 줄기세포. 박사님의 의견으로는 연구를 재개해야 한다고 생각하시나요?"

"네. 이대로는 미국의 경쟁력이 현저하게 저하될 수 있습니다."

정면에서 반대 의견을 들었지만 가드너가 말하니 별로 화가 나지 않았다. 번즈는 과학적·논리적인 관점에서 나온 결론이 아니라, 보수적인 기독교인들의 지지를 잃고 싶지 않을 뿐이라는 듯이 말했다.

"하지만 어려운 문제랍니다. 박사님의 조언은 감사드립니다만, 기존 정책은 변하지 않아요. 숙고를 거듭한 결정입니다."

가드너도 부드럽게 대답했다.

"물론 그 결정을 존중합니다. 그렇다면 인접한 다른 분야에 힘을 쏟는 건 어떨까요. 21세기는 틀림없이 생물학의 시대가 될 겁니다. 미국이 뒤처지는 일이 있어서는 안 되니까요."

번즈는 다른 고관들도 이러한 대답 방식을 배웠으면 좋겠다고 생각했다. 그는 가드너에게 커피를 가져오도록 비서실장에게 지시했다. 그리고 천천히 물었다.

"어떻습니까, 계획의 진척 상황이?"

특별 접촉 계획을 맡고 있는 과학 고문이 커피를 마시며 대답했다.

"약간 늦게 시작되었지만 현재는 만사가 순조롭습니다. 라티머 장관님께서 마음을 써 주신 덕분에 펜타곤에 훌륭한 사무실을 준비해 두었습니다."

'마음을 써 주다'라는 말에 가드너의 인품이 드러났다. 백악관에서는 보통 마음만으로는 아무것도 움직일 수 없었다. 번즈는 뜻밖이라는 미소를 지었다. 그때 참석자 중 홀랜드만 진지한 표정을 유지하는 것이 눈에 띄었다. 순간 의심스러워졌다. CIA 국장은 무엇을 신경 쓰고 있는 걸까.

"특별 계획실 말입니까?"

"그렇습니다. 딱 이 방 크기인데……."

가드너는 상황실을 둘러보았다.

"화상 회의 설비나 각종 정보를 옮길 스크린 같은 것이 완비되었습니다. 책임자로는 슈나이더 연구소의 우수한 젊은이를 임명했습니다. 먼저 제출했던 구체적인 계획을 입안한 사람입니다. 그 친구가 모든 일을 맡아 진행해 주고 있죠."

"최상의 인재입니다. 서른을 조금 넘은 나이의 상급 분석관입니다. 실적은 아직 적지만 장래성이 있습니다."

라티머 국방 장관이 말했다.

그 평가에 숨어 있는 의미가 번즈에게도 전해졌다. 계획에 문제가 있을 경우 별로 번거롭게 고민할 필요 없이 자를 수 있는 책임자라는 뜻이었다. 실제로「하이즈먼 리포트」에 기초한 이번 계획은 미 정부가 진행 중인 비밀 계획 중에서는 가장 우선순위가 낮았다.

"작전을 수행하는 현장 요원들의 인선도 완료되었고, 이미 남아프리카에서 훈련을 시작했습니다."

번즈는 약간 신경이 쓰이던 부분을 물었다.

"그 생물 말인데, 혹시 정말 존재한다면 이미 미국을 위협할 만한 존재가 되어 있을 것 같나요?"

"그럴 걱정은 없습니다. 그 정도로 성장하지는 않았으니까요. 말하자면 아직 어린 아기입니다."

"그렇습니까? 그러면 계획대로 빨리 없애는 수밖에 없겠군요."

"그렇습니다. 없애야죠."

가드너도 끄덕였다.

번즈는 과학 고문이 진심으로 그 말을 했다는 것을 깨닫고 처음으로 가드너 박사에게 위화감을 느꼈다. 이 사람 좋은 박사가 이 더러운 작전에 이의를 제기하기는커녕 적극적으로 추진하는 역할을 맡았다. 종교적인 교의와 전혀 상관없어 보이는 과학자가 보기에도 그 생물이 울화통 터지는 존재라 그럴 거라고 추측했다.

"그런데 이번 계획은 의회에도 알리셨습니까?"

가드너 박사가 질문했다.

"예산만은 보고하고 있지요."

번즈의 답에 체임벌린 부통령이 말을 이었다.

"법의 틀 안에서 작전 개시 30일 전까지 상하의원의 상층부 몇 명에게 예산 금액을 전해야만 합니다. 하지만 구체적인 행동 계획까지 알려줄 필요는 없습니다. 그들은 우리가 무엇을 하려고 하는지는 모른다는 말이죠. 계획에 관여하는 사람들도 물론 이 사실은 숨기고 있습니다."

가드너는 안심한 듯했다. 학구열에 불타는 학자는 미국 최고 기밀 계획에 참가하려니 밤잠도 설칠 정도로 스릴을 맛보고 있는 모양이었다. 번즈는 실소를 금할 수 없었다.

"박사님께서 노력해 주셔서 계획이 잘 돌아가고 있는 것 같군요."

가드너가 끄덕이며 말했다.

"아까 말씀드린 계획의 책임자가 정말 치밀한 작전을 완성했습니다. 한 달 이내에 계획이 성공리에 완료되리라 생각합니다. 제가 보증합니다."

대화를 지켜보던 홀랜드는 암담한 기분을 떨치기 위해 신경질적으로 콧수염을 쓰다듬었다. 대통령도, 과학 고문도 완전히 적을 깔보고 있었다. 만에 하나라도 그 생물이 문명사회와 접촉하게 되면 가까스로 유지되고 있던 전 세계의 질서가 잠시도 못 버티고 붕괴될 것이다.

홀랜드는 남아프리카에 소집된 네 명의 남자들을 생각했다. 그들은 인류에게 내려온 재앙을 회유하기 위해 하늘에 올리는 제물이 되리라.

6

여태까지는 임무가 거칠수록 예거의 마음에 있는 통증이 엷어졌다. 절박한 목숨의 위험이나 육체적 고통이 그보다 훨씬 뼈아픈 문제를 잊게 해 주었다. 하지만 아들의 남은 수명이 한 달밖에 남지 않은 지금, 어떤 혹독한 훈련도 예거의 진통제가 되지 않았다.

40킬로그램 군장을 짊어지고 40킬로미터를 도보하는 완전 군장 행군. 육군 시절에는 별로 힘들지도 않았는데 민간 경비 요원이 되어 도시에서 호위 임무 훈련만 받았더니 지구력이 훨씬 떨어져 있었다. 제타 시큐리티의 부지를 나와 구릉지를 빙 둘러 나 있는 비포장도로를 걷기 시작하니 겨우 10킬로미터 걸었는데 벌써 숨이 차올랐다. 한 걸음 발을 디딜 때마다 등에 짊어진 무게가 예거의 체력을 깎아 먹었다. 북쪽 하늘에서 비치는 남반구의 태양이 체온 유지를 위해 흐르는 땀을 순식간에 증발시켰다. 일렬종대의 두 번째, 팀 리더 포지션에서 걷는 동안 예거는 이 고통에 집중하라고 스스로를 타일렀다. 하지만 정신의 저 밑바닥으로부터 고난으로 가득한 인생 단편이 끊임없이 떠올랐다가 사라졌다.

전쟁놀이에 끼지 않으려 하는 여동생에게 신경질을 내던 일곱 살 무렵. 아버지가 운전하는 차에 식구 네 명이 타고 아칸소 주에 사는 친척을 보러 갔던 적이 있었다. 도중에 들렀던 모텔에서 차를 멈춘 아버지가 혼자 프런트에 가서 체크인 수속을 마치는 것을 예거는 뒷자리 창에서 바라보고 있었다. 카운터를 사이에 두고 담소를 나누는 두 어른. 뒷주머니에서 꺼낸 지갑. 사인을 하기 위해 받은 볼펜. 소년이었던 예거는 언젠가 자신도 아버지가 되어 저 역할을 할 수 있을 거라고 생각했다.

하지만 본보기여야 할 존재는 주어진 책임을 수행하지 않은 채 가정을 떠났다. 남겨진 어머니는 슈퍼마켓 식품 창고의 관리직으로 일하며 두 아이를 키웠다. 예거가 고등학교 졸업을 앞두고 군대에 들어가겠다고 선언했던 때, 그렇게도 당차던 어머니가 비 맞은 강아지 같은 표정을 지었다. 열여덟 살이었던 예거는 아들을 생각하는 어머니의 마음을 도저히 이해할 수 없었다. 그것을 티끌만치라도 이해하게 된 것은 자기 자식이 생사를 건 싸움에 빠져들게 된 이후였다.

아들 저스틴은 어느 정도 자란 무렵부터 자기 목숨을 빼앗으려 하는 '적'이 있다는 사실을 알고 있었다. 혼자서 싸워야만 한다는 것도, 언젠가는 힘이 다하여 죽게 되리라는 것도 알고 있었다.

병실에 아들을 보러갈 때 예거는 항상 산더미 같은 장난감을 한아름 안고 갔다. 미니카나 광선총, 최신형 트랜스포머 로봇. 조금이라도 아이가 기뻐하는 얼굴이 보고 싶었다. 하지만 아들은 작은 손에 로봇을 쥐고 어두운 눈으로 바라보고 있었다. 그것이 그에게 부과된 고통스러운 의무라도 되는 것처럼.

예거 입장에서는 생명의 여리고 약한 면을 알게 된 기분이 들었다. 5년 뒤에 이 세상에 남은 것은 저스틴의 몸이 아니라 플라스틱으로 만들어진 로봇일 것이다.

이 아이의 웃는 얼굴을 보고 싶다. 건강하게 말하는 모습을 보고 싶다. 탁자에서 컵을 뒤엎어도 좋고, 집안 벽에 낙서를 하더라도 혼내지 말고 봐줘야지. 원할 때마다 원하는 만큼 마음껏 캐치볼을 같이 해 줄 거야. 다른 애들처럼 건강만 되찾을 수 있다면……

"예거."

누군가 억양이 이상한 영어로 말을 걸어서 문득 정신이 들었다. 고개를 들었더니 선두에서 걷던 믹이 멈춰 섰다.

"쉴까?"

믹이 제안했지만 사실 그는 피로해 보이지 않았다. 녹초가 된 것은 후방 두 사람, 개럿과 마이어스였다.

"그렇군. 10분 휴식하자."

일동은 햇빛을 피해 나무 아래로 이동하여 백팩을 내려놓았다. 각자 부족한 체력과 훈련 그 자체에 악담을 퍼부었지만 군대에서 익히 오가는 지저분한 말은 별로 없었다. 이 어중이떠중이 집단이 의외로 신사적인 면도 갖추고 있다는 것을 깨달았다. 평소라면 육두문자를 활발하게 나누는 사람이 두세 명 정돈 있어도 이상하지 않을 텐데.

마이어스가 트레킹 부츠를 벗고 까진 상처에 일회용 반창고를 붙이며 입을 열었다.

"이번 임무 좀 불안해. 공군이었을 때를 포함해도 본격적으로 정글 훈련을 받아 본 적이 없어. 이 일에 어떻게 내가 끼게 되었는지 모르겠군."

"그럼 간단한 업무라는 거 아닌가?" 개럿이 말했다.

구체적인 임무 내용이 확실하지 않은 이상, 예거도 할 말이 없었다.

"믹, 넌 정글 훈련을 받은 적 있어?"

"어."

프랑스 외인부대에 있던 일본인이 끄덕였다.

해병대 수색대에 있던 개럿도 밀림의 작전 수행은 익숙하지 않을 터였다. 예거가 마이어스에게 말했다.

"정글에서 무서운 것은 맹수 종류가 아냐. 곤충이나 작은 동물들이야. 말라리아를 옮기는 모기, 발톱 근처에 알을 낳는 벼룩, 그리고 뱀이나 전갈, 벌, 거미…… 정체 모를 생물에 쏘이지만 않으면 목숨을 잃을 일도 없어. 그러니 일단 기본적인 건 벌레 퇴치제야. 이걸 피부만이 아니라 옷에도 발라. 그리고 모기장도 필수품이고."

"잘 때는? 그냥 야영하듯이 텐트를 가지고 가나?"

"해병대는 어떻게 하지?"

예거가 개럿에게 말을 돌렸다.

"분명히…… 간이형이었지."

개럿이 순간 말을 멈췄다가 대답했다.

"간이형 텐트? 정글에서?"

"아, 아니. 보급을 확실히 받을 수 있는 상황이라면, 말이지."

개럿이 냉정한 표정 그대로 말하는데 믹이 끼어들었다.

"우리들이 쓰던 건 나뭇가지를 조립해서 해먹을 위에 매다는 방법이야. 지면에서 몸을 띄우면 뱀이나 지네도 피할 수 있어."

"맞아, 그거야. 영국 공수특전단(SAS) 애들이 하는 거랑 똑같이."

개럿이 맞장구를 쳤다.

예거는 개럿의 이력에 의심이 들었다. 수색대에 있었다는 것이 정말일까. 민간 경비 요원 중에는 그냥 허세를 떨 목적으로 경력을 사칭하는 놈도 있었는데, 그런 거짓말이 때때로 동료의 목숨을 잃게 할 수도 있었다. 네 사람으로 짜인 팀에서 한 명이 쓸모없는 놈이라면 전력이 25퍼센트나 줄게 되는 셈이니 더욱 그랬다.

침착한 모습의 개럿을 관찰하던 예거는 판단을 망설였다. 허영을 좋아하는 타입이 아닌 것은 확실한데, 그 한편으로 해병대 출신 치고는 행동거지가 너무 점잖았다. 앞으로 이 남자의 기술을 샅샅이 살펴봐야 할 것 같았다.

행군은 예정 시간을 한 시간 넘기고서야 겨우 끝났다. 훈련 시설에서 맞이하는 작전 부장 싱글턴은 "뭐, 처음엔 다 그렇지." 하고 말했지만 표정에는 불안한 기색이 역력했다.

네 사람은 그들을 괴롭히던 백팩을 자기 방에 내버려 두고 옷을 갈아입지도 않고서 다음 프로그램으로 이동했다.

제타 시큐리티의 본사 건물 뒤에는 광대한 공터로 조성되어 비행기의 이착륙장이나 격납고, 각종 훈련 시설 등이 설비되어 있었다. 예거 일행이 뒷문을 통해 바깥으로 나가니 군용 수송기에 물자를 싣고 있는 지게차가 보였다. 이 기지 내에 싱글턴 이외의 직원을 보는 것은 처음이었다. 아무래도 자신들은 격리되어 있다는 생각이 들었다. 역시 이번 작전은 미국이 주관하는 기밀 계획으로 봐도 될 듯했다.

"이제 무기를 지급한다."

싱글턴이 이렇게 말하며 일동을 콘크리트로 된 창고로 안내했다.

무기고 내부는 과연 장관이었다. 중형 화기나 소형 화기뿐만 아니라 로켓 발사기, 박격포, 공수 작전에서 쓰는 낙하산까지 갖추고 있었다. 분쟁 지대에서는 오로지 동유럽이나 중국제 무기만 유통되고 있을 터인데 여기는 서양을 포함한 세계 각국의 엄선된 무기류를 갖추고 있었다.

돌격 소총이 가득 전시된 총기 진열대 앞에 싱글턴이 섰다.

"전에도 말했지만 주무장은 AK47이나 수렵용 산탄총이다. 마음대로 골라. 부무장은 글록 17로 하도록."

일렬종대의 선두에서 척후병을 맡은 믹이 산탄총을 손에 들고 바로 싱글턴에게 뒤돌아서 물었다.

"정글 안에서 적을 접할 가능성은 어떻게 됩니까?"

"극히 낮다."

믹은 산탄총을 총걸이에 다시 놓고 AK47로 바꿔들었다.

전원이 전술 조끼에 예비탄창 여덟 개를 넣고 9밀리미터 구경 반자동식 권총을 허벅지 총집에 집어넣었다. 예거의 마음속에 매번 생기던 유치한 자존심이 차올랐다. 대인 살상용 무기를 가진 것만으로 슈퍼맨이 된 기분에 젖는 것은 남자로 태어났으면 다들 가지고 있는 병일 것이다.

싱글턴이 또 군용 수납주머니를 나눠 주었다.

"야시경과 글록용 서프레서가 들어 있다."

서프레서는 총성을 낮추는 소음기다. 얼마 전까지 사일런서라고 불렸다.

"오늘 밤은 야간 기습 훈련을 실시한다."

임무의 일부가 처음으로 밝혀졌다. 공격 목표는 반미 무장 캠프라도 되나.

"좋아. 사격장으로 가자."

무기고를 사이에 두고 비행장과는 반대쪽에 옥외 사격 표지가 있었다. 예거 일행은 인형 표적을 써서 AK47의 영점을 잡았다. 가늠자의 홈을 움직이고 100미터 거리에서 정확히 사격할 수 있도록 세팅했다.

이어서 전투 사격 훈련. 자동적으로 일어서는 인형 표적에 서서 쏴, 엎드려 쏴 등 여러 자세로 탄환을 발사했다. 예거는 개럿의 동작을 주시했지만 사격 실력은 나무랄 데 없었다. 탄창을 재장전하는 움직임에도 여유가 있었고 충분히 훈련을 받은 건 분명해 보였다. 그러면 그의 과거는 무엇일까. 어째서 해병대 출신이라고 거짓말을 할 필요가 있었을까.

준비한 탄약을 모두 쏘고 나니 일몰 후에 훈련이 재개된다는 명령이 내려졌고 저녁 식사를 포함한 휴식 시간이 주어졌다. 본사 건물 식당에서 식사를 하는 동안에도 예거 일행은 누구 한 명의 얼굴을 볼 수 없었다. 주방에도 사람이 없었다. 요리는 네 사람이 오기 전에 탁자 위에 차려져 있었다.

정확히 한 시간 후 야간 기습 훈련에 소집되었다. 이번에는 대형 밴 차량에 타고 다른 훈련장으로 향했다. 서쪽 지평선 멀리 눈에 띄던 노을도 밴이 정지할 즈음에는 어둠에 녹아 버렸다. 차에서 내린 예거의 눈에 들어온 것은 헤드라이트에 비친 조잡한 건물이었다. 인질 구출 훈련용 모의가옥이었다.

"야시경 장착."

싱글턴의 지시에 전원이 고글을 머리에 썼다. 주변에서 나오는 약간의 빛이 전자적으로 증폭되어 형광초록으로 물든 영상이 되어 눈앞에 펼쳐졌다.

"글록에 서프레서 장착."

끊임없이 내려오는 빠른 지시에 네 사람이 따랐다.

"나를 따라오도록."

싱글턴이 손전등을 들고 모의 가옥의 뒤쪽으로 나아갔다. 그곳엔 사방으로 약 100미터 정도 되는 공터가 있었다. 하지만 그저 넓기만 한 것이 아니었다. 반구형의 기묘한 물체, 사람 키보다도 낮은 돔 형태의 덩어리가 좌우 양쪽에 늘어서 있었다. 모두 합해 열두 개인데, 하나하나 입구 같은 구멍이 뚫려 있었다. 알래스카 원주민인 이누이트가 만드는 얼음집을 연상하게 하는 형태였다.

"훈련 개요를 전달한다. 저기 놓인 것들은 텐트라고 생각한다. 내부에는 각각 세 명에서 네 명의 표적이 놓여 있다. 안에 있는 인간은 잠들어 있는 상태다. 제군들은 서프레서를 장착한 글록으로 가급적 재빨리 전원을 말살하도록."

싱글턴의 어조는 주변을 완전히 뒤덮은 어둠 탓인지 은밀했다.

마이어스의 어깨가 미세하게 움직였다. 일행의 동요를 보여 주는 움직임은 그게 다였다. 작전 부장은 찍어 내리누르는 눈빛으로 예거 일행을 순서대로 둘러보았다. 전자 영상으로 보이는 싱글턴의 가혹한 얼굴이 엽기 살인마를 떠오르게 했다.

"3분 이내로 순서를 정해서 실행에 옮긴다."

명령을 내린 싱글턴은 스톱워치를 손에 쥐고 일동에게서 멀어졌다.

"네 방향으로 침입한다."

예거가 즉시 판단하여 작전 실행 순서를 다른 세 사람에게 전했다. 반구형 텐트가 서로 마주보는 형태로 여섯 개씩 줄 맞춰 있기 때문에 각

열의 좌우에서 공격을 시작하는 것이 효율적이었다.

설명을 다 듣고 난 개럿이 발언 허가를 구했다.

"질문해도 되나? 도망치는 사람은 어떻게 대처하지?"

예거는 자신의 경솔함에 혀를 찼다. 서프레서를 장착해도 총성은 완전히 사라지지 않는다. 야밤의 정글에서 발포를 하게 된다면 근처 짐승이 도망칠 정도의 음량은 된다.

"좋아, 이렇게 하자. 두 사람이 북측에서 순서대로 공격. 남은 두 사람은 광장 중앙과 남쪽에 위치를 잡고 목표의 도망에 대비한다."

"공격 담당은 누구지?"

마이어스가 물었다.

"내가 하지."

믹이 즉각 대답했다.

팀 리더인 예거는 다른 두 사람에게 지시했다.

"개럿이 중앙, 마이어스는 남쪽에서 기다려. 나와 믹이 순서대로 처리한다."

"알았어."

마이어스는 작게 대답했다.

"각자 위치로 이동."

예거의 말을 마지막으로 전원이 흩어져 발소리도 내지 않고 저마다 위치로 향했다.

죽이게 될 사람은 약 스무 명인가? 예거가 머릿속 한쪽 구석에서 계산했다. 분명 이 일은 더러운 일이었다. 하지만 실제 목표가 되는 것은 어떤 사람들일까? 콩고에 잠복한 테러리스트일까? 아무튼 이렇게 되면 자신을 고용한 웨스턴 실드 사의 중역이 했던 말을 믿을 수밖에 없었다.

"말하자면, 인류 전체에 봉사하는 일이야."

예거가 텐트 라인 제일 끝에 도달했다. 개럿과 마이어스는 이미 배치를 끝내고 리더의 신호를 기다리고 있었다. 다른 쪽 텐트 라인을 야시경으로 보니 몸을 굽히고 달려가던 믹이 글록을 쥐고 공격 준비를 완료한 참이었다.

예거가 왼손을 확 내려서 행동 개시를 알렸다. 시야 끝으로 믹이 움직이기 시작하는 것을 확인하고 첫 번째 텐트에 돌입했다. 입구는 가슴 정도 높이밖에 되지 않았기 때문에 움막을 들여다보는 듯한 모습이 되었다. 사람 형체를 찾아 순식간에 총구를 들었다. 그런데 방아쇠를 당기려던 손가락이 즉시 얼어붙었다. 안에 있던 것은 어린이의 마네킹이었다. 유아에서 열 살 정도 되는 작은 인형이 넷, 땅 위에 잠들어 있었다.

낮게 네 발의 총성이 등 뒤에서 울렸다. 믹이 첫 번째 텐트를 처리한 것이다. 강한 스트레스를 받으면서도 예거의 손끝이 반사적으로 움직였다.

육군 시절부터 15년이나 받아 온 훈련 덕에, 뇌도 육체도 작전을 수행하기 위해 무자비한 기계로 탈바꿈했다. 예거의 발포는 정확하고 무자비했다. 미간에 총을 맞은 어린이 마네킹들은 살아 있는 인간처럼 움찔하고 떨리고 나서는 움직이지 않았다.

믹은 이미 두 번째 텐트를 끝내고 세 번째에 접어들었다. 예거도 육상 선수처럼 군더더기 없는 움직임으로 옆 표적으로 향했다. 훈련은 어느새 살인 경쟁의 구도를 취했다. 예거는 텐트 하나 분량이 늦은 것을 따라잡으며 믹과 함께 꽃송이처럼 말없이 누워 있는 아이들에게 총알을 쏟아 부었다. 네 번째의 텐트에서 나왔을 때 사용한 총알은 열네 발. 이동하며 재빨리 탄창을 갈고, 남은 두 개의 텐트에 있던 여덟 개의 표적도, 여덟 발의 총알로 파괴했다.

예거와 믹이 광장 끝에서 합류하자 싱글턴이 지시를 보냈다.

"개럿, 마이어스, 전과를 확인하라."

두 사람이 말없이 달려가서 분담하여 안쪽에 있는 텐트부터 들여다보았다. 거기서 처음으로 공격 목표가 무엇이었는지 알았을 것이다. 개럿은 묵묵하게 확인 작업을 계속했지만 마이어스는 힘없이 고개를 젓고 있었다.

두 사람은 싱글턴에게 돌아와서 보고했다.

"생존자 없음."

"임무 완료되었습니다."

작전 부장은 스톱워치를 보고 말했다.

"개시에서 종료까지 거의 60초나 걸렸다. 이후 훈련에서 시간을 조금 더 단축하도록. 내일부터는 모의탄을 써서 도망에 대처하는 훈련도 한다. 오늘은 여기까지다. 훈련 첫날치고는 훌륭하다."

일동이 싱글턴을 따라 정차된 밴으로 향했다. 모두 입을 꾹 다물고 있었다. 차에 타고 뒷문이 닫히려고 할 때 예거가 겨우 입을 열었다.

"잠깐. 초보적인 실수를 했습니다. 빈 탄창을 떨어뜨리고 왔습니다."

싱글턴이 혀를 차며 막 풀었던 사이드브레이크를 다시 올렸다.

"바로 돌아오겠습니다."

예거는 야시경을 다시 장착하고 시커먼 어둠속의 훈련장에 빠른 걸음으로 돌아갔다. 텐트 뒤편을 서성이다가 땅을 트레킹 부츠 끝으로 더듬으며 적당한 장소를 찾았다. 예거는 그 자리에 양 무릎을 꿇고서 카고 바지가 더러워지는 것도 상관하지 않고 뱃속의 내용물을 전부 토했다.

이런 행운이 있어도 되는 걸까? 우간다 청년은 두려움마저 느꼈다. 갓 개설된 계좌에 2억 우간다 실링이라는 거금이 입금되었던 것이다. 미국 달러로 환산하면 약 12만 달러. 그의 연 수입으로 따지면 300년 치 월급 이었다.

모든 것은 수도 캄팔라에 있는 인터넷 카페 덕분이었다. 꽉꽉 들어찬 고층 빌딩 아래에 상점이 줄줄이 이어져 있는 한쪽 귀퉁이에 그 가게가 있었다. 요금이 높아서 한 주에 한 번밖에 갈 수 없었지만 가게 안에 쭉 늘어선 한 다스 가량 되는 컴퓨터가 그를 미지의 세계로 유혹했다.

처음에는 흥미 위주로 이런저런 사이트들을 보며 돌아다니다가 컴퓨터 공부가 하고 싶어져서 프로그래밍에 대한 정보를 찾았다. 그는 공부에 굶주려 있었다. 부모님을 도와 일을 하기 위해 중학교를 중퇴해야 했다. 지금 하고 있는 목수일로는 돈을 벌 수 없다는 사실을 절실히 느끼고 있었기 때문에 디지털 관련 일을 하게 되면 어떤 좋은 일이 있을지 꿈꾸고는 했다.

그렇게 사이버 공간에서 놀다 보니 새로운 이용가치를 깨달았다. 직업 찾기 소셜 네트워크 서비스에 등록하여 우간다 관광 가이드라고 정보를 올려 보았다. 건설 현장에는 국내 여기저기서 와서 친해진 동료들이 있으니 여차할 때는 그들에게 정보를 입수해서 무면허 가이드라는 사실이 들통 나지 않게 할 생각이었다.

반년 동안 아무 반응도 없었다. 그런데 지난 달 메일 한 통이 도착했다. 로저라는 영국인이 보냈는데 우간다와 이웃한 나라인 콩고 민주 공화국에 차와 식량을 옮기는 일을 해 주지 않겠느냐는 내용이었다.

콩고라면 현재 피비린내 나는 전투가 계속 확대되고 있는 나라였다. 바로 거절하려 했는데 제시한 보수가 기절할 정도로 엄청난 거액이었다.

선금으로 1억 우간다 실링. 그리고 차와 운반 물자 구입비로 1억 우간다 실 링. 일이 완료된 것을 확인하고 나면 2억 우간다 실링을 더 지불한다.

필요 경비를 포함한 합계로 4억 우간다 실링.

농담인가 싶었지만 영국인 부자라면 미화 24만 달러라는 금액이 별 로 크지 않은 금액일 수도 있겠다는 생각도 들었다. 일단 지정된 메일 주소로 받아들이겠다는 뜻의 답장을 보냈더니 '스탠빅 은행에 계좌를 개설하고 계좌 번호를 알려 달라.'는 메일이 왔다. 그리고 방금 전에 계 좌에 거액의 선금과 필요 경비가 들어온 것을 확인했다.

꿈이 아닌지 확인하기 위해 아주 약간의 돈을 인출해 보았다. 그랬더 니 현금이 깔끔하게 그에게 건네졌다. 역시 일 의뢰를 받은 것이 확실 했다.

은행을 나와서 누군가 돈을 빼앗아 갈 것 같은 걱정에 계속 주변을 둘 러봤다. 은행에 넣어두면 안전할 거라는 판단에 이르러서야 이 동네에 서 가장 큰 부자가 되었다는 생각이 들었다. 이 나라는 발전을 계속하고 는 있다지만 아직 가난했다. 수도인 캄팔라에서조차 전기가 들어오는 구역이 한정되어 있었다. 다양한 민족과 일본제 중고차로 들끓는 거리 한가운데를 걸으며 부모님과 세 여동생을 위해 뭔가 사 가려 했다. 그런 데 크리스마스도 아닌데 질 좋은 소고기를 샀다가 오히려 수상해 보 이면 어떡하지 하는 생각이 들었다.

청년은 집에 들어가기 전에 행운의 출발점인 인터넷 카페에 들렀다. 거기서 메일을 확인해 보니 로저에게서 또 한 통이 와 있었다. 거기에는 또 놀랄 만한 내용이 있었다. '약속한 대로 돈을 입금한다.'는 통지 아래 이런 글이 있었다.

당신도 이미 눈치 챘겠지만 이번 의뢰에는 위험이 따른다. 그래서 최후의 선택지를 주겠다. 당신이 선택할 수 있는 것은 아래 두 가지 중 하나이다.

1. 현 단계에서 일에서 손을 뗀다. 이 경우 입금된 2억 우간다 실링은 당신의 것이다. 돌려줄 필요는 없다.

2. 일을 계속 한다. 즉, 여기서 지정한 기일 이내로 정비가 다 된 사륜구동 차량과 식료품, 기타 물자를 콩고 동부의 분쟁 지역에 전달한다. 이 경우 약속한 대로 2억 우간다 실링이 추가로 지불된다.

목숨을 거는 일이기 때문에 숙고한 뒤에 결정하길 바란다. 하지만 어떠한 거짓말도 허락하지 않는다. 빠른 답신을 기다리겠다.

청년은 눈을 의심했다. 1을 선택할 경우, 아무 일도 안 해도 2억 우간다 실링이 자기 것이 될 터였다. 왜 이런 조건을 내걸었는지 정말 알 수 없었다. 이쪽 걱정을 해 주는 것일까?

젊은 우간다 목수는 한 번 자리에서 일어나 안쪽 카운터로 가서 종이컵에 콜라 한 잔을 따랐다. 탄산음료로 목을 축이며 생각한 것은 '사뉴'라는 자기 이름이었다. '행복'을 의미하는.

결심한 그는 컴퓨터 앞으로 돌아와 로저에게 보낼 메일을 작성했다.

그가 고른 선택지는 '2'였다.

대모험의 시작이었다.

7

월요일 오전, 겐토는 합성된 화합물을 칼럼 크로마토그래피(성분을 추출하는 데 쓰는 실험 도구 — 옮긴이)로 정제했다. 혼합물이었던 시료가 클로로포름에 녹아 분리되며 가늘고 긴 유리관 안에서 아름다운 층을 형성했다. 메탄올 0.2퍼센트를 보탠 것이 정답이었다. 확실히 석사 2년 말 무렵이 되니 실험 실력이 부쩍 좋아졌다.

슬슬 점심이니 쉬자 싶어서 로컬룸으로 향했다. 아버지의 유품인 노트북을 가방에 넣고 연구실에서 나왔다.

어제 아버지의 사설 실험실에서 돌아가던 길에 부동산에 들렀다. 업자는 그 낡아빠진 아파트가 벌써 철거가 확정되어서 지금은 퇴거 진행 중인 건물이라고 했다.

"지금 입주하기에는 파격적으로 싼 값이지만 두 달이면 쫓겨나죠."

그러니 다른 사람의 기척이 없었겠지. 아버지는 남의 눈을 피하기 위해 일부러 그 아파트를 선택한 게 틀림없었다. 겐토가 맡은 수수께끼의 연구를 은밀하게 진행해야만 했기 때문이었을 터였다.

하숙집에 돌아와서 인터넷으로 '하이즈먼 리포트'를 검색해 봤지만 단서는 전혀 없었다. 혹시나 해서 원어인 'Heisman Report'로도 해 봤지만 헛수고였다. 요즘 세상에 인터넷에 검색 결과가 나오지 않는 단어가 있다니 참 드문 일이었다. 「하이즈먼 리포트」에 대해 자세한 정보를 얻으려면 내키지 않지만 기자인 스가이에게 부탁할 수밖에 없을 것 같았다.

약학부 건물을 나선 겐토는 운하에 걸쳐진 콘크리트 다리를 건너 문과 캠퍼스에 있는 학생 식당으로 향했다. 오랜 습관이었다. 학부생 시절에 함께 영어 동아리에 들었던 여자아이가 있나 하고 멀리 학생 식당 창가를 보며 걷고 있었더니 바로 옆에서 누가 말을 걸었다.

"고가."

소리가 들린 쪽으로 눈을 돌리니 그가 찾던 가와이 마리나가 있었다. 잠깐 못 본 사이에 짧았던 머리가 어깨까지 길었다. 미소를 잘 짓는 큰 눈동자가 예전 그대로였다.

"오랜만이야."

마리나는 몸집이 작은 겐토를 살짝 올려다보며 말했다. 책을 잔뜩 넣은 숄더백을 무겁게 어깨에 메고 있었다.

"잘 지내?"

"응, 잘 지내."

겐토는 반사적으로 대답하고 나서 마리나가 자신의 부친상을 모르리라는 것을 깨달았다. 그렇지만 분위기를 깨고 싶지 않아서 그대로 대화를 이었다.

"가와이는?"

"변함없이 캐롤과 씨름하고 있어."

"캐롤?"

"루이스 캐롤."

"아, 캐롤의 어떤 걸 하는데?"

겐토도 아는 척을 했다. 루이스 캐롤이 『이상한 나라의 앨리스』의 저자라는 건 생각났는데, 영문과에서는 동화 같은 것을 연구 대상으로 삼기도 하는지 잘 이해되지 않았다.

"지금은 말이지. Perhaps Looking-glass milk isn't good to drink……."

장난 가득한 표정을 지은 마리나가 유창한 발음으로 말했다.

"뭐? 무슨 우유를 마실 수 없다고?"

겐토가 되물었다.

"거울 나라의 우유야. 지금 것은 『거울 나라의 앨리스』의 한 구절."

"어, 거울 나라의 우유는 마실 수 없다고?"

겐토는 놀랐다. 영문학과 화학의 세계가 완벽하게 이어져 있다니.

"루이스 캐롤이 화학자였나?"

"아니, 수학자. 왜?"

지금이 기회다 싶어서 겐토는 그녀의 연구에 도움이 되고자 말했다.

"지금 그 대목은 거울상 이성질체에 대한 내용이야. 비대칭탄소를 가진 화합물은 오른손과 왼손처럼 모양이 똑같지만 겹치지 않는 두 구조가 생겨. 즉, 거울에 비치지 않으면 똑같은 모양이 되지 않아. 오른손형인 물질만 약이 되고 왼손형인 물질은 독이 되는 경우도 있지. 탈리도마이드 약 부작용이 그런 예야. '거울 나라의 우유는 마실 수 없다'는 말은 분명 그 이야기일 거야."

멍하니 듣고 있던 마리나가 입을 열었다.

"흐음. 고가는 지금 무슨 연구를 하는데?"

겐토는 안경을 치켜 올리며 되도록 간단히 설명해야겠다고 생각했다.

"아…… 그러니까 뭐라고 말해야 하나. 선배에게서 넘겨받은 모핵 구조에 여러 측쇄를 붙여야 해. 아미노기나 니트로기 같은 걸."

"그렇구나. 힘들겠네."

"응."

"그럼 나 도서관에 갈게."

마리나는 만났던 때와 똑같은 미소를 보이며 총총히 떠나갔다.

배웅하던 겐토는 약간 후회했다. "류머티즘 치료제를 만들고 있어."라고 대답하는 편이 알기 쉬웠을지도 몰랐다.

심란한 마음으로 학생 식당에 들어가 정식 식권을 샀다. 식당 안은 문과, 이과 학생들로 북적거렸다. 학생들 사이에서는 문과의 식당이 더 맛있다는 평판이 있었다.

배식 카운터에서 정식을 받아 걸어가는데 창가에 있던 학생이 손을 흔들었다. 학부 때 친하게 지내던 도이 아키히로였다. 지금은 임상 의학 연구실에 소속되어 있었다. 대장균의 유전자를 자유롭게 짜 맞춰 특정 단백질을 만들어 낼 수 있는 친구였다.

"오랜만이야."

겐토가 맞은편에 앉자 도이가 피식 웃으며 말을 꺼냈다.

"여기서 다 보이더라."

"뭘 봤는데?"

겐토는 알면서도 물었다.

"아까 걔 문과 애지? 사귀어?"

겐토는 그렇다고 허풍을 떨어 보려다가 정직하게 대답했다.

"가까워지지도 않고 멀어지지도 않고, 반데르발스 힘이지."

"아이고, 불쌍하게도."

도이가 신음했다.

"넌 어떻게 지내?"

"같은 부실에 괜찮은 애가 있는데, 금속 결합이야. 둘 다 한 집단 속에 있는 원자 하나에 불과하니 움직일 수가 없지."

"어떻게든 공유 결합하고 싶을 텐데."

"그렇지."

두 사람은 잠시 말없이 멘치가스 정식을 먹었다.

된장국을 다 마시고서 도이가 말을 꺼냈다.

"그런데 여자는 말을 잘하는 남자를 좋아하는데 우리는 말도 잘 못하도록 훈련을 받잖아."

"그런 훈련을 받았던가?"

"너희 부실에서도 세미나 같은 거 하지?"

"당연하지."

겐토네 연구실에는 주마다 한 번씩 '논문 세미나'라는 모임을 열었다. 해설자 역할에 지명된 학생이 최신 논문을 읽고 해석하면서 다른 사람들에게 설명했다. 그때 단순한 감정이입이나 논리가 어긋난 부분이라도 있으면 사방팔방에서 거센 비판을 받기 때문에 발언 하나하나를 신중하게 해야만 했다. 이런 시련으로 단련되지 않으면 언젠가 과학자로서 뼈아픈 꼴을 당하게 되기 때문이었다. 돌아가신 아버지는 자주 푸념에 섞어 말하곤 하셨다.

"문과 사회에서는 거짓말이나 눈속임을 잘하는 놈이 출세하지만, 과학자는 거짓말 하나라도 하면 안 돼."

하지만 이런 훈련의 부작용으로 사교적인 자리에서도 필요 이상으로 숙고하고 과학적인 견지에서 발언하려는 버릇이 어쩔 수 없이 나왔다. 맛있는 케이크 이야기를 활발히 하는 중에 미각 수용체 작용 기제를 생각하게 되는 식이었다.

"네가 말하려는 바는 잘 알겠어."

"올바른 것만 말하려고 하는 사람은 입이 무겁지. 그리고 문과 여자는 3D 업종 따위 상대하지 않을걸? 여자는 3D가 아니라 3고를 좋아하니까."

도이가 유명한 어구를 입에 올리며 겐토를 몰아붙였다. 아픈 데를 찔렀다. '위험하고(Dangerous)', '더럽고(Dirty)', '힘든(Difficult)'의 앞 글자를 딴 3D는 기초 연구실의 대명사였다. 매일 14시간 노동에 코가 비뚤어지도록 끔찍하게 냄새나는 시약을 다루고, 사고가 나면 바로 도망칠 수 있도록 운동화 착용이 의무 규정일 정도라면 그런 말을 듣지 않을 수가 없었다.

"3고는 뭔데?"

"고학력, 고신장, 고수입."

자기가 들어맞는 부분은 고학력뿐이라고 겐토는 생각했다.

도이는 한숨을 푹 쉬었다.

"한탄스럽지."

"그래?"

겐토가 그렇게 말하니 도이가 의외라는 듯이 물었다.

"그럼 이 불쾌하기 짝이 없는 선택 기준에 찬성하냐?"

"생각해 봐. 강한 수컷이 선택받는 것은 생물학적 숙명이야. 인간이라는 동물도 예외는 아니지. 온 세상 여자들이 3고와는 반대인 남자를 택해서 자손을 남기기 시작하면 틀림없이 문명이 쇠퇴할걸."

"그야 그렇지만 그럼 사랑은 어디로 갔냐. 넌 그런 비뚤어진 생각이나 하고 있으면 더더욱 인기 없어질 거다."

도이가 겐토보다는 로맨티스트인 모양이었다.

"비뚤어져? 내가?"

겐토의 물음에 도이가 고개를 끄덕이며 핵심을 찔렀다.

"그래. 조금 꾸물거리는 구석도 있고."

그긴 이전부터 겐토 스스로도 깨닫고 있었다. 본의 아니게도 잔뜩 비뚤어진 아버지 성격을 그대로 물려받은 것 아닌가 하는 생각.

"좀 더 밝은 청년이 되어서 문과 여자애를 쟁취하라고."

절절하게 한 서린 말을 하는 도이를 보다가 겐토는 갑자기 이 친구가 바로 그가 찾던 인재일지도 모른다는 생각이 들었다.

"맞아. 좀 물어볼 게 있는데."

겐토는 앞으로 몸을 숙이고 아버지의 실험 노트 사본을 꺼냈다.

"GPCR 아고니스트를 만들려면 이 순서대로 하면 돼?"

도이는 종이를 받아 유심히 살펴보고 말했다.

"이걸로 아고니스트를 만든다고? 리드 화합물을 찾는 게 아니라?"

"맞아. 후보 물질을 찾는 게 아냐. 목적은 어디까지나 완성형."

"내가 아는 건 마지막 두 개밖에 없어."

도이가 가리킨 것은 'in vitro에서 바인딩 어세이'와 'in vivo에서 활성 평가' 두 항목이었다. 겐토가 물었다.

"이 둘은 합성된 화합물이 수용체에 결합하는지 확인하는 작업이지?"

"응. 일단 타깃 수용체를 가진 세포를 만들어서 시험관 안에서 결합을 확인하는 거고, 다음 항목은 실험동물을 써서 개체 내에서 평가하는 거야. 예를 들어 쥐의 유전자를 바꿔서 문제의 수용체를 가지고 있는 개체를 만든 뒤 합성한 화합물을 실제로 주입하는 거야."

겐토는 낡은 아파트에서 키우던 40마리의 쥐를 떠올렸다.

"그럼 이 방침은 틀린 건가?"

도이가 고개를 내저었다.

"그건 아니지만, 아무리 그래도 너무 간단해. 그리고 이전 임상 시험 이후의 공정이 전부 빠져 있어. 이렇게 말해서 미안하지만 이건 풋내기 발상이야."

"그건 그렇지."

겐토도 동의했다. 아버지 세이지는 바이러스 학자였으니 초보자라고 해도 별 수 없었다.

가방에서 15인치짜리 흰 노트북을 꺼내서 기동시켰다.

"그럼 이건? 리눅스인데 할 수 있겠어?"

"약간은."

도이는 컴퓨터를 조작하며 답했다.

"처음 보는 프로그램이 들어 있어. '기프트(GIFT)'라는데 혹시 알아?"

"아니."

도이가 기프트 프로그램을 실행시켰다. 몇 초 후에 떠오르는 화면을 보고 두 대학원생은 동시에 놀라서 소리를 질렀다.

표시되는 틀이 셋으로 나뉘어서 오른쪽 반을 차지한 큰 틀 안에 기묘한 CG영상이 표시되고 있었다. 부드럽게 파도치는 평면 위에 두툼한 꽃잎처럼 보이는 돌기가 여러 개 떠올라서, 그 중심부에 주머니를 연상시키는 빈 주머니를 형성하고 있었다. 사진으로 오인할 만한 세세하고 기괴한 3D영상이었다.

잠시 보는 동안 젠토는 세포막 표면의 확대 영상일지도 모른다는 걸 깨달았다. 1미크론도 되지 않는 극소의 세계가 15인치 화면에 그려지고 있었다.

"뭔가 이상해. 여기 정보가 있어. 이 CG는 '변이형 GPR769'야."

도이가 화면의 커서를 움직이며 좌측의 두 틀을 가리켰다.

역시 그랬다. 젠토는 납득했다. 이거야말로 문제의 수용체였다. 아버지가 손에 넣고 싶었던 것은 이 중심부의 주머니에 결합될 물질이었다.

도이가 팔짱을 꼈다.

"아래 틀에는 이 수용체를 만들기 시작하는 유전자의 염기 배열이 쓰여 있어. 그런데…… 너 GPCR이 몇 종류 있는지 알아?"

"700이나 800?"

"그래. 그중에 확실히 형태가 확인된 것이 단 하나, 소의 망막 세포에 있는 수용체야. 다른 GPCR에 대해서는 구조를 유추할 수밖에 없어. 유전자의 염기 배열이 얼마나 비슷한지를 보고 완성품을 추측하는 거야. 아마 이 모델도 그렇게 만들어졌겠지만 어디까지 정확한지는 모르지."

"그럼 이 프로그램 용도는?"

"거기까지는……"

말을 하려던 도이가 실험 노트 사본을 들었다.

"혹시 이 프로그램은 처음 두 가지 항목에 쓰는 건지도 몰라."

겐토도 사본을 들여다봤다.

- 변이형 GPR769의 입체 구조 해석
- CADD(in silico에서의 디자인)

아무래도 '기프트'라는 프로그램은 유전자의 정보에서 어떤 단백질을 만들 수 있는지를 예측하여 실제 모양을 그려내고 거기 결합하는 물질의 화학 구조까지도 디자인해 주는 모양이었다.

"그러니까 이 프로그램의 지시대로 약을 만들면 된다는 거네."

"어쩐지 치트키 같네. 계산 쪽은 난 모르겠어. 좀 더 알고 싶으면 다른 녀석한테 물어봐."

"누구 아는 사람 있어?"

도이가 허공을 노려보았다.

"그쪽 방면이라면…… 아, 있다. 제약 물리 화학 실험실에 굉장한 놈이 하나 있어. 한국 유학생이야."

겐토가 흥미를 보였다.

"오, 한류?"

"전에 분자 동역학의 시뮬레이션에 대해 한번 물어보러 갔더니, 진짜 알기 쉽게 설명해 주더라."

"그럼 우리말도 잘해?"

"일본어 완전 잘해. 영어도 OK."

"소개해 줄래?"

"좋아. 걔도 괜찮은지 물어볼게."

도이가 흔쾌히 허락하고 손목시계를 봤다. 슬슬 자기 연구실로 돌아갈 시간인 듯했다. 깨끗하게 먹어치운 정식 식판을 들고 일어서며 도이가 말했다.

"그럼 또 연락할게."

"부탁해."

"서로 공유 결합을 목표로 하자고."

그 말을 남기고 도이는 식기 반납구로 향했다.

겐토가 웃으며 그를 보내고 컴퓨터를 가방에 넣었다. 이제 하나가 정리되었다. 아버지에게 부탁받은 연구는 한국인 유학생이 나타나기를 기다릴 수밖에 없었다.

남은 일에 착수하기 위해 휴대 전화를 손에 들었다. 스가이 기자의 연락처는 전날 밤 집에 계신 어머니께 물어봤다. 하지만 동아 신문 과학부의 직통번호를 누르다 문득 아버지의 경고가 머리에 울렸다.

'지금 이후로 네가 사용하는 전화, 휴대 전화, 이메일, 팩스 등의 모든 통신 수단은 도청되고 있다고 생각해라.'

설마 하는 생각에 머릿속으로는 부정했지만, 누군가에게 감시당하고 있을지도 모른다는 막연한 불안감이 생겼다. 학생 식당을 둘러봐도 두드러지게 수상한 사람은 보이지 않았다. 겐토는 마음을 편하게 먹고 휴대 전화에 등록된 번호로 전화를 걸었다.

통화 연결음이 이어지다가 젊은 남자의 목소리가 귓가에 들렸다.

"네, 동아 신문 과학부입니다."

"실례합니다. 고가라고 합니다. 스가이 씨 계십니까?"

"네. 잠시만요."

아버지의 장례식 때 스가이에게 퉁명스러운 태도를 보였기 때문에 겸연쩍었다. 하지만 쓸 만한 정보원은 스가이밖에 없었다.

"전화 바꿨습니다."

스가이의 목소리가 들렸다.

"고가입니다. 요전에 아버지 장례식 때는 감사했습니다."

"아, 겐토로구나."

스가이의 목소리는 친숙한 기색을 띠었다.

겐토는 겨우 한숨 놓고 말을 꺼냈다.

"좀 여쭤 보고 싶은 일이 있어서요. 장례식 때 말씀하신 「하이즈먼 리포트」 이야기입니다."

"아 그거, 「하이즈먼 리포트」라…… 아, 그래."

잠시 지나 스가이가 물었다.

"오늘 저녁 어떠냐?"

"저녁이요? 12시까지 연구실에 있습니다만."

"잠깐 못 빠져나오나? 8시쯤 긴시초 역에서 만나서 저녁이라도 들자."

"아, 네."

부담스러웠지만 스가이는 부모 같은 입장에서 그렇게 대해 주는 것 같았다. 실험이 진행되는 상태를 계산하며 대답했다.

"9시라면 어떻게 가능할 것 같습니다."

"좋아. 그럼 9시에 역 남쪽 출구에서 만나도록 하자. 속 비워 둬."

긴시초는 도쿄를 빠져나와 지바 현으로 접어들기 전에 있는 마지막 번화가였다. 하지만 신주쿠나 시부야와는 달리 주택지가 바로 앞까지 뻗어 있기 때문에 환락가나 상점가 기능이 병합된 편리한 구조를 갖추고 있었다. 옛날부터 술집이 줄지어 있던 혼잡한 거리도 있고, 생활 용품을 파는 슈퍼나 영화관이 함께 있는 근대적인 쇼핑몰도 있었다. 그리고 일류 오케스트라를 초청할 정도로 규모 있는 콘서트홀까지 갖추어져 있어서 문화, 유흥, 뭐든 가능한 잡다한 동네가 되었다.

찬바람이 부는 가운데 겐토는 JR 지하철 역 앞에서 스카이를 기다렸다. 신문 기자의 얼굴을 떠올리니 아무래도 생전의 아버지 기억도 함께 떠오르지 않을 수가 없었다. 기억의 대부분을 차지하는 건 불평불만을 털어놓고 있는 아버지의 모습이었다.

아쓰기에 있는 집에서 저녁과 함께 반주를 걸칠 때면 아버지는 자주 투덜거렸다. 문과와 이과는 평생 버는 돈이 5000만 엔이나 차이가 난다는 말을 하곤 했다. 40여 년을 일한다고 치면, 이과가 문과보다 1년에 100만 엔 이상 임금을 적게 받을 수밖에 없다고 했다. 아버지는 잔뜩 취해서 정치가들을 욕했다.

"보수도 제대로 주지 않으면서 뭐가 과학 대국이냐고, 멍청한 놈들. 문과 놈들은 우리 업적을 날치기해서 살고 있는 거야. 전화고 텔레비전이고 차고 컴퓨터고. 전부 과학자가 만들어 준 물건이잖아. 간사한 문과 놈들이 문명 발전에 기여를 했다고?"

당시 10대였던 겐토는 아버지의 불평불만이 답답할 뿐이었다. 하지만 나중에 보니 그 한 서린 이야기가 정말 옳은 게 아닌가 생각하게 하는 사건이 있었다. 파란색 발광 다이오드 개발을 둘러싼 재판이었다.

불가능하다던 파란색 레이저의 발명을 둘러싸고 개발에 성공한 기술자와, 그를 고용한 회사 사이에 법정 투쟁이 점점 확대되었다. 결과적으로 회사가 얻은 이익 1200억 엔 중에 발명에 대한 대가로서 기술자에게 지불된 금액은 겨우 6억 엔이었다. 원래 200억 엔의 대가를 받아야 할 것을 빼앗긴 셈이었다. 사법부가 중립을 버리고 기업 경영자의 눈치를 본 결과로밖에 생각할 수 없는 판결이었다.

과학 기술계의 실망은 이만저만이 아니었다. 전 세계에서 수조 엔 규모의 시장을 창출해 낸 대발명을 이룩한 대가가 메이저리거 1년 연봉 정도밖에 안 되었기 때문이다. 많은 과학자들이 이 재판을 전환점으로 삼아 일본의 국제 경쟁력이 쇠퇴될 것을 예측했다. 과학 기술력이 국력과 직결되는 시기인데 과학자나 엔지니어를 냉대하면서 발전을 바라서야 중국이나 한국, 인도에 일본이 추월당할 날도 멀지 않았다고들 했다.

아버지는 음험하게 웃으며 말했다.

"문명이 한번 멸망해 봐야 알겠지. 과학 문명을 다시 부흥시키는 건 이과밖에 없어. 문과 놈들은 아무리 지나도 전기조차 못 만들걸."

겐토도 어른이 되고 나니 아버지가 하는 말에 일리가 있다고 생각하게 되었다. 학부생으로 지내던 지난 4년간, 시간을 아무리 이리저리 맞춰도 영어 동아리에 발을 들이미는 것조차 빠듯했다. 겐토에 비하면 문과 녀석들은 강의도 나가지 않고 놀기만 했다. 적어도 겐토에게는 그렇게 보였다. 대학을 나온 뒤에 그들이 이과 졸업생보다 5000만 엔이나 많이 번다는 것은 받아들이기 어려운 차별이었다. 사회라는 곳은 땀을 흘려가며 무언가를 만드는 사람보다 그 윗전에 오른 사람들이 더 돈을 잘 벌게 되는 모양이었다. 하지만 겐토는 자신이 그런 생각을 했다는 것 자체가 불쾌했다. 아버지에게서 이어받은 뒤틀린 유전자가 발현된 것만 같은 기분이었다. 마치 태어나면서 가지고 있던 살갗과 마찬가지로 벗어던지려 해도 벗어던질 수 없었다.

긴시초 역 앞에서 다운재킷 주머니에 꼭 쥔 두 손을 찔러 넣으면서, 아버지 생전에 있었던 수수께끼가 하나 떠올랐다.

"그렇게 자기 일이 싫으면 그만두면 되잖아."

주정으로 횡설수설하는 아버지에게 그렇게 따진 적이 있었다.

그랬더니 아버지는 이렇게 대답했다.

"아니, 연구만은 그만둘 수 없지."

"왜?"

"너도 연구자가 되어 보면 알아."

대답하는 아버지의 표정에는 평소 가족 앞에서는 보여 주지 않던 행복한 미소가 떠올라 있었다.

그 미소는 뭐였을까? 돌아가신 아버지의 어떤 부분을 본 것일까? 연구자가 되어서도 겐토는 답을 찾을 수 없었다. 연구 생활이 몸에 배고 난 뒤 알게 된 것은 '이과는 살아가는 데 서툴다'는 사실뿐이었다.

역 개찰구에서 인파가 몰려나왔다. 겐토는 울적한 마음을 떨쳐내고 통로로 나오는 사람들 중에 아는 얼굴을 찾았다.

이윽고 가까이 다가온 상대방이 가볍게 손을 들었다.

겐토는 혼잡한 인파 속에서 스가이에게 인사했다.

"여기까지 와 주셔서 감사합니다."

장년의 기자는 넥타이를 매지 않고 스웨터 위에 재킷과 코트를 걸친 편한 복장이었다. 스가이는 안경 너머로 겐토를 보며 웃었다.

"혼자 살면 변변한 것도 못 먹고 지낼 테지. 고기, 생선, 중화요리, 터키 요리. 어느 걸로 할래?"

요리 종류에 둔한 겐토는 가장 간단한 것으로 골랐다.

"그럼 고기로 하겠습니다."

스가이는 역 앞 사거리 근처 빌딩들을 둘러보더니 발걸음을 옮겼다.

"좋아. 그럼 징기스칸(홋카이도 지방의 양고기 요리 ─ 옮긴이)으로."

겐토가 들어간 곳은 주점을 겸한 음식점이었다. 사람이 많지 않았다. 화로를 둘러싸고 앉게 만들어진 자리가 있어서 두 사람은 마주앉아 징기스칸 정식 코스를 주문했다.

종업원이 가져다 준 맥주 피처를 각자의 잔에 따르고 잠시 요리를 먹으며 겐토의 아버지에 대해 이런저런 이야기를 하다가 이윽고 스가이가 먼저 이야기를 꺼냈다.

"그런데 그「하이즈먼 리포트」말이다."

겐토는 몸을 앞으로 내밀었다.

"네, 아버지의 실험 노트를 봤더니 거기 영어로「하이즈먼 리포트」라고 쓰여 있어서 뭔가 해서요."

"어, 실험 노트에? 쓰여 있는 건 그게 다였냐?"

"그 외에 '넘버 5'라고 숫자가 쓰여 있었어요.「하이즈먼 리포트 #5」라고."

스가이가 기억을 더듬듯 시선을 올렸다.

"아, 그거. 나도 조금 기억이 난다. 그 보고서가 다섯 개 정도 되는 항목으로 나뉘었는지 그랬거든. 미국 싱크탱크가 내놓은 보고서라고 얼마 전에 말했지?"

"네. 아버지 전공이시던 바이러스에 관련된 이야긴가 했었는데요."

스가이는 겐토에게 눈을 돌렸다.

"바이러스 항목도 있었나? 대충 말하면「하이즈먼 리포트」라는 것은 인류 멸망에 대한 연구야."

겐토가 무심코 신문 기자의 얼굴을 응시했다.

"인류 멸망이요?"

"그래. 너희 세대에서는 실감이 잘 안 날지도 모르지만 리포트가 쓰였던 약 30년 전에는 미국과 소련이 대량의 핵무기를 갖고 대립하고 있는 일촉즉발의 상황이었잖니. 그렇게 핵전쟁이 일어나서 인류가 멸망할 것 같다고 전 세계 사람들이 불안하게 생각했다고."

"다들 그런 것을 진심으로 걱정했나요?"

"그럼. 그게 냉전 시대다. 쿠바 위기 때는 하마터면 핵전쟁이 발발하기 직전까지 갔었지."

겐토는 놀랐다. 마치 SF 같았다.

"핵무기 개발에 손을 빌려준 물리학자들이 핵전쟁 전면전이 일어나는 위험을 예측하고 '세계 종말 시계'라는 것을 발표하기 시작했다. 인류 멸망의 카운트다운이지. 수소 폭탄 실험이 성공했을 때에는 시계 바늘이 멸망 2분 전까지 갔었고. 하지만 다행스럽게도 그 후 소련이 붕괴되는 바람에 바늘이 되돌아갔지만."

점원이 빈 접시를 치우러 오자 스카이가 맥주를 더 주문했다. 이야기는 계속되었다.

"그런 정세 속에서 백악관이 핵전쟁을 포함한 인류 멸망의 연구를 시작한 거다. 원인을 찾아내서 위기에 대비하자는 뜻이었지. 그래서 싱크탱크에 있던 조셉 하이즈먼이라는 학자가 앞으로 일어날 수 있는 인류의 멸망 요인을 목록으로 만들어 보고서로 정리한 「하이즈먼 리포트」야."

"그런데 어째서 아버지가 그런 것에 관심을 갖게 되셨을까요?"

"지금 이야기하다가 겨우 생각이 났는데, 겐토 네가 말한 대로 아버지 전문 분야와도 연관이 있는 것 같다. 보고서에는 바이러스 같은 감염증도 있지 않았을까?"

"치사성 바이러스에 의한 인류 멸망, 그런 거요?"

"그래."

생각을 해 봤다. 설마 그 아버지가, 미지의 바이러스에 의한 인류 멸망의 위기에 맞서려고 했을까? 무명 대학의 교수, 연구 자금도 모자라 쩔쩔매던 그 아버지가? 피곤에 찌든 아버지의 여윈 얼굴을 떠올리다 무심코 웃음이 터졌다. 인류의 구세주 이미지와는 동떨어져도 한참은 떨어졌다.

스가이가 이상하다는 듯이 쳐다봐서 웃음을 겨우 억눌렀다.

"그「하이즈먼 리포트」말인데요, 자세한 내용을 알 수는 없을까요?"

"네 아버지에게 부탁받고 나서 옛날 스크랩북을 샅샅이 뒤져 봤지만 안 나왔어. 발표 당시 잡지 같은 데서 특집 기사를 냈을 텐데 말이야."

잡지에 나와 있다고 해도 거의 30년이나 이전의 이야기였다. 손에 넣기 힘들지 않을까 싶었다.

"그래도 내가 신문사에 있으니까 어떻게든 될 거야. 네 아버지가 꼭 알고 싶다고 했던 물건이라 워싱턴 지국에 있는 후배에게 연락해 뒀거든. 그쪽 국립 공문서관에 가면 원문을 구할 수 있을 거다."

"저도 좀 볼 수 있을까요?"

"그럼. 곧 연락이 올 거야. 보고서를 구하면 알려 줄게."

"꼭 부탁드립니다."

징기스칸을 배가 터지도록 먹고 나서 긴시초 역에서 스가이에게 인사를 하고 헤어진 후에 겐토는 걸어서 자기 아파트로 돌아왔다.

이야기에 몰입하느라 별로 술을 입에 대지 않은 덕택에 머리는 맑았다. 방에 불을 켜고 난방 스위치를 올린 후 벽 가까이 있는 작은 책상 앞에 앉았다. 가방에서 바로 그 두 대의 노트북을 꺼냈다.

일단 검은색 10인치짜리 노트북 전원 버튼을 눌렀지만 역시 사용할 수 없었다. 하는 수 없이 강제종료하고 큰 노트북으로 갔다.

이쪽은 문제없이 켜졌다. 화면 가득하게 '기프트'가 나타났다. 세포막에 파묻힌 오핀 수용체의 3D화면도 그대로였다.

젠토는 익숙하지 않은 프로그램과 OS를 가지고 쩔쩔매면서 기프트에 입력된 변이형 GPR769의 염기 배열을 외부 기억 장치로 복사했다. 그리고 평소 쓰던 컴퓨터로 인터넷에 접속했다.

접속한 사이트는 염기 배열 검색 사이트였다. 특정 염기 배열을 입력해 두면 유사 배열을 가진 유전자를 찾아 주는 곳이었다.

검색창에 변이형 GPR769의 염기 배열을 입력하고, 대상 생물종을 '인간'으로 한정하여 BLAST 검색(Basic Local Alignment Search Tool, 유전자 검색 도구 — 옮긴이)을 실행했다. 전공이 아니었지만 이 정도는 학부생 때 배웠기 때문에 할 줄 알았다. 혹시 문제의 수용체가 바이러스 감염과 관계된 단백질이라면 아버지가 하던 연구가 「하이즈먼 리포트」와 연결될 터였다.

검색 결과가 표시되기에 화면을 바라보았다. 변이형 GPR769와 가장 높은 상동성(유전자나 단백질의 유사도 — 옮긴이)으로 일치한 것은 물론 GPR769였다. 900여 개의 염기 중에 단 하나가 변이한 것이다. 그 결과 수용체를 구성하는 아미노산이 하나만 다른 것으로 치환되어 버렸다.

젠토는 링크 정보를 훑으며 GPR769라는 수용체의 정체를 찾았다. 의학 용어가 포함된 영어 문장이 버거웠지만 요점만은 알 수 있었다.

타입: 오픈.

기능: 모름.

리간드: 모름.

폐포 상피 세포에서 발현.

117 Leu가 Ser로 치환되면 폐포 상피 세포 경화증을 일으킨다.

익숙하지 않은 병명이 나와서 바로 이 병에 대해 검색했다.

폐포 상피 세포 경화증

원인: 상염색체성 열성유전에 의한 단일 유전자 질환.

병인 유전자는 이미 같은 것으로 인정되어 오픈 수용체 GPR769의 117 류신(leucine)이 세린(serine)으로 치환되어 발병한다(수용체의 아미노산 서열 중 117번째인 류신이 세린으로 바뀌면서 수용체의 단백질 구조가 변해 제대로 작동하지 않는다는 의미 —— 옮긴이).

증상: 폐포 상피 세포가 경화되고 호흡 기능 상실에 빠진다. 폐심장증, 간장 비대, 폐포 출혈 등을 동반한다. 예후는 좋지 않다. 주로 발병하게 되는 연령은 3세이며, 대부분의 환자가 6세 이전에 사망한다.

치료: 대증 요법만 가능. 스테로이드제 투여나 전신마비 하에 시행되는 폐 세정 등.

역학: 발병률에 지역 차는 없으며 인구 10만 명 당 1.5명.

겐토가 기대하던 정보가 아니었다. 이 병은 바이러스 감염과는 관계가 없으며 돌연변이를 일으킨 유전자를 두 부모에게서 물려받은 결과 발병하는 병이었다.

눈앞에 날아오는 직구를 치려다가 헛스윙만 한 꼴이었다. 틀려도 이만저만이 아니었다. 연구실에서 실험하다 보면 자주 있는 일이었다. 그럴 때 지도 교수인 소노다는 항상 같은 말을 들려줬다. 선입견을 버리고 뭐가 나타나는지를 잘 봐라.

예상 밖의 현상을 끝까지 가만히 지켜보라는 말이었다. 겐토는 책상에서 떨어져서 아버지가 대체 뭘 하려 했는지 생각하려 했다. 하지만 억지로 머리를 감싸 쥘 필요까진 없었다. 아버지가 하려 했던 일은 명백했다.

'너에게 부탁하고 싶은 것은 오편 수용체의 아고니스트를 디자인하여 합성하는 것이다.'

겐토는 엄청난 사실을 깨달았다. 지금껏 아버지가 남긴 연구의 가장 중요한 부분을 놓치고 있었다. 전공이 아닌 지식도 필요했기 때문에 겐토는 몇 차례나 생각을 되풀이하며 자기 결론이 맞는지를 확인했다.

GPR769가 어떤 기능을 담당하는지는 밝혀지지 않았지만 폐포 상피 세포의 세포막에서 작용하는 수용체인 건 맞았다. 기능이 완전치 못하면 죽음에 이른다는 사실을 볼 때 정상적인 호흡을 가능하게 하는 어떤 역할을 하고 있다고 생각되었다. 이 수용체가 본래 역할을 하게 하려면, 단 하나, 리간드라고 불리는 물질이 필요했다.

리간드는 살아 있는 몸 안 어딘가에서 만들어져서 혈액의 흐름을 타고 운반된다. 세포막 바깥에 드러난 수용체의 주머니에 리간드가 들어가면 분자끼리 물리 · 화학적인 성질이 딱 일치하여 결합된다. 그 결과 수용체는 주머니의 안쪽을 향해 빨려 들어가고 전체가 오그라드는 것 같은 움직임을 보이며 모양이 변한다. 이 변화는 수용체가 세포막을 관통하고 있기 때문에 세포 안쪽에도 영향을 미친다. 수용체의 말단 부분이 움직여서 세포 안에 있는 다른 단백질에 작용하는 것이다. 이에 의해 활성화된 다른 단백질이 새로운 반응을 일으키고 그것이 또 다음 반응을 일으키면서 화학적인 신호가 세포 안에서 차례로 전달되고, 결국 세포핵 속에 있는 특정 유전자를 발현시키게 만든다. 즉, 가장 처음에 일어나는 수용체와 리간드의 결합이야말로 세포에 일을 시키기 위한 스위치가 된다.

변이형 GPR769의 경우 움푹 파인 부분에 변이가 있기 때문에 리간드와 결합할 수 없어서 이 스위치가 작동하지 않는 것이었다. 그 때문에 폐가 일을 하지 않게 되고, 병이 발병한다. 만약 세포의 정상 기능을 되찾기를 바라면, 약을 만들 수밖에 없었다. 원래 리간드 대신에 변이형 GPR769만에 결합되어 스위치 역할을 해 줄 물질을 인공적으로 만들어 내야 했다.

그거야말로 겐토의 아버지가 만들려 한 아고니스트, 즉 작동약이었다.

변이형 GPR769를 활성화시키는 작동약.

책상 앞에 우두커니 선 채로 겐토는 입을 떡 벌리고 생각했다.

의문의 여지가 없는 간단한 논리였다. 그 작동약이란 아이들의 생명을 빼앗는 불치의 병, 폐포 상피 세포 경화증의 특효약이 될 것임에 틀림없었다.

겐토의 호흡이 약간 거칠어졌다. 컴퓨터 화면에 떠오른 정보를 눈으로 쫓고 머릿속에서 암산해 보았다. 대답은 바로 나왔다. 계산해 보면 폐포 상피 세포 경화증 환자는 이 지구상에 약 10만 명 정도였다. 만약 이 작동약의 개발에 성공하면, 전 세계 어린이 10만 명의 생명을 구할 수 있다.

"10만 명?"

겐토는 얼빠진 목소리를 내며 좁은 집을 둘러보았다. 긴시초의 좁아터진 세 평짜리 아파트에 사는 대학원생이 10만 명이나 되는 어린이의 목숨을 구한다?

'언젠가 미국인 한 명이 너를 찾아 올 것이다. 그 미국인에게 합성한 화합물을 넘겨라.'

그 미국인이 바로 폐포 상피 세포 경화증으로 고통 받는 아이를 가진 부모가 아닌가 하는 생각이 들었다. 사랑하는 자식을 불치병에서 구할 수 있다는 기대에 잔뜩 부풀어 겐토를 찾아오는 것일 거라고.

하지만……. 겐토는 바로 머리를 감쌌다. 현실적으로 생각하면 넘어야 할 장벽이 너무 높았다. 이 신약 개발은 제약 회사들이 총력을 모아도 현실이 될지 말지 모를 정도로 어려운 문제였다. 약물을 합성했다 해도 임상 시험이 되지 않으면 안전성을 확인할 수 없었다.

바이러스 학자였던 아버지가 어째서 자기 분야도 아닌 연구에 뛰어들게 되었을까? 그리고 거기 어떤 승산이 있었을까?

겐토는 좀 더 달라붙어 보기로 했다. 거미줄을 써서 대어를 낚겠다는 소리만큼 가능성이 희박한 시도이긴 해도.

의학부에 누군가 아는 사람이 없었는지, 겐토는 학부생 시절의 인맥을 모두 뒤져 보기 시작했다.

8

예거 일행은 외부와의 연락을 제한받았다. 이메일도 사용할 수 없었고 가족과 이야기를 하고 싶으면 4인실에 설치된 전화기를 쓰라는 지시를 받았다. 게다가 서약서에 기재된 1조에 따라, 지금 여기가 어딘지 밝히는 것은 금지되어 있었다.

"이 전화는 여러 회선을 거치고 있는 것 같아. 누군가가 탐지하려 해도 발신지가 간단하게 드러나지 않도록 되어 있어."

개럿이 설명했다.

방에 설치된 전화는 팀의 결속을 다지는 데도 효과가 있었다. 이를테면 구태여 묻지 않아도 각자의 개인적인 사정을 넌지시 알게 되었다. 예거의 아이가 불치병에 걸렸다는 사실도 다른 세 명이 알게 되었고, 마이어스가 부동산 투자에 실패한 부모님을 위해 민간 군사 기업에서 일하기 시작한 것도, 개럿이 돈을 모아 기업가가 되고 싶어 한다는 것도, 그리고 믹에게는 전화를 걸 정도로 친한 사람이 없다는 것도 다들 알고 있었다.

리디아의 전화가 횟수를 거듭할 때마다 예거의 마음은 무거워져만 갔다. 저스틴의 상태가 나날이 안 좋아지고 있었다. 갈라도 선생에게 기대했던, 말기 상태에서 생명을 연장하는 조치도 효과가 없는 것 같았다. 이대로 가다간 예거가 지금 일을 끝내기 전에 저스틴이 죽어 버릴지도 모른다는 두려움이 들었다.

이 파격적인 일을 받아들인 것은 두 사람이 상의해서 내린 결정인데도 리디아는 남편에게 따졌다.

"곁에 있었으면 할 때마다 왜 항상 출장이야? 지금 바로 일 따위 내버려 두고 여기로 오면 안 돼?"

서약서에 사인한 이상 그것은 불가능했다. 일을 내팽개치면 막대한 위약금까지 떠안게 될 터였다. 예거만이 아니라 적어도 마이어스도 자기가 한 서명에 무겁게 짓눌리고 있는 것 같았다. 첫 번째 야간 습격 훈련을 했던 다음 날부터 사격 훈련에 쓰이는 인형 표적이 어린이 크기로 바뀌었다. 그것이 무엇을 의미하는지 명백했다. 예거 일행이 죽이게 될 목표는 어린이들이었다. 그리고 밤이 되면 그들은 텐트형 막사가 늘어선 훈련장에 가서 어린이 마네킹에 총알을 퍼부었다.

훈련 개시로부터 5일째, 오전에 있는 체력 트레이닝과 사격 훈련 후 오후 한나절 내내 강의 시간이 잡혔다. 아마 드디어 상세한 임무 내용이 밝혀질 모양이라고 모두 생각했다.

사격장에서 작은 인형 표적을 벌집으로 만들고 네 사람이 본사 건물로 귀환했을 때, 마이어스가 마음속에 있는 불안을 털어놓았다.

"이런 이야기라고는 듣지 못했어. 다들 안 그래? 혹시 진짜로 아이들을 살육하는 일이라면 어떡하지? 그래도 할 거야?"

명랑한 마이어스치고는 드물게 얼굴이 혐오감으로 물들었다.

매일 밤 욕지기를 억누르고 훈련을 계속하는 예거로서는 마이어스의 의견에게 동참하고 싶었다. 이제 저스틴의 죽음은 피할 수 없는 상황이었다. 자기 아이의 수명을 며칠만이라도 늘리기 위해 40명이나 되는 다른 아이들의 목숨을 빼앗아야 하는지 의문이 들었다.

개럿과 믹이 묵묵부답이라 예거가 물었다.

"하지만 모두 서약서에 사인했잖아. 다른 방법이 있나?"

"지금이야말로 마지막 기회야. 임무 내용을 알기 전에 그만둘 수 있어. 아무것도 모르는 상태라면 인정될지도 몰라."

"그렇게는 생각하기 어려워. 그렇게 물렁한 태도가 통할 상대라면 애초에 서약서에 사인할 필요도 없었겠지."

"그 서약서에 법적인 효력이 있는지도 의심스러워. 재판에 들어가면 고용주가 아무것도 말을 못할 것 아냐? '아이들을 죽이라고 명령했지만 그들이 따르지 않았습니다.'라고 증언할 수는 없잖아?"

"도중에 끝을 내는 건 현명하다고 할 수가 없군."

옆에서 개럿이 말했다.

"왜?"

마이어스가 그를 노려보았다.

"민간 군사 기업은 펜타곤을 통해 전부 이어져 있어. 계약을 이행하지 않으면 우리들은 이쪽 세계에서 퇴출될 거야. 나중에 월마트 주차장 직원이 된 모습이 눈에 훤하군."

직업으로 몸에 익힌 기술이라곤 살인 기술밖에 없는 남자들은 무력한 기분 속에서 침묵했다. 예거는 500미터 앞에 있는 사람을 단 한 방의 총알로 처리할 수 있었다. 적이 단말마의 비명조차 못 지르도록 등 뒤에서 신장을 한 번에 찔러 즉사시킬 수도 있었다. 아들 저스틴은 그런 아버지를 자랑스럽게 생각했다. 평화로운 사회에서는 있을 장소가 없는 아버지를, 자유를 위해 싸우는 영웅으로 여기고 있었다. 저스틴의 순수한 존경심을 느낄 때마다 예거는 입맛이 썼다. 자기 스스로가 전투복으로 몸을 단단히 감싼 하찮은 사기꾼처럼 느껴지기까지 했다.

개럿이 계속 이야기했다.

"게다가 어쩌면 우린 정말 말도 안 되는 일에 휘말려들었는지도 몰라. 내 생각에 이번 일은 백악관이 의뢰한 암살 임무야. 특별 접촉 계획일지도 모르고. 그렇다면 임무를 내팽개친 사람에게 어떤 재난이 닥칠지 알 만하지 않아?"

"살해된다는 말이야?"

"아니면 테러리스트라는 오명을 입히고 시리아나 우즈베키스탄처럼 고문을 좋아하는 나라로 넘겨지겠지. 번즈 정권에서라면 그럴 법해."

개럿은 목소리를 낮추더니 마지막 말을 덧붙였다.

일동 사이에 차가운 공기가 감돌았다. 마이어스가 건물에 들어가기 전에 이 이야기를 꺼낸 것은 자신들이 엄중한 감시 아래 있다는 것을 알기 때문일 것이다. 4인실에서는 할 수 없는 이야기였다.

본사 건물 뒤쪽 출구에 선 예거의 머릿속에 패잔병의 모습이 떠올랐다. 고향 외곽에 서 있던 허름한 단칸집. 잭 라일리라는 이름의 베트남전쟁 귀환 병사가 항상 현관 옆 지붕 아래 앉아서 캔 맥주를 마시고 있었다. 일을 하는 모습을 본 적은 없었다. 근처 주민들 눈에 그는 전장에서 귀환한 영웅이 아니라 그저 천덕꾸러기에 불과했다.

다니던 고등학교에서 육군 모집 이야기를 들었던 날, 예거는 집에 돌아오는 길에 라일리에게 말을 걸었다.

"저 육군에 입대할까 생각 중입니다."

그랬더니 라일리가 싯누런 눈으로 예거를 보며 말했다.

"뭘 하든 네 자유야."

자유 따위는 상관없다고 예거는 그때 생각했다. 이 길을 선택하는 방법 말고 없었기 때문이었다.

라일리가 다시 입을 열었다.

"그렇지만 병사가 하는 일에 대해 하나만 가르쳐 주지. 나라를 위해서라고 듣고 전장으로 가. 적을 죽여. 그리고 착한 놈만이 죄를 짊어지지. 그래, 착한 놈만."

당시 열일곱 살이었던 예거는 무슨 말을 하는지 알 수 없었다.

"무슨 말입니까?"

"다른 사람을 상처 입혀도 아무렇지도 않은 인간과 그렇지 않은 인간이 있다는 말이야."

라일리가 어느 쪽 인간인지는 발밑에 쌓여 있는 빈 캔이 말해 주고 있는 것 같았다. 그러면 지역 주민에게서 백안시당하는 이 패잔병이 착한 사람일까?

만약 40명의 아이를 학살한다면, 나도 언젠가 그때의 라일리처럼 될까?

"어이, 믹. 넌 이번 임무에 대해 어떻게 생각해?"

마이어스가 묻자 훈련 첫날 아무런 망설임도 없이 마네킹에 발포했던 믹이 답했다.

"나는 임무를 수행할 거야. 하라면 한다. 그게 내가 하는 일이야. 아니, 그게 우리 일이야."

마이어스는 경멸하는 어투로 말했다.

"애를 죽이라 해도 아무렇지도 않아?"

그랬더니 평소 무표정하던 믹의 얼굴에 냉소가 어렸다. '너는 겁쟁이'라고 깔보는 것 같았다. 마이어스의 눈빛이 바뀌었다. 위험하다고 생각한 예거가 곧바로 끼어들었다.

"기다려. 아직 아이들을 죽이라고 정해지진 않았어. 임무의 자세한 내용을 알기 전까지 섣부른 결론은 내리지 말자."

마이어스가 혀를 찼다. 그때 문이 열리더니 싱글턴이 고개를 내밀었다. 키가 큰 작전 부장은 일동을 내려다보더니 자못 의심스럽다는 듯이 물었다.

"자네들, 뭘 하고 있나?"

개럿이 대답했다.

"전술 확인 중입니다. 출신이 달라서 여러 가지로 의견이 다르네요."

"빨리 식사해. 오후 브리핑에서 작전 상세사항을 전달한다."

그 말을 듣고 네 사람 사이에 눈길이 오갔다.

"우리 전술은 납득했지? 적의 반응을 살피는 것이 가장 좋은 경우일 때도 있어."

예거의 말에 마이어스가 끄덕였다.

"그래. 알았어. 후퇴를 결정하기는 시기상조라는 말이군."

"맞아."

오후 1시, 점심식사를 마친 네 사람이 브리핑 룸에 모였다. 그들을 맞이한 사람은 역시 싱글턴뿐이었다. 작전개시까지 이 남자 말고 다른 사람은 만날 수 없는 모양이었다.

네 사람이 각자 자리에 앉으니 싱글턴이 노트북을 조작하여 파워포인트 자료를 화면에 띄웠다.

"일단 이걸 봐 주게. 이 남자에게 뭔가 수상한 점이 있나?"

화면에 비친 것은 아프리카계 남성의 사진이었다. 나이는 서른 정도 될까? 머리가 희끗희끗한 것이 섞인 걸 보니 좀 더 든 것 같기도 했다.

사이즈가 안 맞는 낡아빠진 셔츠를 입고 사람 좋아 보이는 부드러운 표정으로 렌즈를 향하고 있었다. 풀어헤친 옷깃 안으로 발달된 근육이 언뜻 보였지만 어깨 폭이 좁아서 그다지 강할 거라는 느낌은 들지 않았다. 피부색이 짙지 않으니 아프리카 대륙 북부나 남부에 사는 사람일 거라고 예거는 짐작했다.

"그럼 다음은 이거다."

싱글턴이 두 번째 사진을 보여 주었다.

예거 일행은 의표를 찔려서 화면을 쳐다보았다. 아까 그 흑인 남성 옆에 거인이 서 있었다. 거인은 백인 남성으로 나란히 서 있는 흑인과는 어른과 아이만큼 체격 차이가 났다. 백인의 가슴보다 훨씬 낮은 위치에 흑인의 정수리가 있었다.

"키가 큰 백인의 얼굴을 잘 기억해 두도록. 이 남자의 이름은 나이젤 피어스. 미국 동부 대학에서 인류학 교수를 하고 있다."

나이젤 피어스라는 인물은 상당히 마른 몸이었다. 볕에 탄 살갗과 마구잡이로 뻗친 머리카락. 연령은 대략 40대로 학자라기보다 고달픈 모험가처럼 보였다.

"덧붙여서 피어스의 신장은 187센티미터로, 나와 비슷한 정도다. 한편으로 옆에 서 있는 아프리카인 남성은 140센티미터밖에 되지 않는다."

"왜 그렇게 작습니까?"

개럿이 물었다.

"이 아프리카인은 피그미라는 민족이다."

일동이 납득하는 모습을 보고 싱글턴이 이어서 말했다.

"피그미라는 명칭에는 편견이 많다고 생각되지만 실제로는 보는 그대로다. 몸이 작다는 것 이외에는 보통 사람과 다르지 않다. 단 피부색이 아시아인과 비슷한 탓에 인류학상으로는 다른 아프리카인과 구별된다."

작전 부장은 노안경을 쓰고 노트를 들어 차례로 나눠 주었다.

"그럼 이제부터 인류학으로 이야기가 건너가겠는데, 나도 밖에서 배운 것을 그대로 전할 뿐이다. 그러니 너무 깊이 파고드는 질문은 하지 말도록."

농담이라고 한 것인지, 싱글턴이 입 끝을 올리며 억지로 미소를 지었지만 그에게 친숙한 감정을 갖지 않은 일동은 동의하는 웃음조차 짓지 않았다.

싱글턴은 별로 개의치 않고 브리핑으로 돌아갔다.

"이 방에 있는 사람 중 단 한 명도 자각하고 있지는 않겠지만, 우리는 농경 민족이다. 식량의 기반을 농작물에 의지하고 있지. 그런데 피그미족은 수렵 민족으로 분류된다. 숲 속에 살면서 동물을 사냥하거나 식물을 채집하여 하루하루 식량을 얻는다."

자료가 세 번째 화면으로 전환되었다. 아프리카의 지도에서 적도를 따라 동쪽에서 서쪽 지역에 걸쳐 색이 나뉘어 있었다.

"여기가 피그미족의 거주 지역이다. 아프리카 열대 우림과 일치하지. 그들이 작은 몸으로 진화한 이유는 모르지만 일설로는 환경에 적응한 결과라고도 한다. 이 몸이라면 가지가 낮게 자라는 숲 속에서도 자유롭게 움직일 수 있으니까. 10세까지는 우리와 똑같이 성장하지만 거기서 몸의 크기가 멈춰 버리고, 이후는 아이와 똑같은 체격으로 일생을 보낸다."

부지불식간에 예거는 이 인류학 강의 뒤에 숨겨진 사실을 깨달았다. 어린이 크기의 인형 표적은 피그미족을 본딴 것이 아닐까. 그렇게 생각하면 마음의 짐이 덜어지는 한편으로 새로운 의문도 솟아났다. 문명화되지 않은 숲 속의 사람들이라면 이쪽 업무와는 가장 멀찍이 떨어진 사람들 아닌가. 어째서 그들을 죽일 필요가 있을까?

개럿이 손을 들어 물었다.

"피그미의 국적은 어딥니까?"

"일단 거주 지역을 소유하는 나라여야겠지만 실질적인 시민권은 주어지지 않는 것이 현 상황이다. 그들은 국적 대신에 여러 민족으로 나뉘어 있다. 맨 처음으로 본 사진의 남성은 음부티(Mbuti)라는 민족이다. 콩고 동부의 이투리 숲이라고 하는 정글에 살고 있다."

콩고 동부는 예거의 팀이 투입될 작전 지역이었다. 이야기가 점차 핵심에 가까워지는 것 같았다. 예거는 개럿에 이어서 질문했다.

"이투리 숲도 제1차 아프리카 대전의 전투 지역에 포함됩니까?"

싱글턴이 의미심장한 미소를 지으며 답했다.

"그렇다. 정규전은 아니고 일종의 게릴라전이지만. 그 근처 마을이 약탈되거나 이민족끼리 제노사이드가 일어나기도 한다. 하지만 그것뿐만이 아니다. 콩고 정부군을 포함하여 이 지역에 퍼져 있는 무장 집단이 숲 속에 들어가서 피그미들을 사냥해 식량으로 삼고 있다."

"뭐라고요?"

마이어스가 소리쳤다.

"인육이다. 현지 인간들에게 피그미족은 인간 이하의 존재이다. 그리고 그들을 먹으면 신비로운 숲의 힘이 몸에 깃든다고 믿고 있어서 사냥하여 몸을 잘게 잘라 큰 냄비로 요리한다. 소금을 뿌려서 먹는다고 한다. 이 사실은 유엔 감시단이 확인했다."

브리핑 룸 안에서 그 이야기를 불쾌하게 여기지 않는 사람은 말하는 사람밖에 없었다.

"호주로 간 백인 이주자도 원주민을 사냥감으로 삼아 즐겨 잡았을 것이다. 호주의 태즈메이니아 섬에 있던 원주민은 한 사람도 남지 않고 백인에게 사냥당해서 멸종했다."

싱글턴은 마치 인간의 포악함을 보고 즐기는 악마의 하수인 같았다. 이제부터 과연 어떤 작전이 밝혀질지 상당히 불안해졌다.

"피그미의 음부티 종족 이야기로 돌아간다."

싱글턴이 파워포인트를 조작하여 콩고 동부의 확대도를 일동에게 보여 주었다. 100킬로미터 정도 되는 도로가 남북으로 지나고, 도로를 따라 띄엄띄엄 마을이 있었다. 그 밖에 인간의 존재를 짐작할 만한 것은 아무것도 그려져 있지 않았다. 지도 대부분이 녹색으로 칠해져 있었다.

"여기가 그들이 사는 이투리 숲이다. 음부티족은 '밴드'라고 하는 수십 명의 집단으로 나뉘어서 생활하고 있다. 우기에는 근처 농경 민족 마을 가까이에 살다가 건기인 지금은 수렵과 채집을 위해 숲으로 들어가 있다. 수렵 캠프를 만들어서 일정 기간을 거기서 지내면서 수 킬로미터 정도 이동하며 다음 캠프로 옮긴다. 장소를 돌려가며 바꾸는 이유는 식량 자원을 다 먹어치우지 않기 위한 일종의 지혜라고 볼 수 있다."

지도에는 동서로 점과 점으로 이어진 여덟 개의 지점이 표시되었다. 싱글턴이 일동을 바라보며 말했다.

"이 여덟 개의 동그라미가 '캉가 밴드'라는 40명 정도 되는 집단이 옮겨 다니며 생활하는 캠프다. 끝에서 끝까지 길이가 약 35킬로미터. 이것이 자네들의 작전 지역이다. 그러면 이제부터 구체적인 작전 내용에 들어간다."

예거 일행은 앉은 자세를 바로하고 군사 작전의 세부 사항을 들었다.

"작전 암호는 '가디언'이다. 자네들은 가짜 이름을 쓰며 야생 동물 보호 단체의 직원으로 신분을 위장한다. 우간다의 엔테베 공항에서 육로로 콩고에 들어간다. 이투리 숲으로 들어가는 잠입 포인트까지는 이쪽이 유도하겠다. 거기서는 보급 없이 단독 임무다. 현지인과의 접촉은 절대적으로 피해라. 무장 집단의 눈을 피해 숲 속으로 숨어들어 가서 캉가 밴드가 있는 수렵 캠프를 찾아내 없앤다."

"무엇을 위해서죠? 피그미족을 죽이는 이유가 뭡니까?"

허가를 받지 않은 마이어스의 물음에 싱글턴이 일갈했다.

"끝까지 들어라, 마이어스. 기간은 열흘 가량으로 예정하고 있지만 순조로이 진행되면 작전은 5일 정도면 완료될 것이다. 전과 확인을 위해서 캉가 밴드 40명의 사체를 디지털카메라로 촬영하여 전자 데이터로 송신한다. 그 후 이쪽이 지시하는 랑데부 포인트로 이동하여 헬기로 콩고에서 나온다. 작전 수행 중에 무장 집단과 조우할 경우의 교전 규칙은 딱히 없다. 원하는 대로 해도 좋다."

예거가 손을 드니 이번에는 질문을 허가했다.

"작전 지역에 있는 피그미는 캉가 밴드밖에 없습니까?"

"아니, 10킬로미터 정도 거리를 두고 여러 밴드가 똑같이 생활한다."

"식별은 어떻게 합니까? 어떻게 목표를 구분하죠?"

"아까 말한 나이젤 피어스라는 인류학자다. 그 남자가 현지 조사 때문에 캉가 밴드와 행동을 함께하고 있다. 정전 협정을 믿고 콩고에 입국했지만 전투가 다시 시작되는 바람에 나가려 해도 나갈 수 없는 것 같다. 피어스가 있는 캠프가 바로 목표다."

"그러면 피어스도 공격 대상에 포함되는 겁니까?"

"그렇다."

마이어스가 작은 소리로 말했다.

"미국인까지 죽이라고요?"

싱글턴은 의무병을 노려보며 말했다.

"이제 자네 질문에 답해 주지, 마이어스. 왜 피그미나 미국인 학자를 죽여야만 하느냐고? 반년 전 이 숲 속에서 신종 바이러스가 발견되었다. 에볼라 바이러스와 같이 숙주를 알 수 없으며 인간을 포함한 영장류에게 주로 발병한다. 문제는 잠복 기간과 치사율이다. 감염하고 나서 발병하기까지 2년 걸리고 치사율은 100퍼센트. 즉 감염자가 주변에 바이러스를 여기저기 퍼뜨릴 시간이 충분한 이상 발병하면 단 한 사람도 살아남을 수 없다. 만약 이 바이러스가 지역 밖으로 새어 나가면 전 세계에서 감염이 폭발적으로 일어나 인류가 멸망할 위험이 있다."

전혀 예기치 못한 사태에 네 사람은 어리둥절해졌다. 예거는 작전 전체의 줄거리가 겨우 보이기 시작하는 느낌이었다. 제의를 받았을 때 들었던 말이 거짓말은 아니었다. 더러운 일. 하지만 인류 전체에 봉사하는 일.

"그 위기에 대처하는 것이 '가디언 작전'이다. 여기까지 말하면 알았을 거라고 생각하지만 나이젤 피어스를 포함한 캉가 밴드의 40명이야말로 현재 확인된 단 하나의 감염자 집단이라는 얘기다."

마이어스가 단숨에 빠른 속도로 말했다.

"하지만 죽이지 않고 그 40명을 격리하면 되지 않습니까?"

"주권이 붕괴되어 20여 개 이상이나 되는 무장 집단이 있는 지역에 대규모 의료 단체를 파견하는 것은 불가능하다. 그 사람들을 보호하려면 군대가 필요한데 제1차 아프리카 대전에 관여한다고 의심받기 때문에 어느 나라에서 보낸다 해도 애매하다. 그리고 긴급하게 대처해야만 하는 이유가 하나 더 있다. 아까 말한 피그미 사냥이다. 무장 집단들이 인육을 먹는 행위가 캉가 밴드에게도 미친다면 어떻게 될 거라고 생각하나? 일단 병사 전원이 바이러스에 감염되고 부근의 마을들을 약탈할 때마다 부녀자를 강간하여 감염을 확대시킬 것이다. 게다가 유엔 평화 유지군 병사까지 현지 여성에게 성적 학대를 가하고 있기 때문에 바이러스가 다른 대륙으로 번지는 일은 시간문제다."

"그 바이러스는 감염되면 어떤 증상이 나타납니까?"

"그건 말할 수 없다. 고도의 기밀에 속하는 내용이라 바이러스에 관한 정보는 이게 다다."

개럿이 작전 부장을 자극하지 않도록 부드럽게 대화에 끼어들었다.

"잠깐 기다려 주세요. 우리로서는 아무래도 확인해 두어야만 하는 정보가 있습니다. 임무 수행 중에 우리가 감염될 위험은 없습니까?"

"그건 괜찮다. 방어책을 준비했다. 이 바이러스에는 단 한 가지 약점이 있는데, 감염되고 나서 1개월 이내라면 약으로도 간단하게 퇴치할 수 있다."

싱글턴은 셔츠의 가슴 주머니를 뒤져서 작은 캡슐을 꺼냈다. 캡슐 안쪽으로 흰 분말이 비쳤다.

"출처는 밝힐 수 없지만 어떤 나라의 육군 연구 기관이 개발한 약물이다. 임무 완료와 동시에 이 캡슐을 삼켜라. 단, 특효약이 있다고 해서 방심은 금물이다. 작전 수행 중에는 목표와 육체적 접촉은 피해. 발포할 때에는 피에 젖지 않도록 주의할 것. 그것만 아니면 감염 위험은 없다."

"그 약은 감염되지 않은 상태에서 먹어도 괜찮습니까?"

"당연하지. 전혀 문제가 없다."

"알았습니다."

개럿이 끄덕였다.

거기서 문답이 끊겼다. 침묵이 짓누르는 공기가 되어 방 안 전체를 감쌌다. 마이어스를 포함하여 전원이 작전에 참가하겠다고 최종적으로 결정한 것을 에거는 깨달았다. 이 거지 같은 작전을 세운 놈이 대체 어디의 누구인지 궁금해졌다.

그리고 싱글턴은 그로서는 드물게도 일동을 걱정하는 어조로 말을 계속했다.

"내키지 않는 것은 알지만 이것은 악조건이 겹쳐진 결과다. 콩고가 평화로운 나라였다면 이런 일은 없었겠지. 하지만 지금도 사태는 일각을 다투고 있다. 어떻게든 가디언 작전을 성공적으로 끝내야만 한다. 모든 것은 자네들 네 사람에게 맡겨졌다. 마지막으로 세 가지만 덧붙인다. 캉가 밴드를 섬멸한 후, 연구용 샘플을 채취할 필요가 있다. 가지고 와야 할 것은 몇 종류의 장기와 혈액이다. 그 목록은 나중에 전하겠다."

"그건 제가 할 일인가요?"

완전히 기운이 빠진 마이어스의 물음에 싱글턴이 간접적으로 긍정했다.

"다른 세 사람도 마이어스를 거들어라. 감염되지 않도록 주의하고."

예거는 자잘하지만 중요한 의문을 품었다.

"시체 훼손까지 한다면 기밀 유지에 문제가 생기지 않습니까? 예를 들어 평화 유지군이 현장을 발견하면 통상적인 전투가 아니라고 알아차릴 겁니다."

"아니, 그럴 걱정은 없다. 현지 민병 조직은 인육을 먹기만 하는 것이 아니라 적의 사체의 일부를 떼어서 부적으로 삼기도 한다. 그런 놈들 소행으로 보겠지."

예거는 작전의 교묘함에 혀를 내둘렀다.

"그렇군요."

"그럼 이야기로 돌아가겠다. 추가 임무의 두 번째. 나이젤 피어스가 소지하고 있는 소형 컴퓨터를 압수해라. 파괴되지 않도록 조심해서 가지고 귀환해야 한다."

어째서 그래야 하는지는 알 수 없었지만 일동은 반대하지 않았다.

"마지막으로, 가장 중요한 지시를 전달한다. 만약 임무 수행 중에 본 적 없는 생물과 조우하면 제일 먼저 사살하라."

듣고 있던 네 사람은 무슨 지시를 하는 건지 알 수 없었다.

줄곧 잠자코 있던 믹이 이해 못 하는 외국어라고 생각했는지 처음으로 입을 열었다.

"뭐라고 한 겁니까? 본 적이 없는 생물?"

"그렇다. 본 적 없는 생물을 발견하면 자네들은 그놈을 즉시 죽여야 한다."

"바이러스를 말하는 겁니까?"

"다르다. 바이러스는 눈에 보이지 않으며 애초에 생물도 아니다. 내가 말하는 건 모습을 가진 동물이다."

"잘 이해가 안 되는데……."

할 말을 찾던 믹을 대신해서 예거가 물었다.

"아프리카 정글에는 우리가 본 적 없는 생물이야 잔뜩 있을 것 아닙니까?"

개럿과 마이어스가 웃었지만 싱글턴은 진지했다.

"대강 생물이라고 해 봐야 나비의 일종이나 도마뱀 친척 같은 건 어느 정도 상상할 수 있겠지. 내가 말하고 있는 것은 그런 구별을 할 수가 없는 특수한 생물이다."

"좀 구체적으로 설명해 주시면 도움이 될 것 같은데요."

"클라이언트가 정보를 제한하고 있다. 내가 자네들에게 전달하는 내용이 전부다. 의문의 생물은 콩고 정글 안에 있다. 캉가 밴드의 수렵 캠프에 잠입했을 가능성이 높고 여태까지 아무도 본 적이 없는 모습을 하고 있다. 지금은 흉포하지 않고, 움직임도 느리니 자네들의 실력이라면 총알 하나로 정리할 수 있을 것이다. 없앤 후에는 시체를 그대로 회수하라."

싱글턴이 곤혹스러운 표정으로 말했다. 클라이언트란 이 일을 의뢰한 외국 정부, 아마도 백악관일 것이다.

"하지만 그것만으로는……."

"이쪽에 주어진 정보는 그게 다다. 이 생물의 최대 특징은 한 번 보기만 해도 미지의 생물이라는 것을 알 거라는 점이다. 그 순간 자네들은 혼란스러워할지도 모른다. 하지만 아무것도 생각하지 마. 이 생물이 뭐냐는 의문 따위 가져서는 안 된다. 발견하자마자 즉시 죽여라. 가디언 작전의 최우선적인 공격 목표다."

싱글턴은 억지로 이야기를 마무리 지었다.

9

겐토는 저녁에 실험을 중단하고 매점에서 산 컵라면을 서둘러 입에 쑤셔 넣은 뒤 의학부가 있는 도쿄 문리대 부속 병원으로 향했다. 이과 캠퍼스에서 걸어서 10분 정도 걸리는 곳에 큰 12층짜리 건물이 서 있었다. 학부생 시절에 친목회 활동으로 몇 번인가 얼굴을 마주친 적이 있는 요시하라 선배와 만나는 것이 목적이었다.

병원 뒤에 있는 직원용 입구로 가서 수위에게 온 목적을 말하고 본관으로 들어갔다. 아무래도 씁쓸했다. 왠지 약학부보다 의학부 쪽이 우월하다는 고정관념 때문에 열등감이 느껴졌다.

엘리베이터를 타고 위층으로 가면서 겐토는 대학 입학 후 맨 처음 들었던 환영사를 떠올렸다. 신입생들을 맞이하여 학부장이 가슴을 펴고 훈시를 늘어놓았다.

"여러분들이 의사가 된다고 해도 평생 구할 수 있는 환자의 수는 기껏해야 만 명입니다. 하지만 약학의 연구자가 되어 신약을 개발하면 100만 명 이상을 구할 수 있습니다."

그렇다. 만약 폐포 상피 세포 경화증의 치료약을 개발하면 현재 전 세계에 있는 10만 명의 환자뿐만 아니라 앞으로 이 병을 짊어지고 태어나는 어린이들까지도 즉시 구할 수 있을 것이다. 학부장의 말을 떠올리며 겐토는 스스로를 고무시키려 했지만 현실적인 기준의 높이를 생각하면 무력감이 사라지지 않았다.

어차피 무리라며 겐토는 과도한 기대를 품지 않으려 했다. 그렇지 않으면 실패했을 때의 실망감이 쓸데없이 커지고 말 것이다.

5층에서 엘리베이터를 나와 소아과의 간호사실로 갔다. 바빠 보이는 간호사 중 한 명이 이쪽을 보더니 물었다.

"문병 오셨나요?"

"그건 아니고 요시하라 씨와 약속이 있어서요."

간호사가 끄덕이고 간호사실 안쪽에 있는 흰 옷을 입은 한 무리를 향해 목소리를 높여 말했다.

"요시하라 선생님."

"네."

머리가 짧은 남자가 대답과 함께 뒤돌아봤다. 요시하라였다. 고등학교까지 검도를 했다고 들었던 기억이 있었다. 그건 그렇고 벌써 '선생님'이라니.

"오랜만이다."

겐토를 발견한 요시하라가 특유의 저음으로 인사를 했다. 와이셔츠, 넥타이, 흰 옷. 학생 때와는 꽤 인상이 달라졌다. 겐토는 자신의 오래 입은 다운재킷과 청바지 차림이 이곳에 무척 어울리지 않는 것 같았다.

"바쁘신데 죄송합니다."

"아냐, 괜찮아. 의국으로 가자."

요시하라가 간호사실을 나와서 겐토를 데리고 걷기 시작했다.

"소아과 의사가 되신 겁니까?"

"아니. 지금은 레지던트라서 여러 과를 돌고 있어. 소아과도 좋은데 수지가 맞지 않아."

"수지가 맞지 않는다고요?"

요시하라는 소아과 병동을 뒤돌아보며 말했다.

"고생하는 거에 비해 돈이 적게 나와. 개업할 거라면 다른 진료과로 하는 게 좋겠지. 그러니 소아과 의사들을 보면 돈벌이와는 연관 없는 훌륭한 선생님이라고 생각해도 좋아. 나는 다른 과로 갈 거지만."

엘리베이터를 기다리면서 요시하라가 본론으로 들어갔다.

"폐경증이라고?"

그것이 폐포 상피 세포 경화증의 약칭인 것 같았다.

"네."

"유감이지만 현재의 의학으로는 감당할 수 없어. 대증 요법을 시험해서 상태를 보는 수밖에. 수명을 어느 정도 늘릴 정도로 효과가 있을지는 의문이지만."

"그럼 치료법이 전혀 없나요?"

요시하라가 단호하게 답했다.

"없어."

"기초 연구도 진행이 안 되었습니까?"

"세계에서 딱 한 명, 포르투갈의 갈라도라는 의사가 치료약을 개발하고 있어."

겐토는 놀랐다. 예상 밖의 수확을 빨리도 얻었다.

"치료약을요? 어느 정도로 진행되었습니까?"

"우리 전공 밖의 일이라. 잠깐 기다릴래?"

한 층 위의 로비로 나온 요시하라는 '의국' 표시가 걸린 한쪽으로 들어갔다. 복도를 따라서 문이 죽 늘어서 있고 진료과목마다 방이 나뉘어 있었다. 요시하라가 들어간 방은 '소아과'의 의국이었다. 책상이 늘어선

135

실내는 저녁이라 그런지 인기척이 드물었다. 요시하라는 구석에 있는 로커를 열어 숄더백 안에서 종이 묶음을 꺼내 돌아왔다.

"일단 눈에 띄는 논문을 다운받았어."

"아, 감사합니다."

겐토는 논문을 받고서 바로 훑어봤다.

"이건 아직 임상 시험 전 단계 아냐?"

"그런 것 같네요."

리스본 의과 대학의 갈라도라는 교수도 이미 변이형 GPR769의 입체 구조를 모델링했다. 그것에 기초하여 이 수용체에 결합할 만한 화학 물질의 구조를 디자인하여 약으로서 활성을 조사하고 있었다. 아마 세계 최첨단 임상 응용 연구일 터였다.

"리드 화합물의 구조 최적화까지는 갔구나."

"그게 뭔데?"

"약이 될 것 같은 화합물을 이미 찾았고, 보다 약리 활성이 뛰어난 구조로 바꾸려는 겁니다."

그냥 뒤처진 정도가 아니었다. 포르투갈 의사의 연구는 겐토보다 몇 년 먼저 앞서 있었다. 역시 거미줄로 대어를 낚으려는 무리한 시도였다. 낡은 아파트에 남겨진 좁은 실험실에서 하는 작업으로 갈라도 박사의 연구와 견줄 만큼 성과를 거둘 리 없었다. 리틀 리그 팀이 메이저 리거를 상대로 시합하는 것이나 마찬가지였다.

"폐경중의 약이 완성을 눈앞에 뒀다는 얘기야?"

"아뇨, 그건 아직 몇 년이나 나중의 이야깁니다. 리드 화합물을 찾아도 약이 되는 것은 1000개에 하나 정도 되는 확률이라. 순조로이 진행되더라도 5년 이상 걸리지 않을까요?"

"그럼 지금 있는 환자는 구할 수 없나?"

"그럴 거라 생각합니다."

요시하라는 한숨을 한 번 쉬었다.

"이쪽에 와 봐. 담당하고 있는 환자들 중에 폐경증에 걸린 애가 한 명 있어."

"네?"

요시하라는 복도 안쪽으로 더 걷기 시작했다. 겐토의 머리 위로 'ICU: 중환자실'이라는 표시가 지나갔다. 반회전문을 빠져나가니 중환자실이 있었다. 복도 벽면에 난 큰 창을 통해 위독한 환자들이 실내 침대에 누워 있는 것이 보였다.

"왼쪽 열 바로 앞에서부터 세 번째."

요시하라가 작은 소리로 말했다.

어른 환자들 가운데 여섯 살 정도 된 여자아이가 누워 있었다. 피부가 청자색으로 변색되어 있고 괴로운 듯이 눈을 꾹 감고 있었다. 상태가 얼마나 심각한지는 링거 스탠드에 매달린 약의 개수가 말해 주고 있었다.

침대 곁에 젊은 간호사와 어머니로 보이는 30대 초반 여성이 있었다. 잡균을 예방하기 위해 어머니도 마스크를 쓰고 있었지만, 당장이라도 울며 무너져 내릴 것 같은 표정만큼은 뚜렷이 보였다.

"말기야. 저 아이는 한 달 정도 지나면 죽어."

그래서는 안 된다는 생각이 들었다. 보고 싶지 않은 비참한 현실이 눈앞에 들이닥친 바람에 참담한 마음만 커졌다. 나로서는 저 아이를 구할 수 없어. 아버지가 남긴 볼품없는 실험실이, 그대로 자신들 부자의 실상으로 비쳐졌다.

겐토는 그에게 벌을 줄 환자의 이름이 적힌 이름표를 읽었다. 고바야시 마이카, 6세. 평생 그 이름을 잊을 수 없을 것 같았다. 죽어 가는 모습을 보고도 아무것도 해 줄 수 없는 어린 아이의 이름을.

"나는 말이지, 돈도 벌고 싶지만 그래도 역시 환자도 구하고 싶다. 너는 약학부니까 언젠가 꼭 폐경증 약도 만들어라."

"그렇지만 한 달 안에는 무리예요."

힘없이 대답하는 겐토의 뇌리에 아버지가 남긴 2월 28일이라는 기한이 떠올랐다. 딱 한 달이었다.

날은 벌써 저물었다. 기온도 꽤 떨어져 있었다. 보도를 따라서 흐르는 요코짓켄가와 강에서는 겨울 철새가 수면에 앉아 지친 날개를 쉬게 하고 있었다.

연구실로 돌아오는 길 내내 다운재킷 주머니에 두 손을 찔러 넣고 비 맞은 강아지처럼 힘없이 고개를 푹 숙이고 걸었다. 죽음이 임박한 어린 여자아이의 모습이 머리에서 떨어지질 않았다.

그 아이는 아무 나쁜 짓도 하지 않았는데 왜 그런 고통을 당해야만 할까? 어째서 겨우 여섯 살의 나이로 삶을 마쳐야 하나? 과학자 나부랭이 겐토는 그 답을 알고 있었다. 때때로 자연은 인간에게 잔혹할 정도로 차별 없이 불평등을 안겨 주었다.

그런 위협과 싸우기 위해 약학을 연구하는 사람이 있는 건데, 자신은 지금까지 뭘 하고 있었나? 대학에 입학하고 나서 6년 동안 어떤 사명감도 없이 무위의 나날을 쌓아올리고 있었다. 버린 것이나 다름없는 세월이었다.

하지만 그렇다고 해서 이제부터 자신이 뭘 할 수 있겠는가? 겐토는 울적한 기분을 떨치려고 고개를 들고 밤하늘을 올려다보았다. 우주가 보였다. 몇 광년이나 떨어진 항성의 빛이 지구의 하늘을 물들이고 있었다.

폐포 상피 세포 경화증의 특효약 개발은 어느 정도는 성공한 것 같았다. 하지만 그것은 5년 이상이나 나중의 이야기이며 한 달 뒤가 아니었다. 적어도 지금 자신에게는 무리였다. 끝없는 무력감에 눌리는 한편 아버지가 남긴 메시지가 머릿속에 문득 떠올랐다. 설령 무명 대학의 교수라도 과학자인 이상 최소한의 논리적인 훈련은 쌓아 왔을 것이다. 몇백만 엔이나 되는 사재를 쏟아 부어 실험실을 준비한 배경에는 특효약 개발이 성공할 승산이 있었을 터였다. 현 단계에서 남겨진 단 하나의 단서는 노트북에 인스톨된 기프트라는 프로그램인데, 자세한 기능은 아직 알 수 없었다.

아무래도 마지막으로 기대할 보루는 컴퓨터를 사용해서 제약을 연구한다는 한국에서 온 유학생이 될 것 같았다. 소개해 주기로 한 친구, 도이가 스케줄을 물어본다고 했었다. 도이에게 전화해 볼까 생각하던 참에 자신을 부르는 소리가 들렸다. 겐토는 생각에 빠져든 나머지 그 가느다란 목소리를 한 번 놓쳤다.

"고가 겐토 씨."

두 번째로 부르는 소리에 겐토는 발걸음을 멈췄다.

이과 캠퍼스의 약학부 건물 뒤까지 와 있었다. 밤에는 사람이 거의 다니지 않는 구역이었다. 빛이라고 하면 멀리 있는 자전거 주차장 형광등밖에 없었다.

누가 부르는가 하고 겐토는 어둠을 응시했지만 인기척은 느껴지지 않았다. 여자 목소리였다고 수상하게 생각하면서 다시 걸으려던 순간 등 뒤에서 작은 발걸음 소리가 가까워졌다.

뒤돌아보니 호리호리한 중년 여성이 서 있었다. 수수한 색의 코트에 화장한 기색이 없는 얼굴. 이과 여성으로 보일 만한 일종의 독특한 청량 감을 띠고 있었다. 상대가 작은 목소리로 물었다.

"고가 겐토 씨 맞으신가요?"

이학부 교수인가 싶으면서도 마치 유령 같은 사람이라는 생각이 들었다.

"네, 그런데요."

"잠깐 드릴 말씀이 있는데, 괜찮으신가요?"

"아……."

겐토의 애매한 대답에도 여성은 겐토를 학교 바깥으로 데려가려 했다.

"그럼 이쪽으로."

"잠시만요. 무슨 용건이시죠?"

"아버님과 관련된 일이에요."

"아버지?"

여성은 끄덕이는 동안에도 줄곧 겐토의 얼굴을 바라보았다.

"꼭 긴히 드릴 말씀이 있어요."

"그런데 제가 고가 세이지의 아들이란 걸 어떻게 알고 계신 겁니까?"

"전에 아버님께서 사진을 보여 주셨어요. 아버님은 겐토 씨를 많이 자랑하셨거든요."

거짓말이라는 것을 곧바로 알아차렸다. 그 아버지가 자식 자랑을 할 리 없으니까.

"그럼 이쪽으로."

여성이 발걸음을 재촉했다. 자동차 주차장에서 들려오는 학생의 말소리에 신경 쓰는 것처럼 보이기도 했다.

"어디로 갑니까?"

"밖에서는 추우니까 차 안에서 이야기해요."

"차에서?"

반문하는 사이에 뒷문에 이르렀다. 대학 담을 따라서 뻗어 있는 좁은 차도 옆에 승합차가 주차되어 있었다. 가로등 사이에 있으니 어두운 색이라는 것밖에 알 수 없었다.

겐토는 멈춰 섰다. 어찌된 일인지 저 차에 타면 두 번 다시 학교로 돌아올 수 없을 것만 같은 기분이 들었다.

"여기서 이야기하시죠."

"그렇지만……."

"아버지에 대해 뭘 묻고 싶으신 겁니까?"

묻고 나서 혼란스러운 머리에 또 하나의 질문이 떠올랐다.

"실례지만 그쪽은 누구십니까?"

"아, 저 말이죠. 저는 전에 아버님께 신세를 졌던 사카이라고 합니다."

말하며 여자가 시선을 흔들었다.

"사카이 씨? 존함은 어떻게 되시죠?"

"유리예요. 사카이 유리."

들은 적 없는 이름이었다.

"어떤 한자로 쓰십니까?"

존재감이 엷은 여성이 '阪井友理'라는 한자 표기를 가르쳐 주었다.

"아버님께 들어 보신 적 없으세요?"

"없습니다. 그런데 용건이 뭡니까?"

사카이 유리는 힐끔 차를 보고서 말했다.

"아버님이 돌아가셨다고 듣고 놀라서요."

하지만 조문객으로서 왔다고 하기에는 이상했다. 어째서 아쓰기에 있는 친가로 가지 않았을까?

"사카이 씨와 아버님은 어떤 관계셨습니까?"

"바이러스 연구를 함께 했어요."

"다마 이과 대학에서요?"

"저는 외부 연구 기관 소속이었어요."

"그럼 공동 연구를 하신 건가요?"

"그래요. 겐토 씨는 정말 아무것도 듣지 못하셨나 보네요."

겐토는 수긍할 수밖에 없었다. 아버지가 생전에 하셨던 행동이 수수께끼인 상황이니 사카이 유리가 하는 말의 진위를 가늠하기 어려웠다.

"오늘 찾아뵌 것은 그 연구에 대한 거예요. 실험의 중요 데이터를 아버님께서 맡아 두셨거든요."

"아, 데이터요."

겐토는 순간 상대의 말을 믿기 시작했다. 연구자에게는 무엇보다도 중요한 문제였다.

"아버님이 작고 검은 노트북을 남기지 않으셨나요?"

겐토는 움직임을 멈추었다. 사카이 유리가 말한 것은 서재에 남겨져 있었던 켜지지 않는 컴퓨터가 분명했다.

'10인치짜리 노트북은 결코 다른 사람 손에 넘겨서는 안 된다.'

"모, 모르겠습니다."

서둘러 부정했지만 사카이는 겐토의 동요를 알아본 것이 확실했다.

평온을 가장하려고 안경을 추켜올리는 겐토를 보고 사카이 유리가 소리 내어 웃었다.

"후훗. 아버지를 똑 닮았네."

상대의 얼굴에 떠오른 웃음을 놀라서 바라보았다. 이 음침한 여성이 웃으리라고는 예상도 못했다. 꾸민 기색은 없지만 예쁘다는 것을 처음으로 깨달았다.

"차 안에서 이야기할래? 차 안은 따뜻해."

유리가 다시 권했다. 하지만 불투명 유리창으로 내부가 보이지 않는 차는 도저히 이 여성의 것이라고 생각하기 어려웠다. 갑자기 문이 열려 안에서 웬 남자들이 뛰쳐나올 것 같은 느낌까지 들었다.

"여기서 말씀하셔도 됩니다. 그보다 10인치짜리 컴퓨터라니 뭘 말씀하시는 거죠?"

"10인치라고는 말 안 했어."

또 바보짓을 했다. 사카이 유리에게 휘둘리고 있었다. 유리가 진지한 표정으로 돌아왔다.

"그렇지만 내가 찾는 게 바로 그 10인치 노트북이야. 갖고 있었구나, 아버지의 유품을."

대답할 말이 궁했다. 이 이상 뭔가 말하면 더 덤터기를 쓸 것 같았다.

"그 노트북을 나한테 넘겨."

잠깐 생각하고 나서 겐토는 하는 수 없이 작전을 바꿨다.

"컴퓨터는 확실히 제가 가지고 있습니다. 하지만 아버지께서 아무에게도 넘기지 말라고 하셨습니다."

"당연하지. 연구하던 도중에 쓰던 데이터니까. 겐토 씨도 실험 노트를 연구실 밖으로는 가지고 나가지 않잖아? 아버님은 본인이 돌아가실 거라고는 생각하시지 않으셨기도 하고."

사카이 유리가 연구 기관에 있다는 것은 진짜 같았다. 이쪽 직업이 아니라면 실험 노트 취급 방법에 대한 언급 따위는 하지 않을 터였다. 마지막 말도 맞는 얘기였다. 아버지가 남긴 글은 자신이 죽을 것을 전제로

하지 않는 기묘한 유서였다.

"내 연구가 막혀 있어. 제발 그 컴퓨터를 넘겨."

"미타카 역에서 쓰러지셨을 때 아버지는 어떠셨죠?"

뭔가 말하려던 사카이 유리가 갑자기 입을 다물었다. 희미하게 고개를 기울이고는 흘깃 겐토를 바라보았다. 날씬한 몸매에 어깨까지 머리를 기른 마흔 살 즈음의 여성에게 겐토가 재차 물었다.

"아버지는 고통스러워하셨나요?"

"나는 몰라."

"구급차를 불러 준 사람이 사카이 씨죠?"

"아니야."

단호한 대답이 돌아왔다. 하지만 겐토는 믿지 않았다. 이 사람이야말로 생전의 아버지와 대화를 나누었던 마지막 사람임에 틀림없었다. 그러면 어째서 그 자리에서 모습을 감추었을까? 사카이 유리에게는 아버지 곁에서 재빨리 사라져야만 할 어떤 이유가 있었던 것이다.

"이건 겐토 씨를 위해서도 하는 말이야. 컴퓨터를 돌려줘."

"저를 위한다고요? 어떻게 그렇게 됩니까?"

"그건 말할 수 없어."

"그럼 저도 컴퓨터는 못 드립니다."

입을 꾹 다문 유리는 초점을 잃은 눈 속으로 다음에 둘 수를 궁리하고 있는 모양이었다. 겐토는 무심코 자세를 취하고 상대가 어떻게 나올지 기다렸다. 그런데 유리는 고개를 들고서 의외로 담백하게 말했다.

"알았어, 그럼."

대화는 갑자기 끊겼다. 겐토가 붙잡을 새도 없이 유리는 잽싼 발걸음으로 차로 되돌아갔다.

겐토는 어리둥절한 채 그 모습을 눈으로 쫓았다. 조금 더 대화를 끌어서 상대의 정체를 탐색했어야 했나? 차 번호가 무슨 단서가 될지도 모른다는 생각에 번호를 읽으려고 차를 향해 발걸음을 내딛었다. 그런데 갑자기 심장이 한 번 크게 고동쳤다. 겐토는 그 자리에 못 박힌 듯 굳어 버렸다. 사카이 유리가 향한 차의 뒷자리 불투명 유리창 너머로 누군가의 그림자가 비쳤다.

사카이 유리 외에 누군가 있었다.

본능적으로 신변의 위협을 느꼈다. 운전석 문에 손을 뻗은 사카이 유리가 이쪽을 뒤돌아봤다. 어둠을 꿰뚫어 보는 날카로운 시선이 일직선으로 겐토에게 날아와서 꽂혔다.

겐토는 뒤로 물러나서 대학 부지 안으로 돌아왔다. 담 옆에 세워 둔 차가 보이지 않자 공포가 더더욱 커졌다. 몸을 획 돌려서 서둘러 걷기 시작했다. 약학부 건물에 도착할 즈음에는 뛰어 가고 있었다. 계단을 단숨에 올라가서 동료가 있는 연구실로 향했다. 3층 복도에서 멈춰 서서 아래층을 살폈지만 누군가 쫓아오는 기색은 없었다.

그냥 생각이 지나쳤던 것일까? 아니면 위기로부터 빠져나온 것일까?

겐토는 문을 열고 소노다 연구실로 들어갔다. 세미나실에서는 휴식 중인 여자애들이 소파에 앉아서 사이좋게 차를 마시고 있었다. 안쪽 실험실에서는 학생에게 지시를 내리는 준교수의 목소리나 실험 기구를 다루는 소리가 들려왔다.

평소 그대로인 모습에 안도한 겐토가 마음을 굳히고 휴대 전화를 꺼내서 아버지가 근무하셨던 곳에 전화를 걸었다. 아직 7시 전이었다. 그쪽 연구실에도 아직 누군가 남아 있을 터였다.

두 번의 벨소리가 울리고 나서 누군가 전화를 받았다.

"네, 다마 이과 대학입니다."

남자 목소리였다. 겐토가 물었다.

"하마사키 준교수님 계십니까?"

"제가 하마사키인데요."

"저는 고가 세이지 씨의 아들인 겐토라고 합니다."

"아, 네."

상대방은 장례식에서 인사만 나누었던 겐토를 떠올린 듯했다.

겐토는 신세졌다는 인사를 한 뒤 질문했다.

"좀 여쭤보고 싶은 것이 있습니다. 생전의 아버지에 관한 이야기인데 요. 외부 기관과 공동 연구를 하고 계셨습니까?"

"공동 연구? 아니요. 그런 건 없었습니다."

"그럼 사카이 유리 씨라고, 나이가 마흔 정도 되는 연구자를 아십니 까?"

"저는 모르겠습니다."

역시 사카이 유리의 말은 거짓이었다. 그럼 대체 그녀의 정체가 뭔지 생각한 순간 등 뒤로 한기가 훅 느껴졌다.

'지금 이후로 네가 사용하는 전화, 휴대 전화, 이메일, 팩스 등의 모든 통신 수단은 도청되고 있다고 생각해라.'

이 전화는 도청되고 있을까? 그것도 사카이 유리에게.

하마사키가 이어서 이야기했다.

"글쎄……. 관련이 있을지는 모르겠는데, 고가 선생님은 장기간 휴가 를 얻으실 예정이었습니다."

"장기간 휴가요? 장기간이라면 어느 정도의 기간입니까?"

대답하며 겐토는 동요를 억누를 시간을 얻었다.

"2월 28일까지 한 달 동안입니다. 살아계셨으면 내일부터 시작될 예정이었죠. 공동 연구라기에 이 정도밖에 생각나는 게 없네요."

역시 아버지는 진짜로 폐포 상피 세포 경화증의 특효약을 만들려고 했던 것이다. 2월 말까지 약을 완성시켜서 그 후에 나타날 미국인에게 건넬 예정이었으리라.

"알겠습니다. 바쁘신데 전화 드려 죄송합니다."

"아뇨. 또 뭔가 궁금한 게 있으시면 언제든 연락하세요."

하마사키가 전화를 끊었다.

휴대 전화의 전원을 꺼도 몸에 들러붙은 기분 나쁜 느낌은 사라지질 않았다. 동료가 있는 실험실로 돌아가면서 사카이 유리라는 여성에 대해 생각했다. 그녀가 요구한 것은 단 한 가지, 아버지의 유품인 노트북이었다. 신약 개발에 쓰이는 노트북이 아니라 켜지지 않는 소형 노트북 말이다.

수수께끼를 푸는 열쇠는 아무래도 침묵하는 그 검은 컴퓨터 속에 잠들어 있을 것이다. 그 안에는 대체 뭐가 기록되어 있는 거지?

10

방탄 리무진에 탄 라티머 국방 장관은 이른 아침부터 심기가 불편했다. 이라크에서의 전력 양성 계획을 세워야만 하는 이 시기에 어째서 이렇게 차례차례로 풀리지 않는 문제가 나오는 건지 알 수가 없었다. 라티머는 손에 든 보고서를 던지면서 인내심도 함께 내던졌다.

"마약 카르텔 말단이 어쨌다는 거요? 구두로 설명해 주면 좋겠소."

뒷자리에 앉은 왓킨스 국가 정보장과 홀랜드 CIA 국장은 노골적으로 유감스러운 얼굴을 했다. 이제 국방 장관과의 불화를 개선하려는 단계는 지났다. 모든 일을 정보기관 탓으로 돌리는 것도 지긋지긋했다.

"정확하게는 말단이 아니라 중간 간부입니다. 겉으로는 위장 회사 임원입니다만. 그 남자가 소형기로 콜롬비아에서 미국으로 향하고 있는 도중에 조종사가 정신을 잃었습니다."

홀랜드가 말했다.

무슨 지병이라도 있었는지 파일럿이 잠깐 실신한 사이에 소형기의 고도는 점점 내려갔다. 이상을 느낀 마약 조직의 중간 간부가 서둘러 조종간을 쥐었을 때 기체는 대서양으로 완전히 추락하기 직전이었다. 어떻게 수평 비행으로 옮겼지만 조종 자격이 없는 중간 간부에게는 그게 최선이었다.

소형기가 본래의 노선을 크게 벗어나서 반시간이나 비행을 계속하던 중에 겨우 파일럿이 의식을 되찾았다. 그는 눈앞에 다가온 바다에 경악하며 조종간을 끌어 급상승했지만 이 일 덕분에 북미 대륙 여기저기에서 비명이 터져 나왔다. 450킬로미터에 달하는 마이애미 앞바다 방공식별권 안으로 레이더망을 빠져나간 정체불명의 비행기가 출현한 것이다. 공군기의 긴급 발진이 그 후 10여 분 늦어졌다면 대통령은 백악관 동쪽 건물 지하 비상용 방공호로 피신했을 터였다.

"초보적인 실수가 잇따라 일어난 것뿐입니다. 북미 방공사령부(NORAD)가 원인을 찾아내는 중이며, 방공 체제를 재점검했습니다. 두 번 다시 이런 일은 일어나지 않을 겁니다."

홀랜드가 천연덕스럽게 말했다.

"그러면 이 보고서는 오늘 아침 브리핑에서 제외하시오."

라티머는 서류를 돌려줬다.

줄기차게 내리는 눈을 뚫고 나아가는 리무진 앞에 세인트 레지스 호텔의 중후한 건물이 보이기 시작했다. 백악관에 거의 다 왔다. 라티머는 서둘러 다음 브리핑 자료를 훑어봤다. 러시아 방첩 대책에 대한 대응이 부족하다는 내용이었는데, 그 나라의 인터넷을 사용한 군사 통신망의 취약성도 지적되었다. 냉전 시대였다면 어땠을지 모르겠지만 이런 보고서는 대통령을 기쁘게 하는 내용은 아니라도 역정을 사지도 않을 내용이었다. 라티머는 보고서를 의제로 남기기로 했다.

밀폐된 차 안이 부자연스럽게 적막해졌다. 대통령 일일 브리핑의 내용에까지 입을 내미는 국방 장관에 대해 왓킨스와 홀랜드는 잡담을 할 생각도 없는 듯했다.

라티머는 러시아와의 사이버전에서 우위를 말해 주는 마지막 보고서에 대해서는 다시 생각해 보았다. 인류 역사로 볼 때, 이미 기원전부터 전쟁의 승패를 결정하는 것은 무력만은 아니었다. 사납고 용맹스러운 전사들이 치르는 처참한 싸움 뒤에서 다시 한 번 암투가 펼쳐졌다. 정보전이었다. 암호 작성자와 해독자의 지혜 겨루기가 많은 싸움의 수세를 좌우해 왔다. 자유 민주주의로 결속된 미국이 독재자에 인솔된 파시즘 국가를 때려눕히한 제2차 세계 대전에서도 영국과 미국 두 국가가 적국의 암호를 해독하지 못했더라면 결말이 어떻게 되었을지 알 수 없었다. 전 세계기 파시스트들에 의해 정복되었을지도 모르는 것이다. 하지만 현실에는 에니그마(enigma) 암호의 공략이 제3제국의 야망을 박살내고 퍼플 암호(일본의 외교 암호기를 가리키는 미국의 코드명 — 옮긴이)의 해독이 일본 제국을 궤멸까지 몰아붙였다.

그런데 이런 첩보 전쟁은 대부분의 활동이 기밀로 취급받고 있기 때문에 승리의 주역은 레이더 기술이나 핵무기 개발에 성공한 과학자들에게 돌아갔다. 제2차 세계 대전이 '물리학자의 전쟁'이라고 불리는 근거였다. 그리고 반세기 이상이나 지난 지금, 정보 기술이 비약적으로 진보하여 사이버 전쟁이라는 새로운 전투 카테고리가 확립되었다. 이 전투에서 주 전장은 현실 세계가 아니라 컴퓨터 네트워크 상에 있었다. 고도의 해킹 기술을 가졌다면 어느 거대한 나라라도 기능 정지에 빠뜨릴 수 있었다. 발전소나 상하수도, 교통관제에 이르는 각종 인프라 설비만이 아니라 금융 거래나 군의 명령 계통에 이르기까지 컴퓨터로 엮인 통신망에 치명적인 타격을 줄 수 있었다. 금세기 들어서 미국은 이런 공격을 몇 번이나 받았으며 미국도 많은 가상 적국을 상대로 공격하고 있었다. 평소에 영공 침범을 시행하여 적의 요격 능력을 재어 보는 것이나 다름없는 일이었다. 만약 21세기에 대규모의 전쟁이 일어난다면, '수학자의 전쟁'이 될 것임은 확실했다.

"보고서의 마지막 항목인 러시아 암호는 어느 정도 해독되었소?"

라티머가 물었다.

"국가 안보국에 물어볼까요?"

홀랜드 CIA 국장이 직무상 라이벌의 이름을 거론했다.

그것만으로는 너무 무례하다고 생각되었는지 왓킨스가 말했다.

"우리가 우위에 서 있는 것은 틀림없습니다. 특히 공개 키 암호의 해독 능력은 가장 뛰어납니다."

"그게 뭐요?"

"인터넷에서 사용되는 가장 일반적인 암호입니다. RSA 암호 같은."

왓킨스는 라티머가 보다 자세한 설명을 요구하는 것 같아서 어쩔 수 없이 계속 설명했다.

"RSA 암호는 소수를 사용합니다. 5나 7처럼 1과 그 자신 이외의 수로는 나눌 수 없는 숫자죠. 이 소수는 서로 곱하는 것은 간단해도 어떻게 나누어지는지 밝히기 어렵다는 성질이 있습니다."

라티머가 눈썹을 찌푸렸다.

"왜 그렇게 되는 거요?"

왓킨스가 잠시 암산해 본 뒤 말했다.

"예를 들어 203이라는 값이 어떤 수를 곱해서 만들어졌는지 바로는 알기 어렵죠?"

"그야 그렇지."

"정답은 7과 29입니다."

"당신이 그렇게 수학을 잘하는 줄은 몰랐군."

라티머의 입에서 나온 칭찬의 말은 어떻게 보면 비꼬는 말로도 들렸다. 왓킨스가 흘려 넘겼다.

"국가 안보국에 있는 놈들이 그냥 하는 말일지도 모르죠. RSA 암호에서는 소수끼리 곱한 합성수를 암호화의 열쇠(key)로 사용합니다. 하지만 이 수는 암호화할 때만 사용됩니다. 같은 수를 써도 해독은 되지 않도록 수학적인 기술이 응집되어 있습니다. 한편으로 그 정보를 받아들이는 쪽은 원래의 두 소수를 암호 해독의 키로 삼습니다. 이 때문에 암호화의 키가 되는 숫자는 공개되어도 상관이 없습니다. 아무도 거기서 해독의 키, 즉 처음 사용했던 소수로 나누어 낼 수 없으니까요. 이 이상 자세한 이야기는 수학자에게 물으시죠."

국가 정보장은 어깨를 움츠려 보였다.

"잠깐만. 암호화에 사용되는 수가 어떤 소수의 조합인지 알면 해독되는 거 아니오?"

"그렇습니다."

"그러면 짐작이 가는 대로 소수를 맞춰서 조합해 보면 언젠가 밝혀지는 거잖소."

"원리적으로는 그렇습니다. 하지만 걱정하지 마십시오. 터무니없이 큰 자릿수의 숫자를 사용하고 있으니까요. 현행하고 있는 RSA 암호의 강도에서는 국가 안보국의 거대한 컴퓨터 자원을 사용하지 않는 한, 계산하는 것이 불가능합니다. 원래 소수는 알 수 없습니다."

"그렇군. 그게 그놈의 컴퓨터에 거액의 예산이 들어가는 이유지."

라티머도 납득했다. 국가 안보국이 보유한 슈퍼컴퓨터는 300대가 넘어서 이제는 몇 대인지 세는 것보다 면적으로 헤아리기가 편할 정도였다.

"거기다 우수한 수학자라는 인재도 그렇죠. 아마 기우겠지만, 현대 암호에는 문제도 있습니다. 만약 천재적인 수학자가 나타나서 소수의 조합을 간파하는 획기적인 알고리즘을 고안해 낸다면 인터넷상의 안전은 순식간에 붕괴됩니다. 국가 기밀까지 통째로 누설되죠. 단 한 명의 천재가 사이버 전쟁을 제패하고 세계의 패권을 쥐는 일도 있을 수 있습니다."

왓킨스가 얼굴을 찌푸렸다.

"그게 현실적으로 일어날 만한 일이오?"

"전문가들 사이에서는 그런 계산 순서는 발견될 수 없을 거라는 의견이 대부분입니다. 하지만 수학적으로 증명된 것은 아닙니다. 소인수분해의 새로운 계산식이 발견될 위험은 남아 있습니다."

리무진이 펜실베이니아 가 1600번지에 도착했다. 북서쪽 게이트로 들어간 차가 대통령 집무실이 있는 서관으로 직행했다. 차에서 내릴 때까지 짧은 시간을 이용하여 라티머가 다른 하나의 화제도 훑었다.

"그런데 그 괴물 퇴치 건은 어찌되었소?"

"아프간 말씀이십니까?"

"아니, 콩고 말이오."

"아, 네. 변함없이 그 '천재 젊은이'가 의욕에 넘치고 있지 않을까요."

왓킨스가 끄덕이며 답했다. 특별 접촉 계획에 커다란 관심을 기울이고 있는 홀랜드도 두 사람의 대화에 귀를 기울였다.

"슈나이더 연구소의 젊은 친구 말이오?"

"네. 상당한 수완가입니다. 가드너 박사와 의기투합한 모양입니다."

"계획 진전 상황에 대해 뭔가 들은 바는 없소?"

국방 장관이면서도 라티머는 국방성이 주도하는 특별 접촉 계획에 대해 아무것도 모르는 것 같았다. 홀랜드는 이번 위협을 진지하게 받아들이는 사람은 자기밖에 없다고 전부터 그렇게 생각하고 있었다.

"특별 계획실의 사람들은 활동 시간을 콩고 시간에 맞췄습니다. 작전 개시가 앞당겨졌습니다. 실행부대로는 정예가 모였는지 예정보다 빨리 훈련을 마쳤다고 합니다."

왓킨스가 대답했다.

"우수한 이들이오?"

"그렇다고 들었습니다."

"아까운 일이오. 하지만 대통령의 결정이 내려진 이상 도리가 없군."

라티머가 탄식했다.

"올바른 결정이었다고 생각합니다. 보름이면 작전이 완료됩니다. 최종 보고를 기다려 주십시오."

홀랜드는 중요 사항을 건드리지 않고 이야기를 일단락 지은 왓킨스의 옆얼굴을 쳐다보았다. 국가 정보장의 시치미 뗀 표정이 '이 이상은 아무것도 말하지 마.'라고 외치고 있었다. 현 정권 아래에서는 대통령을 실망시키는 정보를 가져온 사람에게 화가 닥쳤다. 이번 특별 접촉 계획에

153

대해서도 수면 아래서 계속 진행되는 불온한 배후를 숨겨 둬야만 했다. 일본에서 시행되는 방첩 공작에 관해서는 언제나 언동이 부드러운 가드너 박사가 대통령에게 전달하는 역할을 맡고 있었다.

가디언 작전의 개시가 일주일 이상이나 앞당겨졌다. 작전 부장 싱글턴이 훈련 경과를 보고 결정한 것 같았다. 멤버 네 사람이 군대 시절에 잘 단련된 덕인지 열대 우림 속을 열흘 간 행군하는 것만으로 금세 지구력을 되찾았던 것이다.

예거로서는 고맙기까지 한 일이었다. 저스틴이 입원한 리스본으로 그만큼 빨리 달려갈 수 있기 때문이었다.

갑자기 하달된 출동 명령에도 동요하는 사람은 없었다. 담담하게 준비를 할 뿐이었다. 일행에게 다양한 장비가 지급되었다. 해먹, 지도, 나침판, 수통, GPS 장치, 장거리 정찰용 식량. 방수 케이스에 들어 있는 치사성 바이러스의 특효약은 분실을 대비해서 멤버 전원이 다른 세 사람 분을 휴대하도록 엄명 받았다. 그리고 작전 수행에 필요한 무기와 탄약도 갖추었다. 하지만 민간인으로 위장하기 때문에 겉으로 드러내 놓고 휴대한 무기는 AK47까지였다. 이 소총은 콩고에는 널린 무기이기 때문에 1달러도 안 되는 가격에 거래된다고 했다. 반자동식 권총이나 야시경 같은 것은 남의 눈에 띄지 않도록 사제 백팩에 감춰둬야 했다. 예거는 믹과 얘기하여 이 외에도 수류탄이나 유탄 발사기를 가지고 가기로 했다. 무장 집단과 조우했을 경우에 대비하여 최저한의 화력은 확보해 두고 싶었다.

남아공을 나가기 전 마지막 브리핑에서 모두에게 필요한 서류를 받았다. 위조 여권, 야생 동물 보호 단체의 아이디 카드, 황열병 예방 접종 증명서, 콩고 무장 집단이 독자적으로 발행하고 있는 여러 통행 허가증.

"작전 지역의 상황은 콩고 정부군이 대규모의 군 세력을 투입하고 있지만 반정부 세력이 우위인 것은 변하지 않았다. 이투리 지방 중심부를 근처 민병 조직이, 북쪽과 남쪽의 넓은 범위를 우간다와 르완다 양국 세력이 지배하에 두고 있다. 만약 이런 반정부군과 접촉한 경우는 통행 허가증을 틀리지 않게 잘 제시해라. 상대 구별을 못하겠는 경우에는 동물 보호 조사라고 강조하면 돼. 그들은 국제 사회의 반감을 사려 하지 않기 때문에 동물 애호 세력이라 내세우고 있으니까."

싱글턴이 설명했다. 언젠가 그가 빈정거리며 말했던 것처럼 국제 사회는 수백만의 인명보다 수천 마리의 고릴라를 더 신경 쓰는 법이었다.

"마지막으로 현금을 지급하겠다. 미국 달러로 각자 1만 달러다. 콩고에 있는 공무원이나 군인은 뇌물만 주면 뭐든 한다. 무장 조직 상대에도 강력한 무기가 될 것이다. 전투 상황과 협상 양쪽 다 대비하라."

네 사람의 용병에게 50달러 지폐 200장의 묶음이 배당되었다. 짐이 또 늘었다.

"그럼 짧은 기간이었지만 자네들과도 이제 끝이다. 신의 가호가 있길 바란다."

예거 일행은 작전 부장과 형식적인 악수를 하고 사물을 4인실에 남겨 두고 제타 시큐리티에서 나왔다. 물자와 무기, 탄약을 꾸린 짐은 그들과 따로 운반되었다. 네 사람은 비행기 편으로 단독 행동을 취하며 개별적으로 우간다의 수도 캄파라에 들어왔다.

빅토리아 호수 어귀에 있는 이 도시는 예거의 예상과는 반대로 근대적인 분위기였다. 아프리카 중앙부에서 고층 빌딩 숲을 만날 수 있을 거라고는 생각지도 못했다. 거의 적도 바로 아래 있는 도시였지만 고도가 높은 탓에 더위로 고생스럽지는 않았다. 인구 100만의 활기찬 거리 한가운데를 거닐고 싶은 유혹도 들었지만 예거 일행은 남의 눈을 피하기 위해서 호텔방에 틀어박혀 있으라는 명령에 따랐다.

날이 저물고 나서 잠시 있다가 위성 휴대폰 벨소리가 한 번 울리고 끊어졌다. 예거는 위장용으로 지참한 보스턴백을 방에 남겨두고 빈손으로 호텔 밖으로 나갔다. 중심가는 숨이 턱턱 막힐 정도로 열기가 후끈했다. 뭉게뭉게 피어나는 디젤차의 배기가스 속으로 끊임없는 인간의 행렬이 이어지고 있다. 수도 중심부답게 줄줄이 이어진 상점 불빛이 길 위를 가득 메운 사람이나 차를 선명하게 비추고 있었다.

예거는 좌측통행 차도를 보고 이 나라가 영국 식민지였다는 사실을 떠올렸다. 통행인 누구나 예거를 뒤돌아보며 "무중구", "무중구" 하고 말했다. 스와힐리어로 '백인'이라는 의미였다.

오가는 사람들은 전부 흑인밖에 없었고 서양인이나 아시아인의 모습은 보이지 않았다. 쓸데없이 눈에 띄는 일이 두려워서 노점상 뒤에 있는 차도에 그가 찾던 포장 트럭이 있는 것을 발견하곤 빠른 걸음으로 올라탔다.

운전석에 있던 사람은 아프리카계 중년 남자였다. 낡은 와이셔츠 소매에서 근육질 팔이 뻗어 나와 있었다. 얼굴 생김새는 처자식이 딸린 사무직 같은 인상이었다.

"열쇠 주세요."

사투리 억양이 섞인 영어였다. 예거는 주머니에서 호텔 키를 꺼내 운전수에게 건넸다. 운전수는 차가 막히는 가운데를 트럭으로 천천히 비집고 들어갔다. 남자는 오른손을 이쪽으로 뻗어서 말했다.

"체크아웃은 제가 해 두겠습니다. 저는 토머스입니다."

예거가 악수에 응하고 위조 여권에 있는 자신의 이름 제임스 헨더슨 이라고 소개했다.

"짐이라고 불러 주게."

"알겠습니다. 짐, 이거요. 저녁 식사입니다."

토머스가 자리에 놔뒀던 종이봉투를 예거에게 건넸다.

"고맙네."

봉투 안에는 본 적도 없는 패스트푸드 체인의 햄버거가 있었다. 우간 다에 있는 프랜차이즈 같았다. 배가 고팠기 때문에 재빨리 포장을 열어 한 입 베어 물었다.

"이거 맛있는데."

"그거 다행이군요."

토머스가 기뻐했다. 예거는 이 사람 좋아 보이는 운전수가 CIA에 고 용된 현지 공작원일 거라고 짐작했다. 토머스라는 이름도 본명이 아닐 것이다. 하지만 굳이 탐색하지는 않기로 했다. 무엇을 물어도 상대가 진 실을 이야기할 리 없다는 것은 너무 잘 알고 있었다. 비밀 작전일 경우 '필수 암기 규칙'에 의해 각자에게 필요한 정보 이외에는 알리지 않도록 되어 있기 때문이었다. 토머스도 짐 헨더슨이라는 남자가 누구이며 무 슨 일을 하러 인근 전투 역으로 보내지는지 알지 못할 것이다.

"제대로 된 정치나 교육 시스템이라도 있으면 이 나라도 선진국 대열 에 낄 수 있을 텐데 말이죠."

탄식하는 토머스의 목소리는 진지했다.

"이제는 발전하기 시작한 것 아닌가?"

예거가 다소 호의적으로 말했더니 토머스가 복잡한 웃음을 지었다.

"요 몇 년 동안 콩고의 광물이 유입되고 있어서 그런 겁니다."

예거는 이 나라가 제1차 아프리카 대전의 당사국이었다는 사실을 기억해 냈다.

"약탈 물자인가?"

토머스가 쓸쓸한 표정으로 말했다.

"그렇습니다. 지하자원 양으로 치자면 콩고는 세계에서 가장 부유한 나라입니다. 우간다 군은 콩고 동부의 민족 간 살상을 부추겨서 치안 유지 명목으로 현지를 점령했습니다. 지금도 밀수 루트가 건재합니다. 그저…… 우간다라는 나라를 이런 것으로 판단하지 않았으면 합니다. 돌아버린 머리로 전쟁을 하자는 사람은 당연히 나라의 리더입니다. 국민이 아닙니다."

"미국도 마찬가지일세. 어느 나라나 그렇지."

예거가 대답했다.

길이 막힌 곳을 지나가기까지 한 시간 가까이 걸렸다. 놀랍게도 이 도시의 교차점에는 신호가 없었다. 겨우 몇 킬로 지났을 뿐인데 수도의 모습이 몰라보게 달라져 있었다. 전기가 들어오지 않는 듯, 빛이 부족한 주택지는 아프리카의 넓고 어두운 밤하늘에 짓눌려 있는 것처럼 보였다. 집집마다 창문에서 새나오는 등불을 바라보며 예거는 여기 사람들은 어떻게 살고 있을까 하는 생각을 했다. 일이나 가족 때문에 고민하거나 나날이 사소한 즐거움을 발견하면서 결코 행복하지만은 않은 하루하루를 극복하고 있을까? 그렇다면 물질적인 풍요의 차이가 있더라도 인간으로서의 내면은 미국인과 다름이 없을 것이라는 생각이 들었다.

붉은 땅이 그대로 노출된 길을 달리던 트럭이 갑자기 속도를 떨어뜨렸다. 헤드라이트가 비추는 길 끝에 한 남자가 서 있었다. 개럿이었다.

예거가 운전석 쪽으로 몸을 옮기고 올라타는 동료를 맞아들였다.

"어떻게 여기까지 왔어?"

예거가 물었더니 개럿이 미소를 지으며 앞 유리 너머를 가리켰다. 맞은편 차선을 승합차 하나가 맹렬한 속도로 지나쳐 갔다. 7인승 차에 그두 배쯤은 되는 승객이 꽉꽉 타고 있었다.

"저거야, 합승 택시. 정말 진귀한 경험이었어."

속도를 올리기 시작한 포장 트럭이 약 한 시간 정도를 더 달려가다 인가가 끊긴 평원에서 정지했다. 사이드브레이크를 들어 올리는 소리가 아프리카에서 맞이하는 밤의 어둠 속으로 녹아들어 갔다. 차에서 내린 예거는 잠깐 동안 상공에 펼쳐진 별들을 넋을 잃고 바라보았다. 하늘을 가득 채운 별들이 저마다 속삭이고 있는 것 같아서 주위의 정적이 느껴지지 않았다. 지구라는 행성이 우주 공간에 떠 있다는 사실을 그대로 느낄 수 있는 광경이었다.

운전석에서 내린 토머스가 회중전등을 손에 들고 트럭 뒤쪽으로 갔다. 짐칸에는 나무 상자가 쌓여 있었지만 바깥쪽만이었다. 안쪽으로는 남자들이 누울 만한 공간이 있었다. 나무 상자를 치우니 예거가 차에 올라타기 전부터 짐칸에 있었던 마이어스와 믹이 몸을 일으켰다.

"이제 좀 쉴 수 있나?"

토머스가 네 개의 가방과 AK47을 가리켰다.

"여러분의 짐이 거기 있습니다."

용병들은 국경을 넘기 위한 준비에 들어갔다. 각자 짐에서 전술 조끼와 허벅지 총집을 꺼내서 몸에 장착하고 총기를 손에 들었다. 소총과 권총, 양쪽의 약실에 탄환을 집어넣어 발사 태세를 갖추었다. 야시경을 넣은 주머니도 가까이 두었지만 전지 소모가 우려되니 여차할 때까지는 사용을 하지 않기로 해 두었다.

이어서 벌레 퇴치제를 꺼내 피부와 옷 그리고 가방에도 발랐다. 일련의 의식과도 같은 행동을 보고 토머스가 나무 상자 안에 있던 휴대용 무전기를 일동에게 건넸다. 네 사람은 주파수를 확인하고 본체를 어깨 주머니에 넣고 헤드셋을 머리에 끼웠다.

"준비가 다 됐습니까?"

모두가 끄덕이는 것을 보고 토머스가 뒤쪽으로 돌아갔다. 무거운 나무 상자를 들어 옮겨서 밖에서 짐칸 안쪽이 보이지 않도록 이중으로 벽을 만들었다. 마이어스가 손에 든 펜라이트의 빛에 의지해서 남자들은 좌우 양쪽의 나무 상자에 기대며 앉았다.

엔진에 다시 시동이 걸리고 트럭이 달리기 시작했다. 마이어스가 불을 끄자 짐칸에 암흑이 내려앉았다.

"나무 상자 안에 든 것이 뭐지?"

예거가 물음에 마이어스의 목소리가 답했다.

"종이나 쇳덩이 같은 잡동사니야. 적어도 모래 자루 대신은 되겠지."

예거가 자신의 라이트로 트럭 뒤쪽을 막은 상자들을 비추었다. 나무 상자 사이에는 의도적으로 네 개의 좁은 틈이 벌어져 있었다. 총을 겨누기에 안성맞춤이었다. 토머스라는 남자도 프로였다.

흔들리는 차 안에서 긴 여정을 보내다 보니 타이어를 통해 전해지는 길의 감촉이 매끄러울 때마다 마을 근처를 지나고 있다는 것 정도는 알게 되었다. 예거는 조금이라도 자 두려고 노력했지만 자꾸 졸다가 깼다.

날이 바뀔 무렵 트럭이 정지하고 헤드셋에서 토머스의 속삭이는 소리가 들려왔다.

"우간다 쪽 국경을 통과합니다."

짐칸에 실린 네 사람이 조금씩 들리는 소리에 귀를 곤두세웠다. 토머스가 운전석에 앉은 채로 뭔가 말했다.

스와힐리어 대화였다. 상대는 국경 경비원 같았다. 토머스가 한 번 차에서 내려 어딘가로 갔지만 바로 돌아와서 트럭을 출발시켰다.

"출국 완료입니다. 콩고 완충 지대로 돌입합니다."

3킬로미터만 지나면 콩고 민주 공화국에 들어갈 터였다. 그런데 겨우 몇 분 뒤에 트럭이 다시 정지했다.

"콩고측 병사 한 명, 소년병 두 명, 전원이 소총 휴대."

예거 일행은 AK47을 살그머니 꺼내 들고 한쪽 무릎만 세운 자세로 예기치 못한 전투에 대비했다.

운전석 밖에서 말을 거는 새된 목소리가 들렸다. 변성기도 겪지 않은 어린애의 목소리였다. "500달러."라고 반복해서 말하고 있었다. 뇌물을 요구하는 것 같았다. 토머스가 강한 어조로 뭔가 대답하고 이윽고 교섭은 '토바코'로 낙찰되었다. 담배와 교환해서 통행이 허가된 것이다.

짐칸에 있는 네 사람은 흔들리는 차 안에서 같은 자세를 유지한 채 콩고에 입국하기를 기다렸다. 이윽고 트럭 속도가 떨어지자 토머스가 보고했다.

"병사 세 명. 소총 휴대. 출입국 관리 사무소에는 열두 명이 더 있을 테지만 걱정하지 마세요."

이 부근은 우간다의 지원을 받는 무장 집단의 지배 아래 있으니 우간다 사람인 토머스라면 빠져나갈 수 있을 것이다. 그래도 예거 일행은 예상 밖의 사태를 고려해서 야시경 스위치를 켰다. 두 눈 바로 앞에 형광 그린 전자 영상이 펼쳐졌다. 예거의 수신호로 다른 세 사람이 나무 상자의 벽으로 이동했다.

트럭이 멈췄다. 창 너머로 짧은 대화를 나눈 뒤 토머스가 바깥으로 나갔다. 출입국 관리 사무소로 간 모양이었다. 하지만 차의 주위를 둘러싼 발소리는 남아 있었다. 예거는 나무 상자 틈으로 바깥을 관찰했다.

전투 복장을 한 흑인 병사가 얼쩡거리고 있었다. 짐칸에 있는 화물에 관심을 가진 것이 분명했다. 또 한 명의 병사가 나타나더니 두 사람이 뭔가 이야기를 시작했다.

농담을 나누고 있는지 웃음소리가 들렸다. 두 사람은 그대로 짐칸에 손을 얹더니 트럭에 올라왔다.

예거는 손짓으로 개럿과 믹을 공격 요원으로 지명했다. 자신은 마이어스와 함께 사살한 두 사람의 시체를 짐칸 안으로 끌어들일 생각이었다.

병사들이 제일 바깥쪽에 쌓여 있는 나무 상자를 내렸다. 안을 들여다보고 값어치 나가는 물건을 찾지 못해 혀를 찼다. 개럿과 믹이 발을 뻗어 버티면서 서프레서가 붙은 글록을 양손으로 쥐었다. 두 번째 열의 상자를 내리는 순간 양측을 가로막던 벽이 철거되고 두 병사의 이마에 총알이 박힐 터였다. 허나 서로에게 다행스럽게도 병사들의 탐욕은 거기까지였다. 두 사람은 나무 상자를 원래대로 되돌리고 짐칸에서 내려갔다.

이윽고 토머스가 돌아왔다. 뇌물을 요구하는 병사들에게 아까와 똑같이 가볍게 대꾸하며 그래도 약간의 현금을 건네는 것 같더니 무사히 운전석으로 돌아왔다.

엔진이 낮게 울며 차를 흔들고 트럭이 달리기 시작하자 예거 일행도 원래 위치로 돌아왔다. 토머스가 무선으로 전했다.

"콩고에 들어왔습니다. 무장 집단의 활동 시간은 아니지만 경계만은 하고 계십시오."

짐칸에 있는 네 사람은 두 시간마다 교대하는 조를 짰다. 두 사람이 대응 태세를 취하는 옆에서 다른 두 사람이 얕은 잠을 취했다. 잘 수 있을 때 자 두는 것은 특수 작전에서의 철칙이었다.

하지만 콩고 영토 안을 달리고 있다고는 해도 말도 안 되게 험한 길을 달리는 통에 잠들 수 있는 상황이 아니었다. 이 길이 일대에 깔린 단 하나의 간선 도로일 테지만 포장이 하나도 안 된 흙길이라 길이 크게 요동쳤다. 게다가 요철을 피하기에는 도로 폭도 좁았다. 포장 트럭은 격하게 흔들리며 몇 번이나 튀어 올랐고 길에 구덩이나 웅덩이가 있을 때에는 토머스가 짐칸에 실어 놓은 긴 나무판을 받침삼아 그 위를 건넜다. 대단한 중노동이었지만 토머스는 혼자서 묵묵히 모든 일을 해냈다.

밤을 새운 드라이브가 오전 4시에 겨우 끝났다. 여정을 단단히 지탱해 주던 트럭이 잠깐 멈췄다가 후진한 뒤에 옆길로 빠졌다. 포장 양쪽으로 나뭇가지가 스치며 부러지는 소리가 차 안에 울렸다.

"도착했습니다."

네 사람이 일어났다. 웅크려 앉았던 다리와 허리 근육을 풀고 방파제가 되어 주었던 나무 상자 벽을 해체하며 각자 짐을 들고서 땅 위에 내려왔다.

아직 날은 밝지 않았다. 농밀한 수목의 냄새가 공기를 묵직하게 채우고 있었다. 기온은 낮아서 짧은 소매 셔츠 한 장으로는 싸늘하게 느껴지는 정도였다.

손전등 라이트를 켠 예거는 빛에 비추어 보이는 풍경에 그만 깜짝 놀랐다. 트럭이 정차한 좁은 길은 터널이 되어 있었다. 좌우의 정글에서 뻗어 나온 나뭇가지가 저 멀리까지 아치를 형성하고 있었다. 문명사회의 일원이었던 예거는 인식의 전환을 받아들였다. 도로 양쪽에 숲이 있는 것이 아니었다. 깊고 광대한 숲 속에 인간이라는 작은 동물이 만든 짐승의 길이 사라질 듯 말 듯 가느다란 선이 되어 가까스로 존재하고 있는 것이었다.

네 사람은 전투용 장비를 풀어 가방 안에 넣고서 GPS 장치 등이 든 카메라맨 조끼로 다시 갈아입었다. 전원이 면 셔츠에 카고 바지 복장이라 외견만으로 신분 위장이 간파될 걱정은 없었다.

예거가 지도를 펴고 말했다.

"현재 위치를 확인하자."

토머스가 손가락으로 짚어가며 설명했다.

"이 남북으로 뻗은 간선 도로가 국경에서 통과할 때 지나온 흙길입니다. 이 앞으로는 차를 타고 갈 수가 없습니다. 길 상태가 너무 나쁜 점도 있고 막다른 곳에 있는 맘바사라는 마을이 민병 조직의 주둔지로 확인되었기 때문입니다. 우리가 있는 지점은 도로에서 서쪽으로 들어온 이 작은 길입니다."

GPS가 가리키는 좌표도 토머스의 설명과 일치했다. 지면 위는 아라후라는 집단의 앞마당이었다. 예거 일행은 여기서 숲 속으로 나뉘어 들어가서 간선 도로와 평행으로 북상하는 길을 택했다. 공격 목표인 캉가 밴드의 캠핑 장소가 약 17킬로미터 정도 앞에 있었다. 순조롭게 가면 5일 전에 정리가 될 거라고 예거도 짐작했다. 목표 지역에 도달하기까지 이틀, 캉가 밴드가 머무는 캠프 지역을 밝혀내는 데 하루, 그리고 정찰과 실행에 이틀.

"최신 정보인데, 어제 여기서 북동으로 100킬로미터 지점에서 민병 조직과 콩고 정부군의 전투가 있었습니다. 정부군 측에 60명 정도 사망자가 나왔으며 수만 명의 피난민이 발생했습니다. 다른 반정부군의 잠복 공격으로 평화 유지군 병사가 살해되었습니다."

100킬로미터나 떨어진 곳의 전황 따위가 비정규전에서는 문제가 되지 않겠지만 콩고에서는 달랐다. 예거 일행이 있는 지점에서 100킬로미터 앞까지 정글을 뚫고 지나가는 길이 하나밖에 없었기 때문이다. 그리고 도로를 따라서 약탈의 표적이 되는 부락이 수 킬로마다 흩어져 있었다. 무장 집단이 남쪽으로 향해서 진군을 개시하면 반드시 간선 도로 위에서 조우하게 될 터였다. 토머스가 이 지점에서 일동을 내려 준 것은 올바른 판단이었다.

"그들은 도로를 따라 난 마을뿐만 아니라 숲 속에 있는 무리까지 덮치는 경우도 있습니다. 충분히 주의하십시오."

캉가 밴드까지의 진로를 밀림 안쪽 깊은 곳으로 잡아야겠다고 생각했다.

"마지막으로 주문하신 물건입니다."

토머스가 트럭 짐칸에서 네 자루의 정글 나이프를 일동에게 건넸다. 우간다인 운전수는 모든 일에 완벽했다.

"토머스, 여러 가지로 고맙네."

"천만에요."

토머스가 미소 지었다.

다른 세 사람도 감사의 기분을 담아 토머스와 악수했다.

"그럼 저는 우간다로 돌아갑니다. 부디 무사하시길."

이런 말을 남기고 그가 운전석에 올라탔다.

잡동사니를 실은 포장 트럭이 오른쪽으로 돌아 무성한 나무 저편으로 사라지니 인근이 캄캄한 어둠이 되었다. 예거 일행은 이마에 올려놨던 야시경을 내렸다. 일단 정글에 들어가서 모습을 감췄다가 해가 뜨기를 기다려 행군을 개시할 예정이었다.

40킬로그램이나 되는 짐을 등에 진 남자들은 말없이 서로 끄덕여 행동 개시 신호를 보냈다. 아무도 망설이는 몸짓 없이 걷기 시작했다.

아프리카 중앙부에 가로누운 암흑의 수해(樹海) 속으로 가디언 작전 수행자들은 한 사람, 또 한 사람, 숲에 삼켜졌다.

11

사카이 유리라는 이름의 여성이 나타난 이후 겐토는 불쾌한 긴장감에 계속 휩싸여 있었다. 휴대 전화나 메일을 쓸 때마다 도청되고 있지 않을까 하는 불안에 쫓기고 밤길을 걸어갈 때에는 누군가 미행하지 않는지 등 뒤가 신경 쓰였다.

이번 주말 밤에도 겐토는 실험 속도를 일부러 떨어뜨려서 집으로 돌아갈 시간을 조절했다. 지도 담당인 니시오카와 함께 연구실을 나서면 하숙 가까이까지 둘이 같이 갈 수 있었다.

"고가."

동기 여자아이가 불러서 겐토가 돌아봤다.

"왜?"

"손님이 왔어."

"손님?"

"응. 입구에서 기다려."

평소 연구실에 찾아오는 손님은 없었다. 겐토의 머리 한쪽 구석에 경계 경보가 울리기 시작했다. 실험대 앞에서는 연구실 입구가 훤히 보였다.

"어떤 사람인데?"

"네가 가 봐."

"혹시 나이 든 여자야?"

"아냐. 남자야."

"남자?"

여태까지와는 다른 불안이 머리를 스쳤다. 새로운 위협일까? 전개 용매로 쓰는 클로로포름을 가져가서 여차하면 상대의 코에 대 버릴까 하는 생각이 떠올랐지만 접을 수밖에 없었다. TV 드라마랑은 달리 현실에서 그런 짓을 했다가는 사람을 죽일 우려도 있기 때문이다.

겐토는 전전긍긍하며 복도로 가서 슬쩍 입구를 엿보았다. 연구실에 들어가서 바로 보이는 곳에 산뜻한 느낌의 남학생이 조심스레 서 있었다. 중간 정도 몸집에, 작은 안경 안쪽으로 부드러운 시선을 이쪽으로 향하고 있었다.

예상과는 반대로 편안해 보이는 사람이었다. 일단 경계심을 누그러뜨린 겐토는 복도로 나가서 말을 걸었다.

"고가입니다."

"도이 씨의 소개로 왔습니다."

상대의 말에 "도이?" 하고 되묻는 순간 겨우 상대가 누군지 알아차렸다. 너무 안심한 나머지 생각지도 못하게 목소리가 커졌다.

"아, 제약 물리 화학의……."

"맞아요. 이정훈입니다."

한국인 유학생이 이름을 대기까지 겐토는 전혀 그의 억양이 이상하다는 것을 깨닫지 못했다.

"고가 겐토입니다. 잘 부탁해요."

"지금 바쁘십니까? 나중에 뵐까요?"

정훈이 미소를 지으며 물었다.

겐토가 손목시계를 확인했다. 오후 7시 30분. 다행스럽게도 오늘은 토요일이었다.

"이정훈 씨는 오늘 밤에 다른 일정이 있나요?"

"없습니다."

"그럼 30분 정도 뒤에 뵈어도 될까요?"

"네."

생각해 보니 이정훈이 봐 주길 바라는 두 대의 컴퓨터는 아파트에 보관되어 있었다.

"죄송합니다만 혹시 저희 집에 와 주실 수 있으신가요? 여기서 걸어서 10분 정도 거린데."

"거기에 오토바이를 세워 둘 수 있습니까?"

"괜찮을 것 같아요. 잠시만요."

겐토는 세미나실에 들어가서 누군가 봐둔 메모지에 집까지 가는 지도를 그려서 돌아왔다.

"이 아파트 204호예요. 8시에 기다리겠습니다."

"알겠습니다."

"그럼 이따 뵐게요."

이정훈과 일단 헤어지고 나서 겐토는 서둘러 하다 만 업무로 돌아왔다. 실험대 위에 밤새 반응이 진행될 장치를 설치해 놓고 연구실에서 나왔다.

자신의 좁은 방에 외국인이 온다고 생각하니 조금 이상한 기분이 들었다. 그러고는 냉장고 안에 뭐가 있는지 생각하면서 문을 닫으려는 가게에 들러 주스와 과자를 사 왔다. 맥주에도 손이 갔지만 오토바이를 타고 오는 손님에게 술을 권하는 것도 좀 아닌 것 같아서 그만두었다.

밤길을 급히 걸어가는 동안, 중학생 때의 기억이 떠올랐다. 여름 방학에 친가에 갔을 때 할아버지와 큰아버지를 상대로 말다툼을 했던 적이 있었다. 고가 집안의 웃어른과 그 상속자는 중국인이나 한국인을 극도로 혐오하고 있었다.

"그 녀석들은 신용할 수 없어. 시나징이나 조센징 모두 말이야."

술자리에서 큰아버지가 한 말에 처음에 겐토는 순수하게 놀랐다. 고후에 의외로 그렇게 많은 외국인이 살고 있었나 싶었다.

"큰아버지는 중국 사람이나 한국 사람들이랑 알고 지내요?"

겐토가 묻자 큰아버지는 눈을 크게 뜨며 말했다.

"아니."

이번에는 겐토가 눈을 크게 떴다.

"사귄 적도 없는 사람을 싫어하다니 무슨 말씀이세요?"

그러자 옆에 있던 할아버지가 무서운 얼굴로 끼어들었다.

"할애비는 젊었을 때 도쿄에 갔다가 조센징과 싸운 적이 있다. 그래서 뜨거운 맛을 보여 주었지."

팔 힘 하나는 자랑스럽게 여기는 할아버지에게 겐토가 물었다.

"일본인과 싸운 적은요?"

"그거야 몇 번이나 있었지."

"그럼 일본인도 싫어졌어요?"

할아버지의 입이 떡 벌어졌다.

"멍청한 소리 좀 하지 마라. 일본인이 일본인을 싫어할 리 없잖아."

"이상하잖아요. 같은 싸움인데 왜 조선 반도의 사람들만 싫어하는 거예요?"

겐토는 할아버지가 말하는 '조센징'을 '조선 반도의 사람들'이라 바꿔 말했다. 할아버지의 입에서 '조센징'이라는 말이 나오는 순간 특정 민족을 의미하는 단어에 어쩐지 경멸적인 뉘앙스가 섞여 있었기 때문이었다. 조금 때 묻은 차별 감정을 느낀 겐토는 그들과 동류가 되고 싶지 않았다.

"결국 할아버지도 큰아버지도 무리하게 이유를 붙여서 상대를 싫어하는 거 아니에요?"

"같잖은 이유 대지 마, 멍청한 녀석 같으니."

혼내는 할아버지의 얼굴에는 노기가 서려 있었다. 마음속에 침체되어 있던 뿌리 깊은 적의를 한꺼번에 표출한 것 같았다.

"머리가 커서 한다는 소리가 이거라니까. 넌 네 애비를 닮아서 이상한 데가 있어."

큰아버지도 겐토를 얕보는 투로 말했다.

겐토는 이런 걸로 미움을 받는다는 사실이 의외였다. 할아버지도 큰아버지도 아버지에 대한 애정보다 '시나징(중국인)'이나 '조센징'에 대한 증오가 더 큰 것이 아닌가 하는 생각이 들었다.

자신이 사는 좁은 마을밖에 모르는 사람들이 외국인들을 열등하다고 단정해 버린다. 하지만 그들이 말하는 '시나징'과 '조센징'이라는 말은 대체 무엇을 지칭하는 것인가? 나이도 먹을 대로 먹은 사람들이 그런 모순을 깨닫지 못할 정도로 변변치 못한 머리인 것에 중학생이었던 겐토는 그만 질려 버렸다.

그로부터 얼마 지나서 겐토는 일본인이 저지른 제노사이드를 알고 오싹했다. 관동 대지진 직후 '조센징이 방화를 저지르고 우물에 독을 푼다'와 같은 유언비어가 나돌자 정부와 정치가, 신문사까지 이 근거 없는 소문을 흘리면서 일본인들이 수천 명의 조선 반도 출신 사람들을 말살하도록 부추겼다. 총이나 일본도, 방망이 따위로 사람들을 가지고 놀다가 살해하는 것으로 모자라 희생자를 땅 위에 눕혀 묶어 놓고 트럭으로 치고 나가는 잔학한 행위까지 벌어졌다. 일본이 조선 반도를 무력으로 식민 지배한 것이 당시의 일본인들에게는 켕기는 구석이었던 탓에, 보복이 있을 수 있다는 공포가 오히려 흉폭함으로 이어지게 되었다고 했다. 폭력이 한계치까지 달해 재일 조선인으로 착각하고 일본인을 살해한 일도 많았다. 인종 차별주의자인 할아버지와 큰아버지가 현장에 있었다면 틀림없이 대량 학살에 가담했을 것이다. 다른 민족에 대한 차별 감정을 아무렇지도 않게 입에 올리는 사람들은 무언가 계기가 주어지면 그들 안의 잔인한 감정이 폭발하여 살인자로 돌변했다.

그들의 마음속에는 어떤 마물이 스며들어 있는 것일까? 살해당한 사람들의 공포와 아픔은 어떤 것일까? 일본인의 무서움을 일본인은 알지 못한다.

이런 무시무시한 생각 속에서 겐토에게 일말의 구원이 된 것은 '넌 아버지를 닮았다.'는 큰아버지의 증오에 찬 말이었다. 중학생이 될 때까지 겐토가 일본인 사회에 스민 차별 감정에 둔감했던 것은 가정 환경 덕분이었다. 해외에서 온 유학생에게 호의적이었던 아버지 세이지는 "류 씨가 괜찮은 논문을 썼어."라든가 "김 군의 학회 발표는 굉장했어."처럼 무언가 있을 때마다 기뻐하며 말했었다. 그리고 그러한 성향은 외아들에게도 이어졌다. 아버지와 닮은 점 중에서 유일하게 겐토가 자랑스럽게 여기는 미덕이었다.

한신 대지진 때는 재일 한국인과 재일 조선인, 일본인이 서로 도왔다고 겐토는 아파트 계단을 올라가면서 생각했다. 시대는 변하고 있었다. 앞으로 올 손님이 부디 일본인을 원망하지는 않기를 바랄 수밖에 없었다. 선조가 어리석으면 후손이 고생하기 마련이었다.

방에 들어온 겐토는 아무데나 벗어 놓은 옷가지를 재빨리 정리하고 방 가운데 손님을 맞이할 공간을 확보했다. 침대 아래 놓아 두었던 두 대의 노트북을 책상 위로 옮겨 준비했다.

　약속 시간에 딱 맞춰서 창밖에 오토바이 배기음이 들려오더니 아파트 앞에서 멈췄다. 좁은 베란다에 나와 길을 내려다보니 이정훈이 배기량 750cc짜리 오토바이에서 내려 헬멧을 벗고 있었다. 대형 오토바이를 타고 다니는 연구자라니 의외로 보기 힘든 존재였다.

　겐토는 현관으로 나와 문을 열었다. 계단을 올라온 정훈이 이쪽을 보고 말했다.

　"실례합니다."

　"들어오세요. 여기까지 불러서 죄송합니다."

　신을 벗고 방에 들어온 정훈은 싱글벙글 웃으며 실내를 둘러보았다.

　"아니, 저야말로 갑자기 와서 죄송합니다."

　새삼 깍듯이 인사를 나누고, 겐토가 책상 앞에 있는 의자를 권했다.

　"이 컴퓨터 두 대를 봐 주셨으면 하는데요."

　"네. 이거군요."

　"네. 이겁니다."

　대답한 겐토는 정훈과 만날 때부터 그랬지만 어학 입문서에 나올 법한 딱딱한 회화를 하고 있다는 것을 깨달았다.

　"그런데 이정훈 씨는 나이가 어떻게 되세요?"

　"저는 스물네 살입니다."

　"저도 스물네 살이에요. 괜찮으시면 말 놓을까요?"

　그렇게 말한 겐토는 허둥대며 물었다.

　"말을 놓는다는 말 뜻 알아?"

"아, 알아, 알아."

정훈이 갑자기 말을 놓았다. 겐토는 웃음이 나왔다.

"나는 겐토라고 부르면 돼."

"그럼 나도 정훈이라고 불러 줘."

겐토는 막 사온 주스를 상 위에 놓으며 본격적인 이야기에 들어갔다.

"알았어. 이거 좀 마셔. 일단 이 작은 컴퓨터를 봐 줄래. 작동하지는 않는데 안에 어떤 데이터가 들어 있는지 알 수 없을까?"

정훈은 10인치 사이즈의 노트북을 열어 전원 버튼을 눌렀다. 화면은 여태까지와 마찬가지로 파랗게 굳은 상태 그대로였다. 몇 번인가 기동과 강제 종료를 반복하더니 정훈이 고개를 갸웃했다. 그리고 자기 노트북과 케이블을 꺼내서 검은 소형 노트북과 연결하더니 다양하게 조작했다. 컴퓨터를 잘할 줄 모르는 겐토는 그가 뭘 하려 하는지 알 수 없었다.

30분 정도 지나서 정훈은 상에 앉아 있는 겐토를 보며 말했다.

"이거 수수께끼다."

"역시 좀 버겁나?"

정훈은 끄덕였다.

"망가진 게 아닌가 싶었는데, 그렇다고 하기도 어려워 보여."

"망가지지 않았을 가능성도 있어?"

"있어."

정훈은 잠시 생각에 잠겼다. 여태까지 부드럽던 눈빛이 날카로운 시선으로 바뀌어 있었다. 연구자의 얼굴이었다.

"일주일 정도 빌려 주면 더 자세하게 조사해 볼 수는 있는데, 어떻게 할래?"

"으음."

이번에는 겐토가 생각에 잠겼다. 아버지의 유언에는 이 기계를 다른 사람에게 넘기지 말라고 나와 있었다. 그리고 사카이 유리도 문제였다. 정훈에게 노트북을 맡겼다가는 그에게도 폐를 끼치게 되지 않을까?

"부탁하고 싶지만 내 게 아니라서 다른 사람에게 맡기는 건 곤란해."

"그러면 어쩔 수 없지."

"잠깐 쉬자."

겐토가 말하면서 캔음료를 가리켰다.

휴식을 취하면서 머리를 굴려 보다가 다른 컴퓨터 한 대에 생각이 미쳤다. 정훈의 전문 영역과 관계있을 기프트라는 프로그램의 정체를 파악해야 하지만, 어디까지 배경을 설명해야 될까? 겐토로서는 겨우 한 달 동안에 난치병 특효약을 개발해야 한다는 무모한 계획에 대해서도 정훈의 의견이 듣고 싶었다.

한국인 유학생을 신용할 만한 사람이라고 판단한 겐토가 말을 꺼냈다.

"이제부터 하는 이야기를 비밀로 해 줄래?"

정훈은 희한하다는 듯이 눈썹을 모으더니 끄덕였다.

"사실 GPCR 작동약을 한 달 이내에 만들어야만 해."

"뭐? 겨우 한 달?"

"그래. 그걸 위해 기프트라는 프로그램이 준비되어 있어."

겐토는 아버지가 남긴 기묘한 연구에 대해 간략하게 이야기했다. 정훈은 겐토의 아버지가 최근 돌아가셨다는 사실을 듣자 진심 어린 슬픔을 담아 위로를 건넸지만, 그 밖에는 잠자코 귀를 기울이고 있었다. 이야기 말미에 아버지의 계획에는 약을 만들기 위한 중요한 과정이 몇 가지나 누락되어 있다는 것을 이야기할 때 겐토는 약간 부끄러웠다.

"이런 거 불가능하겠지? 아버지 전공은 바이러스라 계획이 좀 소홀하셨던 것 같아."

그러나 정훈은 일언지하로 부정하지 않았다. 진지한 표정으로 보아
두뇌가 빠르게 회전하고 있다는 것이 느껴졌다.

"선입견을 버리고 순수하게 논리적인 이야기를 할게."

"그래."

"그 계획을 세우신 아버님이 무슨 생각을 하셨는지 알겠어."

"뭐?"

겐토가 놀라서 몸을 앞으로 내밀었다.

"무리한 계획을 성공시킬 수 있는 조건이 한 가지 있어. 단 기프트라
는 프로그램이 완벽하다는 가정 하에."

"완벽하다고?"

정훈이 끄덕였다.

"만약 수용체의 모양을 정확하게 모델링해서 거기 결합되는 약의 화
학 구조도 완벽하게 디자인되면 그 후에 문제가 되는 건 사람이 하는 일
밖에 없지."

"실제로 약을 만드는 합성 과정을 말하는 거야?"

"맞아. 그래서 아버님의 연구 순서에는 합성이 잘 되었는지 아닌지를
확인하는 최소한의 평가(어세이) 담당이 준비된 거야."

현실로 가능할지는 제쳐 두고 논리적으로 생각하면 확실히 그 말이
맞았다. 제약 프로그램이 완벽한 설계도를 그려 준다면 화합물을 합성
하는 것으로 약이 완성된다.

15인치짜리 흰 노트북에 연구에 필요한 프로그램이 들어 있으니 이
것을 써라. 아버지는 유서에 필요한 지시를 충분히 해 두었다. 정훈이
말하는 대로 기프트가 완벽하다는 전제 아래 이번 계획을 세웠다는 말

은 틀림없었다.

"그런데 그런 완벽한 프로그램이 이 세상에 있을까?"

"없지."

정훈이 단박에 말했다. 겐토는 맥이 탁 풀려 버렸다.

"그럼 논리적으로 생각해 봤자 소용없잖아."

"아버지를 존경해야지. 문제의 기프트를 한번 보자."

정훈이 웃으며 말하고는 큰 노트북에 손을 뻗었다. 짧은 부팅 시간이 지나고 화면에 변이형 GPR769의 CG영상이 떠오르자 정훈이 놀란 목소리로 외쳤다.

"뭐야, 이게?"

"전문가가 보기엔 역시 이상하지?"

"이렇게 리얼한 영상은 본 적이 없어. 으음, 뭐라고 해야 하나. 설득력이 있어."

정훈이 잠시 동안 7회막 관통형 수용체의 모델을 들여다보고 있다가 이윽고 마우스 커서를 움직이거나 키보드를 쳐서 기프트의 기능을 차례로 건드려 보았다. "그렇군."이나 "오오." 같은 말로 추임새를 넣어 가며 때때로 소리 내어 웃었다. 대강 확인이 끝나자 정훈은 겐토에게 말했다.

"이건 있을 수 없는 프로그램이야. 지금의 과학 수준을 50년 정도 뛰어넘었어. 현재 인간으로서는 이런 프로그램을 만들 수 없어."

"그럼 인지(人智)를 넘는단 말이야?"

"그래, 그래. 인지를 뛰어넘어. 일단 유전자 염기 배열을 넣기만 하면 생성될 단백질의 입체 구조를 알 수 있어. 게다가 결합하는 약의 화학 구조를 '데 노보(de novo, 라틴어로 '전혀 새롭게'라는 의미 —옮긴이)'로, 즉 무(無)에서부터 디자인하는 것도 가능해. 결합한 뒤 복합체 구조를 예측하는 기능도 있고. 그런데 이게 뭐지?"

표시된 메뉴 화면에 'ADMET'이라고 적힌 항목이 있었다. 그 용어는 겐토 전문 분야와 연관이 있었다.

"그 알파벳은 '어드멧'이야. 체내에 들어온 약물이 어떻게 되는지 보여 주는 지표야. 흡수(absorption), 분포(distribution), 대사(metabolism), 배설(excretion), 독성(toxicity)의 이니셜을 합한 말이야."

"아, 약물의 체내 동태와 독성 말이구나."

"이 프로그램이 어드멧까지 알 수 있어?"

"응. 그 기능만 보면 그렇게 이상한 건 아냐. 체내 동태나 독성을 예측하는 프로그램은 이거 말고도 있으니까. 그렇지만 기프트의 경우 인간이든 쥐든 생물종까지 지정할 수 있고, 게놈 입력란도 있어서 필요하면 맞춤형 치료에도 적용할 수 있게 되어 있어."

겐토도 겨우 기프트가 얼마나 상식에서 벗어났는지 실감했다.

"이 프로그램이 완벽하다면 임상 시험까지 할 필요가 없어지는 거구나."

"응, 이거 하나면 제약 공정을 전부 생략해 버리는 만능 프로그램이야. 인간이 하는 일은 실제 합성 작업과 확인만."

겐토와 정훈은 마주보며 웃었다. 정훈이 다시 컴퓨터를 보았다. 말도 안 되는 엄청난 프로그램을 손에 넣어 신이 난 모양이었다.

"그럼, 다음으로. 이 프로그램이 완벽하지 않다는 증거를 찾자. 뭔가 좋은 방법 없나?"

겐토가 책상에 올려 두었던 종이 다발을 꺼냈다. 레지던트인 요시하라가 다운받아 준 폐포 상피 세포 경화증에 대한 논문이었다.

"이게 도움이 되지 않을까 싶은데? 포르투갈 연구자가 방금 전의 수용체 입체 구조를 발표했어."

"호몰로지 모델링(이미 구조가 알려진 단백질이 있으면 이를 바탕으로 알고자 하는 단백질의 구조를 예측하는 방법 — 옮긴이)? 이거 좋은데."

논문을 훑어본 정훈이 중얼거리더니 기프트의 표시를 몇 번인가 전환했다. 사실적이던 CG영상이 공이나 리본을 조합시킨 것처럼 추상적인 모델로 변했다. 수용체의 활성 부위를 확대하니 리간드와 결합하는 부분이 어떻게 되었는지 원자의 크기로 도식화되었다. 정훈이 말했다.

"아, 역시. 두 개의 모델은 꽤 달라. 원자 좌표의 수치도 다르고."

"그럼, 역시 기프트가 엉터리인 건가?"

하지만 정훈이 어렵다는 표정을 지었다.

"아니, 아직 알 수 없어. 논리적으로 생각하면 포르투갈 연구자가 맞든가, 기프트가 맞든가, 둘 다 틀렸든가 중에 하나지."

간단하게 대답을 하려 하지 않는 정훈의 태도에 겐토는 깊이 감탄했다. 강인한 논리야말로 과학자의 최고의 무기였다. 정훈은 자기 노트북의 프로그램을 켜더니 염기 배열 데이터를 복사해서 기프트에 입력하며 설명했다.

"실제로 컴퓨터에 의한 제약 디자인은 막다른 벽에 부딪힌 상태야. 지금 있는 최첨단 프로그램으로도 막 단백질의 입체 구조를 정확히 예측하기는 어려워. 분명 포르투갈에 있는 박사도 잘못된 모델을 쓰고 있을 거야. 일단 구조가 정확하게 밝혀진 단백질로 답을 비교해 보자."

엔터키를 치니 화면에 영문 메시지가 나타났다. '인터넷에 접속해 주십시오.'라고 되어 있었다. 정훈이 고개를 갸웃했다.

"왜 인터넷에?"

겐토는 자기 방에서 끌어온 고속 인터넷 회선을 15인치 흰 노트북에 연결했다. 노트북이 사이버 공간과 접속하니 기프트의 표시가 변화했다.

Remain Time 00:03:11

그 숫자는 1초마다 깜빡였다.

"겨우 3분이라고?"

정훈이 중얼거렸다. 3분 뒤, 기프트가 답을 도출했다. 표시창 안에 정훈이 지정한 단백질의 입체 구조가 떠올랐다. 이것저것 자세하게 살펴보는 정훈의 표정이 진지해졌다.

"아무래도 이상해. 이 프로그램은 100개의 아미노산이 이어져서 만들어진 단백질의 구조를 정확하게 그려냈어."

젠토는 놀랐다. 그럼 결국 기프트가 완벽하다는 말이 아닌가.

하지만 정훈은 여기서도 성급하게 답을 내리려 하지 않았다.

"일단 처음 생각해 볼 수 있는 건 역시 이 프로그램이 가짜라는 거야."

"그럼, 어떻게 단백질 구조를 모델링한 거지?"

"계산할 때 인터넷에 접속하라고 표시가 떴잖아."

"응."

"이미 밝혀진 구조를 인터넷상에서 찾아내 자기가 계산한 것처럼 보여 준 걸지도 몰라. 단백질의 데이터베이스에 접속하면 그런 정보는 얼마든지 있으니까."

젠토는 바로 새로운 문제를 깨달았다.

"그런데 그렇게 되면 우리는 기프트가 가짜인지 판단할 수 없잖아."

"그 말이 맞아. 기프트가 올바른 계산을 내놓는지 다른 사람이 발견한 걸 가지고 오는지 우리는 알 수 없지. 올바른 구조는 하나밖에 없으니까. 게다가 미지의 구조를 계산시켜 봐도 기프트와 다른 모델 중 어느쪽이 맞는지도 알 수 없고."

한없이 교활한 속임수에 걸려든 기분이었다. 하지만 기프트가 가짜라면 누가 무슨 목적으로 이렇게 힘들여서 악의적인 거짓말을 한 것일까?

"겐토, 너희 아버님은 프로그래밍도 잘하셨어?"

"아니, 전혀."

"그럼 어디서 이 프로그램을 얻으셨을까?"

"모르겠어."

'선물'을 뜻하는 프로그램 이름이 점점 기분 나쁘게 느껴졌다.

"다른 가능성 말인데, 그러니까 기프트가 완벽하다고 가정할 경우 말이야. 어디까지나 가정이지만. 이 프로그램에는 분산 컴퓨팅 해킹 프로그램이 들어 있을지도 몰라."

"분산 컴퓨팅?"

"응. 우주인을 찾는 'SETI 계획'에서 사용되는 방법이야. 우주에서 날아오는 전파 속에서 인공적인 것을 찾아내려고 하면 방대한 계산이 필요하겠지? 그래서 지원자를 모아서 그 사람들의 컴퓨터를 인터넷으로 묶고, CPU의 일부를 쓰는 거야. 수십만 대의 컴퓨터를 모으면 슈퍼컴퓨터를 뛰어넘는 계산 능력이 가능하니까."

"잠깐 다른 이야기를 해도 돼?"

"그럼."

"우주인은 찾았어?"

"아직."

조금 실망했다.

"그렇지만 과거에 단 여섯 번, 은하계 중심부에서 온 정체불명의 전파가 검출되었어. 이 전파에 대해서는 지금도 수수께끼야. 전 세계의 천문학자들이 우주인 존재 증거를 찾았다는 경우에 대비해서 정식으로 보고 수속을 정했지."

"우와."

"그건 그렇고, 본론으로 돌아가자."

겐토는 빠르게 머릿속을 우주인에서 기프트로 전환했다.

"그러자."

"이 프로그램의 기능 중에 하나인 수용체와 리간드의 복합체 계산을 예로 들면 소프트웨어 성능을 결정하는 중요한 인자가 두 개 있어. 컴퓨터 계산 능력과 알고리즘이야."

"알고리즘이면 계산 순서?"

"그래. 쓸모없는 연산을 생략하고 보다 적은 계산 순서로 맞는 답을 얻는 방법."

겐토는 필사적으로 머리를 굴리며 전공 밖의 이야기를 따라가려 했다.

"일단 이 컴퓨터가 분산 컴퓨팅에서 다른 기계에 계산을 맡기고 있다면, 계산 능력은 갖추어졌어. 그런데 1억 대의 컴퓨터를 묶어서 쓴다고 해도 분자 동력학적인 계산을 완벽히 하는 것은 무리야."

그건 겐토도 알 수 있었다. 완벽한 계산이 무리이기에 더욱 실제로 약을 만들어 구조 활성 상관 등의 데이터를 얻고, 보다 적합한 화학 구조를 조사할 필요가 있었다. 선진국이 슈퍼컴퓨터의 개발 경쟁을 치열하게 하고 있는 것도 계산 능력이 과학 기술력으로 직결되는 시대가 되었기 때문이다.

"거기서 부족한 계산 능력을 보완하는 게 생략된 계산 순서, 즉 알고리즘이 되는 거지. 여러 가지 방법이 쓰이고는 있지만 완벽한 것은 아무 데도 없어. 어느 알고리즘을 쓰는가로 전혀 다른 답이 나오니까. 그것이 지금 과학의 한계야. 즉 현 상황에서는 계산 능력도 부족하고 아무도 완벽한 계산 순서를 발견하지 못했어."

정훈은 이번에야말로 결론을 내주었다. 겐토가 말했다.

"즉 기프트가 완벽할 리가 없다."

"상식적으로 판단하면 그렇게 되겠네."

정훈이 대답했지만 의외로 납득하지 못했다는 표정이었다.

"아직 뭔가 의문이 남은 거야?"

"뭐라고 하면 되나…… 터치? 손에 닿는 느낌?"

정훈의 어조에서 갑자기 명확성이 떨어졌다.

"감촉 말이야?"

"아 맞아, 그거. 이 프로그램, 써 봤더니 감촉이 이상해."

"구체적으로 어떻기에?"

정훈이 머리를 긁적이고는 그가 품고 있던 위화감을 일본어로 옮겨 말했다.

"아…… 그러니까 뭐라고 하면 좋으려나. 쓰고 있으면 정말 만능 프로그램 같이 느껴져. 이 프로그램을 만든 사람은 아주 우수한 연구자 같아. 분자 레벨이나 전자 레벨의 복잡하기 짝이 없는 생명 활동을 모두 해명한 것처럼 그럴싸하게 보여 주거든. 그런데 이게 가짜라는 직접적인 증거는 찾을 수 없게 되어 있어. 진짜로 잘 만들어졌다니까. 이 프로그램이 정말 제대로 작동하는 거라면 노벨상이 아무리 있어도 부족할걸."

다른 소프트웨어에 정통해 있는 정훈 말고는 알 수 없는 감각이리라는 생각이 들었고, 겐토도 마지막 부분에는 동감이었다.

"이 프로그램을 만든 사람의 목적은 뭐였을까?"

"수수께끼네. 전문가라면 바로 '있을 리 없다'고 생각할 테고 풋내기는 무슨 프로그램인지 모를 테고."

그것을 듣고 겐토가 퍼뜩 깨달았다.

"전문이 아닌 연구자라면 속일 수 있겠네."

"무슨 말이야?"

"그러니까 아버지 같은 바이러스 학자를 누군가 '제약 만능 프로그램이다.'라면서 속인 것 아닐까?"

겐토의 머리에 사카이 유리라고 이름을 대던 여성이 떠올랐다. 그녀와 아버지가 어떤 관계에 있었는지는 알 수 없지만 사카이 유리가 이 프로그램을 가지고 와서 난치병 특효약 개발 어쩌고 말을 건 것이 아닐까? 아버지를 낚기 위한 미끼는 신약이 가져올 막대한 특허료였을 터였다. 하지만 실제로 기프트는 가짜라서 사카이 유리는 아버지가 개인적으로 쏟아 부은 연구 자금을 착복하고 행방을 감추려 했다. 거액의 연구 자금이 들어 있던 타인 명의의 은행 계좌는 사카이 유리가 돈을 입금시키려고 준비했을 것이다.

그러면 어째서 아버지가 돌아가신 뒤 사카이 유리는 위험을 무릅쓰면서까지 겐토 앞에 나타난 것일까? 그녀가 되찾으려고 한 소형 컴퓨터에 사기 행각의 증거가 될 전자 데이터, 예를 들면 주고받은 메일 같은 것이 남아 있다고 생각하면 앞뒤가 맞았다. 기프트가 인스톨된 컴퓨터를 내버려 둔 이유는 이것만 가지고서는 출처를 특정할 수 없기 때문이라고 생각하면 말이 됐다. 그런 생각에 화가 난 겐토가 말했다.

"아버지도 참, 얼마나 바보 같은 짓을 한 건지."

"아버님께는 좋은 의도가 있으셨겠지."

정훈이 부드럽게 수습했다.

하지만 이 줄거리에 단 하나 맞지 않는 것은 「하이즈먼 리포트」였다. 인류 멸망의 연구 다섯 번째 항목에는 무엇이 쓰여 있었을까? 보고서를 부탁한 신문 기자 스카이에게서는 아직 연락이 없었다. 「하이즈먼 리포트」만이 아니라, 이번 '신약 개발 사기' 건도 스카이에게 상담해 보는 것이 좋겠다는 생각이 들었다. 경우에 따라서는 경찰에 출두하는 일까지 각오해야 할 것이다.

"이거는 빌릴 수 있을까? 좀 더 사용해보고 싶은데."

정훈이 기프트가 탑재된 노트북을 손으로 가리키며 물었다.

"응. 괜찮아."

"고마워."

정훈은 한 시간 정도 겐토와 이야기를 나누다가 휴대 전화 번호를 교환하고 나서 자정이 되기 전에 돌아갔다. 잡담을 나누며 겐토는 한국인 유학생의 의외의 경력을 알게 되었다. 모국의 고등학교에서 한 학년을 조기졸업해서 만 17세에 대학에 들어갔다고 하니 상당히 머리가 좋은 모양이었다. 유창한 일본어도 학교 수업만으로 마스터했다고 했다. 거기다 휴학하고 입대한 뒤 미군 기지에서 근무하여 영어도 능숙해졌다고 했다. 월반도 하고 병역도 하고, 나라가 다르니 학생을 둘러싼 환경도 상당히 달랐다. 좁은 조립식 욕실에서 샤워를 하고 이를 닦고 잘 준비를 하고 나서 침대에 누워 마지막으로 답을 내렸다. 기프트가 쓸모없다는 것을 알게 된 이상, 아버지가 남긴 연구는 무리라고 결론지을 수밖에 없었다. 폐포 상피 세포 경화증의 특효약 개발은 단념하는 길 외에는 방법이 없었다.

좌절에 빠진 겐토는 어차피 무리였다고, 평소처럼 자신에게 말했다. 10만 명의 어린이의 목숨을 구하다니 분수를 모르는 무책임한 생각이었다.

하지만 이번만은 머리에 들러붙어 떼려야 뗄 수 없는 모습이 있었다.

입 주변이 피투성이가 된 채 고통스러워하던 작은 여자아이.

고바야시 마이카.

젠토가 있는 아파트에서 걸어서 20분 거리에 그 애가 있었다. 산소를 충분히 들이마실 수 없는 고통에 허덕이며 병원 침대에 누운 채로. 하지만 지금, 이 시각, 이 순간, 확실히 존재하고 있을 그 여자아이는 한 달 뒤에 이 세계에서 사라질 운명이었다.

죽음.

그 아이를 살릴 수 있는 사람은 이 지구상에 단 한 명도 없었다.

"젠장."

젠토는 작게 중얼거리고 잠에 들기 위해 스탠드를 껐다.

몇 번이나 뒤척이는 사이에 얕은 잠 속에 빠져들었다. 각성과 수면의 틈새에서 사고(思考)라고도, 꿈이라고도 하기 어려운 무질서한 상념이 떠올랐다가 사라졌다. 아무도 없는 연구실. 실험에 실패해서 망연자실한다. 자신이 비난당하는 분위기를 느낀다. 상자 안에서 돌아다니는 쥐떼. 세포막에서 모습을 보이고 있는 오편 수용체가 거대한 입을 열고 암흑 속에 존재하고 있다. 전자음이 울렸다. 가벼운 멜로디가 어디선가 들려온다……

움찔하며 몸을 움직인 젠토는 여태 자신이 잠들어 있었다는 것을 깨달았다. 이불 밖으로 오른팔을 뻗어서 침상 위에서 울리고 있는 휴대 전화를 들어올렸다.

실눈을 뜨고 액정 화면을 보니 '표시권 이탈'이라고 나왔다. 시각은 새벽 5시. 방 안은 아직 어둠 속이었다. 젠토는 짜증 섞인 신음을 내며 전화를 받았다.

"여보세요?"

"고가겐토씨,주의깊게들어주세요."

"네? 여보세요?"

방금 전과 같은 금속성 소리가 들려 왔다.

"고가겐토씨,주의깊게들어주세요."

컴퓨터가 만든 인공 음성이었다. 억양이 없는 평탄한 소리로 "고가 겐토 씨, 주의 깊게 들어 주세요."라는 말을 반복했다.

"누구세요? 이런 시각에."

겐토가 화를 내는데도 상관하지 않고 상대는 일방적으로 말했다.

"30분 이내로 당신의 방에서 나가. 30분 이내로 당신의 방에서 나가. 당신의 방에 머물지 마. 당신의 방에 머물지 마."

어딘가 이상한 일본어로 인공 목소리는 같은 메시지를 두 번씩 반복했다. 장난 전화인가 싶어서 끊으려던 참에 말이 변했다.

"작은 컴퓨터를, 아무에게도 주지 마. 작은 컴퓨터를, 아무에게도 주지 마."

그것이 켜지지 않는 10인치 노트북을 말한다는 사실을 깨달았다. 겐토는 침대 위에서 몸을 벌떡 일으켜 전화기에서 들려오는 기계 소리에 귀를 기울였다. 인공 목소리는 여태까지 한 메시지를 다시 한 번 연거푸 전했다.

"30분 이내로 나가. 당신의 방에 머물지 마. 작은 컴퓨터를, 아무에게도 주지 마. 당신 방에서 빨리 도망가. 당신 방에서 빨리 도망가. 당신 휴대 전화 전원을 정지시켜. 당신 휴대 전화 전원을 정지시켜."

"여보세요?"

겐토가 답하는 것과 동시에 전화가 끊겼다. 겐토는 자기 머리를 치며 잠기운을 내쫓으려 했다. 기괴한 메시지를 떠올리는 동안 싸늘하게 식은 방 탓이 아니라 몸 안쪽에서 엷게 차가운 기운이 뿜어져 나왔다.

작은 컴퓨터를, 아무에게도 주지 마.

30분 이내로 당신의 방에서 나가.

당신 방에서 빨리 도망가.

지금 것은 명백한 경고였다. 30분 후에 누군가가 노트북을 빼앗으러 방으로 온다는 얘기일까?

당신 휴대 전화 전원을 정지시켜.

서둘러 휴대 전화 전원을 껐지만 경고를 진짜로 받아들여야 할지 말아야 할지 판단이 서지 않았다. 누군가가 노트북을 빼앗으러 온다면 사카이 유리란 이름의 여성밖에 짐작되지 않았는데, 그럼 전화를 걸어 온 것은 누굴까? 높은 목소리의 인공적인 기계음은 아마도 컴퓨터에 문자를 넣어서 재생시킨 것 같다. 이쪽이 묻는 것을 무시하고 일방적으로 말을 한 것은 문자가 원래부터 준비되어 있었기 때문일 터였다.

당신의 방에 머물지 마.

의미는 통했지만 숙련되지 않은 일본어. 외국인이 작문한 것이라는 생각이 들어 이정훈의 얼굴이 떠올랐다. 아니, 하지만 정훈의 일본어는 훨씬 유창했다. 거의 완벽에 가깝게.

겐토는 침대에서 나와 방의 불을 켜고 난방을 틀었다. 잠이 부족해서 머리가 무거웠다. 만약 사카이 유리가 찾아온다면 그렇게 걱정할 필요는 없을 것이다. 여차하면 아무리 몸집이 작은 겐토라도 힘으로 제압할 수 있을 테니.

빨리 도망가.

하지만 기계음 메시지는 묘하게 절박한 느낌이었다. 도망치지 않으면 대단한 일이 생길 것처럼.

화장실에 들어가려던 겐토는 다시 한기를 느꼈다. 밤의 대학에 승합차와 함께 나타난 사카이 유리. 그 차 안에는 다른 한 사람의 그림자가 있었다. 상대는 혼자가 아니었다.

"이건 겐토 씨를 위해서도 하는 말이야."라고 사카이 유리는 말했었다. 지금 겐토는 행간의 의미를 확실하게 짐작할 수 있었다. 그것은 컴퓨터를 넘기지 않으면 신변에 위기가 닥친다는 위협이 아니었을까?

우물쭈물 생각하는 동안에 벌써 10분 이상이나 시간을 낭비했다. 하지만 어떻게 해야 되지? 우유부단한 성격에 휘둘리지 말고 뭔가 해야만 해.

겐토는 화장실에서 용변을 보고 세수를 마치는 동안 겨우 다음에 취할 방법을 정했다. 경고 전화를 믿은 것은 아니지만 아무튼 집에서 나가 동태를 살피기로 했다. 편의점이나 어디든 가서 시간을 때우며 해가 뜰 때쯤에 이 아파트로 돌아와야겠다고 결심했다.

겐토는 옷을 갈아입고 지갑과 방 열쇠, 그리고 전원을 끈 휴대 전화를 주머니에 넣었다. 바로 집을 나오려다가 동요하여 가장 중요한 것을 잊을 뻔했다. 10인치 노트북. 이것을 어떻게 가져가지? 이미 입은 다운재킷을 벗고 벽장을 뒤져서 아웃도어용 겉옷을 꺼냈다. 가슴에 지도를 넣도록 설계된 주머니가 있어서 작은 기계가 딱 들어가기 좋았다.

그 순간 창 밖에서 차의 엔진 소리가 들렸다. 시각은 5시 26분. 아직 4분 여유가 있을 텐데 하고 생각하며 커튼과 새시를 열어 발소리를 숨기고 베란다로 나가 보았다. 주변은 아직 어두웠다. 가로등 불빛에 의지하며 일방통행인 좁은 도로를 내려다보니 베란다 바로 아래에 승합차 지붕이 있었다. 사카이 유리의 차와 비슷했지만 색이 달랐다. 하지만 그 차가 아파트 출입구를 막는 위치를 노려서 일부러 정차했다는 점에는 의심의 여지가 없었다.

도망갈 길이 끊겼다는 생각이 들었다. 이 건물에서 나가려 하면 그 차의 옆을 비껴 지나가서 갈 수밖에 없었다.

조수석 문이 열리고 한 사람의 남자가 내리는 것이 보였다. 그 어깨가 움직여 이쪽을 올려다볼 것 같아서 겐토는 서둘러 머리를 숙였다. 뭐가 어찌되는지 짐작도 되지 않았다. 엉거주춤한 자세 그대로 문 입구로 돌아와서 기어서 방 안에 들어왔다 코에서 미끄러져 떨어질 것 같은 안경을 다시 올리고 실내를 우왕좌왕하는 동안 치명적인 실수를 깨달았다. 방의 불은 전부 켜 놓은 그대로였고 새시와 커튼이 열려 있었다! 차에서 내린 남자는 아직 집 안에 사람이 있다는 것을 바로 알게 될 터였다.

길에서는 문이 열리고 닫히는 소리가 여러 차례 울렸다. 상대가 두 사람인지 셋인지 그런 생각을 하는 동안 예상보다 빠르게 바깥 통로에 인기척이 느껴졌다.

인터폰이 격하게 울리기 시작했다. 몇 번이고, 몇 번이고, 마치 화난 듯한 남자의 손이 강하게 버튼을 계속 누르고 있다는 것을 알 수 있었다. 겐토는 떨기는 했지만 여기까지 왔으니 사람이 없는 척할 수도 없었다. 아무튼 입구로 가서 문구멍으로 바깥을 엿보았다. 얇은 문을 사이에 두고 눈매 사나운 중년 남자가 서 있었다. 고용된 사람이라는 것이 느껴지는 코트 차림이었다. 게다가 그 뒤에 흰 마스크로 코부터 얼굴을 다 가린 두 남자가 서 있었다.

겐토는 대답할 용기도 없어서 요의를 느끼며 바깥 동태를 엿보고 있었다. 그런데 갑자기 맨 앞에 있던 남자가 뒤에 있는 동료에게 끄덕였다. 그 신호를 받아서 마스크를 쓴 사람 중 하나가 원통형 돋보기 같은 것을 꺼내서 바깥을 볼 수 있는 유리 구멍에 끼웠다. 갑자기 겐토의 시계가 왜곡되고 바깥이 보이지 않게 되었다.

무슨 일을 당한 건지 바로 알았다. 렌즈의 왜곡을 돋보기로 조정해서 바깥에서 안쪽을 보는 것이다. 즉 마스크를 쓴 사람은 문 뒤에 있는 겐토의 모습을 확실히 본 것이 틀림없었다.

겐토는 무심코 뒤로 물러섰다. 거기 화난 목소리가 들려왔다.

"고가 씨! 고가 겐토 씨, 문을 여십쇼! 경시청에서 왔습니다!"

경시청? 경시청이라니 무슨 소리인가. 혼란스러운 머리로 생각했다.

"계신 것은 알고 있습니다! 빨리 문 여세요!"

상대는 경찰이었다. 왜 형사들이 여기 쳐들어 왔는지는 모르지만 상대방에게서 악의만큼은 확실하게 전해졌다. 일요일 이른 아침에 경찰이라고 외쳐서 아파트의 다른 주민의 이목을 모으려는 속셈이었다.

겐토는 하는 수없이 문 자물쇠를 돌려서 방범 체인을 건 상태 그대로 문을 약간만 열었다.

"고가 겐토 씨죠?"

겨우 한 명, 맨얼굴을 드러낸 선두의 남자가 신분증 같은 것을 들이밀며 말했다.

"경시청의 가도타입니다. 저희를 안으로 들여보내 주시죠."

긴장한 나머지 입안에서 침이 바싹 말랐다.

"무, 무슨 일이십니까?"

가도타라고 이름을 댄 남자가 한 층 더 험악한 얼굴로 외쳤다.

"아버님이신 세이지 씨와 관련된 일입니다."

"아버지요?"

"자세한 이야기는 안에서 들으시죠. 체인을 풀고 문을 여십시오."

혹시라도 신약 개발 사기 건으로 경찰이 조사를 시작한 걸지도 모른다는 미약한 기대가 가슴속에 싹텄다. 하지만 잠든 사람을 덮치는 것처럼 럼 달려온 형사들은 도대체 선의를 가지고 있다고 해석하려 해도 우호적이라고는 할 수 없었다. 겐토는 음습한 눈빛을 빛내고 있는 세 사람에게 말했다.

"경찰수첩을 다시 한 번 보여 주실 수 있습니까?"

가도타가 혀를 차고 상하로 열리는 카드첩을 열어 신분증을 보였다.

"경찰수첩은 검은색 표지 아닙니까?"

"그건 옛날 겁니다. 지금 만들어지는 것은 이겁니다."

겐토는 가도타 형사의 소속 부서명을 읽었다.

"경시청 공안부라는 곳은 뭘 하는 곳입니까?"

가도타가 카드첩을 닫고 말했다.

"공조 수사 중입니다. 최근에 돌아가신 고가 세이지 교수에 대해 외국 경찰이 문의를 했습니다."

"외국 경찰?"

겐토는 패닉에 빠질 것 같은 정신을 겨우 차렸다. 아버지가 과거에 가셨던 적이 있는 나라일까? 학회에 참석하느라 방문한 곳은 미국과 프랑스. 그리고 HIV바이러스 때문에 아프리카 자이르에도 가셨던 적이 있었다.

"외국 경찰이라니, 어느 나라요?"

"미국입니다."

"미국의 어느 주?"

"어느 주도 아닙니다. 문의해 온 곳은 연방 수사국입니다. 이른바 FBI입니다."

놀랄 수밖에 없었다.

"FBI가 뭘 알고 싶어 하는 겁니까?"

"아버님께는 범죄 혐의가 걸려 있습니다. 그쪽 연구 기관을 방문했을 때 실험 데이터를 훔쳐 가신 것 아닌가 하고."

겐토는 아연해서 가도타의 얼굴을 바라보았다 아무리 멍청하던 아버지라도 범죄에 손을 댈 정도로 타락했다고는 생각할 수 없었다. 그런데 바로 간접적인 증거가 떠올라서 벼랑에 선 기분이 들었다. 자신의 죽음을 전제로 하지 않았던 아버지가 남긴 불가사의한 유언이었다. '이 메일이 도착했다는 뜻은 내가 5일 이상 너나 엄마 앞에서 모습을 감추었다는 말이겠지.' 그것은 경찰에게 신병이 구속됨을 예견한 것 아니었을까?

"물론 아버님께서는 사망하셨기 때문에 지금에 와서 기소할 생각은 없습니다. 단지 사실 관계만은 확인을 해 둬야 합니다."

뭘 믿어야 할지 알 수가 없었다. 이런 때에 연구자로서 취할 만한 길은 무엇일까? 논리였다. 그랬다. 논리밖에 없었다. 결론을 서두르지 말자. 어젯밤 정훈의 태도를 본받아. 아버지가 무슨 말을 남기셨지? 그 유언에서 논리적으로 도출할 수 있는 결론이 있을까?

하지만 걱정하지 마라. 아마 며칠 지나면 돌아올 것이다.

겐토는 고개를 숙이고 눈앞에 있는 형사를 시야에서 지웠다. 아버지는 무고했다. 설령 경찰에 연행되더라도 며칠이면 혐의가 풀릴 것이라고 말씀하셨던 터였다.

"아버님의 유품인 컴퓨터를 가지고 계십니까?"

"컴퓨터?"

가도타의 질문에 되물으면서 스스로도 놀랄 정도로 강한 분노가 솟아올랐다. 아버지를 바보 취급하는 것도 적당히 해라.

"그렇습니다. 연구에 썼던 컴퓨터입니다."

작은 컴퓨터를, 아무에게도 주지 마.

"아버지가 훔치셨다는 것은 실험 데이터입니까? 프로그램이 아니라."

겐토의 확인에 가도타가 의심스러운 듯이 눈썹을 찌푸렸다가 단언했다.

"실험 데이터입니다."

"마지막으로 하나만 더요. 형사님들이 오신 건 아버지에게 용의가 있으셔서죠? 아들인 제가 의심되는 것은 아니시죠?"

"물론입니다. 오늘은 그저 관계자 주거지를 수색하러 온 겁니다."

겐토는 재빨리 계산했다. 그렇다면 자신이 도망가더라도 죄를 묻지는 않을 것이다.

"여기 있는 컴퓨터는 모두 압수하겠습니다. 저희를 안으로 들여보내 주십쇼."

다시 몸이 떨리려는 것을 억누르며 겐토는 만용을 떨어 봤다.

"거절합니다."

갑자기 형사의 눈빛이 변했다. 가도타는 상의 주머니에서 한 장의 문서를 꺼내 겐토의 코앞에 들이밀었다.

"법원의 압수 수색 허가증이다. 강제 조사이니 싫다 해도 실시하겠다."

당신 방에서 빨리 도망가.

"알았습니다. 체인을 풀게요."

겐토가 대답하니 가도타가 문틈에 집어넣었던 발끝을 끌어당겼다.

겐토는 재빨리 문을 닫고 자물쇠를 잠갔다. 즉각 밖에서 문을 격하게 치며 잠갔던 안쪽 자물쇠가 빙글 하고 역회전했다. 겐토는 아연했다. 형사들은 이미 집주인에게서 맞는 열쇠를 얻은 것이다. 서둘러 운동화를 신으려 했지만 손끝이 떨려서 끈을 잘 묶을 수 없었다. 다시 열린 문틈으로 형사 한 명이 거대한 강철 가위를 집어넣고 체인을 절단하려 했다.

겨우 신발 끈을 묶고 그대로 안으로 달려가서 베란다로 뛰어갔다. 등 뒤에서 금속 파열음이 울렸다. 자물쇠가 잘린 것이다. 겐토의 시야 한쪽 구석에 여럿이 들이닥치는 형사들의 모습이 보였다. 비틀거릴 틈이 없었다. 베란다 철책을 뛰어넘어 가슴의 주머니에 넣은 컴퓨터를 한쪽 손으로 누르고서 왜건 차량 위로 뛰어내렸다. 높이는 약 1.5미터. 충격에 내구성을 가진 차체는 움푹 우그러지면서 위에서 낙하하는 물체를 최소한의 충격으로 받아 줬다.

차 지붕에서 땅으로 굴러 떨어지는 동안 자기가 보기에도 꼴사나운 동작이라고 생각했지만 멋에 신경 쓸 때가 아니었다. 상처 없이 땅에 내려선 겐토는 왜건 차 방향과는 반대로 달려가기 시작했다.

어깨 뒤로 돌아보니 차 운전석에서 네 번째 형사가 비틀거리며 나오는 것이 보였다. 두 팔로 아픈 듯이 머리를 감싸고 있었다. 겐토의 무게 때문에 찌그러진 차 지붕에 정수리를 직격당한 모양이었다. 폭행인지 상해인지, 뭔가 죄가 되지 않을까 두렵긴 했지만 속도를 늦추지 않고 계속 뛰었다.

일요일 이른 아침이라 주택가에 사람은 거의 없었다. 1분밖에 달리지 않았는데 벌써 숨이 차올랐다. 빨리 도망쳐야한다는 생각에 조바심이 났다. 상대는 추적의 프로였다. 추적이 길어질수록 이쪽이 불리했다.

4차선 큰 길로 나왔다. 드문드문 다니는 차 중에 택시는 보이지 않았다. 길을 건너 작은 길로 들어가서 오른쪽 왼쪽으로 진로를 바꿔가며 다시 다른 큰 길로 나왔다. 이번엔 택시를 찾았다. 겐토는 두 팔을 흔들며 정지한 차에 올라탔다. 뒤를 돌아봤지만 쫓아오는 형사들의 모습은 보이지 않았다.

행선지를 말하려다가 어디로 갈지 망설였다. 택시는 료고쿠 방면으로 향한 상태로 정차해 있었다. 하지만 근처 역은 너무 가깝고, 지갑을 생각하면 그렇게 멀리 갈 수도 없었다.

"아키하바라요." 하고 말했다. 이제 첫 전차가 다닐 시간이었다.

"네."

운전수가 대답하고 액셀을 밟아 좌회전 깜빡이를 켰다.

뒷자리에서 거칠었던 숨을 고르며 생각했다. 엄청난 일을 저지른 게 아닐까 하는 걱정이 들었다. 지금쯤 경찰에서 아쓰기에 있는 집으로 연락했을지도 몰랐다. 아들의 범죄 행위를 듣고 분명 어머니는 혼란에 빠질 터였다. 안전한 장소에 도망치고 나서 다시 어머니께 연락을 할까 하다가 전화로 받았던 경고가 머릿속을 스쳤다.

당신 휴대 전화 전원을 정지시켜.

무기질적인 인공 목소리의 메시지가 무엇을 의미하는지, 지금에야 알았다. 휴대 전화 기지국이 세 개 있으면 전화기 전파를 포착하여 위치를 알 수 있다. 경찰에 거처를 알리고 싶지 않으면 전화 단말기 전원을 켜서는 안 된다. 이후로 누군가와 연락을 취하려면 공중전화를 쓸 수밖에 없었다.

택시가 긴시초에서 세 정거장 앞인 아키하바라 역에 도착했다. 요금을 지불하고 나니 소지금이 2000엔이 남았다. 하지만 고맙게도 돈 걱정은 없었다. 지갑 안에는 'SUZUKI YOSINOBU' 명의의 현금 카드가 들어 있었다.

역으로 걸으며 어디로 갈지 생각하다가 은신처까지 준비되어 있다는 사실을 깨달았다. 마치다에 있는 오래된 아파트였다. 그 주소를 적어 둔 아버지의 메시지는 아들밖에 알 수 없는 책 안에 숨겨져 있었다. 다시 말해 설령 모든 통신을 도청했다고 하더라도 경찰은 사설 실험실의 존재는 파악하지 못했을 터였다. 모든 해결책이 애초부터 준비되어 있었다는 사실이 놀라웠다.

자동판매기 앞에 우뚝 서서 등 뒤를 확인했다. 아무도 자신을 쫓아오지 않았다. 철도 노선도를 보며 갈아타는 경로를 머릿속에 넣고 개찰구를 빠져나갔다.

이렇게 되었으니 어쨌든 마치다에 몸을 숨기고 마지막으로 남겨진 단서 「하이즈먼 리포트」의 모든 내용이 밝혀지기를 기다릴 수밖에 없었다.

12

이투리 숲에서 행군을 개시하고 난 지 이틀째 아침을 맞았다. 예거는 얕은 잠에서 깨어 해먹 위에서 손목시계를 봤다. 백라이트로 떠오른 디지털 표시는 예정 시각 5시 30분을 정확히 표시하고 있었다. 특수 부대에 있었을 적 감각이 둔해지지는 않았던 모양이었다.

해먹을 감싼 모기장과 방수 시트를 말아서 침상에서 내려왔다. 밀림 속 공기는 쌀쌀했다. 동 트기 전 어스름이 부자연스럽게 흰 빛을 띠기에 놀라 자세히 보니 진한 안개에 뒤덮여 있었다.

안개 속, 소총을 손에 들고 서성이는 믹의 모습이 마치 전사자의 망령처럼 떠 있었다. 두 시간 교대로 주변 경계를 서던 믹이 이쪽을 돌아보고 "이상 없음." 하고 작은 목소리로 보고했다.

예거가 끄덕이며 다른 두 해먹을 보았다. 개럿과 마이어스의 잠든 숨소리가 작게 들려왔다. 믹이 방수 시트를 피해 두 사람을 깨웠다.

남자들이 다들 일어나서 출발 준비에 들어갔다. 해먹을 정리하고 기둥으로 삼았던 나뭇가지를 분해했다. 두 벌밖에 준비하지 않은 의복을 수면용 마른 옷에서 행군용 축축한 옷으로 갈아입었다. 벌레 퇴치제를 다시 바르고 맛은 상관없이 필요한 칼로리만큼은 섭취할 수 있는 장거리 정찰용 식량을 입에 넣으며 항말라리아제를 삼켰다. 그리고 용변을 마치고 나서 화장실용으로 썼던 구멍을 메워서 원래대로 해 놓았다.

이번 작전은 잠입 조건치고는 조건이 아주 좋았다. 적이 주변을 둘러싼 지역에 투입되면 자신들의 흔적을 완전히 지우기 위해 용변을 폴리탱크에 넣어 운반해야 했다. 화장지를 쓰는 것도 금지되었다. 하지만 한 면이 수백 킬로미터는 되는 광대한 이투리 숲에서는 그런 걱정은 필요 없었다. 가디언 작전의 네 명의 실행자들은 대양을 헤엄치는 치어의 무리 중 하나에 지나지 않았다.

예거와 믹은 지도와 GPS장치를 써서 오늘 행군할 루트를 확인했다. 예상 밖의 전투에서 분산될 경우에 대비하여 합류지점도 여러 곳 정했다.

무거운 가방을 등에 지고 무기를 손에 든 네 사람은 믹을 선두로 하여 예거, 개럿, 마이어스 순서로 일렬종대가 되어 전투 경계 행군 포메이션을 만들어 움직이기 시작했다.

정면, 측면, 후방 어느 방향에서 공격이 오더라도 즉시 대응할 수 있는 진형이었다. 단 열대 우림의 어둠 속에서는 충분히 시야가 확보되지 않기 때문에 간격은 평소보다 좁게 했다.

한 시간을 걸었더니 안개가 걷혔다. 무성한 나뭇가지 틈새로 비쳐 들어오는 빛을 등불 삼아 네 사람은 낮의 어둑한 정글 속 더욱 깊은 숲의 심층부로 들어갔다.

끝없이 이어지는 수목의 바다가 예거의 패기를 빨아들이려 했다. 밀림에는 이쪽의 패기를 꺾어 버리는 마력이 잠들어 있었다. 여기는 인간의 이성이 미치지 않는 독립된 세계이며, 옷을 몸에 두르고 직립보행으로 행동하는 동물은 따돌림 당했다. 인간을 제외한 모든 생물이 있는 공간을 걷고 있다 보면 향수병과 비슷한 허전함이 마음속에 쇄도했다.

정글이 초래한 불안이나 공포에 대처하는 방법은 위협을 하나하나 확인하는 것 단 하나뿐이라고 특수 부대 교관이 말했었다. 기후인지, 기온인지, 굶주림인지, 방향감각 상실인지, 독을 가진 작은 동물인지. 위협을 확인하면 그것을 제거하는 것에만 집중해라. 위협이 존재하지 않는다면 아무것도 두려워하지 마.

그렇다. 위협은 여기에 존재하지 않는다고 예거는 자신에게 말했다. 실제로도 이투리 숲은, 정글 전투의 훈련을 반복했던 동남아시아 밀림과는 달랐다. 적도 바로 아래인데도 불구하고 표고가 높기 때문에 더위는 문제되지 않았다. 숲 속을 바람 한 줄기가 지나가기만 해도 몸을 뒤덮은 땀을 기분 좋게 닦아 주었다. 곤충이나 뱀 같은 작은 동물들의 위협이야 존재하지만 수가 많지는 않았다. 방심만 하지 않으면 괜찮았다. 무엇보다 고마운 점은 도착한 곳에 맑은 물이 흐르고 있다는 사실이었다. 그곳의 물이 바그다드에서 지급받았던 생수보다도 맛있었다.

애초에 피그미라고 불리는 사람들은 몇 만 년이나 되는 기간 동안 이 숲에서 생활해 왔다. 이투리 숲이 인간에게 가혹한 환경이었으면 그들은 멸망했겠지. 이 밀림을 과도하게 무서워할 이유 따위는 없는 것이다.

전방에 있는 믹이 멈춰 서서 수신호로 사람들을 소집했다. 예거 일행은 발소리를 숨기고 척후병 곁으로 모였다. 믹이 AK47 소총의 총구로 관목 사이를 가리켰다.

"이게 뭐지? 본 적 없는 생물이란 거, 이거 아냐?"

예거가 보니 둔탁하고 검은 색의 지렁이를 눌러 펴 놓은 것 같은 생물이 나무줄기에 붙어서 꿈틀대고 있었다.

"이 녀석은 거머리 일종이겠지. 본 적이야 없지만 상상은 되네."

"죽여서 회수 안 해도 되나?"

"내버려 둬."

개럿이 웃기 시작하더니 말했다.

"우리들 박물학자였나?"

번들거리는 생물이 예상 외로 민첩하게 마이어스를 향해 도망쳤다. 깜짝 놀라서 펄쩍 물러나는 마이어스를 보고 다른 세 사람이 웃었다.

그때 근처 풀숲에서 뭔가가 움직이는 기척이 느껴졌다. 예거 일행은 순식간에 소리가 난 방향으로 소총을 겨누었다. 중형견 정도 크기의 소처럼 생긴 동물이 숲으로 달려갔다. 아무래도 자고 있었던 모양이었다. 사람 소리에 놀라서 도망친 것 같았다.

잠깐 휴식을 취하기 딱 좋은 때였기 때문에 예거가 휴식을 취한다고 하고 수목 사이에 벌린 틈바구니에 가방을 내렸다. 그루터기 위에 앉으니 거목의 뿌리가 탁자가 되는 것 같은 형상으로 땅에서 튀어나와 있어서 의자 등받이처럼 되었다.

수통의 물을 마시며 마이어스가 모두에게 물었다.

"본 적 없는 생물이라니, 뭐일 것 같아?"

"전혀 짐작도 안 돼."

개럿이 말했다.

"납작한 뱀 같은 건가."

믹이 말했다.

"뭐야, 그게?"

"일본에 있는 미확인 생물이야. 찾으면 포상도 받을 수 있어."

"우리 콩고 말고 일본에 가야 했는지도 모르겠는걸."

예거는 믹의 고향인 일본이 어떤 나라일까 생각했다. 좁아터진 데다 사람으로 미어터지고 볼품없는 네온사인이 깜빡거리는 대도시의 광경이 떠올랐지만 그건 지나치게 상투적인 상상 속의 일본일 거라고 생각했다.

마이어스가 주위를 둘러보고 숲의 적막을 확인하고 나서 목소리를 한층 더 낮춰서 말했다.

"이번 작전은 뭔가 이상한 기분이 들어."

"무슨 말이야?"

예거가 물었다.

"잘 생각해 보면 우리는 전혀 상관없는 두 목표물을 지정받았잖아. 바이러스 감염자 집단하고 본 적 없는 생물."

"난 전문적인 지식이 없지만, 바이러스에 감염된 생물이 괴물처럼 모습이 변형된 거 아닐까?"

개럿의 말에 마이어스가 단언했다.

"할리우드 영화도 아니고, 그런 건 생물학적으로 있을 수 없어. 어쩌면 작전의 진짜 목적은 그냥 암살 아닐까?"

"피그미의 누군가를?"

"아니. 음부티족과 함께 있다는 나이젤 피어스라는 인류학자."

"그건 나도 생각해 봤어. 피어스만 죽이는 거였다면 따로 작전을 세워야 했을 거야. 음부티족까지 죽일 필요는 없지."

예거가 말했다.

"입막음을 해야 되니까?"

"아냐, 야간에 습격하면 걱정할 필요가 없지. 음부티족 누가 목격을 해도 우리가 누군지 모를 텐데."

"그럼 역시 바이러스 감염자를 죽이는 것이 목적일까?"

"내가 걱정하는 것은 작전 종료 후야. 우리는 죽은 사람의 장기를 모아서 가져가야 하잖아? 뇌나 생식기 같은 것."

믹의 말에 불쾌한 임무가 떠오른 마이어스가 표정을 찌푸렸다.

"그럼 무서운 바이러스를 가져간다는 말이잖아. 이 작전의 진짜 목적은 바이러스를 입수해서 생물 병기를 만드는 것 아닐까?"

"미군은 생물 병기 개발은 하지 못하게 되어 있어."

예거가 고국을 변호하려 들었다.

"어디까지가 진짜인지는 모르겠지만."

마이어스가 뭔가 말하려다가 갑자기 입을 다물었다. 세 사람도 움직임을 멈추고 감각에 신경을 집중시켰다. 바람이 불어오는 쪽에서 풀을 헤치는 소리가 아련하게 들려왔다. 발소리였다. 그것도 하나가 아니었다. 다섯 사람 이상은 있었다. 이쪽에 접근하는 것이 아니라 예거 일행을 둘러싸듯이 원을 그리며 이동하고 있다는 것을 알 수 있었다.

네 사람은 소총을 손에 들고 소리 없이 일어섰다. 믹이 스스로를 가리키며 정찰을 자처했다. 예거가 끄덕여서 허가했다. 약간 총구를 내린 교전 준비 자세를 하고 믹이 움직이기 시작하자 예거와 마이어스가 언제든 엄호할 수 있도록 전방 180도로 시야를 확보하고 개럿은 양동 작전에 대비하여 측면과 후방을 경계했다.

관목에 가려서 시야가 좋지 않은 숲 속을 믹이 신중하게 이동했다. 그 뒷모습을 놓치지 않도록 예거 일행은 한 사람씩 걸어가며 믹을 고립시키지 않도록 했다.

이윽고 큰 나뭇가지를 눈썹에 둔 자세로 믹이 멈춰 서서 전방에 소총을 겨누었다. 하지만 발포는 하지 않았다. 그는 전신의 긴장을 풀고 총을 내리고서 수신호로 일동을 불러 모았다.

예거 일행은 한 사람씩 믹에게 다가갔다. 일본인이 가리키는 방향으로 시선을 향하니 5미터 정도 전방, 관목이 무성한 한쪽을 대형 유인원 집단이 이동하고 있는 것이 보였다. 침팬지 일곱 마리였다.

바로 옆에서 보게 되니 의외로 컸다. 직립하면 몸집 작은 사람 정도 크기는 될 것 같았다.

이 비경(秘境)의 주인들은 인간이 자신들을 감시하고 있다는 것을 알아차리지 못했다. 선두에 있는 유인원이 슥 움직여서 신호를 보내는 듯한 동작을 하니 후방에 무리지어 있던 다른 이들이 몸을 굽히고 거리를 좁혔다. 그것은 명백하게 통제된 움직임이라 적에게 살며시 다가가는 은밀한 행동으로 생각되었다. 유인원 복장을 한 인간이 연기하고 있는 것 아닌가 하는 착각이 일어날 정도로 지성을 느끼게 하는 행진이었다.

"우리랑 똑같잖아? 원숭이 그린베레."

개럿이 숨죽여 웃으며 속삭이는 소리로 말했다.

예거도 재미있게 보고 있었지만 침팬지들의 저 건너편 얕은 숲 속으로 다른 집단이 숨어 있다는 사실을 눈치 챘다. 열 마리 이상 되는 무리가 털을 고르며 느긋하게 앉아 있었다.

불온한 공기를 느낀 예거가 군용 쌍안경으로 들여다봤더니 갑작스레 습격이 시작되었다. 숨어서 다가가던 일곱 마리가 미친 듯이 소리를 지르며 풀숲에 있는 무리로 돌진했다. 그와 동시에 주위의 나뭇가지들이 일제히 움직이기 시작했다. 다른 원숭이들이 쇳소리를 지르며 도망가기 시작한 것이다. 풀숲에 있던 무리도 바로 산산이 흩어졌지만 한 마리가 도망치는 것이 늦었다. 몸을 지키려고 웅크리고 있는 그 한 마리에게 전신의 털을 다 세운 일곱 마리가 밀어닥쳤다.

주위는 어마어마한 싸움에 휩싸였다. 흥분에 빠진 수십 마리의 유인원이 있는 힘껏 광란의 소리를 지르고 있었다.

예거는 영역 싸움이라고 짐작했지만 잠시 지나 상황이 이상하다는 것을 깨달았다. 투쟁이 일어나고 있는 곳은 단 한 곳, 풀숲 중앙뿐이었다. 거기에만 일곱 마리의 원숭이가 일으키는 폭력이 계속되고 있었다. 표적이 된 한 마리를 둘러싸고 붙잡거나 물기도 하며 중상을 입혔다. 대체 무엇을 위해서 침팬지가 이런 짓을 하는 것인지, 예거는 이해할 수 없었다. 하지만 인간끼리 일으키는 폭력 행위를 보는 것과 똑같은 불쾌한 감정이 마음속 깊은 곳에서 뒤엉켰다.

집단 린치를 하던 유인원 중 두 마리가 피를 흘리고 있는 침팬지의 팔을 양쪽에서 쥐고 타이밍을 계산한 움직임을 보이며 들어올렸다. 굉장한 연계행동이었다. 폭행을 견디던 원숭이의 몸이 일으켜지더니 정면에 있던 대장 원숭이가 그 팔 안에서 뭔가를 뺏었다. 예거가 눈을 의심했다. 강탈당한 것은 새끼였다. 크기로 보아 인간으로 치면 아직 유아 정도 될 듯했다. 공격당하던 원숭이는 필사적으로 아이를 지키고 있던 것이다. 포획물을 안아든 공격측의 대장이 달려서 그 자리에서 멀어졌다. 대장 원숭이는 어린 원숭이의 양발을 쥐고 흔들더니 큰 나뭇가지에 머리를 졌나. 어린 원숭이가 표정을 일그러뜨리며 울부짖었다. 하지만 대장 원숭이는 전혀 개의치 않고 어린 원숭이의 팔을 찢어 먹기 시작했다.

마이어스가 신음했다.

"무슨 짓이야."

주위의 유인원들의 엽기적인 흥분이 정점에 달했다. 전신의 털을 세우고 정신없이 울부짖었다. 광분의 도가니에 빠진 대장 원숭이는 교활하고 꾀바른 노인처럼 두리번두리번 눈알을 굴리면서 두 손을 용이주도하게 사용하여 어린 원숭이의 고기와 나뭇잎을 함께 먹고 있었다. 멀리서 둘러싸고 있던 다른 원숭이들이 나눠받으려고 가까이 갔지만 무시당했다. 포획물을 독점한 원숭이가 이어서 어린 원숭이의 머리를 입에 넣었다. 피부와 근육이 벗겨져서 두개골이 노출되었지만 끔찍하게도 어린 원숭이는 아직 살아 있었다. 남은 세 개의 손발을 가늘게 떨고 있었다.

말없이 보고 있던 믹이 AK47을 꺼내서 대장 원숭이에게 겨누었다.

"그만둬."

개럿이 짧게 제지했지만 믹은 방아쇠를 당겼다. 총성이 울려 퍼졌고 경악한 침팬지들이 반사적인 움직임으로 사방으로 흩어졌다. 믹이 쏜 탄환 한 발은 어린 원숭이의 머리를 뚫어 고통을 끝내고, 그대로 대장 원숭이의 목을 꿰뚫고 그 뒤 풀숲에 피보라를 흩뿌렸다. 어른과 어린아이 두 유인원이 시체가 되어 초목에 쓰러졌다.

"침프 새끼."

믹이 내뱉었다.

마이어스가 아연하여 뒤를 돌아 일본인을 돌아보았다. 흡사 정신병자를 보는 것 같은 눈빛이었다. 개럿은 고개를 숙이고 작게 목을 좌우로 흔들었다.

용병 일행에서 기묘한 동요가 퍼졌다. 지금 그들이 목격한 것은 단순한 동물의 골육상잔이 아니라 지성과 광기가 뒤섞인 조직적인 살육 행동이었다. 즉 전쟁이었다.

예거는 소총의 무게를 두 손으로 떠받치며 생각했다. 인간은, 인간이 되기 전부터 서로 죽이기를 반복해 왔을까?

남자들의 시선 끝에서 상처 입은 어미 원숭이가 아이의 시체로 달려왔다. 바로 방금 전까지 엄마 가슴에 안겨 있던 아기 원숭이가 머리와 오른팔을 잃은 무참한 모습으로 땅바닥에 뒹굴고 있었다. 그것을 보던 어미 원숭이가 무엇을 생각하고 있는지 일행으로서는 상상할 수가 없었다.

"구경은 끝이야. 이곳을 뜨자."

예거가 작은 소리로 지시했다. 만에 하나라도 부근에 무장 집단이 잠복해 있었다면 지금의 총성을 들었을 것이다.

"믹, 앞으로 불필요한 발포는 삼가도록."

그랬더니 일본인이 이쪽을 깔보는 듯이 차디찬 미소를 지으며 응했다. 예거는 울컥했지만 화를 참았다. 다른 인종을 때리는 것에 저항감이 있었다. 게다가 믹이 왜 유인원을 쏘았는지 의문이 들었다. 어린 원숭이의 고통을 없애 주기 위해서였는지, 아니면 대장 원숭이에 대한 증오 때문인지. 실제로는 그 어느 것도 아니라 하등동물에 무력을 과시하며 비열한 허영심을 만족시키려 한 것일지도 몰랐다.

"가자."

마이어스가 말하고 걷기 시작했다. 개럿이 무표정하게 뒤를 이었다. 믹만이 의기양양한 분위기를 띄고 있었는데, 그것이 괜히 예거의 비위를 거슬렀다. 어느 쪽이든 모두가 지금 일어난 일을 고의적으로 축소하려는 것이 보였다.

네 사람은 가방을 둔 지점으로 돌아갔다. 예거는 짐을 등에 메고 일렬종대를 만들며 턱짓으로 믹에게 진행 방향을 지시했다.

빨리 가. 예거는 마음속으로 말했다. 이 미친 잽(jap) 자식아.

번즈 대통령은 손발이 찢겨 사라진 유아의 시체가 찍힌 사진을 들여다보았다. 이라크 어린이였다. 반미 무장 집단에 대한 대규모 소탕 작전

때 휘말려 사망한 일반 시민 중 한 사람이었다.

대통령이 불쾌하다는 듯 이마를 일그러뜨리며 옆에 앉아 있는 체임벌린 부통령에게 사진을 밀었다. 체임벌린의 표정은 미동도 하지 않았다.

회의 탁자 반대쪽에 있는 발라드 국무 장관은 이 두 냉혈한을 설득하려면 어떻게 해야 할지, 빠르게 다음 수를 생각해야만 했다.

"민간인 사망자 수는 가르쳐 주지 마시오. 매스컴에 흘러 들어가면 귀찮아지니까."

기선을 제압하는 체임벌린의 말에 라티머 국방 장관도 크게 끄덕였다.

발라드는 탁자를 둘러싼 사람들을 순서대로 돌아보다가 정권에 낮게 깔려 있는 잠재적인 양심에 호소해 보기로 했다.

"하지만 이라크에서는 우리 군의 공격으로 이미 10만 명의 시민이 사망했습니다. 이런 일로 이라크인들의 지지를 얻을 수 있다고 생각하십니까?"

"그 정도의 부수적 피해는 이미 계산해 뒀소."

체임벌린이 단언했지만 타국의 군사 공격으로 체임벌린의 가족이 죽는다면 같은 말을 할 수 있을지 몹시 의심스러웠다. 하지만 발라드는 혐오감도, 빈정거리려는 마음도 속에 가라앉히고 참을성 있게 말했다.

"이 정도로 대규모의 파괴가 일어나면 우리에 대한 적대 세력의 증오도 점점 심화되어 기세를 더하게 됩니다. 현지 치안 유지를 위해서라도 우리 군대를 한시라도 빨리 증원해야 합니다."

"그것은 당신의 소관이 아니오."

체임벌린이 일축했다.

"군사적 사안의 결정권은 외교적인 견해도 필요할 것 같다고 생각합니다."

일찍이 합동 참모 본부 의장까지 역임했던 발라드가 말했다.

"이것은 결정된 사항이오. 지금 와서 뒤엎을 수는 없소."

번즈가 부통령에게 가세했다. 그 주위에서 끄덕이는 사람들을 보며 발라드는 언제부터 네오콘이 이렇게까지 득세했는지 절망하며 고개를 숙였다. 이들은 보수당 안에서도 곁가지에 지나지 않는 세력이었을 텐데.

"이 의제에 대해서는 이상 마칠까요? 마지막 의제로 넘어가기 전에, 용건이 끝나신 분은 퇴석해 주십시오."

대통령의 의향을 확인한 비서실장 에이커스가 의사 결정을 빠르게 진행했다. 아프리카 문제 담당자를 제외한 국방 차관보 일행이 줄줄이 회의실에서 나갔다. 남은 사람은 정권의 중추를 맡은 각료들과 정보국의 상부 몇 사람이었다. 발라드는 이 이상의 저항을 삼가기로 했다.

"마지막 의제는 뭔가?"

체임벌린이 물었다.

"특별 접촉 계획(SAP) 건입니다. 암호명은 '네메시스'."

비서실장의 대답을 들은 사람들 사이에 편안한 공기가 흘렀다. 회식 자리에서 어려운 절충을 마친 후의 디저트 타임과 비슷했다. 왓킨스 국가 정보장과 CIA 국장만 내심 긴장을 풀지 못하고 있었다. 특별 접촉 계획이 어려운 국면으로 접어든 탓이었다.

과학 기술 보좌관인 멜빈 가드너 박사가 회의실에 불려 들어오자 고관들이 미소를 지으며 그를 맞이했다. 조심스럽게 탁자에 선 가드너가 초연한 어조로 말하기 시작했다.

"그럼 일단 저부터 설명 드리겠습니다. 네메시스 작전은 순조롭게 진행 중입니다. 아프리카의 제1단계는 이제 며칠이면 끝납니다. 그런데 여기서 사소한 문제가 나타났습니다. NSA에서 보낸 보고에 의하면 일본에서 불온한 동향이 있다고 합니다."

"일본에서? 어떻게 일본에서?"

의외라는 듯이 번즈가 물었다.

"자세한 상황은 아직 모릅니다. 기우에 지나지 않는다고 생각합니다만 만에 하나에 대비해 손은 써 두고 있습니다."

홀랜드는 대통령이 납득하지 못했다는 것을 재빨리 알아채고 이어서 말했다.

"도쿄에 있는 누군가가 '네메시스'에 접속하려 했던 흔적이 있어서 조사를 해 봤더니 고가 세이지라는 대학 교수와 그 아들이 확인되었습니다. 아버지는 최근에 병사했지만 아들이 이어서 활동하는 중입니다."

"아들은 뭐하는 자요?"

"고가 겐토라는 대학원생입니다."

"그 녀석 전공은 뭐요? 저널리즘인가? 아니면 종교학?"

체임벌린이 물었다.

"약학입니다. 부친은 바이러스학을 전공했습니다."

"그런데 어떻게 우리 비밀 계획의 존재를 알게 된 거요?"

"지금 조사 중입니다. CIA 도쿄 지국이 현지 공작원을 고용하여 이 청년에게 접촉하고 있습니다. 게다가 그것과는 별개로 FBI를 통해 현지 경찰의 테러 대책팀도 움직이고 있습니다."

왓킨스가 보충 설명했다.

"물론 일본인 공작원도, 현지 경찰도, '네메시스'에 대해서는 아무것도 모릅니다. 모든 것은 우리 통제 아래 있습니다."

"아아, 그랬군. 특별 계획실 연락관이 당신 의견을 들으라고 했었소."

원래대로라면 네메시스 작전의 총괄 책임자였을 라티머 국방 장관이 말했다. '당신'이란 발라드 국무 장관이었다.

"만에 하나 일본에서 거친 방법을 취할 일이 있다면 그쪽 정부의 협력도 얻어낼 수 있겠소?"

"거친 방법이란 구체적으로 무엇을 말씀하시는 겁니까?"

"글쎄, 특별 계획실의 책임자가 마땅히 알맞은 조치를 생각해 내지 않겠소."

라티머는 능청스럽게 말했다.

"책임자라면 그 젊은 친구 말이오?"

번즈가 물었다.

"네. 우수한 두뇌의 소유자라는군요."

"어지간한 일이 아닌 한 일본 정부가 협력을 망설이지는 않겠죠."

발라드 국무 장관은 두 나라의 역학 관계를 머릿속으로 그리며 말했다. 그리고 온건파인 것처럼 한 마디 덧붙였다.

"거친 방법은 마지막까지 남겨두길 바라고 있긴 합니다만."

그 대화를 듣던 홀랜드는 '묘소(The Grave)'를 떠올렸다. 시리아에 있는 이국적인 향취가 풍기는 지하 고문 시설이었다. 그곳에는 관 크기의 독방과 각종 고문 기구, 거기다 인간에게 고통을 주기를 무엇보다 즐기는 고문관들이 방문자를 기다리고 있다. 번즈 대통령은 이러한 인권 침해에 분개하며 시리아를 '깡패 국가'라고 비난했지만 그것은 전 세계를 향한 파렴치한 거짓말이었다. 번즈는 포로의 취급 방침을 정한 제네바 조약을 무시하고 테러 용의자를 시리아 정부에 넘겨 고문을 대행시키고 있었다. 미국의 고문 장치 역할을 떠맡은 나라는 시리아뿐만이 아니었다. 이집트나 모로코, 우즈베키스탄 등에도 지금까지 여러 적국의 전투원이 인도되었다. 그리고 이 '특별 이송'이라는 최종 평결을 실행하는 것이 홀랜드가 거느리고 있는 CIA였다.

더러운 일의 한쪽 팔을 맡고 있는 CIA 국장은 음울한 기분으로 그레고리. S. 번즈를 바라보았다. 미합중국 대통령이라는 직함을 가진 백인 장년 남성. 연설회장에 가면 거기 가득한 사람들에게서 열렬한 기립박수를 받는 지상 최대의 권력자. 이 신사인 체하는 남자 단 한 사람의 의견에 의해 많은 인간들이 고문 시설로 보내져 살해당했다.

악마를 닮은 이 남자의 손이라면 일본 대학원생을 그 손끝으로 눌러찌부러트리는 일쯤은 지극히 간단할 터였다.

13

깜깜한 암흑 속에서 눈을 떴다. 아직 밤인가 싶어서 다시 자려고 하던 겐토는 손발이 부자연스러운 것을 깨닫고서 자신이 있는 장소를 떠올렸다. 아버지가 남긴 사설 실험실이었다.

꽁꽁 굳은 두 팔을 침대에서 빼서 손목시계로 시각을 확인했다. 아침 9시였다. 피곤했는지 의외로 숙면을 취했다. 전날에는 집 아파트 2층에서 뛰어내려서 형사들의 추적을 뿌리치는 일생일대의 대모험을 한 뒤에 전철을 타고 마치다에 도착해서 'SUZUKI YOSINOBU' 명의의 계좌에서 현금을 인출하여 옷도 사면서 하루를 보냈다. 오늘이 도피 생활 이틀째였다.

막 일어난 참이라 채광 커튼을 열고 싶은 유혹이 들었지만 주변 사람들의 눈이 두려워 단념했다. 이런 수상한 실험실 모습이 알려지면 경찰에 신고당하지 않는다고 단정할 수 없었다.

좁은 방의 불을 켜고, 부엌으로 가서 세수를 마쳤다. 오늘은 할 일이 많았다.

전날 밤 사둔 빵과 과자를 먹는 것으로 아침 식사를 끝내고 일단 40마리의 쥐를 돌보았다. 그런데 우리 청소를 하려 했더니 선반 안쪽에 있던 서류 다발이 눈에 띄었다. 일본어가 아니라 영어로 된 문서였다.

첫째 장에는 해외 운송업자가 발행한 전표였다. 포르투갈 리스본 의과 대학에서 도쿄 다마 이과 대학으로 보낸 화물. 보낸 사람은 'Dr. Antonio Gallardo'로 되어 있었다.

안토니오 갈라도 박사.

거기 적힌 이름이 폐포 상피 세포 경화증의 세계적 권위자의 것이라는 사실을 깨닫고 놀란 나머지 눈을 크게 떴다.

7만 6000유로가 적힌 청구서와 영수증에는 '40'이라고 쥐의 개체 수가 적혀 있었다. 명세서 안에 있는 쥐 40마리는 아버지 세이지가 1000만 엔이나 되는 대금을 지불하고 갈라도 박사에게서 구입한 것 같았다.

다른 서류에는 분양받은 쥐가 두 계통으로 나뉘어 하나는 정상 쥐, 다른 하나는 폐포 상피 세포 경화증 병태 발현 쥐라는 의미로 확실하게 기재되어 있었다.

겐토는 늘어선 우리 네 개 중에 오른쪽 반을 바라보았다. 상당히 허약한 상태인 20마리는 인위적으로 유전자가 개조되어 폐포 상피 세포 경화증을 발병시킨 질환 모델 동물이었다.

잘 생각해 보면 난치 특효약을 만들려고 했던 아버지가 이 쥐들을 준비하는 것은 당연했다. 합성한 약물 활성을 개체 내에서 알아보기 위해서는 병을 발병시킨 동물이 필요했기 때문이다.

겐토가 당황한 이유는 이런 낡은 아파트 선반에 유전자 투입 생쥐를 사육하는 것이 명백한 위법 행위였기 때문이었다. 유전자를 개조한 동물은 자연계에는 존재하면 안 되는 생물이기 때문에 법률로 엄중하게 관리될 의무가 있었다.

하지만 그렇다고 해서 눈앞의 쥐들을 처분할 마음이 들지는 않았다. 밖으로 도망치지 않도록 세심히 주의를 기울이며 계속 돌볼 수밖에 없었다. 어찌되었든 유전자 조작을 한 쥐들은 수명이 별로 길지 않았다. 겐토가 폐포 상피 세포 경화증 특효약을 만들어 내지 않는 한은.

다시 도진 무력감을 마음 한쪽 구석에 밀어 놓고서 묵묵하게 손을 움직여 생쥐 우리를 청소해 주었다.

사설 실험실을 나선 것이 점심이 되기 전이었다. 그가 향한 곳은 아키하바라였다. 전화를 할 곳이 몇 군데 있었지만 번호들이 죄다 꺼놓은 휴대 전화에 들어 있었다. 어떻게든 전화번호를 알아내야 했다.

신주쿠 역에서 전차로 갈아타고 나서 경찰에게 쫓기고 있을 가능성도 고려하여 최소한의 대비는 해 두기로 했다. 아키하바라 역은 도주할 때 전화를 쓰고 있었으니 거기에 형사가 붙어 있을 우려가 있었다. 아키하바라 바로 다음 역에서 내려, 한 정거장을 걸어 전자제품 상가로 향했다.

이전에 공학부 친구가 가지고 있던 기계를 찾아서 몇 점포를 둘러보며 거닐었다. 네 번째 집에서 원하던 것을 찾았다. 손바닥 정도 되는 크기의 상자 모양 기계였다. 카페에 들어가서 구석진 자리에 자리잡고 사온 것을 작동시켰다. 휴대 전화 방해 전파를 발신하는 장치가 갑작스레 위력을 발휘했다. 카운터 옆에 있던 젊은 여자가 "여보세요?"라며 갑자기 불통이 된 전화를 귀에서 떼었다.

겐토는 마음속으로 미안하다고 사과하면서 자기 전화기를 꺼내 전원을 켰다. 전파 수신 상황을 확인하니 '통화권 이탈'이라고 표시되어 있었다. 기지국 안테나는 방해 전파 때문에 겐토의 단말기에서 나오는 전파를 잃어버린 것이다. 이것으로 이쪽 위치를 들킬 위험은 없었다. 안심하고 전화번호부를 화면에 띄워서 필요할 것 같은 전화번호를 하나하나 메모해 갔다.

그 일을 마치고 카페에서 나와 대로변에 있는 공중전화 박스에 들어갔다. 일단 메모를 보지 않아도 아는 집 전화번호를 눌렀다.

"여보세요?"

"겐토? 어제부터 몇 번이나 전화했는데. 어떻게 된 거야? 집에 지금 큰일 났어."

아들 목소리를 듣자마자 어머니가 일방적으로 말했다. 안 좋은 예감이 들었다.

"큰일?"

"경찰이 와서, 아버지 방이랑 유품을 조사했어."

형사들이 집에도 간 것이었다. 겐토가 들은 내용과 똑같이 어머니도 FBI에서 조사 협력을 하러 왔다는 이유를 들었다고 했다.

"그거뿐만 아니라, 형사 한 사람이 이상한 말을 했어. 아이스바로 더러워진 책이 없냐더라."

등줄기로 한기가 슥 지나갔다.

아이스바로 더러워진 책을 펴라. 아버지가 보낸 메일에 있던 단 하나의 내용. 그것을 경찰이 알고 있다니 아버지가 남긴 말대로 메일이 해킹된 게 틀림없었다. 지금 이후로 네가 사용하는 전화, 휴대 전화, 이메일, 팩스 등의 모든 통신 수단은 도청되고 있다고 생각해라. 그 내용은 피해망상증 같은 것이 아니었다. 지금 이러는 동안에도 누군가가 자신을 감시하고 있을 거라는 불쾌함이 겐토의 머리를 뒤덮었다. 눈에 보이지 않은 커다란 힘이 자신을 붙잡아 짓누르려 하고 있었다.

"짚이는 데 없니?"

"없어요."

겐토가 확 말했다. '아이스바로 더러워진 책'과 그 안에 숨겨져 있던 메모는 아버지 지시에 따라서 처분했다. 그건 그렇다 쳐도 아버지는 대체 무슨 일을 했던 것일까. 자기가 생각했던 신약 개발 사기 행각 추리도 형사들이 말하는 FBI 이야기도 모두가 의심스러웠다. 아버지 생전에 하셨던 행동 뒤에는 보다 거대한 비밀이 숨겨져 있던 것이 아닐까?

"그리고 말이지, 네가 연락을 하거든 통보해 달라고 하더라."

"형사들이?"

"그래. 설마 너, 뭔가 저지른 것 아니지?"

"아무 짓도 안 했어."

겐토는 대답하면서 초조하게 주변을 둘러보았다. 혹시 집 전화가 역탐지되고 있다면 지금 있는 공중전화의 위치가 잡힐 게 분명했다.

"내가 전화했었다고 형사들한테는 말하지 마?"

"왜?"

"귀찮게 불려 다니기 싫어서. 실험도 바쁜데."

"그렇지만……."

"알았지? 그리고 전화가 망가져서 잘 안 돼. 무슨 일 생기면 내가 전화할게."

"겐토, 얘?"

그렇게 묻는 어머니를 무시하고 수화기를 내려놓았다. 바로 전화박스에서 나와서 빠른 걸음으로 그 자리를 떴다. 가전제품점이나 게임 전문점 앞을 지나서 한 블록 정도 지나 뒤를 돌아보니 전화박스 아득히 먼쪽에서 자동차에 탄 제복 경관들이 이쪽으로 오는 것이 보였다. 심장 고동이 빨라졌다. 자신을 찾고 있는 건가?

옆길로 빠져서 빠른 걸음으로 대로까지 나왔다. 경관이 쫓아오는 느낌은 없었다. 거기서 택시를 타고 근처 번화가 진보초까지 이동했다. 다시 전화박스에 들어가서 이번에는 연구실로 전화를 걸었다. 전화를 받은 소노다 교수는 상대가 겐토라는 것을 알자마자 놀란 소리를 지르며 바로 주변을 경계하는 것처럼 작은 소리로 말했다.

"고가인가? 무슨 짓을 한 거야?"

"네? 무슨 말씀이십니까?"

휴가를 얻을 생각이었는데, 그 말은 꺼내지도 못하고 되물었다.

"아까까지 경찰들이 있었어. 자네 체포 영장을 들고."

겐토가 기겁했다.

"영장이라뇨? 제가 뭘 했다고 하는데요?"

"형사들 얘기로는 죄목이 세 가지랬어. 공무 집행 방해와 기물 파손, 그리고 과실 상해. 짚이는 일이 없나?"

듣고 보니 모두 짐작이 갔다. 가택 수색을 방해하고 도망칠 때 차 지붕을 우그러뜨렸고, 거기다 운전석에 있던 형사 머리에 한방 먹인 일이었다.

겐토는 입을 다물었다가 서둘러 해명했다.

"아니, 아마도 뭔가 잘못 알고 그러는 걸 겁니다. 저는 그런……."

"생각나는 일이 없으면 바로 경찰로 가서 사정을 설명하게."

"알겠습니다. 그렇게 할게요."

교수를 안심시키기 위해서도 그렇게 말할 수밖에 없었다.

"며칠간 휴가를 얻어야 할 것 같습니다. 괜찮을까요?"

"그래. 이쪽보다는 자네 걱정부터 하게."

"형사님들은 달리 하신 말씀은 없으시고요?"

"내가 듣기론 그게 다였어. 그러고 나서 모두가 질문 공세를 받았네. 자네 교우 관계라던가."

"교우 관계요?"

"자네가 친구네 집으로 도망친 것 아닐까 의심하는 것 같아."

이걸로 도와줄 사람이 아무도 없게 되었다는 생각이 들었다. 앞으로는 연구실 친구에게 뭐가라도 부탁하면 그대로 경찰에 알려지게 될 것이다. 고생해서 알아낸 전화번호들이 거의 다 쓸모없어졌다.

"아무튼 지금 바로라도 가까운 경찰서에 가도록 하게."

"네."

대답하고 걱정을 끼친 점에 대해 사과하며 전화를 끊었다.

예상 밖의 속도로 사태가 악화되고 있었다. 연구실 전화도 역탐지될 우려가 있어서 서둘러 지하철역으로 향했다.

이제 범죄자가 되었다. 이대로 경찰에 잡히면 그냥 끝나지는 않을 것이다. 대학원은 퇴학될 것이고 어쩌면 감방에 들어가게 될지도 모른다.

지금 연구실은 큰 소동이 났으리란 생각에 암담해졌다. 안 좋은 소문은 빨리 퍼진다. 자기가 머물던 곳이 더럽혀진 굴욕감과 불안한 마음에 눈물이 찔끔 나오려 했다.

목적지도 정하지 않고 지하철에서 내려서 앞으로의 방침에 대해 고민했다. 언제까지고 계속 경찰에게서 도망치는 것은 무리였다.

경시청 공안부라는 데에 출두하는 것이 현실적인 선택이겠지만, 두 손에 수갑을 차게 될 공포와는 별개로 정체불명의 기분 나쁘고 으스스한 느낌이 들어서 고심 끝에 단념하기로 했다. 어째서 미국 FBI가 아버지에게 누명을 씌우려는 걸까? 어째서 일본 경찰이 생트집까지 잡으면서 겐토를 체포하려는 걸까? 그들 배후에 숨어 있는 거대한 힘이 어둠 속에서 자신을 잡으려고 손을 뻗고 있는 것 같아서 불쾌했다. 이쪽이 모르는 곳에서 무슨 일이 일어나는지, 최소한 그것만은 알아 둬야 한다고 생각했다.

지하철이 시부야 역에 도착해서 플랫폼에 내렸다. 지하를 걸으며 현재 상태를 유지하는 수밖에 없다는 결론을 내렸다. 처음 예정대로 마지막으로 남은 수수께끼, 「하이즈먼 리포트」의 내용을 밝혀내야 했다.

시부야 거리로 나와서 공중전화를 발견하고 안으로 들어가 수화기를 들어올렸다. 휴대 전화에서 찾아 메모한 종이를 들고 스카이에게 전화를 걸었다. 기자는 전화벨이 세 번 울리자 전화를 받았다.

"아, 겐토니? 휴대 전화에 문자 봤냐?"

상대방의 온화한 목소리에 위로를 받았다. 스카이가 있는 곳에는 경찰 수색이 미치지 않은 것 같았다.

"죄송합니다. 아직 못 봤습니다. 휴대 전화가 고장 나서요."

"그럼 지금 말하지, 뭐. 워싱턴 지국에 있는 후배에게서 오늘 아침 메일이 왔다."

"「하이즈먼 리포트」에 대해 뭔가 알아냈습니까?"

"그게 결과가 의외야. 「하이즈먼 리포트」는 3개월 전에 '회수 통지'를 받아서 열람이 안 된다고 하더라. 기밀로 지정되었다는 뜻이다."

"기밀 지정?"

"그래. 합중국 안보상 문제가 되는 문서는 공개되지 않는다는 것이 원칙이라."

미국 안보상의 문제. 일본에 있는 대학원생에게는 허황스럽게까지 들리는 단어였다. 하지만 자신이 휘말려든 일과 뭔가 관계가 있다는 느낌

217

도 들었다. 아까부터 느껴지는 기분 나쁜 압박감이 점점 강해지며 온몸의 살갗을 뒤덮고 있었다. 아버지의 유언이 계속 일어나는 일을 다 맞추고 있다는 생각까지 들었다. 이 연구는 모든 것을 너 혼자서 해라. 누구에게도 말하지 마. 하지만 혹시 신변의 위험이 느껴지는 사태가 생기면 바로 집어치우더라도 상관없다.

"그런데 왜 이제 와서 기밀로 지정된 걸까요?"

"그건 여기서도 모르겠더라고. 그 보고서를 반드시 알고 싶다면, 아직 마지막 방법은 남아 있다. 전에도 말했었지만 30년 정도 전에 있었던 잡지를 차근차근 살펴보는 거다. 당시 그 보고서는 기밀도 아니었으니까."

"그렇게 옛날 잡지를 어떻게 찾으면 좋을까요?"

"국회 도서관에는 아마 있을 거야."

과거에 국회 도서관을 이용해 본 적이 있는 겐토는 내키지 않았다. 들어갈 때 이름이나 주소를 써서 제출해야 하기 때문이었다. 경찰이 거기까지 조사하려는지는 모르지만 만용을 부릴 상황이 아니었다.

"별로 도움은 안 되었지만 이걸로 괜찮나?"

그렇다고 말을 하던 겐토는 마지막으로 부탁을 하나 더 하기로 했다.

"죄송합니다. 하나 더 부탁드릴게요. 어떤 인물의 신원을 확인하려면 어떻게 해야 할까요?"

"신원 조사? 그건 사회부 친구들에게 물어보지 않으면 모르겠는데. 누군가 조사하고 싶은 사람이라도 있냐?"

스가이가 관심을 보여 주면 좋겠다는 옅은 기대를 안고 겐토는 '사카이 유리'라는 이름을 대며 나타났던 수수께끼의 여성에 대해 인상이나 연령까지 설명했다. 그랬더니 짐작한 대로 스가이가 흥미를 보였다.

"아버지의 컴퓨터가 필요하다고 했다? 그 사람에 대해 뭔가 단서는 없고?"

"이과 출신 연구자 같았습니다."

"그리 승산이야 없지만, 이쪽에서도 조사해 볼게. 휴대 전화가 망가졌다고 했는데, 어떻게 연락하면 되냐?"

"괜찮으시다면 제가 다시 연락드리겠습니다."

"알았다. 언제라도 전화 줘."

"여러 모로 감사합니다."

겐토가 정중하게 인사를 하며 전화를 끊었다. 할 일이 보이기 시작해서 덕분에 개운해졌다. 헌 잡지 다발을 뒤져서 「하이즈먼 리포트」의 내용을 찾아내는 일이었다.

시내 중심가로 이동해서 인터넷 카페를 찾아 안으로 들어갔다. 좁은 개인실에 있는 컴퓨터를 써서 검색을 했더니 일본 최대의 잡지 전문 도서관이 도심 내에 있다는 사실을 알아냈다. 메이지 시대 이후로 70만 권이나 되는 잡지를 열람할 수 있는 데다 고맙게도 민간인이 경영하는 곳이었다.

아마 내일 저녁까지는 아버지가 물려준 대모험의 줄거리가 파악될 것이라고 짐작했다. 이 도서관 장서 안에 인류 멸망의 연구 보고서가 잠들어 있을 것이다.

14

흉포하기까지 한 비가 밀림을 떠내려가게 할 기세로 퍼붓고 있었다. 마치 하늘에서 물난리라도 난 것 같았다. 머리 위를 뒤덮은 관목들을 커다란 빗방울이 끊임없이 두드려 대는 통에 숲 전체가 땅울림 같은 소리를 내며 흔들렸다.

예상치 못한 건기의 악천후였지만, 공격 목표에 접근하던 예거 일행에게는 거리를 좁힐 기회였다. 음부티족은 비가 내리는 동안에는 사냥을 나서지 않고 캠프에 머물렀다. 뜻밖의 조우가 걱정되지도 않았고, 또 빗소리에 들킬 염려도 없었기에 그들이 있는 장소를 수색할 수 있게 되었다.

마흔 명 정도의 피그미족으로 구성된 캉가 밴드는 간선 도로를 따라 나 있는 정착 캠프에서 숲 속에 있는 여덟 개의 사냥 캠프를 떠돌아다녔다. 동서로 뻗어 있는 그 영역의 길이는 총 35킬로미터. 예거 일행은 그 한가운데 있는 캠프로 접근 중이었다.

목표 지점을 1킬로미터 남겨둔 곳에서 일행은 수목이 빽빽하게 나 있는 공간에 방수 시트를 펴서 비막이를 만들고 정글용 위장 전투복으로 갈아입었다. 예비 탄창으로 거대해진 전술 조끼까지 껴입은 완전 무장이었다. 거기서 바로 600미터 더 가서 가득 나 있는 풀 사이로 가방을 내려놓고 집합 지점으로 삼았다. 정글 안에서는 10미터 전진하기만 해도 방향 감각을 잃기 때문에 전원이 GPS 장치에 현재 위치를 기록했다.

"북과 남 두 방향에서 접근한다."

예거가 모두를 모아 간단하게 전했다. 다들 특수 위장 크림을 바르고 있어서 시커먼 얼굴 위로 하얀 눈만 빛나고 있었다.

"개럿과 믹이 북쪽에서 가고, 마이어스와 나는 남쪽에서 들어간다. 캠프 안에 나이젤 피어스가 있는지 확인하고 동시에 목표물의 정확한 사람 수도 파악해."

다른 세 사람이 진지한 얼굴로 끄덕이는 것을 보고 예거는 만족했다. 믹이 유인원 두 마리를 죽인 이후, 팀 내의 공기가 미묘하게 달라졌다.

이제 서로 친목을 다지려는 태도는 보이지 않았고 임무 수행만을 생각하는 과묵한 집단으로 변했다. 리더인 예거는 단 하나, 멤버 간의 반목이 생길까 봐 걱정했지만 역시 그것은 기우였다. 전투의 프로라면 팀 내의 불화가 전원을 궁지에 빠뜨린다는 것쯤은 다들 알고 있으리라. 바보 같은 감정 대립을 겉으로 드러내고 행동하면 자기 자신이 죽을 가능성이 높아지는 법이었다. 예거 역시 마음속에는 음침한 일본인에 대한 반감이 자리잡고 있었다.

개럿이 입을 열었다.

"내가 확인한 사항으로는, 이 지역에서는 유엔 평화 유지군이 무장 집단의 무선 연락을 감청하고 있어. 그 감시망에 걸리지 않기 위해서 우리 휴대용 무전기는 출력이 낮춰져 있어. 통신 가능 거리는 200미터가 한도니까 알아 둬. 그리고 송수신은 꼭 필요한 경우에만 해. 이 집합 지점으로 돌아올 땐 송신 버튼 다섯 번을 눌러서 사인을 보내."

예거는 마지막으로 이해할 수 없는 명령에 대해서도 언급했다.

"남은 것은 '본 적 없는 생명체'다. 정체불명의 생명체와 조우하면 곧바로 죽이고 사체를 회수해."

고개를 끄덕인 세 사람의 얼굴에는 곤혹스러운 미소가 떠 있었다. 예거도 진지한 표정을 유지하지 못하고 엷게 웃었다.

가디언 작전 현장 요원들은 둘로 나뉘어서 각자의 경로로 신중한 발걸음을 내딛었다. 예거는 음부티족을 경외하고 있었다. 수만 년이나 되는 세월을 지나 정글 환경에 적응한 숲 사람. 어지간한 전장을 누벼 왔던 특수 부대원이라도 이 깊은 숲 속에서 그들과 대등하게 맞붙을 수 없으리라.

10분가량 갔더니 나무들 건너 빼끔히 공터가 보였다. 위도와 경도를 가리키는 GPS 숫자도 제타 시큐리티에서 브리핑 때 들은 수치와 일치했다. 예거와 마이어스는 큰 나무 그늘에 몸을 숨기고 쌍안경을 꺼내 수렵 민족의 캠프를 관찰했다.

수목 사이에 뻥 뚫린 광장은 습격 훈련에서 사용되었던 시설보다 훨씬 좁았다. 사방으로 20미터 정도였다. 중심부에는 나무로 짠 벤치가 있었고 그 주위를 반구형의 작은 주거지들이 둘러싸고 있었다. 하지만 호우로 캠프에 인기척이 없는 데다 오두막의 상당수가 무너져 있었다.

예거와 마이어스는 서프레서가 붙은 글록을 손에 들고 진흙땅을 밟으며 천천히 광장으로 들어갔다. 수신호를 써서 각자 체크한 오두막 무리를 정하고 업무에 들어갔다.

예거는 바로 앞에 있는 끄트머리 오두막을 들여다보았다. 직경 2미터 정도 되는 구조라 바로 파악할 수 있었다.

몇 개 되는 긴 나뭇가지를 반원형으로 굽혀서 양 끝을 땅에 꽂아 뼈대로 삼았다. 그 위에 큰 이파리를 얹은 게 고작인 원시적인 구조였다.

오두막을 하나하나 확인하면서 예거는 인간 이외의 생물의 기척에도 주의를 기울였다. '본 적 없는 생물'이 사람 없는 오두막 한쪽 구석에 웅크리고 있을지도 몰랐다. 하지만 눈에 들어오는 것은 작은 곤충뿐이었다.

결국 캠프에 아무도 없음을 확인하곤 숲 속에서 감시하고 있던 개럿과 믹에게 모이라고 수신호를 보냈다.

"장작불 흔적이 있었어. 태운 지 얼마 안 된 걸 보니 최근까지 여기에 사람이 있던 것 같아. 우리 목표인 40명은 아마 다음 캠프에 있을 거야."

마이어스가 예거에게 작은 소리로 보고했다. 오싹한 침묵이 주변을 휘감고 있었다. 여명이 밝아오는 가운데 적막한 캠프가 희게 빛났다. 두 사람은 상공을 올려다보았다. 아침부터 내리던 비가 멎고 먹구름이 급속히 멀어지고 있었다. 시야 가득 하늘을 본 건 정글에 들어오고 나서 처음이었다. 어두운 바다 속에서 올라와 수면에 얼굴을 내민 기분이었다.

오두막 그늘에서 개럿과 믹이 소리 없이 모습을 나타냈다. 예거가 일행에게 지시를 내렸다.

"다음 캠프로 이동. 동쪽으로 5킬로미터."

아직 시각은 1400시. 날이 저물기 전에는 도착할 터였다.

네 사람이 일단 가방을 둔 지점으로 돌아갔다가 다시 행군을 시작했다. 경로가 완전히 캉가 밴드의 영역에 접어들었다. 빗소리가 사라지고 있어서 소리를 내지 않도록 신중하게 움직여야만 했다.

한 시간 정도 지나고 햇빛이 다시 비치기 시작하니 퍼붓던 비가 증발하기 때문인지 땅에서 숲 냄새가 강하게 났다. 관목이나 부엽토의 냄새가 겹쳐져서 공기 그 자체가 압력을 가진 것처럼 주변을 감싸고 있었다.

비 때문에 불어난 작은 강을 몇 개 정도 건넌 끝에 예거는 사람 소리를 들었다고 생각했다. 처음에는 환청인가 싶었다. 그런데 귀를 기울여서 잘 듣다 보니 분명 사람이 외치는 소리라는 것을 알 수 있었다. 예거는 바로 GPS 장치로 현재 위치를 확인했다. 캉가 밴드 다음 캠프까지 남은 거리는 1킬로미터.

선두를 걷던 믹도 소리를 듣고 정지 신호를 이쪽으로 보내며 뒤돌았다. 일렬종대를 짜고 있던 일행은 그 자리에서 조용히 한쪽 무릎을 땅에 꿇고 전방과 좌우, 그리고 후방에 이상이 없는지 확인했다. 그러는 동안에도 길고 가느다랗게 외치는 남자 목소리는 계속 이어졌다. 비명은 아닌 듯했다. 하나하나의 말은 알아들을 순 없지만 언어적인 억양의 특징을 유지하고 있었다.

외침은 짧은 여운을 남기고 갑자기 끊어졌다. 네 용병은 그 상태로 몇 분을 보내며 주위 상황을 살폈다. 어떠한 위협도 없다는 것을 확인하고 나서야 모두 예거 곁으로 모였다.

"뭐라고 외치는지 아는 사람 있어?"

마이어스의 속삭임에 개럿이 대답했다.

"영어 같았어. 하지만 내용까진 모르겠는걸."

일동이 서로를 바라보았다. 음부티족은 근처 농경민의 말을 썼다. 이 지방 공용어는 스와힐리어와 프랑스어이지 영어는 아니었다. 네 사람의 머릿속에 떠오른 최악의 시나리오는 반정부군이 캉가 밴드를 습격한 상황이었다. 콩고 동부에 침공한 우간다나 르완다 세력은 영어를 공용어로 쓰고 있을 것이다.

"구원을 요청하는 소리였을까?"

마이어스가 말했다.

"아냐, 한 사람 소리였는데, 다른 비명 같은 건 안 들렸어. 습격은 아닐 거야."

예거가 말했다.

"그럼 누가 소리친 거지? 나이젤 피어스인가 하는 그 인류학자?"

대화를 나누어 봐도 결말이 나지 않으니 행동하기로 했다.

"다들, 짐을 내려. 이곳을 집합 지점으로 하자. 믹, 유탄 발사기도 가져가."

예거와 믹은 가방 안에 넣어 두었던 HK69 유탄 발사기를 꺼내 개럿과 마이어스에게 예비로 40밀리미터 유탄을 다섯 개씩 나눠 주었다.

장비를 확인하고 아까처럼 똑같이 둘로 나뉘어 북쪽과 남쪽 방향에서 1킬로미터 앞에 있는 캠프를 향해 떠났다.

정글 안에서 적을 수색하는 훈련을 받았던 예거는 이곳에 길이 나 있다는 것을 즉시 깨달았다. 우거져 있는 풀을 좌우로 헤쳐 놓은 흔적이 가늘게 나 있었던 것이다. 음부티족이 수렵으로 사용하는 길이리라. 땅을 관찰했지만 무장 집단이 행군했다고 생각되는 흔적은 보이지 않았다.

30분 정도 걷자 우뚝 선 나무 건너편에서 닭 울음소리와 함께 사람들 말소리가 들려왔다. 음부티족이었다. 목소리에서 부드러운 분위기가 느껴졌다. 군사적인 위협을 받고 있다는 기색은 없었다.

예거가 캠프 땅 테두리에 접근해서 작은 노목을 골라 소리를 내지 않고 오르기 시작했다. 마이어스는 지상에 남아 주변 경계를 맡았다.

3미터 정도 높이의 나뭇가지에 두 팔을 감고 그늘에서 머리만 내밀어서 전방에 있는 광장을 쌍안경으로 살폈다. 그리고 피그미라고 불리는 사람들을 처음 육안으로 보았다.

멀리서 보는데도 그들의 체구가 작은 것을 확연히 알 수 있었다. 서양의 기준으로 보면 초등학생 무리를 보는 것 같았다. 온몸이 근육질인데 어째선지 아랫배만 뚱뚱한 사람이 많았다. 피부색이 짙지 않은 이유는 일조량이 적은 정글에서 생활했기 때문인 듯했다. 남자들은 낡은 반바지 차림이었고, 여자들은 색색의 보자기를 몸에 감고 있었다. 상반신을 그대로 드러낸 여자도 눈에 띄었지만 가슴이 주머니처럼 축 처져 있는 탓인지 야하다는 느낌은 없었다. 오히려 사람이라는 생물의 있는 그대로의 모습을 가르쳐 주는 듯한 광경이었다.

몸에 걸친 최소한의 옷이나 조리에 사용하는 냄비, 칼 따위를 빼면 수만 년 동안이나 이어진 원시의 생활이 그대로 남아 있었다. 하지만 문명 사회로부터 멀리 격리되어 있다고는 해도 하나하나의 얼굴을 보다 보니 거기에는 남녀노소가 다 모여 있어서 순박하고 부드러운 느낌, 지혜나 경박함이나 사려 깊음이라고 할 만한, 현대인이 가지고 있는 모든 표정을 엿볼 수 있었다.

일몰까지는 시간이 남아 있었지만 광장에 비쳐 들어오는 햇빛은 이미 숲으로 가려지고 있었다. 곧 일대가 어둠에 묻히리라. 예거는 작전 수행에 필요한 정보를 모으기 시작했다.

캠프에는 열한 개의 주거 구역이 수 미터 간격으로 알파벳 U자처럼 이어져 있었다. 측면에서 관찰하고 있던 예거로서는 바로 앞에 늘어서 있는 오두막의 그늘에 몇 사람이나 있는지는 알 수 없었다. 사각 지역은 반대쪽에서 정찰 중인 믹 일행이 커버하고 있을 터였다.

성인 남성 대부분은 광장 중앙에 설치된 집회 장소 같은 공간에 진을 치고 있었다. 열다섯 명이었다. 나무로 된 긴 의자에 앉아서 종이로 싼 담배를 피우며 이야기에 들떠 있었다. 여자들은 각자 거처 바깥에서 식사를 준비하는지, 불을 피우거나 땅 위에 앉아서 감자 비슷한 열매를 요리하고 있었다. 예거의 위치에서 확인할 수 있는 사람은 다섯이었다. 그 말고도 아이들이 있었다. 덩굴 식물을 뭉쳐서 만든 공으로 축구 같은 놀이에 빠져 있는 남자아이가 다섯. 그리고 여자아이가 여섯 명 있는데 꽃으로 만든 액세서리를 머리에 장식하고 더 작은 아이를 돌보거나 요리 중인 엄마를 돕고 있었다.

예거는 자신이 죽이게 될 사람들을 계속 관찰했다. 어떻게든 병이 든 징후를 찾으려 했다. 그들이 치사성 바이러스에 감염되었다는 확신만 얻을 수 있으면 죄책감을 떨쳐낼 수 있을 것 같았다. 그들 머리에 탄환을 날리는 일이 보다 고통스러운 죽음을 피하게 해 주는 안락사의 수단이라고 변명할 수 있을 터였다. 하지만 예거의 바람과는 달리 그들의 움직임은 건강하기 그지없었다.

그런데 쌍안경의 좁은 시야에 이상한 인간이 나타났다. 키는 껑충 크면서 흰 피부를 가진 중년 남자. 멋대로 자란 수염이 얼굴 절반을 뒤덮고 있었다. 인류학자 나이젤 피어스임이 틀림없었다. 제일 끝에 있는 오두막에서 나온 피어스는 음부티족과 같이 빛바랜 티셔츠에 반바지 차림이었다. 서 있는 그의 모습은 그야말로 거인이었다.

눈앞에 있는 캠프가 공격 목표인 캉가 밴드라는 사실은 이제 명백했다. 병에 걸린 징후가 보이지 않는 것은 바이러스 잠복기인 탓이리라. 예거는 가슴을 무겁게 내리누르는 중압감을 떨쳐내고 오늘 밤에 습격을 실행해야겠다고 생각하기 시작했다. 그들을 하나도 남기지 않고 죽여서 인류를 멸망으로 몰아갈 바이러스를 섬멸해야 했다. 예거는 피어스의 다리 근처에 붙어 있는 말라빠진 개를 보며 경비견이라면 맨 처음에 죽여야겠다고 판단을 내렸다.

개와 놀던 피어스가 몸을 일으켜서 주변 숲을 둘러보았다. 멍청하게 움직이면 오히려 눈에 띄기 때문에, 예거는 자세를 바꾸지 않고 계속 감시했다.

피어스는 상체를 일으켜서 가슴 한가득 공기를 들이마시고 나서 갑자기 영어로 외치기 시작했다.

"부디 귀 기울여 듣게! 내 목소리가 들리지! 자네들이 가까이 와 있다는 것을 알고 있네!"

예거 아래에 있던 마이어스가 영어로 외치는 소리를 듣고 놀라 몸을 틀었다. 그리고 눈을 휘둥그레 뜨고 캠프 방향을 바라보았다.

성량도 맞았고, 억양도 맞았다. 아까 들었던 바로 그 외침과 같은 목소리였다. 하지만 인류학자는 누구에게 향해서 소리치는 것일까? 예거는 캠프 상황을 살폈지만 피그미족은 개의치도 않고 각자 하던 일을 계속했다.

"나는 자네들에게 말을 하고 있네! 조너선 예거, 워런 개럿, 스콧 마이어스, 그리고 가시와바라 미키히코, 가디언 작전의 현장 요원 네 사람!"

예거가 장착한 무전기에서 개럿의 목소리가 들렸다.

"여기는 갱2. 작전이 들켰다."

알았다는 신호로 송신 버튼을 누르는 소리를 한 번 보내고 예거는 쌍안경으로 인류학자를 주시했다.

"여기에는 바이러스 감염자 따위는 없어! 가디언 작전은 거짓이야! 자네들은 살해될 거야! 미국 대통령이 자네들을 몰살할 거란 말일세!"

경악한 마이어스가 나무 아래에서 예거를 올려다보았다.

"짚이는 곳이 있겠지, 개럿! 자네의 배신은 이미 드러났어! 이제 도망칠 방법은 없어!"

나이젤 피어스가 대체 무슨 말을 하는 거지? 개럿의 배신은 또 뭐야? 혼란스러운 머리를 필사적으로 바로잡으려는 예거의 귓가에 이번에는 그의 이름이 날아들었다.

"그리고 예거, 잘 들어! 자네 아들은 살릴 수 있어! 그 병에 치료법이 있다고! 내겐 저스틴을 구할 방법이 있어!"

머리를 두들겨 맞은 기분이었다. 피어스의 메시지는 명쾌하게 이해되었다. 저스틴을 살릴 수 있다는 것.

예상 밖의 사태에 격하게 동요하면서 예거는 다음에 나올 말을 기다렸다. 하지만 그것을 끝으로 외침은 끊겼다. 나이젤 피어스는 나타났을 때와 마찬가지로 캠프를 둘러싼 숲 전체에 시선을 돌리고 나서 그의 가슴 높이에 오는 작은 오두막으로 돌아갔다.

예거도, 마이어스도, 움직이지 않고 가만히 있었다. 한 시간 정도 지나서 캠프 전체가 밤의 어둠에 삼켜지고 나자, 예거가 무전기 송신 버튼을 다섯 번 눌러 철수를 지시했다.

집합 지점에는 벌써 개럿과 믹이 대기하고 있었다. 예거와 마이어스를 맞이한 믹이 작은 소리로 "주변에 이상 없음." 하고 보고했다.

다들 얼굴 윗부분을 뒤덮은 야시경을 예거에게 향했다. 그들은 묵묵하게 리더가 입을 열기를 기다렸다.

예거는 통신 담당 개럿에게 명령해서 고용주인 제타 시큐리티의 지시를 받을 생각을 하고 있었다. 하지만 나이젤 피어스의 말이 진실이라면 자신들은 백악관에게 속고 있었다. 게다가 아이를 구할 방법이 있다는 말이었다.

긴 침묵에 지쳤는지 믹이 입을 열었다. 단단히 화난 기색이었다.

"누가 작전을 누설한 거야?"

"그런 건 알 수 없지. 우리는 이 계획 말단에 지나지 않아. 우리 말고도 관계된 인간이 얼마나 많은데."

마이어스가 말했다.

"아니, 피어스는 확실하게 말했어. 개럿이 배신하고 있다고."

개럿의 머리가 믹에게 향했다.

"내가 작전을 누설했다고?"

"그래."

개럿은 코웃음쳤다.

"대단한 상상력이로군."

"시치미 떼지 마. 이 거짓말쟁이 자식. 네가 해병대 출신이 아니라는 건 알고 있어. 우리에게 뭔가 숨기고 있지?"

예거가 끼어들었다.

"기다려. 다들 총 내려."

명령에 따르려 하지 않는 세 사람 앞에서 예거가 천천히 소총을 땅에 내려놓았다. 바로 마이어스가 뒤를 이었고, 말싸움을 하던 두 사람도 주저하면서 소총을 내려놓자 예거가 말했다.

"상황을 정리하자. 나이젤 피어스는 우리 작전을 다 알고 있어. 거기다, 가디언 작전이 거짓이라고 했어. 바이러스 이야기는 거짓이고 우리 전부 살해될 거라고."

"그거야말로 거짓이 아닐까. 작전을 중지시키기 위해 우리를 혼란스럽게 만든 거야. 아무 짓도 하지 않고 있다간 자기가 죽을 테니."

믹이 말했다.

"하지만 놈의 정보가 정확했어. 우리에 대해서도 가짜 이름이 아니라 본명을 알고 있었어. 그리고……."

예거가 주저하고 나서 덧붙였다.

"내 아들이 병에 걸렸다는 사실도."

"그래서 뭐? 그놈 이야기를 믿는 거야? 설마 작전을 중지하자는 생각을 하고 있는 건 아니겠지?"

"믹, 진정해. 함부로 행동하면 우리 모두의 목숨이 위태로워."

마이어스가 믹을 타일렀다.

예거는 조바심이 났다. 나이젤 피어스는 아들을 살릴 방법이 있다고 했다. 이러면 저스틴을 인질로 잡고 있는 거나 마찬가지였다. 그때 개럿이 갑작스레 말했다.

"아마 피어스가 말한 내용은 사실일 거야. 적어도 나는 목숨이 위태로울 만한 이유가 있어."

다른 세 사람이 개럿을 쳐다봤다.

"누가 위협하는데?"

예거가 물었다.

"백악관이야."

개럿은 질문을 산더미처럼 쏟아내려는 믹을 손으로 제지하고 예거에게 말했다.

"둘이서만 이야기하고 싶어."

"그러지."

"잠깐. 우리도 들을 권리가 있어."

끼어들려는 믹의 어깨를 마이어스가 잡고 끌어냈다.

"그만둬. 이건 군사 행동이야. 리더 결정에 따르자."

믹이 반론하려 했지만, 마이어스의 오른손이 허벅지 총집 권총에 닿아 있는 것을 보고 물러났다.

"알았어."

예거가 소총을 주워들고 개럿과 함께 나무 뒤로 들어갔다.

다른 두 사람에게서 충분히 거리를 취하자 개럿이 말했다.

"벌써 들켰다는 건 알고 있어. 나는 해병대 출신이 아냐. 현역 '블루 배저'야."

'블루 배저'란 CIA 직원을 가리키는 호칭이었다.

"CIA 소속인가."

"그래. 준군사 요원으로서 계속 거친 작전에 종사하고 있었어."

"거친 작전이라면?"

"이슬람 과격파 이송 작전이야. 테러 용의자의 신병을 구속해서 해외 비밀 수용소에 집어넣는 거지. 그런 때, 갑자기 배치가 바뀌어서 이 작전에 참가하라는 결정이 내려졌어. 나는 CIA에서 가디언 작전 수행을 감시하기 위해 투입한 사람이야."

"감시자라는 말이로군."

"그래. 모두에게 거짓말을 한 건 미안하게 생각해."

"그게 '배신'이야?"

잠시 지나 개럿이 머뭇거리며 말했다.

"아니, 그건 아니야. 피어스가 말한 뜻은 그전의 비밀 이송 작전에 관련된 이야기 같아. 번즈 정권은 이슬람 과격파를 고문하고 있어. 물고문이나 성적 학대 같은 수준이 아니야. 시리아 같은 제3국으로 비밀리에 인도해서 보다 심한 고문을 대행시켜. 아무도 살아서는 돌아갈 수 없어. 지금 지구상에 강철제 접이식 침대에 묶여서 전신이 반으로 접힌 채 죽는 사람이 있다는 얘기야. 명백한 범죄야. 그래서 나는 어느 인권 감시 단체와 비밀리에 연락을 취해서 이중 스파이가 되었지. 고문 증거를 모아 그레고리 번즈를 전쟁 범죄자로서 국제법 법정에 끌어내기 위해."

개럿은 그로서는 드물게도 감정적으로 고양된 모습이었다. 마지막 말에 예거가 놀라 되물었다.

"미국 대통령을? 말도 안 돼."

개럿이 냉정한 말투로 각오했다는 듯이 말했다

"맞아. 확실히 무리지. 하지만 번즈에 대한 위협은 되지. 국제 형사 재판소에 제소가 검토되면 적어도 미국이 주도하는 고문은 일어나지 않게 될 거야. 말하자면 나는 국가의 명예를 생각해서 매국노가 된 거야. 번즈 정권에게 살해당한다 해도 어쩔 수 없지."

예거는 시선을 내리고 개럿의 이야기를 어디까지 믿어야 할지 심각하게 생각했다.

"하지만 그걸 나이젤 피어스가 어떻게 알고 있는 거지?"

"전혀 모르겠어."

"또 다른 의문도 있어. 너 한 사람을 죽이고 싶은 거라면 이렇게 번거로운 거짓 작전은 필요가 없을 텐데."

"없겠지. 아마 이런 거 아닐까? 가디언 작전이 먼저 있던 거야. 현장 요원을 죽일 필요가 있는 계획이 세워진 뒤 내가 들어가게 된 거지."

"현장 요원, 즉 우리 세 사람까지 죽을 이유는?"

"입막음 아닐까? 죄 없는 피그미족을 학살하는 셈이니."

"아냐, 그것도 이상해. 피어스의 말을 믿는다면 치사성 바이러스도 존재하지 않는다는 말인데. 그렇다면 음부티족을 죽일 이유도 없어."

그러다 두 사람이 문득 서로 시선을 교차했다. 개럿이 말했다.

"마지막으로 남는 문제는 가디언 작전의 최우선 공격 목표로군. '본적이 없는 생물'."

여태까지 농담거리로 삼던 미지의 생물이 갑자기 거대한 검은 그림자가 되어 예거의 마음을 뒤덮었다.

"그 생물에 대해 뭔가 짚이는 점은?"

고개를 저은 개럿이 예거를 정면으로 바라보며 말했다.

"전혀 짐작도 안 돼. 이제 알고 있는 건 전부 말했어. 믿을지 안 믿을지는 너에게 맡기겠어."

예거는 심사숙고 끝에 결단을 내렸다.

"좋아, 계획을 일부 변경한다. 이리 와."

두 사람이 원래 장소로 돌아왔더니 믹이 초조하게 물었다.

"결론은 나왔어?"

"그래. 오늘 밤 캉가 밴드를 습격한다. 하지만 목적은 음부티족 몰살이 아냐. 나이젤 피어스를 납치해서 심문한다. 놈이 무슨 생각인지 직접 들을 거야. 다른 의견이 있는 사람?"

마이어스, 그리고 믹까지 고개를 저었다. 아무튼 납득이 되는 결정일 터였다.

"'제타'에 연락은 어떻게 하지? 작전 개시 콜사인은 보낼까?"

통신 담당인 개럿이 물었다. '제타'란 제타 시큐리티의 줄임말이었다.

"그건 잊어버려."

"반격을 당할 경우 대응은? 그놈들은 우리가 가까이 있다는 것도 다 알고 있잖아."

믹이 물었다.

"그때는 응전한다. 하지만 되도록 죽이지 마. 총으로 위협하면 제압할 수 있을 거야. 그 후에 즉시 피어스를 데리고 나와 질문을 시작한다. 지금부터 15분 이내에 순서를 정하고 행동에 옮긴다. 괜찮지?"

모두 끄덕이고 발밑에 두었던 AK47을 집어 들었다.

잡지 전문 도서관은 세타가야 구의 주택가 한 곳에 멀뚱히 서 있었다. 2층짜리 철근 건축물이었는데, 여기 70만 권이나 되는 장서가 잠들어 있다고는 믿어지지 않을 정도로 외관이 조그마했다.

아침 9시가 되기 조금 전에 겐토가 도착했을 때에는 이미 다섯 명 정도 되는 사람들이 입구 앞에 어슬렁거리며 개관을 기다리고 있었다. 인터넷에서 이용자는 대부분 매스컴 관계자라고 했으니 그들도 그쪽 사람들일 것이다.

유리로 된 현관 너머로 직원이 모습을 보이더니 정각이 되자마자 도서관 현관을 열었다. 겐토는 일단 마지막으로 들어가 카운터 앞에 가서 들어갈 절차를 밟았다.

"이쪽에 성함하고 연락처를 적어 주세요."

출입 카드를 받고 잠깐 망설인 끝에 '다무라 다이스케(田村大輔)'라는 가짜 이름과 엉터리 주소를 적었다. 어쩌면 방금 또다시 범죄를 저지른 셈인지도 몰랐다.

입장료 500엔을 내고 검색 코너로 갔다. 전용 단말기에 키워드를 입력하면 게재 잡지가 목록으로 뜨는 모양이었다. 비어 있는 기계 앞에 앉아서 「하이즈먼 리포트」 글자열을 입력해서 검색을 눌렀다.

곧바로 컴퓨터 화면에 25권이나 되는 잡지 이름이 표시되었다. 발행 연월일을 봤더니 거의 1977년에 집중되어 있었다. 틀림없었다. 스가이가 말한 대로 약 30년 전 기사였다.

너무 간단하게 「하이즈먼 리포트」에 이르게 된 덕에 맥이 좀 빠졌지만 아무튼 모든 잡지를 '열람 희망 용지'에 적어서 카운터에 제출했다.

"잡지는 2층에서 받으실 수 있습니다."

안내에 따라 계단을 지나 열람실로 향했다. 유리창으로 둘러싸인 밝은 공간에 큰 열람용 탁자가 갖추어져 있었다. 개관했을 때 일제히 들어갔던 이용객들이 벌써 대부분 자리에 앉아 잡지를 펴고 있었다.

"다무라 님, 대출 카운터로 와 주십시오."

안내 방송이 자신을 찾고 있다는 것을 알아차리고 겐토는 서둘러서 잡지를 받으러 갔다.

25권의 잡지 다발은 의외로 부피가 컸다. 둘로 나눠서 자리로 옮기고 뭐부터 볼지 생각했다. 심각한 시사 전문지에서 누드로 가득한 남성 잡지에 이르기까지 이것저것 뒤섞인 다채로운 조합이었다. 심각하지 않은 쪽부터 먼저 보기로 정하고 《평범 펀치》라는 잡지를 집어 들었다.

30년 전의 누드 사진은 모델의 하반신이 하얗게 모자이크 처리되어 있었다. 겐토는 무심코 히죽거리다가 주변의 시선이 신경 쓰여서 진지해지자고 마음을 바로잡았다. 목차를 참고해 「하이즈먼 리포트」의 기사를 찾으니 바로 나왔다.

미 정부의 극비문서! '인류 멸망의 연구'가 말해 주는 전면 핵전쟁의 공포!!

다섯 페이지를 할애한 '주력 특집'이었다. 겐토는 한 글자도 놓치지 않도록 지면을 더듬어 갔다.

거기 적혀 있는 내용은 핵전쟁이 일어나면 세계가 어떻게 될지에 대한 검증이었다. 미국과 소련 두 나라가 보유한 핵무기를 종합하면 전 인류를 20여 회에 걸쳐 멸망시킬 수 있을 정도의 파괴력이 된다고 적혀 있었다. 핵미사일 5만 대가 세계 각국 1만 5000여 지점의 공격 목표를 겨눈 셈이니 지구상 어디에도 피할 곳은 없었다. 게다가 표준적인 전략 핵미사일 한 발의 파괴력은 2메가톤으로 제2차 세계 대전 중 무차별 폭발을 일으켰던 일반 폭탄의 전체량에 필적했다. 게다가 핵미사일 발사 기지만은 핵공격에도 견딜 수 있도록 설계되어 있어서 핵전쟁 초기 단계에 전 인류가 멸망하고 나서도 자동 보복 장치에 의해 발사가 반복되니, 생존자가 없는 지구상에 다시 수만 발의 핵미사일이 날아다니는 상황이 되리라. 핵 방호 시설 내부에 살아남은 사람이 있다고 하더라도 비축한 식량이 바닥을 드러내면 죽게 될 것이다. 그때에는 전 지구가 방사능에 오염되어 대부분의 동식물이 멸망하기 때문이다. 극소량 남아 있는 생물종도 방사선에 피폭되어 돌연변이로 괴물처럼 모습이 변할 거라는 말이었다.

보고서가 지적하고 있는 것은 인류가 속속들이 드러내 보이는 도를 넘어선 광기였다. 인간이라는 존재가 이렇게 멍청한 동물이었나 하고 겐토는 놀랐다. 아니, 인간 전체가 아니라 핵무기 보유국 사람들만 바보인 걸까. 기사에서 말하고 있는 핵미사일 탄두 수가 30년 전의 자료이니, 지금의 핵 보유국은 대체 전 인류를 몇 번이나 죽일 만한 핵폭탄을 준비해 뒀을까?

흥미롭게 '주력 특집'을 읽었지만 아버지가 부탁한 연구와는 관계가 없다는 생각이 들었다. 「하이즈먼 리포트」에는 인류의 멸망 요인이 여럿 올라와 있을 테지만 기사에서 다룬 것은 핵전쟁의 공포뿐이었다. 다른 항목에 대해서는 전혀 다루고 있지 않았다.

겐토는 두 번째 잡지로 손을 뻗었다. 《GORON》 1977년 6월호.

핵겨울이 시작된다?! 미국 비밀 보고서의 충격 경고!

이것도 핵전쟁 공포에 대한 내용이었다. 스가이의 말처럼 이전 세기 후반부는 핵무기에 의한 인류 멸망이 진지하게 이야기되던 시대였다. 그건 잘 알겠다고. 잘 알긴 알겠는데. 겐토는 산더미처럼 수북한 잡지를 바라보았다.

이 안에서 유용한 정보를 찾아내는 건 꽤 힘든 일이 될 것 같았다.

캉가 밴드 감시 지점으로 돌아오고 나서 6시간가량, 예거 일행은 납치 작전을 결행할 기회를 기다렸다.

피그미족 수렵 캠프는 밤에는 닫혀 있었다. 집집마다 앞에 놓인 장작불에 비쳐 빛과 어둠의 사이를 오가는 사람들의 옆모습이 어렴풋이 떠올랐다.

깊은 숲 속에 타오르는 불꽃은 그 자체로 경이로웠다. 야생 동물이 가까이 오려 하지 않는 것도 당연하다는 생각이 들었다. 자연이라는 세계에서 바깥으로, 한 발자국 내딛어 버린 생물이라는 증거. 예거는 사랑스러움과 향수를 불러일으키는 따뜻한 시선으로 불빛을 바라보았다.

음부티족은 저녁 식사를 끝내자 직접 만든 악기를 들고 나와 노래하거나 춤추기 시작했다. 그들은 놀라울 정도로 음악적인 재능을 타고난 존재였다. 피리나 큰 북, 하프 등의 음색 위에 노래하는 소리가 함께 겹쳐져서 여러 개의 소박한 멜로디가 겹쳐지고 연결되어 훌륭한 화음을 만들어 냈다. 야성이 넘치는 암흑의 정글 속에서 여기는 확실히 인간이라는 생물이 존재하고 있다고, 환희에 찬 소리로 높이 주장하고 있는 것 같았다.

그중 경계하는 사람은 없는지 주의 깊게 관찰했지만 그저 작은 사람들은 즐겁게 노래하고 춤출 뿐, 싸움에 대비하려는 기색은 티끌 하나 느껴지지 않았다. 도중에 춤에 참가한 어린이들이 하늘을 가리키며 서로 뭔가 말을 하기 시작했다. 예거가 그들의 시선을 쫓았더니 밤하늘을 가득 메운 별 중 하나가 남에서 북쪽으로 빠르게 이동하는 것이 보였다. 궤도를 돌고 있는 인공의 별은, 그들의 눈에 어떻게 비치고 있을까?

중요한 납치 목표인 나이젤 피어스는 도중에 자기 오두막에 들어간 채 다시 모습을 나타내지 않았다. 적외선 영상 장치로 안을 들여다봤지만 주변에 짐이 가득 쌓여 있어서 피어스의 모습을 포착할 수는 없었다.

2300시를 지났을 즈음 떠들썩하던 잔치가 끝나자 여자와 아이들이 각자 집으로 돌아갔다. 남아 있는 것은 광장 중앙 집회소에서 대화를 나누는 여덟 남자뿐이었다.

이윽고 날짜가 바뀌고 다들 잠자리에 든 시각이 0200시. 용병들은 거기서 캉가 밴드의 구성원 마흔 명 모두가 잠에 들 때까지 한 시간을 더 기다렸다.

행동에 들어가기 전에 예거는 마지막 확인을 했다. 이 암흑에서 전투가 벌어진다고 해도 이쪽은 야시경을 가지고 있으니 압도적으로 우위였다. 한 마리 있는 개가 자는 곳도 확인을 마쳤지만 너무 말라빠져서 기운이 하나도 없으니 경비견 역할을 하리라고는 생각하기 어려웠다.

나무 위에 자리 잡은 예거는 소리를 내지 않도록 신중하게 지상으로 내려왔다. 주변 경계를 맡고 있던 마이어스에게 끄덕이고 무전기 송신 버튼을 두 번 눌러서 다른 두 사람에게 접근 개시 신호를 보냈다.

예거와 마이어스는 광장 남쪽에서 동쪽으로, 캠프를 빙 둘러 돌아가면서 한 번 멈춰 서고, 통신용 헤드셋을 귀에서 떼어냈다. U자형으로 늘어선 오두막 여기저기에서 코골이나 잠든 숨소리가 들려왔다. 괜찮았다. 거의 숙면을 취하고 있었다. 나이젤 피어스가 사용하는 가장 끝에 있는 오두막에 야시경을 향하자 후방에서 개럿과 믹이 다가오는 것이 보였다.

예거는 AK47을 조용하게 내려 어깨에 달린 사슬에 걸고 나서 서프레서가 붙은 글록으로 바꿔들었다. 피어스가 소리치지 못하도록 입에 물릴 수건은 벌써 전술 조끼 앞에 붙여 두었다.

수신호로 각자 위치를 지시하고 나서 다른 세 사람이 천천히 움직여 습격 목표의 오두막을 등에 지고 방어진을 원형으로 짰다. 광장 반대쪽에서 잠들어 있는 개도 움직이지 않았다.

행동을 개시할 때였다.

예거가 천천히 걸어가서 오두막 옆에 다다랐다. 귀를 기울여도 숨소리는 들리지 않았다. 아직 피어스가 잠들지 않았을지도 몰랐다. 하지만 그것도 예상 범위에 들어 있었다. 총을 겨누면 저항을 막을 수 있을 테니.

예거는 수그린 자세로 권총 손잡이를 확인하고 나서 미끄러지는 듯이 오두막 앞으로 돌아 들어갔다. 입구는 열려 있었다. 야시경이 보여 주는 전자 영상이 오두막 내부를 비추고 있었다. 찾을 필요도 없이, 납치 목표가 바로 눈앞에 있었다. 수염으로 뒤덮인 나이젤 피어스의 얼굴이 정면에 보였다. 아무것도 깔려 있지 않은 땅바닥에 앉아서 이쪽을 바라보고 있었다. 하지만 예거는 위축되지 않았다. 상대의 미간에 총을 겨누고 "움직이지 마." 하고 낮게 명령하고는 오두막 안으로 들어가려 했다. 그런데 그때 온몸이 굳었다.

야시경이 이상한 것을 포착했다. 전율이 이는 동시에 뒷목의 털이 곤두섰다. 피어스가 품에 '본 적이 없는 생물'을 안고 있었다.

이 생물의 가장 큰 특징은 한눈에 미지의 생물이라는 것을 알게 된다는 점이다.

미지의 생물도 물끄러미 이쪽을 바라보고 있었다. 체모가 없는 살갗, 짧은 손발. 자세는 인간의 어린이와 흡사했다. 그러나 이상한 머리 형태가 눈에 확 들어왔다.

그 순간 머리가 혼란스러울지도 모른다. 하지만 아무것도 생각하지 마.

인간의 유아와 비슷한 생물의 머리는 걸맞지 않게 비대했다. 발달된 전두부가 둥글게 튀어나왔고, 이마에서 턱에 걸쳐서 윤곽이 급격하게 좁아져서 삼각형을 그렸다. 몸집은 세 살배기 어린애 정도였지만 얼굴은 그보다 어렸다. 아직 두개골이 고정되지 않은 신생아의 오밀조밀한 얼굴은 그대로이고 목부터 아래만 성장한 것 같았다.

이 생물이 뭐냐는 의문 따위를 가져서는 안 된다.

하지만 그 얼굴에는 인간의 유아와는 크게 다른 특징이 있었다. 좌우 관자놀이 쪽으로 올라간 큰 눈이었다. 눈을 치뜨고 이쪽을 바라보고 있는 시선에서 명석한 의식과 지성이 느껴졌다. 그 날카로운 눈빛이 이야기하는 것은 무엇일까? 경계인지, 호기심인지, 광기인지, 사악함인지. 예거는 이해 불가능한 존재를 앞에 두고 공포를 느꼈다. 이것은 인간과 비슷하지만, 인간이 아니었다.

발견하자마자 즉시 죽여라.

정신을 차린 예거는 본 적이 없는 생물에게 총구를 향했다. 그리고 물었다.

"뭐야, 이건?"

인쇄물 속에서 방긋 웃고 있는 미녀들의 유혹을 물리치고 겐토는 18권째에 드디어 찾던 기사를 발견했다.

《계간 현대 정치》의 77년 여름호. 소책자라고 해도 될 정도로 작은 잡지였다. 그 권두에 '미국의 싱크탱크 연구'라는 특집이 실려 있었다.

본문에서 '다음은 슈나이더 연구소가 백악관에 제출한 보고서 「하이즈먼 리포트」의 전문이다.'라는 한 문장을 발견한 겐토는 도서관 철제 의자 위에 자세를 바로 하고 기대로 부푼 가슴을 안고 페이지를 넘겼다.

바로 '인류의 멸망 요인에 대한 연구와 정책으로의 제언'이라는 제목이 눈에 날아들었다. 이것이 「하이즈먼 리포트」의 정식 제목이었다. 집필자는 '슈나이더 연구소 수석 연구원 조셉. R. 하이즈먼 Ph.D.'라고 적혀 있었다.

짧은 서문에서는 보고서의 목적과 일러두기가 있었다.

"이 보고서에서는 천문학적, 지질학적인 시간 규모의 멸망 요인에 대해서는 언급하지 않는다. 예를 들면, 50억 년 뒤에 태양이 다 타서 일어날 지구의 종말이나, 인간의 Y염색체가 소멸되어 생식이 불가능해짐에 따른 수십만 년 후의 미래 등이다."

겐토는 한 번 끄덕이고 본론으로 들어갔다.

1. 우주적인 규모의 화재

첫 번째 항목에 나와 있는 것은 소행성이 지구에 충돌한 뒤 일어나는 2차적 피해에 대한 내용이었다. 겐토가 꽤나 의외라고 생각한 부분은 30년 전 이 문제가 과학과 SF적 사고의 경계에 위치하고 있었기 때문에 하이즈먼 박사가 구태여 '근미래에 일어날 수 있는, 지나칠 수 없는 문제'라고 주의를 환기한 점이었다.

최근 몇 년간 시행된 지질학적 조사에 따르면, 다른 천체가 지구에 충돌하는 사건은 기존에 생각했던 것보다 훨씬 높은 빈도로 반복되고 있다는 점을 알게 되었다.

하이즈먼 박사는 선견지명이 있던 게 틀림없다. 현재는 지구 근방에 있는 천체를 세계 각국에서 감시하고 있으며, 대도시를 파멸시킬 정도의 소행성이 몇 차례나 지구와 충돌할 정도로 스쳐 지나갔었다.

2. 지구적인 규모의 환경 변동

두 번째 항목에서는 겐토가 몰랐던 가능성이 나와 있었다. '지구 자기의 남북 역전 형상'이다. 지구상에서는 과거에 몇 차례, 지자기의 N극과 S극이 바뀌었던 흔적이 있는데, 이것이 공룡의 멸망을 일으켰다는 가설까지 뒷받침한다고 했다. 그렇게만 보면 먼 미래에나 닥칠, 지질학적인 시간 규모의 문제일 것 같았는데, 「하이즈먼 리포트」에서는 이렇게 경고하고 있었다.

지난 200년 동안 지구 자기는 급속도로 약해지고 있으며, 1000년 후에는 완전히 소실될 것으로 생각된다. 이후에 지자기의 역전이 일어날 것인지, 그 전 단계인 지자기가 소실된 시점에서 지구를 지키는 자기권이 사라져서 태양풍을 비롯해 유해한 우주선(宇宙線)이 지상으로 쏟아져 내려와 인류뿐만 아니라 모든 생물종이 대량으로 멸망할 가능성이 있다.

30세기 지구에 살게 될 이과 인간들이 이 위기를 회피할 테크놀로지를 확립할 수 있을까. 겐토는 1000년 후의 자손에게 힘내라며 마음속으로 응원의 메시지를 보냈다.

3. 핵전쟁

보고서가 가장 많은 페이지를 할애한 항목이었다. 한정적인 핵전쟁, 전면 핵전쟁, 핵미사일 오발 등에 의한 우발적인 핵전쟁 중 어느 것이든 인류를 멸망으로 이끌 것이라 경고하고 있었다.

핵공격이 한 번이라도 일어나게 된다면 억지력에 의해 힘들게 유지되고 있던 균형이 깨지고 보복 공격이 단계식으로 급증할 것이라는 사실은 분명하다. 핵무기를 한정적으로 사용하더라도 지구 전역을 뒤덮을 죽음의 재에 의한 생태계의 파괴, 또는 산화질소의 농도 상승에 의한 오존층 파괴로 전 인류가 존망의 위기에 이를 사태가 된다. 또한 식량 자원의 괴멸적인 타격으로 인해 심각한 기아가 발생할 것이며 이것이 다음 전쟁을 발발시킬 원인이 될 것이 명백하다. 그렇게 되면 제3차 세계 대전이 불가피하게 되며 그 싸움은 곧바로 인류의 종말 전쟁으로 이어질 것이다.

조셉 하이즈먼이라는 학자는 철저하게 핵의 비전론(非戰論) 입장이었다. 아마 핵무기를 개발한 것이 과학자들이라는 자책감도 있을 것 같았다.

4. 역병: 바이러스 위협 및 생물 병기

갑자기 아버지 전문 분야가 튀어나온 건 예상 밖이었다. 아버지가 관심을 기울인 것은 「Heisman Report #5」, 즉, 다섯 번째 항목이었기 때문에 거기서 바이러스 문제가 나오지 않을까 하고 생각하고 있었다.

자연계에 발생한 역병이 인류를 멸망으로 내몰 가능성은 전무하다고 봐도 좋다. 흑사병도 스페인 독감도, 인류 사회에 거대한 피해를 주었지만 우리를 멸망시키지는 못했다. 사람이라는 생물종이 한정된 수의 유전자로 어떻게 무수한 항원에 대처하고 있는지는 아직도 알 수 없지만, 여러 병원체에 저항할 수 있는 유전적 다양성을 획득하고 있다는 점은 명백하다.

이 수수께끼를 푼 일본인 과학자가 노벨상을 수상했던가 하고 겐토는 생각했다.

어떤 위험한 전염병에도 면역으로 이겨 낼 수 있는 개체는 반드시 나타난다. 지난 20만 년간 인류를 멸망시킨 전염병이 '발생하지 않았다'는 점은 현재 살아 있는 우리 자신이 증명해 주고 있다. 한편 현 시점에서 유일한 걱정거리는 사람의 면역 시스템을 직접 공격하는 바이러스의 출현이다.

겐토는 펼쳐진 잡지를 보며 무심코 몸이 앞으로 쏠렸다. 그 바이러스라면 이미 나타났다. 에이즈를 일으키는 HIV 바이러스.

1969년 6월에 시행되었던 국방성 연구 개발국 부국장에 의한 의회 증언에 따르면, '5년에서 10년 이내에 면역 체계가 통하지 않는 병원성 미생물을 만들어 낸다.'라는 말이 있는데, 이러한 생물 병기가 전쟁 지역에서 사용되거나 실험 시설에서 누출되어 감염이 확대될 경우 종으로서의 인간의 존속은 위기에 처한다.

놀란 겐토는 에이즈에 대한 지식을 머릿속에서 끄집어냈다. 그 병이 미국 내에서 확인된 것은 1980년대 초였다. 미국 국방성이 증언한 대로 계획을 진행하고 있었다면 70년대에는 '면역 체계가 통용되지 않는 병원성 미생물'이 탄생했다는 말이 됐다. 바이러스 잠복 기간을 고려한다면 생물 병기 개발과 에이즈라는 병의 출현은 시기적으로 딱 맞아떨어졌다.

에이즈 바이러스가 미국이 개발한 생물 병기였을까?

겐토가 그렇게 생각한 데에는 또 다른 이유가 있었다. 10년쯤 전에 아버지는 에이즈의 재앙이 심각했던 아프리카 자이르에 갔었다. 문부성 예산을 얻은 면역학 조사였는데 소수 민족인 피그미족 사이에 HIV 바이러스가 확대되고 있는지를 조사하려 했다.

그런데 자이르에 들어가자마자 바로 내전이 발발해서 아버지는 목숨만 달랑 건져 일본으로 다시 돌아오는 신세가 되었다.

바이러스 학자였던 아버지, 「하이즈먼 리포트」, 그리고 FBI 수사. 일련의 사건들을 정리하다 보니 줄거리가 보였다. HIV 바이러스가 생물 병기라는 증거를 세이지가 잡았고, 미국 정부가 은폐를 하려는 것이리라.

아냐, 잠깐. 겐토는 의자 등받이에 몸을 기대고 천장을 바라보며 생각을 바꿨다. 이도 저도 전부 미국의 음모라고 치부하자니 찜찜했다. HIV 바이러스에 대해서는 이미 전문가들이 몇 번이나 조사하여 아프리카 기원설을 강하게 지지하고 있었다. 게다가 자이르, 나중에 쿠데타 때문에 나라 이름이 콩고로 변했지만 아무튼 거기에 현지 조사를 위해 떠났던 세이지는 빈손으로 돌아오지 않았다. 피그미족 중 한 종족, 음부티인지 뭔지 하는 종족의 혈액 샘플만은 채취해서 그들이 HIV뿐만 아니라 웬만한 바이러스에도 전부 감염되지 않았다는 사실을 확인했다. 생물 병기의 증거를 찾으려 했다면 중요한 바이러스는 찾지 못한 셈이었다.

적당히 지어 낸 것이긴 하지만 역시 이 가설은 버려야 했다. 겐토는 주머니에서 꾸깃꾸깃한 손수건을 꺼내 안경을 닦았다.

드디어 다섯 번째 항목 차례였다. 혹시 이것도 아니면 모든 단서가 사라진다. FBI를 적으로 돌리게 된 대모험도 여기서 끝나게 되리라. 경찰에 출두하는 자신의 초라한 뒷모습을 떠올리자 가라앉은 기분으로《현대 정치》에 시선을 돌렸다. 펼쳐 둔 페이지 왼쪽에 그 항목이 있었다.

5. 인류의 진화

생물 진화가 유전자의 점돌연변이(DNA상의 염기 서열에 변화가 생겨 일어 난 돌연변이 ─ 옮긴이)에 의해서만 초래된다는 말은 의심스럽다. 화석 자료 만 봐도 생물 진화는 점진적이며 또한 단속적(斷續的)이다. 진화라는 현상에 는 점진과 단속의 두 가지 방향에서 생물종을 탄생시키는 미지의 메커니즘이 잠재한다. 그리고 이 주장은 우리 영장류에게도 해당된다.

저서 『인간과 진화』에서 형질 인류학의 시점으로 인류 진화에 대해 거론한 파리 대학 교수 조르주 올리비에의 말을 빌린다면 "미래의 인간은 머지않아 불시에 온다."는 얘기였다. 실제로도 약 600만 년 전에 침팬지와 공통된 조 상에서 나뉜 생물이 원인(猿人), 원인(原人), 구인(舊人), 신인(新人)으로 모습 을 바꾸는 과정에서 진화의 속도는 명백히 빨라졌다. 인류의 진화는 내일 당 장이라도 일어날 수 있다.

현생인류에서 진화한 다음 세대의 인간은 대뇌신피질이 보다 크고 우리를 훨씬 능가하는 압도적인 지성을 가지고 있을 것이다. 그 지적 능력을 올리비 에는 이렇게 상상했다. '제 4차원의 이해, 전체의 복잡한 상황을 단번에 파악 할 수 있는 점, 제 6감의 획득, 무한히 발달한 도덕의식 보유, 특히 우리의 지 적 능력으로는 이해할 수 없는 정신적 특질의 소유.'

이 다음 세대의 인류가 출현할 수 있는 장소는 문명국이 아니라 주변과 교 통이 단절되어 있는 미개척지일 가능성이 높다. 이러한 지역에 사는 소수 집 단에서는 개체 수준의 유전자 변이가 집단 전체로 이어지기 쉽기 때문이다.

그럼 새로이 탄생한 인간은 어떠한 행동을 할까? 우리를 멸망시키려 들리 라는 것은 확실히 단언할 수 있다. 현재 살고 있는 인류와 다음 세대의 인류, 이 두 종의 생태적 지위(ecological niche)가 완전히 일치하기 때문에 우리가 있는 한 그들의 생식 장소는 확보되지 않는다. 또한 그들이 본 현생인류는 같은 종끼리 살육의 나날을 보내는 데다 지구 환경을 파괴하기만 하는 과학 기술을 갖고 있는 등, 헤아릴 수 없이 위험한 하등 동물이다. 지적으로도, 도덕적으로도 열등한 생물종은 보다 고도의 지성에 의해 말살된다.

인류의 진화가 일어나면 얼마 안 가 우리는 지구상에서 사라진다. 북경원인이나 네안데르탈인과 같은 운명을 걷게 되는 것이다.

제2부

네메시스

1

아서 루벤스가 유치원 입학시험을 쳤을 때, 그의 부모는 원장에게 불려가서 "댁의 아드님은 IQ 측정이 불가능합니다."라는 얘기를 들었다. 물론 좋은 의미의 '측정 불가능'이었기에 메릴랜드 주에서 소규모 레스토랑 체인을 경영하는 아버지와 전업 주부인 어머니는 크게 기뻐했다.

루벤스가 20대가 되었을 무렵, 그의 지능지수는 측정 범위 내로 들어오긴 했지만 그래도 여전히 정규분포 곡선의 끝부분을 계속 맴돌았다. 그래프상의 좌표가 말해 준 건 루벤스가 만 명에 하나 있는 우수한 두뇌의 소유자라는 사실이었다. 그와 동등하거나 그 이상의 지적 능력을 가진 사람을 미국 전역에서 모아도 야구장 관객석을 다 못 채울 정도였다.

그런데 주변의 기대와는 달리 루벤스는 자신의 능력에 별다른 가망이 없다고 꽤 빨리 포기했다. 그는 10대 중반이 되기 전에 이미 자신에게는 독창성이 없다는 사실을 깨달았다. 앞서간 사람들이 세운 학문적 업적을 이어받는 일은 가능해도 거기에 혁신적인 견해를 덧붙일 수 없다는 것을. 인류 역사에서 수준 높은 과학 문명을 이룩한 것은 천재들의 두뇌에 일어난 한순간의 반짝임이었으며 그런 하늘의 계시를 받아들이는 안테나가 자신의 머리 위에는 없다는 것을, 인생에서 아직 이른 단계에서 깨달았다.

열네 살에 조지타운 대학에 진학한 루벤스는 그런 이유로 스스로 신동의 자리에서 내려와 수재의 지위에 머물렀다.

금전욕도 권력욕도 없었지만, 단 하나 있는 남들과 다른 욕구였던 지적 욕구를 채우기 위해 그는 모든 강의에 출석했다. 그중에서도 그를 매료시킨 것은 과학사였다. 기원전 6세기 자연철학의 탄생으로부터 20세기 이론 물리학의 발전까지, 인류가 축적해 온 지식에 대한 모든 것을 거슬러 오르는 여행은 무엇과도 바꿀 수 없을 정도로 재미있는 오락이었다. 과학의 시점에서 인류사를 살펴보면서 아무리 되풀이해 봐도 아쉬운 점은 유럽인이 지적 진보를 멈춘 암흑시대였다. 이것만 없었으면 인류는 늦어도 19세기에 달 표면에 도착할 수 있었을 텐데.

공부에 대해서는 아쉬울 점 없는 학창 시절이었지만 그 외에는 최악이었다. 루벤스의 젊음과 두뇌, 그리고 금발로 치장된 단정한 외모는 연장자인 다른 학생들의 시샘을 사기에 충분할 정도로 튀었다. 질 나쁜 장난을 거는 연상의 동급생들 눈에는 항상 감추기 어려운 적의가 깃들어 있었는데, 동정이라는 사실을 일부러 강조하며 놀릴 때는 정말 끔찍했다. 질투에 휩싸여 농담인 것처럼 진심으로 다른 사람을 멸시하며 비웃는 얼굴을 계속 보는 동안 루벤스는 깨달은 바가 있었다. 지적으로 열등한 남자일수록 성적인 면에서 우위에 서려 하는 것이 확연하게 드러났다. 루벤스가 여학생과 친하게 지내기라도 하면 괴롭힘은 보다 음습해졌다. 멍청한 남자들의 모습을 보면 큰 뿔을 들이대면서 암컷을 놓고 서로 싸우는 짐승이 떠올랐다.

그 이후로 루벤스는 잔혹한 관찰자가 되었다. 우둔함을 가장하고 다른 사람의 악의를 알아차리지 못하는 척하고 있으면 상대는 점점 말려들어서 마음속에 숨어 있는 짐승 같은 본성을 털어놓았다. 전부 간파당하고 있다는 것도 모르면서 자신들이 동물의 한 종에 지나지 않는다는 것을 스스로 폭로했다.

루벤스가 보기에 사회에서 볼 수 있는 모든 경쟁의 원동력은 단 두 가지 욕망으로 환원되는 듯했다. 식욕과 성욕. 인간은 타인보다 많이 먹거나 혹은 저장하고, 보다 매력적인 이성을 획득하기 위해 타인을 깎아내리고 발로 차서 떨어뜨리려 했다. 짐승의 본성을 유지한 인간일수록 공갈이나 협박 같은 수단을 쓰며 '조직'이란 무리의 보스로 올라가려 안달했다. 자본주의가 보장하는 자유 경쟁이야말로 이러한 폭력성을 경제활동의 에너지로 전환하는 교묘한 시스템이었다. 법으로 규제하고 복지국가를 지향하지 않는 한, 자본주의가 내포하는 짐승의 욕망을 억누르기는 불가능했다. 어찌되었건 인간이라는 동물은 원시적인 욕구를 지성으로 장식해서 은폐하고 자기 정당화를 꾀하려는 거짓으로 가득한 존재였다.

대학에 들어간 지 6년, 스무 살의 젊은 나이로 수학기초론의 연구로 철학 박사 칭호를 땄고, 여성의 아름다움과 부드러움을 처음으로 육체적으로 알게 되었으며, 오래 살아서 익숙해졌던 조지타운을 떠났다. 그러고는 로스앨러모스 연구소에서 박사 연구원으로서 근무하다가 보다 복잡한 과학의 새로운 흐름을 공부하기 위해 산타페 연구소로 향했다. 그리고 그곳의 카페에서 우연히 알게 된 심리학자에게서 그 후의 진로를 결정지을 의미심장한 이야기를 들었다. 전장에서 일어나는 미군 병사의 발포율에 대한 연구였다.

"제2차 세계 대전 중에 근거리에서 적 병사와 조우한 미군 병사가 총의 방아쇠를 당긴 비율이 얼마나 될 것 같나?"

차를 마시는 자리에서 나온 질문에 루벤스는 깊이 생각하지도 않고 대답했다.

"70퍼센트 정도입니까?"

"아냐. 겨우 20퍼센트야."

루벤스의 표정에 떠오른 놀람과 의심을 알아차린 심리학자가 덧붙였다.

"남은 80퍼센트는 탄약 보급 등의 구실을 찾아서 살인을 기피한 거야. 이 숫자는 일본군의 자살 공격에 당했던 경우조차 변함이 없었어. 최전선의 병사들은 자신이 죽으리라는 공포보다 적을 죽이는 스트레스를 더 강하게 느끼고 있다는 뜻이지."

"의외로군요. 인간은 보다 야성적인 생물이 아닐까 하고 생각하고 있었는데."

그랬더니 심리학자가 활짝 웃으며 말했다.

"아직 더 있어. 이 결과에 군은 당황했어. 병사가 도덕적이라면 그쪽이 곤란하지. 그래서 발포율을 높일 만한 심리학 연구가 시행되었고, 베트남 전쟁의 발포율은 95퍼센트까지 급상승했어."

"어떤 일을 했는데 그렇게 된 거죠?"

"간단해. 사격 훈련 때 표적을 원형 표적에서 인간형 표적으로 바꾸고 진짜 인간인 것처럼 자동적으로 튀어나오게 했어. 거기다 사격 성적에 따라 가벼운 징계를 내리거나 보수를 주었지."

"조작적 조건화군요."

"그래. 쥐가 갑자기 레버를 누르도록 만드는 것과 같아. 그런데……."

심리학자가 약간 얼굴을 찌푸렸다. '적을 보면 반사적으로 발포한다' 는 목적을 위한 이 훈련 방법에는 큰 결함이 있었다. 병사의 심리적 경계가 허물어지는 것은 발포하는 시점까지였던 데다 적을 죽인 후에 발생하는 트라우마까지는 고려하지 않았던 것이었다. 결과적으로 베트남 전쟁 귀환병들 사이에 대량의 외상 후 스트레스 장애 환자가 발생했다.

"하지만 인간이 그렇게까지 살인 행위를 혐오하고 있다면, 어째서 이 세상에 전쟁이 사라지지 않을까요? 애초에 겨우 20퍼센트였던 발포율로 어떻게 미국이 제2차 세계 대전에서 이겼던 걸까요?"

루벤스가 의문점을 꺼냈다.

"일단 인간을 죽여도 전혀 정신적인 충격을 받지 않는 '날 때부터 살인자'가 남성 병사의 2퍼센트야. 사이코패스지. 하지만 그들의 태반은 일반 사회로 돌아가면 평범한 시민으로 생활하지. 전시에서만 후회나 자책 없이 살인을 할 수 있는 '이상적인 병사'야."

"하지만 겨우 2퍼센트라면, 전쟁에 이길 수 없지 않습니까?"

"남은 90퍼센트의 병사를 살인자로 만드는 것도 사실 간단하다는 사실이 알려졌어. 일단은 권위자에 대한 복종이나 소속 집단에 대한 동일화 등으로 개개인의 주체성을 빼앗았지. 그리고 또 하나, 죽일 상대의 거리를 멀리 두는 것이 중요해."

"거리?"

"응. 두 가지의 개념으로 이루어져 있어. 심리적 거리와 물리적 거리."

예를 들어 적이 인종적으로 다르며, 언어도 종교도 이데올로기도 다르게 되면 심리적 거리가 멀어지며 그만큼 죽이기 쉬워진다. 평소에도 다른 민족과 심리적인 거리를 가지고 있는 사람, 즉 스스로가 소속된 민족 집단의 우위성을 믿으며 다른 민족을 열등하다고 느끼는 인간이 전쟁에서 손쉽게 변모하는 모습을 보인다. 평소에도 주위를 둘러보면 그런 사람을 한둘쯤 바로 찾을 수 있다. 그리고 싸우는 상대가 윤리적으로도 열등한, 짐승이나 다름없는 사람들이라고 철저하게 가르쳐 두면 정의를 위한 살육이 시작된다. 이러한 세뇌 교육이 모든 전쟁에서, 혹은 평소에도 전통적으로 시행되어 왔다. 적국 사람에게 '잽'이라거나 '딩크' 따위로 멸시하는 별칭을 붙이는 것이 그 첫걸음이다.

"물리적 거리를 유지하려면, 병기라는 테크놀로지가 필요하지."

심리학자가 이어서 설명했다.

전투 최전선에 서면 발포를 망설이게 되는 병사도 적을 직접 볼 수 없는 원거리에 있으면 보다 파괴력이 있는 공격 수단(박격포 발사나 함포 사격, 항공기 폭격 등)을 주저 없이 사용할 수 있게 된다. 눈앞에 있는 적을 사살한 병사가 평생 치유되지 않는 마음의 상처를 안는 것에 비해, 공중 폭격에 참가하여 100명이나 되는 사람의 목숨을 빼앗은 폭격수는 아무런 아픔도 느끼지 않는 것이다.

"인간이 다른 동물과 구분되는 점은 상상력의 유무라고 말한 학자가 있었어. 하지만 병기를 사용할 때에는 인간으로서의 최소한의 상상력조차 마비되고 말아. 폭격기 아래에서 도망가고 있는 사람들이 얼마나 비참한 죽음을 맞이하는지는 눈에 들어오지 않는 거야. 이런 도착 증상을 일으키는 사람은 군인뿐만이 아냐. 일반 시민 사이에서도 보이는 보편적인 심리야. 알 수 있겠지?"

루벤스가 끄덕였다. 사람들은 적 병사를 총검으로 찔러 죽이는 병사를 백안시하는 한편, 적기를 10기나 격추한 파일럿은 영웅으로 추앙했다.

"살육 병기의 개발은 적을 얼마나 멀리, 보다 간단하게 대량의 희생자를 내느냐에 주안점을 두고 있어. 맨손으로 때려죽이는 것보다는 날붙이를, 그리고 총기류를, 포탄을, 폭격기를, 결국 핵탄두를 탑재한 대륙간 탄도 미사일을, 이런 식으로. 거기다 미국의 경우 이건 나라를 지키는 기간산업 중에 하나가 되었어. 그래서 전쟁이 사라지지 않는 거야."

루벤스는 이런 연구를 접하고 나서 현재 일어나는 전쟁에는 공통된 구조가 있다는 점을 알게 되었다. 전쟁 당사자 중에서 가장 잔인한 의사(意思)를 가진 인간, 즉 전쟁 개시를 결정하는 최고 권력자만큼 적으로부터 심리적, 물리적 거리가 멀리 떨어진 위치에 있는 사람은 없다는 말이었다. 백악관에서 만찬회에 출석하고 있는 대통령은 적이 흩뿌린 피를 뒤집어쓰지도, 육체를 파괴당한 전우가 내뱉는 단말마의 외침을 듣지도 않는다. 살인에 뒤따르는 정신적 부담을 거의 받지 않는 환경에 있기에 날 때부터 갖고 있는 잔학성을 더 마음껏 풀어놓을 수 있는 것이다. 군대 조직이 이러한 형태로 진화하고 과학 기술 덕에 병기가 개선되고 있는 이상, 근접전에서 살육이 격렬해지는 것이 당연했지만 전쟁의 의사결정자는 아무 양심의 가책을 느끼지 않고 대규모 공중 폭격을 명령할 수 있는 셈이다.

그러면 수십 만 명을 죽이고 있다는 것을 알지 못하면서 전쟁을 지시하는 국가 지도자의 잔학성은 보통 사람과 같을까? 아니면 역시 그들은 이상한 사람이며, 남들과 벗어난 공격성을 사교적인 미소 뒤에 감추고 있는 것일까?

루벤스는 후자일 거라고 추론했다. 권력욕에 사로잡혀서 모든 정치적 투쟁을 승리한 인간은 정상의 범위에서 이탈한 호전적인 자질을 가지고 있을 것이다. 하지만 반면 민주주의 국가에서는 그런 인간을 리더로 선

출하는 시스템이 국민의 뜻으로 만들어져 있기 때문에, 뽑힌 사람이야
말로 집단의 의사를 체현하고 있다고도 할 수 있었다. 그렇게 되면 전쟁
의 심리학은 권력자의 심리학이라고 바꾸는 것도 가능했다. '사람은 어
째서 전쟁을 하는가?'라는 의문에 대답하기 위해서는 전쟁을 명령하는
인간의 정신 병리를 먼저 해명해야 했다.

산타페 연구소에서 루벤스는 복잡적응계에 대한 견식을 넓히는 한편
여유가 있을 때 이런 고찰을 즐기게 되었다. 로스알라모스에 있는 직장
으로 돌아가서도 권력자만을 대상으로 한 전쟁 심리학에 대한 탐구심이
사라지지 않았다. 단기간에 정신 병리학과 임상 심리학을 습득하고서,
병적학(예술가나 유명한 인물의 전기나 작품을 정신 의학적으로 해명하여
정신적 이상성이 창조 활동에 미친 영향을 연구하는 학문 — 옮긴이)의 기법
도 도입해서 차기 대통령 후보 두 명의 인격을 분석했다. 그 결과, 그레
고리. S. 번즈가 미국 대통령이 되는 경우가 아닐 경우에 비해 전쟁이 일
어날 가능성이 높다고 판단했다. 반년이 지난 후 대통령 선거에서 번즈
가 승리하자, 루벤스는 인류의 역사가 나쁜 방향으로 움직이는 것이라
판단하고 그 전말을 꼭 끝까지 지켜보고 싶어졌다. 나이도 20대 후반에
접어들었기에 연구 생활에 매듭을 짓자고 생각했다. 상아탑에서 나와
인간이라는 생물로 가득 넘실대는 큰 바다로 나갈 때가 온 것이었다.

그는 처음으로 로스알라모스 연구소 동료의 연줄로 백악관에 가까운
곳으로 일자리를 알아보았다. 보통 사람에서 벗어난 루벤스의 지능이
국가 기관에게는 매력적이었던 듯싶었다. 육군 정보부나 국방 고등 연
구 계획국(DARPA)의 제의를 받고 망설이던 그때, 익숙지 않은 이름의
한 싱크탱크를 알게 되었다. 워싱턴 DC에 본거지를 둔 슈나이더 연구소

였다. 제2차 대전 후 차례로 설립된 싱크탱크 중 한 곳으로, 다른 연구 기관의 전문 분야가 경제나 외교, 군사전략 등인 것에 비해 슈나이더 연구소는 정보 전략을 담당하고 있었다. 표면적으로는 민간 PR회사였지만 최대 고객은 CIA와 국방성이었다. 랜드 연구소 등에 비해 지명도가 극단적으로 낮은 이유는, 연구소 측이 일부러 대중의 이목을 끌지 않기 위해, 세심하게 주의를 기울여 활동하고 있기 때문이었다.

슈나이더 연구소는 보수, 진보에 치우치지 않는 중립적인 입장을 지켜서 역대 정권과의 관계도 양호했다. 루벤스는 두말할 나위가 없는 일자리라는 생각이 들어서 인사 담당자의 면접을 받고 들어갔다.

포트맥 강을 옆에 두고 눈에 띄지 않는 외장의 6층 건물에서, 개인 사무실과 연구원이라는 직함을 받았다. 밀려오는 잡다한 업무를 해내기만 하면 좋아하는 연구를 계속해도 된다고 들었다. 나중에 알았지만 당시는 테스트 기간이었다. 심리 테스트나 거짓말 탐지기 테스트를 수차례 받은 데다 연방 조사원이 그의 과거 주소지 모든 곳에 들러서 철저하게 신변을 조사했다.

1년 뒤, 루벤스가 경제적 문제도 없으며 외국 국적의 친족도 없고 모든 반정부 활동에도 관여하지 않은, 더욱이 범죄 이력이나 비정상적인 성적 취향도 없다는 사실이 확인되자, TS-SCI 레벨 기밀 취급 자격이 주어졌다. 그리고 갑자기 바빠졌다. 분석관으로 직급이 올라가 국방성이 주도하는 정보 전쟁의 최전선에 투입되었다.

이 극비 작전은 적국이 아닌 자국민에 대한 심리전이었다. 때마침 번즈 정권은 이라크에 군사 침공을 계획하고 있던 터라, 민심을 개전 지지 쪽으로 이끌 필요를 강하게 느꼈다. 그래서 펜타곤이 시키는 대로 하는 퇴역 장교 80여 명을 선별해 '개인의 견해에 기초하여 이라크 침공을 지지하는 군사 평론가'로 위장시켜서 각 미디어에 심어 놓았다. 매스컴을 써서 민심을 조작하는 건 정말 식은 죽 먹기보다 간단했다. 텔레비전에서 해설가가 반복하는 이라크 위협론 덕에 번즈 대통령의 지지율이 급상승했다.

하지만 이때 이라크계 미국인 30명을 고국에 투입한 CIA는 그곳에서 대량 살상 무기의 개발 계획이 있었지만 얼마 안 가 폐기되었다는 사실을 알아냈다. 무기 개발 계획을 증명하는 유일한 증거였던, 니제르에서 이라크로 수출된 우라늄 관련 서류도 명백히 위조였다. 문제가 된 우라늄은 유럽 여러 나라와 일본의 상사에 의해 수년 후의 선물(先物)까지 매매된 뒤였다. 그런데 번즈 정권은 그런 보고를 모두 무시하고 전쟁에 뛰어들었다.

주어진 일만 하며 관찰자의 입장을 고수하던 루벤스는 이것이 석유를 노린 침략 전쟁이라는 것을 애초부터 간파하고 있었다. 정의는 아니었지만 국익에 보탬이 되는 전쟁이었다. 그가 특히 주시한 점은 국가나 군산복합체 같은 추상적 존재가 아니라 현실에 존재하는 인간이었다. 국가의 인격이란 의사 결정권자의 인격, 바로 그 자체였다.

침략을 주도하는 정권 중추에는 전쟁으로 자기 배를 불리는 사람이 있었다. 일찍이 국방 장관으로 군부 산업의 민간 투자 유치를 진행하던 체임벌린이라는 남자는 정권 교체 후에 하야하더니 스스로 민간 투자 기업 회장에 취임해서 거액의 이익을 챙겼다. 그 후, 번즈 정권에서 부통령으로 백악관에 복귀하더니 이라크 정벌의 선봉에 서는 한편 전쟁이 시작하기 전부터 전후 재건 사업의 청사진을 그리기 시작했다. 물론 전쟁 뒤 이라크에서 각종 인프라 정비를 청탁받는 곳은 그가 경영하던 에너지 기업이었다. 이 시기에 그의 개인 자산은 수십만 달러나 늘었다.

자신의 금전욕을 신보수주의라는 정치 사상으로 호도하는 정치가는 정권 내부에 얼마든지 있었다. 국방 장관 라티머조차 군수 기업과 깊이 결탁되어 있는 상황이었다.

루벤스가 가장 이해할 수 없었던 건 번즈 대통령이라는 사람 자체였다. 그의 발언 내용을 보면 이라크 독재자를 깊이 증오하고 있다는 것을 알겠지만 어째서 죽일 정도로 미워하는지 석연치 않았다. 거기에는 국익이라거나 군산복합체로 이익을 유도하는 것뿐 아니라, 어쩌면 번즈 본인조차 느끼지 못하는 무의식적인 동기가 잠재된 것처럼 보였다. 그 때 루벤스는 제한된 매스컴 정보로부터 대통령의 살아온 이력을 더듬어 하나의 가설을 세웠다. 가정에서 독재적이었던 아버지의 모습을 이라크 독재자와 겹쳐 보고 타도하려고 하는 것이 아닐까? 루벤스 본인조차 데이터 부족에서 오는 단편적인 분석이라며 쓴웃음을 지었지만 만약 그것이 진짜 핵심이라면 무서운 일이었다. 지구상에 있는 한 남자의 부자 관계 때문에 10만 명 이상이나 되는 사람들이 학살되었다는 소리니까. 그리고 그토록 염원하던 적을 때려 부순 뒤에 번즈는 허무함을 느낄 터였다. 애초에 그가 싸울 상대가 아니었기 때문이다. 그가 죽인 것은 자신의 심층 심리가 낳은 허구의 적에 지나지 않았다.

어찌 되었건 전쟁은 시작되었고 이라크 전역에서 이어진 살육이 최고조에 이르렀을 무렵 번즈 대통령의 승리 선언이 선포되었고, 여러 하이에나 국가가 전후 재건 협력이라는 아름다운 단어를 들고 이라크로 들어갔다. 전쟁이 끝난 나라에서 전사자가 나와서는 곤란하니 많은 군부대가 민간 군사 기업 용병을 고용해서 자신들을 경호하는 블랙코미디가 펼쳐졌다. 그런 눈물겨운 노력으로 미국을 추종한다는 의사를 보인 나라들은 약탈한 물품의 남은 부스러기로 유전 권익을 나누어 받았다. 그런 나라의 지도자도 또한 비인도적인 국익에 눈이 멀어서 있지도 않은 대량 살상 무기를 구실로 자기 국민을 기만하거나 또는 국민도 속는 척을 하며 간접적으로 이라크 국민을 죽였다. 그 이면에서 각국의 에너지 기업은 막대한 이익을 손에 쥐고 시민들은 보다 편리한 생활을 누리며 최전선에 선 병사 중 대다수가 마음과 몸에 깊은 상처를 입을 터였다.

역사상에서 드물게 보는 이 어리석은 전쟁을 주도한 미국 지도자들은 언젠가 인생의 마지막을 맞이할 때, 그들이 믿는 신에 의해 지옥으로 떨어지리라.

이라크 전후 처리가 이전투구의 양상으로 변할 무렵, 상급 분석관으로 승격한 루벤스는 슈나이더 연구소를 떠날 결의를 굳히고 있었다. 이 싱크탱크에서 볼 수 있을 만한 것은 다 보았다. 다음은 미국의 재생력이었다. 미국인은 바보가 아니었다. 번즈 정권의 어리석은 짓을 바로잡는 일이 반드시 일어날 것이다. 차기 대통령 선거에서는 사상 첫 아프리카계, 아니면 여성 대통령이 탄생할 가능성도 있었다. 유력 후보 선거 사무소에 직원으로 들어가면 최고 권력자 자리를 노리는 인간의 심성과 짐승적인 본성을 보다 가까이서 관찰할 수 있을 것이다.

그 무렵 연구소 내의 다른 부서에서 루벤스를 호출했다. 엄중한 기밀 유지 장치가 설비된 회의실에서 그를 기다리던 사람은 CIA나 NSA라는 이른바 정보기관과 연락을 받는 대외조정부 부장이었다.

"일단 이것을 읽어 주게."

건네받은 것은 「인류의 멸망 요인 연구와 정책 제언」이라는 논문이었다. 집필자 '슈나이더 연구소 수석 연구원 조셉. R. 하이즈먼 Ph.D.'의 이름을 보고 놀랐다. 하이즈먼 박사는 전공이 이론 물리학이었지만 모든 과학 분야에 통달한 굴지의 석학으로서 이름이 높던 사람이었다. 특히 과학사 영역에서는 권위자라고 해도 과언이 아니었으며 루벤스는 그의 저서를 몇 권이나 독파했었다.

그 하이즈먼 박사가 30년이나 전에 슈나이더 연구소에서 근무했었다는 사실을, 지금까지 전혀 몰랐었다.

루벤스는 「하이즈먼 리포트」를 흥미 깊게 읽었다. 다 읽고 가장 감명받은 부분은 박사가 철저한 반전론자라는 사실이었다. 냉전 구조의 한복판에서 이 보고서를 올리기란 꽤나 용기가 필요한 일이었을 터였다. 하이즈먼에 대한 존경심이 더욱 깊어졌다.

"이 보고서에 대해, 뭔가 의견 있나?"

대외조정부 부장의 물음에 루벤스가 짧게 대답했다.

"박사님이 지적하신 내용이 타당하다고 생각합니다."

부장이 끄덕이더니 몇 장의 서류를 내밀었다.

"그럼, 이것을 보게. 아프리카 정세를 감시하고 있는 NSA지국이 콩고 민주 공화국에서 발신한 전자 메일이네. 발신한 사람은 나이젤 피어스라는 인류학자인데 그의 연구 동료에게 보낸 문서야. 여기 있는 내용을 정밀 조사 후 평가하고 일주일 이내 보고서를 제출해 주게. 특히 문제되는 점은 신빙성이야. 이런 일이 진짜 일어날 수 있는지, 아니면 피어스 박사가 오인한 것인지."

"두 가지, 질문을 드려도 괜찮을까요?"

"그러게."

"어쩌다 제게 이 업무를 맡기신 겁니까? NSA아니면 CIA의 분석관이 할 일이 아닌가요?"

부장이 작게 웃었다.

"그들 힘에 부치는 일이야. 적임자는 자네밖에 없네. 「하이즈먼 리포트」의 경고가 현실로 나타나려는 기미를 띠고 있기 때문에 다시 우리 연구소 차례가 된 것이지."

루벤스가 끄덕이고 두 번째 질문을 했다.

"나이젤 피어스라는 인물에 대해, 사전 지식은 필요하지 않습니까?"

"필요하다면 이것을 참고하게."

부장이 폴더 안에서 보고서를 꺼냈다.

루벤스는 일단 그쪽부터 훑어봤다. CIA의 신원 조사에 따르면 나이젤 피어스는 47세의 백인 남성이며, 거대 무역회사 피어스 해운의 상속자로 태어났다. 하지만 학구파였던 그는 후계자 자리를 남동생에게 넘기고 27세에 인류학 박사 학위를 취득했다. 그 후에는 현지 조사를 중심으로 연구 생활을 계속하다가 41세에 로슬린 대학의 인류학부 교수로 취임했다.

피어스는 학자로서의 평가는 낮았다. 그가 쓴 음부티 · 피그미에 관한 논문은 '기행문으로서는 대단히 재미있지만, 학술적 가치는 없다.'는 혹평을 받았다. 실제로도 피어스가 교수직을 계속할 수 있는 이유도 피어스 재단이 거액의 연구 자금을 원조하고 있기 때문이었다. CIA 보고서에는 그의 성격에 대해 '정신적으로는 매우 건강. 학문에 관한 경쟁심이나 공명심도 별로 없으며 취미로 연구를 하고 있다고 말해도 과언이 아님'이라는 분석도 있었다. 상당히 담백한 사람으로, 정치가와는 정반대의 성격일 것 같았다.

자료 중에 사진도 첨부되어 있었다. 루벤스는 볕에 그을린 피부를 수염으로 뒤덮은 피어스의 얼굴을 뇌리에 각인하고 나서 그가 발송했다는 메일을 입수한 내용을 바라보았다. 그 서류에는 '최고 기밀' 도장이

찍혀 있었다. 치사성 바이러스에 대한 보고라고 예상했던 루벤스였기에 내용을 보고서 충격이라는 말밖에는 할 말이 없었다.

친애하는 데니스에게

자네가 알고 있는 대로 나는 콩고 정부와 반정부 세력의 정전 협정을 믿고 이투리 숲에 돌아왔지. 거기서 내 소중한 친구들, 음부티족 사람들과 다시 만났는데, 놀라운 사태를 겪게 되어 보고하려고 하네. 하지만 다음 내용은 부디 비밀로 해 주길 바라네. 이 메일을 자네에게 보내는 이유는 인류사의 새로운 국면을 최초로 발견한 사람이 나라는 증거를 남겨 두고 싶기 때문일세.

캉가 밴드의 캠프에 들어와서 바로 나는 본 적이 없는 생물과 조우하게 되었어. 그 인상을 말로 정확히 전달하기가 어렵군. 인간의 유아와 같은 팔다리와 몸통을 가지고 있지만, 이상한 머리 부분, 특히 눈을 보면 인간과 다른 종류의 생물이라는 것을 알 수 있어. 아무래도 우리 뇌에는 이종생물을 구분하는 능력이 태생적으로 입력되어 있나 보네. 나는 이 다른 종류의 인간을 눈으로 본 순간 이성이 혼란스러워지고 모든 의문이 머릿속에서 맴돌면서 온몸이 굳더라고. 말 그대로 움직일 수가 없었어.

조금 지나 합리적인 사고 능력을 되찾고 나니 이런 말은 쓰고 싶지 않네만 기형아가 아닌가 했어. 그 생물이 3년 전 음부티족 부부에게서 태어났다고 듣고 나서지. 그런데 관찰을 하면 할수록 육체적인 기능에는 전혀 문제도 없으며, 나이에 안 맞는 고도의 지성이 깃들어 있다는 인상을 받았네.

몇 달에 걸쳐 나는 이 아이의 경이적인 지적 능력을 확인해 봤네. 그것은 그야말로 초인적이라는 말을 쓸 정도였어. 자세한 사항은 귀국하고 나서 이야기하겠네만 여기 몇 가지 예를 들겠네.

영어를 가르쳤더니, 읽고 쓰기까지 포함해서 겨우 2주 만에 마스터했어. 지금은 정치나 경제에 이르기까지 복잡한 문제에 대해 의논할 수 있게 되었네. 하지만 생후 3년이나 지났는데도 인후두가 발달하지 않은 상태라, 음성에 의한 대화가 불가능하네. 의사소통은 노트북 컴퓨터 키보드로 하고 있어.

모든 지적 능력 중에서도 특출나게 추상적인 수학 사고 능력이 눈에 띄더군, 소인수분해를 어찌나 간단하게 풀어내는지 정말 놀라웠네. 내가 컴퓨터를 통해 준비해 둔 40자리 합성수도, 겨우 5초 만에 암산으로 두 그룹의 소수로 분해했어. 인류가 아직 해명하지 못한 소수에 관한 수학적 진리를, 겨우 세 살 어린애가 풀어냈다고밖에는 생각할 수 없네. 피그미족 어린이가 최고 강도의 RSA 암호를 해독할 수 있다는 점이 알려지면 미국 정부, 특히 국방성이 두려워할 것이 틀림없네. 그뿐만 아니라, 리만 가설(독일 수학자 리만이 복수함수에 관해 세운 가설 — 옮긴이) 증명도 꿈이 아니라네.

여기까지 쓰면 내가 무슨 말을 하고 싶은지 알았으리라 생각하네. 이상하게 발달된 전두부나 유형성숙(어린아이의 성질을 성인이 되어서도 계속 간직한다는 뜻의 이론 — 옮긴이)을 보여 주는 해부학적 소견까지 고려해 본다면 이 아이는 대뇌신피질에 돌연변이를 일으킨 다른 종류의 인간이며, 즉 인류의 진화가 일어났을 가능성이 매우 높네. DNA의 어느 영역에 변이가 일어났는지, 아니면 현생인류와 교배가 가능한지 등의 의문에 대해서는 문명사회로 데려가서 조사해 볼 수밖에 없군.

참고로 말해 두겠네만, 이 아이의 아버지는 보통 피그미족이야. 어머니는 이미 병사했지만, 딱히 이상한 점은 없었다고 하네. 주위에 있는 다른 밴드도 조사해 봤지만 이러한 개체는 이 아이 하나밖에 없었어. 캉가 밴드에서 생활한 두 부모 중에 어느 한쪽의 생식 세포에만 돌연변이가 일어난 것이지.

콩고 동부에서 전투가 다시 시작되었기 때문에 전란이 종식될 때까지는 이투리 숲에서 나가지 않겠네. 정부군이나 반정부군 다 흉악한 놈들이니, 언제 습격이 닥쳐올지 두려워하며 살고 있네. 그동안 기회를 봐서 이 아이를 국외로 데리고 나갈 계획을 세워 볼 생각이야.

컴퓨터와 위성 휴대 전화 상태가 나쁘니 메일을 못 보낼 수도 있겠네만 걱정은 하지 말게나. 안전한 지역으로 피하고 나면 바로 연락을 함세. 다시 말하지만 위의 내용은 모쪼록 비밀로 해 주게.

그러면 다시 만날 날을 기다리고 있겠네.

나이젤 피어스.

보고서를 다 읽고 루벤스는 흥분을 얼굴에 드러내지 않도록 주의해야만 했다. 감정적인 인간은 환영받지 않는 직장에 있기 때문이었다.

"그러면 일주일 후에 평가 보고서를 제출하겠습니다."

그렇게만 말하고 회의실에서 나왔다.

루벤스는 미국이 가진 첩보 능력에 다시금 놀랐다. CIA를 능가하는 세계 최대의 첩보 기관, NSA는 다른 앵글로색슨족 네 개 국가와 공동으로 전 세계 도청 시스템 '에셜론'을 가동하고 있었다. 일반 전화나 휴대 전화, 팩스, 이메일에 이르기까지 전 세계의 모든 통신 수단을 도청할 수 있는 시스템이었다. 단, 도청한 모든 데이터를 다 처리할 수는 없으니 미국 안전 보장에 관한 메시지만을 컴퓨터가 자동 추출하는 프로그램을 돌리고 있었다.

이 사전 프로그램에 피어스 박사의 메일에 포함된 단어가 걸린 것이 틀림없었다. 아마 이번 경우에는 '반정부 세력', '소인수분해', '최고 강도', 'RSA 암호', '미국 정부', '국방성', '두려워', '전투' 등의 키워드일 것이다.

NSA가 피어스 박사의 메일을 문제시하고 있는 이유는 명백했다. 음부티족 어린이가 보인다는 소인수분해 능력이었다. 이 능력만 있으면 현재 사용되는 암호는 무력화 시킬 수 있었다. 미국에게 있어서 국가 안보상의 중대한 위협이 생겨난 셈이었다.

하지만 루벤스 입장에서 보면, 그것은 너무나 근시안적인 위기 평가였다. 인류를 가로막을 지성이 출현하면 세계는 어떻게 될까? 그렇게 애를 쓰며 겨우겨우 유지되고 있는 인류 세계의 질서가 단숨에 붕괴될 위험성을 내포하고 있었다.

입수한 메일을 본 그날부로, 루벤스는 모교 조지타운 대학으로 가서 도서관에 틀어박혔다. 인류의 진화란 게 진짜 가능한 일일지, 그 가능성을 철저하게 조사하기 위해서였다.

찰스 로버트 다윈과 알프레드 러셀 월리스 두 사람이 거의 동시기에 도달했던 '자연선택설'은 150년이나 지나서까지 이어져서 생물 진화의 중심적인 가설이 되고 있었다. 돌연변이에 의해 생물 형질이 변하게 되고, 생존에 불리한 변화를 가진 계통은 죽게 되지만 생존에 유리한 변화를 가진 개체가 살아남아 자손을 남긴다. 이것이 세대를 걸쳐서 반복되고, 미세한 변이의 축적이 결국 생물종 그 자체를 변화시킨다. DNA의 존재는 물론이고 멘델의 유전학조차 몰랐던 두 사람이 자연 관찰만으로 이 가설에 도달했다는 사실을 보면, 그 통찰력에 경탄을 금할 수 없었다. 하지만 그 때문에 진화라는 현상의 단편밖에 설명하지 않는다는 비판도 있을 수 있었다. 다윈 진화론에서는 돌연변이가 일어난 후의 일밖에 고찰되어 있지 않았으며 애초에 돌연변이가 어떤 기제로 인해 일어나는가에 대해서는 다루고 있지 않았다.

그들의 가설은 진화 현상의 전모를 해명하는 것이 아니라는 뜻이었다.

이 문제에 대해서는 분자 생물학의 발전에 따라, 다양한 식견이 덧붙여졌다. 방사선 등의 외적 요인, 또는 생식 세포가 만들어질 때 DNA의 복제가 잘못되는 일 등에 의해, 생물의 유전 정보에는 변이가 발생됐다. 실제로 30억의 염기대로 이루어져 있는 인간 게놈은 2년에 한 개 꼴로 DNA상의 염기가 다른 염기로 치환되고 있었다. 하지만 이런 무작위적인 변위 대부분은 생존에 유리하지도 불리하지도 않은 중립적인 것이며, 종 전체에 정착될지는 우연에 좌우할 뿐이었다.

그리고 근 몇십 년 동안에 분자 생물학의 영역에서 큰 발견이 잇따르며 정설이 차례로 수정되고 있었다. 돌연변이에 의한 한 개의 염기 치환 말고도, 게놈이 변화한 것이다. 하나의 유전자가 복제되거나 다른 부위로 이동하기도 하며, 또는 모든 DNA가 전체 복제되어 두 배로 증가하는 일까지 생물 진화의 역사에서 일어나고 있었다. 이렇게 다이나믹한 염기 배열 변화가 생물 진화의 원동력이 되고 있다는 사실은 틀림없었다. 그리고 DNA가 변하지 않아도 생물의 형질은 변화할 수 있다는 놀라운 발견이, 이전 세기 마지막 무렵에 이루어졌다. 메틸기나 아세틸기 같은 원자단이 유전자 발현을 보충하거나 억제하고 있었기 때문이다. 게다가 이 화학 수식은 부모자식 간에 정확하게 유전되기 때문에 한 번 일어난 변이는 그대로 다음 세대로 이어지게 됐다.

루벤스도 이런 DNA 변이의 기제를 알면 알수록 생물 진화가 기존에 생각했던 것보다 급격하게, 즉 지질학적인 시간 규모보다 짧은 기간 안에 일어나는 것이 아닐지 생각하게 되었다. 「하이즈먼 리포트」에서 지적되었던 대로 '생물은 긴 시간에 걸쳐 세밀한 변화를 축적하는 한편,

어느 때 갑작스럽게 크게 형질을 바꿀 수도 있었다'.

그러면 인류의 진화로 이야기를 옮겨보면 어떻게 될까. 600만 년 전, 어떤 영장류가 두 가지 계통으로 나뉘었다. 한 쪽은 침팬지가 되고 다른 한쪽은 인간이 되었다. 그런데 이상하게도 침팬지가 600만 년 전부터 거의 모습을 바꾸지 않은 것에 비해, 라미다스 원인(猿人)에서 인간 속(屬)으로 이어진 진화의 계통은 적어도 20종류 이상의 인류를 태어나게 했고, 현재 호모 사피엔스에 이르게 되었다.

게다가 그것은 한 줄기의 선이 유지되는 것이 아니라 나뉘기를 반복했기 때문에 태곳적에는 복수의 인류종이 지구상에 공존하고 있는 상황이 보통이었다. 5만 년 전에 아프리카에서 나와 지구 전역에 확산되었던 현생인류도, 원인이나 네안데르탈인과 조우했을 것이다. 침팬지에 비해 인류의 진화 속도만 빨라졌다는 이 현상에 대해서도 해답은 계속 나오고 있었다.

인류의 뇌에서 발현되는 유전자 중에, 명백하게 진화의 속도를 가속시키는 것이 여럿 발견되었다. 그중에서도 대뇌피질 형성에 관여하는 HAR1이라는 이름의 유전자는 생물 진화의 단계 중에서 발생하여 3억 년이나 되는 기간 동안 겨우 두 번의 염기치환밖에 일으키지 않았지만, 600만 년에 걸친 인간의 진화 계통에 있어서만 18개나 되는 염기가 변이되었다. 즉, 모든 생물종 중에서 사람 아과(亞科) 동물만이 지성을 폭발적으로 발달시키는 방향으로 진화의 키를 잡았던 것이다.

그리고 루벤스는 FOXP2라는 유전자에도 주목했다. 침팬지도 이 유전자를 가지고 있는데, 인간과의 차이가 극히 미세함에도 불구하고 양자의 언어 능력에 압도적인 차이를 초래했다. 그런 FOXP2는 전사인자라고 불리는 유전자인데, 다른 61개나 되는 유전자의 발현을 촉진시키는 한편으로 55개 유전자를 억제했다. 단 하나의 유전자가 변이했을 뿐인데, 100가지가 넘는 유전자의 작용이 변한 것이다. 그 결과로 인류는 고도의 언어 능력을 얻었다.

인간 DNA에 있는 진화의 가속 영역과, 그 미세한 변이가 초래한 엄청난 영향력을 미루어 짐작하면, 인류의 진화가 일어났다는 피어스 박사의 보고를 우스갯소리라고 치부할 수는 없었다. 그리고 루벤스는 평가 보고서를 쓸 때가 되어 결정적인 연구 자료를 마주했다. 대략 20만 년 전에 지상에 출현하고 그리고 19만 년이나 원시생활을 하던 현생인류가 어떻게 갑자기 문명사회를 구축하기 시작했을까? 그 수수께끼를 푸는 답이 인간 게놈 속에서 발견되었다. 6000년 전에 출현했던 ASPM이라는 유전자가 인간의 뇌를 바꾼 흔적이 있었다. 그 후, 지리적으로 떨어진 집단에서도 똑같은 기능을 획득하게 된 수렴 진화(계통적으로 관련이 없는 둘 이상의 생물이 적응의 결과 유사한 형태를 보이는 현상—옮긴이) 현상이 일어나서, 문명이 차례로 발흥된 것이라고 생각되었다. 이 가설이 옳다면 현생인류는 소규모라도 이미 뇌의 진화를 경험했다는 뜻이었다. 가능성을 논하기 이전에 인간의 진화는 이미 기정사실이었다.

도서관에서 검토를 마치고 조지타운 밖에 있는 자택 타운 하우스로 돌아온 루벤스는 지시 받았던 평가 보고서를 컴퓨터로 단숨에 써 냈다. 결론 부분에는 일부러 표현을 신중하게 썼다.

현 시점에서는 피어스 박사의 메일에서 보고된 음부티족 유아를 신종 생물이라고 판정할 수 없다. 엄밀히 말해 두부 조직이 기형인 인간이라고 생각하는 것이 타당하다. 하지만 그 기형은 염기 배열의 변이에서 초래한 동시에 해당 인간에게 장해를 일으키기는커녕 오히려 지력을 촉진시키는 방향으로 작용했다. 이 점에서 '진화한 인류' 또는 '신종 생물'이라는 표현은 적절하다고 생각된다.

평가 보고서는 같은 날 대외조정부 부장에게 전달되었다. 그 자리에서 루벤스에게 쉴 틈도 없이 다음 명령이 떨어졌다.

"이 건이 대통령 일일 브리핑에 기재되었을 것이라 보네. 아마 대처 계획을 입안하라는 요구가 있을 것이니 미리 그 일을 맡아 주게."

"대처 계획이라 하시면?"

"이 생물을 어떻게 해야 할지에 대해서야."

루벤스에게는 난제를 떠맡은 셈이었다. 생물학적인 관점에서 대처 계획을 세우라는 것이 아니라, 국가 안전 보장상의 문제를 제거하라는 뜻이었다. 즉각 머리에 떠오른 생각은 '방치', '포획', '말살'이라는 세 선택지 중 하나이겠지만, 어느 쪽을 선택하건 완벽한 해결은 바랄 수 없다는 생각이 들었다.

루벤스는 다시 도서관에 틀어박혀서 대처 계획 입안에 필요한 정보를 모으기 시작했다. 근본적인 문제는 아직 손도 대지 못하고 그대로 남아 있었다. 피그미족 어린이의 유전자가 어째서 변이했는지, 거슬러 올라가 생각해 보면 부모의 생식 세포에 무슨 일이 일어난 것인지.

관련 자료를 섭렵한 뒤 대처 계획에 참고가 될 듯한 세 가지 가설을 세울 수 있었다. 루벤스는 그 하나하나를 주의 깊게 검토했다.

첫 번째로 눈에 들어온 것이 DNA의 뉴클레오좀 구조에 관한 연구인데, 송사리의 염기치환에 주기성이 확인된다는 발견이었다. 이중 나선의 긴 끈인 DNA는 그 모습 그대로 세포 안에 있는 것이 아니라 히스톤(histone)이라고 하는 구(球)형 단백질에 감겨 있는 형태로 존재하고 있었다. 실과 실감개의 관계였다. 그런데 DNA의 길이에 비해 히스톤이 작기 때문에 하나의 DNA는 하나가 다 감기면 다음이라는 식으로 연이어 무수한 실감개에 규칙적으로 감겨 있었다. 그리고 송사리의 DNA에서 관찰되었던 변이가 이 실감개 구조의 주기성에 호응하는 것처럼 정확히 200염기의 간격으로 일어난 것이 드러났다. 이 연구를 인간 진화와 연결해 본다면 DNA에는 염기 치환이 일어나기 쉬운 장소가 있는데 사람아과 생물의 뇌의 발생에 관여하는 유전자가 우연히 그 영역과 합치되었다고 생각할 수 있었다. 그러면 무작위적인 염기 치환이 되풀이되어서 대부분의 수정란이 유전자 오류를 일으켜 자연 유산되어 버리지만, 콩고 정글에서 살고 있는 음부티족에서 뇌의 진화를 일으킨 개체가 드디어 나타난 것이 아닐까? 이 추측이 맞다면, 생식 세포 변이는 캉가 밴드 구성원 전체가 아니라 부모 한 개체에게만 일어났다는 뜻이 됐다. 즉 대처 계획은 이 부모 자식만을 문제로 생각하면 충분할 것이었다.

두 번째 가설은 '퉁구스카 대폭발'에 얽힌 이야기였다. 1908년, 시베리아 오지 퉁구스카 지방에서 수수께끼의 대폭발이 일어났다. 공중에 거대한 불의 공이 나타나고 8000만 그루나 되는 수목을 쓰러뜨렸으며 폭심지로부터 60킬로미터나 떨어진 지역 사람들까지 폭풍으로 날아갔다.

파괴력은 TNT 화약으로 환산하여 15메가톤급으로 히로시마 원폭 1000발이 한 번에 폭발한 것과 같은 에너지로 추정되었다. 뭐가 폭발한 것인지는 아직도 해명되지 않았지만 혜성이나 소행성이 지구 대기권에 돌입해서 공중 폭발을 일으킨 것이 아닐까 추측되고 있었다. 루벤스가 주목한 건 폭발 후에 일어난 식물 변이였다. 폭심지 주변의 식물이 보통의 세 배 속도로 성장하거나 완전히 다른 모습으로 변이되는 등 명백한 유전자 이상이 일어났다. 이런 현상은 방사선 피폭에 의해서도 일어나지만 신기하게도 현장 일대에서 잔류 방사선이 검출되지 않았는데도, 폭심지 식물 변이율은 방사선 오염이 일어난 경우에 비해 훨씬 높았다.

이것을 알고 루벤스는 만약을 위해 대외조정부 부장을 통해 국가 정찰국(NRO)에게 연락을 취해 군사 정찰 위성 데이터를 입수했다. 그랬더니 대기권 내에서 작은 천체 폭발이 매년 7회 정도 정찰 위성에 의해 관측된 적이 있었다. 퉁구스카 대폭발에 비하면 매우 작은 규모지만 그래도 나가사키형 원폭 파괴력에 필적하는 2000킬로톤 급의 폭발이었다. 만약 이런 천체 현상이 생물에게 유전자 이상을 초래하고 음부티족이 사는 이투리 숲 상공에서 일어났다면, 그 영향이 근처 주민 전원에게 미쳤을 가능성이 있었다. 하지만 국가 정찰국에 다시 확인했더니 천체 현상 대부분이 인간의 눈에는 닿지 않는 해양 위에서 일어난 것이었다. 루벤스는 제2의 가설을 포기했다.

마지막에 남은 것이 대처 계획 방향을 결정짓게 된 '바이러스 진화설'이었다. 생물 진화를 둘러싼 수많은 가설 중에 하나에 지나지 않았지만 루벤스에게 무시할 수 없는 아이디어를 주었다. 바이러스는 자기 복제 능력을 갖고 있지 않기 때문에 감염된 생물의 세포를 이용해 증식했다. 기생한 세포의 DNA 속에 자기 DNA를 집어넣어 복제하게 하는 것이다. 그런데 어떠한 이유로 DNA가 들어간 단계에서 바이러스가 활동을 정지하는 경우가 있었다.

이렇게 되면 기생당하는 쪽에서는 바이러스의 염기 배열이 더해짐으로써 그 변이가 세포 분열을 할 때마다 딸세포로 이어지게 되었다. 게놈이 변화되는 것이다. 또는 감염된 바이러스가 숙주가 된 생물의 유전자 일부를 함께 증식시키는 경우도 있었다. 이 바이러스가 새로운 다른 개체에 감염되고 활동을 정지하게 되면 원래 숙주의 유전자가 다음 숙주

272

의 DNA에 심어지게 되었다. 이런 현상이 생식 세포에서 일어나고 수정 란이 되어 덧붙여진 염기 배열이 새로운 기능을 획득하게 되면 그것이 진화가 되었다. 만약 바이러스 진화설이 옳다면 생물 진화는 바이러스 감염에 의해 동시다발적으로 일어난다고 생각할 수 있었다.

이 가설을 이번 문제에 맞춰 보면 콩고 정글 안에서 발생한 신종 바이 러스가 음부티족을 감염시켜 진화를 일으켰다는 줄거리가 성립되었다.

그래서 음부티족 바이러스 감염에 대해 뭔가 면역학적인 조사가 진행 되지 않았는지 조사해 봤더니 고가 세이지라는 일본인 바이러스 학자 가 HIV 감염에 대한 현지 조사를 했다는 사실이 밝혀졌다. 루벤스에게 는 천만다행으로 조사 대상에 캉가 밴드 40명이 포함되어 있었다. 혹시 고가 박사는 자신도 모르게 인간의 진화를 일으키는 미지의 바이러스를 검출했던 걸지도 모르는 일이었다.

루벤스는 학술적인 관심에서 일본어로 작성된 논문 원문을 달라고 하 여 NSA에 번역을 부탁했다. 그런데 안타깝게도 결과는 이중의 의미에 서 헛수고로 끝났다. 조사가 시행된 것은 문제의 음부티족 어린이가 태 어난 3년 전보다 훨씬 이전인 약 10년 전의 일이었으며, 게다가 캉가 밴 드 40명은 어떠한 바이러스에도 감염되지 않았다.

고가 박사의 조사가 끝난 뒤에 신종 바이러스가 발생했다는 가설도 생각할 수 있기 때문에 대처 계획을 세우는 지금의 단계에서는 여러 개 체에서 동시다발적으로 진화가 일어날 가능성을 남겨 두기로 했다.

끈기 있게 조사를 마친 루벤스는 일단 안도했다. 이걸로 '말살'이라는 최악의 선택지는 피할 수 있다는 생각이 들었다.

이후로 바이러스 감염에 의해 많은 '초인류'가 탄생할 가능성이 있는 이상, 캉가 밴드의 전원을 죽여야만 그 위협을 근절할 수 있었다. 하지만 그런 대학살이 허용될 리가 없었다.

그래서 남는 두 가지 선택지인 '방치'와 '포획'을 비교하면 전자는 바로 버려질 거라는 생각이 들었다. 최고 강도 암호를 다 밝혀낼지도 모르는 경이적인 지성이 가상 적국의 손에 넘겨질 위험이 남기 때문이었다.

하지만 '포획'에도 불안 요소가 있다는 점을 부정할 수 없었다. 「하이즈먼 리포트」에 의하면 초인류는 '우리의 지적 능력으로는 이해할 수 없는 정신적 특질'을 소유하고 있다고 했다. 포획 작전을 세웠을 때 상대가 어떤 반응을 보일지는 예측불능이었다. 예측할 수 없는 사태를 피하기 위해서는 철두철미하게 적대적인 행동만큼은 삼가야만 했다.

그래서 일단 계획 1단계는 조사로 결정했다. 특수 부대가 호위하는 전문가 팀을 현지에 보내, 피어스가 말하는 정보의 진위를 확인하게 해야 했다.

사실 확인이 되면 계획은 2단계로 넘어갈 것이다. 바로 '캉가 밴드의 구성원 및 작전 참가자의 전원 격리'였다. 작전 참가자까지 격리시키는 이유는 현지에서의 활동 중에 바이러스에 감염될 가능성이 있기 때문이었다. 작전 수행을 할 때에는 다소 거짓이 필요했다. 에볼라 바이러스 또는 그에 준하는 치사성 바이러스가 창궐한다는 이유를 날조해서 격리해야만 했다.

이어지는 3단계에서 격리된 전원의 생화학적 검사를 실시하고 진화를 일으키는 바이러스가 정말 존재하는지를 밝혀내야 했다. 바이러스가 검출될 경우 그 후의 처치는 정치적 판단에 맡길 예정이었다. 아마 정치가들은 항바이러스제를 개발해서 진화의 싹을 짓밟으려하지 않을까? 한편 바이러스가 존재하지 않는다면 격리된 사람들을 해방하면 됐다.

뇌의 변이가 일어난 3세 어린이에 대해서는 아버지와 함께 미국 시민권을 부여하고 생활을 지원하며 당국의 느긋한 감시 아래 둔다는 방침을 정했다. 어디까지나 하나의 인간으로서 권리를 보장해 주는 일을 전제한 처리로 감금 같은 폭력적 수단은 가급적 피해야 했다. 현재의 인류가 적이 아니라는 인상을 각인하고 초인적인 지성을 미국의 국익에 이용해야 했다.

그러나 루벤스가 세운 계획안은 제출 다음 날 곧바로 내쳐졌다. 슈나이더 연구소 회의실에서 대외조정부 부장이 말했다.

"미온적이고 불충분하다는 결정이 높은 곳에서 내려왔다네. 우리나라에 대한 위협은 그 즉시 제거해야만 한다는 말일세."

"제거요?"

루벤스도 즉각 그 말의 의미를 알아차렸다. 말살을 의미했다.

"그리고 자네가 세운 계획은 비용 면에서나 실효성에서 봐도 문제가 있네. 우리는 중동에서 치르는 전쟁 두 건으로도 벅차. 분쟁 지대에 있는 피그미족 마흔 명을 격리하기란 도저히 불가능하네."

"그것은 군사적이 아닌 민사적으로 해결할 수 있을 겁니다. 치사성 바이러스 퇴치라는 이유만 있으면 이 작전이 인도적인 지원이라는 위장도 할 수 있고요. 콩고에서 싸우고 있는 어느 무장 집단도 미국을 적으로 돌리려 하지 않을 텐데요."

"이보게, 아서. 현 정권의 본질을 아직도 파악하지 못했나? 자네가 여기서 나를 설득한다고 하더라도 그자들이 내린 판단은 변하지 않네. 자기들이 말하는 대로 들어 주는 다른 기관에다 맡기겠지."

부장이 말투를 누그러뜨리며 분석관의 무분별함을 타일렀다. 단순한 허점을 지적당한 루벤스는 자신의 미숙함이 부끄러웠다. 그래. 그게 그놈들의 방식이었다. 반대 의견의 문제점은 꼬치꼬치 따지면서 배제하고, 찬성하는 사람들만 주위에 가득하게 채워 가는 것. 민주적인 결정으로 보이는 독재였다. 번즈 정권은 이렇게 해서 이라크 국민들의 살육도 주도했던 것이다.

"그리고 조금 전 말하려 했던 것은 계획안의 타당성을 검토한 결과가 아니라는 거네. 그냥 취향이야. 현 정권은 전형적인 카우보이 성격이라 답답하고 굼뜬 방법은 좋아하지 않아. 최고 강도 암호를 깨뜨리는 놈이 있으면 그 즉시 제거할 거네. 가상의 적국에게 그 존재가 알려지기 전에 말이지."

"하지만 만약 피그미족 어린이를 죽인다고 해도 잠재적인 위협은 남습니다. 바이러스에 의해 변이가 일어났다면 캉가 밴드 안에서 새로운 아이가 태어날 가능성이 있어요."

"그것도 감안해서 내린 결론이야."

루벤스는 아연해서 탁자 너머에 앉아 있는 부장의 얼굴을 쳐다보았다. 번즈 정권의 정신 병리를 해명해 볼 생각이었지만 아직 그들의 사악함을 얕보고 있었던 모양이었다. 비밀 유지 장치가 설치된 회의실이었지만 루벤스는 목소리를 낮춰 물었다.

"즉 나이젤 피어스를 포함한 캉가 밴드 전원을 말살한다는 말입니까?"

부장이 표정을 찌푸리며 끄덕였다.

"이곳, 워싱턴에서 살 생각이라면 말을 가려가면서 해. '말살'이 아니라 '제거'야. 바이러스 감염 가능성이 남는 이상, 제거되는 것은 그 41명뿐만이 아냐. 작전을 실행하는 현장 요원들도 마찬가지야."

필사적인 항변을 하던 루벤스는 자기 내면에 의외일 정도로 강한 도덕심이 잠들어 있었다는 것을 발견하고 놀랐다.

"하지만 그러면 군이 납득하지 않을 겁니다. 침투 작전을 한다면 특수부대일 텐데, 그들을 육성하는 데는 수백만 달러나 되는 세금이 사용되고 있잖습니까. 그런 정예들도 '제거'하는 겁니까?"

"이런 때를 위해 민간 군사 기업이 있는 거야. 용병들을 보내면 돼. 그리고 이 방침이 구체화되면 백악관 주도의 암살 임무가 되네. 외주를 넣는 것이 안전하지."

이것은 그냥 암살이 아니라 '제노사이드'라고 생각했다. 목표는 이 세상에 한 개체밖에 없는 인류종. 단 한 사람을 '제노사이드' 하는 것이다.

"바이러스 감염이 캉가 밴드보다 더 광범위로 확대되었다면 어떻게 하죠? 주변 주민도 모두 제거합니까?"

"그때 다시 검토가 되겠지. 내일까지 새로운 계획안을 제출해 주게."

부장은 명령한 뒤 부실을 나가다가 문 앞에서 돌아보더니 작별 인사를 건넸다.

"조심하게. 아서."

협박이 아닌, 친절에서 나오는 말이라고 아서는 해석했다.

해가 아직 높이 걸려 있는 시각에 연구소에서 나와 워싱턴DC에서 가장 마음이 편한 길, M스트리트를 지나 집으로 향했다. 규모는 작지만 좋은 물건들을 취급하는 가게가 줄지어 이어진 거리에는 떠나가고 있는 여름 태양빛이 아깝다는 듯 활기가 가득했다. 루벤스의 눈에 비치는 모습은, 누구나 마음속에 야만적인 욕구가 잠재되어 있어도 생활과 잘 융화시켜 선량한 시민으로 지내는 사람들의 일상이었다. 이것이 미국이었다. 번즈 정권은 이 미국을 모욕하고 있었다.

프로스펙트 거리로 이어지는 계단 아랫자락에 멈춰 서서 사안에 대해

심사숙고했다. 진화한 인류를 말살한다는 결정에는 수긍할 수밖에 없는 면도 있었다. 침팬지가 인간을 이용할 수 없는 것과 마찬가지로 인류에게 있어서 초인류는 제어할 수 없는 존재였다. 살려두면 인류 사회에 위협이 될 가능성이 충분했다. 문제는 말려들게 된 사람들이 대략 40여 명이라는 점이었다. 그들의 목숨을 구할 계획을 세우지 못하는 한 루벤스는 스스로를 대학살의 주모자로 낙인 찍게 될 터였다.

사직이라는 선택이 머릿속에 스쳤지만 바로 마음을 바꿨다. 자신이 일을 그만두더라도 상황에는 아무런 변화를 주지 못할 테니까. 번즈의 뜻에 따르는 다른 사람을 후임으로 앉혀서 대학살을 실행할 게 뻔했다. 희생자를 줄일 만한 사람은 자신밖에 없었다.

현지에 있는 나이젤 피어스에게 경고 메시지를 보내면 좋겠지만, 유일한 통신 수단은 피어스의 위성 휴대 전화로 보내는 전자 메일뿐이었다. 그런 일을 하면 그 즉시 에셜론에게 포착되고 송신자는 바로 잡히리라.

'조심하게, 어서.'

루벤스는 신변에 닥쳐오는 위험을 감지했다. 모르는 새 범죄 조직에 휘말려서 협박도 받고 암살자로 내몰린 기분이었다. 실제로도 백악관은 마피아 조직과 유사했다. 온갖 성가신 일에 휘말리고, 살인까지 포함한 온갖 해결책이 검토되어 실행으로 옮겨지는 곳.

이런저런 생각 끝에 앞으로 갈 길을 정했다.

조지타운 대학 근처에 임대해 둔 타운 하우스로 간 뒤, 서재로 쓰는 방에서 새로운 계획안을 짜기 시작했다.

일단 작전 실행자에게 대량 학살을 시키기 위한 치사성 바이러스의 감염 폭발이라는 줄거리는 그대로 적용했다. 이 인류를 멸망의 위기로부터 구한다는 거짓 작전의 암호명도 '가디언'이라고 그대로 썼다.

그 외에 작전 배경 설명은 여태까지 올린 보고서와는 완전히 다르게, 전문 용어나 난해한 개념을 주석도 달지 않고 듬뿍 채워 넣었다. 그리고 이 작전이 지극히 위험하며, 실패로 끝날 가능성이 높다는 것도 암시했다.

루벤스의 계획안에 숨어 있던 뜻은 작전 운영 책임자의 적성이었다. 이 비밀 계획을 지휘하는 인물은 정치적, 군사적인 소양과 더불어 생물학을 중심으로 여러 분야가 연관된 지식을 가지고 있어야만 하며, 여차할 때 정권 상층부가 손쉽게 자를 만한 인물이어야만 했다. 그런 조건을 갖춘 인물은 쉽사리 찾을 수 없을 터였다. 슈나이더 연구소의 젊은 분석관 이외에는.

루벤스는 이 점에 모험을 해 보기로 했다. 이라크 전쟁 이전부터 싱크탱크도 군산복합체의 일각을 차지하게 되었으며 각종 연구소에 근무하는 민간인이 '특별 계획실'이라는 부서를 조직해서 이라크 전쟁을 주도하고 있었다. 루벤스가 기밀 계획의 실행까지 관여할 수 있는 가능성은 충분히 있었다.

한밤중이 되어 보고서가 일단락되고 나서야 공란으로 두었던 두 암호명을 결정했다. 암살 목표가 된 세 살 어린아이는 '누스(NOUS)'라고 했다. 초월적인 지성을 의미하는 그리스어로 기독교 사상가인 테야르 드 샤르댕(Teilhard de Chardin)이 주창한 생물 진화의 제3단계 정신권 (noosphere)의 어원이 된 말이었다. 그리고 누스를 말살하는 작전은 그리스 신화의 여신의 이름을 빌려 '네메시스'라고 명명했다. 하늘의 천벌을 의인화한 신의 이름이며, 공룡을 멸망시켰다고 하는 거대 운석에도 같은 이름이 붙어 있었다.

한 달 뒤, 특별 접촉 계획으로 분류된 '네메시스 작전'이 번즈 대통령의 승인을 받고 시작되었다. 국방성 구내를 방사형으로 뻗어 있는 복도 중에 하나인 3번 회랑 지하에 작전 지휘소가 설치되었다. '특별 계획실 2팀'이라는 플레이트가 붙은 방에 들어가기 위해서는 보안 배지나 아이디 카드로 개인 식별 확인을 받는 것 말고도 모든 생체 인증 시스템을 통과해야 했다. 그리고 그 인증을 통과할 수 있는 자격을 받았다. 백악관이 그를 작전 운영 책임자로 임명했기 때문이다.

모든 것은 루벤스의 의도대로 진행되었다. 민간 군사 기업에서 선발된 현장 요원 네 사람이 피그미족을 살육하기 직전에 작전을 변경하는 권한이 그에게 주어졌다. 루벤스는 자신에게 있는 유일한 무기, 보통 이상의 지력을 써서 40여 명의 사람들의 목숨을 지킬 결의를 굳혔다.

작전 지휘소는 열한 명의 직원으로 구성되었는데, 감독관으로는 국방성에서 아프리카 문제를 담당하는 국방 차관보 대리가 왔으며 그밖에도 군사 고문이나 과학 고문이 각각 한 명씩, 그 아래 실장인 루벤스, 그리고 그의 직속 부하로 국방 정보국(DIA)과 CIA공작 본부에서 보낸 요원 등 여섯이 배속되었다. 이들 직원들은 말하자면 분리 수거자로, 각자 밑에는 관련 부서의 인원이 대기하고 있었다.

루벤스로서 고마운 점은 과학 고문 멜빈 가드너 박사의 존재였다. 박사는 양자 역학 분야에서 물리 화학에 이르기까지 전공이 광범위했으며 나중에 분자 생물학에서 공적을 인정받아 국가 과학상을 받았다. 이번 작전에는 더할 나위 없는 소양을 갖춘 데다 만사를 온화하게 대처하는 덕에 살벌한 작전 본부 분위기를 부드럽게 해 주었다. 미국 특수 작전 사령부(USSOCOM)에서 파견된 제복 차림의 군사 고문 글랜 스톡스 대령이 상당히 까다롭게 굴었지만, 다른 멤버들은 두 고문끼리 논의가 맞지 않는 모습을 보고 즐거워했다.

루벤스는 작전 개시 직전에 가드너 박사와 둘만의 자리를 가졌다. 기본적인 사항에 대해서 박사가 어떻게 생각하는지 알고 싶었다.

"박사님도 '누스'를 말살해야 한다고 생각하십니까?"

단도직입적으로 이렇게 질문했더니 느긋한 어조로 가드너가 대답했다.

"다른 방법이 없네. 그 세 살배기 어린애가 성장해서 상온 핵융합이라도 성공하게 되면 세계의 세력도를 완전히 갈아엎을 수 있을 테니까. 에너지 문제뿐만이 아닐세. 무기 개발을 포함한 과학 기술, 의료, 경제, 모든 면에서 인류가 지배당해. 그렇게 되면 전 세계의 부와 권력이 누스에게 집중될 수밖에."

아무래도 과학 고문도 루벤스처럼 콩고 정글에 출현한 생물학적 위협을 제대로 평가하고 있는 것 같았다. 위협이란 '힘'이었다. 두려운 점은 핵폭탄의 파괴력이나 최첨단 과학 기술력이 아니라, 그것을 만들어 내는 앎의 힘 그 자체였다.

박사가 이어서 말했다.

"안타깝지만 우리가 관용을 베풀 수는 없네. 우리보다 머리가 좋은 생물이 있다는 점을 허용할 수 없는 걸세. 개인적으로는 누스와 만나 보고 싶기도 하지만 말일세."

그것은 루벤스도 동감이었다.

"누스가 성장하면 어떤 모습이 될까요?"

"유형성숙의 가능성을 고려하면 현생인류의 어린이와 같은 얼굴을 할 거라 생각하네. 유아기에는 이상한 모습이라도 언젠가는 인간 아이와 구별할 수 없게 되지 않을까?"

"그렇군요."

애초에 현생인류도 선조가 된 유인원의 유형성숙이 아닌가 하는 말이 있었다. 침팬지의 유아와 인간 성인의 두개골은 형상이 쏙 빼닮았다. 누스가 성장할 경우 피그미로서의 작은 신장도 감안하면 현생인류의 어린이와 구분이 안될 것 같았다.

"그런데 이번 작전에 대해 제일 중요한 요인 말씀입니다만……."

"현 단계에서 누스가 가진 지적 능력 말이지?"

"그렇습니다. 나이젤 피어스의 메일로 판단하면 누스의 뇌 용적 증가는 대뇌신피질에서 한정적으로 일어났다고 판단하는 것이 타당하죠."

가드너가 탄식했다.

"뇌 발생의 양적 완강성에는 수수께끼가 많네. 누스의 전두부가 특별히 발달되었다고 했던가?"

"네."

"인간의 고차적인 정신 활동의 영역이 전두엽에 집중되었다는 것을 생각해 보면 그의 능력을 과소평가하지 않는 것이 현명하겠지."

"그러면 최대한으로 예상해 둘까요?"

"그게 안전해."

결국 침팬지와 인간의 지능 차이를 그대로 적용하기로 했다. 누스는 현재 생후 3년이 지났으니 현생인류 성인과 비슷한 지능을 가지고 있는 셈이었다.

"이러면 좋은 싸움이 되겠군."

가드너가 마치 체스 호적수를 발견했다는 듯이 웃었다.

실제로 작전이 발동하고 나서 루벤스는 곧바로 정보 통제에 들어갔다. 일단 정보 안전 보장 감독국(ISOO)을 통해 공립 공문서관에 잠들어 있는 「하이즈먼 리포트」를 기밀로 지정했다. 동시에 「하이즈먼 리포트」

에서 언급한 인터넷 사이트들을 전부 '소거'했다. NSA에 명령해서 어떤 검색 엔진에도 걸리지 않게 만든 것이다.

네메시스 작전의 첫 발걸음은 순조로웠지만 준비가 진행될수록 불온한 공기가 감돌기 시작했다. 무엇보다 난항이었던 것이, 콩고 정글에 보낼 현장 요원 선발이었다.

특별 계획실의 수장 해리 엘드리지 국방 차관보 대리가 백악관의 의향을 루벤스에게 전했다.

"워런 개럿이라는 CIA 준군사 요원을 참가시키게. 작전 수행을 감시하게 하는 역할이야."

루벤스는 놀랐다.

"'기타 정부 기관(OGA)' 직원을, 가디언 작전에 말입니까?"

"그렇네."

"괜찮을까요?"

"위에서 그런 의향이라니까."

엘드리지가 얼굴을 찌푸리며 대답했다. '선별 통보 원칙' 때문에 루벤스에게는 이유를 알리지 않았지만 번즈 정권이 워런 개럿이라는 남자를 없애고 싶어 한다는 사실은 명백했다.

나머지 세 사람은 엘드리지가 민간 군사 기업의 커넥션을 통해 적임자들 목록을 만들었다. 그런데 이라크에서 활동하고 있던 후보자들이 차례로 적의 공격을 받아 사망했다. 그때마다 목록이 다시 작성되다가 결국 육군 특수 부대와 공군 항공 구조대 출신, 그리고 프랑스 외인 부대에 있던 일본인이라는 오합지졸 팀이 조직되었다. 멤버 각자의 기량에는 문제가 없지만 루벤스는 조너선 예거라는 그린베레 출신 대원 자질을 의문시했다. 신상 조사서에는 그의 외아들이 난치병에 걸려서 남은 수명이 얼마 남지 않았다고 기재되어 있었다. 이런 불행을 겪을 경우 가까운 사람의 정신 내부에서는 자기 파괴 충동이 높아진다. 육체적으로 가혹한 임무 중에 예거가 자포자기해 버릴 수 있지 않을까?

그 후, 예거의 아들 문제는 전혀 예상치 못한 사태로 떠올랐다. 처음으로 받은 것이 NSA가 보낸 정보였다. 일본에서 'Heisman Report'라는 단어를 검색한 컴퓨터가 있었다. NSA가 보낸 검색자의 이름을 보고 루벤스도 경악했다.

'고가 세이지'

음부티족 바이러스 감염에 대해 면역학 조사를 했던 학자였다. 그 인물이 어째서 「하이즈먼 리포트」에 관심을 보이는가? 단순한 우연이라고는 생각할 수 없었다. 네메시스 작전은 「하이즈먼 리포트」의 보고에 기초했으며, 고가 박사가 조사한 대상인 캉가 밴드 40명을 말살하려는 작전이었다.

최악의 경우 기밀이 탄로났다고 볼 수도 있었다. 바로 추적 조사가 이루어졌는데 놀라운 사실이 밝혀졌다. 고가 박사가 자이르에 방문했던 1996년의 같은 시기에 나이젤 피어스가 음부티족 캠프에 머물고 있었다. 두 사람이 서로 아는 사이일 가능성이 매우 높았다. 하지만 현지 내전이 발발되어 각자 자기 나라로 귀국한 후, 두 사람의 교류가 계속 되었다는 증거는 전혀 발견되지 않았다.

고가 세이지는 CIA와 NSA의 감시 대상이 되었다. 일단 고가 박사가 주고받은 모든 통신 정보를 NSA가 감청했다. 의혹을 결정지을 증거는 얻지 못한 한편, 새로이 루벤스의 의혹을 살 보고가 들어왔다. 콩고 동부와 일본 사이에 암호화된 전자 메일이 오가고 있다는 내용이었다. "송신자도 수신자도 불명이며, 해당 암호문의 해독도 불가능"이라는 보고를 듣고 루벤스는 NSA의 연락 담당관에게 질문했다.

"메일을 감청했는데도 송수신자가 밝혀지지 않는다고요?"

"네. 이 통신은 독자적인 통신 프로토콜을 만들어 주고받고 있는 것 같습니다. 일반에게는 개방되지 않은 통신망을 만들었다는 말입니다."

"하지만 IP주소는 필요하잖습니까? 일본의 인터넷 사업자에게 조회하면 나올 텐데요."

"그것도 해 봤습니다. 하지만 인터넷 사업자와 계약한 것은 행방불명인 사람이었습니다."

"어떻게 된 거죠?"

연락 담당관은 일본에서 테러 대책을 하는 탐사 기관, 경시청 공안부 외사 3과에서 보낸 보고를 전했다.

"계약자는 거액의 채무를 지고 10년 이상이나 실종된 상태였습니다. 현지 경찰 이야기로는 '호적'이라는 주민 등록이 매매되고 있어서 누군가가 이 행방불명자가 되어서 IP주소를 취득한 것이 아닐지 추측했습니다. 호적 매매는 사기 등의 범죄에서 자주 쓰이는 수법이라고 합니다."

계약서에 기재되어 있던 주소는 도쿄 북부의 상가에 있는 어떤 싸구려 아파트 한 곳인데 사람이 살고 있다는 흔적이 없다고 했다. 임대 계약서에 있는 명의나 인터넷 사업자와 맺은 계약서에도 동일한 행방불명자의 이름으로 서명이 되어 있기 때문에 누군지 특정하기 불가능했다.

"그러면 콩고는 어떻죠? 송수신에 사용되는 위성 통화 서비스 계약자는?"

"같은 일본인 이름으로 되어 있습니다."

루벤스가 생각했다. 이 암호 통신은 고가 세이지와 나이젤 피어스 사이에 오갔을까? 만약 그랬다면 목적이 무엇이었을까?

"암호문 내용은 NSA도 모르나요?"

"네. 거기 사용된 암호 기술이 RSA나 AES에도 없었으며, 원타임 패드 (OTP) 암호일 가능성이 높다고 합니다."

루벤스도 즉시 이해했다. 애초부터 준비했던 난수열을 가지고 평문을 한 글자씩 암호화하는 원타임 패드 암호는 해석이 불가능하다는 점이 수학적으로 증명되었다. 이 방식이 일반에게 보급되지 않은 것은 송신자와 수신자가 방대한 난수열을 미리 공유하고 있어야만 한다는 실무상의 문제가 있었기 때문이다. 현재 원타임 패드 암호로 주고받는 통신은 미국과 러시아 대통령이 직통으로 연결되는 핫라인 정도로 제한되어 있었다. 콩고와 일본에서 오가는 암호 메일은 사용하고 있는 컴퓨터에 이 암호 시스템을 집어넣은 것 같았다. 암호화와 부호화에 사용되는 난수열이 전부터 하드디스크에 들어 있는 것이었다. 해독하려고 한다면 이 난수열을 직접 입수하는 수밖에 없었다.

"암호 통신을 하고 있는 컴퓨터에 침입할 수는 없나요?"

"그것도 시도해 봤지만, 실패했습니다."

NSA도 침입할 수 없는 컴퓨터가 있다니 놀랄 뿐이었다.

"그래서 가디언 작전 임무에 한 가지 추가를 부탁드리고 싶습니다. 피어스가 가진 컴퓨터를 압수하는 겁니다. 그 컴퓨터에서 난수열을 빼낸다면 어떤 메시지가 오갔는지 알 수 있으니까요."

연락 담당관이 말했다.

"그러면 되겠군요."

루벤스가 작전 일부 변경을 승인했다. 어찌되었건 가디언 작전은 막바지에 중지될 운명이었다.

그렇게 생각하는 한편 작전 전체를 장악해 두고 싶었지만, 불온한 사태가 진행되고 있다는 사실을 인정하지 않을 수 없었다. 이 사건 하나의 배후에는 누스의 지성이 관여하고 있지 않을까 하는 의심이 고개를 들었다. 그것은 현재 시점에서는 확신하기 어려웠다. 적의 수법이 교묘했지만 이 방면에 지식이 있는 사람이라면 누구나 그런 계획을 짜는 것이 가능했으니까.

"처음 이야기로 돌아가겠습니다. FBI로 일본 경찰을 움직이면 인터넷 서비스 업체와 한 계약을 정지시킬 수 있습니다. 어떻게 할까요?"

루벤스는 연락 담당관의 제안을 받아들였다. 불확정 요소를 제거해 두지 않으면 작전 그 자체가 제어 불능에 빠져 버릴 우려가 있었다.

"그렇게 하죠."

며칠 뒤, 루벤스는 새로운 보고를 받았다. 행방불명자가 받은 IP주소를 압수하자 바로 일본, 콩고간의 암호 통신이 부활했다. 다른 명의로 된 IP주소가 사용되었다고 했다. 루벤스는 큰 실수를 저질렀다는 것을 깨달았다. 문제의 통신을 끊지도 못했을 뿐더러, 이쪽의 존재만 상대에게 들켜버린 것이다.

"또 다시 할까요?"

"아니, 아마 다시 또 재개될 겁니다. 통신 감청을 계속하고 해독에도 노력을 기울여 주세요."

"네."

대체 콩고와 일본에서 무슨 일이 일어난 걸까? 루벤스는 전모를 파악하기 위해 신호 정보 활동(SIGINT)뿐만 아니라, 대인 정보 활동(HUMINT)도 개시하기로 했다. 재일 미국 대사관에 본거지를 두고 있는 CIA 도쿄 지국에 지시를 내려, 현지 공작원을 고용했다.

고가 세이지라는 바이러스 학자를 철저하게 탐색하기 위해서였다.

CIA가 고가 박사와 관계있는 인물을 추려내는 한편, NSA가 그 사람들의 통신을 모두 도청해서 불륜 문제를 가진 인물을 골라냈다. 그리고 현금과 불륜 증거라는 당근과 채찍을 사용해서 협력자를 만들었다. 암호명은 공작원의 직업과 연관이 있는 '사이언티스트'라고 정했다.

그러나 '사이언티스트'가 정탐을 시작하기 직전, 고가 박사가 흉부대동맥류 파열로 사망했다. 의심할 여지가 없는 병사였다. 남은 작업은 고인의 유품인 컴퓨터를 압수하는 일밖에 없었다. 그 컴퓨터 안에는 피어스와의 암호 통신을 해독하는 난수열이 들어 있을 테니까.

그때, 에셜론 도청망에 새로운 사냥감이 걸려들었다. 'Heisman Report'를 검색한 사람이 또 나타난 것이다. 그 인물은 고가 세이지의 아들, 고가 겐토라는 청년이었다. 이 대학원생은 더욱 기묘한 행동을 취했다. 인터넷으로 폐포 상피 세포 경화증이라는 불치병에 대해 조사한 것이다. 그 병은 바로 조너선 예거의 아들을 뒤덮은 유전성 질환이었다.

고가 세이지의 죽음으로 두절되었던 콩고와 일본을 엮는 커넥션은 친아들이 이어받은 것으로 보였다. NSA가 도청에 성공한 기밀 구분 '감마'의 정보가 그것을 나타내고 있었다. 아이스바로 더러워진 책을 펴라. 고가 세이지 사후, 자동 발신 프로그램으로 아들에게 보낸 메일 내용이었다. 아마 박사는 일본 경찰이 서버 하나를 정지시켰다는 것을 알고, 자신이 구속될 경우를 생각한 모양이었다. 아들에게 보낸 짧은 지시를 해독해 보니, 부모 자식 둘밖에 모르는 책 안에 뭔가 메시지를 숨겨 두었음이 틀림없었다. 전자적 도청의 위험을 미리 간파하고 단순하지만 효과적인 방어책을 준비한 것이다.

하지만 루벤스가 이해할 수 없었던 것은 아들이 취한 행동이었다. NSA의 감시 아래 있을 가능성을 전혀 고려하지 않고 너무나 무방비하게 인터넷에 접속했다. 그래서 '사이언티스트'에게 접촉하도록 했더니 아버지가 생전에 무슨 일을 했는지 아무것도 모르고 있는 것 같다는 보고가 올라왔다.

그것을 그대로 받아들인 결과, 루벤스가 두 번째 실책을 저질렀다. 일본에서 공작 목표를 박사가 남긴 컴퓨터로 정하고 현지 경찰에게 압수하도록 했지만 그 직전에 누군가가 겐토의 휴대 전화에 경고를 보냈다. 놀랍게도 컴퓨터로 합성한 기계음은 뉴욕의 공중전화에서 발신되었다. 미국 대륙에도 그의 협력자가 있었다. 그 결과 고가 겐토는 경찰관을 따돌리고 도주했다.

일이 여기까지 이르자 루벤스도 확신했다. 네메시스 작전에 관련된 기밀 정보가 누설되었으며 콩고와 미국, 그리고 일본 세 나라를 연결하는 정체불명의 집단이 어떠한 의도를 가지고 비정기적으로 접촉하고 있는 게 분명했다. 하지만 전혀 알 수 없는 점은 그 목적이었다. 나이젤 피어스 또는 누스의 생명을 구한다 해도 용병 넷이 공격하는 것을 막을 도리가 없었다. 원시적인 수렵 도구밖에 없는 피그미족들이 특수 부대 출신 대원들의 화력에 맞대응을 할 수도 없으며 피그미족의 캠프 바깥으로 도망치려 한다면 이투리 지방 일대를 유린하고 있는 수많은 무장 집단이 기다리고 있었다. 아무리 생각해도 살아날 방법이 없었다.

그러는 동안에도 미국 대륙에서는 가디언 작전이 차례로 진행되고 있었다. 현장 요원 네 명이 훈련을 마치고 콩고 동부 분쟁 지대에 침입해서 목표로 잡은 캉가 밴드 캠프로 접근하고 있었다.

기밀 유지 문제는 있었지만 작전 자체는 아직 자기 손으로 제어하고 있다는 판단을 내렸다. 누스의 암살 임무는 성공할 것이다. 남은 것은 빠듯한 시간 내에 작전을 일부분 변경해서 다른 사람들을 말살 대상에서 제외하기만 하면 됐다.

그런데 지금…….

미국 동부 시간 오후 9시, 아프리카 중부 시간 오전 3시.

'가디언 작전'은 마지막 단계로 들어갔다.

특별 계획실에 남아 있는 부하 여섯 명과 함께 루벤스는 벽 한쪽에 붙은 스크린을 바라보고 있었다. 콩고 상공을 주회하는 군사 정찰 위성이 포착한 영상이 나오고 있었다. 바로 위에서 초망원 렌즈를 들이 댄 탓에 입체감이 없는 캉가 밴드 캠프지는 마치 흑백 평면도 같았다. 적외선 촬영 장치는 피사체의 온도 차이를 감지하기 때문에 모든 물체의 윤곽을 흰색에서 검은색의 농도로 그리고 있었다.

U자형으로 이어진 11개의 텐트. 몇 채는 지붕에 얹어 둔 나뭇잎이 얇아서 안이 비쳐 보이고 있었다. 잠들어 있는 사람들의 모습이 열 때문에 희게 비치고 있었다.

이 고도 기밀 텔레비전 중계가 우습게 느껴지는 이유는 근접 목표 정찰 중인 가디언 작전 현장 요원들을 한 화면에서 볼 수 있기 때문이었다. 캠프 북쪽과 남쪽에 둘씩 화씨 98도의 체온을 가진 사람 모습이 몇 시간이고 움직이지 않고 줄곧 음부티족의 동태를 살피고 있었다. 루벤스는 마치 술래잡기에 몰입한 어린이들을 옆에서 보고 있는 기분이었다.

작전 개시 직전, 소강 상태를 이용해서 루벤스는 기밀 정보의 누설에 대해 생각해 보았다.

뉴욕에서 발신되어 고가 겐토가 받은 경고 전화. 이쪽에 스파이가 잠입해 있는 게 분명했다. 이 정체불명의 인물을 포함해 적은 언제, 어떻게 특별 접촉 계획의 존재를 알게 되었을까? 루벤스는 대통령 밑의 지휘 계통을 샅샅이 살폈지만 미국 기밀 통신망을 해킹하지 않는 한, 네메시스 작전의 개요를 알기란 불가능했다.

그렇다면 위협이 눈앞에 바싹 다가온 셈이었다.

누스는 이미 모든 암호를 해독하는 일을 성공한 것이 아닐까?

가드너 박사와 나눈 대화로 이 세 살 어린이의 지능을 현재 살고 있는 인류의 성인 정도로 계산했지만 피어스의 메일에 따르면 누스는 소인수 분해에 대해서는 인간이 따라할 수 없는 능력을 획득한 상태였다. 그 수학적 재능이 발휘되면 RSA 암호뿐만 아니라 일방향 함수를 사용한 다른 암호도 해독되지 않았을까? 게다가 누스와 행동을 함께하는 나이젤 피어스가 노트북을 정글 안으로 가지고 들어갔다. 아프리카 한가운데에서도 사이버 공간과 연결될 수 있는 상황이었다.

세 줄로 배치된 작업 탁자 제일 앞줄에서 외선용 비밀 전화가 소리를 냈다. 남아프리카 제타 시큐리티에서 보낸 정시 연락이었다. 전화를 받은 국방 정보국 직원 에이버리가 마지막 줄에 있는 루벤스를 돌아보고 전했다.

"습격 개시 콜사인은 없습니다."

조너선 예거 이하 네 사람이 오늘 밤에는 공격 목표를 정찰하는 데만 전념할 생각인 것 같았다. 작전 결행은 내일 이후로 넘어갔다.

루벤스는 절호의 타이밍이라고 생각하고 자기 컴퓨터에 준비해 두었던 문서를 출력했다. 캉가 밴드 40명이 어떠한 바이러스에도 감염되지 않았다는 고가 세이지의 학술 논문이었다. 비밀리에 조사 일시만 바꿔 넣었다. 그 서류 다발을 안고서 엘드리지 감독관 책상으로 갔다.

"작전 변경을 할 여지가 있는 것 같습니다."

그렇게 보고했더니 돌아갈 준비를 하던 엘드리지가 움직임을 멈췄다.

"누스가 태어난 뒤에 시행된 면역학 조사에서 음부티족의 바이러스 감염이 부정되었습니다."

엘드리지가 받아든 논문을 넘기며 표정을 찌푸렸다. 국방 차관보 대리라는 요직에 있어도 웨스턴 블롯(특정 단백질의 유무 또는 양을 알기 위해 수행하는 분석법 — 옮긴이)으로 작성된 검사 보고를 이해할 수 없는 모양이었다.

"그래서 무슨 소린가? 간략하게 말해 주게."

예상하던 반응이 나와 루벤스도 안심했다. 이제 위조 논문이 검증당할 위험은 없었다.

"유전자 변이가 집단이 아니라 개체에서 일어났다는 뜻입니다. 따라서 캉가 밴드 구성원과 나이젤 피어스, 그리고 가디언 작전 현장 요원을 제거할 필요는 없어졌습니다."

"누스와 그 아버지만 처리하면 된다는 말인가?"

"그렇죠."

엘드리지가 이마를 찌푸리고 생각에 잠겼다. 이해타산을 따지는 정치인의 표정이었다. 그는 루벤스의 어깨에 손을 얹고 작전 지휘소 구석으로 이끌더니 고집스레 말했다.

"불필요한 살육을 피할 수 있다는 사실은 나로서도 매우 기쁜 일이네. 하지만 목표에서 제외되는 일은 피그미족 서른여덟 명만이야. 기밀 유지를 위해 피어스를 살려 둘 순 없네. 그리고 현장 요원 네 사람도. 이 결정은 변하지 않아. 누스와 그 아버지, 그리고 나이젤 피어스를 포함한 일곱 명은 원래 계획대로 처치하게."

어째서 그렇게까지 현장 요원을 말살하는 일에 연연하는지 루벤스로서는 이해할 수 없었지만 워런 개럿 때문에 그럴 거라는 추측을 했다. 결국 일곱 명을 죽여야만 하겠지만, 이 방법이 간신히 찾아낸 타협점이라는 생각이 들었다. 암살 계획에 가담했다고 자신을 책망해야 할지 아니면 서른여덟 사람의 목숨을 구했다고 자랑스러워해야 할지 난감했다. 어쨌든 엘드리지나 자기 둘 다 자기 손으로 직접 현장 요원들을 죽이지 않으니 이런 결단을 내릴 수 있는 것일 터였다.

엘드리지는 긴장을 풀려는 듯이 미소를 지으며 말했다.

"피그미족들을 몰살할 필요가 없다고 현지에 전하게."

감독관의 정식 승인이 떨어졌으니 루벤스는 지시를 전달하기 위해 책상들 틈을 빠져나가 에이버리 곁으로 가려 했다.

"아서!"

자신을 날카롭게 부르는 소리에, 루벤스가 뒤를 돌아봤다. 부하 직원 한 사람이 스크린을 가리키고 있었다. 위성 화면으로 눈을 돌렸더니 가디언 작전 현장 요원들이 움직이고 있었다. 그 자리에서 이탈하려고 하는 것이 아니었다. 허리를 낮춘 자세로 천천히, 하지만 확실히 캠프로 접근하고 있었다.

처음에 루벤스는 정찰 행동의 일환이라고 생각했다. 하지만 네 사람이 일제히 움직이기 시작한 것이 납득되지 않았다. 급습을 한다고 생각하기에는 대형이 잘못되었다. 잠시 그들의 움직임을 쫓아 보니 일렬로 배치된 오두막 제일 끝 두 방향에서 접근하는 중이라는 것을 알았다. 루벤스가 즉각 이상을 감지했다.

"제타와 통신을 확보해요. 콜사인 유무에 대해 다시 한 번 확인하고요. 그 대답 여부에 상관없이 '갱2'에게 행동 중지 지시를 보내세요."

루벤스가 연달아 지시를 내렸다. 기껏 작전을 변경하려고 애쓰는데 용병들은 무슨 짓을 하고 있는가?

"라저."

에이버리가 대답하며 전화를 들었다.

인공위성이 보낸 정찰 영상은 다른 대륙에 있는 남자들의 움직임을 실시간으로 작전 지휘소로 전했다. 예거라고 생각되는 실루엣이 소총을 내리고 권총으로 바꿔들었다. 그것을 신호로 다른 세 사람이 오두막 앞에 방어용 위치에 섰다. 오두막 안에는 지붕을 뒤덮은 나뭇잎이 무성해서 적외선 촬영 장치로도 투영되지 않았다.

에이버리가 수화기를 귀에서 떼고 목소리를 높였다.

"'갱2'와 통신 두절."

"뭐라고요?"

그렇게 되묻는 동안 예거가 매끄럽게 움직였다. 오두막 옆에서 정면으로 돌아와서 총을 쥔 두 팔을 입구에서 안쪽으로 향했다.

루벤스는 말을 잃고 위성 영상을 바라보았다. 총격이 개시된다면 멈출 방법이 없다. 캉가 밴드 40명 전원이 학살될 것이다.

그런데 그때 피사체가 전부 얼어붙었다. 동영상이 정지 화면으로 변한 것 같았다.

잠시 지나서, 루벤스는 무슨 일이 일어났는지 상상이 되었다.

조너선 예거가 이 세상의 것이 아닌 지성(知性)과 조우했다.

누스를 본 것이다.

2

"부디 진정하게. 우린 저항하지 않아."

본 적 없는 생명체를 가슴에 품은 나이젤 피어스는 한 마디, 한 마디를 천천히, 속삭이듯이 발음했다.

예거는 사격 자세를 바꾸지 않은 채 움직이지 않았다. 인간이라고는 생각할 수 없는 생물과 서로 노려보는 중이었다. 정글의 밤을 스쳐 지나가는 바람이, 소리 없이 뒷목을 쓰다듬고 있었다.

"오른쪽 구석에 둔 컴퓨터를 봐 주겠나."

예거가 재빨리 시선을 움직였다. 오두막 안에 땅바닥이 그대로 드러난 한쪽 구석에 켜져 있는 노트북이 있었다. 흘끗 보기만 해도 예거는 뭐가 떠 있는지 알았다. 군사 정찰 위성이 포착한 감시 영상이었다. 오두막을 둘러싼 자신들의 모습이 깨끗하게 비춰지고 있었다.

"자네들은 펜타곤에게 감시당하고 있어. 이대로 아무 일도 없었던 척하고 숲으로 도망치게."

예거는 그를 얼어붙게 만든 생물에게서 눈길을 거두었다. 이상한 머리 부분에 있는 커다란 두 눈만을 빛내고 있는 그 어린애는 숲에 살고 있는 악귀 그 자체였다.

"감시 위성은 이제 2분 후 촬영 가능 범위를 벗어나네. 그때가 되면 내가 그쪽으로 가지."

예거의 등 뒤에서 믹이 억누른 목소리로 말했다.

"뭐 하고 있어? 빨리 해!"

"나를 믿어 주게. 2분 뒤에 모든 증거를 보여 주겠네."

피어스가 말했다.

"증거? 무슨 증거?"

"자네들이 살해될 거라는 증거. 가디언 작전 현장 요원은 하나도 남김없이 펜타곤에 의해 살해될 거라는 증거 말일세."

예거가 망설인 한순간을 기다렸다는 듯이 믹의 몸이 시야 한쪽으로 파고 들어왔다. 그 두 손에 쥔 글록을 확인하고 나자 예거는 반사적으로 총구를 밀어냈다. 서프레서에 의해 고음만 감소된 낮은 총성이, 나뭇잎으로 엮인 오두막 전체를 날카롭게 진동시켰다. 발사된 탄환은 피어스와 어린애 머리 위를 통과해서 오두막 바깥 정글로 날아갔다.

믹이 '본 적 없는 생물'을 죽이려 한 것인지, 아니면 예거가 밀쳐서 총이 폭발한 건지는 알 수 없었다. 어느 쪽이든 말다툼 하고 있을 시간이 없었다. 예거는 믹의 팔을 누른 채 말했다.

"총을 밖으로 내보이지 마."

"뭐?"

"위성이 우리를 찍고 있어. 총구의 열기 때문에 들키게 돼."

"하지만……."

말을 하려다 말고 믹이 갑자기 입을 다물었다.

울음소리가 들려왔다. 예거도 놀라서 인간으로는 보이지 않는 생물에게 야시경을 향했다.

어린애가 울고 있었다. 피어스의 가슴에 매달려서 눈물을 흘리고 있었다. 발포에 놀라 떨고 있는 것 같았다. 모습은 기괴해도 속은 어린애인가? 기세가 꺾인 예거는 그래도 냉정하게 현재 상황을 분석했다. 피어스가 알아서 나온다고 한다면 억지로 납치할 필요는 없었다.

"이탈한다."

예거가 동료에게 전하고 이동 전에 인류학자에게 말했다.

"남쪽 30미터 지점에서 기다리지. 수상한 움직임을 보이면 쏘겠소."

피어스가 수염투성이 얼굴을 위아래로 끄덕였다.

돔형 오두막에 얼굴을 향한 그대로 예거가 뒤로 철수하기 시작했다.

믹은 막 발포했던 총을 벨트에 꽂아 넣고 전술 조끼로 덮었다. 개럿과 마이어스가 소총을 안고 접근전 준비 자세를 유지하며 예거를 따라갔다.

광장 반대쪽 숲으로 이동해서 무성하게 난 수풀이 하늘을 뒤덮고 있는 곳으로 들어갔다. 이렇게 되면 정찰위성에게 포착될 걱정은 없었다. 예거는 개럿에게 위장 공작 지시를 내렸다.

"제타에 보고를 보내. '본 적이 없는 생물'을 수색했지만 발견되지 않았다고."

"라저."

"그리고 '엔젤'은 24시간 후 예정이라고 전해."

'엔젤'이란 습격 개시를 알리는 콜사인이었다.

개럿이 배낭을 내려 군용 규격 컴퓨터를 꺼내 메일을 작성했다.

"안에 뭐가 있었어?"

마이어스가 물었다.

"본 적이 없는 생물이 있었어."

놀란 마이어스가 빠르게 질문했다.

"봤어? 어떤 생물이었는데? 파충류야?"

대답이 궁해진 예거 옆에서 믹이 말했다.

"그건 에일리언이야."

"뭐라고?"

오두막 앞에서 빛줄기가 뻗어 나오더니 펜라이트를 손에 쥔 나이젤 피어스가 나왔다. 한쪽 팔에 그 아이를 안고 있었다. 믹이 AK47을 겨누고 언제라도 쏠 수 있는 자세를 취했다.

"저거야."

예거가 마이어스에게 가르쳐 줬지만 먼 거리에서 야시경으로 보기에는 인간 어린애로밖에 보이지 않았다.

일동이 주시하는 동안 피어스가 옆 오두막을 들여다보더니 안에 어린애를 넣고서 짧게 휘파람을 불었다. 광장 반대쪽에 있던 개 중에서 한 마리가 몸을 일으키더니 키가 큰 백인 남자 발치로 달려왔다. 말라빠진 개를 데리고 피어스가 약속대로 예거 일행이 기다리는 지점으로 왔다.

"왜 개를 데려왔지?"

믹이 경계심을 드러내며 물었다.

"실험대일세. 지금부터 아까 이야기를 마저 하지."

피어스의 말을 예거가 막았다.

"아니, 기다리시오. 일단 이쪽이 질문하겠소. 거기 앉으시오."

피어스가 무장한 남자들을 차례로 둘러보고 나서 기다란 몸을 접어 땅바닥에 앉았다.

"아까 어린애는 뭐였소? 인간 어린애 같지는 않았는데."

상대는 학자다운 딱딱한 말투로 대답했다.

"뇌에 돌연변이가 일어난 아이일세. 하지만 장애아라는 말은 아니지. 유전자 변이가 일어나서 우리보다 우수한 두뇌를 획득했으니까."

"우리보다 우수한?"

"지구상의 어떤 인간보다 우수하다는 말일세. 백악관은 저 아이의 지능을 두려워하고 있네. 군사용까지 포함한 모든 암호가 해독될 테니 말이야. 그래서 자네들을 고용해 죽이려고 한 게지."

"기다려 봐요. 돌연변인데 두뇌가 우수하게 되었다고?"

마이어스가 말했다.

"그렇네."

"그게 진짜면 그냥 유전자 이상이 아니잖아요. 인간이 진화했다는 뜻인데."

"그 말 그대로네. 이 땅에서 호모사피엔스의 진화가 일어난 거지."

마이어스가 믿기 어렵다는 듯이 고개를 저었지만 말은 하지 않았다.

예거는 인류학자의 말을 부정할 수 없었다. 증거를 이미 보았기 때문이다.

"아까 위성 영상은 어떻게 입수했소?"

"저 애가 해킹한 걸세. 내 컴퓨터를 써서."

개럿이 끼어들었다.

"아니, 그건 불가능하오. 그렇게 간단하게 해킹할 수 있을 리가 없소."

"그게 가능하다는 말이네. 인간이 만든 프로그래밍 언어 그 자체가 취약성을 가지고 있기 때문일세. 저 애는 그걸 꿰뚫어 봤거든."

"하지만 통신에 접속할 수 있다고 해도 정보는 암호화 되어서…… 암호를 해독했다는 거요?"

"그렇네. 저 애는 모든 일방향 함수를 풀어내는 알고리즘을 고안했지. 내가 자네들 작전을 이전부터 알고 있었던 것도, 미국 기밀 계획에 접속할 수 있었기 때문이지."

"그렇다면, 어째서 우리도 살해된다는 거요?"

예거가 중요한 질문을 던졌다.

"유전자 변이가 일어난 게 원인이네. 가디언 작전을 세운 사람은 바이러스 감염 가능성도 고려했네. 이 땅에 발을 들여 놓는 사람은 자손의 뇌를 변환시킬 바이러스에 감염될 우려가 있다고 말이지. 즉, 자네들이 감염되어서 언젠가 낳을 아이가 유전자 이상을 일으키지 않을지를, 백악관은 두려워한 거야."

자식의 유전자 이상이라는 표현에 예거가 표정을 찌푸렸다. 바로 그가 겪은 일이었다.

"하지만 그런 바이러스가 존재하지 않는다는 것을 난 알고 있네. 물론 가디언 작전 구실이 된 치사성 바이러스 같은 것도 없네. 그 작전은 거짓일세. 자네들을 말살하는 일까지 포함한 진짜 작전은 '네메시스'라는 암호명으로 불리고 있네."

"그러면 아까 하던 말인데. 우리가 죽게 된다는 증거가 있다고 했소?"

피어스가 한번 끄덕이고 의기양양하게 말했다.

"자네들은 대학살 종료 후에 약을 마시라고 지시를 받았지 않나? 치사성 바이러스를 구제한다는 명목으로 약물을 지급받았을 걸세. 그걸 꺼내 보게."

제타 시큐리티에서 받은 하얀 캡슐이었다. 아무래도 정말 피어스는 모든 것을 알고 있는 것 같았다. 모두가 주저하는 와중에 마이어스가 재빨리 방수 가방을 꺼냈다. 속에는 다른 멤버 것까지 포함해서 네 개의 알약이 담겨 있었다.

"아미 나이프를 꺼낼 건데, 쏘지 말게."

피어스가 말하더니 알약 하나를 받아들고 나이프를 꺼내 캡슐 끝을 잘랐다. 의외일 정도로 투명한 알약은 4중 구조로 되어 있었다. 캡슐 속에는 보다 작은 캡슐이 들어 있었고, 중심에 비어 있는 부분에 미량의 하얀 분말이 들어 있었다.

"소화 속도를 늦추기 위해 이렇게 공들인 거라네."

피어스가 설명하며 주머니에서 꺼낸 훈제 육포 한 조각에 흰 가루를 뿌렸다. 누워 있던 개가 육포를 받아 물어 씹고 삼켰다. 갑자기 개의 눈에서 생기가 사라졌다. 개는 서 있는 채로 시체로 변해 입가에서 피를 흘리며 그 자리에서 쓰러졌다.

"알약을 먹으면 자네들도 이렇게 되겠지."

지면에 쓰러진 시체는 경련도 하지 않았다. 자신들에게 향해진 강렬한 살의를 발견하자, 그 대단하던 용병들도 아연해서 꼼짝할 수 없었다.

"청산화합물인가요?"

마이어스가 물었다.

"그렇네. 알약 한 알이 치사량의 1000배는 될 것 같군."

예거가 고개를 들어 CIA의 준군사 요원을 쳐다보았다. 시선을 받은 개럿은 야시경 아래로 입 끝을 비틀며 웃었다.

"백악관이 얼마나 나를 미워하고 있는지 똑똑히 알았군."

개럿은 피어스의 말을 믿는 것 같았다. 명백한 증거를 본 지금은 예거도 조국을 신용할 수가 없게 되었다. 명령에 따르면 자신들은 죽게 될 테니까.

"우리 적은 이제 미국인가?"

"그래."

개럿이 괴롭게 끄덕였다.

침울한 순간이 지나고, 예거의 마음속에는 배신당했다는 분노가 똬리를 틀었다.

"국적은 어떻게 하지?"

"그냥 인간이면 되지."

"잠깐 기다려. 이 남자의 말을 믿는 거야?"

믹이 말했다.

"믿지 않는다고 할 작정이면 알약을 삼켜 보든가."

믹이 개의 시체를 내려다보며 반론하지 않고 입을 꾹 다물었다.

예거는 다시 피어스를 향했다. 아직 사소한 의심거리가 남아 있었다.

"그래서 당신의 목적은 뭐요?"

"저 애와 나, 그리고 자네들까지 다 함께 이 아프리카에서 탈출하는 걸세."

용병 네 사람은 서로를 바라보았다. 일동의 의식이 어려운 문제가 산처럼 쌓여 있는 현실로 끌려왔다.

"방법은 있소?"

"어느 정도 생각해 둔 것은 있는데, 100퍼센트 확실하지는 않네. 적은 백악관뿐만이 아닐세. 이 일대를 둘러싼 무장 집단의 움직임만은 예측할 수 없으니까."

"잠깐. 우릴 노리고 있다는 건 알았어. 그런데 도망치려면 이 아저씨와 이상한 어린애가 발목을 잡을 거라고."

말을 자른 사람은 역시 믹이었다. 그러자 피어스는 일본인에게 눈길도 주지 않고 예거를 보며 말했다.

"우리를 버리면 자네 아들은 살 수 없네."

일동의 시선이 팀 리더에게 향했다. 예거는 어린이의 생명을 놓고 거래하는 게 화가 났지만 겨우 평정을 가장했다.

"아들을 구할 방법이 있다고 했지?"

"그렇네. 내 친구가 폐포 상피 세포 경화증 특효약을 개발하고 있어. 1개월 이내에 완성되네. 그 약을 먹으면 저스틴은 완전히 나을 게야."

그의 말을 믿는다면 저스틴은 그야말로 죽음의 문턱 일보 직전까지 갔다가 되살아난다는 얘기였다. 하지만 자신들이 살아서 이곳을 탈출할 수 있을지가 문제였다. 피어스가 말한 대로 적은 백악관뿐만이 아니었다. 이투리 지방에 주둔해 있는 여러 무장 집단의 병력을 종합하면 적게 잡아도 7만 정도 됐다. 겨우 넷이서 어떻게 적의 포위망을 뚫고 빠져나갈 수 있을까?

피어스가 이번에는 믹을 보며 말했다.

"그리고 나와 저 애는 자네들에게 도움이 된다네. 펜타곤 동향을 파악할 수 있지. 나쁜 거래는 아니라고 보네."

남자들은 잠시 정글의 정적 속에 몸을 맡겼다. 저마다 자기 목숨을 내건 결단을 내리려는 중이었다.

예거는 피어스에게 마지막으로 질문했다.

"통신 수단은 확보되어 있소? 에셜론에 감청되지 않고 다른 나라와 연락을 취할 수 있는 거요?"

"그건 가능하지만 다소 제한이 있네. 언제 어디서나 가능하다고는 할 수 없지."

"내가 알고 싶은 것은 저스틴의 상태요."

"그거라면 며칠 간격으로 연락을 취할 수 있네."

"알았소."

예거가 결의를 굳히고 다른 세 사람을 바라보았다.

"나는 조건부로 피어스와 함께 움직인다."

"조건?"

피어스가 의아한 표정으로 물었다.

"당신과 움직이는 건, 아들이 살아 있는 동안 만이오. 만약 저스틴이 죽었는데 당신들이 날 붙잡고 늘어진다면 내버려두고 떠날 거요."

피어스에게는 사소한 착오였는지, 순간 일순 한방 먹었다는 표정이었지만 바로 강한 어조로 돌아왔다.

"괜찮아. 전혀 문제없네. 자네 아들은 틀림없이 살 수 있으니."

그 한마디로 예거는 인류학자에게 호감을 가졌다. 리디아와 함께 절망에 빠져 있는 5년간, 아무도 들려 주지 않았던 말을 피어스가 처음으로 해 준 것이다. 자네 아들은 틀림없이 살 수 있다고.

예거는 드디어 전투의 대의를 손에 넣었다. 조국을 위해서도, 이데올로기를 위해서도, 아니면 돈을 위해서도 아닌, 자식의 목숨을 구하기 위한 싸움이었다. 그는 동료들에게 말했다.

"내 결정을 강요하진 않아. 너희들은 각자 판단으로 최선을 선택해."

"나는 예거와 같이 갈 거야."

개럿이 바로 대답했다.

"나도."

마이어스도 말했다.

마지막으로 남은 믹이 서양인처럼 어깨를 으쓱하더니 말했다.

"다 같이 움직이는 편이 안전하겠지."

예거도 끄덕여서 그들의 결정을 환영했다. 그리고 피어스에게 물었다.

"저 애도 이름이 있소?"

"아키리라고 하네."

"그럼 우리는 어디로 가야 하오?"

피어스가 답했다.

"지구 반대쪽. 아프리카 탈출 여행은 엄청나게 긴 여행이 될 걸세. 우리의 최종 목적지는 일본이네."

잡지 전문 도서관을 나선 겐토는 이정표로 공립 도서관을 찾아 들렀다. 「하이즈먼 리포트」를 봤지만 아버지가 생전에 했던 행동에 대해서는 아무것도 밝혀지지 않았다.

그럼에도 불구하고, 뭔가 결정적인 단서를 붙잡은 것 같다는 종잡을 수 없는 감각이 들었다. 짙은 안개 너머에 찾아 헤매던 것의 실루엣이 어렴풋이 떠 있었다.

공립 도서관 좁은 통로를 걸어서 인류학 책장에서 몇 권을 골라 열람 코너로 향했다. 「하이즈먼 리포트」 다섯 번째 항목에서 인류의 진화에 대해 다루고 있었지만 겐토는 그 방면에 대한 지식이 없었다.

입문서를 대충 읽어 보고 침팬지와 공통된 선조로부터 나뉜 뒤에 일어난 인류사를 머릿속에 넣었다. 이 600만 년 동안, 지구상에서는 많은 인류종이 탄생과 멸망을 반복해 왔다. 현생인류가 이 세상에 나타난 것이 20만 년 전이었다. 이때에는 다른 종류의 인류, 원인(原人)이나 네안데르탈인이 아직 지상에 살아 있었다.

예를 들어 인도네시아의 플로레스 섬에는 바로 1만 2000년 전까지, 플로레스 원인이라고 이름을 붙인 신장 1미터 정도 되는 사람들이 살고 있었다. 그들의 뇌 용적은 현대인의 3분의 1밖에 되지 않았지만 불을 사용하거나 석기를 만들어 수렵을 하는 등, 고도의 지성을 가지고 있었다. 겐토가 놀란 부분은 이 같은 섬에 수만 년 전부터 현생인류가 정착했다는 사실이었다. 즉, 두 종족이 좁은 섬 안에서 만 년이나 공존하고 있었던 것이다. 일상적으로 접촉하고 있었는지는 확정하기 어렵지만 현재, 플로레스 섬에 사는 사람들 간에는 동굴에 사는 소인에 대한 전설이 이어져 내려오고 있었다. 하지만 플로레스 원인도 역시 어떤 이유 때문인지 결국 멸망하고 말았다.

플로레스 원인만이 아니라 네안데르탈인이나 북경원인도, 멸망한 인류종에게는 마지막 하나 남은 개체가 있었을 터였다. 그 사람은 의식과 감정이 있고, 자기가 놓인 상황을 이해할 능력도 있었다. 그 아니면 그녀는, 어느 순간 깨달았을 거다. 자기가 있는 세상을 아무리 찾아도 동료가 한 사람도 남지 않았다는 것을. 그리고 자신이 빠져나갈 수 없는 절대적인 고독에 갇혀 버렸다는 사실을.

가족이나 친구뿐만 아니라 생물종이라는 동료가 전부 죽었다고 깨달게 된 순간, 얼마나 외롭고 절망스러웠을까? 너무 불쌍해서 상상만 해도 가슴이 조여드는 것 같았다.

「하이즈먼 리포트」의 경고가 하나라도 맞게 되면 결국 인류에게도 같은 일이 일어날 터였다. 책을 서가에 돌려놓고 도서관을 나와서 다섯 번째 항목에 대해 다시 고려했다. 인류가 아직 진화의 도중에 있다고 생각하는 것이 타당한 추론 같았다. 현재 살고 있는 인류를 마지막으로 진화가 멈췄다고 하는 생물학적인 증거는 아무것도 없었다.

겐토는 세타가야 거리를 걸으면서 「하이즈먼 리포트」의 복사본을 주머니에서 꺼냈다. 보고서에는 '초인류'가 나타났을 경우 "우리를 훨씬 능가하는 압도적인 지성을 가지고 있을 것이다."라고 적혀 있었다. 그것이 어떤 지성인지 표현하면, '제4차원의 이해, 전체의 복잡한 상황을 단번에 파악할 수 있는 점, 제6감의 획득, 무한히 발달한 도덕의식 보유, 특히 우리 지적 능력으로는 이해할 수 없는 정신적 특질의 소유'였다.

겐토의 머릿속에 '전체의 복잡한 상황을 단번에 파악할 수 있는 점'이라는 한 구절이 마음에 걸렸다. 과학자에게는 꿈과 같은 능력이었다. 폐포 상피 세포 경화증 질환의 메커니즘으로 보이는 시그널 전달이 하나의 세포 내에서 몇 가지나 일어나고 있었다. 이 수천이라고도 말할 수 있는 생화학 반응이 너무 복잡하게 얽히고설켜 있기 때문에 겨우 하나의 세포 활동을 가지고도 그 모든 걸 이해하는 것은 인간에게 불가능했다. 초월적인 능력이었다.

혹시 그런 일이 가능해진다면 어떨까 하는 생각에 무심코 발을 멈췄다. 뒤에서 오던 사람이 부딪힐 뻔했다. 역 앞 상점가 길 한가운데서 우뚝 서 있는 동안 주위에서 들리는 떠들썩한 잡음이 귓가에서 멀어졌다.

초월적인 능력. 자기가 떠올린 말이 뇌리에 맴돌았다. 그와 겹쳐서 이정훈의 목소리도 들렸다.

현재 인간으로서는 이런 프로그램을 만들 수 없어.

만약 진화한 인류가 나타났다면, 만능 제약 프로그램을 만드는 것도 가능하지 않을까? 표적 단백질의 입체 구조를 모델링하고 결합되는 물질을 디자인해서 그 약물의 체내 동태까지도 정확하게 예측하는 프로그램을.

분자 레벨이나 전자 레벨의 복잡하기 짝이 없는 생명 활동을, 모두 해명한 것처럼 보여.

기프트라는 프로그램이 '그렇게 보이는' 것이 아니라 복잡하기 짝이 없는 생명 활동을 정말 해명했다고 한다면? 「하이즈먼 리포트」가 경고한 인류의 진화는 이미 지구상 어딘가에서 일어난 것이 아닐까?

겐토는 고개를 숙이고 미끄러져 내려온 안경을 손가락으로 올리면서 머리만 계속 굴렸다. 인류를 능가하는 지성이 이 지구상에 나타났다고 하면 미국 같은 초거대국이 어떻게 대처할까? 역시 죽이려 하지 않을까? 자신들의 이익이 되도록 초인적인 지성을 이용하려 해도 지적으로 열등한 인간으로서는 불가능한 일이기에. 그뿐만 아니라 오히려 자신들이 지배될 위험이 항상 도사리고 있지 않은가?

그럼 진화를 한 '초인류'는 어떻게 행동할까? 「하이즈먼 리포트」에서는 우리 인류를 없애려 한다고 예측하고 있지만 그렇게 단언할 순 없다는 생각이 들었다. 일단 초인적인 지성이 어떠한 판단을 내릴지는 지적으로 열등한 우리들이 추측할 수 없었다. 어찌되었든 상대는 '우리 지적 능력으로는 이해할 수 없는 정신적 특질'을 소유하고 있으니까. 거기 덧붙여 초인류의 존재를 시사하는 유일한 단서, 기프트가 있었다. 그것이 만능 제약 프로그램이라면 정말 인류에게 주는 '선물'이었다. 우리를 말살하기는커녕 모든 질병으로부터 인류를 구할 복음이 되는 발명이었다. 초인류가 이 프로그램을 만들어서 현재 살고 있는 인류의 적이 아니라는 메시지를 보낸 거라고도 생각되었다.

조금 생각이 앞서갔다고 느끼고, 원점으로 돌아와서 다시 생각을 했다. 돌아가신 아버지는 직접적인지 간접적인지는 모르겠지만, 초인적인 지성과 접촉하고 기프트를 입수한 것이 아닐까?

그 낌새를 알아채고 미국 정부가 방해공작을 펼쳤다고 본다면 이야기 앞뒤는 깔끔하게 맞아떨어졌다. 이 가설을 증명하기 위해서는 초인류가 존재한다는 증거를 입수해야만 하는데, 무슨 좋은 방법이 없을까?

겐토는 신중하게 논리를 펼쳐가며 이윽고 하나의 대답을 도출했다. 만약 기프트를 써서 폐포 상피 세포 경화증의 특효약 개발에 성공하면 그거야말로 초인적인 지성의 존재를 말해 주는 간접적인 증거가 될 것이다. 지금 상황에서 그 만능 프로그램을 만들기란 인류의 지력으로는 불가능하기 때문이었다.

하지만 그러기 위해서는 도움의 손이 필요했다. 그 명석한 한국 유학생의 협력을 받아야 했다. 이래저래 이정훈과 연락을 취해야 한다는 결론을 내릴 즈음, 아직 행운이 사라지지 않았다는 것을 깨달았다.

"고가? 무슨 일이야?"

수화기 건너에서 도이의 태평한 목소리가 들려와서 겐토도 일말의 기대를 가졌다.

"착신 표시가 '공중전화'로 나오기에 누군가 했네."

"휴대 전화가 망가졌어. 좀 묻고 싶은 게 있는데, 이상한 소문을 들은 적 없어?"

"이상한 소문? 그게 뭐?"

"아니, 생각나는 게 없으면 됐어."

자신이 경찰에게 쫓기고 있다는 사실은 아직 도이의 귀에는 들어가지 않았다. 다른 연구실에 있는 대학원생과 교우관계를 맺고 있다는 것을 아직 경찰이 모르는 것 같았다. 그러면 도이에게 소개를 받은 이정훈과의 관계에 대해서도 전혀 모를 터였다.

그런데 갑자기 "아, 그거?" 하고 도이가 말을 꺼내서 깜짝 놀랐다.

"그거라니? 뭐?"

"이전에 그 문과 여자애."

가와이 마리나 이야기였다.

"안타깝게도 아니야."

"점심 사 주면, 네가 데이트 하고 싶어 한다고 전해 줄게."

도망자가 된 신세인지라 지금은 데이트 하러 갈 곳이 없었다.

"아냐, 안 돼."

"안 돼? 그럼 점심 식사 말고 캔 커피는?"

"아니야. 그런 게 아니라. 지금 여러 가지 바쁜 일이 있어서 시간이 없어. 그럼 끊는다."

"잠깐 기다려. 용건이 그게 다야?"

석연치 않아하는 상대에게 겐토가 덧붙였다.

"그래. 내가 전화했다고 다른 사람에게 말하지 마. 다음에 자세히 이야기해 줄게."

"알았어. 나한테 점심 살 생각이 들면 언제든 전화해."

전혀 영문을 모르겠다는 말투로 도이가 말했다.

"오케이."

수화기를 끊은 겐토는 가와이 마리나의 모습을 머리에서 털어내고, 전화번호를 적은 메모를 바라보았다. 제발 받아 달라고 염원하면서 전화를 걸었더니 기대했던 목소리가 들렸다.

"네. 이정훈입니다."

"안녕, 나 고가야. 고가 겐토."

"앗!"

겐토의 목소리를 듣자마자, 정훈이 놀라서 소리를 질렀다. 뭔가 안 좋은 일이 있었던 게 아닌가 하는 경계심이 들었다. 그때 정훈이 흥분해서 말했다.

"아까 남겼던 전화 메시지 들었어?"

"아니, 아직 안 들었어. 무슨 일 있어?"

"기프트 말이야. 그 프로그램을 검증해 봤어. 상당히 자세하게."

"그래서?"

잠시 동안 머뭇거리다가 정훈이 대답했다.

"이런 말을 해도 웃지 말아 줬으면 하는데, 그거 진짜 같아."

예상했다고는 하지만 겐토는 놀라움을 금할 수 없었다. 잠깐 진정하고 나서 질문했다.

"어떻게 검증했는데?"

"지금 우리 연구실이 제약 회사랑 하고 있는 공동 연구가 있는데. 신규 약물 화학 구조를 기프트에 입력해서 결과를 예측시켰지. 그랬더니 부작용까지 포함해서 정확히 맞췄어. 이 데이터는 아무 데도 발표되지 않았으니까, 기프트가 자력으로 계산했다고밖에 볼 수 없어. 즉, 이건 기프트의 예측을 실험으로 확인한 거나 다름없어."

"시험했던 화합물은 종류가 하나였어?"

"아니, 두 종류의 리드화합물과 열 종류의 유도체, 모든 구조-활성 상관(약의 분자 구조와 생물 활성의 상호관계 — 옮긴이) 데이터가 오차 범위 내에서 일치했어. 이런 일이 우연이라는 건 있을 수가 없어."

"정훈이 너 오늘 밤 스케줄 어때?"

젠토는 목소리가 높아지는 것을 억누르며 말했다.

"6시에는 연구실에서 나갈 수 있어."

"좀 먼데, 마치다까지 올 수 있어?"

"마치다가 어딘데?"

도쿄 반대쪽에 있다고 알려 줬더니 정훈이 오토바이를 타고 가니까 괜찮다고 말했다.

"한 가지 말해 둘 게 있는데, 혹시 미행이 없는지 신경 써 줄래?"

"미행이라니?"

젠토는 사전에 위험을 설명해 둬야 공정하리란 생각이 들었다.

"누군가에게 쫓긴다는 거야. 미리 사과해 둘게. 상당히 일이 성가시게 될 것 같아."

"무슨 소리야?"

"최악의 경우, 네가 경찰에게 잡히거나 일본에 머무를 수 없게 될 수도 있어. 그래도 괜찮으면 와 주었으면 좋겠어."

수화기에서 말을 잃은 것처럼 침묵이 돌아왔다. 잠시 지나 정훈이 물었다.

"그게 최악의 경우인 거지?"

"그래."

"최선의 경우에는?"

"전 세계에 있는 어린이 10만 명의 생명을 구할 수 있어."

정훈이 원래 밝았던 목소리로 돌아와서 말했다.

"알았어. 갈게."

3

상관들이 도착하기를 기다리는 동안, 루벤스는 작전 지휘소에 부속된 소회의실에 틀어박혀서 과거 자료를 다시 샅샅이 살펴보았다.

NSA가 도청했던 고가 겐토의 통신 기록. 인터넷으로 단백질 데이터 뱅크에 접속해서 변이형 GPR769 BLAST 검색을 했다. 그 후, 그는 요시하라라는 인물에게 전화를 걸어 면회를 부탁했다. 목적은 폐포 상피 세포 경화증에 대한 정보 수집이었다. CIA가 조사한 바로는 요시하라라는 인물은 대학 병원 인턴이라고 판명되었다.

이어서 뉴욕 공중전화에서 고가 겐토에게 간 경고 전화. 인공 음성으로 합성된 메시지를 NSA가 정밀 조사한 결과, 부자연스러운 일본어라는 것을 알았다. 의미는 통하지만 원어민에게는 이상하게 들릴 문장이라고 했다. 그 수수께끼는 NSA 소속 언어학자에 의해 바로 해명되었다.

시중의 해석 프로그램에 영문을 입력한 결과, 같은 일본어 문구가 번역되었던 것이다. 아마 일본어를 쓰지 못하는 누군가가 고가 겐토에게 경고를 보내려고 단순한 문장을 기계로 번역시킨 것이리라. 문제는 그 인물이 누구고 어떻게 네메시스 작전에 접촉할 수 있었느냐는 것이었다.

루벤스는 마지막 자료를 읽어 보았다. 이라크에서 무장 집단의 습격으로 사망한 민간 경비 요원 목록. 그중에는 가디언 작전 현장 요원으로서 선발된 남자들이 15명이나 포함되어 있었다. 후보자가 차례로 죽게 된 결과, 워런 개럿 이외의 멤버들은 리스트 하위에 있다가 위로 올라오게 된 경우였다. 조너선 예거, 가시와바라 미키히코, 스콧 마이어스 세 사람이었다.

이때 백악관은 이라크 무장 집단이 정확하게 공격한 사실을 문제로 여겼다. 적은 이동 루트상에서 잠복해 있었다. 어떻게 극비 작전 세부 사항을 알게 되었을까? 미국 군사 통신이 누군가에 의해 감청, 해독되었다고 생각할 수도 있지 않을까?

루벤스는 잠시 동안 본론에서 떨어져 나와 이라크에서 일어난 습격 사건으로 생각을 돌렸다. 지방 도시에서 일어난 민간 경비 요원 네 명의 살육. 시가지에서 일어난 잠복 공격에 특수 부대 출신 요원들이 근거리에서 총탄 세례를 수십 발 받고 즉사했다. 범행 현장에서는 "알라 아크바(신은 위대하다)"라는 대합창이 울려 퍼지는 속에 일반 시민들이 미국인에게 품고 있던 증오가 폭발했다. 애초에 민간 경비 요원은 법의 울타리 밖에 있었기 때문에, 무고한 이라크 시민을 죽여도 살인죄로 추궁 받지 않았다. 이런 식의 거리낌 없는 행동이 반미 감정에 박차를 가했다. 어느 시체는 목이 떨어질 정도로 총격을 당했고, 다른 시체는 간선 도로 가로등에 걸렸다.

이 어리석은 짓에 미국은 용서 없이 보복에 나섰다. 이라크군과 합동으로 8000명의 병력을 조직하여 반미 세력의 거점이 되었던 이 지방 도시에 총공격을 개시했다. 격렬한 시가전이 전개된 결과, 네 사람의 보복을 위해 1800명의 병사와 시민이 사망했다. 게다가 미군이 많은 열화우라늄 탄을 사용했기 때문에 방사성 물질에 의해 오염된 이 지역에서는 암 환자나 기형아가 증가하고 있을 터였다.

전부 이 행성에서 최고의 지성을 가졌다고 자부하고 있는 생물들이 한 일이었다.

"무슨 일이 있는가 보군."

침착한 목소리가 들려서 뒤를 돌아보니 가드너 박사가 입구에 서 있었다. 심야에 불려 나온 탓에, 넥타이를 매지 않은 편안한 복장이었다.

과학 고문이 탁자 너머에 앉기를 기다렸다가 루벤스가 말을 시작했다.

"누스의 지성을 과소평가했을 가능성이 없을까요?"

이 질문만으로 중대 문제가 발생했다는 것을 가드너도 알아차린 것 같았다. 온화한 눈가가 미약하게 긴장한 기색을 보이며 대답했다.

"가능성이 없다고는 단언할 수 없지. 누스의 지성에 대해 지금 단계에서 확실하게는 아무 말도 할 수 없어. 일반론으로 추정할 수밖에."

"그럼 누스의 지적 능력이 이미 현생인류를 상회하고 있을 가능성도 부정할 수 없다는 얘기입니까?"

가드너 박사가 끄덕였다.

"아니면 특정 능력만 돌출된 것일 수도 있네. 그냥 소인수분해라든가."

"그것 말고는요?"

가드너는 머리 뒤에 두 손을 괴고 천장을 올려다보았다.

"「하이즈먼 리포트」로 돌아가 볼까? 그 보고서에서 인용된 초인류의 상정 능력 중 '제4차원 이해'나 '제6감의 획득'은, 내가 보기엔 난센스일세. 누스가 4차원 이상의 공간을 사고하고 있다고 하면 역시 수학적 추상에 의지할 수밖에 없고, '제6감의 획득'은 신비주의의 영역이야. 과학자로서는 아무런 할 말이 없네."

그것은 루벤스도 동감이었다.

"다음으로 '무한히 발달한 도덕의식 보유'인데, 그런 의식의 소유자는 신과 동등하겠지. 과학자가 의논할 문제가 아니야."

이것도 루벤스가 동의했다.

"확실하게 올바르다고 생각되는 것은, 남는 두 가지네. 일단은 '우리 지적 능력으로는 이해할 수 없는 정신적 특질의 소유'. 현생인류에게 있어서 누스의 사고나 감정은 이해 불가능한 것이 당연하지. 뇌의 모양이 다르면 정신이나 사고도 변화하니까. 이미 우리는 뇌량(좌우의 대뇌반구가 만나는 부분 — 옮긴이)의 크기가 다른 상대에게 휘둘려서 여의치 않게 굴복하게 되지 않았나."

루벤스는 웃어 버렸다. 뇌량의 크기가 다른 상대라는 것은 여성을 말하는 것이었다.

가드너는 의자에 고쳐 앉으며 탁자 위로 몸을 내밀었다.

"헌데 마지막 한 가지야말로, 가장 경계해야만 하는 문제라네."

과학 고문과 견해가 일치하고 있다는 점이 루벤스에게 만족스러웠다.

"'전체의 복잡한 상황을 단번에 파악할 수 있는 점' 말씀이군요."

"그래. 이건 짧은 말이지만 실로 많은 점을 말해 주고 있어. 환원주의에 대한 회의론이나, 카오스 상태를 앞에 둔 곤혹. 이전 세기 후반부 과학자가 다음 세대의 지성에 기대할 만한 능력이야. 그런데 자네는 이 분야를 전공하지는 않았나?"

"산타페 연구소에서 가졌던 테마는 복잡적응계였지만, 물론 복잡계도 알고 있습니다."

"만약 누스가 '전체의 복잡한 상황을 단번에 파악하는' 능력을 가지고 있다고 하면 구체적으로는 어떤 일이 가능할까?"

"우리가 혼돈이라고 이름을 붙인 예측 불능의 상태를 예측할 수 있을

지도 모릅니다. 즉, 복잡계라는 분야 속에서 더욱 패러다임 시프트(인식의 대전환 — 옮긴이)가 일어난다는 말입니다. 그렇게 되면 모든 자연 현상뿐만 아니라, 심리 현상이나 사회적 현상까지, 정밀도가 높은 시뮬레이션 모델을 구축하는 일이 가능하겠지요. 구체적으로는 생명 현상에 대한 해명이 비약적으로 진행될 것이며, 경제 동향이나 지진 발생, 장기적인 기후 변동까지 보다 정확한 예측이 될 겁니다."

말을 하면서도 루벤스는 다음 세대의 인류가 얼마나 현생인류와 동떨어진 존재가 될지를 알 것 같은 기분이 들었다.

"지금 이러는 동안에도 누스가 10년 뒤의 날씨를 정확하게 맞추고 있을지도 모르는 일이군."

"예를 들어 말한다면 그렇지요."

"한 가지 중요한 질문인데, 누스가 그런 능력을 획득했다고 하면 우리가 그 사고를 이해할 수 있을까? 예를 들어 누스가 기상 예견에 대해 해설서를 쓴다고 하면 우리가 그 내용을 이해할 수 있을까?"

날카로운 지적에 허를 찔렸지만 루벤스는 머뭇거림 없이 대답했다.

"아마 무리겠지요. 누스는 인간의 지적 능력을 뛰어넘는 존재입니다. 그의 사고를 쫓는 일은 인류에게 불가능합니다."

"그렇군. 자네가 옳아. 아서."

가드너가 희미하게 웃었다. 활발한 의논이 이어지던 소회의실에 침묵이 내려앉았다. 과학 고문이 짓고 있는 미소에는 무력감과 해방감이 뒤섞여 있다는 인상을 받았다. 사람 속(屬)의 지적 능력의 가능성을 받아들이는 일은, 현생인류의 지성에 한계가 있다는 점을 확인했다는 말이었다. 지성만이 아니었다. 「하이즈먼 리포트」가 지적하고 있는 초인류의 특질은, 그대로 현생인류의 결함을 말해 주고 있었다. 우리는 '전체의 복잡한 상황을 단번에 파악하는'것이 불가능한 것과 마찬가지로 '무한히 발달한 도덕의식'도 보유하지 않았다. 그것은 이성의 문제가 아니라 생물로서의 습성인 것이다. 식욕과 성욕을 채운 인간만이 세계 평화를 입에 담았다. 하지만 한번 기아(飢餓)상태와 직면하게 되면 숨어 있던 본성이 그 즉시 드러났다. 기원전 3세기 중국 사상가가 이미 주창한 대로 사람은 '부족하면 반드시 싸움이 일어나는' 생물이었다.

앞으로 인류 역사가 영원히 이어지다 보면 평화에 대한 갈망은 언젠가 제자리에 머물 것이다. 언제나 세상 어딘가에서 인간끼리 이루어지는 투쟁을 끌어안은 채 인류사는 계속 축적되어 가리라.

이 어리석은 짓을 근절하려면 우리 자신이 멸망의 길을 선택하는 수밖에 없었다. 다음 세대 인류에게 다음을 부탁할 수밖에.

문득 루벤스의 뇌리에 의문이 한 가지 떠올랐다. 누스는 우리보다 도덕적일까, 아니면 더 잔혹할까? 지적으로 열등한 다른 종류의 인류와 공존하는 것을 용납할까? 아니면 우리를 없애려들까? 공존이 용납된다고 하더라도 우리가 지배당할 것이 뻔했다. 현재 살고 있는 인류가 멸종 위기 동물을 보호하는 것처럼, 초인류도 우리를 일정 수를 유지시키며 관리하려 할 터였다.

"여기 대령에겐 사정을 간단하게 설명해 뒀네."

엘드리지가 말했다. 그것을 듣고 스톡스 대령도 확인차 물었다.

"현장 요원들이 예기치 않게 행동에 나섰다고 했습니까?"

"그렇습니다."

"너무 요란하게 받아들일 일도 아니라고 봅니다. 특수 부대원들은 현장 상황에 따라 임기응변으로 대처하도록 훈련받았습니다. 이번 행동도 그런 것일 겁니다."

루벤스는 모두가 두려워할 추론을 들려 줄까 고민하던 끝에 당분간 기다려 보기로 했다.

"위성 화면 해석을 담당하는 CIA 분석관이 지금 이쪽으로 오고 있습니다. 그가 도착하면 더 자세한 내용을 알 수 있겠지요."

엘드리지도 끄덕였다.

"지금은 객관적인 증거를 토대로 행동해야 하네. 콩고와 일본을 연결하는 그 암호 통신 건도 그래. 그것이 무슨 목적으로 시행되고 있는지 아직 해명되지 않았지. 네메시스 작전 방해 공작이라면 현장 요원 넷이 불시의 사태에 처했다고 생각할 수 있네."

스톡스가 루벤스에게 물었다.

"일본에서 진행되는 조사는 어떻게 진척되었습니까?"

"고가 겐토의 거주지라면 지역은 압축되었습니다. 마치다라는 지역에 잠복했다고 하는데, 내일부터 역을 감시할 예정입니다. 하지만 일본에서 쓸 만한 '자산'은 한정되어 있으므로 다른 조사에 관해서는 생각만큼 진행이 잘 안 되는군요."

"'자산'이 어느 정도죠?"

"이 일을 담당하는 경찰관이 열 명입니다만 고가의 가족의 집이나 대학원 같은 곳에 순찰을 돌며 감시하는 게 고작입니다. 다른 CIA 도쿄 지국 공작 담당관과 그가 고용한 현지 공작원이 있습니다."

"현지 공작원이라는 건, 암호명 '사이언티스트'를 말하는 건가?"

가드너가 물었다.

"그렇습니다."

"어떤 인물이지? 고가 세이지와는 무슨 관계고?"

루벤스는 군사 고문을 바라보았다.

"글쎄요. CIA에 맡겨둔 일이라 거기까지는 모르겠습니다."

"상황을 정리하면, 최악의 경우도 각오해 두는 편이 좋겠군. 혹시 작전이 제어 불능이 되고 있는 거라면 바로 긴급 대처 단계로 이행하게."

엘드리지가 말했다.

"그러면 어떻게 됩니까?"

가드너가 물었다.

"일단 현장 요원 네 사람과 나이젤 피어스, 그리고 고가 겐토를 테러리스트로 수배합니다. 그리고 각국 치안 담당 부처에 신병을 구속하라고 한 뒤, 특별 이송을 하게 되고."

"특별 이송이라면?"

"박사님이 상관하실 일은 아닙니다."

엘드리지가 얼버무렸다.

"그게 전에 말씀하셨던 '거친 수단'입니까?"

순수하게 호기심이 동한다는 표정을 짓는 가드너에게 정부 고관이 딱딱한 태도로 답했다.

"NSD-77 또는 PDD-62와 같은 대통령 정책 지침에 입각한 행정 처리입니다. 지침 자체는 기밀 내용입니다. 대통령이 서명한 지시가 내려지면 CIA가 움직이게 됩니다. 이렇게 대답 드려도 충분한 설명이 되리라 믿습니다만?"

아무런 설명을 하지 않은 것이나 마찬가지인 대답을 요약하자면 이 건에 참견하지 말라는 내용이었다. 가드너가 현명하게 물러섰다.

"그럼요. 잘 알았습니다."

루벤스에게 있어서 최대의 계산 착오는 고가 겐토의 행동이었다. 일개 대학원생이 당국의 손을 피해 계속 잠복해 있을 수 있으리라고는 생각지도 못했다. 그가 빨리 경찰에 출두하여 공안부에서 심문을 받아 주었다면 온건한 처우를 받을 여지가 남아 있었을 것이다. 하지만 이제 엘드리지 머릿속은 강경책으로만 들어차 있었다. 워싱턴DC의 다른 관료들과 마찬가지로, 엘드리지도 자기 경력에 흠이 날 일이 두려워 번즈 정권의 사고 방식을 그대로 답습하게 되었다. 고가 겐토는 신병이 구속되는 즉시 미국의 고문 대행국으로 이송되어 두 번 다시 가족 곁으로 돌아갈 수 없을 터였다. 가능하면 구해 주고 싶었지만 일본에서 시행되는 비밀 공작 지휘권은 엘드리지가 쥐고 있었다.

"일본 문제는 그렇다고 하고, 콩고에 대한 긴급 대처 단계는 어떻게 되고 있습니까?"

가드너가 또 질문했다.

"현장 요원들이 예측하지 못한 행동에 나섰을 경우에는 나이젤 피어스까지 즉각 처리합니다. 정글 지대에 있는 현지 무장 집단이 침투하도록 이용하면 되고."

가드너가 눈을 휘둥그레 떴다.

"콩고 무법자들이 우리에게 협력을 한다고요?"

"현지에 출입하고 있는 무기 상인이 있으니 그 남자를 써서 돈벌이가 있다는 식으로 이야기를 전하는 겁니다. 이투리 숲에 잠복하고 있는 백인 테러리스트 다섯에게 거액의 현상금이 걸렸다고. 돈에 눈이 먼 수만 병력이 현장 요원들을 죽이려 할 테지."

"하지만 진화를 일으키는 바이러스가 실제로 존재한다면 무장 집단에게 감염될 위험이 있지는 않을까요?"

"괜찮습니다. 전에 받은 루벤스의 보고로, 바이러스 설은 부정되었습니다."

루벤스는 내심 혀를 찼다. 위조 논문까지 만들어서 예거 일행을 구하려고 했던 일이 역효과를 부를 줄이야.

그때 탁자에 있는 전화가 울렸고, 입실 허가를 바라는 부하 목소리가 루벤스의 귀에 들려왔다.

"들어와요."

네메시스 작전에 참가한 CIA 요원 디아즈가 동료와 함께 회의실에 모습을 나타냈다.

"화면 분석을 담당한 프랭크 휴잇입니다."

소개받은 젊은 남자는 호리호리한 몸에 노트북을 안고 있었다. 형식적인 인사를 마치자 휴잇이 노트북을 프로젝터에 연결해서 브리핑용 스크린 영상을 투영했다.

"이것이 콩고 상공에서 좀 전에 촬영한 위성 정찰 영상입니다."

감독관과 두 고문이 영상을 들여다보았다. 낮인지 밤인지 구별도 안 되는 흑백으로 묘사된 정글 내부의 광경이었다. 가디언 작전 현장 요원들이 U자형으로 설치된 주거지 가장 끝에 접근하고 있었다.

"이 오두막은 나이젤 피어스의 것으로 추정되고 있습니다."

"근거는요?"

루벤스가 물었다. 휴잇이 영상 일부를 확대했다.

"오두막 그늘에 기하학적인 구조물이 보입니다. 이것은 태양광 충전기의 패널입니다."

"그렇군요."

전력이 없는 콩고 정글 속에서 피어스는 태양광으로 컴퓨터를 가동시키고 있을 것이다.

디아즈가 레이저 포인터로 네 개의 그림자를 순서대로 가리켰다.

"메디컬 백을 등에 지고 있는 사람이 마이어스, 통신기기를 휴대하고 있는 사람이 개럿, 남은 두 사람 중에 팔이 긴 쪽이 예거입니다."

"대령님, 그들의 움직임을 어떻게 보십니까?"

루벤스가 군사 고문에게 물었다. 스톡스는 의심스럽다는 듯이 눈을 가늘게 떴다.

"목표를 죽이려는 것이 아니라 납치하려는 것처럼 보입니다."

방어형으로 둥글게 선 위치를 지키며 예거가 오두막 안에 몸을 반 정도 집어넣었다. 그리고 움직임이 한 번 멎었다. 아무 일도 일어나지 않은 상태에서 10여 초 가량 시간이 지나고 가시와바라가 라이플총을 권총으로 바꿔들고 예거 옆에 섰다. 두 사람의 몸이 뭔가에 반응한 것처럼 격하게 움직였지만 몸이 반은 오두막에 들어간 상태라 자세한 것은 알 수 없었다.

휴잇이 영상을 돌리고 같은 부분을 여러 번 재생시켰다.

"여깁니다. 무슨 일이 일어났는지, 단서는 화면 구석에 있습니다."

영상 중심이 오두막 뒤쪽으로 옮겨지고 나무 한 그루가 확대되었다. 화소 단위로 확대된 영상은 회색 사각형으로 스크린을 뒤덮었다.

"지금 순간을 천천히 재생하면 이렇게 됩니다."

처음엔 새까맣던 사각형이 한 단계씩 회색으로 물들고 그 후 천천히 원래 검은색으로 되돌아갔다.

"나무 줄기 일부분이 순간적으로 온도가 올라간 겁니다. 물론 이것은 자연 현상이 아닙니다. 작은 비행체가 추락해 줄기에 파고든 겁니다."

"그래서?"

엘드리지가 결론을 재촉했다.

"오두막을 들여다보는 두 사람의 움직임을 보면 발포하려는 가시와

바라를 예거가 방해했고 발사된 탄환이 조준을 벗어난 것으로 추측됩니다. 탄도를 정확하게 측정하는 것은 불가능하지만 위쪽으로 30도 정도 되는 각도라고 추정됩니다. 그리고 오두막에서 물러난 가시와바라가 총을 홀스터로 되돌려 놓지 않고 숨기고 있습니다. 이 행동을 해석하면 자신들의 모습이 적외선 정찰 위성에게 감시당하고 있다는 것을 알아차렸기 때문이 아닐까요."

스톡스가 수상쩍다는 듯이 말했다.

"어떻게 감시 사실을 알았을까?"

엘드리지의 표정에 당혹이 떠오르고 그 시선이 높은 지능 지수를 자랑하는 작전 입안자에게 향해졌다.

루벤스는 사태가 최악의 방향으로 흐르고 있다는 것을 확실하게 깨달았다. 위성 화면이 해킹당한 것이다. 이미 미국은 국가 안보상 중대한 위협과 직면했다. 그것뿐만이 아니었다. 번즈 정권은 보기 좋게 함정에 빠졌다. 이 일급 비밀 작전을 제어하고 있던 것은 자신들이 아니라 누스였다. 루벤스는 디아즈와 휴잇에게 퇴실을 명하고 탁자에 팔을 괸 자세에서 두 손을 머리에 얹고 심사숙고했다.

네메시스 작전의 발단이 되었던 나이젤 피어스의 전자 메일. 그것은 아마도 에셜론에 감청될 것을 미리 알고 발신한 것이리라. 목적은 인류의 진화를 알리면 백악관이 어떻게 나올지 살피는 것이었다. 콩고 오지에서 무장 집단에게 둘러싸여 있는 피어스와 누스에게는 미국 정부가 자신들을 보호하려 하지 않을까라는 기대가 있었음이 틀림없었다.

하지만 번즈 정권은 초인류를 말살하기로 결정했다. 이렇게 되면 피어스 일행이 바깥으로 탈출할 수단은 단 하나밖에 남지 않았다. 무력이 필요했다. 하지만 민간 군사 기업을 사용하려 해도 그들 활동은 펜타곤에게 감시당하기 때문에 불가능했다. 그래서 암살자로서 쳐들어오는 가디언 작전 현장 요원들을 회유시켜서 자기편으로 만들려 한 것이다.

워런 개럿을 설득하기는 간단했을 터였다. 백악관이 그를 없애려 하고 있는 것을 아마 개럿 본인도 잘 알고 있었을 터였다. 고용주를 배반하는 것 말고는 개럿이 살아남을 방법은 없을 테니까.

남는 세 사람에 대해서는 뭔가 선별 기준이 있었을 거라고 생각되었다. 그 때문에 기준에 맞지 않는 후보자는 이라크에서 차례로 살해당한 것이리라. 해킹한 미국 기밀 정보를 이슬람 과격파에게 흘려서 습격하도록 해서.

결국 목록 상위에 남게 된 사람이 예거와 마이어스, 그리고 가시와바라였다는 말이었다.

공군 항공 구조대 출신자와 일본인 용병이 선발된 이유에 대해서는 아직 해명할 수 없었다. 하지만 예거에 대해서는 명확한 해답이 나왔다. 일본에서 고가 겐토의 움직임을 함께 생각해 보면, 그린베레 출신 용병은 폐포 상피 세포 경화증 치료법이 있다는 말을 들었을 거였다. 그는 불치병으로 고통받는 아들의 목숨과 바꿔서 미국을 적으로 돌릴 각오를 굳혔을 터였다.

이 계획 배후에는 콩고에 있는 피어스를 중심으로 일본과 미국을 연결하는 네트워크가 존재하고 있었다. 고인이 된 고가 세이지는 면역학 조사를 위해 방문했던 자이르에서 피어스와 알게 되었고 이번 사건에 휘말린 것으로 보였다. 그리고 그의 사후, 난치병 치료약 개발은 아들 겐토가 이어받았다. 하지만 아무리 누스의 지성이 관여되고 있다고는 해도 폐포 상피 세포 경화증 특효약 개발이 가능한지는 의문이었다. 어떤 방법을 쓴다고 해도 시간적인 제약이 너무 심했다.

긴 침묵을 견디지 못했는지 엘드리지가 물었다.

"무슨 생각을 하는 중인가?"

루벤스는 망설였다. 무엇을 말해야 하나? 무엇을 말하면 안 되는가? 희생을 최소한으로 줄이려면 어떻게 해야 하나? 용병들이 누스 쪽에 붙은 지금, 그들을 구하려고 하면 누스도 살게 된다. 그것은 미국뿐만 아니라 인류 사회를 위기에 빠트리는 일이 되지 않을까?

이미 누스는 미국 기밀 정보에 접속할 수 있을 만큼 지력을 가지고 있었다. 거기다 무한하게 발전한 도덕의식을 보유하기는커녕 손을 피로 물들였다. 지극히 교묘한 방법으로 가디언 작전의 후보자 15명을 이라크에서 살해했다. 이 세 살배기는 인류의 적이 아닐까?

침묵을 깨고 스톡스 대령이 말했다.

"긴급 대처 단계 발동의 승인을 요청합니다. 크나큰 유감입니다만, 현장 요원들의 움직임을 간과할 수 없습니다. 설마라고 생각되지만 가디언 작전의 최종 단계를 알아차린 건지도 모릅니다."

그것이 용병들을 회유하는 결정적인 증거가 되었다는 추측이 들었다. 그들은 갖고 있으라는 명령을 받은 항바이러스제가 실제로는 맹독이었다는 사실을 알았다.

"저도 동의합니다."

가드너 박사가 말했다.

"그러면 나를 포함한 세 사람이 찬성했군. 그러면 되겠나?"

엘드리지가 말하며 루벤스에게 고개를 돌렸다. 루벤스는 구태여 이의를 말할 이유가 없었다. 지금은 상황을 봐야 한다는 판단을 내렸다.

"네. 괜찮습니다."

"그럼 이 시점에서 본 작전은 긴급 대처 단계로 이행하게."

네메시스 작전은 인류와 초인류의 싸움이 될 거라는 예측을 했다.

하지만 이 경우, 인류에게 승산이 있을까?

숲의 새벽은 쌀쌀했다.

아침 안개에 뒤덮인 캉가 밴드의 캠프의 늘어선 오두막 안에서 이야기 소리가 새나왔지만 아직 밖으로 나오는 사람은 없었다. 집 안에서 모닥불로 온기를 얻고 있을 터였다. 나뭇잎으로 만든 지붕에서 연기가 나오고 있었다.

가디언 작전 현장 요원들은 새벽녘에 가방을 가지러 숲 속으로 돌아온 탓에 잠을 짧은 시간밖에 자지 못했다. 예거에게는 수면 부족 이외에도 몸을 쌀쌀하게 만드는 이유가 있었다. 아들이 마음에 걸렸다. 리디아와 마지막으로 연락을 하고 나서 벌써 일주일이나 지났다.

"'가디언'이라는 작전명대로 되었네. 우리가 진짜 '보호자'가 되었잖아. 그 인류학자와 아키리라는 아이의."

캠프 밖 울창하게 난 수목 아래에 짐을 내려놓으며 개럿이 말했다. 자기 아들의 보호자도 겸하고 있다고 예거는 생각했다.

"빨리 아키리를 보고 싶군."

마이어스가 순수하게 말했다.

"만나면 깜짝 놀랄걸. 기분 나쁘게 생긴 새끼야."

믹의 냉담한 말에 예거는 농담인 것처럼 일본인에게 물었다.

"믹. 너 애 싫어하나?"

"그건 인간이 아니야."

"아니, 내가 말한 건 인간 어린애 말이야."

그랬더니 믹은 질문의 의도를 탐색하려는 듯이 예거를 보았다.

"나는 약한 놈들이 싫어. 때려도 되받아치지 않는 놈, 울기만 하는 놈을 보면 구역질이 나."

"너도 애일 적에 그랬을 거 아냐."

순간 믹의 두 눈에 증오가 떠올랐지만 바로 평소처럼 비웃는 표정으로 돌아왔다.

"아니, 나는 확실히 되갚아 줬지. 어른이 되고 나서였지만."

예거는 믹에게 들러붙어 그를 지배하는 어두운 그림자를 알아챘다. 이 일본인은 맞아도 울지 않으려고, 그리고 맞받아치기 위해 스테로이드제로 근육을 키우고 일부러 해외까지 나와 전투 기술을 몸에 익혔다. 그 철저한 방법이 유소년 시기에 얼마나 아픈 일을 당했는지를 여실히 말해 주고 있는 것 같았다.

그런데 안개 속에서 발소리가 나더니 키 큰 남자의 모습이 이쪽으로 다가왔다. 용병들의 시선이 피어스의 옆을 걷고 있는 작은 사람에게 쏠렸다. 포대기를 감아 만든 팬티만 입고 있어서 아키리의 전신을 관찰할 수 있었다. 목부터 아래는 역시 세 살배기 인간 어린애와 마찬가지지만 묵직해 보이는 커다란 전두부와, 눈을 보면 인간과 같은 생물종이라는 생각이 들지 않았다. 전날 밤 예거를 얼어붙게 만들었던 꿰뚫어 보는 눈빛은 아이가 막 깬 상태인 지금도 힘을 잃지 않고 있었다. 피어스에게 손을 끌려서 머리를 기우뚱거리며 걸어오는 기이한 외모의 어린이는, 영화 속에 나오는 몬스터처럼 어딘가 가짜 같았다.

"귀엽네."

마이어스가 말을 꺼내자 다른 세 사람이 놀라 의무병을 바라보았다.

"농담해?"

"아니, 농담 아니야. 눈이 고양이랑 비슷한데."

듣고 보니 정말 그랬지만, 예거는 전혀 귀엽다는 생각이 들지 않았다. 신기하게도 아키리를 앞에 두고 보면 내리누르는 듯이 중압감 있는 종교화를 볼 때와 마찬가지로 경외심을 가지라고 강요당하는 듯한 불쾌한 기분이 느껴졌다.

"나는 개가 좋은데."

"확실히 고양이랑 비슷하네. 마음속까지 꿰뚫어보는 것 같은 눈이야. 하지만 고양이처럼 보인다고 해도 사자일지도 몰라."

개럿이 말했다.

"나는 사자한테 걸겠어. 저 애는 위험해. 빨리 죽이는 게 나아."

믹이 작은 소리로 말했다.

"멋대로 쏘지 마."

예거가 견제했다.

"안녕하신가. 여러분에게 아키리를 소개하겠네."

일행 앞까지 온 피어스가 쾌활하게 인사했다. 남자들이 몸을 굽혀 들여다보니 아키리는 눈을 홉뜨며 날카로운 표정을 지었다. 보호자가 된 용병들 이름을 피어스가 하나씩 들려 줘도 아키리의 표정은 누그러들지 않았다.

"얘, 영어는 할 줄 아는 거요?"

개럿이 물었다.

"이해는 할 수 있네. 근데, 인후두가 성장이 더뎌서 아직 말은 못하지. 말하고 싶으면 키보드를 쳐서 말을 할 걸세."

피어스는 겨드랑이에 끼고 있던 노트북 컴퓨터를 보여 줬다.

정글 오지 깊숙한 곳, 비경(秘境)이라고 할 만한 환경 속에서 어찌나 어울리지 않는 의사 전달 수단인지. 예거는 직접 말을 걸어 보았다.

"아키리. 지금 피어스 씨가 말한 게 정말이야?"

그랬더니 아키리가 즉각 끄덕였다. 남자들은 의표를 찔려 무심코 감탄했다.

"너 정말 암호를 해독할 수 있어?"

개럿이 이어서 묻자 다시 아키리가 끄덕였다.

"어떻게?"

아키리가 피어스를 올려다보더니 손짓으로 컴퓨터를 달라고 했다. 인류학자가 키보드를 내밀었더니 작은 손이 움직였다. 두 손가락이 키를 두드리면서 화면에 문자열을 만들어 냈다.

'해독법을 설명해도 당신들은 이해할 수 없어.'

개럿이 쓴웃음을 지었다.

"깔보는 거냐?"

아키리의 움직임을 보던 예거는 의심이 슬쩍 들었다. 타자를 치는 손가락의 움직임이 너무 더듬거렸다. 이런 느긋한 동작으로 군사 통신망에 해킹 프로그램을 작성하려면 지적 능력을 논하기 전에 물리적으로 불가능하지 않나 싶었다. 예거가 물어보았다.

"폐포 상피 세포증이 나을 수 있나?"

아키리가 끄덕였다.

"치료법은?"

컴퓨터 화면을 통해 답변했다. '일단 처음에 제약 프로그램을 만들고 그 프로그램을 써서 약물을 디자인한 뒤 실제로 화합물을 합성해.'

"그 프로그램은 누가 만들었지?"

'내가 만들었어.'

예거가 생각에 잠겼다. 미리 오갈 만한 문답을 만들어 두고 이 아이에게 정해진 대로 대답을 하도록 훈련을 시켰을 가능성도 있었다.

"최종 확인을 하고 싶은데. 피어스가 하는 말이 진실인지 알고 싶어."

개럿이 예거에게 허가를 구했다.

"어떻게 할 생각인가?"

피어스가 물었다.

"여기 있는 사람들을 전부 모아 주시오."

"뭘 하려고?"

"말하는 대로 해 주시오. 우리가 지켜 주길 바란다면."

피어스가 불만스러운 표정으로 캠프 쪽으로 뒤돌더니 현지 언어로 뭐라고 외쳤다. 집 안에서 이쪽 모습을 엿보고 있던 사람들이 일제히 움직였다.

예거들은 광장으로 쓰는 캠프 중심부로 이동해서 몸이 작은 음부티족들을 맞이했다. 40여 명의 사람들은 별로 경계하는 기색 없이 다가왔다. 용병들 가슴 높이에 오는 한 사람, 한 사람의 얼굴에는 수줍은 미소까지 떠올라 있었다.

"카리부"라는 소리가 여기저기서 들려와서 마이어스가 뜻도 모르고 "카리부"라고 대답하니 어째서인지 그들이 와 하고 웃었다.

"'카리부'는 '어서오세요'라는 의미일세. '안녕하세요'는 '하바리'고."

피어스의 말에 예거 일행이 저마다 "하바리"라고 하니 음부티족들 표정이 더욱 밝아져서 "하바리" 하고 대답했다.

"자네들은 친구들이라고 전해 두었네."

개럿이 모두를 둘러보더니 스와힐리어라고 생각되는 언어로 천천히 말을 걸었다. 가디언 작전에 애초부터 참가하도록 결정되었던 CIA 요원은 애초부터 현지 공통어를 익혀 둔 듯했다. 그가 "스와힐리어를 말할 수 있는 사람이 있느냐."고 묻자 과반수의 사람들이 손을 들었다. 그러자 개럿은 문답을 시작하며 한 남자를 손으로 불렀다. 예거들 앞에 나온 사람은 서른 정도 되는 슬픈 표정의 남자였다. 낡은 티셔츠에 반바지를 입었고 키는 140센티미터를 넘는 정도라서 음부티족 중에서는 평균적인 체격이었다.

"이름은 에시모. 아키리의 친아버지라고 하는군."

개럿이 설명해 주어서 예거도 찬찬히 작은 남자를 바라보았다. 서양인보다 키가 작다는 것을 빼면 이상한 점이 전혀 없는 보통 사람이었다.

"묻고 싶은 게 있어. 아키리에게 형제가 없는지 물어봐 주겠나?"

마이어스의 말에 끄덕인 개럿이 스와힐리어로 에시모에게 질문했다. 그랬더니 에시모는 손짓발짓 섞어가며 비통한 표정으로 뭔가를 이야기했다. 귀를 기울이던 개럿은 의사소통에 고생하는 모습이었지만 오랫동안 말을 주고받은 뒤 겨우 통역했다.

"형제는 없다고 하네. 원래 에시모의 전 부인이 임신 중에 병에 걸렸대. 그래서 '무중구', 즉 백인 의사에게 치료해 달라고 부탁했는데 병원으로 먼 길을 떠나고 난 뒤에 돌아오지 않았대. 아무래도 죽었다나 봐."

"무중구, 무중구." 하고 에시모가 반복하며 옆에 있는 믹을 가리켰다. 그들이 보기에는 아시아인도 백인으로 보이는 것 같았다.

"그리고 에시모의 남동생이 독사에게 물려서 죽자 동생의 아내였던 여성과 결혼했어. 그게 아키리의 엄마래. 그런데 그녀도 아키리를 낳고 나서 출혈이 심해 죽었다는군."

에시모의 얼굴이 슬퍼 보이는 이유는, 미개한 사회에서 가혹한 현실을 겪었기 때문일지도 몰랐다. 의료 기술이 없다는 이유 하나만으로 두 배우자와 남동생, 그리고 태어날 수 있었을 첫째 아이를 잃게 되었다.

"그 후에 에시모에게 아내는 없어. 아이는 아키리밖에 없대."

"아내가 둘이나 죽은 이유는 태아 때문일까? 그렇다고 하면 뇌의 변이는 부계 유전일 가능성이 높아. 에시모의 생식 세포에 변이가 일어나서 아이에게 전해진 거야."

마이어스의 말에 믹이 냉소적으로 말했다.

"아버지를 잘못 둬서 자식이 고생이군."

"아니, 이건 중요한 이야기야. 부계 유전이 맞으면 노리는 사람은 아키리뿐만이 아니야. 아키리의 아버지도 말살 대상이 될 거야. 앞으로 태어날 아이가 아키리와 같은 변이를 가지게 될지도 모르니까."

"그건 걱정 말게. 우리가 출발하자마자 캉가 밴드는 소멸될 테니. 여기 있는 40명이 각자 흩어져서 다른 밴드로 옮기기로 했네. 이 사람들에게는 주민등록도 없으니 아키리의 아버지가 누군지 들킬 염려는 없네."

피어스가 말했다.

그때 에시모가 고양된 목소리로 끼어들었다. 절실한 모습으로 "쿠에리"나 "에코니"라는 말을 반복했다. 개럿이 여러 번 되물어서 겨우 상대가 하려는 말을 통역했다.

"아키리가 그런 모습으로 태어난 건 음식 때문이라는데? 임신 중에 엄마가 먹으면 안 되는 동물을 먹었기 때문이 아닌가 싶다고 하네."

"그런 게 있을 리가 없지."

마이어스가 매우 진지하게 부정했다.

개럿이 고개를 들어 주위를 둘러싼 피그미족에게 스와힐리어로 말을 걸었다. 그 메시지가 집단 전체에 현지어로 번역되자마자, "왁" 하고 일제히 소리를 질렀다. 인파의 고리가 좁혀들더니 개럿의 곁으로 몰렸다. 예거는 대화 내용을 알 수는 없었지만 피그미족의 감정이 꽤 흥분한 것으로 보였다. 각 사람의 이야기를 듣던 개럿이 동료들에게 설명했다.

"아키리에 대해서 물어봤어. 여기 있는 사람들 전부, 아키리가 보통 인간이 아니라고 느껴. 겉모습만이 아니라 능력면에서도."

"구체적으로는?"

예거가 물었다.

"말을 익히는 게 너무 빨랐나 봐. 그들이 사용하는 킴부티어만이 아니라 스와힐리어나 스와힐리 방언인 킹와나어, 그리고 영어도 이해한대. 거기다 우기 동안에 농경민 마을 근처에서 생활한 것 뿐인데 산수를 마스터했대. 그 덕에 농경민인 빌라인에게 고기를 살 때, 돈을 떼먹히지 않게 되었다는군."

"그 정도는 머리 좋은 어린애 수준 아니야?"

"아직 더 있어. 기묘한 얘긴데…… 아키리는 이상한 힘으로 나뭇잎을 다룬대."

개럿이 당혹스러워하며 말했다.

"나뭇잎을? 무슨 말이야?"

"몰라."

"본인한테 물으면 되잖아. 지금 얘기 들었지?"

마이어스가 아키리 앞에 몸을 수그리며 묻자 아키리가 끄덕였다.

"나뭇잎을 다룬다는 게 무슨 말이야? 알려 줄 수 있니?"

아키리의 표정이 움직였다. 크게 뜬 눈꺼풀이 가늘어지고, 작은 손에 꾹 힘이 들어갔다. 이 아이가 지금 웃음을 지은 것을 예거는 깨달았다. 장난 치는 어린애의 표정이었다.

아키리가 손가락으로 발밑 땅바닥에 작은 원을 그리고 떨어져 있는 나뭇잎을 주워서 몸을 일으켰다. 그리고 팔을 한껏 뻗어서 잎을 들어 올

333

리더니 뭔가를 계산하듯이 원의 주위를 돌며 손가락을 벌려 나뭇잎을 떨어뜨렸다. 공중에서 팔락팔락 나부끼는 나뭇잎이, 아키리가 땅에 그린 원 속에 정확히 착지했다.

그것이 이해할 수 없는 현상이라는 것을 알게 되기까지 약간 시간이 걸렸다. 마이어스가 떨어진 잎을 들어서 똑같이 떨어뜨려 보았다. 그의 손에서 떨어진 나뭇잎은 예측할 수 없는 공기의 흐름에 휘날려서 목표에서 1미터나 빗나간 위치에 떨어졌다.

"어떻게 이런 게 가능해?"

아키리가 마이어스의 질문에 키보드를 쳐서 답했다.

'나는 나뭇잎의 움직임을 알 수 있어.'

"어떻게?"

'그냥 안다는 말밖에는 할 말이 없어.'

납득이 되는 설명은 아니었지만 아키리가 자신들과는 다른 정체를 알 수 없는 능력이 있다는 것은 확실한 것 같았다. 인류는 로켓을 쏘아 올려 달표면 착륙에 성공했다지만 1미터 높이에서 떨어지는 나뭇잎의 움직임은 예측할 수 없으니까.

"여러분, 이제 마무리 해도 되겠나? 5분 뒤에 정찰 위성이 올 걸세."

피어스가 컴퓨터 화면을 전환하면서 말했다.

용병들은 석연치 않은 표정으로 서로를 바라보았다.

"믿을 수밖에 없군. 그 약을 먹으면 우린 죽었을 거야."

개럿이 말했다. 그 말에 수긍할 수밖에 없던 남자들은 숲으로 이동했다.

피어스가 광장에 머물러서 주민들에게 뭔가를 지시하고 있었다. 아마 평소처럼 행동하라고 하는 것 같았다. 음부티족들은 각자 오두막 앞으

334

로 돌아가서 불을 피우며 식사 준비를 했다.

정찰 위성의 눈이 닿지 않는 숲 속에서 가디언 작전 현장 요원과 피어스, 그리고 에시모와 아키리 부자가 합류했다.

"아침 식사를 마치고 출발하고 싶군. 지도를 보여 주게."

피어스가 말했다. 개럿이 지도를 꺼내 일동 앞에 펼쳤다.

"일단 간략하게 처음에 말해 두겠는데. 네메시스 작전은 주도면밀하게 준비되었지만 긴급 사태에 대해서는 콩고 국내에서 하는 대책밖에 없네. 즉, 국경이 결승선일세. 우리는 돌파를 시도할 테고 적은 전력으로 저지하려 들겠지."

현재 위치는 콩고 동쪽 끝인데 우간다와의 국경까지 130킬로미터 정도만 가면 됐다. 나흘 정도면 다다를 수 있는 거리였다. 하지만 국경에는 스무 개 이상의 무장 집단들이 죽 진을 친 채 설치고 있었다. 미식축구에 비유하면 엔드 존까지 남은 5야드에서 공방을 주고받는 셈이었다.

"국경을 넘는 경로는 결정 되었소?"

예거가 물었다.

"계획을 여러 가지 준비했네. 상황에 맞게 가장 적절한 경로를 선택할 걸세."

피어스가 지도를 가리키며 세 가지 계획을 실명했다. 모두 콩고 동쪽 국경으로 가는 경로인데, 현재 위치에서 보면 동쪽 부니아, 아니면 남동쪽 베니라는 마을을 지나 우간다에 입국하거나 아니면 한 번 남하해서 고마 주변에서 르완다로 도망치는 방법이 있었다. 그 외의 방향은 논의할 필요도 없었다. 서쪽으로 가면 이 나라의 광대한 국토 그 자체가 최대의 장해물이 될 테니까.

"어떻게 생각하나?"

"동쪽으로 가는 것에는 찬성인데, 시간적으로 제약이 있소. 우리 식량이 이제 5일 분밖에 없소. 사냥을 하면 될 수도 있지만 식량 조달만으로 하루가 꼬박 소비될 테니. 그럼 탈출할 시간이 없겠지."

예거의 말에 피어스가 대꾸했다.

"그건 괜찮네. 100퍼센트 장담은 못하는데 생각해 둔 경로 각 곳에 보급 물자나 수송 수단을 준비해 뒀으니까."

개럿이 감탄했다.

"오호. 그런데 그것뿐만이 아니오. 시간이 지나면 펜타곤이 있는 수 없는 수 다 써서 막으려 할 거요. 꾸물거리다간 그만큼 반격할 기회가 없어질 거요."

"그러면 최단 경로로 가세. 정동쪽으로 방향을 잡는 거지. 부니아 코 앞에서 코만다라는 마을에 차를 준비하겠네. 도로 상황도 생각하면 동남쪽으로 가는 것보다 시간이 짧아. 코만다까지는 걸어가는 거고."

거리는 100킬로미터, 행군으로 3일이었다. 예거가 개럿에게 지시했다.

"마이어스가 말라리아에 걸려서 엔젤은 연기한다고 전해."

"라저."

가디언 작전 일정은 아직 5일 정도 여유가 있었다. 펜타곤이 속아 준다면 도망치는 것을 알아차리기 전에 콩고 국외로 탈출할 수도 있었다.

"모두 이 캠프를 나가기 전에 GPS 전원을 끄게나. 이쪽 위치가 탄로 나니까."

믹이 곧바로 반론했다.

"목표물이 아닌 정글에서 어떻게 네비게이션 없이 다니라고? 나침판과 도보 측정만으로 100킬로나 행군할 수 있나?"

"도중까지 에시모가 동행할 걸세."

피어스가 말했다.

"에시모가?"

일동이 내려다보니 아키리의 아버지가 부끄럽다는 듯이 미소 지었다.

"더 악화되겠지. 이 녀석은 나침판 볼 줄도 모를 텐데."

"숲 속에서는 에시모가 훨씬 우수하네. 자네보다도 말이지."

인류학자가 강하게 말했다.

"고향으로 돌아가고 싶다면 투덜대지 말자고. 국외로 나간다 해도 최종 목적지 일본까지는 어떻게 간단 말이죠?"

마이어스가 믹을 달래며 피어스를 바라보았다.

"그것도 계획이 여럿 있는데, 현 시점에서 경로를 정하는 것은 시기상조네. 어떻게든 전력으로 국경까지 가세. 그게 최대의 난관이니까."

"알았어요."

예거가 손목시계를 보고 행동 개시 시각을 결정했다.

"0600시에 출발한다. 그때까지 식사를 마치도록. 머리 위를 정찰 위성이 날고 있다는 사실도 잊지 마."

다들 흩어질 때 전자음이 들려왔다. 피어스가 허리춤에 있는 가방에서 소형 컴퓨터를 꺼냈다.

아키리와 대화할 때 쓰는 것과는 다른 물건이었다. 10인치짜리 검은 노트북이 위성 휴대 전화기에 연결되었다.

화면을 들여다보던 인류학자의 표정이 점점 흐려졌다.

"메일이 온 건가? 누구에게서?"

예거가 물었다.

"그건 묻지 말아 주게."

"외국에도 협력자가 있는 거요?"

"이름은 밝힐 수 없지만, 정보 제공자가 있네."

"뭐라고 온 거요?"

피어스가 컴퓨터 화면을 닫고 일행에게 전달했다.

"적이 예상보다 만만치 않다고 전해 왔네. 이미 우리 움직임을 파악하고 있다는군. 네메시스 작전이 긴급 대처 단계로 이행되었네. 우리가 전부 테러리스트로 수배되고 1000만 달러 현상금이 걸렸네. 이 주변에 있는 무장 집단이 전부 덮쳐 올 걸세."

하지만 가디언 작전 현장 요원들은 누구 하나 동요하지 않았다. 마이어스가 말했다.

"탈출 경로를 남쪽으로 바꿀까?"

개럿이 고개를 저었다.

"아니. 남부를 제압하고 있는 세력이 있어. 그쪽으로 가면 막다른 길로 몰릴 거야."

예거가 지도를 펴고 말했다.

"동쪽 국경선만도 100킬로나 되는 길이인데. 적이 몇 만 명이라고 해도 돌파구가 분명 있을 거야. 우리는 예정대로 동쪽으로 가자."

"고객님 호출입니다. 스즈키 요시노부 고객님, 계시면 7층 안내 데스크로 와 주십시오."

계속 반복되고 있는 안내 방송이 시끄러웠다. 신주쿠 빌딩 안에 있는 시내에서 제일 좋은 대형 서점에서 겐토는 전문서를 들여다보고 있었다. 오늘 밤에 정훈이 도착하면 함께 폐포 상피 세포 경화증 특효약의 개발을 시작할 예정이었다. 이제부터는 대학 도서관을 쓸 수가 없으니 신약 개발에 필요한 문서 자료를 지금 확보해 둘 필요가 있었다.

"스즈키 요시노부 고객님."

두꺼운 학술서는 정말 비쌌다. 하지만 지금은 집히는 대로 돈을 아끼지 않고 쓸 수 있었다. '스즈키 요시노부' 명의의 현금 카드를 가지고 있었기 때문이었다.

"스즈키 요시노부 고객님, 계시면 7층 안내 데스크로 와 주십시오."

젠토는 퍼뜩 고개를 들었다.

스즈키 요시노부라고?

스즈키라는 성이 아무리 많더라도 이름까지 같다니 우연일 것 같진 않았다. 어쩌면 누군가가 자신을 불러내려고 하는 것인지도 몰랐다.

헌데, 누가?

반사적으로 생각난 것이 경찰이었다. 일단 그 자리에서 도망치려다가 아무래도 이상하다는 생각이 들었다. 자신이 '스즈키 요시노부' 명의의 현금 카드를 가지고 있다는 것은 경찰은 알 수 없을 거였다. 만약 알고 있다고 해도 계좌를 봉쇄해서 출금이 안 되도록 하는 게 우선 아닌가? 그리고 이상한 점이 또 한 가지 있었다. 지금 여기서 부른다는 것은 젠토가 서점에 있다는 것을 상대는 알고 있다는 뜻이었다. 형사라면 왜 바로 체포하려 하지 않을까?

떨리는 마음을 다잡으며 냉정해지자고 다짐했다. 아버지의 메시지로 시작된 일련의 사건들이 모두 다 치밀한 논리로 구축되어 있었다. '스즈키 요시노부' 명의를 알 제삼자가 있다면 그것은 사정을 이미 알고 있는 사람, 아버지의 계획을 알고 있는 누군가였다.

한 편이 있을지도 모른다는 생각이 들었다. 형사들이 가택 수색을 했던 날, 경고 전화를 걸었던 사람일까? 그 전화는 내용 말고도 풀 수 없는 수수께끼가 있었다. 착신표시는 '발신번호 표시 불가'가 아니라 '표시퀀 이탈'이라고 되어 있었다. 즉, 해외에서 걸었을 가능성이 높았다. 상대가 외국인이라면 그 부자연스러운 일본어도 납득이 갔다. 그 인물이 일본에 와서 지금 자신과 접촉하려고 하는 것일까?

겐토는 책꽂이에 돌려놓은 책을 다시 뽑았다. 상대방이 형사가 아니라고 판단해도 괜찮을 것 같고, 그쪽도 그렇게 생각하길 기대하며 호출을 하고 있는 것 같았다.

책꽂이로 가득한 넓은 플로어는 몰래 살피기에도 유리했다. 약학 코너에서 나와서 평정을 가장하고 계산대로 걸어갔다. 책꽂이 틈으로 안내 카운터를 살폈더니 거기 있는 사람은 점원밖에 없고 다른 손님 모습은 보이지 않았다.

제복을 입은 여성 직원이 흘끔 손목시계를 보더니 안내 방송용 마이크에 대고 말했다.

"고객님 호출입니다. 스즈키 요시노부 고객님, 스즈키 요시노부 고객님."

겐토가 결심하고 안내 카운터로 나갔다.

"스즈키입니다."

겐토가 이름을 대니 직원이 마이크에서 몸을 돌렸다.

"아, 기다렸습니다. 분실물이 들어와서요."

"분실물?"

"이거 스즈키 고객님 물건 아닌가요?"

직원은 내민 것은 휴대 전화였다.

"죄송합니다, 주인을 찾기 위해 전화 안을 확인했어요. 필요한 외에 다른 부분은 확인하지 않았고요."

안내 직원이 액정 화면을 켜서 보여 줬다. 주인 이름이 등록되는 프로

필 부분에 이 휴대 전화 번호와 메일 주소, 그리고 '스즈키 요시노부'라는 한자가 적혀 있었다. 겐토는 이 예상치 못한 상황에 대처하기 위해 머리를 굴렸다.

"어, 감사합니다. 어디 있었지요?"

"『유기 화학』 책장 앞에요."

"어느 분이 찾아 주셨나요?"

"제가 찾았습니다."

"바닥에 떨어져 있었어요?"

"네."

"감사합니다."

겐토가 전화기를 받으려 했는데 건네주기 전에 직원이 말했다.

"만일을 위해서 손님 성함을 확인해 주실 물건이 있으면 보여 주실 수 있으신가요?"

동요하고 있다는 것을 얼굴에 드러내지 않는 노력만으로도 벅찼다.

"이름요? 아, 이름, 이름. 엇, 지금은 현금 카드밖에 없는데요."

"그거면 됩니다."

겐토가 지갑에서 '스즈키 요시노부' 명의의 카드를 꺼내 보여 주었다.

"감사합니다."

안내 직원이 미소 짓고 전화기를 내밀었다.

옆에 있는 계산대로 가서 안고 있던 책을 계산했다. 엘리베이터로 걸어가는데 식은땀이 삐질삐질 흘렀다. 빨리 이 빌딩을 나가서 카페든 어디든 빨리 가서 전화기를 확인해 봐야 했다. 누가 무슨 목적으로 이런 복잡한 수작을 부리는 걸까? 그 순간 갑자기 날카로운 전화벨 소리가 울리기 시작하자 하마터면 펄쩍 뛸 뻔했다.

착신표시를 보니, 발신자가 '파피'라고 나와 있었다. 어릴 적 키웠던 애견의 이름이었다. 아무래도 상대방은 이쪽 편이라는 뜻을 나타내는 것 같았다. 겐토가 엘리베이터 옆에 인기척 없는 계단 입구로 들어서서 전화를 받았다.

"여보세요?"

"겐토 씨지? 이제 중요한 사항을 전할 테니, 한 마디도 놓치지 말고 들어줘."

기분 나쁜 목소리였다. 기계음처럼 주파수를 바꾼 저음 음성이었다. 꼭 땅바닥에서 울려오는 것처럼 들렸다. 겐토는 구태여 상대방의 정체를 묻지 않고 가만히 귀를 기울였다. 일본어가 유창한 걸 보니 상대는 외국인은 아니었다. 아무래도 일본과 해외에 한 사람씩 겐토의 협력자가 있는 것 같았다.

"지금 당신 손에 들어간 그 전화기는 도청될 염려는 안 해도 돼. 안심하고 써도 괜찮아."

상대는 겐토가 떨어진 물건을 건네받는 모습을 처음부터 보고 있었던 모양이었다. 지금도 이 빌딩 안에 있을 터였다. 겐토는 계단 입구에서 몸을 반쯤 내밀고 서점 내를 둘러보았지만 휴대 전화를 쓰고 있는 사람은 보이지 않았다. 낮은 목소리가 계속 들려왔다.

"하지만…… 발신할 때에는 충분히 상대를 골라서 하도록 해. 가족이나 친구에게 전화를 하면 위험해. 상대방 전화가 역탐지되니까."

"그러면 전혀 전화를 쓸 의미가 없지 않나요?"

"아니, 의미는 충분하지. 내가 당신에게 언제든 연락을 할 수 있으니."

"당신은 제 편이신가요?"

"그래."

기계로 변조된 목소리인데도 목소리 속에 친밀함이 느껴졌다.

"성함이?"

"파피야."

숨죽인 웃음이 들려왔다.

"질문 하나 해도 괜찮습니까?'

"내용에 따라 대답하지."

겐토가 수화기 주변을 손으로 막고 작은 목소리로 물었다.

"「하이즈먼 리포트」다섯 번째 항목이 실제로 일어났습니까?"

"호오. 꽤 날카로운걸. 믿음직스럽군. 당신은 그 보고서를 읽었나?"

"네."

"지금 내가 말한 것이 질문에 대한 대답이야."

겐토는 상대방이 긍정했다는 뜻으로 해석했다.

"이후로 이 전화 전원은 절대 끄지 말고 언제라도 받을 수 있도록 해줘. 자고 있을 때도. 괜찮지?"

"네."

"그리고 마치다 실험실에서 이동할 때 앞으로는 전철에 타지 마. 내일부터 형사들이 마치다 역 개찰구를 감시할 거야."

겐토는 움찔했다. 모르는 새 수사의 손이 바로 곁까지 뻗어 있었다. 하지만 대체 어떻게 알았을까? 짐작이 가는 것은 교통 카드 사용 내역이었다. 전철을 타거나 내릴 때 철도 회사가 발행하는 IC카드를 사용했기 때문이었다. 이제 자신을 둘러싼 온 세상을 의심하지 않으면 위험하다는 생각이 들었다.

"전철을 쓸 수 없으면 어떻게 이동할까요?"

"택시를 타면 안전해. 돈은 충분히 있겠지. 마치다역 이외에도 당신이 살던 아파트, 대학, 고향집 네 곳에는 가까이 가지 말도록. 거기도 형사들이 붙어 있어. 당신 행방을 쫓고 있는 형사는 총 10명이야. 알았어?"

"알았습니다."

"그럼 또 연락하지. 곧 작은 노트북을 쓰는 법을 가르쳐 주겠어."

"작은 노트북? 켜지지 않는 검은 노트북 말입니까?"

하지만 통화는 끊어졌다. 겐토는 곧바로 휴대 전화의 주소록을 불러왔다. '파피' 하나만 등록되어 있었다. 시험 삼아 걸어봤지만 상대방 전원은 이미 꺼져 있었다. 서점에서 파피를 찾으려 해도 상대의 얼굴을 모르니 방법이 없었다. 켜지지 않는 10인치짜리 노트북에 대해 알려면 다음 연락을 기다리는 수밖에 없는 것 같았다.

하지만 상대방은 왜 실제 목소리를 숨겼을까? 겐토가 들으면 알 목소리를 가진, 즉 아는 사람이기 때문일까?

아무튼 빌딩 계단을 내려와서 신주쿠 큰 길로 나갔다. 겨우 통신 기기 한 대를 손에 넣었을 뿐인데, 독립되어 있던 자신이 다시 세상과 연결되었다는 느낌에 안심이 되었다.

큰 길을 걷다가 그간 끊겨 있던 연락을 지금 마쳐 두려는 생각에 주머니에서 전화번호를 적어 둔 메모를 꺼냈다. 파피의 경고에 따라 전화를 걸 상대가 안전한지 머릿속으로 체크했다. 신문 기자와의 관계를 경찰이 파악했을까. 아마 괜찮을 거라는 생각이 들었지만 마침 공중전화 앞을 지나가던 참이니 만약을 위해 공중전화를 쓰기로 했다.

동전을 넣고 전화번호를 눌렀는데, 평소엔 바로바로 전화를 받던 스가이가 좀처럼 전화를 받지 않았다. 벨소리가 열 번 정도 울리더니 드디어 아버지 옛친구의 친숙한 목소리가 귓가에 들려왔다.

"여보세요?"

"고가입니다."

"아, 겐토구나."

수화기 너머에서는 웅성거리는 소음이 어렴풋이 들려왔다.

"스가이 씨, 지금 어디에 계십니까?"

"어디 좀 나왔다. 전화 괜찮아. 전에 물었던 여성 연구자 때문이냐?"

"네. 사카이 유리라는 분에 대해서 뭔가 밝혀진 사실이 있습니까?"

"겐토 네가 말한 인물이 맞는지는 모르겠는데, 연령이 맞는 후보자를 한 사람 찾았다. 도쿄에 있는 의사협회 명부에 같은 이름의 의사가 있더라."

"의사입니까?"

겐토는 기억을 더듬어 어두운 대학 구내에서 말을 건 사카이 유리의 모습을 떠올렸다. 인상이 잘 남지 않는 화장기 없는 얼굴과, 독특한 청량감. 의사라고 해도 전혀 위화감이 들지 않았다.

"당시 전화번호부에 그 의사가 개업했던 병원 광고가 있었어. 부모와 자식, 2대째 경영하고 있는 클리닉이라더군."

"진료 과목이 뭔가요?"

"산부인과였어."

의외의 대답이었다. 내과나 순환기과라면 폐포 상피 세포 경화증과 관계가 있겠지만.

"그 병원에 가면 만날 수 있겠네요?"

"아냐. 의사회 명부에 기재된 것이 8년이나 전이다. 그 후로 이름이 사라졌어. 의사회를 탈퇴하고 개업했던 클리닉도 폐쇄했다더군."

"무슨 일이 있었나 보죠?"

"모르겠는데, 좀 더 알아봐야지. 어딘가에서 네 아버지와 연결 고리가 나올지도 몰라."

"죄송합니다. 스가이 씨. 여러모로 감사합니다."

겐토는 도와주는 신문 기자가 든든했다.

"뭘, 이런 걸 가지고."

스가이가 웃고는 짧은 인사를 나누고 전화를 끊었다.

겐토는 공중전화에서 나와 신주쿠 역으로 향하며 생각했다. 사카이 유리에 대해, 더 자세하게 조사할 방법이 없을까? 그녀가 대학에 나타났을 때, 그 차 번호를 외워 둘 걸 그랬다고 후회하는데 전화 벨소리가 울렸다.

겐토가 걸음을 멈췄다. '표시권 이탈'이라는 착신 표시를 보니 긴장이 됐다. 해외에서 걸려 온 전화였다. 경고 전화를 했던 외국인이 아닐지 생각하면서 뒷골목으로 뛰어가서 통화 버튼을 누르고 전화기를 귀에 댔다.

"Hello?"

갑자기 영어가 들려서 당황했다. 목소리의 주인은 여성이었다. 어째서인지 겐토의 뇌리에 금발 미녀의 이미지가 떠올랐다.

"헤, 헬로?"

허둥대며 대답했지만 상대가 뭐라고 빠르게 말을 하는 바람에 전혀 알아들을 수가 없었다. 상대 여성이 혼란스러워하고 있는 게 느껴졌다. 머리를 영어 회화 모드로 전환하려고 노력하면서 상투적인 영어 대화를 시도해 보았다.

"좀 더 천천히 말씀해 주실 수 있습니까?"

순간 상대는 말을 잠깐 멈췄다가 말했다.

"당신은 누구죠?"

"저요? 제 이름은 고가 겐토입니다."

"겐토? 지금, 어디에 있나요? 아니, 그러니까, 나는 어디에 전화를 건 거죠?"

겐토는 상대방이 하는 말을 잘못 알아들은 건가 싶었다.

"잠깐 기다리세요. 무슨 말씀이신지 전혀 이해가 안 되는데요."

여성이 진정하려 하는지, 말투를 바꿨다.

"나도, 내가 무슨 말을 하고 있는지 모르겠어요. 겐토, 잘 들어주세요. 조금 아까, 모르는 사람이 전화를 했어요. 지금 전화를 건 이 번호를 가르쳐 주면서 연락하라고 했어요. 아들 상태를 알려 주라고 하면서. 그렇게 하면 당신이 반드시 아들을 살려 줄 거라고 하면서."

"제가 당신 아들을 살린다고요?"

"그래요. 아닌가요?"

갑자기 겐토의 머릿속에서 퍼즐 한 조각이 움직였다. *언젠가 미국인 한 명이 너를 찾아 올 것이다.*

"실례지만 이름이 어떻게 되시죠?"

"리디아예요. 리디아 예거."

"리디아 예구 씨?"

상대방이 천천히 발음해 줬다.

"예, 거, 예요."

"예거 씨. 당신은 미국인입니까?"

겐토가 R 발음에 신경 쓰며 말했다.

"그래요. 지금 리스본에 있어요."

리스본이라면 폐포 상피 세포 경화증의 세계적인 권위자가 있는 도시였다.

"아드님을 치료하기 위해서?"

"맞아, 그래요!"

리디아의 목소리가 높아졌다. 드디어 이야기가 통해서 아들을 구할 방법을 찾았다고 생각한 것 같았다.

"고가 세이지라는 일본인을 아십니까?"

"아니요, 몰라요."

"당신의 남편은요?"

"존이요? 그이는 지금 일 때문에 외국에 나가서 연락이 안 돼요. 그이가 그 일본인을 아는지 모르겠어요."

"존 예거 씨의 직업이 뭐죠? 바이러스학 연구자입니까?"

"아니요."

리디아는 잠시 주저하다가 'Private Military Company'의 'Private Contractor'라고 말했다. 몇 번이나 물어봤지만 그 용어가 무엇을 나타내고 있는지 알 수 없었다. 군대와 관련된 일일까?

"당신은, 저에 대해 알고 있나요? 존, 조너선 예거 아니면 나라든가, 아니면 우리 아이 저스틴이요."

저스틴 예거라는 이름을 머릿속에 있는 목록에서 찾아냈다. 고바야시 마이카도 연상되었다.

"아니요. 저도 당신에 대해 모릅니다. 아마 아버지의 친구를 통해서 당신이 연결된 것 같습니다. 여기 전화하라고 한 사람이 누군가요?"

"미국인이었어요. 동부 억양의, 나이 많은 남성."

겐토에게 경고 전화를 건 사람이 아닐까?

"이제 사정은 알았나요?"

"네."

"그런데 당신은 어떻게 우리 아들을 구해 줄 수 있나요?"

"새로운 약을 개발하고 있습니다."

대답한 순간 겐토의 두 어깨에 중압감이 확 들었다. 신약의 개발에 실패하면 전화 너머에 있는 여성을 절망의 바닥으로 떨어뜨리게 될 것이다.

"그 약이면 저스틴이 살 수 있나요? 이쪽 상황을 말할게요. 검사 수치가 너무 나빠요. 의사 선생님 말로는 위기 상황이래요. 저스틴은 그러니까, 다음 달까지밖에 살 수 없을지도 몰라요."

겐토가 말을 잃었다. 묵직한 펀치에 명치를 맞은 것 같았다. 저스틴 예거의 상태는 고바야시 마이카와 같았다. 데드라인까지 이제 한 달도 남지 않았다. 아버지 유언에 있었던 '2월 28일까지 완성해라.'라는 기한을 지키지 않으면 두 아이가 죽게 된다.

"부탁해요. 제발 우리 아이를 살려 주세요."

리디아의 목소리는 동정할 수밖에 없는 약하디 약한 소리가 아니었다. 아이를 뒤덮은 병마와 대결하려는 강한 의지가 느껴졌다.

겐토는 자기 어머니가 문득 떠올랐다. 분명코 이 강인한 면은 말이나 종교나 인종을 넘어선 모든 인류에게 공통되는 선(善)이리라. 겐토는 먼 나라에 있는 용감한 어머니에게 말해야만 한다고 생각했다.

"예거 씨."

겐토는 하늘에 대고 전화 상대에게 들키지 않도록 작게 신음했다. 그 후의 각오를 정하고 인생 최대의 도박이 될 말을 꺼냈다.

"제가 약속합니다. 반드시 당신의 아이를 구하겠습니다."

전등갓에서 새어나오는 빛을 옆에 두고 루벤스는 자택 거실 소파에 앉아 있었다.

미국 동부 시간으로 오전 2시, 아프리카 중부 시간으로는 오전 8시.

잠을 자러 집으로 돌아오긴 했어도 준비하지 않으면 안 될 수많은 난제를 앞에 두고 있으니 잠들 상황이 아니었다. 손에 든 노란색 연습장에는 문제가 항목별로 나뉘어 적혀 있었다.

루벤스는 자기 의사를 정하기가 어려웠다. 자신이 세운 작전 때문에 사상자가 나오는 것은 피하고는 싶지만, 한편으로 누스를 살려 둬도 되는 것인가 하는 망설임이 있었다. 어느 쪽이든 현 시점에서는 네메시스 작전을 제어 불능 상태로 할 수는 없었다. 상대의 태도를 모두 파악하고 선수를 쳐야 했다. 이쪽 추측이 맞는다면 누스는 용병들에게 호위되어 국외 탈출을 계획할 것이다. 루벤스는 연습장으로 눈을 돌렸다.

'피어스 일행의 콩고 탈출 지점은 어디인가?'

이것이 지금 가장 중요한 문제였다. CIA의 한정된 요원으로는 너무나 넓은 아프리카 대륙의 전역을 감당할 수 없었다. 피어스 일행이 국외로 도망친다면 추적은 거의 불가능했다. 뭣보다, 네메시스 작전에 있어서 위안이 되는 부분은 콩고의 교통 사정이었다. 서유럽 전역이 쏙 들어갈 정도로 넓은 국토를 가졌으면서도 교통 인프라는 지극히 빈약했다.

동서를 엮는 도로는 단 하나뿐이었다. 그 외에는 콩고 강을 지나는 배 아니면 항공기에 의지할 수밖에 없었다. 그 교통망의 요소가 철저히 감시되고 있다는 것쯤은 피어스 측도 충분히 인지하고 있을 터였다. 그렇다면 그들은 걸어서 탈출할 수 있는 루트인 동쪽 국경선을 목표로 잡을 수밖에 없을 것이다. 그런 점에서 스톡스 군사 고문이 현지 반정부 세력을 장악하고 있는 것은 지리적으로 봐도 올바른 판단 같았다. 이투리 숲에서 동쪽으로 20개나 되는 무장 집단이 벽이 되어 막고 있었기 때문이었다. 그쪽으로 국외 탈출을 노리고 있다면 그 '악당들'의 전투 능력에 기대할 수밖에 없었다.

'과연 그들은 아프리카에서 탈출할 지점을 어디로 잡을까?'

또한 콩고 국외로 탈출한다 해도 피어스 일행이 아프리카에 계속 머물 가능성은 낮아 보였다. 아프리카계가 아닌 얼굴들로 이루어진 이 일당은 남의 눈을 너무 끌게 될 터였다. 그러면 어디로 갈까? 루벤스는 해결의 실마리인 제3의 사항에 시선을 떨어뜨렸다.

'용병 네 사람의 선택 기준은 무엇인가?'

가디언 작전의 후보자를 차례로 죽여서까지 누스는 지금 이 네 사람의 남자들을 보호자 역할로 골랐다. 그 선택 이유 중에 탈출 계획의 개요를 알아차리는 열쇠가 숨겨져 있지 않을까? 이미 고찰했던 대로 예거와 개럿은 고용주를 배신할 조건이 갖추어져 있었다. 그럼 남은 두 사람 가시와바라와 마이어스는 어떤 이유로 골랐을까?

가방에서 보고서를 꺼낸 루벤스가 현장 요원의 선택 과정을 찾아보았다.

가시와바라 미키히코가 제일 후보에 오르기까지 세 명의 후보자가 이라크에서 사망했다. 이 세 명과 가시와바라를 구별하는 것은 무엇일까? 각각 자료를 비교하니 공중 작전 자격이나 실전 경험 등 용병으로서의 능력에는 차이가 없었다. 단 하나, 다른 점이 '사용 언어' 항목이었다. 가시와바라만은 모국어인 일본어 어학 능력을 가지고 있었다. 여기서 루벤스는 고가 세이지가 집필한 논문을 떠올렸다.

그것은 학술 논문으로는 예외적으로 일본어로 쓰여 있었다. 과학 세계에서 영어가 공용어라는 것을 생각해 보면 고가 박사는 영어를 잘 못한다고 볼 수 있었다. 즉, 가시와바라는 일본에 있는 고가 세이지와의 연락책으로 선택된 것이 아닐까? 이 추측이 올바르다면 박사가 사망했기 때문에 이후 일본 측에서 연락을 받는 사람은 그의 아들, 겐토라는 뜻이 됐다. 국방 정보국의 조사 보고서에는 고가 겐토가 영어를 쓸 수 있다고 나와 있었다. 즉, 고가 박사의 갑작스러운 죽음에 의해 가시와바라의 존재 의의가 사라졌다고 생각할 수 있었다.

루벤스는 이 부분에 대해 한 발짝 더 나아가 추측해 보았다. 정확하지는 않지만, 피어스 일행은 고가 박사의 모국을 목표로 하는 것이 아닐까? 루벤스는 연습장에 '일본인가?' 하고 의문 부호를 붙여 적어 놓았다.

일본인인 가시와바라는 기묘한 과거를 가지고 있었다. 보고서의 특기 사항에 따르면 10년 전에 그의 부친이 누군가에 의해 맞아 죽었고 어머니도 중상을 입었던 일이 있었다. 하지만 범인을 목격한 어머니가 증언을 거부했기 때문에 사건은 미궁에 빠졌다. 가시와바라가 프랑스 외인부대에 몸담게 된 것은 이 사건 직후에 일어난 일이었다. 루벤스는 불온한 느낌이 들었지만 보고서의 짧은 문장만 보고는 아무것도 단정할 수 없었다. 네메시스 작전에 영향을 줄 사항은 아니라고 판단하고 다음 보고서로 넘어갔다.

스콧 마이어스. 공군 항공 구조대 출신자가 가디언 작전 현장 요원으로 결정되기까지 이라크에서 죽은 후보자는 네 명. 마이어스만 빠져나온 이유는 그 출신이 말해 주는 대로, 의료와 전투 탐색 및 구조 기술이었다. 위기 관리를 위한 인선이라고 생각되었지만 마이어스의 경력에는 다른 네 사람에게 없는 또 하나의 특수 기능, 항공기 조종 자격이 기재되어 있었다. 누스 일당이 항로로 아프리카 탈출을 목표로 할 가능성이 충분히 있다는 말이었다.

거실에 울리기 시작한 휴대 전화 벨 소리에 사고가 끊겼다. 불만스러운 신음 소리를 내며 휴대 전화를 들자, 특별 계획실의 국방 정보국 직원의 목소리가 들렸다.

"쉬시는 중이셨습니까?"

"아냐, 괜찮습니다. 그보다 조사는 다 되었습니까?"

"네. 지시하신 대로 피어스 해운이 소유한 전 선박의 움직임을 다 찾아봤습니다. 한 달 이내에 아프리카로 가는 것은 두 척밖에 없습니다. 가는 곳은 이집트의 알렉산드리아와 케냐의 몸바사입니다."

"아라비아 반도는?"

"유조선 여러 척이 정기적으로 지나갔는데 전부 2개월 전입니다."

"좋아요. 이집트와 케냐에 들르는 두 척 중에 극동으로 향하는 배가 있습니까?"

"케냐에 들르는 배가 인도까지 가지만 거기서 미국으로 귀환합니다."

인도를 경유해 일본에 가는 것인가? 그들이 콩고의 국경선을 넘은 후, 동쪽으로 직진하면 케냐의 항구에 도달할 것이다.

"두 척 다 감시하라고 CIA에 말해 둬요. 케냐가 최우선이고요."

"알겠습니다."

"그리고 피어스 해운 소유 항공기는 어떻던가요?"

"임원이 쓰는 개인 제트기 한 대가 전부입니다. 지금 아프리카로 향한다는 정보는 없습니다. 이 비행기도 계속 감시하겠습니다."

"이 모든 정보는 관련 기업을 포함한 이야기겠죠?"

"네. 하청업체까지 철저하게 조사했습니다."

"또 하나, 추가 조사를 부탁하고 싶군요, 피어스 해운의 관계자가 전세기, 아니면 구입할 예정인 항공기가 없는지……."

루벤스가 말을 끝내기 전에 대답이 나왔다.

"그것도 조사했습니다. 제가 확인한 바로는 그런 움직임은 없습니다."

"알았어요. 고맙습니다."

그것으로 피어스 일행이 항공로로 아프리카에서 탈출할 가능성은 낮아졌다. 그러면 배편뿐이었다. 해로만 차단하면 그들을 묶어둘 수 있다. 루벤스는 전화를 끊고 연습장으로 눈을 돌렸다.

'방첩'.

미국 기밀 정보가 누스에게 해킹되었다는 것은 이미 의문의 여지가 없는 사실이었다. 그리고 루벤스 앞에 '선별 통보 원칙'이 가로막고 있어서 방첩 대책을 강구하기가 불가능해졌다. NSA가 운용하는 에셜론이나 국내 기밀 통신망이 어떤 시스템으로 되어 있는지, 어떤 정보도 공개되어 있지 않았다. 단 하나 알 수 있는 것은 각 정보기관이 복잡하게 얽힌 통신 인프라 운용 때문에 일원적으로 통신 통제를 하기가 무리라는 것이었다. 이대로는 네메시스 작전의 긴급 대처 단계를 상대에게 곧바로 들키는 것이 확실했다.

대책을 강구하려 해도 일시적인 방편밖에 찾을 수 없었다. 일단은 허위 정보를 집어넣어서 상대를 혼란에 빠뜨리는 수밖에.

다시 휴대 전화가 울리기 시작했다. 받았더니 FBI와의 연락을 맡고 있던 프랭크 버튼의 목소리가 들렸다.

"긴급 안건입니다. 지금 즉시 특별 계획실로 돌아와 주시겠습니까?"

솔직히 루벤스는 내키지 않았다. 창밖으로 눈이 내리기 시작했다.

"지금 어딘데요?"

"FBI 본부입니다."

"우리 집으로 와 줄 수는 없나요?"

"죄송합니다만, 지금 불가능합니다. 기밀 보호 조치가 된 곳에서 뵈어야 합니다."

무슨 일인가 해서 루벤스가 물었다.

"그러면 슈나이더 연구소 회의실은 어떤가요? 그곳이 피차 가깝겠죠."

"괜찮습니다."

루벤스가 무거운 몸을 들어 탁자 위에 있던 아우디 열쇠를 들었다.

20분 뒤, 창문 없는 회의실에서 루벤스와 버튼이 마주했다. 그곳은 전에 루벤스가 나이젤 피어스가 보낸 메일을 처음 본 장소였다.

"있을 수 없는 일이 일어났습니다. 아직 이 일은 아무에게도 전하지 않았습니다."

버튼이 그렇게 말하곤 비즈니스용 가방에서 마닐라 봉투를 꺼냈다.

"뉴욕 공중 전화에서 고가 겐토에게 발신된 경고 전화 건입니다."

루벤스가 무심코 몸을 앞으로 내밀었다.

"뭔가 알아냈나요?"

"경고에 쓰인 것은 통행인이 많은 브로드웨이의 전화박스입니다. 발신 시각은 토요일 오후 4시, 일본 시각 오전 5시였습니다. 같은 날 오후 4시 10분에 전화박스에서 두 블록 떨어진 약국 방범 카메라가 길을 걷는 네메시스 작전 관계자를 포착했습니다."

즉시 루벤스가 말했다.

"엘드리지입니까?"

버튼은 대답하지 않은 채 마닐라 봉투에서 사진 몇 장을 꺼내 루벤스에게 보여 줬다. 가게 입구를 향한 방범 카메라가 쇼윈도 유리 너머로 어딘가로 걷고 있는 초로의 남성을 보여 주고 있었다.

"선명하지 않은 오리지널 영상을 FBI에서 화상 분석했습니다."

누가 찍혔는지 일목요연했다. 루벤스는 놀라긴 했지만 그것은 한순간 이었다. 마음 어디선가 줄곧 이런 결말을 예상하고 있었던 것 같았다.

버튼이 물끄러미 이쪽을 바라보며 지시를 기다렸다. 루벤스가 말했다.

"이것만으로는 증거가 되질 않아요. 우연히 이 장소를 지나쳤다고 하면 그게 끝이죠."

"그러면 크립토 시티에 부탁하도록 하죠."

버튼이 대답했다.

세계 최대의 첩보 기관 NSA은 규모가 너무 커서 메릴랜드 주의 한쪽에 단지를 형성하고 있었다. 웬만한 지도에는 나오지도 않는 이 '크립토 시티'라고 불리는 구역은 50채가 넘는 빌딩이 들어서 있고 6만 명 이상의 직원과 관계자가 근무하고 있었다. 그들의 목적은 전 세계의 통신을 도청하고 암호를 해독하며 미국의 국익에 필요한 모든 정보를 입수하는 일이었다. 사이버 전쟁을 지휘하기 위한 모든 기술 개발도 NSA의 특기 분야였다.

"그들은 뭐든 알고 있을 테니."

버튼이 덧붙였다.

이정훈에게 전화를 받고 겐토는 밤거리로 마중 나갔다. 오토바이를 타고 온 정훈은 사설 실험실로 이어지는 길이 너무 좁고 어두워서 설마 이 길 끝에 아파트가 있을 거라고는 생각지도 못한 모양이었다. 깊은 밤이라 불도 안 켜진 2층 목조 건물을 발견 못 할 수도 있겠다 싶었다.

어둠에 잠긴 바깥 계단 아래 오토바이를 세우고 202호로 따라 들어온 정훈은 좁은 방을 가득히 점거한 실험 시설을 보고 눈을 휘둥그레 떴다.

"너랑 알고 나서는 온통 놀랄 일투성이야."

"더 놀랄 일이 있어."

겐토는 앞을 보며 여태까지의 경위를 설명했다. 정훈은 다 듣고 나서도 반신반의하는 모습이었다. 하지만 인간의 한계를 뛰어넘은 제약 프로그램을 손에 넣은 지금, 겐토의 말을 마냥 웃어넘기는 것도 불가능하다고 생각한 것 같았다. 정훈은 잠시 동안 곰곰이 생각을 하고 나서 말했다.

"인류 진화의 가능성에 대해서는 부정도 긍정도 할 수 없지. 네 말하는 대로 기프트를 써서 신약을 만들어 볼 수밖에. 그 병을 고치는 건 현재 인간의 능력으로는 무리잖아."

정훈이 동의한 덕에 겐토도 한숨 놓았다.

"그러고 보니 넌 미군 기지에서 일한 적이 있지?"

"응, 용산 기지에 있었어."

"도청 같은 건 어떻게 생각해? 우리 피해망상 아닐까?"

"확실하다고는 말할 수 없지만, 기술적으로는 가능해. 미국이나 영국이 공동으로 '에셜론'이라는 전 세계 도청 시스템을 운용하고 있다고 들었어. 극동에는 일본 미사와 기지에 있는 안테나가 감청하고 있고 인도네시아 상공에는 거대한 전파 감청 위성이 있기도 하고 말이야. 해저 케이블도 전부 도청되니까 안전한 통신 방법은 없겠지."

겐토는 아연실색했다. 자기가 있는 이 세계가 어떻게 되어 있는지 전혀 모르는 채로 살아 왔다는 사실을 깨달았다. 세계를 지배하는 한 줌도 안 되는 인간이 만든 작은 테두리 속에서 자신들은 사육당하고 있는 걸까? 하루하루 안전을 확보해 주고 있다면 별 불만이 없지만 상대는 자비심 넘치는 신이 아니었다. 인간이었다. 뭔가 잘못되어 기분이라도 상하면 한 개인을 손끝으로 눌러 죽이는 흉포함을 감추고 있는 인간. 그것은 지금 겐토 자신에게 닥쳐온 일이기도 했다. 애초에 미국이 솔선해서 기본적인 인권을 짓밟고 있다는 사실은 놀랄 수밖에 없었다. '통신의 비밀'은 어디로 사라졌단 말인가?

"'에셜론'은 산업 스파이 목적으로도 쓰이니까 EU 의회가 문제 삼긴 했어도 자세한 건 아무것도 알 수 없지."

"으스스한데. 미국이 말하는 민주주의는 전형적인 이중 잣대잖아."

마음속 깊이 느껴지는 불쾌함을 겐토가 내뱉었다.

"나도 그렇게 생각하지만 미국인만이 아니라 인간이 하는 일이 다 완전하지 않아. 법률도 경제도, 모든 시스템이 다 불완전해. 제대로 완성되지 않은 컴퓨터 프로그램처럼 결함이 보일 때마다 패치를 새로 깔아야 하지. 만약 인간이 정말 '호모 사피엔스', 즉 '현명한 사람'이라면 100년 뒤에는 좀 더 좋은 세상이 될 거야."

"그렇게 바라고야 싶지만, 지금 우리는 절박한 문제에 당면해 있잖아. '에셜론'은 우릴 감시하고 있어. 너를 끌어들여도 좋을지, 도무지 결정을 못하겠네."

"벌써 끌어들였어. 나도 병든 아이를 고치고 싶고."

정훈이 평소처럼 부드럽게 웃었다. 무거운 마음을 가볍게 해 주는 그 태도에 겐토도 위로 받았다.

"그럼, 시작하자!"

정훈이 다다미 위에 둔 가방에서 기프트가 깔린 노트북을 꺼냈다.

겐토는 탁자 위를 정리하고 기계를 둘 장소를 확보했다. 기동된 노트북 화면에 변이형 GPR769의 CG영상이 떠올랐다. 그 자체가 마치 하나의 생명체처럼 수용체가 세포막 위에서 천천히 움직이고 있었다.

정훈이 연구자다운 딱 부러지는 어조로 말했다.

"기프트의 기본적인 방법론은, 현재 시행되는 제약 프로그램과 다르지 않아. 보는 바와 같이, 이미 수용체의 모양은 특정되어 있어. 다음 단계에서, 이 주머니 부분에 딱 맞게 결합하는 화학 물질을 밝혀내는 거야."

"그게 바로 약이로구나."

"맞아. 약의 화학 구조를 정하는 방법은 두 종류가 있어. 무에서부터 디자인 하는 '데 노보'나, 기존 화합물 안에서 활성이 높은 구조를 찾아내는 버추얼 스크리닝(컴퓨터로 화합물을 가상으로 탐색·선택하고 활성 테스트를 수행하여 새로운 리드화합물을 탐색하는 방법 — 옮긴이)."

"어느 쪽이 좋을까?"

"'데 노보'로 해 보자. 합성이 어려운 구조가 나올지도 모르지만 내가 그 부분은 잘 모르니 겐토에게 판단을 맡길게."

"오케이."

정훈이 이전번과 똑같이 노트북을 인터넷에 접속시키고 화면을 바라보았다.

"이 프로그램이 굉장한 점은 바라는 결과를 지정하기만 하면 나머지는 알아서 해 준다는 점이야."

"그럼 완전 자동으로?"

"그래. 약의 활성의 세기는 100퍼센트로 해 두자."

정훈이 즐거운 듯이 말했다. 다이얼로그 박스 안에 체크 표시를 클릭한 정훈이 마우스에서 키보드로 손을 옮겼다. 그 손끝이 빠르게 움직이며 표시 화면이 수용체의 리본 모델 그림으로, 그리고 숫자와 알파벳으로 메워진 원소 주기율표의 일람으로 어지럽게 변화했다.

"결합이 일어날 것 같은 부위를 지정해 두면 나중엔 기프트가 계산해 줄 거야. 자, 특효약을 만들어 보자."

정훈이 엔터키를 탁 쳤다. 그랬더니 화면에 'Remain Time 01:41:13' 표시가 떴다.

"1시간 40분! 이거 엄청난데!"

정훈이 뛰어오를 듯 기뻐했다. 좋아서 어쩔 줄 모르는 그 표정이 부러웠다. 자기도 이렇게 연구를 즐겁게 했더라면 다른 인생을 살게 되었을 텐데. 만면에 떠오른 정훈의 미소를 바라보다가 문득 아버지가 생전에 지으셨던 수수께끼의 미소가 떠올랐다. "연구만은 그만둘 수 없지."라고 말씀하시던 아버지의 행복한 미소는 정훈이 짓고 있는 표정과 같았다. 아버지도 이렇게 연구를 즐거워하셨을까? 하지만 뭐가 그렇게 재미있으셨을까? 충실한 연구자 생활을 보내시는 것으로 보였는데.

"배 안 고파?"

정훈이 물었다.

"고프네. 뭐라도 먹으러 갈까?"

두 사람은 기다리는 시간을 이용해서 아파트에서 가까운 라면집으로 향했다. 겐토가 밤길 위를 눈을 빛내며 살폈지만 형사 같은 남자 모습은 보이지 않았다.

테이블을 잡고 자리에 앉은 두 사람은 중화요리 정식을 배불리 먹었다. 가게가 마침 심야 영업도 하고 있어서 식후에도 오랫동안 자리에 앉아 앞으로의 방침을 놓고 이야기를 나눴다. 기프트에 의한 디자인이 성공한다면 제약의 제1단계는 끝난 셈이었다. 남은 것은 실제 합성 작업과 수용체와의 결합 실험, 거기에 실험용 쥐에게 간단한 약리 시험을 하는 것이었다. 겐토가 말했다.

"그 아파트에 있는 시약만으로는 부족할 것 같아."

"시약 가게에서는 안 파는 거야?"

"개인이 주문하는 건 좀 힘들어."

"그러면 내가 대학교로 가서 어떻게 해 볼게. 다른 부실에 있는 친구한테 부탁하면 어떻게 되겠지."

"부탁해. 그러면 합성이 잘 된다고 치면 남은 작업은 어떻게 되지? 배양 세포를 쥐에 시험하는 단곈데."

"나한테도 임상 쪽 지식은 없으니까 노력해서 공부해 볼 수밖에. 도이 씨한테 가서 여러 가지 물어볼게."

겐토는 정훈을 소개해 준 도이의 얼굴이 떠올랐다. 가벼운 것이 그 녀석의 개성이지만, 연구만큼은 확실했다. 분명 도와줄 것이다.

계획이 정해진 뒤 시간이 남자 겐토는 항상 느꼈던 의문을 입에 올렸다.

"너랑 친해지고 나서도 난 전혀 위화감을 못 느끼겠는데, 한국인이랑 일본인 사이에 뭔가 다른 점이 있어?"

"으음……."

정훈은 고개를 약간 기울이고 생각에 잠겼다.

"거리낌 없이 아무거나 말해 봐."

정훈은 시선을 겐토에게로 옮겼다.

"하나 들어 보자면…… 우리나라 사람만이 사용하는 특별한 감정이 있긴 해. 이건 미국인도 중국인도 일본인도 모르는 마음의 이상한 작용이야. 한국어로는 '정'이라고 해."

"정?"

"응, 한자로는 '뜻 정(情)'자로 쓰지."

"그거라면 일본에도 '정'이란 게 있는 건데."

"아니 아니, 일본어의 '정'과는 달라. 설명하기 어렵네."

겐토는 호기심이 생겼다.

"어떻게 설명해 주면 안 돼?"

"무리하게라도 굳이 설명하자면 사람과 사람 사이를 연결시키는 강한 힘이라고 해야 하나. 한 번 얽힌 상대와는 좋든 싫든 관계없이 정으로 묶이게 되는 거지."

"그럼 우호적인 거라든가 박애 정신 같은 건가?"

"그렇게 아름다운 것은 아니고. 정은 안 좋은 일에도 생길 수 있어. 싫은 상대와도 정으로 이어지기도 하니까. 그러니까 우리는 다른 사람을 100퍼센트 거절하는 일이 불가능하다는 거지. 한국 영화나 드라마의 대부분은 이 정에 대해서 다루고 있어."

"어, 그런 거야?"

겐토는 지금까지 한국 영화를 몇 편 본 적이 있지만 그런 사실은 눈치 채지 못했다. 같은 작품을 감상하면서 사람에 따라 보이는 것이 다른 점이 놀라웠다.

"좀 더 나가 보면 정이란 건 사람과 사물 사이에 생기기도 하는데…… 이런 설명으로 될라나?"

겐토는 정이라는 것을 심정적으로 이해해 보려 했으나 마음속으로 아무 것도 느낄 수가 없었다.

"잘 모르겠네."

"그렇지? 정이란 말의 의미는 정을 알고 있는 사람밖에 알 수 없어. 말이란 것은 그것이 가리키는 것을 모르면 이해할 수 없으니까."

정훈은 이렇게 말하며 웃었다. 과학 전문 용어랑 같다고 겐토는 생각했다. 모르는 사람에게는 아무리 설명해도 이해시킬 수 없는 것과 같이.

그것이 그 사람이 이해할 수 있는 한계이기 때문이다.

"단지 일본보다는 한국 쪽이 사람과 사람 사이의 거리가 가깝다는 느낌은 들어."

"응. 그럴지도 몰라."

평소 정훈에게 감도는 부드러운 분위기는 '정'에 기반을 두고 있는 것이리라고 겐토는 생각했다.

정훈이 손목시계를 보았다.

"그러고 보니…… 슬슬 기프트의 계산이 끝날 시간이야."

겐토는 의자에서 일어나면서 반드시 '정'을 아는 사람이 되고 싶다고 생각했다.

계산을 마치고 가게를 나선 두 사람은 재차 미행을 경계하면서 암흑 속에 우두커니 선 유령의 집 같은 아파트로 돌아왔다.

좁은 탁자 위에서는 15인치 노트북의 액정 화면이 옅은 빛을 발하고 있었다. 겐토는 방의 불을 켜며 정훈과 함께 화면을 들여다보았다. 눈에 크게 들어온 것은 'None'이라는 네 글자였다.

"없어? 없다니, 무슨 말이지?"

정훈이 외쳤다.

"나한테 물어도 몰라."

"이상해. 좀 기다려 봐."

정훈이 기계를 두드리기 시작했다. 이런저런 조작을 계속 하며 하나의 화학 구조식을 화면에 불러왔다. 벤젠 고리와 복소 고리를 가진 모핵에 관능기가 연결된 간단한 구조였다.

"기프트는 결과를 냈지만 수용체는 3퍼센트밖에 활성화되지 않았어. 즉, 이 구조로는 병을 고칠 수 없다는 거네."

"그 구조에 손을 대서 최적화하라는 말인가?"

"아니, 그렇다면 'None'이라는 표시의 의미를 알 수 없지. 애초에 '데노보'라면 좀 더 좋은 답이 나올 텐데."

정훈은 잠시 생각에 잠겼다가 말했다.

"'데 노보'는 접고, '버추얼 스크리닝'으로 해 보자."

아까처럼 기프트에 지시를 입력하고 엔터키를 누르니 계산 종료까지 9시간 20분이라고 나왔다. 정훈이 웃었다.

"원래는 몇 달이 걸릴 계산인데. 아침엔 결과가 나올 테니 전화로 알려 줄래?"

"알았어."

"내일 밤에 또 올게."

시계를 보니 벌써 11시가 다 되었다. 정훈도 본업으로 바쁠 텐데 미안한 마음이 들었다.

"여러 가지로 고마워."

"아냐. 나도 재미있으니까 하는 거야."

한국에서 온 수재는 사람 좋은 웃음을 지으며 "그럼 또 봐."라는 말을 남기고 사설 실험실에서 나갔다.

창밖으로 들리는 오토바이 배기음이 멀어지니 인기척 없는 아파트는 단숨에 정적에 휩싸였다. 동료가 있다는 고마움을 다시금 느꼈다. 하지만 모든 것을 정훈에게 의지해선 안 되었다. 이제부터의 작업량을 머릿속으로 그리며 마음을 굳게 다졌다. 책상으로 가서 날이 샐 때까지 전문서를 읽고 그 후에 잠자리에 들어 짧은 수면을 취했다.

꿈을 꿨던 것 같지만 내용은 생각이 안 났다. 기프트의 계산 종료 시각이 되니 맞춰 뒀던 손목시계가 울렸다.

오전 8시.

채광 커튼으로 닫혀 있던 실험실은 잠에 들기 전과 똑같이 어두웠다. 잠옷을 갈아입고서 집에 불도 켜지 않고 노트북 앞으로 갔다. 기프트가 어떤 해답을 내놨을까. 부디 활성 높은 구조이길 바라며 액정 화면을 보았다.

거기에는 'None'이라는 네 글자가 떠 있었다.

5

에시모와 아키리 부자, 그리고 나이젤 피어스가 수렵 캠프를 출발할 때가 되자 음부티족 사람들은 마치 이 세상이 끝나기라도 한 것처럼 비탄에 잠겼다. 남녀노소를 불문하고 모든 사람이 슬픔에 얼굴을 일그러뜨리고 대놓고 울어 대며 이별을 슬퍼했다.

처음에는 동정을 느껴 지켜보던 예거였지만 큰 소란이 계속 길어지자 질리지 않을 수가 없어져 출발을 서둘렀다.

행군 첫날 이별하는 그들의 태도에는 다양한 감정이 잠재되어 있었다고 피어스가 가르쳐 주었다. 아키리를 태어나게 한 집단은 펜타곤의 공격 목표가 되지 않도록 산산이 흩어져서 다른 밴드로 옮겨 살게 되었다. 즉 에시모 일행의 출발이 이산가족이 되는 신호라는 것이다. 그리고 나이도 얼마 차지 않은 아키리가 숲 속에 들어가는 것이 걱정스러워서 견딜 수가 없었던 것 같다고도 했다. 수렵 민족 피그미에 있어서도 숲은 위험으로 가득 찬 별세계이며 아이들끼리만 거기 발을 들이는 것은 엄하게 금지하고 있었다.

용병들은 마름모꼴 형태를 만들어 중심부에 아키리와 피어스가 위치하도록 했다. 선두를 맡은 사람은 가이드를 맡은 에시모, 그리고 척후병을 맡은 믹이었다.

피어스는 식재료나 의류 외에 여러 대의 노트북 컴퓨터, 태양열 충전기, 그리고 대량의 위성 휴대 전화기를 백팩에 잔뜩 집어넣고 다녔다. 국외와 통신 루트를 확보하고 있을 것으로 개럿이 추측했다. 에셜론에서 통신 신호를 가로채 전화 회사와의 회선이 끊겼다 하더라도 다른 전화기로 바꾸면 즉각 통신을 복구할 수 있었다. 그 큰 짐 말고도 어깨에 비스듬히 걸어둔 포대기 안에 아키리를 안고 있었기 때문에 빼빼마른 인류학자는 아무래도 느려 터질 수밖에 없었다.

아키리는 음부티족 사람들과 이별하면서도 전혀 슬퍼하는 모습을 보이지 않았다. 그 아이는 정글 속을 이동하며 계속 두리번거렸다. 눈빛이 하도 이상한 탓에 예거는 그 생명체가 무언가 계략이라도 꾸미는 게 아닐까 하는 생각만 들었다.

또 한 가지, 예거가 알아챈 것은 선두로 걷고 있는 에시모의 행동이었다. 가이드 역할로는 부족함이 없었고 자신에 찬 걸음걸이로 정글 안을 질러가지만, 때때로 나뭇잎을 접어 말아서 화살표 같은 표식을 만들어 지면에 놔두었다. 그것은 적대 세력이 추적에 나설 경우 좋은 표시가 될 것 같았다. 거기다 휴식이라도 하게 되면 지면에 드러누워 아들과 놀아주며 종이로 만 대마를 흡입했다.

"그들에게는 그들의 방법이 있는 걸세. 잎사귀 표식은 이 숲의 안이라면 어디든 있네. 대마를 피우는 것은 사냥을 할 때 청각을 날카롭게 하기 위해서고. 우리와 달라서 취하진 않네."

피어스가 예거에게 말했다.

"또 다른 것도 있소."

예거는 에시모가 큰 잎을 말아서 들고 다니는 불씨를 지적했다. 머리 위를 감싸는 나뭇잎이 얇아지면 적외선 탐지 위성에 열을 포착당할 위험이 있었다. 하지만 피어스는 불씨만은 가지고 있게 해 달라고 주장하며 물러서지 않았다. 그들에게는 필수품이라고 했다.

"라이터를 빌려 주면 되지 않소?"

그렇게 말해도 피어스는 듣질 않았다.

"걱정할 필요 없네. 위성의 움직임은 여기서도 파악할 수 있으니까."

인류학자의 완고한 태도를 수상쩍게 생각했지만 예거는 상대가 말하는 대로 들어주었다. 에시모의 심약해 보이면서도 붙임성 있는 미소를 보고 있으면 강한 태도를 취하기가 어려웠다.

결국 첫날은 30킬로미터 정도 이동하고서 밤을 맞이했다. 두 시간 교대로 경계 임무를 할 때 예거는 아버지에게 기대서 딱 붙어 자고 있는 아키리를 관찰했다. 눈을 감고 있는 탓인지 기분 나쁜 느낌이 다소 줄어들었다.

그렇다 쳐도 보는 사람에 따라 아키리의 인상이 전혀 다른 것은 무엇 때문인지 예거도 신기했다. 지금의 아키리는 이해할 수 없는 지성만 발달하고 개성이라고 할 만한 성격이 형성되지 않았는지도 몰랐다. 인간의 유아와 똑같이 선도 악도 될 수 있는 순수한 상태였다. 그렇다면 마이어스와 믹의 인상이 정반대인 것은 관찰자의 내면이 투영된 결과일까? 그 추측은 예거의 군대 시절 경험에서 비롯된 것이었다.

특수 부대에 소속되어서 해외로 파견되면 말이나 피부색이 다른 사람들과 접촉하게 되어 열등감을 갖게 되는 병사일수록 현지 사람을 낮추어 보는 경향이 있었다. 아키리를 앞에 둔 자신들에게도 그것과 비슷한 심리적인 작용이 일어나고 있는 것이 아닐까?

잠든 아키리의 무방비한 얼굴을 바라보는 동안 소중한 자식을 얻었을 때 느꼈던 느낌이 예거의 가슴속에 차올랐다. 사람다운 사람으로 키우고 싶었다. 아키리는 인간과는 다른 종족일지도 모르지만 지성과 인격을 가지고 태어난 이상, 강하고 올곧은 정신의 소유자가 되었으면 좋겠다. 만약 예거도 마음속으로 가지고 있는 유치하고 호전적인 일면(대인 살상 병기를 지니고 있는 것만으로 만능이 된 것 같은 기분)에 사로잡히게 된다면 그야말로 믹이 말하는 위험한 존재가 될 터였다. 그리고 현생인류의 태내에서 태어났으니만큼, 아키리가 그런 생물이 될 가능성이 충분히 있었다.

날이 새고 이틀째 행군이 시작되었다. 한 시간에 한 번 있는 휴식시간을 이용해서 예거가 인류학자에게 질문했다.

"피그미족은 전쟁을 안 하는 거요?"

피어스가 즉답했다.

"안 하네. 내가 조사해 본 바로는 50년 정도 전에 내분이 있었던 정도일세. 하나의 밴드에서 싸움이 일어나서 두 개의 집단으로 분열됐지. 그게 다일세."

"그럼 태어나면서부터 평화주의자란 말이오?"

"우리보다 현명한 것뿐일세. 피그미족은 서로 다툼이 일어나면 집단 전체를 위험에 빠뜨린다는 사실을 알고 있지. 그래서 집단에 적응할 수 없는 사람이 있거나 심각한 부부 싸움 같은 게 일어나면 당사자가 다른 밴드로 이주해서 대립 그 자체를 없애 버린다네."

"식량 자원을 둘러싼 싸움도 없소?"

피어스가 일언지하에 부정했다.

"있을 리 없지. 밴드의 영역은 잘 보호받고 있고, 사냥감은 모두가 평등하게 나누지. 하지만 이것도 우리 세계에서 말하는 공산주의하고는 다르네. 훨씬 지혜로운 기준일세. 일단 사냥감을 사로잡은 사람이 소유권을 가지네. 그리고 사냥에 참가한 사람이나 빈 캠프를 지키고 있던 무리들에게 협력한 만큼 할당이 주어지지. 그 복잡한 분배 방식을 따르다 보면 결과적으로 고기가 평등하게 나뉘게 되어 있네. 공로자의 소유욕을 만족시키면서도 부의 독점은 일어나지 않게 말일세."

피어스 말투에서 감탄이 묻어났다.

"그들에게 푹 빠졌나 보군."

"그야 그렇지. 덧붙여 말하자면 에시모의 부족이 스스로를 말하는 '음부티'라는 이름은 '인간'이라는 의미일세."

어슴푸레한 정글에서 잠시 휴식을 취하던 수염투성이 학자가, 만나서 처음으로 친숙한 태도로 말했다.

"이보게, 예거. 자네 '피어스 해운'이라는 기업 이름을 들어 본 적이 있겠지?"

"그렇소."

"난 거기 상속자로 태어났네."

예거는 놀랐다. 원시생활로 인해 영양실조 직전까지 간 데다 누더기 같은 옷을 걸치고 있는 피어스는 아무래도 명문가의 상속인으로는 전혀 보이지 않았다.

"대단한 부자잖소."

"연구 자금의 혜택은 있지."

피어스가 소극적으로 찬성했다.

"어째서 회사를 이어받지 않은 거요?"

"어릴 때는 회사를 이어받을 생각이었네. 인류학은 취미로 전공했거든. 그런데 대기업 경영자가 되는 게 나한테는 무리라는 걸 금세 알겠더군. 그 세계는 너무 더럽다네."

피어스의 얼굴에 혐오감과 패배감이 둘 다 스쳐 지나갔다.

"돈의 주변에는 얇은 인간만 모이네. 은행가나 투자 회사 사람이 악수를 하고 싶어 하는 상대는 큰돈을 쥐어 본 사람의 손뿐일세. 아는 사람 중 '힐'이라는 변호사는 '부'를 사람 피 빨듯이 빨아들이려 했네. 다른 사람의 재산을 빨아 먹는 그들 얼굴을 볼 때마다 견딜 수가 없어서, 맘에 드는 연구로 돌아가기로 했던 걸세. 내게는 가장 바람직한 사람들을 대상으로 한 연구지."

어느새 두 사람의 대화를 듣고 있던 개럿이 손목시계를 보고 말했다.

"이야기를 방해해서 미안하지만, 슬슬 출발할 시간이야."

예거가 일어나면서 빈정거림을 담아 말했다.

"당신도 피그미족으로 태어났으면 좋았을 것을. 대기업 상속자가 아니라."

희미하게 웃은 피어스가 의외의 대답을 내놓았다.

"아니, 그렇게는 생각하지 않네. 나는 입에 발린 말만 하는 경박한 자연 애호가와 다르네. 컴퓨터의 도움을 많이 받고 있고, 병에 걸리면 최신 의료 기술에 기대네. 과학 만능 세계에서 떨어지지 않을 걸세. 미개한 사회에 현대인이 잊은 유토피아가 있다는 둥 말하는 건 무책임하네. 충수염에 걸리기만 해도 죽게 되는 세상에서 오랫동안 머물 수 없지 않나."

그는 눈빛에 슬픔과 함께 경탄까지 담아 말했다.

"이런 가혹한 자연 환경 속에서 피그미족은 수만 년이나 목숨을 이어 왔네. 육체를 진화시키고 다들 협력하여 매일 식량을 나누면서. 굉장하지 않나?"

"그렇군."

예거가 솔직하게 동의했다. 평화를 사랑한 선조의 피가 그대로 아키리에게 흐르고 있기를 빌었다.

행군을 재개한 지 10분 정도 지나서 숲이 갑자기 갈라지고 시야가 단숨에 트였다. 흙이 노출된 기슭을 끼고 갈색으로 물든 이투리 강이 지나고 있었다. 강폭은 100미터 정도나 되어 풍부한 물이 맥동하듯 흐르고 있었다. 건너편 강기슭을 보니 역시 강의 수면 바로 옆까지 숲의 벽이 다가와 있었다. 이투리 강은 꼭 정글을 가로지르는 굵은 혈관과 같았다.

에시모가 머뭇거리며 용병들의 주의를 끌고서 한쪽 강기슭을 가리켰다. 큰 나무를 파내어서 만든 통나무배와 몇 개의 노가 대충 놓여 있었다.

예거는 다시 한 번 에시모의 능력에 놀랐다. 만에 하나라도 적과 접촉하는 것을 피하기 위해 음부티족의 생활권을 벗어나서 숲 속 깊은 곳에서 움직였음에도 지도나 나침판도 없이 통나무배가 있는 곳으로 모두를 정확히 이끌었다. 이정표 하나 없는 정글 속에서 어떻게 길을 찾아내는 건지 특수 부대 출신인 예거가 봐도 혀를 내두를 수밖에 없었다.

피어스가 모두에게 말했다.

"주의할 점이 두 가지가 있네. 일단 이 강에는 악어가 있네. 이곳 사람이 여럿 잡혀 먹혔으니까 충분히 주의를 기울여야 할걸세. 다음으로 강을 건너서 잠깐 걸으면 농경민 부락이 나올 걸세. 거기엔 무장 집단이 어슬렁거릴지도 모르네."

캉가 밴드의 캠프 땅을 나왔을 때부터 이미 예거 일행은 전투 준비를 갖춰 놓았다.

"좋소. 강을 건넙시다."

장비를 포함하니 통나무배에는 네 사람밖에 탈 수 없어서 모두 다 건너기까지 두 번 왕복할 필요가 있었다. 거기서 10킬로미터 정도를 더 걸으니 숲을 구성하는 식물들의 종류가 확실히 바뀌었다. 이윽고 나무들 건너편으로 경작지가 보이자, 길을 따라가면 농경민의 마을에 곧 도착하리라는 것을 알 수 있었다.

예거가 행군을 멈추고 지도로 현재 위치를 확인했다. 비포장도로를 따라서 몇 킬로마다 마을이 있는 지역이었으며, 눈앞에 있는 마을은 아만베레 마을이라고 나와 있었다. 길 양쪽에 흙벽으로 지어진 작은 집들이 있었다. 목적지인 코만다라는 마을까지는 아직 직선거리로 6킬로미터 정도 남았다.

"위성의 현재 움직임을 알 수 있소?"

피어스가 허리춤에 있는 가방에서 작은 컴퓨터를 꺼내 확인했다.

"상공에 도착하는 시각은 40분 뒤일세."

"남의 눈을 피해야 하니, 마을과 마을 사이를 지나서 길 건너를 빠져나가지."

"밤이 되기를 기다리는 것이 안전하지 않겠나?"

"아직 정오가 되기 전이오. 시간을 낭비하고 싶지 않소."

빠르게 루트를 정한 일행은 마름모 진형을 유지하며 숲 안쪽을 걷기 시작했다.

그런데 아만베레 마을 뒤쪽을 우회하던 중에 에시모가 놀란 얼굴로 피어스를 돌아보았다. 옆에 걷던 믹이 이상하다는 듯이 에시모를 보고 나서 전방으로 홱 얼굴을 돌렸다. 수신호로 정지를 지시한 믹이 자신의 귀를 가리키며 청각으로 이상 신호가 감지된다고 보고했다.

예거가 귀를 기울였다. 길이 뻗어 있는 북쪽 방향에서 큰 북을 치는 소리가 아스라하게 들려왔다.

잠시 그 울림에 귀를 기울이던 피어스가 작은 소리로 말했다.

"큰일났군. 민병 조직이 이쪽으로 향하고 있네."

"어떻게 알지?"

"저건 빌라 족이 쓰는 킹드럼이네. 언어의 억양을 드럼 소리로 바꿔서 통신하는 걸세. 꽤 복잡한 내용까지 전달할 수 있네."

"민병 조직 규모는 모르시오?"

"그것까지는 모르겠지만 흉악한 놈들이네. 마구잡이로 다른 민족을 죽이고 다녀. 원래라면 여기보다 북쪽에서 활동할 텐데."

용병 일행들끼리 눈빛이 오갔다.

"우리를 노리는 걸까?"

믹이 말했다.

"그렇겠지."

개럿이 끄덕였다.

아만베레 마을 방향에서 금속성 소리가 들려왔다. 킹드럼의 메시지가 전해진 모양이었다. 작은 집에서 뛰어나온 마을 사람들이 저마다 뭔가 말하며 우왕좌왕하는 것이 멀리서도 확실하게 보였다.

예거가 가방을 내리고 휴대형 무전기 헤드셋을 머리에 쓰고 피어스에게 지시했다.

"에시모와 아키리를 그늘에 숨겨. 거기서 잠복한다."

특이한 외모의 아이는 명백하게 현재 상황을 이해했다. 아버지의 허리춤에 기대어 겁에 질린 눈을 하고 있었다.

"여기서 도망칠 수 없나?"

예거는 피어스를 안심시키기 위해서 설명했다.

"민병 조직이 지나가는 것을 확인할 거요. 그냥 도망가는 것보다 안전하오."

피어스는 긴장한 표정으로 끄덕이고 피그미족 부자를 데리고 큰 나무 그늘 뒤로 숨었다. 그들을 호위하기 위해 마이어스가 남고 예거, 믹, 개럿 세 사람이 총의 안전장치를 풀고 숲의 경계 쪽으로 향했다. 잡초 풀 숲이 끝난 곳에 개간된 땅이 넓게 펴져 있었고 200미터 앞에는 집들이 늘어서 있었다. 군용 쌍안경으로 보니 그쪽 일대에서 뛰어다니는 마을 사람들의 공포로 일그러진 얼굴이 보였다.

빨리 도망가! 예거는 마음속으로 외쳤다. 우물쭈물하다간 다 죽을 상황이었다.

그때 시간과 장소를 착각한 것 같은 발랄한 음악이 울리기 시작했다. 아프리카 민족 음악과 록을 융합한 것 같은, 경쾌한 곡이었다. 소리를 더듬어 쌍안경을 북쪽으로 향했더니 흑인들을 잔뜩 태운 세 대의 픽업 트럭이 흙먼지를 잔뜩 휘날리며 맹렬한 속도로 마을로 들어갔다. 선두 차량은 짐칸을 개조해서 중기관총을 설치했다. 약탈한 것 같은 낡아빠진 야전복을 입고 있는 민병 일당이 트럭에서 우르르 몰려 내리자 마을이 북적거렸다.

개럿이 적의 세력을 헤아렸다.

"43명."

믹이 이어서 말했다.

"중기관총이 하나, 경기관총이 셋, AK가 다수, 그밖에 권총, 칼, 손도끼, 도끼, 창."

한 곳으로 모인 마을 사람들이 와 하고 비명을 지르며 산개했다. 몇 사람은 늦게 도망치다가 돌진해 오는 무장 차량에 치어 날아갔다.

산산이 흩어진 사람들이 주위의 밀림을 목표로 달리기 시작했다. 예거가 있는 방향으로도 부모와 어린 아이 다섯 명이 달려오고 있었다. 하지만 숨을 곳이 하나도 없는 밭은 도주로로는 최악이었다. 트럭에서 뛰어내린 민병들이 가족의 등 뒤로 무차별 사격을 가했다. 해맑은 하늘 아래 붉은 피보라가 흩날리고 부모와 아이들이 겹쳐져서 쓰러졌다. 그들의 외침은 총에 맞는 순간 무서운 울부짖음으로 바뀌었다. 절망 따위의 인간적인 감정조차 없이 그저 죽음을 마주한 동물의 절규였다.

"마이어스. 피어스 일행에게 귀를 막으라고 해."

예거가 무선 마이크를 통해 지시했다.

"알았어."

밭 한가운데는 고통에 몸부림치는 형제자매 사이에서 상처 없이 살아남은 남자아이가 울부짖고 있었다. 8살인가, 9살인가. 저스틴과 비슷한 또래였다. 민병들이 갈기는 탄환 세례가 주저 없이 아이를 덮쳤고, 아이는 원형을 남기지 않을 정도로 머리가 찢어발겨진 채 죽었다.

"예거. 마을 사람들을 구할 수 없는지, 피어스가 묻는데?"

헤드셋으로 마이어스의 목소리가 들려왔다.

"구할 수 없어. 열 배의 전력 차는 이길 수 없어."

울렁거림을 억누르며 대답하는 예거의 옆에서 개럿이 작게 신음했다.

"저게 무슨 짓이야. 저놈들 펜던트를 봐."

민병들은 전원이 목에 액세서리를 늘어뜨리고 있었다. 밧줄로 꿰인 장식물은 사람의 귀와 남근이었다. 소총에 동여맨 놈도 있었다. 베트남 전쟁 때 일부의 미군이 비슷한 짓을 했다고 예거도 들은 적이 있었다.

5분 전까지 평화롭던 아만베레 마을이 지금은 전쟁 무대가 되었다. 이데올로기나 종교 대립 같은 형이상학적인 게 아니라 실제로 맨살이 부딪히는 전쟁이었다. 병사들이 다른 인종의 집집마다 치고 들어가서 식료품이나 연료, 생활물자 등을 약탈하기 시작했다. 마을 사람들은 도로 옆 광장에 내몰려서 모두가 보는 눈앞에서 여자들이 차례로 강간당하고 있었다. 민병들의 성욕의 대상은 유아에서 노인까지 가리지 않았다.

폭력이 절정에 달한 듯 발기한 남자들이 강간하고 있던 여성들의 성기를 총검으로 찔러서 죽이기 시작했다. 난징 대학살 때, 일본인이 중국인을 상대로 자행했던 수법이었다. 예거는 이런 장면을 만나도 정신이 무너져 내리지 않도록 군대 시절에 훈련을 받았었다. 러시아 병사가 포로를 학살하는 실제 영상을 몇 차례나 봐야만 했었다.

그럼에도 만약 감시 지점이 현재 위치보다 가까웠다면 제정신을 유지했을지 의문이었다. 어찌되었든 지금 목격하고 있는 처참한 광경은 죽을 때까지 뇌리에 박혀서 떨어지지 않으리라.

날 때부터 가지고 있던 폭력 성향을 폭발시키고 있는 남자들의 행동에는 인종 차이 따위는 없었다. 무력으로 이기는 쪽이 미치고 날뛰며 다른 인종을 도륙하는 모습은 어느 민족이 보다 열등한지 명백히 말해 주고 있었다. 마을 사람들의 손발을 끊고 목을 치며 돌아다니는 민병의 모습에, 여태까지 제노사이드를 반복해 온 모든 인종, 모든 민족, 모든 사람들의 모습이 겹쳐 보였다. 이 세상에, 인간은 지옥을 만들어 내고 있었다. 천국이 아니라.

만약 이곳에 기자가 있었다면 학살 현장을 문장으로 적고 있으리라. 그 기사가 읽는 사람의 마음에 평화에 대한 소망을 싹트게 함과 동시에 공포스러운 것을 보고 싶은 엽기적인 취향을 부추긴다는 사실을 알면서도. 그리고 저열한 오락의 발신자와 수신자는 학살자들과 똑같은 생물종이면서도 자기만은 다르다고 생각하고, 입으로만 세계 평화를 부르짖으며 만족을 느낄 터였다.

아만베레 마을의 어른들은 모두 죽었다. 부모가 처참하게 살해당하는 것을 본 어린이들은 한곳에 끌려가서 10대 소녀들만 선별되어 트럭 짐칸에 태워졌다. 성 노예로 삼으려는 것 같았다. 틈을 봐서 도망치려 한 남자아이가 땅바닥에 구른 누군가의 머리통에 걸려 넘어졌고 그 아이를 민병대 한 명이 덮쳤다. 휘둘러진 총검이 어린이의 머리를 딱 둘로 쪼갰다. 다른 아이들은 뇌수를 지면에 흘리며 쓰러진 친구를 미치기 일보 직전의 눈으로 바라보고 있었다. 다들 다음은 자기 차례라고 깨닫고 있었다. 중화기와 날붙이로 무장한 남자들이 그런 아이들을 둘러쌌다.

예거의 인내심이 이제 한계에 다다랐다. 저 야만인들을 죽여야만 한다. 예거는 리더로 보이는 남자에게 소총을 겨눴다.

"그만둬, 예거. 우리들이 위험해져."

믹이 속삭였다. 예거는 일본인의 얼굴을 보고 하마터면 구역질을 할 뻔했다.

"네가 쏘는 건 원숭이밖에 없어?"

"뭐라고?"

개럿이 억누른 목소리로 끼어들었다.

"믹이 맞아. 나도 저 어린애들을 구하고 싶지만 어쩔 방법이 없어."

예거는 터질 것 같은 살의를 억누르기 위해 숲으로 뒤돌아서 자기가 지켜야만 하는 존재를 확인하려 했다. 그랬더니 그 큰 눈이 이쪽을 보고 있었다. 마이어스의 발치에서 아키리가 고개를 들어 감정을 알 수 없는 눈빛을 먼 마을 쪽으로 향하고 있었다. 그 시선 끝에 아이들의 학살이 시작되고 있었다.

예거는 움찔했다. 이 참극을 아키리가 보게 해선 안 되었다. 기이하게 생긴 이 아이의 정서가 우려되는 것이 아니었다. 입장을 바꿔서 생각해 봤다. 자신들이 어린 침팬지의 죽음을 보던 것처럼 아키리가 사람이라는 동물의 살육 행동을 관찰하고 있었다. 도덕관념을 가졌으면서 쉽게 본능과 야성에 굴복하는 어중간한 생물의 습성을, 이질적인 지성이 지켜보고 있었다. 인간 그 자체가 열등한 동물종이라는 사실을 아키리가 알게 되면 곤란했다. 예거는 서둘러 무선 마이크로 말했다.

"마이어스. 아키리가 보고 있어."

마이어스가 뒤돌아보고 몸을 내민 아키리를 확인하고 나무 그늘로 돌아가게 했다. 그와 바뀌듯이 이번에는 피어스가 나왔다. 몸짓으로 예거 일행을 부르고 있었다. 무슨 일인가 하고 망설이고 있었더니 초조해진 피어스가 마이어스의 헤드셋을 붙잡아서 마이크에 대고 말했다.

"빨리 돌아와! 위성에 포착된다!"

"뭐요?"

예거가 손목시계로 눈을 돌렸다. 정찰 위성이 상공에 오기까지 아직 20분 여유가 있을 터였다. 민병 조직의 움직임에 주의하면서 숲 속으로 돌아왔더니 피어스가 소형 컴퓨터 화면을 보여 주었다.

아만베레 마을 전역을 비추고 있는 위성 영상 한쪽 구석에, 매복 자세로 감시를 하고 있는 개럿과 믹의 모습이 확실하게 나오고 있었다.

예거가 무선으로 두 사람을 불러서 피어스에게 몰려들었다.

"아직 시간이 있을 텐데."

"가짜 정보에 속은 건지도 몰라. 화면 해석 기술로 잡히기 전에 여기서 도망쳐야 해."

"어디로 향하지?"

개럿이 달려와서 물었다.

"주변 상황을 알고 싶군. 위성 화면을 좀 더 넓은 범위로 할 수 없나?"

피어스가 컴퓨터를 조작하니 화면 위의 척도 표시가 줄어들고 10킬로미터 사방의 영상으로 전환되었다. 아만베레 마을을 중심으로 길의 북쪽과 남쪽으로 점이 여러 개 떠 있었다. 각자 확대해 보니 중화기를 탑재한 차량 행렬이 식별되었다. 민병 조직과 다른 반정부군이었다.

"젠장, 적이 늘어났어. 상대하게 될 그룹이 셋이군."

예거가 무심코 얼굴을 찌푸렸다. 진행해야 되는 동쪽 방향이 다수의 무장 집단으로 막혀 버렸다.

"어이. 저놈들 봐."

믹이 일동의 주의를 끌었다. 용병들이 마을을 쌍안경으로 확인했다. 아직 소수의 남자아이들이 살아 있었음에도 민병들이 움직임을 멈췄다. 리더 같은 남자가 정차된 트럭으로 상체를 밀어 넣고 무선 마이크에 뭐라 뭐라 말하고 있었다. 그리고 남자가 확 뒤돌아서 예거 일행이 있는 방향을 응시했다.

"안 좋군. 위성 화면 정보가 흘러들어간 것 아닐까?"

개럿이 말했다.

아무래도 펜타곤은 벌써 예거 일행 위치를 잡아서 무기 상인을 경유해 민병 조직에 알린 것 같았다.

리더 남자가 다른 사람들에게 뭔가 지시했다. 지시를 받은 한 민병이 트럭 짐칸으로 뛰어올라서 중기관총을 이쪽을 향해 쏘아대기 시작했다. 용병들은 소리 없이 가까운 큰 나무로 이동해서 자신들의 엄폐물을 확보했다. 탄환 줄기가 일동의 왼쪽부터 관목들을 찢어발기며 다가왔다.

떨고 있는 피어스에게 예거가 말했다.

"허둥대지 마시오. 가만히 있으시오."

날아오는 총탄이 주변 낙엽들을 날리는 동안 아키리는 미동도 하지 않고 아빠의 품에 안겨 있다.

머리 위로 총탄 세례가 지나간 뒤 예거 일행이 교대로 세 명씩 엄호를 하며 한 명씩 숲 속으로 후퇴하기 시작했다. 그러자, 갑자기 마을에 있던 민병들이 눈에 띄게 활기가 넘치기 시작했다. 살기를 품은 목소리로 이쪽을 손가락질하며 손에 총을 들고 밭을 뛰어왔다. 잡초가 움직이는 것이 수상했던 모양이었다.

"달려! 원래 루트로 돌아가!"

예거가 고양된 목소리로 지시했다. 마이어스에게 보호받으며 피어스와 음부티족 부자가 달리기 시작했다.

엄폐물이 없는 밭을 달려오는 민병 무리에게 개럿과 믹이 전자동 제압 사격을 가했다. 열 사람 정도 쓰러지고 나서야 적의 돌진이 멎었다.

예거가 민병 조직 리더를 라이플로 조준하고 방아쇠를 당겼다. 발포한 순간 명중했다는 시원한 감촉이 오른손에서 뇌로 전달되었다. 탄환의 궤도가 목표 지점보다 밑에 맞았지만 표적물이 도망치지는 않았다. 표적이 입고 있던 전투복이 확 터지면서 안쪽에서부터 붉은 색이 번져나왔다. 상대는 초음속으로 덮쳐오는 7.62밀리 탄으로 하복부를 꿰뚫려서 생식기와 함께 방광까지 찢겨 즉사했을 것이다. 아우성치며 달려오던 남자는 즉시 침묵하고 몸이 두 쪽이 나서 그 자리에 무너져 내렸다.

예거가 병사가 되고 나서 육안으로 포착되는 상대를 죽인 것은 이게 처음이었다. 하지만 마음속에 살인의 죄악감 따위는 온데간데없었고 오히려 묵은 체증이 쑥 내려가는 것 같은 상쾌한 느낌이 퍼졌다. 잔악무도한 짐승들에게 당연한 응보를 내린 것이다. 죽여. 저 짐승들을 쳐 죽여.

예거는 거기 우뚝 서 있던 민병 네 명을 순서대로 쏴 죽이고 나서 즉시 몸을 돌렸다.

밤 7시.

갑작스레 전화가 울리기 시작해서 겐토는 혈액 가스 분석 전문서에서 고개를 들었다. 슬슬 정훈이 도착할 시각이었다. 늦는다는 연락인가 싶어서 충전기에 꽂아둔 전화를 집어 들었더니 액정 화면에는 '파피'라는 이름이 떠 있었다.

"여보세요?"

겐토가 서둘러 받자마자 기계에서 변조된 낮은 목소리가 들려왔다.

"지금 당장 켜지지 않는 노트북을 꺼내."

검은 10인치 노트북이었다. 드디어. 겐토는 오랫동안 품고 있던 수수께끼가 풀린다는 기대를 가슴에 품었다.

"이제부터 사용법을 가르쳐 주겠다. 빨리 해."

어째서인지 상대방이 조급해하는 것 같았다. 겐토는 실험 기구가 올라와 있는 탁자 구석에서 노트북을 잡아당겨서 화면을 열었다.

"지금 당신이 있는 마치다의 집에는 고속 인터넷 회선이 연결되어 있다. 알지?"

이전에 정훈이 왔을 때 인터넷을 썼다.

"알고 있습니다."

"노트북에 케이블을 연결하고 파워 버튼을 눌러."

말하는 대로 하고 잠시 기다렸더니 여태까지와 똑같은 파란색 화면이 떴다.

"다운된 상태 그대론데요."

"다운된 것이 아냐. 정상적으로 켜진 거야. 화면 위에는 패스워드 입력창이 있다."

"그런 거 없어요."

"배경도, 입력창도, 입력 글자도 다 똑같은 색으로 보이는 거야. 보호색 같은 거지."

그래서 파란 화면이었구나. 간단한 속임수임을 알고 나니 맥이 빠졌다.

"이미 그 노트북은 인터넷에 접속되어 있다. 패스워드를 말할 테니 틀리지 않게 입력해."

파피가 전해준 문자열은 전부 알파벳 소문자로 'genushitosei'였다. 무작위적인 문자 배열인지 아니면 어떤 규칙성이 잠재되어 있는지 겐토는 알 수 없었다.

"입력이 끝나면 엔터키를 눌러."

하지만 화면은 아무 변화가 없었다.

"이제 두 번째 패스워드다."

파피가 다시 의미 불명의 문자열 'uimakaitagotou'을 불러 주었다.

입력을 끝내고 엔터키를 치니 갑자기 화면이 동영상으로 전환되었다. 노트북의 작은 화면 속에 별세계가 나타난 것 같았다. 영상은 해상도가 낮은 데다 격하게 흔들리고 있어서 뭐가 나오는지 전혀 알 수가 없었다. 스피커에서 나오는 목소리만은 혼돈스러운 상황을 전해 주고 있다. 옷이 스치는 것 같은 마찰음과 숨이 끊어질 것 같이 가쁜 숨소리.

"뭐가 보이지?"

낮은 음성이 물었다.

"영상이 보입니다. 잘 모르겠지만 누군가 숲 속을 달리는 것 같아요."

"당신이 보고 있는 것은 전쟁 실황 영상이다."

"전쟁?"

"지금 콩고 민주 공화국에서 일어나고 있는 일이야."

일찍이 아버지가 연구를 위해 갔던 나라 이름이 튀어나와서 머릿속이 잠시 혼란스러웠다. 일련의 불가사의했던 일들이 아프리카 중앙부와 관계가 있었다고?

"컨트롤 키와 엑스 키를 동시에 눌러서 화면을 전환해 봐."

지시대로 해 보니 전쟁 생방송이 꺼지고 대신에 흑백 항공사진이 나타났다. 잘 보니 그것은 사진이 아니라 동영상이었다. 텔레비전 뉴스에서 본 적이 있는 위성 화면이었다. 하지만 음성만은 변함없이 '전쟁'의 상황을 생생하게 전하고 있었다.

파피가 화면 확대나 축소 조작 방법을 가르쳐 주고 마지막에 말했다.

"화면 안에 있는 인물이 질문을 하면 그에 대답해 줘. 노트북을 향해 말하면 돼. 이 통신에는 해독이 불가능한 암호가 사용되고 있으니까 도청될 걱정도 없어."

"잠깐만요. 무슨 일이 일어나고 있는 겁니까?"

"진화한 인류 구조 작전이야. 그들의 운명이 당신 손에 달려 있어."

"네?"

겐토가 말을 잇지 못하는 동안 어느새 전화가 끊어졌다. 겐토는 입을 멍하니 열고 위성 화면을 바라보았다. 잠시 지나니 숲을 상공에서 촬영한 영상 같다는 것을 알게 되었다. 얼룩처럼 보이는 검은 해수면 같은 것이 바다가 아니라 울창하게 우거진 수목이었다. 그 아래 때때로 하얀 점이 보이다 사라졌다. 확대해 보니 여러 사람들의 열원을 보여 주는 하얀 실루엣이 쌀알처럼 떠 있었다.

생방송 카메라가 촬영하고 있는 것이 이 사람들인가 싶어서 표시를 움직이는 화면으로 돌려 보았다. 영상이 변함없이 흔들리고 있었다. 카메라를 들고 있는 사람이 쉬지 않고 달리고 있는 것 같았다. 화면 속에 한순간, 떡 벌어진 체격의 서양인이 비쳤다. 손에 들고 있는 것은 라이플총이었다. 그 백인이 카메라 쪽을 보고 영어로 화를 냈다.

"대체 뭘 하고 있는 거요?"

자기에게 말을 하는 것 같아서 놀라서 화면을 주시했다.

"아직 통신이 연결되지 않네."

갑자기 다른 목소리가 대답하며 수염투성이 얼굴이 크게 확대되었다. 카메라를 들고 달리고 있는 사람이었다. 통신용 헤드셋을 머리에 쓴 남자가 마치 이쪽이 보이는 것처럼 눈을 응시하더니 물었다.

"자네가 고가 겐토인가?"

어안이 벙벙한 채 겐토는 영어로 대답했다.

"네."

"이쪽에서도 그쪽이 보이네. 이것은 인터넷 회선을 사용하는 텔레비전 전화야."

괴로운 듯이 계속 달리고 있는 남자가 몇 번인가 화면을 벗어나며 말했다. 노트북의 윗부분을 보니 내장된 카메라 렌즈가 빛나고 있었다. 마치다의 아파트에 있는 자기 모습을 상대도 실시간으로 보고 있었다.

"당신은 누구십니까?"

"나이젤 피어스. 자네 아버지의 친구네."

"아버지의?"

화면을 바라보던 겐토는 나이젤 피어스의 눈이 불안정한 상태라는 것을 알아차렸다. 깜빡임을 거부하는 것처럼 크게 뜬 두 눈에는 격한 공포가 어른거렸다.

"멈춰!"

화면 밖에서 아까 총을 든 남자의 목소리가 들리고 카메라의 움직임이 정지했다. 화난 기색의 굵은 목소리가 "어떻게 된 일이요?" 하고 질문했다.

피어스가 빠른 어조로 겐토에게 말했다.

"자네가 보고 있는 화면을 위성 화면으로 바꿔 주게. 이쪽은 화면을 볼 여유가 없으니 뭐가 나오는지 목소리로 전달해 주게."

겐토는 파피에게 들은 방법으로 화면을 조작했다. 나이젤 피어스의 모습이 사라지고 위성 화면이 다시 나타났다. 음성만은 원래 상태 그대로였다.

"화면 중심에 우리가 있다고 생각하게. 주변에 다른 흰 점이 보이나?"

"보였다가 꺼졌다가 하고 있습니다."

"방향과 거리는?"

겐토가 고심하고 익숙지 않은 척도 표시를 읽었다.

"북동쪽으로 1킬로미터 그리고 동남쪽으로 900미터, 그 밖에도 있습니다. 아까 다른 점이 동쪽에 보였습니다."

"그룹이 세 개인가?"

아연실색한 피어스가 계속 뭔가 질문했다. 하지만 떨리는 목소리로 말하는 영어라 알아들을 수가 없었다.

"뭐라고요?"

겐토가 몇 차례 되묻는 동안 목소리가 다른 사람으로 변했다. 놀랍게도 들려온 목소리의 주인공은 일본어 원어민이었다.

"동쪽 점은 몇, 어느 정도 거리라고?"

윽박지르는 것 같은 어조였다. 누가 말하고 있는지 목을 쭉 빼며 겐토는 모국어로 대답했다.

"2분 정도 전입니다. 거리는, 아…… 500미터 정도였던가?"

"정도 같은 애매한 표현 말고 정확하게 말해."

385

겐토가 울컥했다.

"잘 모릅니다, 이런 쪽은."

모습이 보이지 않는 일본인이 겐토에게 화를 냈다.

"멍청한 놈! 그 점은 지금 안 보여?"

"보이지 않습니다. 나무 아래 숨었습니다."

"잠시 동안 이대로 상황을 전해 줘."

그 명령을 마지막으로 일본인의 목소리가 들어가고 피어스의 영어가 다시 들렸다.

"겐토 자네, 리디아 예거와 이야기 했나?"

화제의 변화를 따라가기 벅찼다.

"했습니다."

"그녀의 아들, 저스틴은 아직 살아 있지?"

"네."

겐토가 대답했을 때 집에 사람 기척이 느껴졌다. 깜짝 놀라서 시선을 드니 정훈이 집 입구에 서 있었다. 한국에서 온 조력자에게 전에 노크하지 말고 들어오라고 말했었다. 재미있다는 듯이 방긋이 웃던 정훈이 뭘 하고 있냐고 표정으로 물었다.

"거기 있어 줄래?"

겐토가 정훈을 제지하자마자 피어스가 수상하다는 듯이 물었다.

"자네 말고 누군가 있나?"

"아니요. 저밖에 없습니다.

겐토가 갑작스레 거짓말을 했다. "이 모든 일은 절대로 다른 사람에게 말해서는 안 된다."라는 아버지의 유언을 어기고 있다는 것을 들켰다가는 상황이 안 좋아질 거라 생각했다.

"그럼 됐어. 계속 정보를 전해 주게. 영어로."

"알겠습니다."

"아까 말한 점이 화면 중심으로 접근하고 있나?"

젠토가 화면으로 눈을 돌렸더니 이제 수목의 검은 그림자밖에 보이지 않았다.

"모르겠습니다. 전부 나무 아래 숨어 있습니다."

괴롭다고도 초조하다고도 할 수 있는 신음이 피어스에게서 흘러나왔다.

"하얀 점이 나타나면 알려 주게."

피어스는 예거에게 몸을 돌렸다.

"저스틴은 아직 살아 있어."

숲 속에서 무장 집단의 추격에만 신경을 쏟고 있던 예거는 허를 찔렸다.

"누구랑 통신하는 거요?"

"일본에 있는 친구네."

고르고 골라서 하필 '잽'이냐고 예거가 마음속으로 중얼거렸다. 일본에 가면 믹 같은 빌어먹을 놈들이 우글거리고 있는 것 아닌가.

"적의 움직임은?"

피어스가 고개를 저었다. 얼굴이 창백해져 있었다.

"나무 아래로 사라졌네."

동쪽 방면을 경계하던 믹이 말했다.

"조용히 해. 아까 민병들은 우리 발자국을 쫓고 있을 거야. 이제 곧 따라잡혀."

이제 싸워야 할 적이 셋으로 늘어났다. 아만베레 마을 북쪽과 남쪽에서 접근하던 다른 무장 집단이 예거 일행을 사냥하기 위해 숲으로 들어온 것이다.

"좋아, 남서로 가자."

예거가 지시를 내리자 피어스가 가이드 역할을 하는 에시모에게 전했다. 그랬더니 에시모가 작은 소리로 뭔가 대답했다. 피어스가 눈살을 찌푸리더니 작은 소리로 일동에게 전했다.

"잠깐 기다려. 에시모가 움직이지 말라고 하고 있어. 적의 위치를 알아냈나 봐."

"뭐라고?"

용병들이 어린이와 똑같은 키밖에 되지 않는 숲 사람을 내려다보았다. 한쪽 무릎을 꿇고 줄곧 움직임을 멈추고 있던 에시모는 마치 사람이 변한 것처럼 보였다. 얼굴에 평소 보이던 슬픈 빛이 사라지고 마치 숲의 신비한 힘이 깃든 것처럼 초연한 분위기가 감돌고 있었다. 눈을 엷게 뜨고 있는 에시모가 레이더 안테나를 떠올리는 느릿한 움직임으로 머리를 좌우로 흔들었다. 예거는 그가 청각에 집중하고 있다는 것을 깨달았다.

에시모가 팔을 뻗어 북동, 동, 동남 세 방향을 가리켰다. 그리고 피어스에게 뭔가 속삭였다.

"동쪽에 있는 적이 제일 가깝다는군. 사냥에서 쓰는 그물의 범위, 즉 200미터 이내라고 하네."

피어스가 통역했다. 두려워하던 인류학자가 어깨를 떨며 천천히 지면 위에 몸을 뉘였다.

전원이 몸을 낮추고 소총의 총구를 빽빽하게 돋은 나무로 향했다.

"예거, 아키리도 뭔가 말할 게 있나 봐."

마이어스의 속삭임에 옆을 보니 의무병의 전투복 소매를 아키리가 잡아당기고 있다. 피어스가 가까이 다가와서 아키리 앞에 작은 노트북을 내밀었다. 아키리가 키보드를 눌러서 띄운 메시지를 예거가 읽었다.

'지금 바로, 동남동 60미터 지점에 수류탄을 던져.'

예거는 즉각 아키리의 의도를 알아차렸다. 양동 전술이었다. 이런 것을 유아가 생각해 낼 수 있다니 놀라울 뿐이었다.

"그런데 잘 먹힐까?"

불과 세 살밖에 안 되는 책사가 끄덕였다.

"확실해? 이쪽 위치를 들키고 끝나는 것 아냐?"

예거가 캐물어도 확신에 찬 아키리의 표정은 변함없었다. 아이의 눈이 예거가 압박을 받을 정도로 잔인한 빛을 띠고 있었다. 인간이라는 적에 대한 증오가 아키리의 마음속에 급속도로 싹트고 있는 것이 아닌지 걱정과 두려움이 교차했다.

아키리가 두 번째 지시를 내렸다.

'투척 지점을 50미터 앞으로 변경. 서둘러.'

교전보다 양동 작전을 선택한 예거가 소총을 메고 발소리를 죽이며 숲 속으로 갔다. 후방에서는 세 용병이 엄호 사격 태세를 갖추고 있다. 예거의 귀에도 드디어 민병들의 발소리가 다가오는 것이 들리기 시작했다. 적은 100미터 이내에 있다.

전술 장비에서 수류탄을 빼들고 안전핀을 뽑아 아키리가 지시한 지점을 노려 던졌다. 폭발물이 공중에 포물선을 그리는 동안 전원이 지면에 엎드렸다. 부엽토 위에 수류탄이 소리 없이 떨어졌고 순간 정적이 지난후 갑자기 폭발이 일어났다. 흩날리는 무수한 금속 조각이 주위 수목을 뒤흔들더니, 간발의 차로 예거가 있는 자리로부터 왼쪽 10시 방향 근처에서 일제 사격의 소리가 울렸다. 바로 곁까지 다가왔던 민병 일당이 수류탄이 폭발한 방향으로 발포한 것이다. 빗발치는 총탄을 맞은 나뭇가지가 잎을 흩뿌리며 지면에 떨어졌다. 그랬더니 이번에는 오른쪽 비스듬히 앞쪽에서 다른 총격이 들려왔다. 두 방향에서 접근한 다른 무장 집단이 수류탄 폭발지점을 끼고 서로를 쏘고 있었다.

아키리는 단편적인 정보만으로 두 그룹의 움직임을 정확히 예측한 것 같았다. 아이의 능력에 혀를 내두르며 예거는 후방으로 돌아왔다. 지금이라면 소리를 내도 들킬 위험이 없었다. 일동은 그 자리에서 이탈하여 남서쪽 방향을 향해 갔다.

그 뒤에는 근육이 삐걱대는 소리가 들릴 정도로 그저 맹목적으로 달렸다. '일본의 조력자'와 통신하고 있는 피어스가 북동에 있던 제3의 그룹이 이쪽을 향하고 있다고 전했다. 하지만 두꺼운 수목 아래를 전진해서 위성 탐지를 피하는 동안 자신들의 위치조차 알 수 없게 되었다. 정확한 위도와 경도를 파악하지 못하는 한 적과의 거리도 방향도 판단할 수 없었다.

도망치는 동안 가장 의지가 되어 준 것은 에시모의 방향 감각이었다. 숲에 적응해서 살아온 음부티족은 놀랄 만큼 정밀하게 오전에 지나가던 길을 거꾸로 더듬어 갔다. 곳곳에 떨어뜨린 나뭇잎 표식을 회수하며 한 시간 이상 달렸더니 드디어 숲이 끊기며 이투리 강의 흐름이 눈앞에 펼쳐졌다.

이 강을 넘으면 적의 추격은 떨쳐낼 수 있었다. 한숨을 내려놓던 예거는 100미터 앞의 건너편 강가를 보고 경악했다. 통나무배가 건너편에 가 있었다. 누군가가 이쪽 만에 있던 배를 써서 강을 건넌 모양이었다.

예거가 피어스의 통역을 통해 에시모에게 물었다.

"다른 배는 어디 있나?"

에시모의 대답을 피어스가 영어로 바꿔 말했다.

"상류와 하류에 있는데 둘 다 멀다고 하는군. 걸어가면 시간이 꽤 걸린다고 하네."

"위치를 알았어."

개럿이 지도를 펴고 강 곡선이 일치하는 지점을 가리켰다.

"우리가 있는 곳은 여기야. 적의 움직임은 어떻게 되었지?"

피어스가 헤드셋을 통해 일본과 교신해서 지도를 폈다.

"3분 전의 정보네. 쫓아오는 놈들이 여기 있었어."

그가 가리킨 곳은 현재 위치에서 2킬로미터 후방 지점이었다. 예거 일행이 지나온 길과 일치했다.

"우리 발자국을 쫓아오는 거야. 20분 이내에 따라잡혀."

믹이 말했다.

동료들의 얼굴을 마주보던 예거는 자신을 바라보고 있는 시선을 의식했다. 커다란 두 눈이 침묵을 지키며 인간이라는 종의 생태를 관찰하고 있었다. 예거가 중무장을 풀고 지면에 내려놓기 시작했다.

"배를 가져올게."

피어스가 눈을 크게 떴다.

"헤엄칠 건가? 악어가 있다던데."

"기도나 해 주시오."

권총을 찬 허벅지 총집을 그대로 둔 채 진흙탕인 강가에 섰다. 물결치는 강 수면이 미끄러지듯이 하류로 움직이고 있었다. 흐름이 탁해서 물속이 보이지 않았다.

마음을 다잡고 미지근한 물속에 트레킹 부츠를 집어넣으려는데, 마이어스가 갑자기 외쳤다.

"기다려! 한번 해 보자. 다들 엎드려."

마이어스가 손에 든 수류탄을 강가에서 10미터 정도 지점에 던져 넣었다. 수중 폭발의 둔탁한 소리가 울리고 수면이 일순 섬광을 품고 솟아올랐더니 그 주위 물이 솟아오르며 떠올랐다. 악어 무리였다. 열 마리 정도였다. 그중 반 정도가 큰 몸을 굽히며 파충류 특유의 민첩한 움직임으로 강을 따라 올라갔다. 용병들이 소총을 들고 원형 대열을 짜서 피어스와 음부티족 부자를 둘러싸고 방어했다. 예거는 마이어스의 기지에 감사하며 강으로 뛰어들었다.

탁류를 헤치며 자유형으로 헤엄치기 시작했다. 각오는 했지만 흐름이 보기보다 빨랐다. 잠깐이라도 방심하면 순식간에 하류로 떠내려갈 터였다. 아무것도 보이지 않는 물속에서 전신의 근력을 휘두르며 필사적으로 물을 헤쳐 갔더니 뭔가가 배에 닿았다. 셔츠를 통해 생물의 감촉이 전해졌다. 물고기인 듯했다. 악어는 아니었다. 패닉에 빠지지 않도록 목적에만 의식을 집중시켰다. 건너편까지 헤엄쳐 가. 동료를 위험에서 구해야 해. 이 세상에는 그런 인간도 있다는 것을 아키리에게 보여 줘야만 해.

넓은 강폭 중앙을 지난 지점부터 몸 전체가 물을 가득 담은 것처럼 무거워졌다. 신기하게도 지금 닥친 육체의 고통이 그간 무거운 압박으로 가득했던 예거 자신의 인생을 납득시켜 주었다. 부모님의 이혼도, 군대에 지원했던 것도, 세상에서 가장 사랑하는 아들에게 닥친 불치병도, 그를 고통스럽게 해 왔던 모든 고난을 탁류의 수압이 말해 주고 있었다. 괜찮겠지. 예거는 물속에서 숨을 토해내며 스스로에게 짧게 말했다. 나는 이 강을 건너갈 테다. 다른 누구도 아닌, 내 아이를 위해 건너는 거다.

지금 자신의 모습을 아키리가 아니라 저스틴이 봤으면 얼마나 좋을지 생각했다. 익사할 지경까지 가면서도 네 생명을 구하려는 아빠가 여기 있단다.

어느덧 서서 헤엄치게 되어 한껏 산소를 들이마시며 얼굴에 붙은 흙탕물을 털어 냈더니 의외로 물가가 가까이 보였다. 이제 20미터도 안 남았다. 마지막 남은 기력으로 헤엄을 마치고 드디어 바닥 진흙에 두 손발이 닿았다. 네발로 기는 자세가 되어 좌우를 보며 도착한 지점을 확인했다. 통나무의 위치에서 상당히 하류로 흘러와 있었다. 한시라도 빨리 배로 건너편으로 가서 아키리 일행이 강을 건너게 해야 했다.

예거가 진흙을 털고 얕은 물을 달려가는데 갑자기 눈앞의 수면이 뻐끔히 입을 벌렸다. 스프링이 걸린 덫처럼 악어의 거대한 입이 기세 좋게 위아래로 열리고 사냥감을 물어뜯으려 쇄도했다. 예거는 이미 꺼내 놨던 권총으로 파충류의 머리에 총알을 퍼부었다. 처음 다섯 발이 상대의 신경을 찢어발겼다. 악어의 전신이 뇌의 제어를 잃고 몸부림치는 거대한 몸뚱이가 되어 물을 튀겨 올리며 몇 차례나 공중으로 뛰어올랐다. 예거는 거기에 다섯 발을 더 먹여서 숨통을 끊었다.

단단한 표피에 피를 흘리며 움직이지 않게 된 거대 생물을 내려다보며 예거가 말했다.

"얕보지 마."

줄곧 위성 영상을 응시했던 탓에 젠토는 '콩고의 전쟁'이 어떻게 되고 있는지 전혀 알 수 없었다. 스피커에서는 가끔 말소리가 들려왔지만 낮게 물결치는 배경음에 파묻혀서 내용을 알 수 없었다.

마지막 교신으로부터 20분 가량 지난 뒤, 남자들의 함성이 들려왔다.

너무나 기쁜 듯해서 사태가 호전되었으리라고 상상했다. 화면을 전환했더니 커다란 강을 배경으로 여윈 수염투성이 얼굴이 나타났다.

"겐토, 잘됐네. 잠시 통신을 끊겠네."

콩고 정글에서 마이크 너머로 말하는 피어스가 다른 상대에게 향해 말했다.

"겐토와의 회선을 끊어 줘."

거기서 겐토는 처음으로 제3자가 통신을 모니터링하고 있다는 것을 알았다. 아마 '파피'겠지. 소형 노트북 전원이 혼자서 꺼지더니 전쟁 실황 영상이 종료되었다.

"지금 그거 뭐야?"

정훈이 물었다. 웹캠에 비치지 않도록 책상 옆에서 지켜보고 있던 참이었다.

"나도 잘은 몰라."

"거기 나온 위성 화상은 진짜였어. 네가 한 말이 진짜인가 보네."

전에 미군기지에서 일했던 정훈이 말했다.

"아직 믿지 않았던 거야?"

"그 약을 만들기까지는 아무것도 증명되지 않지."

그러고 보니 약 문제가 있었다. 의자에 고쳐 앉으며 겐토는 콩고 전쟁에서 제약으로 머리를 전환시키기 위해 애썼다. 아버지 친구라던 나이젤 피어스라는 인물, 진화한 인류의 구조 작전, 전쟁 무대는 콩고. 차차 모이기 시작한 단서가 일련의 상황에 대해 두루뭉술한 윤곽을 그리고 있었다. 이 계획에 관여하고 있는 사람은 넷이었다. 아버지와 피어스, 해외에서 경고 전화를 한 인물, 그리고 '파피'라고 이름을 대는 일본인. 아마 파피야말로 모든 일의 총괄자 같다는 생각이 들기 시작했지만 누군지는 짐작도 되지 않았다.

또 하나, 소형 컴퓨터의 기능이 밝혀진 덕에 확실해진 것이 있었다. 밤의 대학 구내에 나타났던 사카이 유리의 목적이었다. 그 여성이 소형 컴퓨터를 빼앗으려 했던 이유는 일본과 콩고를 잇는 통신을 끊기 위한 것이 아니었을까?

"그래서 결과는?"

정훈의 재촉에 겐토는 상념에서 돌아왔다. 아프리카에 있던 자신의 혼이 마치다에 있는 아파트로 불려온 것 같은 묘한 기분이었다. 겐토는 15인치 노트북을 열어 정훈에게 보여 주며 말했다.

"버추얼 스크리닝으로도 약물성 구조는 나오지 않았어."

정훈이 기프트 탑재 노트북을 들여다보곤 'None'의 네 글자를 확인하며 중얼거렸다.

"이상하다."

정훈이 무슨 생각을 하는지는 겐토도 알았다. 아마 기프트는 수백만 종의 바로 알 수 있는 화합물을 잡히는 대로 조사하며 변이한 수용체에 결합할 물질이 없는지를 탐색했을 것이다. 그렇다면 약물성 구조가 하나 정도는 적합해도 좋을 것을.

"역시 이 프로그램, 가짜 아닐까?"

"아니. 우리에게 기프트는 공식이나 마찬가지야. 믿을 수밖에 없어. 이것을 의심하면 제약을 접을 수밖에."

정훈이 컴퓨터에 붙어서 저번과 같은 조작을 하며 말했다.

"이상하다. 활성이 낮은 구조라면 후보가 여럿 나와 있어."

"조금이라도 활성이 있다면 결합만은 된다는 뜻이겠지?"

"응. 전부 2퍼센트 이하의 활성밖에 없지만."

"버추얼 스크리닝이라면 당연하지. 측쇄를 바꾸면서 활성을 높이는 걸 전제로 하는 방법이니까."

"그러면 왜 여기서도 'None'이라고 나왔을까?"

정훈은 수용체의 CG영상을 화면에 불러냈다.

"이게 도킹 시뮬레이션 영상. 후보 화합물 하나가 여기 결합됐어."

가늘고 긴 모양의 변이형 GPR769가 세포막을 관통하는 모습이 투영되고 있었다. 반투명하게 그려진 주머니 부분에 다른 작은 화합물이 들어 있다는 것을 알 수 있었다. 정훈이 활성이 낮은 화합물을 차례로 결합시킬 때마다 수용체의 모양이 근소하게 비틀리고 가늘어져서 세포막 안쪽에 튀어나온 말단 부분이 작게 움직였다.

정훈이 작은 외침과 함께 겐토를 돌아보았다.

"이제 알았어. 결합 부위뿐 아니라 전체 컨포메이션이 변화되고 있어."

"무슨 말이야?"

정훈이 손짓을 섞어가며 설명했다.

"리간드가 결합하면 정상적인 수용체는 안쪽으로 움츠러드는 것 같은 움직임을 취해. 그 변화가 수용체 단말 부분을 움직여서 다른 단백질을 활성화시켰는데 이 수용체는 아미노산이 하나 치환되어서 결합 부분뿐만 아니라 전체의 모양이 왜곡됐어. 그래서 어떤 화합물이 결합하더라도 원래처럼 움츠러들지 않아."

겐토는 친구가 말하려는 바를 이해했다.

"그럼 중요한 수용체가 무슨 일이 있어도 움직이지 않게 되어 있다고?"

정훈이 끄덕였다.

"폐포 상피 세포 경화증이 치료되지 않는 원인이 이거였어. 우리는 전 세계에서 아무도 모르는 변이형 GPR769의 비밀을 하나 밝혀낸 거야."

흥분해서 말하는 정훈과는 달리 겐토는 쫓기는 기분이 들었다. 아버지가 남긴 볼품없는 실험실을 바라보고 있자니 절망적인 말이 입에서 흘러나왔다.

"그렇다면 약은 만들 수 없다는 거잖아?"

겐토의 말에 정훈이 꾹 입을 다물고 초점이 맞지 않는 눈으로 뭔가 생각에 잠겼다.

정훈의 머릿속에서는 원래 유연해야 하는 수용체가 딱딱한 가짜로 변했다.

"그 병을 고치는 것은 불가능하다는 거잖아. 어떤 약을 합성한다 해도 수용체 그 자체가 움직이지 않을 테니까. 결국 특효약을 만드는 건 무리로구나."

그 말에 정훈이 고개를 들고 망설이는 몸짓을 보이며 주저하다가 말했다.

"겐토. 하나만 말해도 될까?"

"뭐?"

"'불가능하다'라고 말하지 않는 사람들이 과학의 역사를 만들어 왔어. 그 병에 걸린 어린이들을 구하는 일은 우리밖에 할 수 없잖아. 무리일지도 모르지만 고민해 보자."

부드러운 정훈의 질타는 겐토의 마음속 깊이 와 닿았다. 구해야만 하는 두 어린이의 이름, 고바야시 마이카와 저스틴 예거를 떠올리고 포기 직전의 상태에서 돌아섰다.

"알았어. 해 보자."

정훈이 웃었다.

두 사람은 예기치 않게 동시에 고개를 기울이고 나뭇결이 잔잔한 천장을 노려보았다. 밤하늘의 별을 바라보는 자세로 머리를 젖히고 간절히 한마음으로 뇌를 쥐어짰다. 이 자리에 제3자가 있었으면 두 젊은이가 그저 멍하니 앉아 있는 것으로밖에 안 보였을 모습이었다. 하지만 이것이야말로 과학자의 일이었다.

30분이 더 지나자 정훈이 일어서서 실험대와 벽 사이의 좁은 틈을 왔다 갔다 하기 시작하며 한국어와 일본어로 헛소리처럼 전문 용어를 웅얼거렸다. 겐토는 실험대 위에 갑자기 머리를 감싸고 푹 웅크리고 다리를 떨며 개수대로 가서 냉수로 세수를 하기도 했다. 겨우 10만분의 1밀리미터 정도밖에 되지 않는 길이의 수용체를, 어떻게 하면 한 번에 해치울까?

선반 맨 위층에 꽉 들어찬 쥐들을 바라보며 정훈이 말을 꺼냈다.

"뭔가 놓친 부분이 있는 것 같은데. 잘 모르겠어. 뭔가 이상해."

"이상해? 구체적으로 말하면?"

"그걸 모르겠어. 왠지 답답해. 꼭 내가 벽 속에 갇힌 것처럼."

사고의 한계라는 걸 표현하는 건가 싶었다.

"제약이 아니라, 유전자 치료는 어떨까?"

정훈이 같은 마음으로 괴롭게 신음했다.

"그쪽이 좀 더 가능성이 낮을 거야. 시간도 없고. 고정 관념을 버리고 완전히 다른 방법으로 볼 수는 없을까?"

그 말이 겐토에게 하나의 이미지를 환기시켰다. 자신들을 밖에서 보고 있는 눈. 기프트의 창조주, 인간의 지혜를 뛰어넘은 지성의 주인이었다.

"역시 제약밖에 없어. 작동약을 만드는 방법은 틀림없이 있을 거야."

"이유는?"

"아버지가 돌아가시고 나서 일어난 일들은 이든 저든 완벽하게 짜여 있었어. 그 흐름을 보면 기프트가 주어진 이상, 그걸 쓰면 특효약을 개발할 수 있을 거야."

순간 지금에서야 만능 프로그램의 존재를 깨달았다는 듯이 정훈이 외쳤다.

"기프트? 그렇구나, 해결의 열쇠가 기프트였어. 기존 프로그램으로는 할 수 없는 일, 그러니까 기프트만이 할 수 있는 것을 하면 되는 건가? 아, 잠깐 기다려."

정훈이 한쪽 손을 이마에 대고 미간에 주름을 만들고서는 움직이질 않았다. 형광등 불빛 아래 빛나는 좁아터진 작은 방뿐만 아니라 아파트 전체가 인기척이 사라진 채 정적에 휩싸였다.

이윽고 정훈의 눈동자 초점이 어딘가 멀찍이 떨어진 한 곳에 고정되었다. 그 자신을 잃어버린 표정은 이 세상 것이 아닌 무언가를 바라보는 것 같았다. 어려운 문제를 풀다가 정답을 찾아낸 과학자는 다들 이런 표정을 하리란 생각이 들었다.

"알로스테릭(allosteric)이야. 아무도 해 보지 않은 새로운 방법이야. 그러면 그 병을 고칠 수 있어."

뺨에 닭살까지 돋은 정훈이 말했다.

'알로스테릭'이라는 용어는 겐토도 알고 있었다. '다른 부위'라는 의미였다. 약물이 수용체에 결합하는 부위는 중앙부의 움푹한 부분이 아니었다. 수용체 바깥쪽에도 화학적·물리적 성질을 띤 분자가 노출되어 있기 때문에 적절한 화합물만 만들면 이 '다른 부위'에 결합시킬 수 있었다. 결과적으로 수용체 전체의 형태가 바뀌는 것이다. 거기까지 생각하니 겐토에게도 겨우 이해되었다.

"즉, 수용체 바깥쪽에 화합물을 결합시켜서 전체의 모양을 바꾼다?"

정훈이 끄덕였다.

"그래도 수용체가 활성화하지 않으면 마지막 수단이야. 기프트가 바라는 결과를 입력하면 거기 맞도록 작동약을 디자인해 줄 거야. 그러면 결합 부위를 한 곳이 아니라 두 곳 지정해야 해. 수용체 왜곡을 고칠 알로스테릭 부위랑 작동약이 결합할 원래의 활성 부위."

"그럼 두 종류의 약을 만드는 거구나."

"맞아. 이건 '알로스테릭 병용약'이라고 해야 되나. 전 세계 어느 제약 회사도 해 본 적 없는 새로운 접근이야. 기프트가 있으니까 가능한 거야."

하지만 남은 기간에 신약을 둘이나 합성할 수 있을까? 겐토는 불안했지만 정훈의 태도를 본받아 '무리다'라는 말은 삼켰다. 아무것도 안 하면서 좌절하는 나쁜 버릇은 고치자.

정훈이 의자에 앉아서 기프트를 조작했다. 변이한 수용체를 되돌릴 생각에 조건을 지정해서 엔터키를 눌렀더니 'Remain Time 42:15:34'라고 떴다. 답이 나오는 것은 이틀 뒤였다.

"어디를 알로스테릭 부위로 정하면 될지 예상이 되지 않아서 적당하게 범위를 지정해 놨어. 잘 되지 않으면 다시 해야지."

그냥 가만히 참을 수가 없어서, 겐토가 약한 소리를 내뱉었다.

"그렇지만 계산을 계속 반복하면 합성할 시간이 없어져."

"이건 큰 도박이야."

정훈이 진지한 얼굴로 말했다.

겐토가 생각했다. 비틀거리며 떨어질 것 같았지만 애써 건너왔던 밧줄은 아직 앞으로 이어져 있었다. 아파트 베란다에서 뛰어내렸을 때부터 아슬아슬한 외줄타기의 연속이었다.

6

일하러 나가는 남편을 평소처럼 현관에서 배웅한 뒤 엘렌은 불길한 두근거림을 느끼며 우두커니 서 있었다. 헤어질 때 남편이 남긴 말 때문이었다.

"혹시 잠깐 모습을 감추게 될지도 몰라. 하지만 걱정하지 마. 며칠 지나면 돌아올 테니."

40년 가까이 함께한 멜의 말이었다. 영문 모를 말에 눈썹을 찌푸리는 엘렌에게 그는 입 맞추고 차고로 걸어갔다. 최근 남편이 별안간 입에 담게 된 농담인가 싶었다. 반년 정도 전부터 근무 시간이 불규칙해진 그는 이유를 물을 때마다 "정부 관련 일이라." 같은 스파이 영화에서 흔히 나오는 말로 아내를 웃기곤 했다. 그가 정부와 관련된 일을 하고 있다는 것은 물론 알고 있었다. 가족이 자랑스럽게 생각할 훌륭한 직함도 붙어 있었다. 하지만 어째서 이렇게 바빠졌는지 알려 주지는 않았다.

멜은 대체 어디서 무슨 일을 하는 걸까?

눈이 조금씩 끊임없이 내리는 가운데 포드 세단이 천천히 차도로 나가더니 운전석에 있는 멜이 미소를 남기고 떠나갔다. 문간에 그대로 서 있던 엘렌은 그 불가사의한 기계에 대해 생각했다. 작년 여름 끝 무렵에 집으로 보내진 노트북 컴퓨터. 기계를 만지작거리는 것이 가장 큰 취미인 남편이 통신판매로 주문한 건가 했다. 하지만 멜은 짐작 가는 바가 없다는 듯이 바라보더니 서재에 틀어박혔다.

그날부터 멜의 성격이 변했다. 굳이 설명하자면, 평소엔 말수가 적고 생각에 잠겨 있는 시간이 길었는데 그 노트북을 손에 넣고 나서는 마치 인생의 모든 고난으로부터 해방된 것처럼 쾌활한 웃음을 지었다.

당연하게도 엘렌이 그 컴퓨터가 뭐냐고 물어봤지만 멜은 "설명해도 모를 거야." 하고 얼버무리고 말았다. 그것이 다른 사람보다 갑절로 우수한 두뇌를 가진 남편이 늘 하는 입버릇이었다. 엘렌이 진짜 알고 싶은 것은 기계의 내용물이 아니라, 남편의 표정 뒤에 무슨 비밀이 숨어 있는가 하는 점이지만 그의 천진난만하고 명랑한 웃는 얼굴을 보고 있자니 별일 아니겠지 싶었다. 엘렌은 캐묻지 않기로 단념했다.

문제의 기계는 기묘한 장소에 놓여 있었다. 부엌 서랍 속에 말이었다. 불안한 마음에 엘렌은 그 컴퓨터를 꺼내서 전원 스위치를 눌러 볼까도 생각했다. 하지만 남편과는 달리 엘렌은 디지털 기기에 약했다. 흔적을 남기지 않고 내용을 훔쳐보기는 어려울 것 같았다.

멜이 운전하는 차가 깜빡이를 켜며 멀리 사거리를 돌아갔다. 따뜻한 집 안으로 돌아가려던 엘렌은 남편의 차가 사라지는 것과 동시에 바뀌듯이 나타난 대형 밴에 시선을 멈췄다. 길가에 서 있던 검은 차체는 남편을 추적하지 않고 이쪽으로 왔다. 엘렌은 남편이 농담처럼 말하던 또 하나의 수수께끼를 떠올렸다.

"모르는 남자들이 와서 집에 들어오려고 하면…… 일단 여기 와서 이 기계를 조리해 줘."

부엌 서랍에 소형 컴퓨터를 넣으면서 남편이 하는 말에 "기계를 조리하라고?" 하고 되묻자 멜이 말했다.

"전자레인지에 집어넣고 스위치를 누르는 거지."

검은 밴이 미끄러지듯이 가까이 와서 바로 앞뜰에 정지했다. 엘렌의 불안이 공포로 변하기 시작했다. 밴에서 모르는 남자들이 내려서는 것을 보고, 두 다리가 굳었다. 스릴러 영화에서 자주 나오던 장면이 의외로 현실 그 자체를 그린 것일지도 모른다는 생각을 했다. 앞뜰을 질러온 남자 넷은 일제히 선글라스를 쓰고 검은 양복을 입고 있었다.

"안녕하십니까."

선두에 선 남자가 낮게 꺼낸 인사말에는 친밀함이라는 느낌이 아예 결여되어 있었다. 움츠러들었던 엘렌이 자기 몸을 집에 들여놓는 데 성공했다. 남자들 무리가 떨고 있는 엘렌은 신경 쓰지 않고 현관 앞까지 다가왔다.

"잠깐 괜찮으십니까? 가드너 부인이시죠?"

"네."

엘렌이 대답했다. 남자가 신분증을 보였고 다른 셋도 빠른 어조로 이어서 보였다.

"FBI 특별조사관 모렐입니다. 귀찮게 해 드려서 죄송합니다만 안에 들여보내 주실 수 있습니까?"

남편이 말하던 상황이 바로 이 상황이라는 확신이 들었다. 엘렌은 떨리는 목소리를 억누르며 물어봤다.

"무슨 용건이시죠?"

"남편 되시는 분의 일입니다."

"남편의? 제 남편이 미국 대통령의 과학 고문이라는 것은 알고 계시고요?"

"네, 이곳이 멜빈 가드너 박사의 자택이라는 것은 알고 있습니다. 그래서 부탁드리는 겁니다."

이제 엘렌의 머릿속을 뒤덮은 생각은 남자들이 온 의미를 묻는 것이 아니라 남편이 당부한 일을 할 수 있을지 없을 지였다. 40년 가까운 세월 동안 아내의 모든 요구를 인정해 주었던 남편에게 최소한의 보답을 해야만 했다.

"판사가 사인한 영장도 있습니다. 자세한 이야기는 안에 들어가서 하고 싶습니다만. 괜찮으신가요? 들어가도."

끄덕이는 대신 엘렌이 남자들 코앞에서 문을 잠갔다. 재빠른 동작이라 모렐 조사관이 표정을 바꾸었는지는 알 수 없었다. 서둘러 열쇠를 잠근 엘렌이 집 안으로 달려갔다. 어째서인지 뒷문에서도 격하게 두드리는 소리가 들려왔다. 환청인지 확인할 여유도 없이 벗어 버린 신발을 다시 신으려고 하지도 않고 엘렌이 부엌으로 뛰어들었다.

개수대 서랍을 열어 작은 기계를 꺼냈다. 소형 노트북이었다. 남편이 당부한 대로, 전자레인지 안에 집어넣고 타이머를 있는 힘껏 돌렸더니 번개 같은 불꽃이 컴퓨터 주위에 튀었다. 전자레인지 통째로 폭발하는 것이 아닌가 싶어 무서워서 그 자리에서 떠나려했다. 그런데 갑자기 옆에서 뻗어 나온 굵은 팔이 타이머를 원래대로 돌렸다. 놀라서 뒤를 돌아보자 여덟이나 되는 남자들이 부엌을 메우고 있었다. 엘렌은 자신이 제압될 거라고 생각했다.

"부디 방해하지 마십시오. 남편 분의 입장이 더 불리해질 뿐입니다."

모렐 특별조사관이 말하는 사이 남자 한 명이 전자레인지 문을 열고 조리하던 컴퓨터를 밖으로 꺼냈다. 엘렌이 물었다.

"멜이 무슨 짓을 한 건가요? 대통령 각하를 화나게 했나요?"

"국가 기밀 누설의 혐의가 있습니다. 이미 증거도 확보되었습니다."

"그 사람은 체포되었나요?"

모렐이 잠시 간격을 두고 끄덕였다.

"네. 지금쯤 신병이 구속되었을 겁니다."

"하지만 그 사람, 내 앞에서 모습을 감춘다고 해도, 며칠 안에는 돌아올 거예요."

법의 집행자가 관심을 기울이는 것 같았다.

"흐음? 어째서 그렇게 생각하십니까?"

"집에서 나서기 전에, 그가 그렇게 말했으니까요. '며칠 지나면 돌아올 거야'라고. 저희 남편은, 항상 바른말을 하니까요. 국가 과학상 수상자를 만만하게 보지 마세요."

남편에 대한 엘렌의 신뢰는 흔들리지 않았다.

회견 자리로 맵 룸을 준비한 것은 우정까지 느끼게 해 주었던 측근에 대한 마지막 배려였다.

대통령 집무실이나 회의실과는 달리, 그 방이라면 편안한 분위기에서 대화할 수 있었다.

번즈 대통령은 백악관 1층의 복도를 지나 과학 기술 보좌관의 사무실 문을 열었다. 난로 앞에 늘어선 치펀데일 양식 의자에 가드너 박사가 앉아 있었다. 수갑은 풀어 놓았다. FBI 본부로 신병이 이송되는 도중이지만 긴장도 동요도 하지 않았다. 그뿐만 아니라 로코코 풍의 이 방에 어울리는 기품까지 엿보였다. 빛나던 인생이 지금에 와서 파멸되려 하는데도 어째서 이렇게 평온할까? 번즈는 신기할 따름이었다.

보안 요원들을 복도에 남게 하고, 박사와 둘만 남게 되었을 때 번즈는 마주보지 않고 비스듬한 형태로 앉았다. 다리를 꼬고 한숨을 한 번 쉬고 나서 천천히 말을 꺼냈다.

"박사님, 무슨 일이십니까?"

가드너가 평소와 같은 정중하고 은근한 말투로 대답했다.

"저도 모르겠습니다. 대통령 각하. 대체 지금 무슨 일이 일어나고 있는지를."

"내가 들은 보고로는 네메시스 작전에 대한 비밀을 누설했다는 혐의가 있다고 하더군요."

"저는 재판을 받게 되는 겁니까?"

"이대로는."

번즈가 의식해서 걱정스러운 표정을 지어 보였다. 이례적인 후대라는 것을 알리고 싶었다. 대통령 스스로가 그에게 해명할 기회를 주고 있다는 사실에 대해서.

"짚이는 곳이라고는 토요일 저녁에 뉴욕 브로드웨이를 걸었던 것밖에 없습니다. 하지만 그것만으로는 아무런 증거가 되지 않을 겁니다. 재판이 열리면 아무것도 아니라는 것이 증명되겠지요."

"아니, 상황은 상상하는 이상으로 나쁘게 돌아가고 있습니다."

어디까지 설명해야 될지, 망설여졌다. 그가 발동시킨 다른 특별 접촉 계획에 의해 NSA가 민간 통신 사업자와 결탁하여 판사의 영장 없이 미국 국내 모든 통신을 도청하는 상황이 취해졌다. 아마 가드너 박사의 배신도 그 도청망에 잡힌 거라고 짐작되었다.

"제가 생각하지 못하는 방법으로 뭔가 증거를 잡았다는 말씀입니까?"

핵심을 건드리지 않고 긍정할 생각으로 번즈가 입을 열려 했을 때, 박사가 재어 보는 듯이 질문을 반복했다.

"철저하게 그쪽에서는 증거가 있다고 주장하시겠죠?"

전에 없이 강하게 이야기하는 박사가 수상했다. 범죄 용의자가 막판에 거세게 나오는 상황과는 좀 달랐다. 말 속에 숨은 의미를 찾으려다가 떠오른 건 '경고'였다. 번즈는 언동이 온화한 박사를 수상하다는 듯이 바라보며 신중하게 이야기를 시작하기로 했다.

"유죄의 증거가 있다는 점이, 꽤나 의심스럽다는 말씀이시군요."

그랬더니 가드너의 표정에 진심으로 즐거워하는 미소가 어렸다.

"바쁘신 가운데 정말 송구합니다만, 제 취미에 대해서 물어봐 주실 수 있으십니까."

번즈가 손목시계를 보았다. 예정된 시각이 다 되었다. 국무성이 발표할 『인권 백서』에 대해 연설 원고 담당자를 다른 곳에 기다리게 해 둔 채였다. 중국이나 북한의 인권 침해에 대해 어떻게 비난할지 검토해야만 했다. 하지만 과학 고문이 하는 경고의 뉘앙스가 머릿속에 남아 있었다. 결국 번즈가 말했다.

"괜찮습니다. 5분이라면."

가드너가 이야기를 시작했다.

"저는 어릴 때부터 기계를 만지는 것을 좋아했습니다. 지금까지는 부품을 사 와서 컴퓨터를 조립하는 것이 가장 즐거웠습니다. 지난 주 휴일에도 전파사를 여기 저기 돌면서 CPU나 하드디스크를 사 모았습니다. 전부 최신품으로, 그저 무작위로 선택했답니다."

번즈는 다소 위화감이 드는 그 표현을 따라 말했다.

"무작위로."

"네. 그리고 집으로 돌아와서 새 컴퓨터를 조립해서 OS를 설치하고 외부 기억 장치에 다운로드해 둔 최신 패치도 깔았습니다. 그 밖에 보안 프로그램도 말이죠. 바이러스 스캔도 했지만 물론 아무것도 나오지 않았습니다. 금방 새로 만든 컴퓨터라 한 번도 외부 라인에는 접속하지 않았으니까요."

박사가 거기서 검지를 세우더니 대통령의 주의를 끌었다.

"중요한 부분입니다. 저는 그 노트북에 전에 다른 컴퓨터에서 작성한 짧은 메시지를 넣었습니다. 시중의 번역 프로그램으로 만든 일본어 문장입니다. 긴급하게 일본인에게 연락할 필요가 생겼기 때문에 고육지책으로 만들었던 서투른 번역 문장이었죠. 나중에야 상대가 영어를 말할 수 있다는 사실을 알고 헛수고였다는 걸 알았지만요."

번즈는 박사가 지금 범행을 자백하는 것이 아닌지 생각했지만 묵묵히 다음 이야기에 귀를 기울였다.

"그리고 마지막 작업으로 라우터(근거리 통신망(LAN)을 연결해 주는 장치 — 옮긴이)설정에 들어갔죠. 경계 시스템을 넣고 통신을 감시할 수 있게 해 두었습니다. 그리고 제가 새로 만든 컴퓨터를 인터넷 선과 연결했습니다. 하지만 아무 사이트에도 들어가지 않고 전자 메일 송수신도 하지 않았고 잠시 방치해 두다가 회선을 끊었습니다. 그런데 놀랍게도 자동적으로 통신이 시행되어서 일본어로 쓰였던 문서가 어떻게 외부로 송신된 것입니다. 저는 경계 시스템을 확인했지만 제로데이 공격(보안 취약점이 알려지기도 전에 그 취약점을 악용하여 이루어지는 공격 — 옮긴이)을 받은 흔적조차 없었습니다."

가드너가 눈을 들어 대통령의 반응을 살폈다. 디지털 기술에 둔한 번즈는 박사가 말하려는 바가 이해되지 않았지만 한 가지 걸리는 부분은 박사가 메일 송수신을 하지 않았다는 사실이었다. 그러면 NSA가 어떻게 증거를 입수했다는 말인가.

"이야기의 요점을 정리해 보면 이렇습니다. 다소 문제가 있는 문서가 새로 만든 컴퓨터에 기록되어 있었다는 것, 그리고 인터넷 연결을 했지만 아무 사이트에도 접속하지 않았고, 아무런 통신도 하지 않았다는 점, 그리고 아직 알려지지 않았던 취약점을 뚫은 공격도 받지 않았다는 점입니다. 그런데도 제 노트북에서 어떤 증거가 발견되었다면 기술적으로 생각할 수 있는 점은 단 하나. 전 세계에 보급되어 있는 미국제 OS에는 미국 첩보 기관으로 통하는 '뒷문'이 만들어져 있다는 겁니다."

본능적인 경계심 때문에 번즈는 전신의 근육을 움직이지 않고서 분노했다. 눈썹 하나 까딱하지 않고, 여태까지 지었던 진지한 표정을 유지하며 속마음이 겉으로 드러날 만한 낌새를 전부 지웠다.

"만약 재판을 받게 된다면, 저는 지금 이야기를 법정에서 다시 하려합니다. 작업하는 모습을 녹화한 비디오도 보여 드리면서요."

박사의 기술적인 고증이 올바른지는 번즈가 판단할 수 없었다. 상대의 의연한 태도는 위협처럼 보이기도 했다. 하지만 번즈는 신중하게 머리를 회전시켜서 모든 위험을 천칭에 올렸다. 박사를 비공개 군사 재판에 회부한다는 선택지도 있었지만 영원히 투옥시키는 것은 어려웠다. 그보다도 네메시스 작전 및 정권의 중추에서 박사를 배제하게 된다면 곧바로 위험이 제거될 상황이었다. 그것만으로도 충분하지 않을까?

"뭔가 잘못이 있었던 듯싶군요. 박사님을 체포할 정도의 증거가 없다고, 나도 생각하고 있었습니다."

번즈가 말했다.

"그 말씀을 믿어도 될까요?"

"물론이죠. 법무 장관을 동석시켜서 소추 파면 수속을 취하겠습니다. 이번 건에 관해서 박사께 책임을 물을 일은 없습니다. 약속하죠."

그래도 박사가 의심스럽다는 모습을 하고 있어서 번즈는 일어서서 복도로 고개를 내밀고 비서실장 에이커스를 불렀다. 소추 파면에 대한 각서를 작성할 것을 명령하니 에이커스뿐만 아니라 대기하고 있던 FBI 조사관들이 곤혹스러운 표정을 지었다. 번즈가 그들 앞에서 문을 닫고 난로 앞으로 돌아왔다.

"이제 지금 당장이라도 박사님의 구속이 풀릴 테니 댁으로 돌아가실 수 있을 겁니다."

국가 과학상 수상자가 온화하게 미소 지었다.

"친절에 감사드립니다. 아내가 걱정하고 있을 테니까요."

"단지 고문직을 사퇴하게 되겠지만, 그것만은 양해해 주십시오."

"네. 알겠습니다."

이것으로 대화가 완료되었다. 번즈는 마음을 진정시키기 위해 다시 다리를 꼬았다. 훌륭하게 분노를 잠재우자, 동시에 감탄하는 마음이 솟아올랐다.

"박사님, 이번엔 내 이야기도 들어주실 수 있겠습니까?"

가드너가 어렴풋이 경계의 빛을 보였지만 고개를 끄덕였다.

"네, 말씀하시지요."

"이것은 어디까지나 가공의 이야기입니다."

그렇게 번즈가 강조했다. 실제로도 그저 호기심을 만족시키고 싶었던 것뿐이었다.

"여기 과학자가 한 사람 있습니다. 철저한 신변 조사를 통과하고 정부 요직에 앉았죠. 나이는 60대, 온후한 인품과 빛나는 실적 덕택에 누구에게나 존경을 받고 있는 인물입니다. 생활하는 모습은 지위에 걸맞지 않게 검소했으며, 과도한 명예욕도, 금전욕도 없이 가족을 세상 제일로 소중히 하는 모범적인 시민이고. 그런데 그런 사람이 어째서인지 국가에 대한 배신을 저질렀습니다. 금품에 대한 유혹 때문도 아니고, 더욱이 신변의 위협에 대한 협박도 받은 적이 없는데 어째서일까요? 그는 무엇을 위해 그런 위험을 감수하는 걸까요?"

"파격적인 담보라도 있는 것이 아닐까요?"

"하지만 당국의 조사로는 그의 재산은 1센트도 늘어나지 않았습니다. 어떤 뇌물의 흔적도 없고, 예를 들어 음식이나 술 접대, 이성에 이르기까지 모든 특권적인 지위라고 할 만한 것이 주어지지 않았단 말입니다. 그가 나라를 팔아서 얻은 이익은 아무것도 없습니다."

가드너가 정면으로 번즈를 쳐다보았다. 과학 고문의 인상이 변하기 시작한 것이 느껴졌다.

"대통령 각하. 각하께서는 과학자라는 인종을 잘 모르시는군요. 우리는 특별한 욕심에 사로잡힌 인간입니다. 우리의 본능적인 욕망이란, 지적 욕구입니다. 그 강력함은 보통 사람들에게 있는 식욕이나 성욕과도 같거나 그 이상입니다. 우리에게는 날 때부터 무언가를 알고 싶다는 욕망이 있습니다."

말하는 동안 나이 많은 과학자의 눈이 비열한 빛을 발했다. 야만스럽게까지 느껴지는 굶주린 눈빛이 경악스러웠다. 온후하고 독실한 가면을 벗어던진 멜빈 가드너라는 인간의 본성이 드러났다는 생각이 들었다. 하지만 거짓으로 광분하는 탐욕스러운 이들과는 달리 박사는 외양으로 본성을 감추려는 교활함을 가지고 있지는 않았다. 과학자는 숨김없이 정직하게, 그리고 노골적으로 지나치게 강한 욕망을 얼굴에 드러냈다.

"우리는 다른 누구보다도 알고 싶어 합니다. 무수하게 숨겨져 있는 수수께끼를, 우주의 전모를 기록하는 이론을, 아니면 생명 탄생의 비밀을. 사실 제가 가장 알고 싶은 것은 그런 것이 아닙니다. 제가 알고 싶은 것은 인간입니다. 호모 사피엔스의 뇌는 우주를 해명할 정도의 지성을 갖추고 있는지, 아니면 영원히 우주를 이해할 수 없는 것인지. 자연을 상대로 한 두뇌 싸움에 언젠가 승리할 수 있을지."

"박사님께선 그 답을 찾았다는 말씀입니까?"

"네. 어디에선가 작은 컴퓨터를 보내 왔습니다. 그것을 사용해서 통신하면 건너편에 있는 누군가가 대답해 줍니다. 처음에는 무슨 장난인가 싶었지만 결국 '사자의 발톱 자국(수학자 베르누이가 "사자는 발톱만 보아도 안다"며 뉴턴의 지성에 경탄한 일화 — 옮긴이)'이라 할 정도로 무서운 지성이 번득이는 것을 보고 저는 믿게 되었습니다. 일부의 물리학자가 말하는 '강한 인간 원리(우주에서 인간이 차지하는 비중을 더 높여서 인간의 존재가 우주의 진화 과정에 영향을 미칠 정도로 보는 관점 — 옮긴이)' 따위는 그저 자만이라는 것을요. 이 우주를 바르게 인식하는 주체는 우리가 아니었습니다. 우리 다음에는, 또 다음이 있었습니다."

"설마 그 통신 상대가…… '누스'입니까?"

번즈는 자신이 죽이라고 명령한 생물의 암호명을 입에 담았다. 가드너가 이에 답하지 않고 말했다.

"부디 대통령 각하, 저를 과학 고문으로서의 최후의 업무를 할 수 있게 해 주십시오. 지금부터 약 50년 전, 트루먼 대통령이 알버트 아인슈타인에게 질문을 하나 했습니다. 만약 우주인이 지구에 찾아오면 어떻게 대처하면 될지를. 아인슈타인의 대답은 '결코 공격을 하지 말라'는 것이었습니다. 인류를 뛰어넘는 지적 생명체에게 전쟁을 건다한들, 이길 수가 없기 때문입니다."

아프리카 중앙부에 갑자기 출현한 생물학적인 위협을 깔보고 있던 것이 아니었나하는 생각이 들었다. 그리고 불안을 느낄 때면 항상 그렇듯이 그는 가슴을 펴고 회담 상대를 내려다보는 자세를 취했다.

"즉, 네메시스 작전이 잘못되었다는 말씀입니까?"

"그렇습니다. 이 지구상에 갓 탄생한 새로운 지성을 죽이겠다는 각하의 결단은 완벽하게 틀렸습니다. 네메시스 작전은 곧바로 중지되어야 합니다."

번즈가 현재 지위에 오르고서 얼굴을 마주하고 잘못을 지적당한 경우는 박사가 처음이었다. 대통령이 냉담하게 말했다.

"그러니 박사님께선 누스를 구해야 한다는 말씀입니까? 나라를 배신하면서까지?"

박사는 절망적일 정도로 서로 간에 신뢰와 관용이 부족하다는 사실에 한탄하듯이 고개를 저었다.

"저는 이 나라뿐만 아니라, 인류를 위하여 일을 했습니다. 누스에게 싸움을 걸면 상대는 종의 존속을 위해 전력으로 반격해 올 것입니다. 그렇게 되면 우리는 아예 사라질 때까지 얻어맞게 되겠죠."

"우리가 멸망할 거라고?"

"그것은 누스가 얼마나 잔혹한지에 달렸습니다."

답답함을 벗어던지려고 번즈가 가볍게 대꾸했다.

"우리랑 비슷한 정도로 도덕적인 사람이라면 아무런 걱정은 안 해도 되겠군요."

권력자를 바라보는 가드너의 눈빛에 마음속 깊이 우습다는 기색이 느껴졌지만 그것은 찰나의 순간이었고, 바로 품위 있는 표정으로 돌아왔다.

"처음부터 저는 이렇게 생각했습니다. 누스가 진화한 인류라면 바로 우리를 멸망시키지는 않을 거라고. 인류가 축적해 온 지식이나 기술을 계승할 필요가 있으며, 개체수를 늘리기 위해서는 생식의 상대가 필요하기 때문입니다. 교배가 가능할 경우의 이야기입니다만. 하지만 네메시스 작전이 중대한 위기를 초래했습니다. 이 세상에 삶을 의탁한 지성

생물이 자신을 죽이려 하는 사람의 존재를 알게 된다면 어떻게 될 거라고 생각하십니까?"

"상상도 되지 않는군요."

"아니, 간단하게 상상할 수 있습니다. 인간의 아이를 떠올려 보십시오. 유아에게 있어서 단 하나의 세계, 즉 가정 속에 자신을 학대하는 적이 있다는 것을 알게 되면 그 아이가 어떻게 될까요? 무력하고 어린 정신 세계가 자신을 지키는 사람 누구 한 사람 없는 폭력으로 가득한 환경에 던져진다면?"

박사가 말하는 대로, 번즈는 쉽게 상상이 되었다. 유소년기의 그 앞에 거인처럼 우뚝 서 있던 아버지의 모습이 떠올랐다. 갑자기 가드너 박사에 대해 제어할 수 없는 분노가 번즈의 무의식 바닥에서 솟아올랐다.

"그와 같은 환경에서는 제대로 된 인간으로 자라나지 않는다는 말씀입니까? 과학자답지 않은 편견이군요."

"저는 위험에 대해 말씀드리고 있습니다. 많은 사람은 환경의 문제를 극복하고 건전한 시민 생활을 보냅니다. 혹자는 내면의 분노를 훌륭히 승화시켜서 사회적인 성공을 거두는 사람도 있겠지요. 하지만 외부 세계에 대한 분노가 날 때부터 가진 폭력 성향과 연결되어서 흉악 범죄자로 치닫는 사람도 나타납니다. 자신의 직장에서 총을 난사하는 그런 패거리 말입니다. 그들은 자기 자신과 세계를 없애 버리고 싶어 합니다. 그리고 지금 네메시스 작전이 누스의 마음에 공포와 불안, 그리고 분노를 심고 그의 자존심을 파괴하려 하고 있습니다. 너는 이 세계에서 미움받는 존재라고 각인시키려 하고 있습니다. 이대로 작전을 진행하면 누스는 고도의 지성을 유지한 그대로 혼이 황폐화되겠지요."

일방적으로 말을 하던 늙은 과학자가 대통령을 응시하며 말했다.

"무서운 것은 지력이 아니고, 하물며 무력도 아닙니다. 이 세상에서 가장 무서운 것은 그것을 사용하는 이의 인격입니다."

루벤스는 아우디로 정확히 40분을 달려 메릴랜드 주 포트미드에 있는 NSA 본부에 도착했다.

1만 1000대를 수용할 수 있는 넓이를 자랑하는 광대한 주차장 한쪽 구석에 차를 세우니 크립토 시티의 상징이라고도 할 수 있는 본부 업무 빌딩의 위용이 눈에 들어왔다. 전면이 유리로 된 새까만 구조물이지만 실제로는 그 안쪽에 빌딩 본체가 숨겨져 있었다. 검은 유리로 된 외부구조와 그 안쪽에 세워진 빌딩으로 구성된 방호 실드는 외부로부터의 도청, 감시를 차단하는 것뿐만 아니라 건물 안에서 나가는 전파나 음파를 차단하는 방호 설비였다.

루벤스가 방문자 관리 센터로 발을 옮겨 엄중한 신원 확인을 통과하고 중요 방문자라는 표시인 우선 배지를 받았다. 받기를 기다렸다는 듯이 먼 곳에서 대기하던 작고 뚱뚱한 남자가 다가왔다.

"루벤스 씨 맞으십니까? 저는 W그룹 소속 로건입니다."

NSA 작전 본부 직원이었다. W그룹의 정식 명칭은 '지구 규모 제 문제·병기 시스템국'이었다. 로건은 최고 기밀 암호 열람 허가를 받은 사람에게만 주어지는 파란 아이디 카드를 가슴에 달고 있었다. 그가 안쪽으로 가더니 잠금 설정된 회전문을 해제하고 "이쪽으로 오시죠." 하고 루벤스를 안내했다. 안내받은 장소는 제1업무 빌딩이었다. 복도가 끝나는 곳에 기밀 유지를 철저하게 강조한 주의서가 붙어 있었다.

"꽤 큰일이 터져서 말입니다."

로건이 걸으며 말했다. 가드너 박사 건이었다. NSA는 정말 뭐든지 알고 있는 모양이었다.

"소추 파면 경위에 대해 뭔가 들으셨습니까?"

"저희도 거기까지는 모르겠습니다."

아마 박사는 자신에게 조사의 손이 뻗어올 것을 미리 알고 기사회생할 방책을 들고 나왔나 본데 구체적으로 어떤 방법인지는 알려지지 않았다. 취조도 행해지지 않고서 풀려났기 때문에 모든 것은 어둠속에 가라앉아 버렸다. 박사가 언제부터 누스와 교신을 하고 있었는지, 그리고 어떤 정보를 상대에게 흘렸는지도. 그런 실무상의 문제와는 별개로 박사가 네메시스 작전에 반기를 들고 있다는 사실이, 루벤스의 마음속에 잔잔한 충격을 일으켰다. 박사는 그 작전이 잘못되었다고 생각한 것 아닐까?

로건이 복도 중간에서 발을 멈추고 문을 노크했다. 열린 문 너머로 회의용 탁자가 있었고 이미 직원 셋이 앉아 있었다. 연령은 20대에서 40대, 다들 파란 아이디 카드를 목에 걸고 있지만 양복을 입은 사람은 한 사람도 없었다. 서로 자기소개를 마치고 나서 바로 본론으로 들어갔다.

처음으로 입을 연 사람은 저겐스라는 이름의 나이든 직원이었다.

"멜빈 가드너의 자택에서 압수한 노트북입니다만, 대만제 시판품으로 작년 여름 도쿄 판매점에서 팔렸던 것이었습니다. 구입자를 알아내는 일은 불가능합니다."

"컴퓨터 안은 어땠습니까?"

루벤스가 물었다.

"본체가 전자파에 접촉되어 하드 디스크가 상당히 망가졌습니다."

"복구는 어렵습니까? 제가 알고 싶은 것은 통신 기록입니다."

"그런 데이터는 파괴된 것으로 보입니다."

루벤스가 낙담했다. 가드너 박사가 누스와 어떤 대화를 주고받았는지 영원히 수수께끼로 남게 되었다.

"하지만 물리 연구실에서 혼신의 노력 끝에 합계 15메가바이트의 단편적인 정보를 추출했습니다."

"오. 무슨 기록이 있었습니까?"

"여러 가지 흥미로운 사실이 판명되었습니다."

저겐스는 옆에 있는 부하에게 발언권을 넘겼다. 듀건이라는 서른 조금 넘은 남자가 이어서 말했다.

"15메가바이트 중 3메가는 OS코드 같습니다. 하지만 이것은 기존의 모든 OS와 다른 것이었습니다."

"그러면?"

"그 노트북에 탑재된 것은 자체 제작한 OS입니다. 아마 외부로부터 컴퓨터로 침입하는 것을 막기 위해, 처음부터 시스템을 만들어 올린 것 같습니다. 콩고와 일본에서 사용되는 컴퓨터에 침입할 수 없는 것도 그 탓이라고 생각됩니다."

"취약점을 뚫을 수는 없나요?"

"그렇습니다. 매우 견고한 시스템입니다. 아마 그 소형 노트북은 통신 전용으로 특화된 것 같습니다."

설령 통신을 감청하더라도 암호를 해독할 수가 없고, 통신 장치 본체에 침입하려 해도 튕겨져 나온다. 루벤스는 세계 최고 첩보 기관의 의향을 들어보고 싶었다.

"그럼 인터넷 서비스 업체를 통해 통신을 끊을 수는 없을까요?"

"그것도 하나의 방법이지만 상대가 다른 IP주소를 준비하게 되면 다람쥐 쳇바퀴 돌 듯 계속 반복될 것입니다."

그것은 이미 경험을 한 터였다.

"또 다른 알아 낸 점은요?"

루벤스의 질문에 저겐스가 의미 있는 웃음을 지었다.

"남은 12메가의 정보입니다. 피셔가 설명을 하도록 하겠습니다."

상사의 지시를 받아 두꺼운 안경을 쓴 20대의 젊은이가 신경질적인 어조로 설명했다.

"문제의 노트북에서 추출된 12메가의 정보는 이 디스크에 복사했습니다."

피셔가 탁자 위에 올려놓은 것은 한 장의 시디였다. 표면에는 'VRK'라는 기밀 분류 코드가 프린트되어 있었다. 학생 같은 분위기의 이 남자는 아무래도 수학자인 듯했다.

"'국내(局內) 사용 한정'이라는 표시 코드입니다. 안을 보시겠습니까? 보셔도 전혀 의미는 모르시겠지만."

"무슨 기록이 있습니까?"

"난수열입니다."

"네?"

루벤스가 무심코 소리쳤다.

"의사 난수(처음에 주어지는 초기값을 이용하여 이미 결정되어 있는 메커니즘에 의해 생성되는 수 ― 옮긴이)인데요, 어떤 알고리즘으로 생성되었는지는 밝혀지지 않았습니다."

기대 이상의 성과였다. 루벤스는 생각지도 못한 크리스마스 선물을 받은 아이처럼 찬찬히 시디를 바라보았다.

"그러니까 이게 바로 암호 해독의 열쇠입니까?"

"네. 상대는 그 난수를 사용해 평문을 암호화하고 디코딩하고 있습니다. 그래서 감청했던 모든 통신에 곧바로 그 난수열을 적용해 보았습니다."

"해독되었습니까?"

"아무것도요."

루벤스는 실망하지 않았다. 오히려 NSA측의 의도를 명확히 이해했다.

"그러니까 이 난수열을 사용하면 미래에 사용될 통신을 해석할 수 있다는 말입니까?"

"그렇습니다."

"이를테면 잠복입니다. 콩고 · 일본 간의 통신은 살려 두는 편이 좋은 방법이 되겠죠. 감청을 계속하다 보면 언젠가 의의 있는 정보가 걸려들지도 모릅니다. 예를 들어 적의 현재 위치라든가."

저겐스가 덧붙였다.

12메가바이트의 정보량이 문서로 이루어진 것이라면 책 수십 권 분량에 필적했다. 제어 불능 상태에 빠져들고 있는 작전을 다시 장악할 수 있지 않을까 하는 기대도 생겼다.

"그 방침으로 갑시다. 노고에 정말 감사드립니다."

저겐스가 미소 지었다.

"천만에요. 그리고 또 한 가지, 유익한 정보가 있습니다. 어제 오전 6시경입니다만 일본 · 콩고 간의 암호 통신이 전에 없이 증가했습니다."

루벤스가 시차를 계산했다. 콩고 동부에서 무장 집단 셋이 누스 일행을 추적하고 있던 시간대였다.

"그럼 적의 중추가 일본이라고 봐도 틀림없을까요?"

"저희는 그렇게 생각합니다. 사령탑 같은 존재가 일본에 있고, 콩고에 있는 나이젤 피어스에게 지시를 내리고 있겠죠."

일본에서 누스의 구조 작전을 맡고 있는 사람이 고가 겐토일까? CIA의 정보로는 또 하나의 의심스러운 인물이 있다고 하지만 확증을 얻을 수 없었다. 루벤스는 줄곧 마음에 걸렸던 문제를 생각해 냈다.

"그런데 여러분께 또 한 가지 질문이 있습니다."

"뭡니까?"

"슈퍼컴퓨터 개발 상황입니다."

"'블루진'이라면 완성했습니다. 결국 일본과의 개발 전쟁에서 우리가 승리했습니다."

듀건이 말했다.

"그 제품은 단백질 3차원 구조를 예측하기 위해 만들어졌다던데요."

"그 정도의 계산 능력을 목표로 한다는 뜻입니다. 단백질의 정확한 형태를 알 수 있으면 의약품 특허를 거의 독점할 수 있으니까요. 명실공히 미국의 우위가 확고해졌습니다."

그렇게 대답했지만 듀건은 바로 어깨를 으쓱여 보였다.

"그런데 생체 기구는 상상 이상으로 복잡합니다. '블루진'의 계산 능력을 가지고도 대등한 차원의 계산은 불가능했습니다."

"그럼 현 시점에서, 예를 들어 수용체의 정확한 모양을 밝히는 건 어렵겠군요?"

"네. 계산 능력이 부족합니다. 남은 것은 알고리즘 방면으로 큰 약진을 기대할 수밖에 없지만, 지금 상황은 무리죠. 20년, 30년 붙들고 있지 않는 이상에는요."

고가 겐토가 폐포 상피 세포 경화증 치료약 개발에 전념하고 있는 이상, 거기에는 충분히 승산이 있을 터였다. 누스의 지성과 연관되어 있다고 보는 것이 맞을 것 같았다. 루벤스가 그렇게 생각한 것에도 이유가 있었다. 일본 경찰에서 보낸 보고서였다. 아버지의 범죄 행위에 대해 가택 수색을 받았을 때, 고가 겐토는 형사에게 이렇게 말했다고 한다.

"아버지가 훔치셨다는 것은 실험 데이터입니까? 프로그램이 아니라."

이 대사로 보아 고가 세이지가 어떠한 프로그램을 아들에게 남긴 모양이었다. 그것은 '컴퓨터 지원 약물 설계(CADD)'를 하는 제약 프로그램이 아니었을까? 만약 이것이 현대 과학으로는 고칠 수 없는 병의 치료약 개발과 연계되었다고 한다면 누스의 지적 능력은 이쪽 상상을 아득히 뛰어넘는다는 의미가 된다. 그럼 겨우 세 살배기가 인류가 가진 앎의 한계를 초월한 것이다.

하지만 그런 일이 정말 있을 수 있을까? 루벤스는 이해 불가능한 존재에 대한 본능적인 공포를 느끼기 시작했지만 한편 그것과는 다른 종류의 막연한 불안이 머릿속에 떠올랐다. 뭔가 중대한 문제를 놓치고 있는 기분이 들었다.

"왜 그러시죠? 다른 질문이 있으시면 다 대답해 드리겠습니다."

듀건이 잠자코 있는 루벤스에게 물었다.

"의문 사항을 정리하고 싶으니 잠시 기다려 주시겠습니까?"

루벤스는 미소를 지으며 무엇이 불안한 건지 정확히 파악해 보려 했다.

아들을 덮친 불치병과 특효약 개발. 그 정보들에 대해서는 어제까지도 엄청나게 검토를 했다. 난치병 아들을 가진 용병, 조너선 예거를 회유하려는 공작이 틀림없다. '그렇다면.' 루벤스는 한 발 더 나아가 생각해 봤다. 불치병을 고친다는 것은 누스에게도 어려운 조건일 터였다. 어째서 보다 간단한 방법, 예를 들어 금전 등으로 용병을 끌어들이려고 하지 않았을까? 난치병 치료약 개발이어야만 하는 이유가 또 있는 것일까? 거기까지 생각한 순간 루벤스의 심장이 멎을 뻔했다.

"실례합니다."

루벤스는 동요를 얼굴에 드러내지 않도록 신경 쓰면서 일어섰다. 화장실 위치를 묻고, 회의실을 나와 아무도 없는 복도를 걸어갔다.

칸막이 화장실 칸에 들어가 변기 옆에 우두커니 서서 갑자기 직면하게 된 윤리적 문제에 대해 숙고했다.

이대로 네메시스 작전의 긴급 대처 단계로 그대로 일을 추진해서 고가 겐토를 구속하면 그가 진행하는 신약 개발은 끝장날 터였다. 그 결과 난치병으로 고통 받는 어린이들의 목숨을 간접적으로 빼앗게 될 터였다. 폐포 상피 세포 경화증으로 추정되는 환자 수는 전 세계 10만 명. 번즈 정권이 이라크 전쟁에서 죽게 한 사람 수와 같았다.

어떻게 할까? 누스의 질문이 실제로 들려오는 것 같았다. 누스는 도의적으로 상처 하나 없이 10만의 인질을 손에 넣었다. 그리고 이쪽의 양심을 시험하고 있었다. 고가 겐토의 선행을 중단시키며 병으로 고통 받는 어린이들이 죽는 것을 바라볼 수 있느냐고.

생애 처음으로 몸이 떨릴 정도로 예리한 지성과 조우했다. 이쪽이 얼마 되지도 않는 지혜를 가지고 세운 작전에, 누스는 이미 상상 이상으로 날카롭고 견고하게 응수했다. 모든 대응책은 네메시스 작전의 발동되기 전에 이미 준비되어 있었다. 그리고 열세를 의식하면 할수록 초조함이 위험한 방향으로 기울고 있었다.

누스를 말살해야 하지 않을까? 그냥 놔두기에는 너무 위험한 지적 존재였다.

콩고에 있는 조녀선 예거도 알고 있을까? 자식을 지키려는 동물적인 본능을 누스가 이용하고 있다는 사실을.

루벤스가 화장실에서 나와 세면대에서 얼굴을 씻으며 머릿속을 말끔하게 털어냈다. 고가 겐토를 표적으로 한 일본 방첩 활동은 루벤스의 권한으로는 멈출 수 없었다. 엘드리지 감독관에게 중지하라고 한들, 관료의 전형이라고 할 만한 사람이 들을 것 같지도 않았다. 그는 10만 명이나 되는 아이들을 희생해서라도 번즈 대통령의 심기를 불편하게 하지 않으려고 할 터였다. 현 정권 각료들이 이라크 침공에 찬성했을 때처럼.

자기 지위나 권익만 지켜지면 다른 사람이 얼마나 죽더라도 상관없는 것이다.

이렇게 되면 병든 아이들을 지키는 방법은 단 하나, 네메시스 작전의 본래 목적을 완수할 수밖에 없다는 결론을 내렸다. 누스를 말살하고 미국에게 닥친 위협만 없애면 일본인 대학원생에 대한 추적이 완화될지도 몰랐다.

회의실에 돌아왔더니 저겐스가 보안 단말 장치의 수화기를 손에 들고 있었다. 이 장치는 통화 내용을 실시간으로 암호화하는 디지털 기밀 전화기였다.

"당신에게 연락이 왔습니다."

"이리 주세요."

루벤스가 수화기를 받아들고 작전 지휘소에서 들려오는 소리에 귀를 기울였다. 에이버리 국방 정보국 요원이었다.

"엘드리지 씨와 연락이 되지 않는데요. 그쪽에 함께 계십니까?"

사전에 구두로 전해 됐던 원시적인 암호 통신이었다. 만에 하나 누스가 도청하고 있다고 해도 의미를 알 수 없을 터였다.

"아니요."

"영화라도 보러 갔나 보죠?"

에이버리가 태평한 어조로 말했다.

이미 네메시스 작전의 긴급 대처 상황은 제2단계로 진행되었다. 엘드리지가 '박물관에 갔다'라면 문제 발생, '영화를 보러 갔다'라면 작전 준비 완료를 의미했다.

"감독관 승인이 필요한 안건이 있습니다."

에이버리는 루벤스에게 승인을 요청하고 있었다.

"긴급 안건이 아니면 진행해도 괜찮습니다."

"알겠습니다. 그렇게 하겠습니다."

에이버리가 전화를 끊었다.

이 짧은 대화로 케냐에 주둔하는 미국 공군을 이용한 제2차 침투 작전이 시작되었다. 기존의 통신 계통을 사용하지 않고 준비를 진행하기 때문에 누스가 알고 있을 가능성은 극히 낮았다. 이제 아마도 누스와 인류학자, 그리고 용병 일행은 궤멸될 거였다.

정글 안에 내버려진 채 허무하게 죽어간 남자들의 시체가 눈앞에 떠올랐다. 의지의 힘으로 참회하는 마음을 일으키려 했다. 살인을 명령하는 업무에 익숙해져서는 안 되었다. 그레고리. S. 번즈와 같은 인간이 되선 안 됐다. 하지만 그 노력이 자기기만에 지나지 않는다는 것을 알고 죄책감 없이 그대로 자신을 내버려 두었다. 10만 명의 병든 아이를 구하려면 이렇게 할 수밖에 없다고 스스로를 위로할 수밖에 없었다. 구하려는 아이들 중에 저스틴 예거도 포함되었다. 아버지 조너선 예거는 아이의 생명과 맞바꾸어 죽게 될 것이다.

7

"피어스, 일어나시오."

오전 5시. 주변 경계를 섰던 예거가 나뭇잎을 엮어서 깔고 지면에 웅크린 채 자고 있는 인류학자의 몸을 흔들었다. 작은 신음 소리를 내며 피어스가 눈을 떴다. 다른 남자들은 아키리를 포함해 다들 자고 있었다. 피어스가 언짢게 물었다.

"뭔가?"

"드럼 소리가 들려오고 있소. 알아들을 수 있겠소?"

예거가 작은 소리로 말했다. 피어스가 동쪽으로 어두운 곳에 고개를 향했다. 날이 밝아오기 전 정글을 구석구석 물들이고 있듯이 낮은 타악기의 소리가 공기를 타고 울리고 있었다. 아스라한 소리에 귀를 기울이던 피어스가 이윽고 고개를 저었다.

"너무 멀어서 모르겠군."

전날 겨우 무장 집단의 추격을 뿌리쳤지만, 예거 일행은 이투리 숲 깊숙한 곳으로 밀려들어간 상황이 되었다. 가장 가까운 마을까지 15킬로미터나 넘게 떨어져 있었다.

"또 무장 집단이 움직이기 시작한 건가?"

피어스가 대답하지 않고 수통의 물을 손으로 받아 얼굴을 씻고서 가방 속에서 노트북을 꺼냈다. 그것이 신호가 된 것처럼 옆에 누워 있던 아키리가 몸을 일으켰다. 이둠 속에서 큰 두 눈이 빛나고 있다. 예거가 저도 모르게 자세를 취했다. 컴퓨터를 켠 피어스가 새 정보를 수신했다. '일본의 조력자'로부터 받은 전자 메일이었다.

"뭔가 알아낸 거요?"

"아직 눈에 띄는 정보는 없군. 도착한 소식은 아키리에게 온 메일밖에 없네."

"아키리에게?"

피어스가 아키리를 향해 컴퓨터를 돌렸다. 아키리가 알아서 헤드셋을 머리에 쓰고 화면을 들여다보았다.

예거는 아키리의 표정을 읽어 내려고 했다. 지금 이 기이하게 생긴 어린이가 짓고 있는 표정은 즐거움이라고 할 만한 감정이었다. 텔레비전의 어린이 프로를 보고 있는 어린아이처럼. 흥미를 갖게 된 예거가 화면을 들여다봤더니 거기에는 알파벳과는 다른 기묘한 문자열이 떠 있었다.

"이게 뭐야?"

아키리에게 물을 생각이었지만 피어스가 대답했다.

"어학 학습일세."

"어느 나라 말이오? 중국어?"

"일본어의 한 종류지."

헤드셋을 쓴 아키리가 때때로 끄덕이는 것을 보니 음성으로 하는 학습도 되고 있는 것 같았다.

"뭐라고 쓰여 있는 거요?"

"나도 일본어는 모르네. '아리가토'랑 '사요나라'밖에. 맞나, 그거?"

피어스가 일어서며 다시 한 번 타악기의 울림에 귀를 기울이고 말했다.

"그보다 빨리 출발하는 게 좋겠네. 안 좋은 예감이 들어."

"동감이오."

두 사람이 분담하여 동료들을 깨우기 시작했다. 숲에 들어온 지 벌써 일주일이나 지났더니 다들 몸에서 이상한 냄새가 났다. 예거는 일어난 믹을 잡아서 아키리가 몰입해서 읽고 있는 컴퓨터 화면을 보여 줬다.

"이게 일본어야?"

믹이 문자들을 훑어보더니 말했다.

"그런 것 같군."

"내용은?"

"몰라."

"몰라? 너 글자 못 읽어?"

믹이 울컥하더니 예거를 노려보았다.

"여기 있는 글자들은 과학이나 숫자와 관련된 거야. 그런데 내용이 너무 난해해. 거기다 좀 이상한 문장이야."

"한 줄도 해석 못하나?"

"무리야. 전부 전문 용어라서. 이 녀석 머릿속은 어떻게 된 거야?"

믹이 기분 나쁘다는 듯이 아키리를 바라보며 말했다.

"아키리가 공부하는데 방해하지 말아 주게."

피어스가 그렇게 말하곤 두 사람을 세 살 아이의 곁에서 쫓아냈다.

다들 재빨리 세수와 아침 식사를 끝내고 지도를 가운데 놓고서 경로를 결정했다. 원래 목표하던 방향에서 북 소리가 들려오고 있었기 때문에 코만다로 향하는 루트는 폐기하고 남동쪽에 있는 베니를 목표로 변경했다.

"베니 근처 비행장에 보급 물자를 싣고 있는 소형 비행기를 수배할 수 있어."

피어스가 말했다.

야영한 흔적을 지우고 출발 채비를 하는 동안에도 타악기 소리가 계속 울려 대면서 예거의 불안을 돋웠다. 이 정도로 오랫동안 마을에서 마을로 메시지가 전달되고 있다는 것을 보면 어지간히 중대한 일이 일어났음에 틀림없었다. 하지만 아무리 청각에 신경을 집중시켜도 총성이나 포격 소리는 들려오지 않았다.

다들 가방을 등에 메니 피어스가 에시모에게 행군 루트를 설명할 차례였다. 그때까지 컴퓨터에 붙어 있던 아키리가 갑자기 일어서서 손짓으로 피어스를 불렀다.

"최신 정보가 왔어?"

그렇게 말하며 액정을 바라본 피어스의 표정이 순식간에 흐려졌다.

"무슨 일 있소?"

개럿이 물었다.

"네메시스 작전 긴급 대처 단계가 제2단계로 접어들었어. 대규모의 침투 작전이야."

피어스가 지도를 꺼내 모두에게 설명했다.

"다섯 개의 무장 그룹이 길에서 숲으로 진군하고 있네. 전부 4000명의 병력이야. 우리를 찾으면서 서쪽으로 향하고 있다네."

그가 손으로 가리키는 적의 경로는 일동이 있는 지점의 북쪽을 가로지르는 길이었다.

"좋은 기회잖소? 이러면 남쪽은 텅 비지. 단숨에 베니로 도망칩시다."

하지만 피어스가 확 고개를 저었다.

"아닐세, 좋은 기회 같은 것이 아니네. 이 길은 피그미족의 캠프와 일치하네. 음부티족 밴드를 밀어 없애려는 의도네."

용병 일행이 서로를 마주봤다. 다들 머릿속에 훈련 브리핑 때 들었던 무시무시한 이야기가 떠오른 것이다. 피그미를 잡아 인육을 먹는다는 이야기가.

"제노사이드가 일어날 거야. 이 땅의 피그미가 전멸될지도 몰라."

인류학자가 암담하게 말했다. 이상한 낌새를 느꼈는지 에시모가 높은 소리로 뭔가를 묻기 시작했다. 혼란에 사로잡힌 아버지의 모습을 아키리가 물끄러미 바라보았다.

피어스가 하는 수 없이 사정을 설명하는 동안 개럿이 옆에서 무겁게 입을 열었다.

"어떻게 하지?"

믹이 즉각적으로 대답했다.

"어떻게 할 수 없지. 4000명을 어떻게 상대해."

마이어스가 억눌린 목소리로 말했다.

"음부티족이 죽는 것을 그냥 보기만 할 거야? 에시모와 아키리의 친구들이 떼죽음 당한다고."

믹이 침을 뱉으며 비웃었다.

"멍청한 소리. 어제 일을 잊었어? 우리는 아만베레 마을 사람들도 죽게 내버려 뒀어. 너는 위선자야."

"뭐야, 이 자식!"

마이어스가 믹과 드잡이를 하다 갑자기 울린 새된 소리에 움직임을 멈췄다. 에시모가 두 손을 휘두르며 일동에게 뭔가 호소하고 있었다. 피어스가 해석했다.

"돌아가 달라고 하고 있네. 친구들 곁으로 가고 싶다는군."

예거가 고개를 저었다.

"소용없소. 죽게 될 거요."

피어스가 에시모의 원통한 마음을 대변했다.

"뭐라도 할 수 없겠나? 피그미족을 구할 방법이 없겠는가 말일세."

예거는 적의 전력과 위치 관계를 감안하여 결론을 내렸다.

"우리가 할 수 있는 일은 도망치는 것밖에 없소. 아키리를 구하고 싶으면 다른 피그미는 포기할 수밖에."

그때 개럿이 입을 열었다.

"잠깐. 다들 진정해. 에시모의 동료를 구할 방법이 하나 있어."

"어떻게?"

"우리 GPS를 작동시키는 거야."

용병들이 개럿의 생각을 알아차리고 입을 다물었다. 설명을 이해하지 못하는 피어스에게 개럿이 말을 더했다.

"GPS 장치 스위치를 켜면 우리 현재 위치를 제타 시큐리티에 알리게 되오. 그 정보는 펜타곤을 통해 북쪽에 있는 무장 집단에게 다시 통보될 거요. 그놈들은 진군하는 경로를 남쪽으로 바꾸고 음부티족 캠프에서 물러날 거요."

피어스는 개럿의 노림수를 이해함과 동시에 그 위험성까지 파악한 것 같았다. 심각한 표정 그대로였다.

"하지만 그렇게 되면 4000명이나 되는 적이 일직선으로 이쪽으로 향해 오는 게 아닌가."

"맞소."

예거가 지도를 보고 저쪽과 이쪽 편의 거리를 계산했다.

"최단 거리에 있는 적도 10킬로 이상 떨어져 있군. 도망칠 수 있을지도 모르겠어."

"해 볼까?"

개럿이 말했다.

"해 보자. 반대할 거라면 혼자 도망쳐, 이 개자식아."

마이어스가 믹의 기선을 제압하며 재빠르게 답했다.

믹은 될 대로 되라는 식으로 피식 웃기만 하지 반론은 하지 않았다.

개럿이 가방을 내려 휴대용 무전기만 남기고 필요 없어진 다른 위성 통신 기기를 버렸다. 그리고 피어스의 기재 일부를 받아서 장비를 가볍게 만들었다. 개럿은 GPS 장치를 손에 들고 일행에게 말했다.

"10초만 스위치를 켜. 바로 출발하자. 이제 적들과 달리기 경주야. GPS 번호를 읽을 테니까 누군가 받아 적어 줘."

"준비됐어."

마이어스가 방수 메모지와 연필을 꺼내들고 말하자 개럿이 기계 스위치를 켜고 작은 모니터에 표시된 위도와 경도를 읽었다. 연필을 움직이고 있는 마이어스 곁에서 예거도 지도를 꺼내 현재의 정확한 위치를 표시했다. 지금쯤 남아프리카 제타 시큐리티에서는 펜타곤과 연락하느라 난리 법석이리라.

"좋아, 가자."

개럿이 GPS 장치 스위치를 끄자 용병들은 마름모꼴 진형으로 남동 방향으로 향해 전진했다. 오늘 중 가능한 한 거리를 벌려 두어야 했다. 오른쪽을 맡은 예거가 주위를 확인하고 안전하다는 생각을 한 순간, 갑자기 대폭발이 일어났다. 조짐은 물론이고 포탄이 날아오는 소리조차 들리지 않았다.

갑작스레 등 뒤에서 덮쳐오는 충격파가 전신을 꿰뚫고 열파와 폭풍의 직격이 예거를 앞으로 날려 버렸다.

머리부터 개울에 처박힌 탓에 얼굴이 긁혀서 상처가 났지만 기절만은 면했다. 예거는 측두부를 두드리며 폭발음으로 잃어버린 청각을 되돌리려 했다. 상체를 일으키고 돌아보니 아까까지 자신들이 있었던 후방 50미터 지점이 후벼 파인 것처럼 큰 구멍이 파여 있고 그곳을 중심으로 관목들이 방사형으로 쓰러져 있었다.

엎드려 쏴 상태에서 총을 준비하고 있지만 적이 어디로부터 총격을 가해 올지 짐작이 되지 않았다. 이윽고 시선을 들어 올렸다가 머리 위를 뒤덮은 나뭇가지가 꺾여 있는 것을 본 예거는 전율했다. 적이 하늘에 있었다. 무인 정찰기 프레데터가 600미터 상공에서 헬파이어 대전차 미사일을 때려 박은 것이다. 파일럿은 네바다 주 공군 기지에 틀어박혀 있고 컴퓨터 게임기처럼 조종 장치를 쥐고서 지구 반대쪽에 있는 무인 정찰기를 원격 조종하고 있었다.

덫에 걸렸다는 사실을 깨달았다. 적은 GPS 스위치를 켜는 순간을 계속 기다려 왔던 것이다.

쓰러져 있던 용병들이 신음 소리나 욕설을 토해 내면서 움직이기 시작했다.

"아키리! 아키리!"

대열 선두에 있었기 때문에 그만큼 피해가 적었던 에시모가 외아들의 이름을 외쳐 부르고 있었다. 쓰러져 있는 피어스에게서 떨어진 곳에 아키리의 작은 몸이 내던져져 있었다. 낙엽 위에 엉덩방아를 찧은 채 한없이 흐느끼고 있었다.

"피어스를 부탁해! 무인기에 신경 써!"

예거는 다른 세 사람에게 외치며 가방을 버리고 달려가기 시작했다. 아키리의 머리 위에는 나무들이 잘려 있어서 가릴 것이 아무것도 없었다. 프레데터 적외선 카메라에 포착되면 헬파이어 미사일이 핀포인트 조준으로 아키리를 폭격할 터였다.

예거가 두 팔을 뻗어 아키리를 안아 올려 거목 뒤로 돌아 숨은 직후, 제2격이 작렬했다. 초음속으로 날아온 미사일이 폭발할 때까지 아무 소리도 내지 않고 아키리가 바로 직전까지 있던 장소에 정확하게 착탄했다. 큰 나뭇가지가 엄폐물이 되어 폭풍과 화염은 비껴갔지만 예거의 몸을 집어 던진 충격파가 내장을 뒤집었다.

"프레데터에 탑재된 미사일은 두 대야! 이제 공격은 없어! 감시만 조심해!"

큰 나무 뒤에 몸을 숨기고 있는 마이어스가 외쳤다.

예거는 아키리를 내리는 데 전념했다. 옛날 저스틴에게 해 주었듯이 뒤에서 두 팔을 안고 무릎 위에 얹었다. 체온과 부드러운 몸도, 두 손에 전해지고 있는 아키리의 감촉은 자기 자식을 품을 때와 똑같았다. 잠시 아키리의 머리를 쓰다듬다가 겨우 생각이 났다. 저스틴과 똑같았다. 원래 이 아이는 보통 사람으로 태어나야 했을 아이였다. 그런데 미세한 유전자 변이 때문에 생명의 위협을 당하는 처지에 내몰렸다. 본인은 아무런 잘못도 하지 않았으며 그렇게 되길 바라지도 않았는데도.

"아키리! 아키리!"

에시모가 외치면서 달려왔다. 그 뒤에는 피어스와 상처 입은 용병들이 비틀거리는 걸음으로 쫓아왔다.

예거가 아직 울고 있는 아키리를 아버지에게 넘기고 마이어스에게 물었다.

"괜찮아?"

마이어스가 입가에 피를 흘리고 있었다.

"아. 좀 베였을 뿐이야."

두 사람도 이명이 남아 있었기에 큰 소리로 대화했다. 마이어스가 구급 가방을 내려서 동료들의 상태를 보기 시작했다. 아키리와 에시모, 믹에게 눈에 띄는 부상은 없었다. 고막도 무사했다. 잠깐 실신 상태에 빠졌다가 회복한 피어스는 예거와 똑같이 타박상과 찰과상을 입긴 했지만 걱정은 없었다. 보기만 해도 끔찍한 상태가 된 것은 대열의 가장 뒤에 있던 개럿이었는데, 두 다리 뒤에 무수한 금속 파편이 뚫고 들어가서 피투성이였다.

"뼈에는 이상 없어. 굵은 혈관도 무사하고. 출혈만 멎으면 괜찮아."

처치를 하면서 마이어스가 말했다.

"걸을 수 있겠어?"

예거의 물음에 개럿이 끄덕였다.

피어스가 멍한 표정으로 통신용 노트북을 꺼냈다. 전원 스위치를 누르고 무사하게 화면이 뜨는 것을 보고 크게 안도의 한숨을 내쉬었다. 이 작은 기계야말로 일행의 생명줄이었다.

"개럿의 응급 처치가 끝나는 대로 바로 여기서 이탈한다."

그렇게 말하는 예거를 믹이 제지했다.

"잠깐. 대체 이게 무슨 일이야? 펜타곤 동향을 다 파악하고 있다고 하지 않았어?"

추궁하는 것을 듣던 피어스가 성가시다는 듯이 일본인에게 딱 잘라 말했다.

"정보의 수집과 처리에는 한계가 있네. 적은 그 틈을 뚫고 들어온 걸세."

"농담해? 애초부터 아무것도 모르는 것 아냐? 이 녀석을 믿었다가 죽도 밥도 안 되겠어."

"닥쳐, 이 아둔한 작자야! 지금 최선의 노력을 하고 있잖나! 네 녀석 같은 멍청이가 이래라저래라 할 자격은 없어!"

분노에 찬 인류학자의 일갈에, 상처를 입은 개럿까지 놀라서 고개를 들었다.

"뭐라고? 다시 한 번 말해 봐, 이 개새끼가!"

영어가 어설프던 믹이 어디서 배웠는지 욕설만은 풍부한 어휘력을 발휘했다. 두 사람이 나누는 욕설은 점점 더 심해졌다.

"그만해!"

예거가 두 사람 사이에 끼어서 믹의 어깨를 뒤에서 잡아 끌어내려 했다. 그러나 말다툼은 갑자기 끝났다. 무서운 기세로 화를 내던 피어스가 돌연 얼굴을 일그러뜨리며 울기 시작했기 때문이었다. 아만베레 마을에서 학살을 겪은 후 엄청난 생명의 위기까지 겪게 되자 그의 정신이 무너져 내렸다. 예거는 인류학자의 어깨를 두드리고 일행에서 떨어진 위치까지 끌고 갔다.

"면목 없네. 내가 어떻게 되어 버렸나 보군."

울음을 억누르며 피어스가 말했다.

"이 일은 당신이 시작한 일이오. 마지막까지 완수해 줘야지 않소. 당신이 제정신을 잃으면 다 같이 위험해지고 마니까."

끄덕이던 피어스가 눈물을 뚝뚝 흘렸다.

"전쟁이 이렇게 무서울 줄은 몰랐네."

그때 에시모가 아이를 안고 다가왔다. 음부티족은 걱정스레 피어스를 올려다보더니 두세 번 말을 나눴다. 에시모가 친구를 위로하려는 것 같았다. 그리고 그는 예거에게도 뭔가 말을 걸었다. 겨우 진정하고 침착함을 되찾은 피어스가 옆에서 통역해 주었다.

"'아들을 구해줘서 고맙다'고 말하고 있어."

예거가 무심코 웃었다. 약간 기분이 좋아졌다.

"천만에."

에시모도 마주 웃더니 피어스에게 다시 말을 했다. 이번에는 탄원하는 것 같은 어조였다. 피어스가 곤란하다는 듯이 귀를 기울이고 있었다.

"뭐라고 하는 거요?"

"아키리를 데리고 동료들이 있는 곳으로 돌아가고 싶다는군."

무리한 말이었다. 아키리가 캠프로 돌아가면 거기 있는 모든 사람이 죽을 수밖에 없었다. 처음부터 정해져 있다고 하지만 예거는 자그마한 아버지에게 마음속 깊이 동정을 가지고 있었다. 에시모는 자기 자식과 생이별하게 될 운명이었다.

"전해 주시오. 아들을 캠프로 다시 데려다 주면 음부티족이 전부 위험 해진다고."

대답을 듣던 에시모의 표정이 절망적인 슬픔이 스쳐 지나갔다. 시선을 떨어뜨리고 한참을 망설이다가 이윽고 결심했다는 듯이 그러면 자기 혼자 돌아가도 괜찮으냐고 물었다. 예거는 에시모의 갈등을 알 수 있었다. 아들과 함께 있고 싶다고 생각하는 한편 여태까지 생사고락을 함께해 온 동료들이 걱정이 되어 견딜 수가 없는 것이다.

예거는 현실적인 판단을 내려야만 했다. 가이드가 되어 준 에시모를 잃게 된다면 어떻게 될까? 일단 피어스에게 물어봤다.

"뭐 새로운 정보는 없소?"

피어스가 손에 들고 있던 컴퓨터를 조작하여 화면을 들여다보았다.

"평화 유지군으로부터 나온 감시 정보일세. 북쪽에 있는 무장 집단이 이미 이쪽으로 움직이기 시작했네. 우리 GPS 좌표를 무선으로 전해 듣고 있나 보군."

예거가 지도를 확인했다. 남동쪽 마을 베니까지는 남쪽을 횡단하고 있는 이비나 강을 표시로 삼을 수 있으니 에시모의 협력이 없어도 찾아갈 수 있을 것 같았다. 단, 프레데터의 출현으로 상황이 단숨에 조여들었다. 강폭이 넓은 이비나 강을 건너면 상공에서 바로 눈에 띨 터였다. 헬파이어 미사일의 먹잇감이 되는 것이 불 보듯 뻔했다. 하지만 이대로 지체하다가 북쪽에서 대군이 쳐들어오면 강가에서 퇴로가 막혀 버리고 말았다.

어찌되었든 에시모도 가이드 역할이 끝나면 혼자서 동료들 곁으로 돌아가야만 했다. 그를 생각한다면 지금 돌려보내는 편이 안전했다.

"에시모에게 캠프로 돌아가도 된다고 하시오. 하지만 서쪽으로 우회해서 가지 않으면 적에게 발각될 우려가 있다고도 전해 주시오."

피어스가 음부티족 언어로 그렇게 전했더니 에시모가 감사의 말을 했다. 예거가 동료들 있는 곳으로 돌아가서 사정을 설명하고 조촐하게 이별의 시간을 만들어 주었다.

개럿과 마이어스뿐만 아니라 불만이 가득하던 믹조차도 에시모에게 감사하다는 말을 했다. 용병들은 다들 이 조그만 음부티족이 자신들을 궁지에서 구해 주었던 사실을 잊지 않았다.

에시모가 한 사람, 한 사람과 악수했다. 마지막으로 피어스가 큰 키를 굽혀서 에시모를 포옹했다. 인류 사회의 양극에서 태어나 자란 두 남자는 두터운 우정으로 묶여 있었다.

음부티족은 시종일관 부끄러운 미소를 짓고 있었지만 그곳에서 떠날 때가 되자 아들을 피어스에게 넘기더니 짧고 날카로운 외침을 목구멍 깊숙이 내뿜었다. 마음속 깊은 곳에서부터 분출된 슬픈 소리였다.

아키리가 떠나려 하는 아버지를 부르려고 손을 뻗었다. 에시모가 울면서 길을 나섰지만 두세 걸음 걷고서 다시 아키리를 돌아보았다. 눈에 보이지 않는 고삐가 아버지를 잡아당기고 있었다.

지켜보던 용병들은 갑작스레 들리는 작은 소리를 듣더니 놀라서 이형의 어린이에게 눈을 돌렸다. 여태까지 한마디 말도 한 적이 없던 아키리가 피어스 품에 안겨서 작은 입을 우물우물 움직여 필사적으로 아버지에게 말을 하고 있었다.

"……에빠……"

그것은 유아가 아무렇게나 입 밖으로 꺼내는 발음이 아니었다. 아키리가 서툴게 입술을 움직이며 하나의 단어를 반복했다.

"에빠…… 에빠……"

아키리가 처음 말을 하는 것을 보는 피어스가 눈을 크게 뜨더니 결국 슬픔에 고개를 저으며 용병들에게 작은 소리로 말했다.

"'에빠'는 그들 말로 '아빠'라는 의미일세. 아키리는 '아빠, 아빠' 하고 말하고 있는 거네."

예거의 뇌리에 리스본 병원에서 병마와 싸우고 있는 아들 모습이 떠올랐다. 아마 저스틴도 숨을 쉴 수 없는 괴로움에 몸부림치면서 같은 말을 하고 있을 터였다. 예거는 감정을 억누르며 말했다.

"에시모한테 전해 주시오. 아키리는 반드시 우리가 지켜낼 거라고. 언젠가 꼭 아들과 다시 만날 수 있으니까 그날까지 건강하게 지내라고."

그 말을 전해들은 에시모가 "고마워"를 반복하며 아들을 한 번 안아주더니 달려가기 시작했다. 계속 우는 아키리를 용병들이 서로 서로 어루만져 주었다.

결국 에시모의 작은 몸이 정글 나무들 속으로 삼켜져서 보이지 않게 되자 그 자리에 있던 남자들은 다들 자신들을 지켜주고 있던 숲의 정령이 사라진 것을 느꼈다. 하지만 감상에 잠겨 있을 시간이 없었다. 이대로는 한 시간 이내로 무장 집단에게 따라잡히게 된다. 개럿의 응급 처치가 끝나는 것을 확인하고 예거는 일동에게 출발을 재촉했다.

"가자."

"분실물이다."

일어서던 개럿이 말하더니 지면에 떨어져 있는 커다란 잎을 주웠다. 둥글게 말린 잎 속에는 에시모가 신줏단지처럼 들고 다니던 불씨가 남겨져 있었다.

"이것은 그들의 생명의 불이네. 오랫동안 피그미족과 같이 살아왔지만 수수께끼가 딱 하나 있었네. 불씨 이외의 방법으로 그들이 불을 일으키는 모습을 본 적이 없어. 어쩌면 그 불은 그 옛날 만 년 전부터 계속 이어져서 타오르면서 그들 사이에서 전해져 내려온 것일지도 몰라."

피어스가 말했다.

에시모는 불이 따뜻하게 지펴져 있는 동료들 곁으로 돌아간 것이다. 피그미족의 생명의 불이 미래에도 영구히 이어져서 불타오르기를 예거도 기도했다.

8

겐토는 배고픔과 싸우면서 좁다란 사설 실험실에 틀어박혀 있었다. 책상 위에는 아버지가 남긴 두 대의 노트북이 풀가동하고 있었다.

15인치짜리 하얀 노트북에는 기프트의 카운트다운이 계속되고 있었다. 내일 밤까지는 신약의 구조가 판명될 것이다.

다른 한 대의 검은 노트북은 다시 콩고와 연결되어 있었다. 이전과 똑같이 '파피'로부터 전화가 왔고, 나이젤 피어스에게 정보를 전달하라고 지시를 받았다. 하지만 중요한 위성 화상은 15분 정도밖에 이어지지 않았으며 잠시 끊겼다가 재생되기를 반복하며 단편적으로 콩고 상황을 전해 주고 있었다. 아무래도 이것이 정지 위성을 사용한 것이 아니라 지구 주위 궤도를 도는 많은 위성이 순서대로 콩고 상공을 날며 촬영한 영상인 것 같았다. 탑재되어 있는 카메라의 종류도 바뀌는 듯했다. 보통의 비디오 영상처럼 보이는 것, 열을 탐지하는 적외선 화상, 그리고 어느 것도 아닌 기묘한 흑백 영상 등이 차례로 표시되었다.

검은 숲의 바다가 크게 비칠 때마다, 뭔가 새로운 정보가 없나 노려보았지만 나무들에 파묻힌 숲 속 내부 상황까지는 알 수가 없었다.

"더 저공에서 찍는 영상은 없나?"

아프리카에서 피어스가 물었지만 겐토가 보고 있는 영상은 고고도(高高度, 지상으로부터 7~12km의 높이 — 옮긴이)에서 찍는 것밖에 없었다.

"없습니다."

그 대화를 마지막으로 상대방이 긴 침묵에 들어갔다. 정찰 영상이 사라지자 바로 이번에는 휴대 전화가 울렸다. 화면을 보니 '발신자 표시 제한'이라고 되어 있었다. 리스본에서 오는 정시 연락이었다. 지구 규모의 통신망에 다시금 감탄하며 겐토가 전화를 받았다.

"오늘 수치를 말할게요."

리디아 예거의 우울한 목소리가 들려왔다.

그녀가 전해 준 내용은 저스틴의 혈액 가스 분석 결과였다. 폐가 얼마나 기능을 하고 있는지는 동맥혈을 조사하면 알 수 있었다. 겐토는 지표가 되는 세 개의 수치를 노트에 받아 적었다.

"그쪽 상황은 어때요?"

리디아가 물었다.

"계속 약을 개발하고 있습니다."

기프트의 계산을 기다리는 상황에서는 그 말밖에 할 수 없었다.

"좋은 소식 기다릴게요."

그 말을 남기고 리디아는 전화를 끊었다.

전해 받은 수치 중에 동맥혈 산소분압과 pH를 참조하여 전문서에 올라온 해리곡선에서 동맥혈 산소포화도를 산출했다. 혈액 속에 산소가 얼마나 들어가 있는지를 나타내는 수치였다. 폐포 상피 세포 경화증의 말기 증상에는 특징적인 증세가 있는데, 폐포에서 출혈이 확인되면 산소포화도가 급격하게 저하되기 시작하며 결국 죽음에 이르는 것이었다. 이 저하 비율이 일정하기 때문에 수치 변화를 구상해 두면 남은 수명을 상당히 정확하게 계산할 수 있었다. 저스틴 예거의 경우, 남은 날이 겨우 17일 정도였다. 일본 시각 3월 3일까지 신약을 마시지 못하면 사망한다는 뜻이었다.

아버지가 생전에 지시해 둔 2월 말이라는 마감기한은 거의 정확하게 저스틴의 용태를 예측하고 있었다. 아마 이것도 초월적 지성체가 가지고 있는 기술이리라.

마음에 걸리는 부분은 다른 또 하나의 구해야만 하는 환자, 고바야시 마이카의 용태였다. 그 아이의 검사 수치도 알고 싶었지만 대학 병원이 형사에게 감시되고 있어서 요시하라 선배에게 연락할 수가 없었다. 약이 완성될 때까지 살아 있어 달라고 기도할 수밖에 없었다.

통신용 10인치짜리 노트북이 짧은 발신음을 발했다. 그쪽으로 눈을 놀렸더니 메일이 온 것 같았다. 뭔가 문시가 떠 있었다. 지구 반대쪽에 있는 피어스에게 말을 걸어서 새로운 정보가 있다고 알렸다.

정글 안을 걷고 있는 피어스가 괴롭게 숨을 몰아쉬며 부탁했다.

"내용을 읽어 주겠나?"

받은 문서는 영어로 되어 있었다. 겐토는 입을 열어 읽으면서 머릿속으로는 일본어로 번역했다. 무선 연락 기록인 것 같은데, "미사일 착신 지점에 사체는 보이지 않는다."고 말하는 대화가 계속 이어지고 있다.

"알았네, 고맙네, 겐토."

"이게 뭡니까?"

"평화 유지군이 감청한 적의 통신이지."

아버지의 옛 친구라는 미국인이 대답했다.

다시 대기 시간이 되었다. 겐토는 문서를 저장하면서 유심히 노트북을 바라보았다. 떠오른 생각이 하나 있었다. 메일 기능이 있다면, 이 노트북에는 과거 통신 기록도 보존되어 있지 않을까?

아버지가 언제부터 무슨 이유로 이번 일에 관여하게 되었는지는 계속 수수께끼였다. 그것을 알 절호의 기회라는 생각이 들어서 노트북을 조작해 봤다. 사용한 적 없는 OS라 헤매면서 조심조심 커서를 움직이고 하드디스크에 들어 있는 데이터를 띄웠다. 그랬더니 새 창이 열리면서 길게 이어진 문서 파일 목록이 나타났다. 다 영어로 된 제목이었다. 목록이 너무 길어서 어디서부터 손을 대야 할지 짐작도 되지 않았다. 잠시 지나 검색 기능을 발견하고, 아버지의 전체 이름을 알파벳으로 입력하고 검색을 시작했다.

순식간에 여러 문서 목록이 떴다. 순서대로 봤더니 모두 아버지의 경력을 기록한 보고서였다. 문서 첫머리에도 공통적으로, 'Defense Intelligence Agency'라고 되어 있었다. 이 명칭에 짐작되는 곳이 없어서 근처에 있던 전자사전으로 찾아봤더니 '국방성 국방 정보국:DIA'라고 나왔다. 첩보 기관의 일종인 듯했다.

하지만 어째서 스파이 조직 문서가 이 컴퓨터 안에 있는 걸까? 잠시 혼란스러웠지만 바로 납득이 가는 대답을 생각해냈다. '파피'가 미국 정부 통신망을 해킹해서 첩보 기관 문서를 입수했음이 틀림없었다. 군사 정찰 위성 영상을 훔쳐보고 있을 정도니까 그런 것은 아침 식사 전에 가볍게 운동 삼아 했겠지.

문서를 보다 보니 아버지가 쓴 일본어 학술 논문까지 나왔다. 음부티 피그미의 바이러스 감염에 대한 조사 보고였다. DIA 보고서에는 "같은 시기, 같은 지역에 나이젤 피어스 박사가 인류학 현지 조사를 위해 머물고 있었다."라는 주석이 덧붙어 있었다.

그랬구나. 아버지와 피어스는 1996년, 나라 이름이 바뀌기 전에 자이르에서 알고 지내던 사이였다. 문서에는 "확인된 다른 외국인 체제자"의 항목이 있었는데 인명이 줄줄이 적혀 있었다. 적당히 흘려 읽다가 아버지 말고 다른 일본인을 발견한 순간, 겐토는 무심코 소리를 질렀다.

'Dr. Yuri Sakai'.

사카이 유리였다. 그 의문의 여성도 같은 시기에 자이르 동부에 체류했던 것이다. 일본에서 멀리 떨어진 이국땅에서 아버지와 사카이 유리가 만났던 것일까? 기분 나쁜 예감이 들었다. 어머니가 흘려 말했던 불륜이 머릿속에 스쳐 지나갔다.

검색 기능을 다시 띄우고 이 수수께끼 많은 여의사의 이름으로 검색해 보았지만, 얼굴 사진이 있는 문서 하나밖에 찾을 수 없었다.

눈에 확 들어온 그 사진을 뚫어지게 쳐다보았다. 30세 조금 넘은 듯한 외모. 여권이나 무슨 증명 사진 같았다. 약간 젊어 보였지만 화장기 없이 작은 얼굴을 보면 그날 밤 대학 구내에서 말을 걸었던 사카이 유리가 분명했다.

이 보고서 첫머리에는 'Central Intelligence Agency', 즉, 중앙 정보국이라고 되어 있었다. CIA가 사카이 유리에 대해서 조사한 자료였다. 영어로 쓰여 있는 사카이 유리의 신상 정보를 훑어보았다.

사카이 유리 의학 박사

1964년 1월 9일 도쿄도 메구로 구 출생

1989년 시로마 대학(城眞大學) 의학부 졸업

1991년 아버지가 경영하는 개인 병원, 사카이 클리닉에 근무

여기까지는 스가이 기자가 조사해 준 대로였다. 남은 부분에 겐토가
몰랐던 사실이 기재되어 있었다.

1995년 국제 의료 원조 단체 '세계 구명 의사단(NPO)'에 참가

1996년 동일 단체 소속으로 자이르 동부에 갔지만 내전이 발발하여 일본
에 귀국

1998년 아버지 사망, 사카이 클리닉 폐쇄

이후, 의료가 닿지 않는 극빈층에 봉사 활동 종사

기타 정보: 일본 국내에서 범죄 이력 없음

경제적인 문제는 확인되지 않음

납세 기록은 이하

가족 등록(family register)은 이하

마지막에 나온 '가족 등록'이 뭔가 해서 화면을 내려 봤더니 화상 파
일로 첨부된 일본어 문서가 나타났다. 호적 등본이었다. 영어 번역도 되
어 있었지만 그걸 볼 필요는 없었다. 일단 맨 위에 사카이 유리의 현 주
소를 알려고 했지만 그녀의 주거지에 대한 정보는 없었다. 본적지나 부
모님 이름 등, 다른 개인 정보를 찾아보던 겐토는 지나칠 수 없는 사실
과 맞닥뜨렸다.

'헤이세이 8년 11월 4일'에 사카이 유리가 아이를 낳았다. 그것뿐만이 아니었다. 호적에는 '에마(惠麻)'라고 하는 아이 이름과 성별 '여(女)'라고만 되어 있고 아버지 항목은 비어 있었다. 결혼 이력도 없었다. 즉, 사카이 유리는 미혼으로 아버지 없는 딸을 출산한 것이었다. 설마 싶었지만 헤이세이라는 일본 원호를 서력으로 바꿔보았다. 에마라는 딸이 태어난 헤이세이 8년은 서기로 고치면 1996년. 아버지 세이지와 사카이 유리가 자이르에 갔었던 바로 그 해였다.

겐토는 신음했다. 아무래도 아버지의 불륜 의혹이 최악의 형태로 증명된 것 같았다. 자신에게는 배다른 여동생이 있는 것이 아닐까? 생전에 귀가가 늦던 아버지가 "히키코모리 어린애 가정교사를 하고 있다." 같은 말로 어머니에게 변명했다고 했지만, 아마 딸을 만나러 갔던 모양이었다.

겐토의 뇌리에 새겨진 기분 나쁜 영상이 그 추측을 뒷받침해 주고 있었다. 사카이 유리가 접촉해 왔던 그 밤, 길 위에 세워져 있던 밴 속에 숨어 있던 사람, 그림자가 그 아이였을 수도 있겠다는 생각이 들었다.

매달리듯이 겐토는 컴퓨터에 부정하는 자료를 찾아봤지만 사카이 유리에 관련된 정보는 그것밖에 없었다.

책상에서 일어나 좁은 실내를 왔다 갔다 하며 생각했다. 스가이 기자는 사카이 유리의 신상을 계속 조사하고 있을 터였다. 그가 어디까지 알고 있을까. 만약 이 사실을 파악했다고 해도, 겐토에게는 숨기지 않을까? 겐토도 역시 이 사실을 어머니에게 알릴 생각은 없었다.

머리가 너무 복잡해서 수건으로 지저분해진 안경을 닦으면서 노트북 앞으로 돌아왔다. 고가 일가를 뒤흔든 아버지의 비밀스러운 과거가 다시 하나의 해답을 안겨 주었다. 어째서 CIA가 사카이 유리에 대한 조사를 하고 있지 않는지. 그리고 사카이 유리는 어째서 이 노트북을 겐토에게서 빼앗으려고 했는지. CIA에 약점이 잡힌 사카이 유리가 이쪽에 접촉해 왔을 거라고 생각하면 이치에 맞았다. 지금도 그녀는 도쿄 어딘가에서 행방을 감춘 겐토를 쫓고 있을 터였다.

불안해하며 겐토는 검색 기능을 띄워서 세 번째 이름을 입력했다.

'Kento Koga'

엔터 키를 눌렀더니 자기 이름이 들어간 문서 목록이 화면에 표시되었다. DIA가 작성한 최신 정보를 화면에 띄우는 순간 깜짝 놀랐다. 거기에는 몰래 찍은 자기 사진이 있었다. 대학 구내에서 가와이 마리나와 이야기하고 있는 자신의 얼굴이 망원 렌즈로 포착되어 있었다. 이때부터 이미 자신은 미국 첩보 기관에게 감시당하고 있었다.

보고서에 올라온 겐토 경력은 세부 사항까지 정확했다. 그중에 일본 경찰이 제공한 교우 관계 보고서도 있었다.

겐토는 열거된 친구와 지인의 이름을 하나하나 확인했다. 스가이와 이정훈의 이름이 없어서 일단 안심했다. 미국에서는 겐토에게 강력한 조력자가 있다는 것은 모르고 있었다. 그 두 사람이라면 연락을 해도 괜찮았다.

'마치다 지역'을 중점 수색하고 있는 부분에 대해서 일본 경찰과 CIA가 서로 주고받은 기록도 있었다.

'모든 주소를 확인할 수 없는가?'라고 요구하는 CIA에게 경시청 공안부는 '마치다 시의 인구 밀집도를 고려하면 10명의 수사원으로는 불가능하다.'라고 대답했다. 당분간 이 사설 실험실은 안전하다는 말이었다.

처음 문서에 의미 불명의 문서가 있었다. CIA '특수 작전 그룹 준군사부대'에 대한 명령서인데, '테러리스트 수배 중인 고가 겐토에 대해서는 범죄 인도 조약에 의거하여 현지 경찰에게 신병을 건네받은 뒤 특별 이송(rendition)으로 처리한다. 이송될 장소는 시리아.'라고 쓰여 있었다.

'렌디션'의 뜻을 모르는 겐토는 전자사전으로 검색했다. 'rendition'의 뜻 중에서 명령서 문맥에 맞을 것 같은 의미는 단 하나, '(탈주 중인 죄인의) 신병 인도'였다.

어째서 자신이 시리아에 보내지는지, 전혀 알 수 없었지만 상상도 안되는 위협이 닥쳐오고 있다는 것만은 실감할 수 있었다. 만약 경찰에게 잡히면 형무소에 들어가는 것으로 끝나지 않을 터였다. 외국으로 끌려가서 두 번 다시 일본에는 돌아올 수 없을지도 몰랐다.

아버지의 유언이 머리를 스쳤다.

'이 연구는 모든 것을 너 혼자서 해라. 누구에게도 말하지 마. 하지만 혹시 신변의 위험이 느껴지는 사태가 생기면 바로 집어치우더라도 상관없다.'

두 손이 떨리기 시작했다. 아랫배에 요의도 느껴졌다. 아픈 아이들을 구하고 싶었을 뿐인데, 어째서 이렇게 되는 건지. 하지만 지금에 와서 신약 개발을 뒤로 하고 도망친다 해도 상황은 전혀 바뀌지 않을 거였다. 미국 첩보 기관과 일본 공안 경찰이 계속 자신을 쫓아올 테니.

겐토는 처음 문서를 컴퓨터 화면에 띄웠다. 가와이 마리나와 함께 찍은 사진. 밝게 웃고 있는 그녀의 얼굴이 힘내라고 응원해 주고 있는 것 같았다. 미래가 어떻게 되든 지금 할 수 있는 일을 할 수밖에 없었다.

휴대 전화가 울리기 시작해서 겐토는 정신을 차리고 받았다. 기계로 변조된 파피의 낮은 목소리가 귓가에 울렸다.

"다른 것은 보지 마라."

겐토는 놀라서 되물었다.

"이 컴퓨터를 모니터링하고 있습니까?"

"그래."

파피가 대답함과 동시에 화면이 혼자서 움직이기 시작했다. 하드디스크 속의 문서가 차례로 소거되었다. 소형 컴퓨터는 공유를 통해 파피의 호스트 컴퓨터와 연동되어 있는 것 같았다. 가와이 마리나의 사진만은 남겨 두고 싶었는데 말끔하게 지워져 버렸다.

"중요 사항은 여기서 전달할 테니 너는 자기 업무나 전념하도록."

"한 가지 묻고 싶은데요."

"뭐지?"

젠토는 목소리가 흔들리려는 것을 겨우 억눌렀다.

"저는 잡히면 죽게 되는 겁니까?"

"아, 그래. 죽이기 전에 고문도 할 거다."

손톱을 벗겨내는 고통을 상상하니 젠토의 기분이 나빠졌다.

"하지만 이쪽 지시대로 움직이면 걱정할 필요는 없어. 죽고 싶지 않으면 멋대로 행동하지 마."

그 말을 믿을 수밖에 없지만, 자신이 지금 있는 아파트를 요새로 삼기에는 너무나 걱정스럽다고 생각했다.

"알았습니다."

"위성 영상이 오고 있다. 피어스와 연락해."

그 지시를 남기고 파피는 전화를 끊었다.

별수 없이 원래 하던 일로 돌아갔다. 위성에서 정글을 촬영한 흑백 영상에는 동서로 뻗은 거대한 강이 나오고 있었다. 스피커로부터 기운이 다 빠진 피어스의 목소리가 들려 왔다.

"우리는 지금, 이비나 강에 도착했네. 남동 방향에 베니라는 큰 마을

이 있는 지점이야."

위성 영상을 보니 정글의 일부를 거인이 움푹 파먹은 것 같은 회색 영역이 있었다. 베니라는 마을인 모양이었다. 피어스 일행은 거기서 3킬로미터 가량 북서 지점에 있었다.

"베니에서 북쪽으로 뻗은 길이 있을 걸세. 그 부근에 뭔가 움직임은 없나?"

겐토는 화면을 확대하며 응시했다. 하나로 이어진 차량 행렬 주위로 라이플 총을 든 다수의 사람이 움직이고 있었다.

"군대가 보입니다."

"어느 정도 인원인가?"

"너무 많아서 셀 수가 없어요."

순간 침묵이 흐른 후 피어스가 말했다.

"여기서 확인하겠네. 잠시 기다리게."

이비나 강의 물소리가 무성한 나무 너머로 들려왔다. 햇빛을 가리는 나무 그늘 아래서 예거 일행은 진퇴양난에 빠졌다. 눈앞의 강을 건너기만 하면 남쪽으로 빠져나갈 도주로가 열리겠지만 도하 중에 무장 무인 정찰기의 표적이 될 위험이 있었다. 피어스가 노트북 컴퓨터에서 고개를 들고 말했다.

"소용없네, 동쪽도 막혔으니까. 한 1000명 정도 있네. 베니로 향하면 정면충돌할 거야."

북쪽에서 치고 들어오는 군세를 경계하며 믹이 말했다.

"강을 건널 수밖에 없겠군."

예거는 피어스에게 물었다.

"프레데터에 대해서는 아무것도 알 수 없소?"

"'일본의 조력자'가 노력은 하고 있지만 아직은 힘드네. 네메시스 작전하고는 다른 지휘 계통으로 운용되고 있는 듯해."

예거가 지도를 바라보며 절망적인 상황을 재확인했다. 북쪽과 동쪽에는 무장 집단이, 남쪽에는 프레데터가 기다리고 있었다. 서쪽으로 향하려 해도 굽이치는 이비나 강이 벽이 되어 진로를 막았다. 타개책이 없는가 생각하는 와중에 땅바닥에 앉아 있던 아키리와 눈이 마주쳤다.

"좋은 생각 뭐 없어?"

그렇게 물어봤지만 아키리는 표정을 굳힌 채 입을 열려 하지 않았다. 생명의 위기를 맞닥뜨리고, 게다가 아버지와 생이별을 경험하고 나자 이 기이하게 생긴 어린이는 세상에 마음을 닫아 버린 것처럼 보였다.

거기 컴퓨터를 들여다보던 피어스가 말했다.

"일본에서 작전 변경 메일이 왔군. 베니의 비행장으로 향하는 루트는 파기했네. 일단 남쪽에 다른 대기 요원이 있으니 그를 북상시킨다는군. 우리는 남쪽으로 향하고 대기요원과 합류한 뒤 루추루라는 마을을 경유해서 국외로 탈출하는 코스네."

예거는 변경된 제안을 따라 지도 위를 더듬었다. 우간다로 향하는 루트였다. 이것으로 당초 세 가지 계획 중 둘이 폐기되고 마지막 하나의 계획만이 그들의 운명을 좌우할 상황에 처했다.

"그런데 지금 현 상황은 어떻게 해야 하는 거요? 강을 건너야 하나?"

"여기서 잠시 대기하면 내일 아침까지 안전이 확보된다는군."

"안전이 확보된다니, 무슨 의미요?"

"상공에 있는 프레데터를 쫓아낸다는 뜻이네."

용병들 전원이 의심의 표정을 지었다. 일동을 대표하여 마이어스가 말했다.

"그건 불가능할 텐데. 지대공 미사일이라도 없으면 무리일 거요."

"일본의 조력자를 믿게."

자신만만하게 말한 피어스가 표정을 흐렸다.

"단…… 문제는 그 후네. 무사하게 강을 건너더라도 남쪽에 있는 반란군이 진군을 개시하면 정면충돌을 피할 수 없네. 마지막이자 가장 큰 난관이겠지."

"남쪽에 있는 놈들이 혹시 '주님의 저항군(LRA)'이오?"

"맞네."

그 땅에서는 누구보다도 두려운 최대의 무장 집단이었다. 여태 수십만 명의 현지인을 강간하고 약탈했던 자들이었다.

"어느 쪽이든 우린 죽어나갈 운명일지도 몰라. 이 똥구덩이 같은 숲 속에서 말이지. 유서는 어떻게 쓰지?"

믹이 말했지만 아무도 대꾸하지 않았다. 상황이 절망적이 된 지금, 그런 것으로 힘을 낭비하고 싶지 않았다.

대화가 끝나고 피어스가 예거를 불렀다.

"이쪽으로 와 보게. 지금 만났으면 하는 사람이 있네."

이 정글 속에서 무슨 농담이냐며 예거는 의아해했다.

"컴퓨터를 보게."

그대로 예거는 작은 디스플레이에 시선을 향했다. 피어스가 타자를 누르니 위성 영상이 바뀌고 아시아인 소년의 얼굴이 크게 보였다.

"겐토. 소개할 사람이 있네."

피어스가 헤드셋 마이크로 말하자 화면 속에서 작은 몸집에 안경을 쓴 소년이 이쪽을 보았다. 선이 가늘고 참 든든하지 않은 용모였다.

"이 녀석은 누구지? 혹시 '일본의 조력자'란 게 설마 이 어린애였던 거요?"

"아니. 이 친구는 폐포 상피 세포 경화증의 특효약을 개발 중인 연구자일세."

강한 불안감에 예거가 되물었다.

"뭐요? 아직 고등학생인 거 같은데?"

"아닐세, 그는 스물네 살이네. 도쿄 대학원에 있어. 고가 겐토라는 이름이지."

예거가 믿기 어려운 심정으로 아들을 구하려는 연구자의 얼굴을 바라보았다.

겐토는 화면에 나타난 미국인 거한의 모습에 압도되었다. 얼굴은 상처투성이고, 전투복 아래 양 어깨의 근육이 갑옷처럼 울퉁불퉁 불거져 있었다. 여태 피어스와의 영상 통신 중 때때로 화면에 지나치던 군인이었다. 상대는 움푹 들어간 눈을 빛내며 말없이 이쪽을 응시하고 있었다.

"이 사람이 조너선 예거 씨네, 겐토. 저스틴의 아버지 말이야."

화면 밖에서 피어스가 말했다. 아버지라고? 자신은 이 사람의 아들을 구하려 하고 있었던 것인가? 겐토가 놀라는 동안 소개를 마친 피어스가 헤드셋을 예거 머리에 씌웠다.

"겐토? 자네가 약을 개발한다는 게 정말인가?"

저음의 질문을 듣고 겐토가 황망히 끄덕였다.

"네."

"저스틴의 용태에 대해 뭔가 알고 있나?"

예거가 엄한 표정 그대로 말했다. 자신을 신뢰하기 어려워서 그럴 거라고 생각했다.

"네, 알고 있습니다. 아까 사모님과 전화로 이야기했습니다."

"리디아랑? 그런데 저스틴 상태는 어때? 아는 대로 숨기지 말고 얘기해 줘."

겐토는 망설이면서도, 저스틴의 병상을 정확히 전했다.

"검사 수치로 보면 남은 목숨은 이제 17일 정도입니다."

잠시 예거가 눈을 내렸지만 투지가 가득한 표정은 변함없었다.

"그런데 자네 약은 제때 완성될 수 있을까?"

아마도 그렇다고 말을 하려다 겐토는 다른 말을 찾았다. 애매한 대답을 하면 화면에서 예거의 팔이 뻗어 와서 목이라도 조를 분위기였다.

"네, 괜찮습니다."

예거는 안심하는 기색을 보였다. 아버지다운 표정이었다. 수수께끼가 또 하나 풀렸다.

'언젠가 미국인 한 명이 너를 찾아 올 것이다.'

"일본에 오실 건가요?"

예거는 목소리를 한 단계 낮추어 답했다.

"아, 그럴 계획이야. 그렇지만…… 이쪽은 힘든 상황이야. 도착할 수 있을지 모르겠군. 그뿐 아니라 두 번 다시 가족과 만날 수 없을지 모르겠어. 무슨 뜻인지 알겠나?"

조녀선 예거는 죽음을 각오한 상태라고 겐토가 이해했다.

"네."

"만약 그렇게 되면 아내와 아들에게 전해 주게. 나는 저스틴을 구하기 위해 온 힘을 다했다고."

피와 흙탕물로 지저분한 병사의 얼굴을 겐토는 자세히 보았다. 자세한 표정은 모르겠지만 이 아버지는 자기 자식을 구하기 위해 목숨 걸고 싸우고 있었다. 신선한 놀라움에 겐토는 소박한 의문을 입에 담았다. 일본어로는 거슬리는 질문도, 영어로는 자연스럽게 들렸다.

"아들을 사랑하십니까?"

예거가 이상한 표정을 지었다.

"당연하지. 왜 그런 것을 묻지? 자네 부친도 그렇지 않나?"

"모르겠습니다."

"모르다니? 무슨 소리야?"

대답을 망설이는 겐토에게 예거가 물었다.

"자네는 지금 아버지가 안 계신가?"

"최근에 돌아가셨습니다."

대답한 겐토는 자기 처지를 저주했다. 아버지가 돌아가시고 넋 놓고 있다가 결국 목숨이 위태로운 지경에 빠졌다.

예거가 걱정스럽게 말했다.

"그거 유감이로군. 나도 부모님의 이혼으로 인생이 비뚤어졌어. 하지만 지금까지 어떻게든 살아 왔다."

겐토도 말하고 싶었다. 나는 그렇게 강한 사람이 아니라고.

"나도 아버지의 애정을 의심한 적도 있었지만 내가 아이를 가지고 나서야 알았어. 아버지라는 존재는 아이를 사랑하고, 무슨 일이 있어도 지키려고 하는 존재야."

그리고 얄궂게 웃으며 덧붙였다.

"어머니만큼은 아니겠지만."

그의 아내인 강한 리디아를 떠올리고 예거가 가족을 잘 꾸려가고 있다는 생각을 했다.

"아무튼 나는 아들을 구하고 싶어. 약 개발을 서둘러 주길 부탁해. 자네 노력에 감사하고 있어."

그 말을 남기고 예거는 피어스에게 헤드셋을 넘겼다.

젠토는 화면에 나타난 수염투성이 인종학자에게 물었다.

"질문 좀 해도 괜찮겠습니까?"

피어스가 손목시계를 보며 말했다.

"잠깐이라면. 동영상 통신은 암호용 난수열을 단시간에 소비하니까. 짧게 부탁하네."

"아버지에 대해서입니다. 아버지는 어떻게 이번 일에 참가하신 겁니까?"

"9년 전에 여기, 콩고에서 나와 만났네. 그 인연으로 내가 이번 계획에 참여시켰지."

"아버지도 진화한 인간을 구하려고 하셨습니까?"

"결과적으로 그렇게 됐네. 처음엔 순수하게 학술적인 관심이었던 것 같아. 하지만 신약 개발이 필요하다는 걸 알더니 위험을 알면서도 받아들였지. 자네 아버지는 병든 아이들을 구하고 싶어 했네."

그런 열의가 아버지에게 있었다니 믿을 수 없었다.

"정말입니까?"

피어스가 끄덕였다.

"젠토. 자네는 자기 아버지에 대해 잘 모르는군. 고가 박사는 전문 바이러스학으로 큰 업적을 얻지 못했던 것을 마음에 깊이 품고 있었네. 그래서 신약 개발 건을 받아들인 거야. 남을 돕는 일이야말로 과학자의 사명이라고 생각하고 있었으니까."

어차피 열등감의 발로가 아니었겠냐며 젠토는 부정적으로 생각했다.

"결국 자신이 위험하다는 걸 깨닫고, 그는 자네를 후임자로 선택했지. 자기 아들이라면, 틀림없이 해낼 거라고 믿고 있더군. 약학으로 진학한 자네를 자랑스럽다고 생각했었다네."

그래도 아직 납득하지 못하는 겐토에게 피어스가 말했다.

"아버지는 성실한 과학자셨네. 자네가 지금 목숨 걸고 약을 만들려는 것이 무엇보다 그 증거일세. 그 정열은 부친에게서 아들로 이어지는 것이니까."

겐토에게는 아버지에 대한 찬사를 마음 편하게 받아들이기 힘든 사정이 있었다. 그것을 피어스에게 말해 보았다.

"사카이 유리라는 일본인 여성을 아십니까?"

그랬더니 피어스의 표정이 순식간에 돌변하여 눈에 경계하는 기색이 가득했다.

"음. 알고 있네."

"그녀도 9년 전에 콩고에 있었죠? 아버지와 어떤 관계였습니까?"

"사카이 유리에 대해서는 자네가 아무것도 모르는 편이 좋네. 그녀에게 다가가는 것은 위험해. 그 사람 근처에서 떨어지도록 하게."

"왜죠? 저는 아버지에 대해 알 권리가 있습니다."

끈질기게 묻는 겐토를 피어스가 막았다.

"슬슬 화상 통신은 끊어야겠군. 자네는 약 개발 업무에 열중해 주게. 무슨 일이 생기면 또 연락하지."

호스트 컴퓨터에 의한 원격 조작으로 노트북이 갑자기 꺼졌다. 방 전체가 적막에 휩싸였다. 겐토는 세상에 혼자 남겨진 듯이 쓸쓸해졌지만 그 적막함이 방금 시작된 것이 아니라는 건 알고 있었다. 미타카의 병원에서 아버지와 영원히 이별을 고한 순간부터 의지할 곳 없는 세계에 홀로 남겨진 것이다.

꺼진 화면에 아버지를 닮은 자신의 얼굴이 비치고 있었다. 이야기는 아직 끝나지 않았다. 아버지가 남긴 다른 한 대의 컴퓨터가 신약 화학 구조를 찾고 있었다.

이번엔 네가 보호자가 되라고 아버지가 말하는 것일까. 과학이라는 무기에만 의지해서 10만 명의 어린이의 보호자가 되라고.

하지만 그 말을 남기고 이 세상을 떠난 아버지는 어떤 사람이었을까?

9

앤디 로크웰에게는 비밀스런 취미가 있었다. 고등학생 때 시작했는데, 학생 신분으로는 쏟아 붓는 자금도 딸리는 데다 대학에 진학했더니 학업에 치이느라 몇 년 동안 초심자 레벨의 장비에서 만족할 수밖에 없었다. 겨우 새크라멘토 은행에 취직하여 정기 수입이 생기고 나서야 돈을 자유로이 펑펑 써 가며 아파트에 취미 공간을 만들 수 있었다.

최고 성능의 컴퓨터에 대형 모니터 세 대, 조종간과 방향타, 그리고 현장감이 넘치는 사운드를 재생하는 스피커. 투자한 돈이 1만 달러 가까이 되다 보니 주변에서 이상한 사람으로 취급 받을까 봐 걱정이 되어서 직장 동료에게는 이 취미에 대해 숨기고 있었다. 앤디는 잠시 틈만 나면 자기 앞에 있는 조종석에 앉아 가상 현실 속 지구상의 모든 하늘을 날아다녔다.

1년이 되지 않는 짧은 기간에 제1차 세계 대전 시절의 복엽기(두 장의 날개가 상하 배치된 비행기 — 옮긴이)에서 대형 제트 여객기까지 대부분의 비행기를 손발처럼 조작할 수 있게 되었다. 그중 제일 맘에 든 것은 최신 제트기를 쓴 공중전인데, 그는 F16의 파일럿이 되어 셀 수 없을 만큼의 러시아제 전투기를 격추시켰다. 시판하는 소프트웨어 시뮬레이션 기술도 해마다 좋아져 멀티 모니터에 비친 광경을 보고 있으면 정말로 자신이 거대한 하늘을 정복하고 있는 듯한 착각에 빠졌다.

대부분의 게임을 정복했을 무렵, 게임 조작용 모의 조종간을 구입한 사이트에서 광고 메일 한 통이 왔다.

'온라인 게임 혁명! 초대박 리얼 비행 시뮬레이션 게임 출현!'

흥미가 생긴 앤디는 잽싸게 이 사이트에 접속했다. 무슨 기체를 조종하는지가 최대의 관심사였지만 어째선지 조종하는 항공기의 종류가 감추어져 있었다. 단지 준비된 조작 매뉴얼에 '주력 병기의 사용법'이라고 적혀 있기에 전투기의 한 종류라는 것을 알았다. 지상에 있는 테러리스트를 섬멸하는 공중 폭격 미션 같았다. 이색적인 점은 비행 가시 시각이 엄밀하게 정해져 있다는 부분이었다. 여태까지 8000명에 가까운 플레이어가 도전했지만 미션을 완벽하게 수행한 사람은 없다는 설명도 있었다.

이걸 성공시킬 사람은 자신밖에 없었다. 앤디는 갑자기 그런 마음이 생겨 로그인 패스워드를 받아 다음 날 작전 개시 시각에 대비했다.

그리고 다음 날 토요일 오후 1시, 앤디는 자기 집 조종석에 앉았다. 게임 사이트에 로그인하니 세 모니터 가득히 전방에 뻗은 활주로가 나왔다. 전투기 조종석에서 보는 시점이었다. 하지만 이 영상은 앤디를 대단히 실망시켰다. 겨우 이게 '초대박 리얼'이라고? 단색의 그래픽 영상은 CG처리를 엉망으로 하지 않았나 싶을 정도로 정밀함이 떨어졌다. 게다가 지정된 시각이 되면 화면이 멋대로 움직이기 시작해서 원격 조종에서 이탈해 버렸다.

악질적인 사이트에 걸려든 것 아닐까? 앤디는 사이트에서 로그아웃 할까 망설였지만 잠깐 상황을 지켜보기로 했다. 화질은 차치하고서라도 이륙시 나는 느낌이나 공중에 뜨는 움직임만큼은 확실히 사실적이었다. 그런데 갑자기, 세 모니터 중 좌우 두 개가 다른 화면으로 바뀌었다. 왼쪽에는 "고도 1만 피트에서 수동 조종으로 전환하라."는 지시가 떠올랐고, 오른쪽에는 다른 시점으로 기체 아랫부분에서 지상으로 향한 것처럼 보이는 카메라의 영상이 표시되고 있었다. 선명하지 않은 단색 화면으로 보는 한, 이 기체는 사막 아니면 사바나의 하늘을 비행하고 있다는 설정인 듯했다.

왼쪽 모니터가 다음 지시를 앤디에게 전했다. "수동 조종으로 전환 후 급강하하여 고도 500피트 이하를 유지하라."

그는 서서히 이 온라인 게임에 기대를 걸기 시작했다. 혹시 정말로 '초대박 리얼'인지도 모르겠다는 생각이 들었다.

계속 상승하던 기체가 고도 1만 피트에 도달했다. 앤디는 전날 밤 동안 훑어 둔 조작 매뉴얼에 따라 기체를 수동 조종으로 전환했다. 화면 상의 고도계를 보며 지시대로 급강하했다. 시각 정보와 조종간의 감촉에 맞춰서 가상 감각이 앤디의 뇌에 떠올랐다. 이 기체는 프로펠러 비행기였다. 거기다 이상하게 가벼운 데다 대지 속도(Ground Speed)가 늦고 시속은 90노트, 즉 165킬로미터 정도밖에 안 됐다.

'대박이다.' 마음이 두근거렸다. 자신은 지금 여태 한 번도 게임화되지 않은 항공기를 조종하고 있었다. 레이더망을 빠져나가는 것처럼 초저공비행을 하고 있는 이 기체는 무인 정찰기 '프레데터'가 틀림없었다. 정면과 지상을 보여 주는 영상은 기체에 달린 적외선 카메라가 보내는 광경이었다.

앤디는 금세 빠져들었다. 추락한다는 스릴감과 싸우며 사막의 지표면을 아슬아슬하게 날았다. 한 시간 정도 지나니 고도 7000피트로 급상승하라는 지시가 나왔다. 앤디는 조종간을 손으로 당겨 비행기의 앞부분을 위로 올렸다. 수평 비행으로 전환한 뒤에는 기체를 흔들거나 출력을 조절하며 무인 항공기를 길들이려 했다. 두 시간 후에는 기체 전체가 자기 몸처럼 된 느낌이 들고 완벽하게 이 기체를 조작할 자신이 생겼다.

방향을 지시하던 모니터가 고도 2000피트로 급강하하라는 지시를 앤디에게 내렸다. 조종간을 앞에 두고 눈 아래 이어지는 산 덩어리들을 향해 각도를 내렸다. 산을 넘으니 사막의 경치가 확 달라지고 근대적인 도시가 보였다. 저층 주택이 밀집한 지역이 중심부 빌딩가 주변을 둘러싸고 있었다. 어느 나라의 경치인지 확실히 알기 어려웠다. 중동이거나, 아니면 아프리카일지도 몰랐다.

기체가 시가지 상공에 이르렀을 무렵 오른쪽 모니터가 도로 위를 지나가는 차량을 보여 줬다. 열여섯 대나 되는 차량이 일직선으로 늘어서서 고속 도로 같은 길을 달리고 있었다.

거기 짧은 명령이 왼쪽 모니터에 나왔다.

'여섯 번째 리무진을 공격하라.'

비행을 시작하고 세 시간 남짓, 드디어 공격 목표가 모습을 드러냈다. 앤디는 차량 행렬 추적에 들어감과 동시에 기체 조종과 병행하여 공격 조작을 취했다. 이것이 진짜 프레데터라면 미사일 발사는 파일럿이 아니라 현장 요원이 담당하는 업무였다. 그 부분은 게임이니까 혼자 할 수밖에 없었다.

왼손을 조종간에서 떼고 키보드를 써서 재빨리 조준했다. 오른쪽 모니터 화면에 흰 십자 마크가 떠오르고 앞에서 여섯 번째 리무진에 고정되었다. 쭉 이어진 차량 행렬들이 속도를 갑자기 올리는 것처럼 보였지만 십자 마크는 떨어지는 일 없이 정확하게 꼬리에 붙어 있었다. 십자 표시를 둘러싼 사각 틀이 나타나며 리무진의 검은 차체를 둘러쌌다. 이제 레이저 유도탄의 발사 준비가 다 되었다.

앤디가 오른손 엄지를 조종간 발사 버튼에 올렸다. 손가락을 겨우 몇 밀리미터만 누르면 헬파이어 대전차 미사일이 목표물을 산산조각내서 먼지로 만들어 버리리라.

미션 성공이 눈앞에 있었다. 이 임무를 완벽하게 수행할 수 있는 사람은 역시 자신밖에 없다는 생각에 만족스러워하며 앤디는 엄지에 힘을 주었다. 그때 이건 미국의 경치가 아닌가 하는 생각이 불현듯 들었다.

애리조나 주 피닉스에서 유세를 마친 체임벌린 부통령은 경호 차량의 여섯 번째 리무진에서 스카이하버 국제 공항으로 향하고 있었다.

인권 문제에 관한 연설은 성공적이라고 할 수는 없었지만 원래 이 땅을 방문한 목적은 따로 있었다. 예전에 체임벌린이 CEO를 맡았던 에너지 기업의 회장이 텍사스에서 이곳에 와 있기 때문이었다. 전날 밤, 투숙하고 있는 호텔에서 비밀리에 그와 만난 체임벌린은 회사의 경영 상태에 대해 자세한 보고를 받았다.

이라크 전쟁 발발 전부터 이 기업의 주가는 상승하기 시작했다. 번즈 대통령이 승리를 선언한 후 이라크의 재건 업무가 본격화되자 인프라 사업을 수주한 이곳의 주가는 창업 이래 최고치를 계속 경신했다. 그리고 이번에 거액의 정부 보증 융자를 받을 것으로 전망되는 데다 국방성에서 총 사업비 70억 달러 규모의 큰 프로젝트를 맡게 되었기 때문에 작년에 비해 경상 이익이 80퍼센트 증가하리라고 예상하고 있었다. 체임벌린에게는 진정으로 기쁜 일이었다. 이 에너지 기업에서 보낼 정치 헌금이 큰 폭으로 늘어날 터였다.

그건 그렇다 하더라도……. 체임벌린이 생각했다. 군산 복합체의 중심에 있다 보면 지배 논리란 것이 굉장히 단순하다는 사실에 놀라고는 했다. '공포'였다. 전쟁으로 돈을 벌고 싶은 정책 결정자는 다른 나라의 위협을 과장하여 국민에게 크게 퍼뜨리기만 하면 됐다. 판단의 근거를 국가 기밀이란 벽으로 감춰 버리면 매스컴도 확인 없이 이 위협론에 올라탔다. 그저 그것만으로 막대한 자금이 세금에서 국방 예산으로 흘러들어 군수 기업 경영자들에게 갈 대가가 순식간에 뛰어올랐다. 그리고 국민들에게 심어진 공포는 국경 밖으로 전파되어 다른 나라도 미국을 따라서 군사 예산을 늘렸다. 이런 국가 간의 긴장은 의심 때문에 현실에 비해 훨씬 고조되고, 경우에 따라서는 진짜 전쟁으로 이어져 특정인만 이득을 얻는 무한한 금맥이 형성됐다. 게다가 위정자로서는 외적을 만들면 덤으로 지지율이 오른다는 이익이 생겼다.

이 사태를 예견한 아이젠하워는 대통령으로서의 마지막 연설에서 군산 복합체의 위험성을 국민에게 경고했지만 통하지 않았다. 세계 각국에 전쟁으로 이윤을 얻는 기업이 존재하는 이상, 이 세상에서 전쟁이 사라질 일은 없을 터였다.

상념에 잠겼던 체임벌린은 문득 고개를 들었다. 두께 5인치의 방탄유리 저편에 간신히 보이는 바깥 경치가 평소보다 빠르게 흘러가고 있다는 것을 눈치 챘다. 방탄 리무진이 급가속하고 있었지만 완전 방음인 차 안은 조용하기만 했다. 체임벌린은 칸막이 너머 조수석에 앉아 있는 경호 책임자에게 마이크로 물었다.

"왜 이렇게 빨리 달리는 건가?"

스피커에서 대답이 들려왔다.

"걱정하실 필요는 없으시지만, 공항에 빨리 도착하는 편이 좋을 것 같습니다."

"무슨 일 있나?"

그때 뒷좌석 옆에 설치된 비상 전화가 울리기 시작했다. 체임벌린은 같이 탄 경호관을 손으로 제지하고 직접 수화기를 들었다. 백악관에 남아 있던 비서관이었다.

"국가 안전 보장성에서의 연락입니다. 크리치 공군 기지에서 훈련 비행 중이던 프레데터가 소식이 끊겼습니다."

체임벌린은 그 정보를 즉시 이해하지는 못했다.

"무슨 말이야?"

"무인 항공기가 기지를 날아오른 뒤 바로 컨트롤을 잃고 급강하하기 시작했습니다. 추락했다고 생각했습니다만 탐색해도 잔해를 찾을 수 없다고 합니다."

탐색 범위를 넓히면 되지 않을까 하고 생각하며 체임벌린이 말했다.

"그 보고를 왜 나한테 하는 건가?"

"일단 그 기체에는 실탄이 실려 있습니다. 그리고 네바다 주에서 주 경계선을 넘어 애리조나 주로 향하는 소형기의 기적이 방금 전 레이더에 포착되었습니다."

프레데터가 이륙한 크리치 공군 기지는 라스베가스 부근에 있었다. 여기 피닉스에서 500킬로미터밖에 떨어져 있지 않았다. 체임벌린은 무의식중에 리무진 천장을 바라보았다.

"하지만 이 항공로에는 민간 기업이 소유한 세스나 기의 비행 계획이 제출된 상태라 레이더에 비치는 소형기가 프레데터일 가능성은 낮다고 봅니다."

"소형기의 파일럿과 통신했나?"

"시도해 보았지만 관제 센터의 물음에는 대답하지 않았다고 합니다."

체임벌린은 불안해지기 시작했다. 프레데터의 기체는 작은 데다 작전 고도도 높기 때문에 머리 위를 날고 있다 해도 확인할 도리가 없었다.

"하지만 프레데터가 불법 강탈을 당했다니 생각할 수도 없는 일이군. 그렇지?"

그렇게 동의를 구할 때 아무런 예고 없이 하늘에서 대전차 미사일이 차를 뚫고 들어왔다. 그 순간 몸 전체로 미사일을 받은 부통령의 뇌가 이변을 지각하기도 전에 그의 전신이 대폭발로 산산조각 났다. 갑작스 레 눈앞이 새까매지며 체임벌린의 목숨이 끊어졌다. 헬파이어, 말 그대 로 '지옥의 업화'가 주변을 불태우고 산산이 흩어진 대량의 혈액을 순식 간에 증발시키는 가운데 다시 미사일 한 발이 날아와 박혔다. 이미 몸에 서 떨어져 나간 체임벌린의 머리는, 부서져서 타 버린 코의 윗부분만 남 은 뼛조각이 된 채 공중에 날아올라 네 번째로 뒤따르던 차량의 방탄유 리에 부딪혀 길바닥에 떨어졌다.

전쟁으로 자기 배를 불리던 권력자가 자신의 시체로 미국 살인 병기 의 우수성을 증명한 것이다.

루벤스는 렌터카 핸들을 쥐고 법정 속도를 넘는 스피드로 인디아나 주 남부의 시골길을 서둘러 지나고 있었다. 주변에 보이는 것은 낡아빠 진 전신주와 마른 나무들 그리고 흩어져 있는 집들밖에 없었으며 앞 유 리의 위쪽 반을 구름 낀 하늘이 차지하고 있었다.

체임벌린 부통령이 미사일 테러로 사망했다는 소식으로 워싱턴 DC는 미친 듯이 소란스런 상태였다. 번즈 대통령은 백악관 지하 비상용 방공호로 대피했고, 그의 가족은 대통령 긴급 작전 센터로 피난할 여유도 없어서 경호 시설에서 보호받고 있었다.

국가 안전 보장에 관련된 모든 기관이 직원을 총동원하여 무슨 일이 일어났는지 해명하려고 힘을 쏟았지만 통제가 되고 있다고는 말하기 어려웠다. 모든 사람이 공포로 제정신이 아니었다. 현 정권의 신보수주의에 감화된 사람 중에는 원인이 밝혀지지도 않았는데 이슬람 과격 단체가 숨어 있는 지역을 핵으로 공격해야 한다고 외치는 사람까지 있었다.

처음에는 루벤스도 이슬람 원리주의자들이 새로운 테러 공격을 일으켰다고 생각했다. 그렇지만 전 세계에 배치된 모든 무장 무인 정찰기에 비행 금지 명령이 내려졌다는 것을 알고, 누가 부통령을 살해했는지 알았다. 지금쯤 아프리카 중앙부에서는 죽기만을 기다리던 누스 일행이 프레데터의 감시를 피해 이비나 강을 넘어 위기를 벗어났을 터였다.

길가에 차를 세우고 룸미러를 통해 뒤차들이 지나가기를 기다렸다. 아무래도 미행은 없는 것 같았다. 그리고 지도를 꺼내 방문할 사람의 주소를 확인했다.

네메시스 작전이 발동된 후, 두 명의 미국인이 당국의 엄중한 감시 아래 놓였다. 그중 하나는 나이젤 피어스가 '초인류의 발견'을 메일로 알렸던 문화 인류학자였다. 데니스 셰이퍼라는 그 노인은 심각한 간 질환으로 요양 중이었다. NSA와 CIA 모두 이 나이 많은 인류학자를 의심할 이유는 전혀 없다고 보고했었다.

루벤스가 찾아가 보려는 사람은 셰이퍼가 아니라 다른 감시 대상이었는데, 다소 위험이 따랐지만 하는 수 없었다. 이제는 잠깐의 여유도 허락되지 않을 만큼 상황이 악화되었기 때문이었다. 가드너 박사가 과학 고문 자리에서 쫓겨난 지금 상담할 만한 상대는 이 사람밖에 없다는 생각이 들었다.

일방통행 차선으로 된 좁은 길을 가다보니 인가가 드문드문 있는 구역에 다다랐다. 루벤스는 낙엽수로 둘러싸인 작은 집을 찾았다. 길가에 차를 세우고 2층짜리 하얀 목조 주택 현관으로 향했다. 슬며시 주변을 둘러보았지만 어느 곳에 CIA 감시팀이 숨어 있는지는 알 수 없었다.

문을 노크하자 바로 대답하는 소리도 없이 갑자기 안에서 문이 열렸다. 루벤스는 눈앞에 나타난 작은 몸집의 노인을 보며 물었다.

"조셉 하이즈먼 박사님이십니까?"

"그렇네."

낮게 잠긴 목소리가 대답했다.

30년 전에 「하이즈먼 리포트」를 집필한 학자는 연구의 제일선에서 은퇴하여 이제는 70대 중반의 나이였다. 낡은 청남방 위에는 손으로 짠 가운을 걸치고 있었다. 짧게 깎은 백발은 얼마 남지 않았고 미심쩍은 듯한 시선이 의외일 정도로 험악했다. 사람을 내치려는 듯한 눈빛이 평생에 걸쳐 자연의 섭리를 깨달은 결과인지, 아니면 속세와의 싸움의 자취인지는 알 수 없었다.

"만나 뵙게 되어 큰 영광입니다. 학생 때부터 박사님이 쓰신 책을 애독해 왔습니다. 이쪽에 사신다는 말씀을 듣고 사인을 받고 싶다는 생각이 들어서요."

루벤스는 자기소개도 하지 않고 가지고 온 서적 『과학사 개론』을 하이즈먼 박사 앞으로 꺼내 표지를 열었다. 제목이 인쇄된 표지에는 국방성이 발행한 루벤스의 신분증이 테이프로 붙어 있었다. 하이즈먼은 표정을 바꾸지 않고 물끄러미 바라보았다.

"폐는 끼치지 않겠습니다. 혹시 괜찮으시면 댁으로……."

"들어오게."

박사가 말했다.

"감사합니다."

실내의 나무 바닥에 발을 들여놓으니 계단을 경계로 오른쪽에는 주방, 왼쪽에는 잘 정리된 거실이 있었다. 늘어선 액자들에는 손자까지 함께 찍은 가족사진이 들어 있었다. 루벤스는 집 밖에 차가 보이지 않았다는 것을 떠올리고 하이즈먼 부인은 장을 보러 나갔으리라고 추측했다.

"그래서 무슨 일로?"

앉기도 전에 하이즈먼이 물었다. 루벤스는 거실 가운데 선 채로 모든 창과 그 너머에 보이는 풍경을 확인했다. 지금 이러는 동안에도 멀리 설치된 레이저 도청기가 유리창의 진동을 탐지하여 실내 음파를 재생하고 있을 터였다. 루벤스는 하이즈먼 박사의 안전을 확보하기 위해 움직였다.

"저는 아서 루벤스라고 합니다. 근무하는 곳은 펜타곤입니다만 원래는 슈나이더 연구소의 상급 분석관입니다. 사실 저서에 사인을 받는 것 외에 상담하고 싶은 문제가 있어 찾아왔습니다."

루벤스는 그렇게 말하며 책에 끼워 온 카드를 꺼내 박사에게 보였다. 거기엔 이렇게 쓰여 있었다.

'당신은 연방 정부로부터 감시, 도청되고 있습니다.

이제부터 하는 제 질문에 모두 '아니'라고 대답해 주세요.'

박사가 훑어보기를 기다린 뒤 루벤스가 말을 꺼냈다.

"박사님이 쓰신 「하이즈먼 리포트」에 대해 보다 자세하게 의견을 들려주실 수 있으십니까?"

"아니. 워싱턴의 시시껄렁한 놈들하고 관여한 일은 내 인생에서 커다란 실수였네. 그 시절 이야기는 떠올리기도 싫군."

연기라고는 생각할 수 없는, 감정이 듬뿍 담긴 한탄이었다. 그것이 박사의 본심이 아니길 빌었다.

"두어 가지 질문에만 답해 주시면 됩니다."

"할 말은 아무것도 없네."

"5분 정도만이라도 안 되겠습니까?"

"안 돼."

"그러십니까. 귀찮게 해 드려서 대단히 실례했습니다."

이제 박사가 특별 접촉 계획에 대해서는 아무것도 듣지 못했다는 사실을 만들 수 있었다. 루벤스는 위장이 아니라 진심으로 존경의 마음을 드러내며 이어서 말했다.

"아까 현관 앞에서 드린 말은 정말입니다. 대학에 있었을 때 박사님 책 덕분에 제 눈이 뜨였습니다. 적어도 마지막으로, 사인만이라도 받을 수 있을까요?"

루벤스는 책과 함께 두 번째 카드를 꺼냈다.

'도청을 피하기 위해서 어딘가 구석진 방으로 안내해 주실 수 있습니까? 화장실도 괜찮습니다.'

"알겠네. 모처럼 왔으니 다른 책도 선물하지. 서재로 오게."

"친절에 감사드립니다."

루벤스는 노인의 뒤를 따라서 부엌 안쪽으로 향했다. 거기에는 증축된 것으로 보이는 작은 방이 뒤뜰로 튀어나온 모양새로 붙어 있었다. 벽면뿐만 아니라 방 중앙에도 책장이 차 있었다. 수천 권이나 되는 장서에 둘러싸이자 석학의 머릿속을 들여다보는 기분이 들었다.

뒤로 문을 닫은 하이즈먼이 전등을 켜며 말했다.

"창문은 전부 책장으로 막아 놨네. 의자도 난로도 없네만, 여기라도 괜찮은가?"

"좋습니다."

대답한 루벤스는 암흑 속에 켜진 전구의 빛 아래서 마음 깊이 존경하는 학자와 마주보았다. 동경하던 록 스타와 만난 10대의 기분이었다.

"번거롭게 해 드려 면목 없습니다. 박사님의 안전을 위해서였습니다."

하이즈먼이 불쾌한 듯이 말했다.

"왜 내가 감시 받아야 하나? 판사가 아무 증거도 없이 도청을 허가해 줬나?"

"판사의 영장은 필요 없습니다. 그게 그레고리 번즈의 방식입니다."

"여기가 소련인가, 아니면 북한인가? 어리석고 딱한 대통령 놈. 이걸로 쿠르트 괴델이 옳았다는 것이 증명되었군."

하이즈먼이 내뱉었다.

"괴델요?"

천재 논리학자의 이름을 듣고 루벤스는 순간 멍해졌다. 그리고 바로 과학사에서 유명한 일화를 떠올렸다.

자연수론의 불완전성을 증명하고 수학계에 충격을 주었던 괴델은 나치 독일에 점령된 오스트리아를 떠나 미국에 망명하기로 했다. 그가 있던 지역의 시민권을 얻으려면 담당 판사와의 면접에 통과해야만 했기 때문에 누구보다 고지식했던 괴델은 미국 헌법을 공부해 두려고 했다. 그런데 거기서 놀랄 만한 발견을 했다. 논리적으로 해석해 보면 미국 헌법에는 큰 모순이 있었던 것이다. 자유 민주주의를 표방하고 뒤에서는 합법적으로 독재자를 만들어 내는 시스템을 구축하고 있었다. 그래서 괴델은 하필이면 면접 자리에서 담당 판사를 상대로 이 발견을 강의했다. 하지만 보증인이 된 친구 아인슈타인이 사전에 판사에게 이야기해 두었기에 무탈하게 지나갔다. 괴델은 떳떳하게 미국 시민이 될 수 있었다.

이것이 과학사의 그늘에 감춰진 유머였지만 시대가 지나 21세기가 되자 웃음으로 끝나지 않았다. 스스로를 법을 초월한 존재라고 간주하는 독재자가 실제로 나타났기 때문이었다. 원래라면 법무 장관을 필두로 한 법률 고문들이 대통령의 결정에 대한 합법성을 차근차근 살펴야 했지만 그런 안전장치도 기능하지 않게 되었다. 번즈 정권 하에서 법률가들의 일이란 대통령의 뜻에 맞도록 법을 왜곡하여 해석해 주는 것이었다. 말하자면 전군 총사령관인 대통령이 직무 때문에 법률을 무시할 수도 있다는 독재 정치의 완성이었다.

루벤스는 이미 미국은 이슬람 원리주의자와의 전쟁에서 패배했다고 생각했다. 무엇보다도 자유를 중시했던 나라는 이제 사라졌다. 그건 그렇다 하더라도 자유 민주주의라는 체제를 지키려고 하면 할수록 위정자가 전체주의에 빠져들게 되는 이유는 뭘까. 국가라는 조직에서 자유는 환상에 지나지 않는 것일까?

"그런데 아까 이야기입니다만……."

루벤스가 본론으로 들어가려 하자 하이즈먼이 막았다.

"내가 감시받는 이유는 그 보고서 탓인가?"

"그렇습니다."

"다섯 번째 항목이 현실로 일어났지?"

루벤스는 상대의 명석한 두뇌 회전에 일일이 놀라지 않기로 했다.

"네."

"어디서 일어났나? 아마존은 아니겠지. 동남아시아인가? 아니면 아프리카?"

"어째서 아마존을 제외하시는 겁니까?"

"내가 알기로는 아마존 소수 민족에는 기형아를 죽이는 관습이 있어서 그렇네. 신종 인류가 탄생했다고 해도 바로 죽겠지."

박사의 말을 듣고 루벤스는 조금 충격을 받았다. 20만 년에 달하는 인류 역사 중 의학이 발달되지 않은 약 100년 전까지 현생인류와 현저하게 용모가 다른 신생아는 어느 문화권에서나 살해되었으리라. 인위적인 도태. 그중에서는 진화한 개체도 포함되어 있지 않았을까? 자신과는 다른 이질적인 존재를 없애려는 인간의 습성이 진화의 싹을 솎아내고 있었다는 가능성을 부정할 수 없었다.

그러면 어째서 이번에 음부티족은 인간과는 동떨어진 머리 형태를 가진 어린이를 살려 두었을까? 피그미 사회에 장애아를 받아들이는 문화가 형성되었는지는 루벤스로서도 알 수 없었다.

"짐작하신 대로 장소는 아프리카 콩고 민주 공화국입니다. 피그미족 아이로 벌써 세 살이 되었습니다. 현재 백악관이 주도하는 비밀 작전이 진행 중인데, 기밀이 누설되어서 박사님이 감시받고 계신 겁니다."

루벤스는 네메시스 작전 내용과 경과에 대해 간략하게, 하지만 요점은 빼놓지 않고 설명했다. 귀를 기울이는 하이스먼은 머리 위로 전구의 불빛을 받으며 마치 철학자의 동상처럼 굳게 서 있었다. 도중에 피그미족 세 살 어린이에게 '누스'라는 암호명을 붙였다는 것을 듣더니 박사가 웃음을 지었다.

"좋은 이름이군. 그래서 자네는 진화의 원인이 뭐라고 생각하나?"

"어디까지나 추측이지만 전사인자에 일어난 돌연변이라고 생각합니다. 거기에 다른 유전자에 일어난 중립적인 변이가 함께 엮였을 가능성도 있습니다. 하지만 누스의 모든 게놈을 해석한다 해도 변이된 유전자가 어떤 작용으로 뇌를 진화시켰는지 현재의 과학 수준으로는 해명할 수 없겠죠. 후성 유전학의 영향까지 미치고 있으면 더욱더 그렇습니다."

박사가 끄덕이더니 재촉했다.

"계속 말해 보게."

이윽고 이야기를 마쳤을 때에는 심술궂은 눈빛이 다시 박사에게 돌아왔다.

"통쾌하구만. 겨우 세 살 어린애가 초강대국을 괴롭히고 있다니."

"오늘 제가 찾아뵌 건 뭔가 조언을 받을 수 있을지도 모른다는 생각 때문입니다."

"아무것도 없어. 번즈가 우는 꼴을 볼 수 없다는 건 유감이군."

하이즈먼의 매몰찬 거절에 루벤스가 매우 부드럽게 물어보았다.

"박사님. 현 정권에 대해 안 좋은 감정을 가지고 계시군요?"

"현 정권뿐만이 아냐. 나는 권력자가 싫네. 그놈들은 필요악이라고 할 수 있지만, 그래도 도가 지나쳐. 더 나아가 나는 인간이라는 생물이 싫다네."

루벤스는 자신의 내면에 박사의 의견과 같은 증오심이 잠들어 있는 것을 깨달았다.

"어째서 그렇습니까?"

"모든 생물 중에서 인간만 같은 종끼리 제노사이드를 행하는 유일한 동물이기 때문이네. 이것이 사람이라는 생물의 정의야. 인간성이란 잔학성이란 말일세. 일찍이 지구상에 있던 다른 종류의 인류, 원인(原人)이나 네안데르탈인도, 현생인류에 의해 멸망되었다고 나는 보고 있네."

"우리만 살아남게 된 것은 지성이 아니라 잔학성이 이겼기 때문이라는 말씀인가요?"

"그래. 뇌의 용적은 우리보다 네안데르탈인이 컸네. 확실하게 말할 수 있는 건 현생인류가 다른 인류와의 공존을 바라지 않았다는 점일세."

성급한 판단이 아닐까 하는 생각이 들었지만, 유적에서 발굴되는 네안데르탈인의 뼈 대부분이 폭력을 당하거나 조리된 흔적이 발견된 것도 사실이었다. 4만 년 전, 유럽 대륙에서 먹이를 조리하는 지성을 가지고 있던 동물은 두 종류밖에 없었다. 네안데르탈인 혹은 현생인류.

"인류사를 더듬어 보면 타당한 가설이라고 생각하네. 남북 아메리카 대륙에 진출한 유럽인들은 전투나 전염병으로 원주민의 90퍼센트를 죽였어. 대부분의 민족이 말살되었지. 게다가 아프리카에서는 노예 1000만 명 때문에 그 몇 배나 되는 인간이 살해당했네. 같은 종이라 해도 이 꼴이야. 현생인류가 다른 인류를 좋게 대했으리라고는 생각할 수 없어."

콩고 민주 공화국의 역사가 떠올라서 루벤스의 기분도 우울해졌다. 그 나라를 뒤덮은 재난은 노예사냥뿐만이 아니었다. 벨기에 국왕 레오폴드 2세의 사유지가 된 콩고에서 폭정에 저항한 현지인들은 손목이 잘린 채 죽었다. 그동안 벨기에인의 인종 차별 의식은 제동이 걸리는 일이 없었고, 손목을 수집하기 위해 학살된 사람만 갓난아기부터 노인까지 1000만 명이나 된다고 현재까지 전해진다. 20세기가 되도록 아프리카만 발전에서 뒤처진 것은 노예 무역과 가혹한 식민지 지배로 인간이라는 가장 중요한 자원을 빼앗겼기 때문이었다.

"인간은 자신도, 다른 인종도 똑같은 생물종이라고 인식하지 못하네. 피부색이나 국적, 종교, 경우에 따라서는 지역사회나 가족이라는 좁은 분류 속에 자신을 우겨넣고 그것이야말로 자기 자신이라고 인식하지.

다른 집단에 속한 개체는 경계해야 하는 다른 종인 셈이야. 물론 이것은 이성에 의한 판단이 아니라 생물학적인 습성이네. 인간이라는 동물의 뇌는 태어나면서부터 이질적인 존재를 구분하고 경계하게 되어 있어. 그리고 난 이거야말로 인간의 잔학성을 말해 주는 증거라고 생각하네."

루벤스는 박사의 주장을 이해했다.

"즉, 그 습성은 생존에 유리한 방향으로 작용해서 종 전체에 보존되었고, 거꾸로 말하면 다른 인종을 경계하지 않은 인간은 그 다른 인종에게 살해당했다는 말씀이시군요."

"맞네. 뱀을 무서워하지 않는 동물이 독사에게 물려서 개체수가 줄어드는 것과 같은 이치일세. 결과적으로 뱀을 무서워하는 개체가 많이 살아남아서 자손인 우리 대부분은 뱀에게 본능적인 공포를 느끼게 되었지."

"하지만 우리에게는 평화를 바라는 이성도 있지 않을까요?"

하이즈먼이 비웃듯이 말했다.

"이웃과 친하게 지내기보다 세계 평화를 외치는 게 더 간단하지. 알겠나, 전쟁이라는 것은 형태만 바꾸었을 뿐 서로 잡아먹는 건 똑같네. 그리고 인간은 지성을 써서 서로 잡아먹으려는 본능을 은폐하려 하네. 정치, 종교, 이데올로기, 애국심 같은 평계를 주물럭대고 있지. 하지만 저 밑에 깔려 있는 것은 짐승하고 똑같은 욕구일세. 영토를 둘러싸고 인간이 서로 죽이는 것과 자기 영역을 침범당한 침팬지가 미쳐 날뛰며 폭력을 휘두르는 것이 어디가 다른가?"

"그렇다면 이타적인 행위를 어떻게 보십니까? 우리가 선행이라고 부르는 것을 실천하는 인간도 있잖습니까?"

질문하던 루벤스의 뇌리에 초라한 용모의 일본인이 떠올랐다. DIA의 보고서에 첨부되었던 고가 겐토의 사진이었다. 어지간히 이성에게 인기가 없을 것 같은 그저 그런 외모의 젊은이가 어째서 자기에게 닥쳐오는 위험을 알면서도 신약을 개발하려는 걸까?

"인간에게 선한 측면이 있다는 것도 부정하지는 않네. 하지만 선행이라는 것은 인간의 본성에 위배되는 행위이기에 미덕이라고 하는 걸세. 그것이 생물학적으로 당연한 행동이라면 칭찬 받을 일도 아니지 않은가. 국가의 선은 다른 국민을 죽이지 않는 행위로밖에 드러나기 어렵지만, 그것조차 불가능한 것이 지금의 인간이야."

루벤스의 언변으로는 박사의 뿌리 깊은 인간 불신을 깨뜨리기 어려울 것 같았다. 어쩌면 하이즈먼은 자신이 쓴 보고서의 실현을, 즉 인류의 멸망을 바라고 있는 것이 아닐까?

"자네에겐 안됐지만, 펜타곤 작전에는 협력할 수 없네. 새로운 인류가 나타났다면, 기쁜 일이지. 현생인류는 탄생한 지 20만 년이나 지나도 서로 죽이는 걸 멈출 수 없는 딱하디 딱한 지적 생명체네. 살육 병기를 모아서 서로를 위협하지 않으면 공존할 수 없는 이 현재 상황이야말로 인류가 가진 윤리의 한계였던 거지. 슬슬 다음 존재에게 이 행성을 넘겨 줘도 좋을 때라고 생각하네."

"박사님. 오늘 여기 찾아온 데는 아까 드린 말씀 말고도 다른 이유가 더 있습니다. 조금 더 시간을 내 주실 수 있으십니까?"

루벤스는 의도하지 않았지만 애원하는 말투가 되었다. 어떻게든 하이즈먼의 지혜에 매달려야만 하는 사태에 몰려 있었다.

"무슨 말을 들어도 내 생각은 변하지 않을 것 같네."

"오늘 밤에 정식 발표될 예정입니다만 체임벌린 부통령이 암살당했습니다."

하이즈먼은 허를 찔린 것 같았지만 한쪽 눈썹만 꿈틀할 뿐이었다.

루벤스는 무장한 무인 정찰기가 불법 강탈된 전말을, 콩고에서 발이 묶여 있는 누스 일행의 상황도 포함해서 설명했다.

"지금 말씀드릴 내용은 최고 기밀이기 때문에 비밀로 해 주셨으면 합니다. NSA가 공군 네트워크의 해킹에 대해 추적했더니 신호 발신지는 바로 밝혀졌습니다. 프레데터를 조종한 것은······."

"이슬람 과격파였나?"

"아니요, 중국 인민 해방군이었습니다. 사이버전을 담당하는 총참모본부 4팀입니다."

하이즈먼의 두 눈이 초점을 잃었다.

"하지만 진짜로 누가 했는지는 네메시스 작전 관계자들만 눈치 채고 있습니다. 바로 누스입니다. 문제는 증거가 없다는 것입니다. 정부는 중국이 저지른 사이버 테러라고 생각하고 있습니다. 만약 미국과 중국이 군사적인 충돌을 일으키려 한다면 '불안정의 호(arc of instability, 미국이 세계적 패권을 유지하는 데 관건이 되는 유라시아 남부 여러 국가를 활 모양으로 묶어 지칭하는 용어 ― 옮긴이)'라고 불리는 아시아 전역, 그리고 러시아와 유럽, 그리고 아랍권과 이스라엘을 끌어들인 세계 대전이 될 수밖에 없습니다."

"하지만 그렇게 될 경우······."

하이즈먼은 말을 꺼내려다 입을 다물고 루벤스를 바라보았다.

"그렇습니다. 핵미사일 발사 스위치를 쥐고 있는 사람은 번즈입니다."

서재 안에 침묵이 감돌았다. 루벤스는 인류 사회의 너무나 취약한 평화를 저주했다. 어째서 우리는 인간끼리 서로 죽이고 두려워하며 살아가야 하는 것인가. 이 불안은 인류 탄생에서 현재에 이르기까지, 20만년이나 되는 오랜 세월에 이어져 왔다. 인간의 유일한 적은 바로 동종 생물인 인간이었다.

"이대로 가면 「하이즈먼 리포트」에 있는 세 번째 항목까지 일어날 수 있습니다. 설령 핵전쟁이 한정적으로 행사된다고 해도 한 발만 폭발하면 인류가 멸망하는 길로 직행합니다."

하이즈먼이 잠시 묵묵히 있다가 눈을 들고서 말했다.

"알았네. 자네 질문에 대답하지. 뭐든 물어보게."

루벤스가 감사를 표하며 맨 첫 질문을 던졌다.

"네메시스 작전의 성공률은 어떻게 될까요?"

"제로네. 진화한 지성을 상대하고 있는데 우리 승산이 없지."

"그러면 현 단계에서 시행할 최선책은?"

"누스의 의도를 알아보는 일이네."

"의도를 말입니까? 하지만 그런 것이 가능할까요? 상대는 '우리의 지적 능력으로는 이해할 수 없는 정신적 특질'을 소유하고 있습니다."

"아니, 누스 일행은 우리의 사고 능력을 지켜보고 있네. 그러고 나서 우리가 해답할 수 있는 문제를 준 거야. 이것이 커뮤니케이션이지."

루벤스도 현재까지의 경위를 떠올리고 확실히 그렇다는 생각이 들었다. 우리가 무엇을 생각하는지, 누스는 완전히 간파하고 있었다.

"승산이 없는 우리로서는 누스의 의도를 이해하고 올바르게 '지는' 방법을 선택해야 하네. 그렇게 하면 파멸적인 사태는 피할 수 있을 걸세. 어떻게 지느냐, 주어진 선택지는 두 가지밖에 없네."

루벤스는 얼굴에 손을 대고 열심히 머리를 굴려 보려 했다. 살면서 처음으로 다른 사람의 사고에 자신의 뇌가 따라가지 못하는 경험을 하고 있었다.

"잠깐 기다려 주세요. 무슨 뜻입니까?"

"아직도 모르겠나? 부통령을 죽인 것은 분노 때문이 아니야. 누스는 무인 항공기 하나로 자신이 어떤 전략을 취하고 있는지를 우리에게 전해 준 거야."

"누스의 전략?"

"그래. 우리와 누스의 힘 관계를 모델화한 거네. 인류가 지성으로 이길 수 없는 상대란 무엇일까?"

루벤스가 머리에 떠오른 단 하나의 답을 입에 올렸다.

"신입니다."

"맞아. 인류와 초인류 사이의 힘 관계는 인간과 신의 관계와 동등하지. 어쨌건 상대는 초월적인 힘으로 반격하고 있으니. 거기서 누스가 선택한 것은 신의 전략이네. 처음에는 인간에게 협조하려 하지. 그에 반해서 인간이 배신하면 뼈아픈 보복을 하고, 인간이 협조하면 즉각 그쪽도 협조를 해 주겠지. 복수심 따위는 없이. 성서에 나와 있는 신은 지금도 그렇게 인간을 길들이고 있지 않나?"

경악했다. 하이즈먼이 설명한 누스의 전략은 컴퓨터 시뮬레이션이 개발한 '죄수의 딜레마'의 필승법인 '맞대응 전략'과 거의 맞아떨어졌다.

"교묘하지만 악의는 없다는 얘기군요."

하이즈먼이 가볍게 웃고 나서 진지한 표정으로 돌아왔다.

"이쪽이 첫 수를 공격으로 선택했기 때문에 상대도 그대로 응수한 걸세. 우리가 공격을 계속하면 보다 강한 반격을 받게 되겠지. 기다리는 것은 파멸밖에 없네. 하지만 협조를 제안하면 용서받겠지. 지배와 복종의 관계인 것은 변하지 않지만 말이지. 우리에게 이길 방법이 없이 납작 엎드려 있는 것 말고는 방법이 없다는 뜻이네."

"그럼 결론적으로 네메시스 작전을 바로 중지할 수밖에 없는 거군요."

"맞네. 그렇게 하면 누스는 다시 반격을 멈추고 어떤 방법으로 핵전쟁 위협을 없애 줄 걸세. 지구 환경을 지켜야만 자신의 서식지를 확보할 수 있을 테니."

그 말을 듣고 처음으로, 지금까지 간과하고 있었던 수수께끼와 해답을 둘 다 깨달았다. 누스는 프레데터를 훔칠 능력이 있는데도 어째서 콩고 상공에 있는 기체를 움직이는 대신 부통령을 공격했을까?

"만약 지금 단계에서 누스가 살해당하면 핵전쟁 위험만 남게 되는 거로군요."

"그렇네. 체임벌린을 죽이고 중국이 한 일이라고 꾸민 이유는 그걸 노린 걸세. 우리 종의 존속을 위해서는 누스의 목숨을 지켜야만 하는 입장에 내몰리게 되었다네."

세 살 어린이가 가진 지성에 몸이 떨리는 일이 벌써 몇 번째인가?

"이대로 누스를 몰아붙이면 사태가 지금보다 악화될 거야. 다음은 미국이 한 짓으로 보이도록 중국 요인이 암살당할지도 모르지. 하지만 누스를 윤리적으로 비난하는 것은 잘못이네. 침팬지에게 습격당하면 인간도 당연히 역습하겠지. 그걸 도덕적으로 비난할 수 없지 않은가? 같은 이야기네."

인간의 총에 의해 죽은 원숭이는 자기 몸에 무슨 일이 일어나는지도 모르리라고 루벤스는 생각했다.

"결론을 정리하자면, 다시 누스를 보호할 수밖에 없다는 말이네. 내가 자네에게 가르쳐 줄 것은 이게 전부네. 됐나?"

루벤스는 자신이 내렸던 누스 말살이라는 결단을 마음 깊이 부끄러워하며 대답했다.

"네. 귀중한 의견을 들려주셔서 감사합니다. 대단히 참고가 되었습니다."

하이즈먼이 손을 내밀었다.

"책을 주게. 내 사인이 들어 있지 않으면 자네가 의심받을 테지."

빈틈없는 마음씀씀이에 감사하며 루벤스는 『과학사 개설』에 펜을 얹어 건넸다. 하이즈먼이 받아들더니 책을 받치려고 왼쪽 소매를 걷었다. 그때 생각지도 못한 것이 눈에 들어와서 루벤스는 소리를 지를 뻔했다. 박사의 왼팔 안쪽에 엷게 바랜 문신이 있었다. 한 글자짜리 알파벳과 네 개의 숫자 'A1712'가 쓰여 있었다. 아우슈비츠 수용소에서 받은 죄수 번호가 틀림없었다.

유태인이라는 이유만으로 나치 독일에 의해 600만 명이나 학살당한, 인류사에 길이 남은 참극. 하이즈먼 박사는 대학살의 생존자였다. 나이로 추정하면 그 당시에는 10대 소년이었을 터였다. 가족이 어떻게 되었을까 하고 거실 사진을 떠올려 보니 옛 사진이 한 장도 없던 게 생각났다.

냉전 시대에 미국 정부의 자문 기관에 적을 두고서 비전론을 강하게 주창해 온 반골 과학자. 루벤스에게 과학의 진짜 매력을 알려 주었던, 당대 유일의 지성. 자신의 책에 사인하고 있는 박사의 손을 물끄러미 바라보았다. 동료들이 차례로 죽어 가는 극한 상황 속에서 강제 노동으로 하루하루를 넘겨 왔던 작은 손. 그 작은 손에는 마지막으로 어머니가 안아 주었던 때의 감촉이 남아 있을까?

그렇게 생각한 순간, 루벤스의 가슴은 깊은 감사의 마음으로 복받쳤다. 눈앞에 있는 노인이 가혹한 운명과 싸우면서 살아남아 주었다는 것과, 그가 지켜 온 생명에 대한 감사였다. 사람을 꺼리는 이 무뚝뚝한 유태인 과학자에게 당신을 마음속으로부터 존경하고 사랑하는 사람이 여기 있다고 전하고 싶어졌다.

"자, 여기 있네."

책을 돌려주려는 하이즈먼이 이상하다는 듯이 루벤스의 얼굴을 올려다보았다. 루벤스는 눈물이 솟아나려는 것을 눈을 깜빡이며 참고 있었다. 자기 왼팔을 내려다 본 박사가 루벤스의 마음을 알아차린 것 같았다. 그는 손때가 묻고 밑줄 가득한 책을 팔락거리며 말했다.

"내 책이 상당히 마음에 들었나 보군. 고맙네."

"아닙니다. 저야말로 감사합니다. 가족 분들만이 아니라 박사님 업적도 후세로 이어질 것입니다."

끄덕이던 하이즈먼의 얼굴에서 엄한 표정이 사라지고 친구에게 말을 거는 듯이 부드러운 표정이 떠올랐다.

"지금 지구상에 살아남은 65억의 인간은 100년 정도 지나면 다 죽을 걸세. 그런데 이렇게 먼저 서로 죽여야 할 이유가 뭐가 있겠나?"

"본성을 거리낌 없이 따르는 인간이 많아서 그렇겠지요."

박사가 웃었다.

"역사학만은 배우지 말게. 지배욕에 사로잡힌 멍청한 인간이 저지른 살육을 영웅담으로 바꿔서 미화하니까 말이야."

"알겠습니다."

"마지막으로 자네가 맡은 작전에 대해 한 가지만 덧붙이겠네."

"어떤 말씀이십니까?"

"자네는 중대한 문제를 잊고 있어."

의외의 지적에 루벤스가 미간을 찡그렸다. 아직도 문제가 남아 있었던 걸까?

"허나 이걸 그대로 놔두더라도 대세에 영향을 주지는 않네. 뭐, 퀴즈라고 생각하고 일하는 짬짬이 생각해 보도록."

루벤스는 네메시스 작전 경위에 대해 머리를 굴렸지만 퀴즈 해답은 떠오르지 않았다.

"뭔가 힌트를 주실 수 없으실까요?"

"누스 측이 어째서 난치병 치료법을 찾으려 하느냐는 문제일세."

그 답은 아까 박사에 대한 설명에서 루벤스 자신이 언급했었다. 병에 걸린 어린이를 데리고 있는 예거를 배반시키고 환자 어린이들을 인질로 잡아 고가 겐토의 안전을 확보한다는 이중의 목적이었다.

"제가 말씀드린 것 말고도 아직 노림수가 있다는 말씀이십니까?"

"그래. 누스 측에서 보면 특효약의 개발이야말로 가장 합리적인 답이었던 게지."

"답? 그러면 누스에게 또 풀어야 하는 문제가 있다는 말씀입니까?"

박사가 끄덕이더니 큭큭거리며 웃었다.

"자네는 전쟁을 모니터하는 과정에서 뭔가 이상하다고 생각한 적이 없는가? 마음 한구석에 걸리는 점이 있는데도 의식의 표면으로 떠오르지는 않는 미세한 의문점이 전혀 없었나?"

듣고 보니 확실히 그런 기분이 들었지만 이틀 전에 꿨던 꿈처럼 무의식 속에 잠들어 있어서 의문이 확실한 모양새를 취하지는 않았다.

하이즈먼은 악의가 없으면서도 심술궂은 시선으로 루벤스를 바라보고 있었다. 어려운 문제를 내서 학생을 괴롭히는 교수의 표정이었다.

"이건 숙제로 남겨 두지. 또 한 가지 힌트는 자네가 아직 적의 능력을 얕보고 있다는 점이야. 부디 충분히 숙고해서 이 난국을 타개해 주게."

10

기프트 카운트다운이 초읽기에 들어갔다.

"59초 전이야."

정훈이 말했다.

드디어 특효약 구조가 판명되리라.

겐토는 노트북 액정 화면을 바라보면서 내심 두려웠다. 혹시라도 기프트에 'None' 표시가 뜨면 병든 아이들의 목숨을 구하는 건 실패였다. 반대로 어떠한 답이 나왔을 경우 새로운 약물을 개발하는 작업을 주도하는 역할이 정훈에게서 겐토에게 넘어올 터였다. 그런 큰 역할을 맡아서 해낼 수 있을까? 전혀 자신이 없었다.

초읽기가 이제 30초 남았다. 겐토는 의식적으로 호흡을 가볍게 했다. 1회 호흡량을 반 이하로 유지하면 바로 참을 수 없이 숨이 막혔다. 이것이 폐포 저환기 때 겪는 고통이었다. 폐포 상피 세포 경화증 어린이가 몇 년이나 되는 기간 동안 이 괴로움 속에서 절망적인 싸움을 강요당하고 있었다. 겐토는 고바야시 마이카의 모습을 머릿속에 그려 보며 약학자로서의 사명감을 일깨우려 했다. 죽음을 부르고 있는 병마를 물리치고 그 아이의 목숨을 구해야 했다.

"10초 전."

정훈의 목소리에 겐토는 황급히 시선을 기프트로 돌렸다.

"5초 전, 4, 3, 2, 1."

함께 소리를 내며 읽는 겐토와 정훈의 머리가 '제로'의 타이밍에서 화면으로 빨려 들어가듯이 한데 모였다.

"나왔다!"

화면 가득 열린 창을 본 정훈이 외쳤다.

화면에 떠오른 것은 화합물의 목록이었다. 기프트가 지시하는 해답은 두 사람의 예상을 아득히 뛰어넘었다. 100퍼센트 활성을 예상할 수 있는 보조 물질이 스무 가지나 나와 있었다. 목록에는 각 약물의 체내 작동 상태에 대한 항목도 있었고 그것을 클릭하니 흡수에서 배설, 독성까지 상세한 예측 수치, 거기다 기존에 출시된 약물 중에 병용하면 안 되는 금기 약물 목록까지 표시되었다.

정훈이 얼굴 가득 흥분한 표정을 지으며 컴퓨터에 달라붙어서 각 후보들을 자세히 검토했다. 하나씩 확인을 끝내고서 그가 말했다.

"나 지금 꿈이라도 꾸는 것 같아. 전부 약으로서는 합격이라고 생각하는데, 신경 쓰이는 부분이 하나 있어. 이를 테면 여기."

정훈이 후보 물질 중에 하나를 화면에 띄우고 '대사(代謝)' 항목을 가리켰다.

"이 물질은 사람에 따라 효과가 달라. 아무래도 대사 효과를 만드는 유전자 차이 때문에 작용점에 차이가 나타나나 봐. 특정 사람에게 이 약을 투여하면 약물이 간장에서 대사되어 버려서 충분한 양이 폐까지 닿질 않아."

"그럼 특정 염기 배열을 가진 사람에게밖에 쓸 수 없다는 얘기야?"

"그래. 게다가 환자에 따라서 신독성 물질이 나온다든가, 여러 가지 상황이 있으니까."

구해야 하는 두 아이, 저스틴 예거와 고바야시 마이카의 염기 배열을 모르는 이상 그런 약물을 쓰려면 위험이 따랐다.

"모든 사람에게 듣는 약은 없나?"

"틀림없이 안전하다고 말할 수 있는 것은 이 중에서 여덟 종류야. 여기를 클릭하면 구조식이 나오니까 합성이 가능한지 어떤지 봐 줄래?"

"알았어."

드디어 겐토의 차례가 왔다. 호흡을 가다듬고 정훈이 비켜 준 의자에 앉아 인간의 수준을 뛰어넘은 제약 프로그램과 마주했다. 목록에 줄지어 있는 번호를 클릭하니 화면에 수용체 모양을 바꾸는 알로스테릭 약과 주머니 부분에 들어가는 작동약, 두 화학 구조식이 떴다.

탄소나 수소, 산소나 질소 같은 원소들이 서로 엮여서 육각형 구조나 지그재그 모양으로 연결된 선을 그려내고 있었다. 이게 바로 각각의 약의 형태였다.

겐토는 구조식을 노려보며 머릿속으로 '역합성'에 착수했다. 기프트가 나타내는 약물을 만들기 위해서는 기존 화합물에 다른 물질을 반응시켜서 생성된 물질에 또 다른 반응을 일으키는 식으로, 출발 물질을 차례로 바꾸며 약이 되는 최종 생성물로 유도해야 했다. 역합성이라는 것은 그 개개의 반응을 거꾸로 짚어 가며 출발이 되는 물질에서 목표로 하는 약물까지의 합성 경로를 거꾸로 계산하는 작업이었다. 이것으로 약을 만들기 위해 필요한 시약이나 반응을 추정할 수 있었다.

일단 후보 물질 중에 비대칭 중심을 갖는 것은 제외했다. 원하는 구조가 아니라 거울상 이성질체가 생겨 버릴 수도 있기 때문이었다. 합성 과정에서 이 '거울 나라의 우유'를 피하기 위해서는 대단한 수고가 들었다. 다음으로 아미드화나 산화, 환원으로 이루어지는 간단한 반응이 일어나기 쉬운 부위를 찾아갔다. 케톤 환원이 되는지, 할로겐이나 헤테로 원자가 붙어있는 탄화수소가 없는지, 각 반응 비율이 어떤지. 사들여 놓은 전문 서적도 참고했지만 명확하지 않은 부분이 너무 많았다.

"자료가 부족해. 대학 컴퓨터를 쓸 수 있으면 데이터베이스 사이트에 접속될 텐데."

젠토가 말했다.

"이거 말이야?"

정훈이 곧바로 말하며 기프트 메뉴에서 'Database'라는 기능을 띄웠다. 그랬더니 화면이 전환되며 딱 젠토가 바라던 그런 화학 정보 사이트가 나타났다.

"ID나 비밀번호는 어떻게 하면 돼?"

"그대로 로그인 돼. 기프트가 불법적으로 접속하고 있는 것 같아."

이제 젠토는 사소한 문제는 신경 쓰지 않기로 했다. 이 사이트를 쓰면 1억 종의 화합물 데이터와 2000만 건이 넘는, 기존에 알려진 유기 화학 반응을 검색할 수 있다.

젠토는 재빨리 화학 구조식을 쓰는 에디터 프로그램을 사용해서 생각하던 반응을 입력하고 조사했지만 이도 저도 생각하던 것에서 벗어나서 확신을 가질 만한 합성 경로에는 미치지 못했다.

이리저리 악전고투를 하는 동안 불안이 밀려왔다. 석사 과정 2학년이 맞설 만한 문제가 아니었다. 하지만 남겨진 시간을 생각하면 여기에 허비할 수는 없었다. 두 종류의 약을 완성시키기까지 16일밖에 남지 않았다.

할 수 없어서 잘 안 되는 것은 넘기고 남은 후보 화합물을 순서대로 보기로 했다. 하지만 이도저도 속수무책이었다. 무력감에 시달리는 동안 마지막 후보까지 왔다. 젠토는 좀 더 공부를 해 둘걸 그랬다고 후회하며 여덟 번째 구조식을 화면에 띄웠다.

나타난 작동약은 두 개의 벤젠 고리와 하나의 복소 고리, 거기에 유황이나 질소, 아미노기 등이 결합한 길고 가느다란 구조였다. 모두 합해서 세 개 있는 고리 모양 구조는 변이형 GPR769와 특징적으로 연결되는 관능기가 되며, 병용할 알로스테릭 약도 조성과 구조는 다르지만 세 개의 고리식 화합물로 이루어져 있었다.

이 두 개의 조합을 본 순간, 겐토의 눈이 화면에 못 박혔다. 큰 근거가 있는 것도 아닌데 이거라면 합성할 수 있을 것 같다는 감이 왔다. 겐토는 머릿속에 떠오른 구조식을 차례로 노트에 받아 적고 하나하나의 반응을 확인했다.

"될 것 같아."

겐토가 거의 한 시간째 검토하며 말했다. 합성 경로에는 애매한 점이 남아 있었지만 전부 출발 물질에서 일곱 번 정도 반응시키면 생성할 수 있을 것 같았다. 남은 문제는 합성에 필요한 시간이었지만 아슬아슬하게 맞출 수 있지 않을까 생각했다.

"아, 여덟 번째가? 체내 동태 예상치도 그게 제일 높아. 생물학적 이용률은 98퍼센트나 되네."

밝은 목소리로 말한 정훈이 연구자다운 표정이 되어서 딱딱한 어조로 자세하게 설명하기 시작했다. 혈중 농도 반감기 등의 자세한 데이터에 귀 기울이며 겐토는 완성한 약의 모습을 예상했다. 주사가 아니라 경구 투여를 하게 될 터였다.

즉, 먹는 약이었다. 용량은 하루 한 번 10밀리그램. 어린이라면 5밀리그램이며 복용하고 30분만 지나면 효과가 나타나기 시작할 것이다.

"독성은?"

"극히 낮아. 발암성이나 기형 발생 확률도 낮고, 장기 독성은 아스피린보다 안전해. 헌데 이 약물은 변이형 GPR769 말고도 형태가 비슷한 다른 열두 개의 수용체와도 결합해."

목적 이외의 단백질에도 약물이 작용해 버리는 것이, 이른바 '약의 부작용'이었다.

"그래도 어느 것이나 몇 퍼센트 이하의 활성밖에 없어. 기프트는 안전하다고 결론지었네."

"그럼 부작용은 거의 없다고?"

"그런 말이겠지."

전부 이상적이었다. 하지만 이야기가 너무 앞서가는 감이 들어서 거꾸로 경계심이 들었다.

"어쩔까? 이 여덟 번째 후보로 해 볼래?"

정훈이 물었다.

주저하는 겐토의 뇌리에 소노다 교수의 말이 떠올랐다. 여태까지 수없이 신약 개발에 성공한 교수님은 세미나 중간 중간에 잡담으로 대학원생들에게 이렇게 말했었다. *개발이 잘 된 약이라는 것은, 제약의 신이 미리 점지해 둔 것처럼 일이 술술 풀려나간다.*

겐토는 교수가 경험으로 알아낸 법칙을 믿기로 했다. 분명 제약의 신은 존재하리라. 신은 약학자에게 병에 고통 받는 전 세계의 사람들을 무차별적으로 구하라고 신탁을 내리고 있을 터였다.

"이걸로 하자."

정훈이 힘차게 끄덕였다.

"좋아, 정한 거야. 그나저나 약 이름을 정해 두지 않을래?"

"그러게."

겐토는 구조식을 바라보다가 고개를 숙였다. 정식 명명법을 쓰면 화합물의 명칭이 말도 못하게 길어진다.

"작동약을 '기프트1', 알로스테릭 약을 '기프트2'라고 하면 어때?"

"좋은데. 아이들에게 주는 선물이 되겠네."

정훈이 웃었다.

두 종류의 약물을 병행하여 합성해야 했기 때문에 시약뿐만이 아니라 실험 기구도 부족해졌다. 날이 새기를 기다려서 정훈과 분담해서 물건을 구하러 나가야만 했다.

자기 일을 훌륭하게 해낸 정훈이 피곤한 모습으로 물었다.

"잠깐 자도 되지?"

시계를 보니 벌써 새벽 3시가 넘었다.

"그럼."

정훈이 실험대가 된 탁자 아래로 기어들어 가서 가방을 베고 가죽 재킷을 덮더니 드러누웠다.

겐토는 안경을 벗고 얼굴에 밴 기름을 소매로 훔쳤다. 그리고 문득 노트북을 바라보았다. 어제를 마지막으로 콩고와의 통신은 끊어졌다.

조너선 예거라는 군인은 지금쯤 어떻게 하고 있을까?

검은 10인치짜리 노트북은 겐토에게는 비현실 세계로 통하는 창구였다. 며칠 동안 신문을 사 와서 국제면을 훑어보았지만 콩고 민주 공화국에서 일어난 전쟁에 대해서는 아무것도 나와 있지 않았다. 정말로 대규모 전투가 일어나고 있다면 어째서 일본 매스컴은 무시하고 있는 것일까? 지구 반대쪽 일에 대해서는 보도 기관이 전해 주지 않는 한, 아무것도 안 일어난 거나 다름없지 않은가. 자신이 살아 있는 이 세계가 어떻게 되어 있는지조차 알 수 없었다.

어찌 되었든 조너선 예거가 살아남길 바랐다. 저스틴이 불치병을 이겨냈을 때, 아버지가 죽어 있다는 건 너무나 불쌍했다.

예거는 깜깜한 어둠 속에서 눈을 떴다. 자신을 부르는 속삭임이 들려왔다. 방수 시트 위에서 몸을 일으키며 누구 목소리인지 떠올리는 데 애먹었다. 피로가 축적되어서 몸만이 아니라 사고력도 둔해졌다.

"눈을 뜨게. 상황을 파악했네."

"상황?"

의식을 완전히 되찾고서 지난 24시간 동안 일어났던 일을 떠올렸다. 프레데터의 위협이 떠나고 이비나 강을 넘고 나서 하룻밤, 예거 일행은 정글 속에서 남쪽으로 나아갔다. 피어스는 어째서 무장한 무인 정찰기가 콩고 상공에서 사라졌는지 아무 설명도 하지 않았고, 용병들도 캐묻지 않았다. 모두의 관심은 지금 닥친 최대의 위협을 대비하는 데 쏠려 있었다. 남쪽의 국립 공원을 점거하던 '주님의 저항군(LRA)'이 진로를 막으려는 듯이 북상하기 시작했던 것이다.

현재 시각은 0230시. 주변 경계를 보고 있는 마이어스에게 이상 없다는 것을 확인받은 예거가 인류학자에게 물었다.

"뭔가 알았소?"

"이걸 보게."

장막처럼 드리워진 원시림 땅 위에 소형 노트북 액정 화면이 희미하게 빛을 발하고 있었다. 그 옆에서는 아키리가 작은 몸을 웅크리고 깊이 잠들어 있었다. 마이어스가 말한 대로 아키리가 자는 얼굴은 새끼 고양이와 비슷했다. 예거는 아이가 깨지 않도록 주의하면서 컴퓨터 앞으로 몸을 옮겼다.

"드디어 정찰 위성 화면이 들어왔네. 이게 15분 전 영상일세."

화면을 바라보자 단숨에 잠기운이 확 달아났다. 위성 화면에는 인간을 나타내는 열원이 무수하게 비쳤다. 사람 수가 자그마치 수만에 달해 보였다.

"이 사람들 전부가 적이라는 뜻은 아니네. 북동쪽으로 흩어져 있는 것은 지역민이야. 북쪽과 남쪽에서 무장 집단이 쳐들어오니 난민이 된 걸세."

"숲 전체를 도망쳐 다니고 있다는 얘기요?"

"그렇네. 우리를 쫓고 있는 적은 북쪽으로 30킬로 이상이나 떨어져 있어. 이미 뿌리쳤다고 봐도 돼. 문제는 남쪽일세. LRA가 우리를 소탕하려 바로 근처까지 와 있네. 각각 10킬로미터 이상에 걸쳐서 산개해 있다네."

피어스가 손가락으로 남북으로 뻗어 있는 간선 도로와 거기서 서쪽으로 들어가는 곁길을 따라 짚으며 말했다.

예거는 혀를 찼다. 적은 기대 이상으로 대군이었다. 거기다 지금 있는 야영지는 L자형을 만든 채 오고 있는 적의 포위망에 들어가 있었다. 동쪽과 남쪽 두 면이 막힌 셈이었다. 날이 밝으면 적의 무리가 일제히 숲속으로 들어올 것이다.

"이놈들, 왜 이렇게 열심인 거요?"

"우리를 죽이면 큰돈이 들어오는 데다 미국의 호의를 얻어낼 수 있기 때문이겠지."

"최악이로군."

"그렇지도 않아. 이건 찬스네. LRA야말로 최후의 벽일세. 여기만 돌파하면 이제 무장 집단은 없어. 우리는 국외로 탈출하게 된다는 말이네."

피어스의 말투에 힘이 실렸다.

"그래도 그렇게 간단하지 않소."

피어스가 손가락을 위성 화면 위쪽으로 옮겨서 도로를 가득 메운 LRA의 선을 뛰어넘고 더 남쪽을 가리켰다.

"아닐세, 여길 보게나. 40킬로미터 앞에 있는 부템보라는 마을에 보급 물품을 실은 차량을 대기시켜 놨네. 부르면 30분 이내로 이 근처까지 올 걸세. 이거만 탈 수 있으면 우간다가 바로 옆이야. 오늘 오전 중에는 이 나라를 뜰 수 있겠지."

"차는 누가 운전하고 있소?"

"임시 고용한 젊은이네. 우간다인 여행 가이드."

"그런 녀석은 믿을 만하지 않은데."

예거는 피어스가 세운 계획이 몽상가가 하는 말처럼 들렸다.

"문제는 LRA 포위망이오. 여기 전개하고 있는 인원은 대략 1개 사단 이상, 1만 5000에서 2만쯤 되는 병력인데, 어떻게 여길 돌파하자는 소리요?"

"그러니까 적의 한가운데를 가로지르는 거네. 이걸 보게. 일본의 조력 자가 해킹한, 평화 유지군 부대 작전 요령일세."

피어스가 컴퓨터를 재빨리 조작해서 다른 문서를 화면에 띄웠다.

"평화 유지군?"

예거가 의외라는 생각에 유엔 평화 유지군의 기밀문서를 읽었다. 쓰여 있는 내용은 '주님의 저항군(LRA)'을 기습하는 작전 개요였다. 오늘 이른 아침, 0600시를 기해 LRA 본대로 공격을 개시한다고 나와 있었다.

"거짓말이겠지. 유엔군이 여기까지 올 리가."

"콩고에서는 어떤 일도 일어날 수 있네. 열흘 정도 전에 LRA의 잠복 공격 때문에 평화 유지군 부대원이 아홉이나 죽었다네. 그 보복이겠지."

"평화 유지군의 주력 부대가 파키스탄군이오?"

"맞네."

피난민이 된 현지 여성에게 성적 학대를 자행하기로 악명 높은 평화 유지군 부대였다. 확실히 보복 공격을 할 만한 놈들이었다. 예거는 빛이 새어나가지 않도록 조심조심 손전등을 켜고 지도를 폈다. 예정된 공격 지점은 L자형 진형의 중심부, 간선 도로와 곁길의 분기점이었다. 파키스 탄군이 이곳을 뚫어 준다면 단번에 남쪽으로 가는 돌파구가 열렸다. 승기가 있을지도 몰랐다.

예거는 작전 요령을 자세히 읽었다. 파키스탄군이 노리는 것은 LRA 와의 전면 대결이 아니라 치고 빠지는 공격이었다. '우리를 건드리지 말라'는 경고 행위인 모양이었다. 작전 종료까지 소요 시간은 겨우 15분에 불과할 터였다.

예거도 동의할 수밖에 없었다.

"이것밖에 없군. 속도가 열쇠요. 지금 가능한 가까이까지 이동해 둡시다."

두 사람의 대화를 듣던 마이어스가 개럿과 믹을 깨우기 시작했다.

예거가 일행에게 브리핑을 하자 위험이 높은 계획에 작지만 반론이 나왔다. 하지만 검토를 거듭하면 거듭할수록, 다른 방법이 없다는 것이 명백해졌다.

적의 포위망을 멀리 돌아가려고 하면 그만큼 시간이 걸리고 북쪽에서 무장 집단이 따라붙을 위험이 높아졌다. 게다가 식량은 이제 이틀치밖에 남지 않았다. 보급품에 도달하기까지 하루도 여유가 없었다.

결국 강행 돌파밖에 없다는 결론으로 다들 의견이 굳어졌다. 전지 잔량을 신경 쓰며 야시경을 쓰고 황급히 출발 준비를 꾸렸다. 휴대용 식량이 줄어든 탓에 장비 무게가 2킬로그램까지 감소했다.

자고 있는 아키리를 보고 예거가 물었다.

"밥 안 먹여도 되겠소?"

"자게 두는 편이 좋겠군."

피어스가 답하고 가슴 앞으로 걸친 포대기 속에 아키리를 안아 올렸다.

"전투가 시작하면 그 애 눈과 귀를 막으시오."

예거가 당부했다.

목표 지점까지 8킬로미터 정도 거리가 있었다. 해가 뜨기 전 어두운 숲 속을 얼마 동안은 손전등을 비추며 전진했고, 남은 반 정도의 거리는 야시경으로 시계를 확보했다.

0500시, 정글에서 어렴풋이 빛이 들어오기 시작했다. 다들 행군을 정지하고 개럿과 믹이 정찰에 나섰다. 반 시간도 지나지 않아 두 사람이 돌아와서 상황을 보고했다.

"간선 도로에는 LRA가 우글우글해."

"적의 눈을 피해 틈을 빠져나갈 수 있을 것 같은가?"

피어스가 물었다.

"무리요. 보초가 가는 곳마다 서 있소. 우리 정확한 위치는 여기야. 길 분기점을 돌파하려면 좀 더 남동쪽으로 가는 게 좋겠어."

개럿이 지도를 가리켰다.

"어디까지 접근할까?"

마이어스가 물었다.

예거는 모든 위험을 고려하여 결론을 내렸다.

"400미터 직전까지 간다."

"아슬아슬하군."

"소총 사거리에 들어가. 유탄에 주의해."

네 용병은 일렬횡대로 전투 대형을 취해 후방에 피어스와 아키리를 두고서 대기 지점으로 이동했다. 하지만 주변 풍경은 변함없이 빽빽하

494

게 솟은 나무들 때문에 20미터 앞까지밖에 보이지 않았다.

"여기서 기다려. 나랑 믹이 앞으로 나간다. 상황을 판단해서 전진 타이밍을 무선으로 알린다."

예거가 말했다.

"하지만 전파는 200미터밖에 닿지 않아. 더 가까이까지 가야 되는데."

개럿이 말했다.

하는 수 없이 더욱 가깝게 적의 전열로 다가갔다. 큰 나무가 늘어선 안쪽을 대기 지점으로 정하고 피어스와 아키리를 그 자리에 남기고서 예거와 믹은 함께 적진으로 가까이 갔다.

두 사람의 행동 방향 왼쪽에 평행으로 간선 도로가 지나가고 있고 전방에는 곁길이 뻗어 있었다. 둘 다 숲을 가르고 만들어진 길이라 수목의 벽이 도로 곁까지 우뚝 솟아 있었다. 숲 속에서는 거의 아무것도 보이지 않아서 예거와 믹은 곁길에서 20미터 지점까지 걸어가야만 했다. 간선 도로와 나뉘는 분기점까지는 100미터 정도 남았다.

거목 그늘에 몸을 숨긴 예거가 상반신을 내밀어 상황을 살폈다. 1차선 정도밖에 안 되는 폭이 좁은 흙길에 LRA 차량이 줄지어 서 있었다. 보이는 것은 병력 수송 트럭이 전부였는데, 짐차 위에서 일어선 병사들이 담배를 피우거나 식사 준비를 하고 있었다. 여태 본 민병대와 달리 그들은 같은 전투복을 입고 베레모까지 쓰고 있었다.

믹이 슬쩍 움직여서 가방을 내렸다. 안에서 꺼낸 것은 지향성 대인 지뢰와 C4 폭약, 그리고 기폭 장치 세트였다. 그가 주위 네 지점을 가리키며 부비트랩을 설치하겠다고 했다.

예거는 끄덕이며 더 잘 보이는 장소를 찾아 나무 위로 올랐다. 5미터 정도 높이까지 몸을 끌어올려 낮은 나무층 위로 올라갔더니 간선 도로

와 곁길 분기점이 시야에 들어왔다.

쌍안경의 파인더 너머로 러시아제 전차와 장갑차, 거기다 병사들이 손에 가득 들고 있는 무수한 무기가 보였다. 박격포, RPG, 중기관총에 AK 소총. 중국이나 구 공산권, 혹은 서양의 여러 나라에서 다양한 의도로 이 나라에 유입시킨 '가난한 자의 무기'였다. 이 지역에는 생필품보다 살상용 도구가 훨씬 풍부한 듯했다.

평화 유지군 부대의 작전 개시 시각이 10분 뒤로 다가왔다. 예거는 소총에서 서프레서를 끼운 권총으로 바꿔 언제든 믹을 엄호할 수 있는 자세를 취하며 여기서 죽을 순 없다고 생각했다.

여태까지 살아온 인생은 이 궁지를 헤쳐 나가기 위해서였다는 확신이 들었다.

루벤스가 백악관에서 긴급 호출을 받은 것은 오후 10시 30분이었다. 엘드리지가 "네메시스 작전에 대해 대통령 각하에게 직접 브리핑 하도록 하게."라고 지시를 전하기에 서둘러 작전 지휘소를 나섰다.

하이즈먼 박사와의 만남 뒤, 루벤스는 대통령과 직접 만날 자리를 만들기 위해 다방면으로 집요하게 움직였다. 그 바람이 드디어 통한 듯했다. 하지만 기뻐하기엔 일렀다. 콩고에서는 최강이자 최악의 무장 집단 '주님의 저항군'이 누스에 대한 포위망을 완성했다. 지금 네메시스 작전은 성공을 눈앞에 둔 상황이었고, 초인류를 확실히 없앨 수 있으리라는 생각이 지배적이었다.

밤이 늦었는데도 국방성 구내의 인파는 끊이지 않았다. 1층 복도에서 루벤스는 추종자들을 거느린 라티머 국방 장관 일행과 스쳐 지나갔다. 그들이 황급한 걸음으로 향한 곳은 펜타곤의 작전 본부가 세워진 국가 군사 지휘 본부(NMCC)였다. 대통령에게서 핵공격 명령을 맨 처음으로 받는 부서였다.

체임벌린 부통령의 암살 이후, 미군의 경보 상황은 데프콘 3단계로 올라갔다. 모든 군용 통신은 기밀 콜사인으로 암호화되어 적국으로부터 감청당하지 않도록 하고 있었다. 만약 사이버전을 담당하는 부서에게도 같은 조치가 취해진다면 전면 전쟁을 의미하는 데프콘1이 발령된다는 뜻이었다.

루벤스는 주차장에 있는 아우디에 올라타 수도 중심부로 향하면서 이 시간대에 자신이 호출된 사정을 파악하려 했다. 현재 백악관에서는 국가 안전 보장 회의가 연일 소집되어 외교·군사 방면으로 중국에 대한 모든 선택지를 비교 하고 있었다. 그 와중에 자신을 불렀으니 백악관이 적어도 네메시스 작전에 관심을 기울이기 시작했다고 생각할 수 있었다. 정권 내부에 루벤스와 같은 생각을 가진 사람, 즉 부통령 암살이 중국이 아니라 콩고에서 태어난 새로운 지성에 의한 일이라고 생각하는 인물이 있을까? 그렇다면 루벤스는 같은 편을 얻게 되겠지만, 그게 대체 누굴까? 네메시스 작전을 중지하라고 번즈 대통령을 설득할 수 있을 실권자라면 좋을 터였다.

백악관에 도착한 루벤스는 철저하게 신원 확인을 하고 금속탐지기로 엄중하게 몸수색을 받은 끝에 겨우 서관 출입을 허가받았다. 해병대원 두 명이 경호하는 문 너머로 안내를 받자 로비가 나왔다. 그곳은 열 명 정도가 들어갈 만한 작은 방이었는데, 설비만 보면 공적인 공간이라고 생각하기 어려웠다. 마치 부유층의 사저 한쪽에 붙은 작은 방 같았다.

입구 옆 책상에는 접수원이 앉아 있었다. 루벤스가 자기 이름을 말했더니 바로 전에 와 있던 사람이 벽 쪽에 있는 소파에서 일어났다.

"자네가 루벤스인가."

은발에 수염을 기른 양복 차림의 남자를 보고, 루벤스는 약간이지만 놀랐다. CIA 국장 홀랜드였다. 이 남자가 모습을 드러내지 않은 '동지'일까?

"뵙게 되어 영광입니다. 국장님."

루벤스는 자기소개를 하고 첩보 기관의 수장과 악수를 나눴다. 그리고 그가 권하는 대로 빨간 가죽 의자에 앉았다.

"시간이 없으니 빨리 이야기를 진행하도록 하지."

홀랜드가 말하고 접수원을 흘낏 보더니 몸을 내밀어 듣지 않으면 들리지 않을 정도로 작은 소리로 말했다.

"다른 작전은 어떻게 되었나."

"긴급 대처 단계가 최종 국면으로 들어갔습니다. 현지에서 활동하는 최대의 무장 집단이 누스의 포위망을 갖췄습니다. 두 시간 뒤에는 소탕이 시작될 것입니다."

루벤스가 대답하며 벽에 걸린 시계를 쳐다봤다. 오후 11시. 아프리카 대륙 중앙부에서는 오전 5시였다. 오늘 밤 이제부터 시작되는 대통령 브리핑이야말로 마지막 기회라는 생각이 들었다.

"우리 목표가 살아남으리라고 생각하나?"

"아니요."

끄덕인 홀랜드는 꾸짖는 듯한 눈빛을 루벤스에게 향했다.

"그런데 자네 하이즈먼 박사와 만나러 갔더군."

"네."

루벤스는 솔직하게 인정했다. CIA의 감시망이 자신을 포착하고 있었다는 것쯤은 이미 알고 있었다.

"박사가 뭐라고 했나?"

"아무 말씀도."

"좋아."

홀랜드가 바로 답했기 때문에 루벤스는 국장이 적이 아니라고 판단했다.

"하이즈먼 박사가 침묵을 지키고 있다고 한다면, 그건 괜찮네. 자네 자신의 의견을 들려주게. 체임벌린 부통령의 사망 건은 중국이 아니라 콩고 때문이라고 보는가?"

"네."

"그러면 현재의 위기 상황은 누스에 의해 초래된 것이라고 하겠군?"

"그렇습니다."

"그럼, 네메시스 작전에 변경의 여지는 있나?"

"있습니다. 결론만 먼저 말씀드리면, 가급적 빨리 누스를 보호해야 합니다. 없애는 게 아니라."

홀랜드가 놀란 기색은 보이지 않았다. 이 대답을 미리 예상하고 있었던 것 같았다.

"하지만 그들의 정확한 위치는 모르고 있지?"

"인근 국가인 지부티에 주둔하고 있는 '자산'을 콩고에 보내면 구출이 가능합니다. 나이젤 피어스가 위성 휴대 전화를 사용하고 있으니 정보 지원대(ISA)에 전파를 포착하도록 지시하면 위치를 잡을 수 있습니다. 그리고 델타포스 2개 소대를 투입해서 구조에 뛰어 들면 될 겁니다."

"하지만 그것은 무인 항공기를 보내는 것과는 이야기가 달라. 이웃나라들의 영공 통과 조정을 하는 데만 며칠이 걸려. 거기다가 제1차 아프리카 대전의 중심부에 우리나라가 군사적 위력을 보일 수는 없는 일이야."

"그러면 시급히 현장 요원들을 테러리스트 수배에서 해제시키고 그 뜻을 현지 무장 집단에게 알려야 합니다. 그들을 죽여도 1센트의 이익도 얻지 못하게 된다고. 이거라면 바로 가능할 겁니다."

하지만 홀랜드는 석연치 않다는 듯이 침묵했다.

루벤스가 더 목소리를 낮춰 물었다.

"국장님, 애초에 이 작전에는 입안자인 저에게도 알려지지 않은 정보가 있지 않습니까? 왜 우리는 워런 개럿을 죽여야만 하는 겁니까?"

CIA 국장이 괴로운 듯이 대답했다.

"국가를 배신해서 그렇네. 그자는 '특별 이송'의 증거를 모아서 국제 형사 재판소에 대통령을 제소하려고 하고 있어."

그것을 듣고 루벤스는 큰 충격을 받았다. 네메시스 작전에 숨겨진 다른 목적에. 워런 개럿의 무모한 기획. 그리고 그의 용기에.

홀랜드가 이어서 말하려 할 때, 방 안쪽에 이어지는 문이 열렸다. 나타난 사람은 비서실장 에이커스였다.

"대통령 각하께서 기다리십니다. 집무실로 오십시오."

홀랜드와 함께 일어서며 루벤스가 작은 소리로 말했다.

"서두르지 않으면 저희가 부담할 수 없는 사태까지 치달을 겁니다."

홀랜드도 빠르게 답했다.

"알고 있네. 콩고 위협을 너무 만만하게 보고 있었어. 하지만 지금부터 계획을 변경하기는 굉장히 곤란해."

루벤스도 암담했다. 워런 개럿을 죽일 때까지 네메시스 작전은 속행되어야만 하는 것일까? 그러나 이러는 동안에도 세계는 보다 위험한 상황으로 내몰리고 있으리라.

에이커스의 안내에 따라 좁은 복도를 지나가니 막다른 좁은 공간에 의자가 있었는데 왼쪽 손목에 수갑을 찬 건장한 남자가 앉아 있었다. 수

갑에 다른 한쪽은 발치에 있는 브리프 케이스에 연결되어 있었다. 루벤스는 무심코 등이 서늘해졌다. 이 가방은 '뉴클리어 풋볼'이었다. 번즈가 언제든 핵공격 명령을 내릴 수 있도록 육해공군에서 선발된 장교가 가까운 곳에 대기하고 있는 것이었다.

문을 노크하는 에이커스 옆에서 루벤스는 자신이 지금까지 걸어온 기나긴 길을 떠올렸다. 산타페 연구소에서 권력자의 정신 병리에 관심을 갖게 된 이래로 여러 우여곡절을 겪은 끝에 최고의 연구 대상을 직접 볼 기회를 얻었다. 루벤스가 이제부터 만나려는 사람은 어느 시대에나 인간 세상에 존재하는 살육의 왕, 핵미사일 발사 스위치를 한 손에 들고 다른 나라에 열화우라늄탄을 때려 박을 미치광이였다.

비서실장이 문을 열자 타원형 집무실이 눈앞에 펼쳐졌다. 번즈 대통령은 집무를 보는 책상 너머에서 이쪽을 바라보고 있었다. 어두운 푸른색 정장에 매일 근육 트레이닝을 유지하는 탄탄한 체구. 최고 권력자로서의 풍채와는 달리 조야하고 소심하게도 보이는 독특한 눈의 움직임.

"이 사람이 네메시스 작전의 책임자, 아서 루벤스입니다."

홀랜드의 소개를 받고 루벤스는 방 중앙으로 향했다. 이유 없이 두려운 감정이 솟아오르는 것을 느꼈다. 권위에 맹목적으로 따르는 인간으로서의 반응을 억눌러야만 상대의 진짜 모습을 알아볼 수 있었다.

대통령이 불쾌한 표정으로 루벤스를 흘끔 흘겨보고 CIA 국장에게 물었다.

"그래서? 작전 종료 보고라면 기쁘겠소. 현재 상황은 어떻게 되고 있는 거요?"

"작전 종료가 눈앞에 있다고 봅니다만……."

"콩고의 위협인지 뭔지를 없앴단 소리요?"

"그렇습니다."

"그러면 잘된 일이잖소."

번즈는 두 사람에게 앉으라는 뜻으로 손짓하고는 자신도 소파에 앉았다. 그 몸짓에는 피로가 배어나왔다.

"어째서 이렇게 바쁠 때 우선순위가 낮은 계획에 대해서 이야기를 나눠야하는 거요? 다른 문제라도 있소?"

"오늘 밤 시간을 내 주셨으면 한 것은 가능성 하나를 각하께서 들어 주셨으면 했기 때문입니다. 무인 항공기 납치가 네메시스 작전과 관계가 있다는 가능성입니다."

번즈의 눈가에 긴장이 슥 스쳤다. 만남이 시작되자마자 곧바로 보인 너무나 노골적인 표정 변화에 루벤스는 망설였다. 마치 아버지에게 혼나지 않을까 두려움에 떠는 어린아이의 눈이었다. 대통령은 무엇을 두려워하고 있는 것일까?

"무슨 뜻인 거요? 설마 그 어린애가…… '누스'가 했다는 말인가?"

"어디까지나 가능성입니다."

"확실한 근거는 있소?"

"이번 비극적인 사건에 너무나 간단하게 중국이 한 짓이라는 증거가 나왔기 때문입니다. 이전에 중앙군 사령부(CENTCOM)의 네트워크가 해킹되었을 때에는 어디서 공격을 받았는지 마지막까지 밝혀지지 않았습니다. 중국의 사이버전 부대라면 그 정도의 기술을 가지고 있지 않을 겁니다."

"말도 안 되는 소리. 겨우 세 살짜리, 그것도 피그미족 어린애가 했다는 게 훨씬 비현실적이지 않소? '피그미족 어린애'라고 한 것은 그들이 문명화되어 있지 않는다는 뜻이고, 다른 뜻은 없소."

번즈는 덧붙이듯 스스로의 말을 보충했다.

"하지만「하이즈먼 리포트」에서 언급되어 있는 능력을 만약 획득했다면……."

"그걸 믿을 수가 없다는 거요."

루벤스는 번즈가 흥분하고 있음을 놓치지 않았다. 눈 둘레가 엷게 붉은색을 띠었다. 아무래도 아까 그가 느낀 공포가 강한 공격성으로 변화한 것 같았다.

홀랜드가 침착한 어조로 네메시스 작전의 변경에 대해 대통령을 설득하려 했다. 그 옆에 굳어 있는 루벤스는 번즈의 마음의 동향을 파악하는 일에 전념했다. 우선 인종 차별 의식일 거라고 생각해 봤다. 네오나치나 백인 지상주의자 등 자신의 폭력 행동을 정치사상으로 탈바꿈하는 가짜 우익에는 공통적인 심성이 있었다. 비뚤어진 자존심의 발로였다. 그들은 자란 환경 등의 문제로 자신을 직접 긍정하는 일이 불가능하기 때문에, 소속된 집단을 무턱대고 긍정하며 그 집단의 구성원인 스스로가 훌륭하다는 논법을 취했다. 하지만 실제로 그들의 관심은 자기 자신에게밖에 향하지 않는 것이 명백했다. 그 증거로 가짜 우익의 공격은 자신들의 주장에 이의를 다는 동포들, 심지어 그들의 의견에 무턱대고 긍정했던 구성원에게도 향할 수 있다. 신보수주의를 표방하고 있는 번즈도 자신의 소속 집단을 무비판적으로 긍정하는 성향이 있다는 점은 부정할 수 없었다. 그러나 루벤스가 이해할 수 없는 부분은 아까 봤던 참기 힘든 분노의 표출이었다. 미국에서 인종 차별 의식을 드러내면 정치가로서는 치명상을 입었다. 번즈가 자제심을 잃을 정도로 강한 인종적인 편견을 갖고 있다면 지금까지 정치 활동에서 숨겨 오기란 불가능했을 것이다. 아마 그는 인종 차별 주의자는 아닐 터였다. 차별 의식을 다소 가지고 있다고 해도 평소에 그것을 억제할 정도의 이성도 있었다.

CIA 국장이 브리핑을 계속하고 있었지만 결국 번즈가 표정을 구기며 말했다.

"겨우 어린애 하나가 미국을 위기에 빠뜨린다는 말 따위를 아무래도 믿을 수가 없잖소. 지구상의 최고 지성은 우리 인류인데."

"하지만 그렇다고 하면 작전의 전제 그 자체가 붕괴됩니다. 인류의 위협이 되는 새로운 지성을 없애는 것이 네메시스 작전의 목적이었을 것입니다."

"그 작전을 승인한 이유는 암호를 해독당할 위험만 고려했기 때문이오. 그 이상도 아니고 그 이하도 아니지. 이번 어린애는 부분적으로 수학적 재능만 이상하게 뛰어난가 보군."

"그러면 그 능력을 국익에 사용한다는 선택지도 남아 있습니다. 누스를 보호하고 그의 암호 해독 능력을 이용하는 겁니다. 그리고 더 말씀드리자면……."

홀랜드가 일순 망설인 후 말했다.

"구하는 것은 누스뿐입니다. 네 사람의 용병이나 인류학자까지 구출할 필요는 없습니다."

홀랜드로서 최대한 양보를 한 것일 테지만 번즈는 받아들이지 않았다.

"됐소. 작전을 변경할 필요는 없소."

모든 정치적 결정이란 이성적인 판단처럼 보여도 의사 결정권자의 인격이 강하게 영향을 미쳤다. 그리고 루벤스는 단호한 대통령의 태도 속에 약간이지만 편향된 인격을 보았다. 그가 누스 말살을 고집하는 이유는 뭔가 개인적인 신념에 의한 것이었다. 그럼 그 신념은 뭘까? 유일한 해답에 생각이 미친 루벤스는 네메시스 작전의 변경이 불가능하리란 것을 깨달았다. 정치가로서의 길을 걷기 전 알코올 중독에 빠졌던 번즈는 신에게 구원을 받아 재기했었다.

"아서라고 했소?"

"네."

"아서, 당신에게 실망했소. 겨우 어린애 하나를 상대로 왜 이렇게 애를 먹고 있는 거요? 당신이 무능하기 때문 아니오?"

"누스와 비교한다면, 인류는 모두 무능합니다."

루벤스가 입에 올린 도전적인 말에 홀랜드의 몸이 굳었다. 대통령은 의표를 찔렸는지 이 젊은 작전 책임자를 똑바로 바라보았다.

"우리가 대치하고 있는 적에 대해 설명 드리고 싶습니다."

루벤스가 어조를 바꾸어 하이즈먼이 했던 분석을, 그의 이름을 밝히지 않고 설명하기 시작했다. 그 속에 지뢰가 묻혀 있다는 것을 알고서. 그리고 역시 번즈가 지뢰를 밟았다. 누스가 택한 방법이 '신의 전략'이라는 말을 들은 대통령은 즉각적으로 반응했다.

"그런 멍청한 이야기는 집어치우시오."

이젠 명백하게 화를 내고 있는 번즈가 계속 뭐라 말하려 했지만 그 전에 홀랜드가 서둘러서 루벤스를 나무랐다.

"부적절한 예로군. 순수하게 정치적인 문맥으로 말해 주겠소?"

루벤스가 사죄했다.

"죄송합니다. 비유로서는 부적절합니다. 하지만……."

홀랜드가 침착한 태도로 뒤를 이었다. 이 이상 말하지 말라는 뜻이었다.

"루벤스 연구원이 말하고 싶었던 건, 우리가 공격을 멈추면 위협 그 자체가 사라지지 않을까 하는 가능성입니다."

루벤스더러 물러가라고 하려던 참에 대통령이 시선을 홀랜드에게 옮졌다. 루벤스는 이라크 전쟁을 모의할 때마다 신에게 기도를 해 왔던 남자를 바라보았다. 자타가 공인하는 경건한 기독교인. 천상에서 내려오는 빛을 받고 있는 그의 발치에 불관용이라는 이름의 어두운 그늘이 드리워져 있었다. 하지만 그것을 번즈가 내세우는 것이 이상하다는 뜻은 아니었다. 전지전능한 존재를 꿈꾸며 이교도를 적으로 간주하는 것은 호모 사피엔스에게 널리 보이는 습성이었다. 피부색이나 언어의 차이뿐만 아니라 어떤 신을 믿는지도 적과 아군을 식별하는 장치로써 기능했다. 그리고 신은 회개했다고 말하기만 하면 대학살의 죄악도 사라지게 해 주는 편리한 존재였다.

서서히 루벤스는 대통령의 내면을 알게 되었다. 번즈에게 진화한 인류란, 이교도 대신에 나타난 새로운 적이었다.

홀랜드의 말을 대통령이 도중에 끊었다. 인내가 한계에 달한 듯했다.

"거기까지 해 두시오. 내가 말하고 싶은 것은 이번 위협에 관한 당신들의 분석이 현저하게 과장되어 있다는 점이오. 마치 이라크 때와 같군. 대량 살상 무기가 어디 있었소? 있지도 않은 위협으로 나를 홀리는 짓은 이제 그만두시오."

죄악감과 책임 전가. 루벤스에게는 분명히 보였다. 공적인 자리에서 이라크 침공에 대해 말할 때의 자신에 찬 태도는 대통령의 의상을 몸에 걸친 이 남자의 혼신에 찬 연기였을 터였다.

아픈 곳을 찔린 CIA 국장은 입을 다물 수밖에 없었다. 책상 너머에서는 번즈가 자기정당화를 하기 시작했다. 판단의 정당성을 주장하는 번즈의 오만한 태도는 거꾸로 죄의식의 깊숙한 뿌리를 보여 주었다.

"하지만 이라크에서의 무력행사가 잘못되었다고 말하는 것은 아니오. 독재자의 압정에서 이라크 시민을 해방하고 자유를 주었으니까."

루벤스는 미국이 지나치게 거대해졌다는 생각이 들었다. 이 거대 국가를 통치하는 중책을 한 명의 인간에게 맡기는 것은 무리였다. 그에게 버거운 권력을 손에 넣은 번즈는 그것을 생각하는 대로 행사하고 싶은 욕구에 휩싸이자 폭력으로 바꾸었다. 그리고 자기 결단이 초래한 참상에 허둥대며 죄책감을 가지고 구원을 갈망했다. 하지만…….

인류의 진화가 일어나면 인간이 신과 닮게 만들어졌다는 이야기는 부정되리라. 그리고 신의 총애를 잃으면 죄를 용서받는 일도 불가능했다. 10만 명이나 되는 이라크인을 살해한 죄를, 번즈의 혼이 영원히 짊어지게 되는 셈이었다. 그뿐만이 아니었다. 새로이 출현한 정체불명의 지성에 번즈는 자기 모습을 투영하고 있었다. 그는 권력이나 지성, 무언가 특별한 힘을 얻은 자가 제어불능에 빠지고 주어진 힘을 폭력으로 바꾼다는 것을 몸으로 알고 있었다. 그렇기 때문에 상대에게 공포심을 안고 선수를 쳐서 공격하려고 하는 것이었다. 신이 아닌 자의 심판이 시작되기 전에. 체임벌린 부통령을 매장한 하늘의 일격이 자신에게 떨어져 내리기 전에.

루벤스는 눈앞에 서 있는 최고 권력자를 직시했다.

생애 전반에 걸쳐 부친과의 갈등을 피할 수 없었고, 회사 경영의 실패로 인해 알코올에 의존하게 되고, 신에게 구원을 바라다가 재기한 남자. 적을 사랑하는 일이 불가능한 기독교인.

그레고리. S. 번즈라는 초로의 남성은 결국 보통의 사람이었다.

책상 서류를 정리하며 번즈가 말했다.

"이쯤에서 화제를 바꿉시다. 아서, 당신은 나가보시오. 국장과 둘만 이야기할 수 있겠소? 메이슨 건이오."

"아, 메이슨 말씀이십니까."

홀랜드가 답했다. 하원 원내 총무 메이슨이 부통령으로 지명되었다고
했다.

"밖에서 기다리게."

홀랜드가 말하자, 루벤스는 얌전히 물러나기로 했다.

"대단히 실례했습니다. 대통령 각하. 현재 위기 상황을 개선하는 데만
골몰해서 무심코 실언했습니다. 부디 용서해 주시길 바랍니다."

"콩고 위협 건은 빨리 처리하시오."

번즈는 그렇게만 말하고 손짓으로 내쫓는 시늉을 했다.

루벤스는 집무실에서 나왔다. 방 바깥에는 '뉴클리어 풋볼'을 발치에
두고 있는 '양키 화이트'가 의연하게도 같은 자세로 앉아 있었다. 루벤
스는 갑갑한 복도를 걸어서 로비로 되돌아왔다.

소파에 앉으며, 크게 한숨을 내쉬고 두 손으로 머리를 감쌌다. 여태껏
그는 전쟁의 억지력에는 정치적 지도자의 광기가 불가결하다고 생각했
다. 핵미사일을 아무리 많이 보유하고 있어도 그것을 위협적으로 보이
게 하려면 스위치를 누를 만한 사람이 필요하기 때문이었다. 하지만 바
로 눈앞에서 접한 미군 최고사령관은 보통 사람이었다. 번즈는 인간이
라는 생물종의 전형이었다. 그럴 만한 지위만 주어지면 누구든 핵미사
일 발사 버튼에 손을 얹을 위험성을 안고 있다는 뜻이었다. 그리고 상상
력이 결여된 인간, 간접적이라면 얼마든지 사람을 죽일 수 있는 지도자
가 실제로 전쟁을 이끌고 있었다.

루벤스는 산타페 연구소에서 시작된 여태까지의 경험을 돌이켜봤다.
유난히 기억에 남아 있는 것은 역시 하이즈먼 박사의 통찰이었다.

과거 20만 년에 걸쳐 서로 죽이는 것을 되풀이해 온 인류는 항상 다
른 집단의 침략에 떨었고 그 공포심이 더 큰 두려움을 초래하여 피해망

상 직전의 상태를 유지하다가 국가라는 방위 체제를 만들어 현재에 이르렀다. 이 이상한 심리 상태는 인류 전체가 보편적으로 공유하고 있기 때문에 이상이 아니라 정상이라고 여겨지고 있었다. 이것이 '인간이라는 상태'였다. 그리고 완전한 평화가 이루어지지 않는 이유는, 다른 사람이 위험하다는 확고한 증거를 서로가 이미 자신의 내면에서 보았기 때문이었다. 인간은 모두 다른 사람을 상처 입혀서라도 식량이나 자원, 영토를 빼앗고 싶어 했다. 이 본성을 적에게 투영하여 공포를 느끼고 공격하려고 했다. 그리고 죽음을 초래하는 폭력의 행사에는 국가나 종교라는 세력이 면죄부가 되었다. 그 궤도 바깥에 있는 것은 에일리언, 즉 적이기 때문이었다.

이러한 악으로부터 눈을 감고 지낼 수 있었던 이유는 동종 간의 살육을 비난할 만한 지성이 인간 이외의 존재에게 없었기 때문이었다. 신조차도 이교도의 살해를 장려했다. 하지만 지금은 달랐다. 인간의 서로 잡아먹는 행위를 규탄할 지성을 가진 다른 종족이 아프리카에 나타났다.

인간보다 신에 가까운 존재에 대해, 현생인류의 존엄을 보이려고 한다면 동물로서의 본성을 숨기고 평화를 유지하는 수밖에 방법이 없으리라.

하지만 그것은 불가능하지 않을까?

"루벤스."

머리 위에서 부르는 소리에 고개를 들었더니 홀랜드가 서 있었다. CIA 국장은 몹시 언짢은 표정을 짓고 있었다.

"대체 무슨 생각이었나? 자네 때문에 모든 것이 엉망이 되고 말았잖은가."

"죄송합니다."

"지금, 자네 처우에 대해서도 이야기를 했다네."

루벤스는 최악의 결과를 각오했다.

"저는 해고되는 겁니까?"

"아니, 지금 자리에 머물러 있게."

순간 의외라는 생각이 들었지만, 아직 안전장치가 기능하고 있는 거라는 것을 깨달았다. 자신은 작전 실패를 할 경우에 책임을 지게 될 '버리는 패'인 셈이었다.

"하지만 모든 지휘권은 엘드리지에게 넘기게 되었네. 자네는 작전 지휘소에 앉아 있는 것뿐이야."

"알겠습니다."

홀랜드가 황급한 걸음으로 백악관 서관 출구로 향했다.

차에서 내리는 현관 쪽으로 나왔더니 살을 에는 듯한 찬바람이 뺨에 닿았다. CIA 국장의 전용 리무진이 이미 대기하고 있었다. 하지만 홀랜드는 차에 타려고 하지는 않고 경호 시설의 경호원에게서 떨어진 위치까지 루벤스를 데리고 나왔다.

국장이 작은 소리로 말했다.

"루벤스. 이제부터 내가 말하는 것은 명령이 아니네. 애초에 국방성이 주도하는 작전에 내가 끼어들 권한이 없으니."

"네. 이해하고 있습니다."

홀랜드가 신중하게 주변에 시선을 돌리며 안전을 확보하고 나서 말했다.

"누스를 구하게."

루벤스는 침묵을 지키며 첩보 기관의 수장을 바라보았다.

"이 작전은 엘드리지에겐 힘에 부칠 거야. 언젠가 그가 자네에게 의지하려 들겠지. 그때, 할 수 있는 일을 하게."

"네. 국장님."

루벤스는 자세를 바로하고 대답하자 홀랜드가 뒤돌아 리무진으로 돌아갔다.

루벤스가 손목시계를 보았다. 아프리카 중부 시간 오전 6시. 지구 반대쪽에서는 누스에게 최대의 위기가 다가오고 있을 테지만, 루벤스가 할 수 있는 일은 전혀 없었다. 조너선 예거를 비롯한 용병 넷이 콩고 최대의 무장 집단을 빠져나가 줄 것을 기대하는 수밖에.

이제부터 일어나려는 작은 전쟁은 세계가 나갈 길을 좌우하는 역사적인 싸움일지도 모른다는 생각이 들었다.

그리고 누스는 인간이라는 동물이 가진 최악의 측면을 보게 되리라.

디지털 손목시계가 0600시를 가리키고, 평화 유지군의 작전 개시 시각을 고했다.

나무 위에서 감시를 하던 예거가 잠시 상황을 살폈지만 전투 개시 징후는 무엇 하나 보이지 않았다. 지상에서는 믹이 미동도 하지 않고 근거리에 있는 '주님의 저항군'의 전열을 주시하고 있었다.

"아직?"

무전기로 개럿의 목소리가 들렸다.

예거가 송신 버튼을 두 번 눌러서 '기다려'라는 신호를 보냈다. 그때 갑자기 간선 도로 방향에서 폭발음이 울렸다. 쌍안경을 향했더니 파괴된 전차에서 검은 연기가 솟아오르고 있는 것이 보였다.

그 주위에는 LRA 병사들이 남쪽 방향을 가리키며 뭔가 저마다 외치고 있었다. 드디어 싸움이 시작된 모양이었다. 예거는 20미터 전방에 난 곁길에 눈을 돌렸다. 이쪽 진로를 막고 있는 한 무리가 병력 수송 차량으로 뛰어올라가서 일제히 무기를 손에 들기 시작했다.

산발적으로 총성이 울려 퍼지는 가운데 간선 도로상에서는 연속으로 폭발이 일어났다. 미사일 공격이 멀리서 날아와서 장갑차가 차례로 파괴되었고 팔이나 다리, 몸 같은 인간의 잔해가 피보라를 새빨갛게 뿜으며 주변에 흩날렸다. 그리고 날카롭게 뭔가 날아오는 소리와 함께 박격포탄이 수없이 쏟아졌다.

믹이 머리 위에 있는 예거를 올려다보고 행동 개시 신호를 요청했다. 예거가 아직 전방에 있는 무리가 전투 대형을 유지하고 있는 것을 보더니 고개를 저었다. 의외로 적은 훈련이 잘 되어 있는 듯했다. 여기서 무리를 하면 오히려 전멸당할 터였다.

공격 개시로부터 3분이 지나고 나서야 겨우 간선 도로 위에 있는 본대가 혼란에 빠져들었다. 그들의 머리 위를 전투용 헬리콥터의 검은 그림자가 바람처럼 지나갔고 개틀링 건에서 총탄이 쏟아지고 있었다. 예광탄이 정확하게 적의 대열을 뒤덮더니 맞은 병사들의 몸이 발기발기 찢어져서 튀어 올랐다. 파키스탄군의 보복 공격은 평화 유지군 부대의 교전 규칙에서 완전히 벗어나 있었다. 예거가 시선 너머에서 '코브라'를 한 대 더 발견했다. 두 기가 된 AH-1 공격 헬기가 제자리에서 회전하며 간선 도로와 직각으로 교차하는 곁길을 조준하고 있었다.

예거가 작은 소리로, 하지만 날카롭게 무선 마이크를 향해 외쳤다.

"전진!"

"라저."

200미터 후방에 있는 개럿의 대답이 돌아왔다.

공격 헬기 측면에 튀어나온 날개에서 TOW 대전차 미사일이 발사되고 곁길 전열을 가르기 시작했다. 그중 한 발이 근처에 떨어져 예거는 나무에서 떨어질 뻔했다. 바로 앞길에서 LRA가 응전을 개시하고 있었지만 소총 화력으로는 맞설 수가 없었다. 공격 헬기가 기관포로 탄환 세례를 퍼부으면서 접근해 오자 눈앞에 있던 무리는 도망칠 곳을 찾아 숲 속으로 달려들었다.

예거가 믹에게 수신호를 보냈다. 동시에 부채꼴로 설치된 네 발의 폭탄이 작렬하더니 몰려오던 적이 폭발을 직격으로 받아 격퇴되었다. 예거와 믹은 서프레서를 붙인 권총으로 살아남은 병사들을 차례로 죽여 좌우 20미터 범위에 있던 적을 전부 처리했다. 이제 드디어 돌파구가 열렸다.

예거가 서둘러서 나무에서 내려오자 개럿 일행도 도착했다. 피어스가 아키리를 안고 입을 크게 벌려 거칠게 산소를 들이마시고 있었다. 아키리도 잠은 깬 것 같지만 새끼 고양이 같은 두 눈은 굳게 감고 있었다.

폭음을 듣고 곁길로 저공 침입을 하며 다가온 공격 헬기가 붉은 흙을 흩날리며 떠나갔다. 지금 시계가 나쁜 상태를 좋은 기회로 보고 예거가 외쳤다.

"가자!"

용병들이 소총을 들고 곁길로 뛰어올랐다. 둘로 나뉘어 좌우 양쪽을 맡았다. 그 사이로 아키리를 안은 피어스가 뛰어들어 길 위로 내달려서 빠져나갔다. 그리고 5초 만에 개럿과 마이어스가 이쪽을 알아차리고 다가오는 적병 넷을 쏘아 쓰러뜨렸고 병력 수송 차량에 뛰어오른 믹이 RPG나 저격총 등의 화기를 빼앗아 가방에 쑤셔 넣었다. 길에서 빠져나온 네 사람은 피어스를 따라서 숲 속으로 달려갔다.

도주 중인 적이 나무들 사이에 몇 번인가 모습을 드러냈다. 그럴 때마다 교전과 함께 소총과 유탄 발사기로 적을 모조리 해치웠다. 오가는 총격전 중에 뒤에서 날아온 탄환이 예거의 어깨를 꿰뚫었다. 평소라면 몰라도 총격전 상황에서 큰 상처라고 하기는 어려웠다. 예거는 고통도 전혀 느끼지 못한 채 자신을 쏜 적에게 탄환 세 발을 먹여 사살했다.

용병들이 둥근 대형을 짜고 있었기 때문에 중심에 있는 피어스와 아키리는 무사했다. 일사불란하게 남쪽으로 달려가는 중, 가까운 거리에서 들려오던 총소리가 점점 멀어졌다. LRA의 위협이 후방으로 물러난 것 같았지만 전력질주를 하던 피어스가 숨이 끊어지도록 내쉬며 말했다.

"10분 전까지 위성 영상이 왔었네. 이 앞에 200명 정도 되는 집단이 고립되어 있어."

예거가 큰 소리로 물었다.

"LRA요?"

"그렇네."

파키스탄군은 최전선에 있는 집단을 놓쳤던 건가?

"거리는?"

"500미터 앞일세."

피어스가 하는 말을 뒷받침하기라도 하듯이 전방에서 AK47 총성이 들려왔다. 예거는 혀를 찼다. 이대로는 마주치게 될 터였다.

"보급 물자 차량은 어디 있소?"

"지금 간선 도로를 통해 이쪽으로 오고 있는데, 평화 유지군 부대가 있어서 2킬로미터 앞까지밖에 못 왔네."

직진해야 하나, 아니면 우회해야 하나? 어느 방법을 취해도 가는 곳에 기다리고 있는 것은 1개 중대 이상의 전력이었다. 200명이나 되는 적이 숲 속에 포진해 있으면 반드시 그 그물에 걸리게 될 터였다. 그러면 한곳에 모여서 결전에 맞서는 수밖에 없나?

예거가 망설이는 사이에 일행은 숲을 개간한 마을 지역으로 나왔다. 밀림 속에 원형 광장이 있고 흙벽으로 된 소박한 주거지가 있었다. 그 안에 유달리 눈을 끄는 빨간 벽돌로 된 큰 건물이 있었다.

"저게 뭐지?"

"성당이야."

성당은 일동을 적으로부터 보호해 줄 방벽으로 보였다. 예거는 마을로 시선을 돌렸다. 주민 전체가 난민이 되었는지 인기척이 전혀 없었다.

"좋아, 이렇게 하자. 저 성당 안에서 적을 기다린다."

개럿이 바로 반응했다.

"뭐? 발견되면 도망갈 곳이 없어."

"아냐. 숨는 게 아니야. 놈들을 공격해서 숲 속에서 끌어내는 거야. 파키스탄군이 보면 정리해 줄 거야."

개럿이 납득한 표정을 짓고 손목시계를 보았다.

"평화 유지군 작전 종료까지 7분밖에 없어. 서두르자."

예거와 믹이 선두로 교회까지 달려갔다. 그 자체가 거대한 빨간 벽돌 같은 모양의 건물이 평평한 옥상이어도 천장이 높아 2층 건물 정도 되는 크기였다. 예거가 벽에 붙어서 창으로 내부를 들여다보았지만 유리가 거무튀튀해서 아무것도 보이지 않았다. 그대로 믹과 함께 벽을 따라 전진해서 목제 문 앞까지 이르렀다. 문간에는 무슨 종교적 의미인지 자동차 타이어 휠이 걸려 있었다.

두 용병은 눈짓으로 타이밍을 계산해서 문을 걷어차고 성당 안으로 돌입했다. 적에 대비해 상하좌우에 총구를 향한 순간, 예거는 무심코 뒷걸음질 칠 뻔했다. 건물 안에는 말도 못하게 많은 사람이 있었다. 모두 다 썩어 문드러진 채로. 아기부터 노인까지 철저하게 파괴된 인간의 몸

515

이 바닥 가득히 흩어져 있었고 검은 파리 떼가 검은 구름처럼 건물 안에 자욱했다. 거기 가득한 죽음의 냄새가 맹렬한 압력이 되어 예거와 믹을 교회 밖으로 떠밀었다.

"지독하군."

믹이 얼굴을 구기며 말했다.

예거가 숨을 멈추고 분노를 토해 냈다.

"파키스탄군은 물렁해 빠졌어. 그 더러운 LRA 놈들은 한 놈도 안 빼고 다 죽여 버려야 해."

"이러면 안에는 못 들어가겠는걸."

믹이 말하며 잠수를 끝낸 다이버처럼 크게 숨을 들이쉬고 성당 안으로 몸을 비집고 들어가 벽에 놓여 있던 사다리를 잡아당겼다.

"옥상으로 올라가자."

예거가 동의하고 개럿 일행을 손짓으로 불러들였다. 적이 잠복한 숲에서는 단속적으로 총성이 울리고 있었다. 사다리를 타고 빠르게 성당 지붕 위로 올라왔더니 360도로 대 파노라마가 펼쳐졌다. 보이는 모든 정글이 검은 바다처럼 지표를 가득하게 감싸고 빙하를 위에 얹은 르웬조리 산맥의 높은 봉우리가 동쪽 방향으로 벽이 되어 우뚝 솟아 있었다.

북쪽을 돌아보니 아직 파키스탄군 헬리콥터가 공격을 하고 있었다. 그들이 작전을 끝내고 후퇴하기 전에 전부 정리해야만 한다.

예거가 동료들을 맞이하고 적이 올라오지 않도록 사다리를 끌어올리며 각자 배치를 결정했다. 피어스는 북쪽 감시를 맡고, 다른 네 사람이 남쪽에 있는 적에게 화력을 집중시키는 포진을 취했다. 옥상 좌우 양쪽에 전개한 개럿과 마이어스에게는 각자 동쪽과 서쪽 경계도 분담하게 했다. 총성 때문에 지시가 들리지 않게 될 경우도 생각해서 전원이 무전

516

기를 부착하게 했다. 100미터 정도 광장을 사이에 두고 앞에 있는 숲 속에서 몇 번인가 총구의 화염이 불을 뿜었다. 여자 비명 소리도 들려왔다. 독립된 LRA 중대는 파키스탄군의 지상 부대와 싸우는 것이 아니라 그곳에 있는 마을 사람들을 학살하고 있는 것 같았다. 평화 유지군에게 발각되기 전에 대학살의 증인을 말살하고 있을 터였다.

예거는 적에 대한 증오로 불타올랐다. 반드시 이 만행에 대한 대가를 받게 해 주겠다고.

옥상 난간을 받침으로 소총을 쥐고서 그들은 적이 잠복한 숲 속으로 일제히 사격을 개시했다. 마을 사람들이 살아남아 있을 가능성을 고려해서 착탄점을 얕게 잡았다. 탄환 서른 발을 자동 사격으로 쏘다가 첫 번째 탄창이 비었을 때쯤, 나무 그늘 안에서 웅성거리는 인기척이 보였다. 이쪽을 알아차린 것이다.

"이제부터는 탄약을 아껴! 평화 유지군이 나올 때까지 기다려!"

예거가 결전 직전의 마지막 지시를 보냈다. 탄창을 재장전한 용병들이 다시 전방을 겨누었다. 빛이 닿지 않는 정글 속에서, 놀란 적군 무리가 바람에 쓸리는 벼이삭처럼 흔들리는가 싶더니 수목 사이에서 뛰쳐나오기 시작했다.

선두 집난에 소준을 맞주고 방아쇠를 당기려던 예거의 눈앞에 이 세상의 지옥이 펼쳐졌다. AK 소총을 난사하며 돌격해 오는 것은 소년병 집단이었다. 10세 전후의 작은 남자아이들이 새된 소리를 지르며 예거를 죽이러 돌진했다.

반년 전 아주 맑은 날 오네카의 인생은 격변했다.

그때까지는 보통 어린이였다. 태어나서 자란 곳은 길가를 따라 생겨

난 작은 마을. 게으른 아버지와 일을 나가는 어머니, 그리고 나이 차이가 그다지 나지 않는 형과 여동생이 있는 다섯 식구. 아침, 일어나면 아이들끼리 물을 길으러 나갔다가 초등학교에 가거나 밭에서 어머니의 일을 돕거나, 같은 마을 친구들과 놀면 하루가 지났다. 즐거움이라고 한다면, 2주에 한 번 멀리서 열리는 시장에 가는 것과 가끔 저녁에 나오는 닭고기를 먹는 것이었다. 일가족이 기거하는 좁은 방에 맛있는 음식이 펼쳐지면 형 아각도, 여동생 아티에노도, 얼굴에 기쁨을 한가득 담고 사이좋게 나눠 먹었다.

마을에 악마가 온 그날도 오네카는 집 앞에서 놀고 있었다. 아각과 함께 공놀이를 하고 있었다. 아티에노는 집 앞에 앉아서 노래를 부르며 오빠들을 바라보고 있었지만, 아이의 작은 노랫소리는 비명으로 흔적도 없이 사라졌다. 마을 끝 쪽에서 여자가 쇳소리를 지르고 있었다. 그 소리는 평소 자주 듣던 부부 싸움 소리와 달리 듣는 사람을 얼어붙게 만드는 진정한 공포로 가득 차 있었다.

무슨 일인가 하고 오네카는 형과 둘이 길로 나가 보았다. 그랬더니 트럭 한 대가 급정지와 급발진을 반복하며 집 앞에 세 사람씩 병사들을 내려놓으며 이쪽으로 오고 있었다.

"아빠! 엄마!"

아각이 큰 소리로 부모를 불렀다. 집 뒤에서 밭일을 하던 어머니와 낮잠을 자던 아버지가 얼굴색이 변해서 뛰어왔다. 바로 그때 오네카의 눈앞에 트럭이 멈춰 서더니 총을 든 세 남자가 짐칸에서 뛰어내렸다.

아버지가 "도망쳐!" 하고 외치며 바로 옆에 있던 아티에노를 안아 올렸다. 거기로 병사 한 사람이 돌진했다. 소총 끝에 붙은 긴 칼이 아버지 품에 안겨 있던 아티에노의 몸을 꿰뚫었다.

제일 가까이 보고 있던 오네카는 자신이 악몽을 꾸고 있다고 생각했다. 아티에노는 노래를 부르고 있었다. 아무런 나쁜 짓은 하지 않았는데. 그런데 왜…….

여동생은 바로 축 늘어졌다. 아버지는 동생의 죽음을 슬퍼할 여유조차 없었다. 아티에노를 관통한 칼끝이 그의 가슴까지 찔러 들어왔기 때문이다. 아버지는 고통의 신음을 흘리며 상처를 막듯이 두 팔을 교차하며 땅에 쓰러져 괴로움에 뒹굴었다.

제일 키가 큰 병사가 공포와 경악으로 주저앉은 어머니에게 걸어가서 말했다.

"네 아들들을 데려가겠다."

어머니는 대답하지도 못했다. 턱이 덜덜 떨려서 아무런 말도 못하고 있었다. 그러더니 다른 병사가 형 앞에 칼을 내밀며 명령했다.

"네 엄마를 강간하고 목을 잘라."

눈을 크게 뜬 아각이 즉각 고개를 저었다. 그것을 기다렸다는 듯이 세 번째 병사가 형의 몸에 도끼를 휘둘렀다.

오네카는 곧바로 눈을 감았다. 하지만 고개를 숙여도 귀에 형의 절규와 몸이 산 채로 해체되는 소리가 들렸다.

흐느껴 울던 오네카의 손에 묵직한 칼이 쥐어졌다. 그리고 그 악마의 목소리가 속삭였다.

"네 엄마를 강간하고 목을 잘라. 안 그러면 너도 죽인다. 네 형처럼."

눈물로 일그러진 시야에 형의 몸 조각들이 들어왔다. 몸통밖에 없었다. 오네카는 죽고 싶지 않았다. 어머니에게 눈을 돌렸더니 어머니의 얼굴은 핏기가 몰려 보라색으로 물들어 있었다.

"자, 해."

악마가 말하며 오네카의 바지를 내리고 작은 페니스를 자극했다.

어머니는 계속 울고 있었다. 자기 아들이 살아남기 위해 끔찍한 일을 다 마칠 때까지.

모든 일을 마치고 나자 오네카는 다른 사람이 되었다. 어딘가 다른 세상에서, 자신이 있는 세상을 바라보는 느낌이었다. 트럭에 태워져서 흙먼지를 뿜으며 길을 가다 보니 땅바닥을 뒹굴며 오열하는 아버지의 모습이 보였다. 이제 두 번 다시 이곳으로 돌아올 수 없으리란 생각이 들었다.

같은 마을 출신인 열 명의 아이들과 함께, 오네카는 훈련 캠프로 끌려왔다. 자신은 병사가 된 모양이었다. 전쟁에 휘말리고 말았다. 초라한 텐트들이 늘어선 초원 한가운데, 몇 백이나 되는 아이들이 모여 있었다. 물로 씻는 것도 허락되지 않는지, 부근에는 악취가 엄청나게 나고 있었다.

훈련이 시작되자 조금이라도 실수를 한 아이는 그 자리에서 죽었다. 발이 걸려 넘어졌는데 맞아 죽은 애도 있었고, 머리끝부터 등유를 뒤집어쓰고 불에 타 죽은 애도 있었다. 다들 짐승 같은 소리를 내며 죽었다. 오네카는 죽고 싶지 않아서 소총 분해에서 돌격 훈련까지, 주어진 임무를 묵묵히 수행했다. 세 달 뒤에는 실전으로 나가서 자기 고향과 같은 마을을 하나 습격하고 식량과 연료, 그리고 여자를 약탈하는 것을 도왔다. 오네카를 데려온 악마, '피투성이 장군'이라는 별칭이 붙은 지휘관은 잡아온 마을 사람들을 나무에 묶어서 담력 시험이라며 어린애들에게 총검으로 찔러 죽이게 했다. 오네카도 여럿 죽였다.

"지금은 참아야 해. 그러는 동안 미군이 구하러 올 거야."

로카니라는 이름의 동료가 살인을 한 날 밤에 거듭 말했다.

"미군이?"

"웅. 미군은 나쁜 사람들을 무찔러 주는 거야. 그리고 '펜은 칼보다 강하다'라는 말 알아?"

오네카는 고개를 저었다.

"신문 기자는 어떤 군대보다도 센 거야. 펜의 힘으로 분명 우리들을 구해 줄 거야."

하지만 미군도 오지 않았고, 펜은 칼보다 강하지 않았다. 더 이상 기다릴 수 없었던 로카니가 어느 날 밤, 캠프에서 도망치려다가 잡혔다. 지휘관은 오네카를 불러서 탈주병을 곤봉으로 때려서 죽이라고 명령했다. 오네카는 친구의 머리를 쳐서 죽였다. 이제 아무도 믿을 수 없었고, 다른 사람에게 친한 감정도 품을 수 없게 되었다.

이제는 아무래도 상관없다. 그것이 오네카의 전쟁이었다.

그래서 이틀 전에 있었던 습격에서도 교회에 모여 있던 마을 사람들을 아무런 주저 없이 죽일 수가 있었다. 소년병들은 죽인 상대의 몸을 찢어 심장이나 간을 먹으라는 명령을 받았다. 젊은 여자들만 지휘관들이 노리개로 삼기 위해 숲 속으로 데려갔다. 그런데 오늘 아침에 전혀 예상치 못한 일이 일어났다. 멀리서 포탄이 쏟아지고 전투용 헬리콥터가 공격하기 시작한 것이다. 오네카 일행은 광장에 설치했던 텐트를 정리해서 숲으로 들어가라는 명령을 받았다. 철수 준비가 끝나자 마을 여자들을 죽이기 시작했다. 다섯 지휘관은 어째선지 당황한 것 같았다. 오네카는 문득 깨달았다. 미군이 온 건가? 그러면 자기처럼 나쁜 사람을 죽이려 하지 않을까? 지금도 이렇게 울면서 애원하고 있는 여자들에게 총탄을 날리고 있으니까.

"돌격 대형으로 서!"

피투성이 장군이 갑자기 외쳤다.

그때야 비로소 오네카는 자신들이 공격받았다는 사실을 알았다. 광장에 가까운 위치에 있던 동료들이 총격을 받고 픽픽 쓰러졌다. 오네카는 탄알이 날아온 방향을 쳐다보았다. 성당 옥상 위에서 수가 얼마 안 되는 사람들이 발포하고 있었다.

"공격 목표는 저 성당이다! 한 놈도 남기지 말고 죽여!"

아이들 모두 소총 약실에 총탄을 넣고 빨간 벽돌 건물로 향해 돌격 대형으로 섰다.

피투성이 장군이 들어 올렸던 손을 내렸다.

"전원, 돌격!"

200명의 소년병들은 일제히 함성을 지르며 광장 너머에 있는 성당을 향해 달려갔다. 오네카는 선두 그룹에 있었다. 언제나 그랬듯이 공포는 느끼지 않았다. 그저 죽으면 됐으니까. 교회 지붕을 노려 AK 소총을 쏘며 가는 동안 달콤한 화약 연기 냄새가 사라지고 바람과 함께 흙냄새가 코를 찔렀다. 그것은 오네카의 고향을 떠올리게 했다. 여태 아무리 떠올리려 해도 떠오르지 않았던 가족 생각이 마음의 빗장을 열고 들어왔다.

흙냄새가 상냥한 어머니의 냄새로 변했다. 어머니에게 안겨 있는 느낌이 들었다. 부드러운 탄력과 따뜻함에 안긴 채 어머니가 화를 내지 않는 것을 신기하게 생각했다. 내가 강간하고 죽였던 어머니가 지금도 나를 사랑해 주고 있는 걸까?

오네카는 울음을 터뜨렸다. 두 눈에서 솟아난 눈물을 허공에 흩뿌리며 계속 뛰었다.

인간으로 태어나지 말 것을.

새나 짐승으로 태어나서 아빠와 엄마, 형, 여동생과 함께 맞대고 언제까지나 사이좋게 살고 싶었다.

적이 반격을 시작했다. 소총을 든 남자가 교회 지붕에서 자동 사격을 하고 있었다. 오네카 왼쪽에서 탄환이 두개골을 뚫는 소리가 맹렬한 속도로 가까워졌다. 죽어 나가는 아이들을 곁눈으로 보며 오네카는 이제 자신도 죽으리라고 생각했다.

화염을 뿜어내는 총구가 자신에게 향했다. 그 후 아무것도 보지 못하고, 아무것도 느끼지 못하고 머리가 뚫린 채 오네카는 죽었다.

소년병 무리를 향해 믹이 제압 사격을 시작했다. 제일 앞줄에 있는 아이들이 피를 뿜으며 쓰러져갔다. 뒤따른 집단이 동료들의 사체에 발이 걸려서 그 위로 쓰러졌다.

"공격 중지!"

예거가 외쳤지만 믹은 명령에 따르지 않고 "덤벼, 이 씹할 놈들아!" 따위로 노성을 지르며 계속 총을 쏴 댔다. 그가 총알을 다 쓰고 나서는 "장전!"이라 외치며 탄창을 교환하는 사이에, 헛발을 딛고 비틀거리던 아이들이 시체를 뛰어넘어 총을 쏘기 시작했다. 개럿과 마이어스가 어쩔 수 없이 총을 쏘았지만 두 사람이 한 것은 위협사격이었다. 아이들은 발치에 떨어지는 총알이 더 이상 넘지 말아야 하는 선을 그리자 겨우 진격을 멈췄다.

"사격 중지!"

예거가 명령하고 수류탄 안전핀을 뽑았다. 살상 범위를 눈으로 정하고 나서 아이들의 전방에 투척했다. 폭발과 함께 작은 병사들이 일제히 몸을 엎드렸지만 멀거니 서 있었더라도 상처를 입지는 않았을 것이다.

정적에 휩싸였던 광장에 나이 어린 소년들의 울음과 비명이 울려 퍼졌다. 예거는 가슴이 찢어지는 느낌을 받으며 빨리 후퇴해 달라고 빌었다. 이쪽의 계획은 이미 틀어졌다. 파키스탄군은 소년병 중대를 고의로 놓쳤다. 이제 평화 유지군의 조력은 받을 수 없었다. 이대로 전투가 이어지면 섬멸전이 될 수 있었다.

기도가 통했는지 엎드려 있던 일당들 중에 몇몇 아이들이 몸을 일으켜서 방향을 바꿔 숲으로 되돌아가기 시작했다. 예거는 전부 후퇴할 거라는 기대를 품었지만 그것은 바로 무너졌다. 숲에서 쏜 섬광탄이 적 앞에서 도망치려했던 소년병을 처형했던 것이다. 믿을 수 없는 광경이 눈앞에 펼쳐지자 예거는 구역질이 날 지경이었다.

퇴각하더라도 죽음을 기다릴 수밖에 없는 집단은 전술도 무엇도 없는 절망적인 돌격을 감행했다. 마치 일본군의 자살 공격 같았다. 엄폐물 없는 광장을 움직이는 목표가 되어 쇄도해 왔다. 하지만 병사는 아이라도 손에 든 자동 소총은 진짜였다. AK 소총이 압도적인 화력으로 예거 일행을 덮쳐 왔다. 몸을 숨겼던 옥상 난간이 몇 백 발이나 되는 총탄을 받아 깎여 나갔다. 게다가 가장 끝에 있던 소년병이 멈춰 서더니 대전차 로켓포를 준비하고 있었다.

"RPG!" 하고 외친 마이어스가 후방으로 뛰어갔다. 일직선으로 날아온 로켓탄이 성당 좌측 벽을 직격했다. 땅울림과 함께 벽돌 덩어리가 공중으로 튀어 오르며 마이어스 근처의 옥상 일부가 붕괴되었다. 나락의 밑바닥으로 떨어지기 시작한 마이어스는 상반신만 옥상 바닥에 걸치고 있었다. 성당 안에 가득하던 시체 냄새가 강하게 풍겼다. 마이어스가 겨우 버티다가 하반신을 끌어올려 예거 옆으로 기어왔다. 얼굴이 퍼렇게 질린 마이어스가 외쳤다.

"이대로 가면 당해! 어떻게 하지?"

예거 반대쪽에는 믹이 아까 가져온 RPG를 아이들에게 향해 응사했다.

폭발 중심부에서 아이들의 찢어진 머리나 내장이 날아오르는 것이 보였다.

"공격 중지! 공격 중지!"

예거의 제지도 듣지 않고서 믹은 AK 소총으로 용서 없이 총격을 가했다.

"저 미친 새끼들을 다 죽여야 돼! 이놈들 전부 뒈져 버려!"

믹의 목소리는 환희로 떨리는 듯했다. 눈앞에 닥친 죽음에 대한 스트레스를 완화하려고 뇌내 마약 물질이 대량으로 분비되어 '전투에 취한' 것이었다. 전쟁이라는 쾌락에 지배된 믹은 흑인 아이들에게 욕을 퍼부으며 기쁘게 총을 쏴 댔다.

예거 뱃속에서 타는 듯이 뜨거운 액체가 치밀어 올랐다. 소년병들은 광장 중앙까지 왔지만 이미 반 가까이 믹에게 죽어 나갔다.

그때 작은 병사가 떨어뜨린 두 발의 RPG가 다시 성당 좌측면에 작렬하며 지붕이 크게 흔들렸다. 다시 한 발이 닿았다가는 건물 전체가 무너지고 말 터였다.

믹이 AK 소총을 유탄 발사기로 바꿔들었다.

"믹, 쏘지 마!"

"닥쳐! 이건 전쟁이야!"

믹은 대답하며 유탄을 쐈다. 선두 집단의 발치에서 폭발한 유탄이 단번에 일곱 명의 아이들을 쓰러뜨렸다. 예거는 쏠 수밖에 없다고 결단을 내렸다. 영원히 단죄를 받게 되더라도 총을 쏴야 했다.

"그래, 이게 전쟁이지!"

그렇게 외친 예거는 권총을 뽑아 믹의 관자놀이를 쐈다.

9밀리미터탄은 머리에 박힌 채 관통하지 않았다. 믹의 두개골 안에서 멈춘 총알은 그의 뇌를 휘저어 완전하게 파괴했다. 무릎을 꿇은 일본인은 순식간에 생명을 잃고서 쓰러졌다. 즉사한 뒤에도 시체의 머리와 콧구멍에서 검은 피가 흐르고 있었다.

마이어스와 개럿은 충격을 받은 얼굴로 동료의 시체를 바라보았다. 방아쇠를 당긴 예거는 믹의 뇌수가 자신의 오른손에 직접 닿는 듯한 감각에 사로잡혔다. 예거는 일어서서 바로 지시를 내렸다.

"개럿, 위협사격으로 놈들 발을 묶어. 수류탄을 써도 괜찮아. 마이어스, 유탄을 쏴."

유탄 발사기를 건네받은 마이어스가 눈을 찌푸리고 예거를 바라보았다.

"숲 후방에 때려 박아. 숨어 있는 지휘관을 뛰어나오게 해!"

"라저!"

마이어스가 발사각을 조정하며 40밀리미터 유탄을 발사하기 시작했다. 예거는 아까 빼앗아 왔던 드라그노프 저격총을 쥐고 광학 조준기를 들여다보며 숲 입구에 있는 큰 나뭇가지를 노려 시험 사격을 했다. 바로 총구를 돌리고 착탄점을 확인해서 빗나간 조준기를 조정했다.

이러는 동안에도 살아남은 소년병들은 서서히 교회로 접근하고 있었다. 어느 아이고 눈동자가 악의에 휩싸인 채 괴기스럽게 빛나고 있었다. 상상을 뛰어넘는 폭력과 상실을 보아 온 아이들의 눈. 예거는 거기서 돌이킬 수 없이 황폐해져 버린 영혼을 보았다.

소년병 몇 명이 수류탄을 던지기 시작했다. 옥상에는 닿지 않았지만 눈앞에서 계속 폭발이 일어나며 붕괴 직전인 교회 벽을 때리기 시작했다.

필사적으로 응전을 하던 개럿이 외쳤다.

"저놈들을 멈출 수 없어! 빨리 해!"

마이어스가 발사하는 유탄이 숲 속에서 바로 앞까지 착탄점을 옮기긴 했지만 어둠속에 잠복한 지휘관은 아직 모습을 보이지 않았다.

아이들은 이쪽에서 살상할 의사가 없다는 것을 알아차렸는지 서서히 속도를 올려 다가왔다. 교회까지는 이제 30미터. 소년 하나가 시체의 산을 파헤쳐서 RPG를 꺼냈다. 그것을 쏘면 아마 이쪽은 전멸할 터였다. 어쩔 수 없이 예거는 저격총을 그 소년에게 겨누고 언제든 다리를 쏠 수 있도록 자세를 잡았다.

그런데 바로 옆에서 인기척이 느껴졌다. 죽은 믹이 움직였나 하고 예거가 놀라서 눈을 들었다. 거기에는 이질적인 외모의 아이가 서 있었다. 어느새 온 아키리가 이쪽을 내려다보았다. 소년병과 똑같이 증오로 일그러진 표정으로.

엎드려 쏘는 자세 그대로 예거가 외쳤다.

"엎드려!"

하지만 아키리는 따르지 않고 믹의 시체를 뒤적거려서 가방에서 뭔가를 꺼냈다. 그것은 활동 자금으로 받았던 1만 달러 지폐 다발이었다. 아키리는 작은 손으로 봉투를 뜯어 200장의 50달러짜리 지폐를 옥상에서 뿌렸다.

바람의 방향에 따라 교회에서 광장으로 작은 종잇조각들이 팔락팔락 내렸다. 뭐가 떨어지나 하고 몸이 덜컥 굳은 소년병들은 머리 위로 떨어지는 것이 고액 지폐라는 것을 알자마자 서로 차지하려 싸우기 시작했다. 아키리는 엷은 웃음을 지으며 무기를 집어던지고 큰돈을 둘러싸고 서로 때리고 있는 아이들을 바라보았다. 인간의 욕심을 꿰뚫어 보고 비웃는 것처럼 보였다.

"예거!"

마이어스가 외치는 소리에 예거가 재빨리 조준기로 눈을 돌렸다. 소년병에게 살인을 시키던 지휘관들이 연속 폭격에 떠밀리듯이 숲 가장자리에 나타났다. 베레모를 쓴 다섯 남자였다. 유탄으로 부상을 입었는지 그중 한 명은 피투성이가 되어 있었다.

예거는 망설임 없이 방아쇠를 당겼다. 첫 번째 남자가 목에 맞고 덜컥 뒤로 쓰러졌다. 힘이 빠진 몸이 땅에 쓰러지기도 전에 예거가 두 번째 남자의 머리를 쏘았다.

한 발로 치명상을 줘야만 하는 것이 안타까웠다. 훨씬 잔혹한 방법으로 인간의 모습을 한 악마들이 대가를 치르게 하고 싶었다.

남은 세 사람이 저격수가 있다는 것을 알고 숲 속으로 도망치려 했다. 예거가 그중 두 사람을 쓰러뜨렸지만 탄알이 떨어졌다. 마지막 남은 피투성이 남자가 나무 사이로 도망가려 할 때, 마이어스가 쏜 유탄이 그의 발치에 명중했다. 폭발과 함께 수백 개의 금속 파편이 온몸에 박힌 남자는 너덜너덜해진 채 그 자리에 쓰러졌다.

예거가 옥상 난간에서 몸을 내밀고 지상을 향해 외쳤다.

"지휘관이 죽었다! 다들 도망쳐!"

개럿이 예거의 말을 스와힐리어로 옮겨 외치기 시작했다.

정신을 차린 아이들이 소총을 다시 들고 공격해 왔지만 예거와 개럿은 엎드린 채 계속 외쳤다.

"지휘관은 이제 없어! 이제 죽이지 않아도 돼! 빨리 도망가!"

일제 사격의 소리가 점점 가늘어지더니 잠시 지나서 멈췄다. 예거는 신호용 손거울을 내밀어서 광장을 살폈다. 숲을 돌아본 아이들은 지휘관의 시체를 발견하고 서로 얼굴을 바라보며 뭔가 말을 나누다가 함성을 지르며 사방으로 흩어졌다.

전장에 사람이 다 사라질 때까지 별로 시간이 걸리지 않았다. 아이들은 무기를 버리고 한 명도 남김없이 도망쳤다.

안전이 확인되자 예거가 "철수한다." 하고 말하며 몸을 일으켰다. 현기증이 심하게 일었다.

믹의 시체를 찬찬히 바라보던 아키리가 예거를 올려다보며 기분 나쁜 웃음을 지었다. 더 이상 힘든 일은 견딜 수가 없던 예거는 아키리의 속내를 짐작해 보려 하지는 않았다. 그저 작은 몸을 잠자코 안아 올려 북쪽에서 뛰어온 피어스에게 넘겼다.

그리고 곧 용병들은 믹의 가방을 뒤져 신분증 같은 것을 모두 꺼내고 식품과 탄약도 나눠 들었다.

믹의 시체를 내려다보던 개럿이 예거에게 위로의 말을 건넸다.

"신경 쓰지 마. 이게 전쟁이야. 진짜 엉망진창인 전투였어."

마이어스가 끄덕이며 동의했다.

예거는 아무 말도 하지 않았지만 두 사람에게 감사했다. 그리고 아주 잠깐 자신이 죽인 일본인에 대해 생각했다. 가족이나 친구의 사진은 한 장도 없이 전장으로 온 가시와바라 미키히코라는 남자의 인생에 대해. 아마 누구에게도 사랑받지 못했다는 증오로 채색된 생애였으리라.

"자, 가자."

마이어스가 말하고 옥상을 달렸다. 다 함께 사다리를 땅에 내리고 교회 북쪽 난간에서 지상으로 내려왔다.

"아까 대기 차량에서 연락이 왔네. 평화 유지군이 기지로 돌아가기 시작하니 이쪽으로 오고 있네. 이제 곧 도착한다는군."

피어스가 말했다.

"차종은?"

예거가 물었다.

"랜드크루저네. 100미터 앞에 간선 도로에서 기다리지."

예거와 개럿이 앞에서 경계를 서고 중앙에는 피어스와 아키리, 그리고 후방에 마이어스가 살피는 진형으로 그들은 동쪽을 향해 떠났다. 성당 앞 광장에는 100명 정도 되는 아이들의 시체가 뒹굴고 있었다. 예거는 참을 수가 없어서 위액을 토했다.

뒤돌아본 개럿이 "가자." 하고 재촉해서 발걸음을 서두르는데, 그가 갑자기 눈에 보이지 않는 거대한 물체에 부딪힌 것처럼 움직임을 멈추더니 오른쪽 배를 끌어안았다. 그러고는 지면에 두 무릎을 꿇고 앞으로 쓰러졌다.

예거는 방금 내뱉은 토사물 위에 엎드려 무전기로 마이어스에게 총성이 들려온 방향을 전했다.

"3시 방향에 저격수."

어린애들의 시체가 쌓여 있는 광장 쪽이었다. 예거는 소총의 조준기 너머로, 다 죽어가던 상태에서 몸을 일으킨 한 소년을 발견했다. 시체의 바다 속에서 익사하는 것처럼 보였다. 총에 맞은 개럿이 쓰러진 채 고통스러운 신음 소리를 냈다.

"참아. 개럿, 바로 마이어스가 올 거야."

예거는 그렇게 외치며 광장으로 눈을 돌렸다.

소년은 RPG 폭탄에 당한 듯이 왼팔이 사라지고 한쪽 눈이 찌부러져 있었다. 남은 한 팔로 AK 소총을 들고 있었지만 의식이 꺼져 가는 것이 텅 빈 표정에서 보였다. 사력을 다해 총을 쏘았지만 조준이 되지 않았다.

어째서! 예거는 묻지 않을 수 없었다. 어째서 나는 저 애랑 서로 총질을 하고 있는 것일까?

산발적인 총성은 상관하지 않고 예거는 개럿에게 뛰어가서 그를 가까운 민가 벽에 기댔다.

"아, 제길, 아파!"

개럿이 흐느꼈다. 예거는 개럿의 장비를 전부 풀고 전투복을 벗겨 상처를 확인했다. 늑골 왼쪽에서 피가 흐르고 있었다. 간 부근의 맹장 근처를 맞은 것이었다. 날아온 탄환의 운동 에너지는 전부 내장을 휘젓는 데 소진되었다.

개럿의 얼굴이 새하얘졌다. 호흡도 짧아졌다. 예거는 가방을 개럿의 발밑에 괴서 두 다리를 높여 쇼크 증상에 대처하려 했다.

거친 소리로 개럿이 말했다.

"제기랄. 애가 쏜 총에 맞다니."

"괜찮아. 큰 상처 아냐. 힘내."

출혈을 멈추려고 상처 입구를 압박하니 개럿이 찢어지는 아픔에 몸을 뒤흔들었다. 예거는 구급 상자에서 모르핀 주사를 찾아 꺼낸 다음 의무병을 바라보았다. 교회 뒤편에서 발이 묶인 마이어스가 피어스와 아키리를 몸으로 감싸며 겨우 이쪽을 향해 달려오기 시작했다.

"나는 여기서 죽나 봐. 좀 더, 좋은 일을 해 둘걸 그랬어."

개럿이 피리 같은 숨소리를 내며 말했다.

"그렇게 생각하는 건 네가 좋은 놈이라 그래."

"아냐…… 나는, 많은 사람들을 고문국으로 보낸…… 시리아나 우즈베키스탄이나……."

예거가 참지 못하고 말을 끊었다.

"그건 네 뜻이 아니었어. 이 정글에서, 넌 혼자서라도 도망갈 수 있었을 거야. 함께 와 준 것도 우리 아들을 위해서 그런 거지?"

대답이 없었다. 개럿은 두 눈을 감고, 호흡도 멎은 채 온화한 얼굴로 누워 있었다.

예거는 개럿의 경동맥에 손가락을 댔다가 심장이 정지한 걸 확인하고 곧바로 심폐 소생술을 시작했지만 죽은 사람을 되살릴 수 없다는 사실을 알고 있었다. 자신의 마지막 말을 들었냐고 아직 가까이 있을 개럿의 영혼에게 묻는 것이 고작이었다.

뛰어 온 마이어스가 개럿의 맥박과 호흡, 그리고 동공을 확인하더니 심장 마사지를 계속하는 예거를 말렸다. 젊은 의무병은 절망한 얼굴로 힘없이 고개를 저어 전우의 죽음을 선고했다.

피어스가 비통한 목소리로 속삭였다.

"이럴 수가."

"총을 쏜 그 애는 어떻게 됐어?"

예거의 물음에 마이어스가 대답했다.

"쓰러져서 움직이지 않아. 죽은 것 같아."

잠시 두 사람은 묵념하는 자세로 입을 닫았다가 개럿의 짐을 찾아 위조 여권 등을 꺼냈다. 옆주머니에서 개럿과 비슷한 연배의 여자 사진과 유서로 생각되는 봉투가 발견되었다.

'주디에게'라는 받는 사람의 이름과 버지니아 주 북부의 주소가 쓰여 있었다. 예거는 그것을 소중하게 바지 주머니에 접어 넣었다.

"묻지는 않나? 그는 음부티족 사람들을 구해 주었네."

피어스가 물었다. 한시라도 빨리 이 자리에서 떠나야 했지만, 예거는 도저히 개럿을 길바닥에 버려 둘 수가 없었다. 주변을 살피니 이미 인기척도 사라져 있었다.

"묻어 주자. 셋이서 하면 시간도 별로 안 걸려."

마이어스도 말했다.

예거는 끄덕이고서 마이어스와 함께 시신을 가까운 숲까지 옮겼다. 접이식 삽으로 구멍을 파고 그 속에 개럿을 눕히고 나서 지도 위에 매장 장소를 기록했다.

시신에 흙을 끼얹는 순서가 되자 마이어스와 피어스가 고개를 숙이고 짧은 기도문을 읊조렸다. 예거는 이 자리에서 유일하게 슬픈 기색을 보이지 않는 이질적인 인간을 바라보았다. 인류학자의 품에 안겨 있는 아키리는 즐거운 표정을 짓고 있었다. 처음으로 보는 종교적인 의식이 흥미진진하다는 표정이었다.

이 아이의 마음에 떠올라 있는 것은 그게 다일까? 시신을 그저 물질로 보고 있지는 않은가 하는 생각이 들어, 예거는 아키리의 작은 아래턱을 쥐었다. 인간의 유아와 다르지 않은 감촉이었다. 아키리는 두렵다는 듯이 예거를 올려다보았다. 예거는 세 살배기 아이의 얼굴을 개럿의 시신에 향하게 하고는 말했다.

"아키리, 잘 들어라. 네가 무슨 생각을 하고 무슨 느낌을 느끼는지는 나도 모르겠다. 우리 인간을 멍청한 종족이라고 생각할지도 모르지. 하지만 이 사람만은 잊지 마라. 이 사람은 너를 지키려고 하다가 죽었다. 가장 소중한 것을, 너를 위해서 내던진 거라고."

아키리의 두 눈에 눈물이 차올랐다. 아버지에게 혼났을 때 자기 아이가 짓는 표정을 예거도 떠올렸다. 이것은 훈계라고 생각했다.

"이제부터 넌 워런 개럿의 목숨을 등에 업고 살아가야 한다. 말하자면 그처럼 선하게 살라는 뜻이다. 알았어?"

아키리가 작게 끄덕였다. 여기서 끄덕이지 않으면 학대가 이어질 거라고 여긴다는 듯이.

"좋아."

예거가 손을 놓았다. 아직 아키리가 떨고 있는 것 같아서 큰 머리를 쓱쓱 쓰다듬어 주고는 다른 두 사람에게 말했다.

"자, 이 나라를 뜨자."

겨우 네 사람으로 줄어든 일행은 개럿의 시신을 매장하고 나자, 미력하게 남아 있던 체력도 없어졌다. 적막으로 뒤덮인 정글을 계속 나아가다 보니, 작은 냇가 근처에 있던 수많은 나비 무리가 아침의 나뭇잎 사이로 비쳐드는 햇살 속을 일제히 날아오르는 것이 보였다. 마치 무수한 꽃이 어지러이 흩날리는 것 같았다.

세상은 이렇게 아름다운데, 이 별에는 인간이라는 괴물이 있어. 예거는 생각했다.

숲을 나가기 전에 피어스가 컴퓨터를 꺼내서 정찰 위성이 감시하지 않는 것을 확인했다.

"전부 클리어야."

흙으로 뒤덮인 간선 도로로 나오니 남쪽 방향에 정차된 랜드크루저가 시동을 걸고 이쪽으로 다가왔다. 예거는 방심하지 말자고 스스로를 경계하면서도 큰 안도감이 솟아오르는 것을 억누를 수 없었다.

대형 SUV가 일행 앞에 서더니 운전석에 앉은 흑인 젊은이가 말을 걸었다.

"당신이 로저입니까? 영국인?"

"그래. 자네가 사뉴인가?"

피어스가 답했다.

"네."

"만나서 정말 기쁘네. 사뉴."

"저야말로."

밝게 답하는 사뉴는 전투복을 입은 두 사람을 보고 얼굴을 굳혔다가 피어스가 가슴에 안고 있는 아이를 보고 눈을 크게 떴다.

"이 애가 병에 걸려서 말일세. 다른 사정에 대해서는 천천히 설명하겠네. 그보다 보급품은 다 챙겨 왔나?"

"아, 네."

사뉴가 다시 명랑한 청년으로 돌아가서 운전석에서 뛰어내려 뒷문을 열었다. 짐칸에는 식량이나 옷 등을 실은 종이상자가 가득 들어 있었다.

남자들은 미네랄워터 상자를 가지고 숲 속으로 들어가서 온몸에 물을 끼얹었다. 재빨리 수염을 깎고 옷도 갈아입고서 남의 눈에 띄어도 수상하지 않도록 몸단장을 했다. 아키리는 유아용 모자를 눈까지 깊숙이 쓰고서 인간과 다른 머리와 눈을 감췄다.

마지막으로 피어스가, 언론인임을 증명하는 기자증과 새로운 위조 여권을 모두에게 나눠 주자 콩고 탈출 준비는 완료되었다.

"루추루를 지나서 우간다에 들어갈 거네."

"그러고 나면? 어떻게 아프리카에서 나가는 거죠?"

마이어스가 물었다.

"여러 가지 계획이 있지만 지금은 백지 상태일세. 이쪽 전력이 바뀌었으니 일본 조력자가 새로운 작전을 다시 내놓을 거네."

전력이 바뀌었다는 말은 현장 요원 두 사람의 죽음을 의미하리라.

만약을 위해 콩고에서 국경을 넘을 때에는 사뉴 이외의 네 사람은 차를 내려서 걸어서 검문소를 우회하는 방법을 취했다. 운전석에는 마이어스가 앉고 예거가 조수석, 다른 세 사람이 뒷자리에 앉자 랜드크루저가 출발했다.

예거는 창밖을 흐르는 이투리 숲을 바라보면서 무의식중에 오른손을 바지에 닦았다. 믹을 죽였을 때 뇌수가 맨손에 닿는 듯했던 감각이 남아 있었다.

이 나라에 들어오고 나서 자신이 올바른 일을 하긴 한 건지 생각했다. 아니면 여기 있는 무장 집단과 같은 차원으로 전락하여 사욕을 채우기 위해 적과 동료를 죽여 버린 것뿐일까? 침착하게 돌이켜 생각해 보니, 교회 지붕 위에서 믹이 아이들을 공격하지 않았다면 자신들 모두 죽을 수도 있었다는 생각이 들었다. 이것은 전쟁이라고 생각한다면 생존을 위해 싸워 온 믹이야말로 올바르게 행동하지 않았나 하는 생각조차 들었다.

예거가 했어야 하는 일은 일행을 위기에서 구한 믹에게 더러운 역할을 떠맡겨서 미안했다고 사과하는 게 아니었을까.

믹을 미워하고, 죽이고, 유해를 방치하고 떠났던 일에 대해 후회가 되기 시작했다. 그리고 평생 사라지지 않을 죄책감이 느껴져서 눈물이 흘러나왔다. 생명이란 것이 너무나 여려서, 인간의 소름끼치도록 끔찍한 부분 때문에, 선(善)의 무력함에, 그리고 선악의 판단조차 할 수 없는 자기 자신에게, 예거는 화가 나서 소리를 죽인 채 비통하게 울었다.

"예거. 참아. 나도 견디고 있어."

운전석에서 마이어스가 말했다. 젊은 의무병의 목소리도 떨리고 있었다.

예거가 눈물을 닦고 전방을 경계하려 시선을 돌렸지만, 이번에는 뒷자리에서 흐느끼는 소리가 들렸다. 피어스였다. 무너져 내리던 그의 정신에 안도의 파도가 밀려온 것이리라. 그리고 보호자에게 옮았는지 아키리까지 울기 시작했다. 고양이 같은 눈에서 흘러나오는 큰 눈물 방울은 사람과 똑같은 감정을 가지고 있다는 증거였다. 예거의 안에 자리 잡았던 이질적인 존재에 대한 공포가 약간이지만 옅어졌다.

혼자서 이유도 모르고 앉아 있던 사뉴가 곤란한 얼굴로 물었다.

"여러분, 괜찮으세요?"

앞자리에 나란히 앉은 두 용병은 보기에 따라서는 익살스러운 장면이라고 느끼고 그제야 웃음을 터트렸다.

제3부

탈출, 아프리카

1

바깥의 빛을 차단한 방에 틀어박혀서 잠도 밥도 잊은 채 신약 개발에
몰두했던 탓에, 겐토는 밤낮을 구분할 수 없게 되었다.

합성 작업을 개시하고 나서 벌써 일주일이나 지났다. 그동안 파피에
게서 전화는 오지 않았고 따라서 콩고와의 통신도 계속 두절되어 있어
서 겐토는 실험에 전념할 수 있었다. 침상에 드러누워 쪽잠을 잘 때, 문
득 불길한 상상이 머릿속을 스쳤다. 조너선 예거나 나이젤 피어스는 아
프리카에서 죽은 게 아닐까? 아니면 연락이 없는 것을 오히려 무사하다
는 증거라고 생각해야 할까?

신약 합성은 어제까지 순조롭게 진행되었다. 기프트1과 기프트2, 이
두 종류의 약물을 만들 각각의 출발 물질이 세 번째 반응을 이루어 냈고
전혀 다른 화학 구조를 가진 중간체로 변화했다. 반응이 한 번 끝날 때
마다 생성된 화합물을 모두 분리, 정제하고 대학에 있는 정훈에게 시료
를 보냈다. 약학부 건물 지하에 핵자기 공명 분석(NMR)이나 X선 구조

해석을 하는 기계가 갖추어져 있어서, 그 장치들에 넣으면 생성물이 원하는 물질이 되었는지 확인할 수 있었다. 택배나 우편처럼 느긋한 수단은 쓸 수 없어서 마치다 실험실과 긴시초에 있는 대학 사이를 퀵서비스가 수차례나 왔다 갔다 해야 했다.

그리고 어젯밤부터 오늘에 걸친 합성 작업은 최대의 고비와 맞닥뜨렸다. 기프트1의 합성 경로 중에 논문 검색에서는 보이지 않았던 반응이 있어서 시약이나 반응 조건 등을 스스로 생각해 내야만 했다. 저스틴 예거의 남은 수명이 열흘을 남기고 있는 시점에서 실패는 용납되지 않았다. 미리 며칠이나 걸려 반응 기구의 전문서와 씨름하며 두뇌를 회전시킨 겐토는 드디어 가능성 높은 실험 계획을 세워서 실행에 옮겼다. 플라스크 속에 시약과 촉매를 넣을 때에는 조금 손이 떨렸다. 반응에는 12시간이 필요했고, 생성물을 분리한 것이 오늘 오후 늦은 시각이었다. 지금은 시료를 퀵으로 보내서 분석 결과가 나오기를 기다리는 참이었다.

좁은 방을 점거한 실험대 주위를 빙빙 돌며 다음 반응 준비를 하던 겐토는 신기한 고양감을 맛보고 있었다. 누구도 해 본 적이 없는 미지의 반응을 일으켜 보는 것으로 드디어 유기 합성의 세계에 들어온 것 같다는 생각에 부풀었다. 이번 신약 개발은 노벨상에 빛나는 여러 업적뿐만 아니라 이름 없는 화학자들이 쌓아올렸던 정말 무수한 반응들이 뒷받침해 주었다. 자신이 시험한 반응은 이런 앞선 사람들의 대열을 뒤따르는 정도밖에 되지 않겠지만, 언젠가는 누군가가 이 반응으로 새로운 약물을 만들어 낼지도 몰랐다. 그것은 겐토의 가슴을 벅차게 하는 기대였다.

아파트 밖에서 들려온 오토바이 소리에 겐토는 고개를 들었다. 정훈이 도착한 듯했다. 바깥 계단을 뛰어오는 발소리를 듣고 친구를 맞이하러 현관에 섰다.

"결과가 나왔어."

정훈이 문을 열자마자 말을 꺼냈다. 그는 신발을 벗는 것도 아까웠는지 그 자리에 우뚝 서서 가방을 내리고 출력 용지 다발을 꺼냈다. 팩스를 쓸 수 없어서 서류도 직접 날라야 했다.

겐토는 방으로 돌아와서 세 종류의 분석 결과를 읽었다. 질량 분석(MASS)과 적외 흡수 스펙트럼(IR), 그리고 핵자기 공명 분석(NMR)이었다.

첫 번째 시료야말로 아무래도 원하는 화합물 같았다. 분자량, 질량, 원자의 구성뿐만 아니라 IR이 가리키는 관능기와도 일치했다.

조급한 마음을 억누르면서 NMR 차트를 읽어 내려갔다. 그래프 가로축에 뻗어 있는 직선이 간헐적으로 바로 위에 튀어올라 몇 가지 피크를 그려내고 있었다. 선이 깨끗하게 나왔다. 불순물은 없었다. 벤젠 고리의 존재나 수소의 흩어진 상태 등을 차트에서 읽으며 분석 결과와 일치하는 화학 구조식을 머릿속에 그렸다. 이 분석 결과를 누가 봐도 어긋남이 없는가? 단 하나의 구조식을 도출해 내는가? 겐토는 틀리지 않도록 몇 번이고 몇 번이고 확인하고 나서 주먹을 꾹 쥐고 외쳤다.

"성공했어!"

정훈도 손을 들어 기뻐했다.

"앗싸!"

"이제 세 단계 반응만 지나면 기프트가 완성이야!"

"이건 내가 주는 축하 선물이야."

만면에 웃음을 가득 담은 정훈이 햄버거와 각종 건강 보조제를 넣은 봉투를 내밀었다. 겐토는 축하 선물을 고맙게 받았다. 과자와 빵, 컵라면뿐인 식사에 지긋지긋하던 참이었다. 하지만 햄버거 포장을 뜯기 전에 아직 할 일이 있었다. 겐토는 만약을 위해 부생성물 분석 결과도 확인해 봤다. 그랬더니 의외의 사실을 알게 되었다. 예상과 전혀 다른 화합물이 합성된 것이었다. 플라스크 안에서 예상외의 반응이 일어난 듯했다.

이제서야 겐토는 '부반응을 잘 봐.' 하고 말하던 소노다 교수의 뜻을 이해했다. 주반응에만 신경 쓰고 있으면 그 뒤에 따르는 생각지도 못한 발견을 지나쳐 버리고는 했다. 보통 연구실에서 실험을 끝낸 대학원생이 결과를 보고하러 가면, 소노다 교수 혼자 흥분하는 통에 실험했던 학생이 영문을 모르고 멍하니 있는 일이 자주 있었다. 아마 교수는 이런 예상 밖의 현상을 겪고 미지의 반응이라는 것을 알아차리고서 화학자로서의 호기심이 들끓은 것이리라. 지금 은사님과 똑같은 흥분을 맛보고 있는 겐토는 유기 합성의 세계에 또 한 걸음 전진한 기분이 들었다.

정훈이 웃었다.

"뭔지는 몰라도 기뻐 보이는데? 안 먹어?"

겐토는 실험대 앞으로 돌아왔다.

"먼저 먹어. 다음 반응을 일으키면서 먹을게."

"도울 일은 없고?"

"그럼 쥐 산소포화도를 재 줄래?"

"오케이."

정훈이 선반을 들여다보며 실험동물용 계측기기를 손에 들었다가 바로 겐토를 불렀다. 겐토가 뒤돌아보니 정훈이 우리 안에서 움직이지 않는 쥐를 손으로 가리키고 있었다.

"한 마리가 죽었어."

드러누워서 움직이지 않는 쥐는 인위적으로 폐포 상피 세포 경화증을 유발시킨 유전자 조작 쥐였다. 귀에 장치한 인식표에 적힌 번호가 '4-05'였다. 겐토는 실험 노트 페이지를 펴고 여섯 시간 간격으로 기록해 왔던 동맥혈 산소포화도의 그래프를 봤다. '4-05'는 가장 병세가 악화되었던 개체였다.

실험동물에게는 이름도 붙이지 않고 정이 들지 않도록 신경을 썼지만, 그래도 마음 어딘가에 무겁게 가라앉는 느낌이 있었다. 죽은 쥐에게 마음속으로 사과하면서 겐토가 그래프 마지막에 'dead'라고 적어 넣었다.

"이 녀석은 대학으로 가져갈게. 유전자를 추출해서 CHO세포(설치류의 난소 세포─옮긴이)와 조합하면 결합 실험에 쓸 세포를 만들 수 있어."

정훈이 기분 나쁘다는듯한 손놀림으로 사체를 꺼내며 말했다. '건조한' 분야를 전공하고 있는 정훈은 실험동물 취급이 익숙하지 않은 듯했다. 그 세포에서 병의 원인이 되는 유전자가 발현하면 세포막 위에 변이형 GPR769가 생성될 터였다.

"네가 할 거야?"

"아니, 나한텐 무리니까 도이 씨에게 부탁하려고. 네 이름은 꺼내지 않고 잘 부탁하고 올게."

"도이는 학교 식당에서 밥만 사면 맡아 줄 거야."

겐토가 웃으며 말했다.

"겐토, 그리고 또 하나 마음에 걸리는 게 있어."

"뭔데?"

"우리가 구하려고 하는 두 아이 말이야. 고바야시 마이카라는 애는 대학 병원에 있고, 저스틴 예거는 리스본 병원에 있지?"

"응."

겐토도 줄곧 고바야시 마이카의 상태에 신경을 쓰고 있었다. 검사 수치를 얻을 수 없어서 남은 수명은 물론 살아 있는지, 죽었는지도 모르고 있었다. 정훈에게 확인해 달라고 하고 싶지만, 중환자실에는 관계자밖에 들어갈 수 없었다.

"문제는 저스틴이야. 알아보니 포르투갈에 약을 보내려면 아무리 빨라도 이틀은 걸려."

겐토는 중대한 문제를 놓치고 있었다는 것을 알았다. 자신을 찾아올 미국인, 조너선 예거에게 약을 전하기만 하면 된다고 생각했지만 저스틴의 남은 수명이 아슬아슬한 상태에서는 신약이 완성되어도 약을 보내는 시간을 생각하면 때맞춰 받을 수 없게 되고 말 터였다. 더군다나 콩고와의 통신이 두절된 지금, 정말 예거가 나타날지조차 의심스러웠다. 전사(戰死)라는 최악의 시나리오가 겐토의 머릿속을 스쳤다.

"이틀? 우편으로 보내려면 기한이 이틀이나 짧아지잖아?"

정훈이 끄덕이고 대답했다.

"남은 시간은 이제 일주일밖에 없어. 속도를 높일 수단을 찾아야 해."

남은 반응과 그 후의 결합 실험이나 쥐의 약리 실험을 생각하니 겐토는 머리에서 피가 빠져나가는 기분이었다.

"주문해 둔 고속 크로마토그래피 기계가 내일 도착해. 그것을 쓰면 꽤 시간을 단축시킬 수 있어."

겐토가 미약한 기대를 품고 말했다. 그 중고 기계에 150만 엔이나 되는 거금을 쏟아 부었다.

"얼마나?"

"다 합하면 18시간."

"그래도 아직 30시간 부족해."

두 사람은 서로 마주보고는 아무 말 없이 대책을 찾기 시작했다.

"최악의 경우에는 약 합성이 끝나면 그후 확인 작업을 생략하고 발송할 수밖에 없어."

겐토가 말했다.

"최소한의 체크도 하지 않고? 그러면 기프트의 예측이 올바른지 검증을 할 수 없어."

"그래도 시간에 맞추지 못하면……."

겐토는 말을 하려다가 다시 삼켰다.

실험대 끝에 우리에서 꺼낸 쥐의 사체가 놓여 있었다. 리스본에 신약이 늦게 도착했다간 저스틴 예거는 이 작은 동물과 같은 운명을 겪게 될 터였다.

콩고 민주 공화국 동부, 부템보의 북쪽 20킬로미터 지점에서 일어난 전투를 마지막으로 누스 일당은 네메시스 작전의 감시망에서 모습을 감추었다.

열흘 전에 이 전투에서 그들에게 무슨 일이 일어난 걸까?

루벤스는 작전 지휘소 자기 자리에 앉아 유엔 콩고 감시단(MONUC)이 보낸 최종 보고서를 정독하고 있었다.

망조아 마을 대학살 현장에서 발견된 149구의 사체 중에 48구가 지역 주민, 95구가 우간다 북부에서 유괴되었던 소년병, 5구가 LRA 병사였고, 남는 1구는 아시아계로 보이는 남성이었다. 이 아시아인은 여권 등을 소지하지 않아 신원을 확인할 수 없었다. 또한 이상하게도 이 인물만이 교회 옥상에 쓰러져 있었는데, 시체 감식 결과 사인은 근거리에서 머리를 향해 발사된 총격으로 판명되었다. 중상을 입고 보호받고 있는 12명의 소년병은 교회 옥상에 있던 적은 수의 집단과 교전했다고 증언했지만 아시아계 남성의 일행이 무슨 목적으로 이곳에 머물고 있었는지는 알 수 없다.

보고서에 첨부된 시체의 사진을 확인한 결과, 신원불명의 아시아인은 바로 가시와바라 미키히코라는 사실이 판별되었다.

일본인 용병은 어째서 죽었을까? 검시가 틀리지 않았다면 그는 적이 아니라 같은 편에게 사살당했을 가능성이 높았다. 게다가 오발 사고가 아니라 고의로. 가시와바라 미키히코는 같은 편을 위기에 빠뜨리는 짓을 저질러서 죽은 것일까?

하지만 진상이 무엇이든 루벤스가 살인자들의 무리에 가담하게 되었다는 것은 확고한 사실이었다. 게다가 예거 일행이 자신들을 지키기 위해 소년병을 죽였다면, 그 책임도 루벤스가 져야 하는지도 몰랐다. 아니면 자신은 네메시스 작전을 수행하는 톱니바퀴에 지나지 않는다며 의사 결정권자인 번즈 대통령 한 사람에게 살인자의 오명을 떠맡겨야 하나?

루벤스가 현재 상황을 직시했다. 이제 누스는 절체절명의 위기로부터 빠져나갔다. 망조아의 전투 직후 현지 상공 궤도에 들어갔던 정찰 위성이 전장에서 떠나는 SUV 한 대를 포착했다. 이 차는 부템보라는 인구 20만 명의 도시에 들어간 이후 모습을 감췄다.

그리고 열흘 동안 그들의 소식을 알 만한 단서는 아무것도 얻을 수 없었다.

루벤스는 이 상태가 계속 이어지기를 바라 마지않을 수 없었다. 그렇게 되면 네메시스 작전은 자연 소멸하리라.

"아서, 놈들이 어디로 가고 있을지, 추측이라도 좋으니 의견을 줄 수 있겠나?"

엘드리지가 책상 앞에 와서 섰다. 느슨한 넥타이 위로 피로에 젖은 얼굴이 보였다. 작전 성공을 눈앞에 두고 누스를 놓친 뒤로 전권을 위임받은 엘드리지는 자주 루벤스의 조언을 구하러 왔다. 정말 홀랜드 국장이

내다본 대로였다.

"현 시점에서는 아무 것도 말씀드릴 수 없습니다. 우간다든 르완다든 예거 일행을 태운 차가 국경 검문소를 통과한 흔적은 없었습니다."

엘드리지를 헤매게 해서 누스를 더욱 안전권으로 도망치게 하고 싶었지만 판단할 근거가 전혀 없었다.

"하지만 국외로 나갔다고 생각하는 편이 가장 자연스럽겠지. 그렇다면 방향은 북쪽 아니면 동쪽밖에 없을 거야."

엘드리지가 자기 의견을 고집했다.

"왜 그렇게 생각하십니까?"

엘드리지는 정면 스크린에 표시된 아프리카 지도를 가리키며 말했다.

"북쪽에 있는 이집트와 동쪽에 있는 케냐로 피어스 해운 선박이 가고 있기 때문이야. 그놈들에게 남은 유일한 이동 수단이지. 다른 지역으로 향하면 대륙에서 탈출하기가 곤란할 거야."

"하지만 알렉산드리아와 몸바사의 두 항구는 CIA가 직접 감시하고 있습니다. 누스 측에서도 그것은 이미 알고 있을 겁니다. 일부러 위험한 지역으로 들어갈 거라고는 생각하기 어렵습니다."

"그렇게 말하면 어디든 갈 수 없어. 놈들 모두 테러리스트 수배를 받고 있는 상황이니. 아프리카에 있는 국제공항과 항만 시설은 통과할 수 없을 거야."

분명 엘드리지의 말이 맞았다. 거기다 예거 일행에게는 또 한 가지 큰 걸림돌이 있었다. 설령 위조 여권이 준비되어 변장까지 했다고 해도 누스만은 숨길 수 없었다. 전용기에 탈 때조차 화물 검사는 시행되었다. 세 살 어린이를 수화물로 감춘다는 수단도 쓸 수 없을 터였다.

"혹시 아프리카 어디에 오랫동안 잠복할 만한 시설이라도 준비되어 있는 걸까?"

엘드리지가 말하던 참에 책상에 있던 외선용 기밀 전화가 울렸다. 루벤스가 받아 보니 상대는 NSA의 로건이었다.

"100퍼센트 확실하다고는 말씀드릴 수 없지만, 그동안 끊어져 있던 콩고와 일본 사이의 암호 통신이 다시 나타난 모양입니다."

"정말입니까?"

"네. 위성 휴대 전화에 해독할 수 없는 암호 통신이 포착되었습니다. 전파 중계 위성의 위치로 추정했더니 아프리카의 감시 대상은 벌써 콩고를 빠져나가 짐바브웨 부근에 있는 것 같습니다."

"짐바브웨? 어쨌든 아프리카 남쪽이군요?"

루벤스는 아프리카 지도로 눈을 향했다. 콩고보다 훨씬 남쪽인 남아공에 접한 나라였다.

"그건 틀림없습니다."

루벤스는 로건의 정보가 정확한지 의심하지 않을 수 없었다. 누스 일행이 어디로 향하든 남쪽만은 아닐 거라고 생각했었다. 끝으로 갈수록 좁아지는 아프리카 남단에 탈출로 따위는 없을 터였다.

"통신 내용은 그 난수열로 해독을 시도해 보고 있습니다. 뭔가 알게 되면 바로 연락하겠습니다."

"부탁드립니다."

루벤스는 입으로는 그렇게 말을 했지만 불안해졌다. 암호 통신이 해독되면 누스의 거처가 발각되지 않을까?

전화를 끊고 엘드리지에게 보고하니 감독관이 활력을 되찾는 것이 보였다.

"그놈들, NSA의 능력을 우습게 봤나 보군. 이제 독 안에 든 쥐야. CIA

의 '자산'을 남부로 집중시켜야겠어."

자연 소멸할 것으로 보였던 네메시스 작전의 숨통이 이제 다시 트여 버렸다. 암살 작전은 누스의 숨통을 끊을 때까지 속행될 터였다.

콩고 탈출에 성공한 이후 예거와 마이어스, 그리고 사뉴는 3교대로 랜드크루저를 몰았다. 8시간 운전, 8시간 망보기, 8시간 휴식이었다.

피어스가 지시한 경로는 남쪽이었다. 인도양으로 대륙을 탈출하리라 머릿속으로 그리고 있던 예거에게는 예상 밖의 선택이었다. 하지만 이유를 물어도 피어스는 탈출 계획의 세부 사항을 말하려 하지 않았다. 외부인인 사뉴가 들을까 봐 경계하고 있는 모양이었다. 한편 사뉴는 장기간 여행 길의 친구로는 두말할 나위 없는 남자라, 그의 발랄한 응수는 꽤나 어둡던 차 안의 분위기를 밝게 하는 데 한몫했다.

쉴 틈 없이 아프리카를 남하하는 동안에 머리 바로 위에 있었던 정오의 태양이 나날이 북쪽 지평선으로 다가가고 있다는 것을 깨달았다. 지구는 둥글었다. 가도 가도 바깥 경치가 변하지 않는 사바나를 질주하는 중에 자신들을 고통스럽게 하던 이투리 숲이 서서히 뒤쪽으로 사라지고 있다고 느꼈을 즈음 예거는 어쩐지 끝없는 슬픔을 느꼈다. 아프리카에는 찾아오는 이를 잡고 놔주지 않는 마력이 잠자고 있다고들 하는데 예거도 그런 '아프리카의 독'을 쐰 것일지도 몰랐다.

랜드크루저는 때때로 모습을 나타내는 현지인의 마을이나 밤에 칠흑같이 어두운 산길을 빠져나가 탄자니아에서 잠비아를 지나 짐바브웨로, 아프리카 최남단을 목표로 달려갔다. 야간 주행 중에 두 번, 무장 강도가 덮쳤지만 AK 소총으로 간단하게 쫓아 버렸다.

불쌍한 강도단은 습격할 상대를 잘못 고른 탓에 발치에 작렬하는 자동 사격을 받고 몇 명이 부상을 입었다.

예거 일행을 우울하게 만든 것은 그런 문제나 피로가 축적되는 장거리 드라이브가 아니라 아키리의 밤 울음이었다. 남다른 외모의 아이는 편한 잠을 잃은 듯했다. 일단 잠에 빠져들면 열에 들뜬 것처럼 끙끙거리거나 땀을 흘리기 시작해서 악몽 속에 홀로 빠져 있다는 것을 알 수 있었다. 몇 시간 간격으로 그러더니 결국 눈물을 왈칵 쏟으며 갑자기 깨버리곤 했다. 피어스가 깨 있을 때는 그가, 그렇지 않을 때는 마음 착한 사뉴가 아키리를 안고 달랬다. 말라리아가 아닌지 의심한 마이어스가 건강을 확인했지만 육체적으로는 문제가 없었다. 순수하게 정신적인 문제였다.

예거는 자기 아이가 오랫동안 투병 생활에 들어갔을 때와 똑같은 걱정을 품었다. 이 아이의 마음은 나중에 어떻게 될까? 이대로 일본까지 도망가서 안전이 확보된다고 하더라도 거기에 아키리를 맞아 줄 가족은 없었다. 이 아이는 정신이 황폐해진 채 이상하게 비상한 지능만 발달하게 될까?

짐바브웨와 남아프리카 공화국 국경선 부근에서 랜드크루저가 일단 정지했다. 차는 사뉴에게 맡기고 예거 일행은 걸어서 국경을 넘어야만 했다. 하지만 여태까지와 달리 밀입국하기 훨씬 간단했다. 국경에 쳐져 있는 고압 철조망에 전기가 끊어진 데다 여기저기에 개구멍이 뚫려 있었기 때문이다. 경제 발전 중인 남아공이 값싼 노동력을 확보하기 위해 짐바브웨의 이민자를 무제한으로 받아들이고 있는 듯했다. 일행이 밤을 틈타 국경을 넘으려는데 야시경의 시야에 해외로 돈 벌러 떠나는 짐바브웨인들이 든 회중전등 빛이 반짝반짝 깜빡이는 게 보였다.

여기저기 풀이 우거진 덤불숲을 걸어서 남아공에 들어간 예거 일행은 다시 랜드크루저에 올라타서 맹렬히 달렸다. 그러고는 500킬로미터를 단숨에 주파하여 요하네스버그 교외에 도착했다.

아침에 밝아오는 대기 너머로 수백만이나 되는 인구를 품은 대도시의 모습이 떠올랐다. 남자들은 차에서 내려 광대한 평원에 가득한 건축물들을 바라보았다. 태고의 세계에서 현대 문명사회로 시간여행을 한 듯한 착각에 사로잡혔다.

"이제 사뉴하고 이별해야겠군. 가까운 정류장에서 버스가 오네. 공항으로 가서 비행기를 타고 자네 나라로 돌아가게나."

피어스가 말하면서 우간다 젊은이에게 랜드화 지폐 다발을 내밀었다.

"알겠습니다."

대답한 사뉴의 표정이 대모험을 끝냈다는 안도감과 이별의 슬픔으로 물들었다.

예거에게도 마이어스에게도, 눈앞에 있는 흑인 청년이 자신들을 지옥에서 이끌어 꺼내 준 천사 같았다.

"자네가 집에 도착할 때쯤엔 은행 계좌에 잔금이 들어가 있을 거야."

피어스의 말을 듣고 사뉴의 얼굴이 활짝 밝아졌다.

"정말 감사합니다. 이제 목수 일은 관두고 컴퓨터 공부를 할 수 있겠네요."

"목수? 관광 가이드 아닌가?"

사뉴가 조금 허둥댔다.

"사실대로 말씀 드리면 목수가 본업이에요."

피어스가 미소 지었다.

"그럼 어때서. 자네는 훌륭하게 임무를 완수했네. 이번 일은 부디 비밀로 해 주게. 자네가 부자가 된 것도 다른 사람에게 말하지 않는 편이 좋을 테고."

"네."

예거와 마이어스가 차례로 사뉴와 악수했다.

"고맙다. 사뉴."

"건강해라."

"네. 여러분도 무사하시길."

사뉴가 갈아입을 옷이 들어 있는 자기 가방을 차에서 빼내 마지막으로 아키리의 머리를 쓰다듬으면서 말했다.

"착한 아이로 지내야 한다."

아키리가 칭얼댔다. 아이가 사뉴에게 호의를 갖고 있었다는 것을 깨달은 예거는 바람직한 징후라고 생각했다.

우간다인 목수가 춤을 추는 것 같은 발걸음으로 정류장을 향해 걷기 시작했다. 그는 몇 번인가 뒤돌아서서 얼굴 한가득 미소를 지어 보였다. 행복해 보이는 사람을 보기는 정말 오랜만이어서 예거는 차에 타고 나서도 잠시 백미러에 비치는 사뉴의 뒷모습을 바라보았다.

아까보다 한참 조용해진 차 안에서 피어스가 말했다.

"콩고에서 꾸물거렸던 탓에 예정에서 완전히 늦어 버렸군. 원래대로라면 지금쯤 일본에 도착했어야 하는데."

"그런데 우리는 어떻게 일본에 가는 겁니까?"

조수석에 있던 마이어스가 물었다.

"일단 차를 출발시키게. 요하네스버그를 빠져나가서 12호선을 타고 그대로 남서쪽을 향해 가세."

피어스가 뒷좌석에서 지시했다. 예거가 시동을 걸고 차를 발진시켰다.

"안전한 공항이나 항구가 있겠소?"

"아니, 국외로 나가는 지점은 어디든 감시당하고 있을걸세."

"그럼 어떻게 하라는 거요? 이 나라에 잠시 머물러야 하나?"

"마이어스, 자네 항공기 조종 자격을 갖고 있지 않나?"

"네. 항공 구조대로 옮기기 전에 수송기라면 몰아본 적 있습니다."

공군 출신인 젊은 용병이 대답했다.

"자네가 비즈니스 제트기를 조종해 줘야겠네."

페트병으로 물을 들이키던 마이어스가 갑자기 마시던 물을 뿜었다.

"비즈니스 제트기? 난 프로펠러기 운전밖에 해 본 적이 없는데요?"

"설명서는 준비 됐네. 조종할 기체는 보잉 737-700ER이네. 크기는 수송기와 다르지 않을걸세."

"어떤 비행기야?"

예거가 물었다.

"100명 정도밖에 탈 수 없는, 작은 제트기야. 연료 탱크가 증설되어 있어서 꽤 항속거리도 있고. 무리하면 될지도 모르지. '쾌적한 하늘 여행'은 할 수 없겠지만. 그래도⋯⋯."

마이어스가 조종 가능성에 대해 머리를 굴려 보는 듯했다. 그는 피어스에게 몸을 돌렸다.

"그 비행기는 어디 있어요? 전세기?"

"아니, 뺏어야지."

과감하게 말한 인류학자가 두 용병에게 반론을 할 여지도 주지 않고 이어서 말했다.

"알겠나? 이제부터 내가 말하는 계획을 곤란하다고 생각할지도 모르네. 하지만 이것은 일본의 조력자가 생각해 낸 가장 성공률이 높은 계획일세. 지금 우리 전력으로는 달리 선택할 여지가 없네."

예거는 말을 하지 않을 수 없었다.

"하지만 어느 공항에서 한다는 거요? 비행기를 뺏으려면 탑승 게이트를 지나야 할 텐데."

"그런 걱정은 안 해도 되네. 이 나라에는 CIA의 감시를 받지 않는 단 하나의 비행장이 있으니까."

"어디?"

"자네들이 가디언 작전 훈련을 받던 제타 시큐리티."

생각지도 못한 의견에 예거는 바로 기억을 더듬었다. 무기고 건너 수송기가 이착륙하던 활주로 모습을.

"그럼 우리는 케이프타운으로 돌아가는 거요?"

"그렇네. 그 비행장에 무기와 탄약을 밀수하기 위한 CIA의 소유기가 오네. 그것을 훔치는 거지."

"잠깐만요. 무사히 뺏는다 해도 그 다음엔 어떻게 한다는 거죠? 어디에 착륙하든 거기서부터 도망갈 곳이 없을 거라고요. 특수 부대가 돌격해 오기라도 하면 끝장인데."

마이어스가 말했다.

"아니 아니, 모든 것을 은밀히 해야 하네. 이륙 전에 승무원을 밖에 감금하고 텅 빈 비행기를 훔치는 거지."

"그 말고도 아직 문제가 있어요. 항로가 비행 계획에서 벗어나면 바로 들킬 거라고요. 즉 우리만 이륙한다고 해도 CIA가 설정한 코스밖에 날 수 없다는 말이에요."

"잠시 동안은 그 계획대로 날지. 제출된 비행 계획의 목적지는 브라질이니까 우리는 대서양 위에서 방향을 바꿔서 마이애미로 가면 되네."

예거는 순간 웃음이 터졌다.

"마이애미? 일본은 반대쪽이오. 지금에 와서 미국에 무슨 용무가 있다는 거요? 항로를 벗어난 기체가 영공을 침범하면 바로 격추될 텐데."

마이어스가 이어서 말했다.

"그리고 아무리 700ER이라도 마이애미까지는 날 수 없을 텐데?"

"항속 거리라면 충분할걸세. 항공기 메이커에서 발표한 수치는 20프로의 여유를 두고 있네. 비즈니스 사양 700ER이라면 1만 2000킬로 너머에 있는 마이애미까지 닿을 수 있지."

예거가 비웃음을 담아서 말했다.

"그것도 '일본의 조력자'인가 하는 놈의 계산이오?"

"그렇네."

"그 녀석 미친 거 아뇨? 연료가 충분하다고 해도 전투기가 우릴 노린다면 이길 방법이 없잖소."

하지만 피어스도 물러서지 않았다.

"이건 불확정 요소가 적은 아주 확실한 계획이네. 하지만 타이밍이 승패를 좌우하지. 자세한 이야기를 할 테니까 잠시 동안 조용히 들어주지 않겠나?"

"좋소. 계속 말해 보시오."

피어스가 뒷좌석에서 몸을 앞으로 내밀며 제타 시큐리티로 잠입하는 것으로 시작하는 치밀한 작전에 대해 이야기하기 시작했다.

2

저스틴 예거의 수명은 이제 이틀밖에 남지 않았다.

요 며칠 동안 겐토는 잘 틈도 없이 합성 작업을 하는 한편 리디아 예거의 전화에 간절하게 귀를 기울였다. 하지만 검사 수치는 사정없었다.

최첨단 대증 요법도 말기 증상에는 효과가 없어서 저스틴의 상태는 예상대로 악화일로로 치닫고 있었다. 단 하루만 버텨 주면 약을 포르투갈로 보낼 시간을 벌 수 있을 텐데 그 바람은 이루어지지 않았다.

3월 1일 오전 1시, 겐토는 절망적인 심정으로 정훈을 맞이했다.

"이게 NMR, 이쪽이 MASS랑 IR. 무슨 일이야?"

분석 장치에서 나온 출력 용지를 건네던 정훈이 침통한 겐토의 상태를 눈치 채고 물었다. 겐토는 분석 결과에 합성이 잘 된 것을 확인하고 마지막 반응에 착수하며 말했다.

"실험은 예정대로였어. 전부 계획대로…… 그러니 30시간 늦은 것을 만회하지 못했어."

정훈의 표정이 어두워졌다.

"역시 시간에 못 맞췄구나."

겐토가 무겁게 끄덕였다.

"기프트 1과 2, 양쪽 다?"

"기프트 2는 괜찮아. 문제는 기프트1이야. 이제부터 시작되는 마지막 반응은 24시간이나 걸려. 오늘 저녁까지 포르투갈로 발송해야만 하는데, 반응은 한밤중에나 끝나. 그 뒤 해야 할 정제나 구조 결정까지 생각하면 절대 시간 안에 안 돼. 저스틴은 살 수 없을 거야."

정훈의 괴로운 신음 소리를 마지막으로 실험 기구로 뒤덮인 좁은 방은 정적에 휩싸였다.

묵묵하게 합성 작업을 하며 겐토는 후회했다. 아버지의 메일을 받고 나서 바로 실험을 시작했으면 제때 되었을 터였다. 겐토는 저스틴 예거는 무리여도 고바야시 마이카만이라도 살릴 순 없을까 하고 약한 생각을 하며 친구의 얼굴을 엿보았다. 정훈의 두 눈은 안경 안쪽에서 연구자

특유의 눈빛을 발하고 있었다. 정훈이 물었다.

"약이 완성되는 정확한 시간이 언제야?"

"구조 결정까지 포함하면 3월 2일. 점심 12시."

"그러면 시간에 맞을 것 같아."

"시간에 맞다니?"

"너 여권 가지고 있어?"

"없어."

그 대답을 듣고 정훈이 결연하게 말했다.

"내가 갈게."

젠토는 무슨 말인지 못 알아듣고 다시 물었다.

"뭐라고?"

"내가 약을 갖고 리스본으로 간다고."

젠토가 어안이 벙벙해서 친구 얼굴을 바라보았다.

정훈은 자기 노트북을 꺼내 인터넷선에 연결시켜 항공사 홈페이지에 접속했다.

"봐, 단념하긴 아직 일러. 3월 2일 오후 10시 비행기에 타면 돼. 나리타 공항에서 파리를 경유해서 리스본으로 가는 거야. 이러면 18시간밖에 안 걸려."

젠토가 서둘러 머리를 굴리며 말했다.

"그러면 일본 시각으로 3월 3일 오후 4시에 특효약이 리스본에 도착한다고?"

"맞아."

젠토는 약이 완성된 후 정훈이 공항으로 가기까지 7시간 정도 여유가 있다는 것을 깨달았다.

"그렇다면…… 세포와 실험쥐로 확인 작업도 할 수 있어."

"맞아. 아슬아슬하게 저스틴 예거를 살릴 수 있어."

"다행이다!"

그렇게 외친 겐토가 정훈과 함께 펄쩍 뛰며 기뻐했다. 위험한 상황에서 정훈이 구해 준 것이 이걸로 몇 번째인가.

"저스틴의 어머니에게 도착 시각을 전해 줄래?"

"응, 그럴게. 여비는 내가 낼 테니까 1등석으로 가 줘. 입국 수속이 빨리 끝날 거야."

정훈이 웃었다.

"VIP도 돼 보겠네."

겐토는 죽다 살아난 기분으로 기프트1 합성을 위한 마지막 반응을 개시했다. 마그네틱 교반기라는 작은 장치가 플라스크 안에 든 액체를 휘저어 섞기 시작했다. 그 안에서 눈에 보이지 않는 무수한 화합물이 부딪히며 모양을 바꾸어 폐포 상피 세포 경화증의 특효약으로 다시 태어날 준비를 하고 있었다.

소용돌이치며 회전하는 용액을 바라보면서 겐토가 생각했다.

내일 밤에는 모두 다 끝난다.

오랫동안 계속된 목숨을 건 줄타기도, 겨우 그 끝이 보이기 시작했다.

밤새 작업을 계속한 겐토는 기프트2의 합성 작업을 완료하고 시약을 아침 일찍 처음으로 대학에 보냈다.

쪽잠을 자고 일어나니 정훈의 보고가 도착해 있었다. 스펙트럼 분석 결과 기프트2의 완성이 확인되었다. 이것으로 알로스테릭 약은 일단락이 났다.

소중한 작동약, 기프트1은 아직 반응이 계속되고 있었다. 이제 기다리기만 하면 됐다. 오늘 밤 늦게까지는 딱히 할 일이 없었다.

젠토는 피곤한 몸을 다다미 위에 뻗고 천정을 노려보며 생각했다. 아버지가 부탁한 실험은 내일이면 끝난다. 모든 것이 끝나고 나서 자신의 처지가 어떻게 될지는 짐작도 되지 않았다. 앞으로 쭉 범죄자로서 도망치며 살아야 할까? 상황을 파악하려 해도 파피의 연락은 줄곧 두절된 상태였다.

어떻게 할지 망설여졌다. 실험과는 별개로 아직 남은 일이 있었다. 아버지가 휘말린 수수께끼를 풀려면 지금이 마지막 기회일지도 몰랐다.

가 보자. 젠토는 결단을 내리고 인터넷으로 방문할 곳의 주소를 조사했다. 사카이 유리의 소식을 알 수 있는 유일한 단서였다. 주소는 시부야 구 센다가야. 여기라면 편도 1시간으로 갈 수 있었다.

외투를 입고서 며칠 만에 밖으로 나온 젠토는 햇빛을 받고서 잠깐 휘청거렸다. 아파트 바깥 계단을 내려가서 한겨울의 거리를 걷기 시작했다. 마치다 역 개찰구는 지금도 형사들이 감시하고 있을까? 몇 번인가 뒤를 돌아보았지만 누군가 미행하고 있다는 느낌은 없었다.

젠토는 역의 반대 방향을 향해 국도를 따라 걸으며 택시를 기다리면서 휴대 전화를 꺼냈다. 스가이에게 전화를 걸었다. 아직 점심 전이라 받을지 안 받을지 걱정했지만 바로 스가이의 목소리가 들렸다.

"여보세요?"

"고가입니다."

아버지의 옛 벗은 놀란 것 같았다.

"젠토냐? 연락이 없어서 어찌된 일인가 했다."

"오랜만에 연락드려서 죄송합니다. 그 후 사카이 유리라는 사람에 대해 뭔가 확인되셨습니까?"

"아니, 아무것도 없었어."

"그렇습니까."

젠토는 낙담하지 않았다. 이제부터 스스로 단서를 찾으면 될 테니까.

"그보다 젠토, 지금 어디에 있냐?"

"지금요? 그러니까……."

마치다에 있다고 이야기해도 될지 망설이는 사이에 어쩐지 스가이가 서두르는 말투가 되었다.

"아니, 대답 안 해도 돼. 좀 만나면 좋겠는데, 예정이 어떻게 되냐?"

이것도 젠토에게는 곤란한 질문이었다.

"지금은 약속을 잡을 수 없습니다. 이삼 일 지나면 확인할 수 있을 것 같습니다."

"그렇구나."

스가이가 목소리를 낮추었다.

"젠토, 지금 있는 곳을 빨리 떠나라."

저도 모르는 사이에 소름이 돋을 듯이 긴장된 목소리였다.

"네?"

"넌 거기 있으면 안 돼. 당장 그곳을 떠나."

"무슨 말씀이십니까?"

젠토가 되물었을 때 국도 건너에서 빈 택시가 나타났다.

"자세한 이야기는 만나서 하지. 될 수 있는 한 빨리 연락하게."

"알겠습니다."

젠토는 석연치 않은 듯이 대답하고 택시를 세웠다.

"그럼."

스가이는 누군가에게 쫓기기라도 하듯이 전화를 끊었다.

젠토는 스가이의 진의를 알지 못한 채 택시에 올라탔다.

"시부야 구의 센다가야까지 부탁드립니다."

"센다가야의 어디요?"

운전수가 물었다. 젠토는 메모해 둔 주소와 길 이름을 말했다.

"'세계 구명 의사단'이라는 비영리 법인이 있는 빌딩이에요."

"아, 노가쿠 공연장 근처네요. 고속도로로 갈까요?"

"네."

"지금이라면 안 막힐 테니까요."

운전수가 말하며 차를 출발시켰다.

시트에 몸을 기대고 바깥 풍경을 멍하니 바라보며 젠토는 스가이와의 통화에 대해 생각했다. 기자가 말한 것은 '빨리 거기서 도망쳐.'라는 뜻 아니었나? 불안스레 뒷자리 창문 너머로 뒤를 돌아봤지만 쫓아오는 사람의 모습은 보이지 않았다.

스가이는 무슨 생각으로 그렇게 말했을까? 신문 기자인 그는, 젠토가 범죄자가 되어서 경찰에 쫓기고 있다는 것을 어디서 들었을까? 하지만 그렇다 해도 "바로 그곳을 떠나라."라는 말은 이해할 수 없었다.

설마 스가이와의 전화가 추적되었나 걱정이 되서 만일을 위해 휴대 전화의 전원을 껐다.

난방이 되는 차 안에서 생각을 하다 보니 견딜 수 없이 졸음이 닥쳤다. 젠토는 생각을 멈추고 선잠을 자려다가 잠에 빠지기 직전에 눈을 번쩍 떴다.

문득 떠오르는 것이 있었다. 스가이야말로 '파피'가 아닐까?

파피라는 이름을 내세운 인물이 전화로 목소리 변조를 쓰고 있다는 점은 실제 목소리를 겐토가 알고 있기 때문이리라. 거기다 돌아가신 아버지가 세운 계획의 세부 사항을 알 수 있는 인물이라면 스가이 말고는 생각이 나지 않았다.

하지만 이 추론에는 확실하지 않은 부분도 있었다. 아까 통화는 경찰의 움직임을 스가이가 알고 경고를 한 것처럼 보였지만 그렇다면 어째서 스가이는 파피 목소리로 먼저 전화를 걸지 않았을까?

결국 잠은 거의 자지 못한 채 택시는 도심부에 진입하여 센다가야 외곽으로 들어가는 길로 빠져서 목적지에 도착했다. 저층 오피스 빌딩이 늘어선 곳 한 편에 찾던 건물이 있었다.

겐토는 차에 내려서 6층짜리 빌딩 입구에 '501 국세청 승인 비영리 법인 세계 구명 의사단'이라는 간판을 발견하고서 엘리베이터 홀로 향했다. 빌딩 안은 실용성에만 신경 쓴 인테리어로 카펫이 깔려 있다는 점 말고는 대학 약학부 건물과 별 차이가 없었다.

5층에서 엘리베이터를 내려 형광등으로 환한 복도를 걸어서 501호실 앞에 섰다. 문에 끼워져 있는 불투명 유리 건너에 사람이 움직이고 있는 것이 보였다. 인터폰을 찾을 수 없어서 두 번 노크하고 문을 열었다.

"네에?"

이쪽이 아무것도 말하지 않았지만 접수 카운터에 있는 여성이 말을 걸었다. 의자에서 일어선 자세로 두 손 가득 서류 뭉치를 들고 있었다.

"실례합니다. 저는 고가라고 하는데…… 좀 여쭤고 싶은 게 있어서요."

서른이 넘어 보이는 여성은 표정을 바꾸지 않고서 물었다.

"무슨 일이시죠?"

"이곳 의사 선생님 중에 사카이 유리라는 분이 계시지 않습니까?"

여성이 고개를 갸웃했다.

"사카이 유리 씨요? 언제쯤 계셨던 선생님이시죠?"

"9년 전입니다. 지금 콩고 민주 공화국, 당시 자이르라는 나라에 부임하셨던 분이신데요."

"네에. 잠시 기다려 주세요."

여성이 먼 과거를 돌이켜보는 듯한 목소리를 내더니 서류를 든 채로 안쪽으로 갔다.

세계 구명 의사단 사무실은 책상이 열 개 정도 늘어선 사무실과 칸막이로 둘러싸인 접대용 공간, 그리고 문으로 격리된 회의실 같은 작은 방으로 구성되어 있었다. 접수원이 제일 안쪽에 있는 책상으로 가서 쉰 남짓한 남직원에게 뭔가 말하기 시작했다. 두 사람은 이야기를 나누며 흘끔흘끔 겐토를 쳐다보았다. 겐토는 수상하다고 여기지 말기를 바랐다.

남직원이 자리에서 일어나 이쪽으로 걸어왔다. 듬직한 체격과 벗겨지기 시작한 머리 때문에 오히려 관록 있어 보였다. 입고 있는 양복도 싸지는 않은 것 같았다.

"고가 씨이신가요?"

남자가 체격에 어울리는 굵은 목소리로 물었다.

"네. 고가 겐토라고 합니다."

"고가 겐토 씨. 저는 이곳 사무국장인 안도라고 합니다."

남자가 자기소개를 하며 명함을 내밀었다. 겐토는 명함을 받는 방법을 잘 몰라서 일단 두 손으로 받아들었다. 안도의 직함은 '사무국장'말고도 '의학 박사'가 병기되어 있었다.

"사카이 유리 선생님 때문에 오셨다고요?"

"네. 사실 저희 아버지도 9년 전에 자이르에 가신 적이 있는데, 그때 사카이 선생님께 많이 신세를 지신 것 같아서."

그것을 들은 안도의 얼굴에 미소가 퍼졌다.

"혹시 자네…… 고가 세이지 선생님의 아들 아닌가?"

겐토가 놀랐다.

"그렇습니다. 아버지를 아십니까?"

"그럼. 그때 나도 자이르에 있었으니까. 내전도 일어났으니 엄청났지."

운이 좋았다. 경계의 눈길을 받기는커녕 안도의 온화한 표정은 환영의 의미를 나타냈다.

"그건 그렇고 자네도 참 아버님을 쏙 빼닮았군."

"네?"

무심코 겐토가 말했다.

안도가 접객용 공간으로 겐토를 부르더니 가까운 커피포트에서 커피를 따라 건네주었다.

"이쪽에서 천천히 이야기하세. 그런데 사카이 선생님은 무슨 일로 찾고 있나?"

"연락처를 알고 싶어서 찾아뵙게 되었습니다."

안도는 진지한 표정이 되었다.

"이, 그게 말이네. 귀국하고 몇 년 뒤 사카이 선생님과는 연락이 뚝 끊겼네. 의사회에서도 탈퇴한 모양인지 주소도 전화번호도 모르겠군."

"그렇습니까."

겐토는 다음 수를 생각했다. 탁자를 사이에 두고 앉아 있는 중년 의사야말로 9년 전 자이르에서 무슨 일이 일어났는지 알고 있는 산 증인일 터였다.

"헌데 왜 사카이 선생님께 연락을 하려 그러나? 아버님이 찾으시나?"

"아니요, 그렇지 않습니다. 사실 지난달에 아버지께서 돌아가셔서요."

"뭐?"

안도가 놀라는 표정으로 잠시 말을 잃었다.

"아직 그런 나이가 아니셨는데……. 어떻게 돌아가셨나?"

"해리성 대동맥류였습니다."

안도가 한숨과 함께 몇 번인가 작게 끄덕이고는 침통한 목소리로 말
했다.

"그거 유감이군."

"사카이 선생님께도 알려 드려야 할 것 같아서요. 그리고 아버지도 자
이르 경험이 매우 인상적인 일이셨던 것 같은데, 당시 이야기도 듣고 싶
습니다."

분위기를 밝게 하려는 마음 씀씀이인지 안도가 어렴풋이 미소 지었다.

"9년 전은, 확실히 엄청났지. 우리가 간 곳은 아프리카 한가운데였네.
자이르 동부에 베니라는 마을을 거점으로 여기저기 왔다 갔다 했지. 길
가에 있는 마을이나 정글 속에 있는 마을로. 의료의 손길이 미치지 않는
사람들을 닥치는 대로 치료하고 다녔지. 그런데 작은 진료소를 몇 개 만
들어 놓으려 했던 때 마침 내전이 시작되었네."

"아버지는 피그미족의 HIV 감염에 대해 조사를 하러 가신 것 같은데,
안도 선생님이나 사카이 선생님과 함께 행동하셨나요?"

"아니, 고가 선생이 합류한 건 마지막 한 주 동안이었나."

겐토는 그 대답이 의외였다.

"그때까지는 선생님들과 면식이 없으셨던 거고요?"

"그래. 피그미족 안에 음부티라는 부족이 있는데, 그 사람들의 혈액을
채취하러 갔던 고가 선생님이 환자를 발견하고 우리가 있는 곳에 알려
줬네."

안도의 증언은 겐토가 생각하고 있던 줄거리와 맞지 않았다. 아버지와 사카이 유리가 그 단계에서 처음 만났을 리 없었다.

"그리고 바로 귀국하셨고요?"

안도가 끄덕였다.

"그게 분명히, 그래 맞아. 문화의 날이야. 11월 3일 국경일이었어. 전쟁이 시작한 나라에서 목숨만 달랑 가지고 돌아왔더니 일본이 얼마나 평화로운가 생각했지."

1996년 11월 3일이라고 듣고서 점점 더 혼란에 빠졌다. 사카이 유리의 호적 등본에 따르면 같은 해 11월 4일에 '에마'라는 딸이 태어났다고 되어 있었다. 자이르에서 돌아온 다음 날에 아버지 없는 딸을 낳았다는 것인가? 겐토가 일단 한번 떠 보기로 했다.

"귀국하시고 바로 사카이 선생님은 출산하셨습니까?"

"출산?"

안도가 눈을 휘둥그레 떴다.

"네. 사카이 선생님께 따님이 있으시다고, 아버지께서 말씀하셨어요."

안도가 웃었다.

"아냐, 그럴 리 없어. 아무리 그래도 사카이 선생이 임신을 했다면 우리가 알았겠지. 의사와 간호사 집단이니까."

"그래도 확실히 그렇게 들었습니다."

이 부분만큼은 쉽게 물러날 수 없었다. 아버지가 사카이 유리와 불륜 끝에 겐토의 배다른 여동생을 낳았는지, 반드시 확인해야만 했다.

그런데 말을 하려 했을 때 안도가 손을 저었다.

"아, 잠깐만. 그건 아마 자네가 잘못 생각한 걸세. 다른 임신부랑 헷갈렸구먼."

"다른 임신부라고 하시면?"

거기서 안도가 처음으로 미심쩍은 표정을 지었다.

"이것 참. 이상하군. 전에 신문 기자가 취재하러 와서 이 이야기를 했던 참인데."

겐토도 눈썹을 찌푸렸다.

"기자요? 어느 신문사입니까?"

"동아 신문이었어."

"설마 스가이라는 분은……."

"그래. 스가이 씨. 과학부라고 했지. 그 사람 아냐?"

"아버지의 친구 분이십니다."

겐토는 정체를 알 수 없는 한기를 느꼈다. 어째서 스가이는 아까 전화로 새로운 정보가 없다고 했을까? 아들 겐토에게는 알리고 싶지 않은 아버지의 중대한 비밀이라도 알아낸 것일까?

그런데 그런 겐토의 걱정과는 달리 안도가 납득한 모습으로 말했다.

"아, 그러면 이야기가 맞군. 그 기자는 아버님에게서 사카이 선생님에 대해 들었겠지."

그럴 리 없었다. 겐토에게 듣기까지 스가이는 사카이 유리의 이름을 몰랐다.

"스가이 씨는 무슨 조사를 하러 오셨습니까?"

"인물에 대한 르포 기사를 쓰고 싶다고 했네."

"사카이 유리 선생님의 르포인가요?"

"그래. 사카이 선생은 의사회를 탈퇴한 뒤에 빈민가로 이사해서 일용직 노동자 진료를 하고 계신다고 했네. 그런 봉사 정신이 넘쳐나는 여의사의 이야기를 기사로 쓰고 싶다고 했지. 자이르 때까지 이야기를 거슬러 올라가서."

아마 스가이는 가공의 취재 목적을 꾸며내서 사카이 유리에 대해 조사하러 온 거라고 겐토는 추측했다.

"스가이 씨도 사카이 선생님의 주소에 대해 모르셨나 보죠?"

"응. 본인의 이야기를 들을 수 없어서 곤란하다더군."

"그러면 안도 선생님은 어떤 말씀을 하셨습니까?"

"아까 이야기 했던 다른 임신부에 대해서네. 스가이 씨에게는 다소 얼버무렸지만. 자네에게는 사실을 말해 주지. 단, 비밀로 해 주게. 우리에게도 마음 아픈 이야기라."

"네."

겐토가 끄덕이고 몸을 앞으로 숙였다.

"자이르에서 고가 선생님이 우리를 찾아 왔을 때, 미국인 학자도 함께 있었어. 피그미족을 연구하고 있는 인류학자였네."

여기서도 겐토가 짐작할 수 있는 인물이 등장했다.

"나이젤 피어스라는 분입니까?"

"그래, 그래. 털보에 마음씨 좋은 사람이었네. 두 사람의 용건은 음부티족의 캠프에 병든 사람이 있으니 진찰을 해 주면 좋겠다는 내용이었어. 우리가 가 보니 옹색한 집 안에 한 임신부가 고통스러워하고 있었지. 이름은 안쟈나랬고 다른 피그미족과 똑같이 어린애 체격이었네. 그녀의 진찰을 산부인과 전공의인 사카이 선생이 맡았지."

안도는 커피를 한 모금 마시고 이어서 말했다.

"진찰 결과 안쟈나가 심한 임신 중독이었다는 것을 알게 되었는데, 가까운 데에는 설비를 갖춘 병원이 없었어. 그래서 니안쿤데라는 도시에 있는 큰 병원으로 옮기려고 했지만 거기서 내전이 발발한 거야. 우리는 현지에서 빠져나갈 수밖에 없었는데, 안쟈나를 어떻게 할까가 문제였지. 놔두면 뱃속의 아기와 함께 죽게 될 상태였고 간선 도로가 분단되어서 니안쿤데에 있는 병원까지 갈 수도 없고."

"그래서 어떻게 하셨습니까?"

안도가 눈썹을 찡그리니 이마에 가로로 주름이 생겼다.

"여기서부터는 비밀 이야기네. 알았지?"

"네."

"자이르에서 피그미족은 인간 이하의 존재로 취급당하고 있어서 시민권이 주어지지 않았네. 그래서 상의한 결과, 공무원에게 뇌물을 주고 안쟈나의 여권을 만들기로 했지. 일본으로 데려가서 치료하기 위해서."

그런 대모험에 아버지가 관여했었다니 놀라웠다. 귀국한 뒤, 아버지가 아무것도 말하지 않았던 것은 아픈 사람을 불법으로 출국시킨 내막이 있었기 때문이리라.

"그런데 이 수속을 밟느라 시간을 낭비한 탓에 안쟈나의 목숨이 위태로워졌어. 예정보다 하루 늦게 일본에 도착했고 안쟈나는 사카이 선생의 병원에서 치료를 받았지만 제때를 놓쳤나 보네. 애 쓴 보람 없이 산모와 아이 둘 다 사망했지."

안도가 침통한 심경을 토로했다. 슬픈 결과를 듣고 겐토도 동정을 금할 수 없었지만, 곧 큰 수수께끼가 머릿속에 떠올랐다. 일본에 데려온 피그미족 임신부는 태아와 함께 사망했다. 사카이 유리 본인도 임신이 아니었다. 그렇다면 사카이 유리의 호적에 기재된 '에마'라는 딸은 대체 누구지?

"안쟈나로서는 가족이 있는 정글에서 죽는 편이 행복했을 거라고 생각하네. 하지만 그 단계에서 우린 그녀를 내버려 둘 수가 없었지. 뭐가 올바른 일이었는지는 지금도 알 수 없네. 아무튼 그게 자이르에서 마지막에 일어난 불운한 사건이었어. 아버님이 자세하게 이야기하지 않은 것도 후회하고 계셨기 때문이 아닐까?"

그리고 한 시간 가량 안도와 이야기를 나눴지만 이렇다 할 다른 단서는 아무것도 얻을 수 없었다.

겐토는 사무국에서 나와서 센다가야 역 방면으로 걷기 시작했다. 겨우 얻어낸 정보를 어떻게 해석해야 될지, 전혀 알 수 없었다. 역 근처 백반집에 들러서 오랜만에 식사다운 식사를 하곤 택시에 탔다.

아무튼 자신에게 배다른 여동생이 있다는 최악의 시나리오만은 버려도 되지 않을까 싶었다. 그것뿐만 아니라, 안도 국장의 이야기를 종합해 보면 애초에 아버지가 불륜을 저질렀다는 의심조차 이상했다.

생각에 너무 깊이 빠져 있던 탓에 택시를 세울 곳을 놓쳐 버렸다. 올 때 빈 택시를 잡았던 국도에 가 달라고 하던 겐토는 스가이의 경고를 떠올리고 서둘러 행선지를 변경했다.

"조금 더 가서 좁은 길 나오면 왼쪽으로 들어가 주세요."

신약 완성을 목전에 두고 지금 주의를 게을리 해서는 안 됐다. 택시에서 내리고 나서도 잠시 동안 그 근처에 우두커니 서서 근처에 정차한 차가 있는지 확인했다. 그리고 주위를 경계하며 좁은 길을 지나 아파트 부지로 들어섰다. 쫓아오는 사람의 모습도, 누가 잠복하고 있는 기색까지, 아무 이상 없이 느껴졌다.

안심하고 아파트 바깥 계단을 올라가려 했다. 그런데 그때 건물 뒤에서 한 남자가 소리 없이 나타났다. 심장이 멎을 것 같았던 겐토는 어쩔 도리 없이 그 자리에 굳었다.

"자네, 이 아파트를 찾아온 건가?"

말을 건 남자는 평범한 차림에 코트를 걸치고 있었다.

"예? 예에."

겐토는 애매하게 대답하고 그 자리를 뜨려 했다.

"2층에 있는 야마구치 씨와 아는 사이인가?"

그 실험실이 야마구치라는 이름으로 계약되어 있었나?

"으음, 뭐……."

"내가 여기 집주인인데."

"집주인?"

겐토는 상대의 전신을 관찰했다. 상당히 늙어서 경찰관이라면 아마 정년을 맞이했을 연배라고 지금 와서 깨달았다.

"이상한 냄새가 난다고 근처에서 민원이 들어왔는데 야마구치 씨 댁이 아닌가 해서 말일세."

시약 냄새 이야기라는 것을 바로 알았다. 드래프트 챔버가 없어서 굵은 주름 호스를 환기창 주위에 둘러서 배기장치 대신으로 쓴 탓일 터였다.

"아닌 것 같은데요. 무슨 냄새요?"

"이상한 냄새라고밖에 못 들었네만. 날마다 다르다고."

"야마구치 씨 계신 곳은 아닌 것 같아요. 제가 몇 번 가 봐서요."

겐토는 그렇게 말하면서도 집에 가 보자고 그러면 어떻게 할지 생각했다.

"그래? 그러면 됐네."

남자는 간단하게 물러섰다.

"그럼 1층에 있는 시마다 씨겠지."

걸어가려던 겐토는 안도하려다가 깜짝 놀라서 집주인을 돌아봤다.

"이 아파트, 202호 말고도 다른 주민이 있습니까?"

"그럼. 1층 안쪽 집. 여기는 철거 결정이 나서 집세가 싸니까."

아버지가 준비한 집에 모습을 보이지 않은 다른 주민이 있다는 말인가? 자신이 계속 감시당하고 있었다는 기분 나쁜 예감이 들었다. 그 시마다라는 사람은 이번 일과 관계가 없을까, 아니면…….

"그 시마다라는 분은 어떤 분인데요?"

"어떤 분이라니……."

"혹시 50대의 신문 기자 같은 사람 아니세요?"

"신문 기자? 아냐, 여자야. 40대 정도."

무슨 소리냐는 표정으로 집주인이 겐토를 쳐다보았다.

"여자."

웅얼거린 겐토는 설마 하고 머리에 떠오른 여성의 용모를 말했다.

"마른 몸에, 머리가 어깨까지 오고, 화장기 없는 사람이요?"

집주인이 크게 끄덕였다.

"아, 맞아, 그래. 왜 그런 걸 묻나?"

말문이 막힌 겐토는 자신에게 덮쳐 온 충격을 겉으로 드러내지 않도록 겨우 변명을 꾸며냈다.

"그게, 본 적이 없는 사람이 왔다 갔다 하기에 도둑인가 싶었던 적이 있어서요."

"도둑 아냐. 여기 사는 사람이니까 안심하게."

집주인은 웃으며 "나중에 또 와야 하나." 하고 말하며 밖으로 가는 좁은 길을 걷기 시작했다.

노인의 뒷모습이 보이지 않게 될 때까지, 겐토는 혼란스러운 머리를 진정시키려고 필사적이었다. 그리고 아파트로 향했다가, 바깥계단으로 올라가지 않고 발소리를 숨기며 1층 통로로 갔다. 외벽과 너무 가까이 있어서 문이 세 개 나 있는 통로가 낮에도 그늘졌다.

제일 안쪽 집인 103호실 앞에 선 겐토가 마음을 다잡고 문을 두드렸다.

대답이 없었다. 얇은 문 너머로, 사람 기척은 느껴지지 않았다.

겐토는 좌우를 둘러봐서 아무도 없는 것을 확인하고 나서 손잡이를 돌렸다. 그랬더니 자물쇠가 잠겨 있지 않아서 문이 열렸다.

"실례합니다."

불러 보아도 응답이 없었다. 약간 망설인 겐토는 신을 벗고 안에 들어갔다.

그리고 바로 발밑을 보았다. 겐토의 신발밖에 없었다. 사는 사람이 외출 중이라고 봐도 될 것 같았다.

103호실 방 배치는 실험실이 있는 202호와 똑같았다. 부엌과 화장실 그리고 안쪽에 있는 다다미 방. 가스풍로 위에 놓인 프라이팬을 보니 사람이 산 흔적이 있었다.

겐토는 조심조심 걸어가서 방 안으로 이어지는 장지문을 열었다. 거기도 최소한의 살림이 갖추어져 있었다. 앉은뱅이상에 텔레비전, 아무것도 걸려 있지 않은 옷걸이. 서랍 위에 두 쌍의 이불이 있는 것을 보고 겐토는 의외라고 생각했다. 이 집에서 두 사람이 살 수 있을까? 하지만 안의 모습은 하숙집 방처럼 살풍경했다. 생활의 거점이 아니라 임시 거처라는 인상을 지울 수 없었다.

어째서 이 정도까지 사람 냄새가 없지? 그 이유를 찾던 겐토는 옷가지들이 보이지 않는다는 점에서 깨달았다. 옷장이나 서랍 따위도 없었다. 가방 같은 것이 하나도 없는 것을 확인하고 사는 사람이 여행이라도 갔나 보다고 생각해 보았다. 그래서 떠오른 것이 열쇠가 걸리지 않은 현관이었다. 여행이라기보다 갑자기 도망쳤다는 느낌이었다.

다른 단서가 뭐가 없나 하고 집안을 돌아보다가 전화기를 보고 움직임을 멈췄다. 수화기가 개조되어 있었다. 송화구를 뒤덮는 것처럼 무슨 장치가 부착되어 있던 것이다.

겐토는 장치를 벗겨내어 유심히 관찰하고 나서 작은 스위치를 찾아 전원을 켰다. 숨을 한 번 쉬고 "여보세요" 하고 말해 보았다. 그랬더니 장치를 통과한 자신의 목소리는 땅 속에서 울리는 것처럼 중저음으로 바뀌어 뒤쪽 스피커에서 흘러나왔다. 여태 몇 번이나 들어왔던 '파피'의 목소리로.

예상 밖의 결과를 맞닥뜨린 겐토는 장치를 손에 든 채 우두커니 서 있었다. 겐토가 실제 목소리를 알고 있으며 아버지가 하려던 일을 자세히 알 만한 인물…….

사카이 유리가 '파피'였다.

하지만 그 조각을 찾았다는 것만으로 퍼즐을 전부 맞춘 것일까? 일련의 사건들이 납득이 가는 하나의 줄거리로 이어질 수 있을까?

바로 떠오른 것은 소형 노트북에 남아 있던 사카이 유리의 보고서였다. CIA가 그 여의사의 신원을 조사한 것은 협력자가 아니라 요주의 인물이라서 그런 것은 아닐까? 그러면 애초에 사카이 유리가 의심받았던 이유는 뭘까? 9년 전 자이르에서 그녀 말고도 여러 일본인 의사가 머무르고 있었다. 그중 사카이 유리만 감시당한 이유는 하나밖에 생각할 수 없었다. 겐토는 자신도 모른 채 정보를 제공하고 있던 것이다. 스가이 기자에게만 그녀의 이름을 말했다.

그것을 깨닫고 단숨에 초조해져서 누가 머리를 두드리는 것 같은 느낌이 들기 시작했다. CIA와 내통하고 있는 사람은 사카이 유리가 아니었다. 그 과학부 기자였다. 그가 겐토의 동향을 조사하고 있었던 것이다.

잡히면 죽는다…….

지금도 공황 상태에 빠질 것 같은 마음을 겨우 진정시키고, 스가이와의 대화를 떠올리려 했다. 자신이 어떤 정보를 흘렸는지. 적어도 이 실험실의 존재는 밝히지 않았다. 이정훈이라는 동료가 있다는 것도 스가이는 몰랐다. 그리고 또 하나, 겐토는 중요한 사실을 떠올렸다. 바로 요전의 전화였다. "바로 그 자리를 떠나라." 스가이는 그렇게 말했다. 무슨 속셈으로 그 말을 했을까?

스가이는 겐토에 대한 정보를 요구받은 것뿐일 터였다. 그런데 CIA의 의혹을 알아차리고 겐토의 신변에 위험이 닥친 것을 알고 (전화가 추적되는 것을 알아차렸으리라.) 구해 주려 한 것은 아닐까? 그 추측은 약간이나마 겐토의 마음을 위로해 주었지만 자신이 궁지에 몰렸다는 사실은 변하지 않았다.

위험을 초래할 만한 다른 일은 하지 않았나? 지금까지의 경위를 모두 떠올린 겐토가 어떤 가능성에 다다랐다.

히키코모리 아이의 가정교사.

겉으로는 결코 모습을 드러내지 않은 아이.

'설마.' 겐토의 몸이 굳었다.

날짜가 넘어가기 직전, 늦게까지 작전 지휘소에 틀어박혀 있던 루벤스에게 두 가지 정보가 연이어 도착했다.

첫 번째 정보는 CIA에서 온 것으로, 행방을 감춘 고가 겐토의 행적이 파악되었다는 소식이었다. 잠복지라고 추정되는 마치다 역의 북쪽에서 휴대 전화 전파가 포착되었다. 이로써 고가 겐토가 전화를 발신한 지점이 오차 300미터 범위로 좁혀졌다.

그의 행방을 쫓는 경시청 공안부가 해당 지역을 중점으로 탐문 수사를 하고 있다는 보고를 받고 루벤스는 초조함을 느꼈다. 고가 겐토의 신약 개발은 어디까지 진행되었을까? 그 초라한 일본인 연구자야말로 어린이 10만 명의 목숨을 구할 단 하나의 희망이었다.

CIA에서 온 보고에는 루벤스가 미약한 기대를 걸고 있는 말도 포함되어 있었다. '현지 공작원 '사이언티스트'가 고가 겐토의 소재지를 밝혀내려는 이쪽 의도를 눈치 채고 통제가 불가능해졌다. 앞으로 사이언티스트가 피의자의 도주를 도울 가능성도 부정할 수 없기 때문에 대응을 검토 중이다.'

루벤스로서는 이 '사이언티스트'라는 인물이 주인을 배신하고 고가 겐토의 편이 되기를 기도할 수밖에 없었다.

다른 하나의 정보는 NSA의 로건에게서 온 것인데, 루벤스를 경악시킬 만한 내용이었다. 일본에서 아프리카로 발신된 암호 통신이 이제야 해석되었다는 것이었다.

그 보고를 받고 나서, 루벤스는 작전 지휘소를 뛰쳐나가 아우디를 몰고 포트미드로 서둘러 달려갔다. 누스가 위성통신을 써서 어떤 정보를 보내고 있는지 그 내용이 백일하에 드러나는 때가 온 것이다. 만약 누스의 현재 위치가 밝혀진다면 어떻게든 그 정보를 없애야만 했다.

NSA 본부에 도착했더니 한밤중인데도 로건이 맞이해 주었다. 이전과 같은 출입 수속을 걸쳐서 준비된 회의실로 향했다. 방 안에 있던 직원은 세 명인데 한명은 수학자 피셔, 다른 두 사람은 처음 보는 사람이었다.

로건이 일단 검은 테 안경을 쓴 초로의 남성을 소개했다.

"이쪽은 케네스 댄포드 박사, 언어학 전문가입니다."

루벤스는 댄포드와 악수를 나눴다. 언어학자의 손은 의외로 힘이 셌다. 다음으로 소개받은 사람은 아시아계 중년 남성이었다.

"이시다 다쿠 씨로 일본어 및 일본 문제를 전공으로 하고 있습니다."

이시다는 동부 악센트까지 포함한 완벽한 영어로 인사했다. 미국에서 자란 일본인인 듯했다. 말투로 보아 꽤 교양을 쌓은 것이 엿보였다. 세계 최대의 첩보 기관에는 정말 다채로운 사람들이 모여 있다고 루벤스는 감탄했다.

모두 자리에 앉자 루벤스가 바로 말을 꺼냈다.

"그런데 뭐가 밝혀졌습니까?"

피셔가 특유의 신경질적인 어조로 말하기 시작했다.

"멜빈 가드너의 컴퓨터에서 골라낸 난수열이 드디어 도움이 되었습니다. 그런데 난수열이 세 개의 단편으로 나뉘어 있어서 해독된 메시지도 세 종류의 자료로 나뉩니다. 우선은 이겁니다."

피셔가 출력된 종이 다발을 내밀었다. 루벤스가 받고서 훑어봤다. 메르카토르 도법으로 그려진 지도는 아프리카에서 남북 아메리카 대륙까지 나와 있었다. 그밖에 수치가 빽빽하게 기입된 문서도 있었다.

"그 지도는 북대서양 해저 지형도와 해류도입니다. 바닷물 온도나 조류의 흐름 관측 데이터도 포함되어 있습니다."

루벤스는 한 장씩 출력물을 봤다. 아프리카 서쪽 해안에서 서쪽으로 향하는 북적도 해류가 북아메리카 대륙 부근에서 멕시코 만류가 되어 방향을 바꾸고 북동으로 돌아갔다. 북대서양을 순환하는 해수의 흐름이었다. 온도의 차이가 청에서 적색 그라데이션으로 색이 나뉘어 있었다. 피셔가 말했다.

"올해는 어느 때보다 수온이 높은가 보군요."

"이것은 인터넷상에서 공개된 정보 아닌가요?"

"그렇습니다. 각국의 관측 자료를 모은 것입니다. 해당하는 홈페이지가 있는 것은 확인을 마쳤습니다."

"이 정보가 일본에서 아프리카로 보내졌단 말씀입니까?"

누스는 어째서 북적도해류의 데이터가 필요했을까? 아프리카를 남하하던 건 사실 양동 작전이고 실제로는 적도 부근에서 해로로 탈출할 생각일까? 하지만 그렇다면 그들은 일본이 아니라 북미 대륙으로 향하는 셈이었다.

"이 정보가 무엇을 위한 것인지, 저희도 모릅니다. 해석된 다른 두 메시지는 하나는 음성 데이터, 다른 하나는 텍스트 데이터였습니다. 이것을 들어 보십시오."

피셔가 노트북으로 시디 한 장을 실행했다.

음성이 흘러나오기 전에 로건이 주석을 덧붙였다.

"들으시는 내용은 어린이의 것으로 생각되는 음성입니다. 우리가 해석한 결과 화자는 5세 전후의 여자 아이로 추정됩니다."

루벤스가 망설였다.

"어린이의 목소리입니까? 중년 여성이 아니라?"

"네."

피셔가 키보드를 두드리니 스피커에서 어린 여자아이의 목소리가 흘러나왔다. 귀를 기울이던 루벤스는 더욱 곤혹스러워하며 물었다.

"어느 나라 말입니까?"

"일본어에 가까운 언어라고 생각됩니다."

이시다가 대답했다.

"가깝다니요?"

"악센트는 표준어와 일치하지만 일본인도 의미를 알 수 없는 메시지입니다."

"무슨 말입니까?"

"문법이 이상하고, 어떤 사전에도 나오지 않는 어휘가 빈번합니다. 하지만 단서가 있습니다."

이시다가 마지막 자료를 루벤스에게 건넸다.

"동시에 해독된 텍스트 데이터입니다."

루벤스는 서류에 눈길을 주었지만 익숙하지 않은 문자가 늘어서 있어서 읽을 수 없었다.

"이것도 일본어입니까?"

"네. 아무래도 아이는 그 문서를 읽고 있는 것 같습니다. 누군가에게 읽고 쓰기를 가르쳐 주기라도 하는 것 같군요. 그런데 이 의미 불명의 메시지에 대해 말하기 전에 일본어에 대해 설명을 해 드려도 괜찮으실까요?"

"물론이죠."

"되도록 짧게 끝내겠습니다."

이시다는 그렇게 잘라 말한 뒤 이어서 말했다.

"일본인은 문자를 발명할 수가 없어서 기원 후 3세기 경까지 선사 시대였습니다. 그 후 5세기에 들어서야 중국의 글자를 들여와서 사용하기 시작했습니다. 이때, 추상적인 사고 능력이 발달하지 않았던 일본인은 많은 추상적인 개념을 중국의 글자에서 그대로 도입했습니다. 그런 이유로 현재 일본어의 어휘 중 약 반 정도는 중국에서 들어온 외래어입니다. 예를 들면 이겁니다."

이시다가 연습장을 꺼내 두 글자를 적었다.

"중국 글자는 하나하나가 독자적인 의미를 가지고 있습니다. 그것이 여러 조합을 통해 단어가 되어 새로운 개념을 만들어 냅니다. 이 단어의 첫 글자는 '튀어나오지 않다', '잠잠하다', '아무 일도 일어나지 않는다' 등의 의미를 가지며, 두 번째의 글자는 '두 개의 것을 더한다', '두 개의 물건이 융합하다', '넉넉하게 합쳐진 상태' 등을 의미합니다. 이 두 가지의 문자가 엮여서 '평화'를 의미하는 단어가 됩니다."

루벤스는 서양인과 동양인의 사고방식은 근본적으로 다른 게 아닌가 하는 생각이 들었다. 우열의 문제가 아니었다.

"중국 글자라는 것은 몇 개나 있습니까?"

이시다가 냉큼 대답했다.

"10만 이상입니다. 하지만 현재 일본에서 일상적으로 사용되는 중국 글자는 2000에서 3000 정도죠."

"그들이 그것을 다 기억합니까?"'

이시다가 웃으며 끄덕였다.

"네. 불합리하게 생각될지도 모르지만 중국 글자에는 이점도 있습니다. 뇌 속에 시각 정보로 있으면 표음문자보다 적은 단계를 거쳐 의미를 연상합니다. 즉, 가독성이 뛰어나다는 얘기죠. 책을 빨리 읽는 데다 영화 자막도 쉽게 받아들입니다. 배우기가 어렵지만 나중에 읽을 때 보상이 된다는 말입니다. 이야기가 길어졌습니다만……."

이시다는 해독된 텍스트 데이터로 돌아가 몇 개의 단어를 가리켰다. 거기 적힌 중국 글자 '선론계(先論系)', '후론계(後論系)', '잠결해(暫決解)' 등은 당연하게도 루벤스가 보기에는 기묘한 도형처럼 생각되었다.

"이 의미 불명의 어휘는 중국 글자를 조합해서 만든 새로운 개념인 것 같습니다. 여자아이의 목소리가 '센론케이', '코우론케이', '잔케쓰카이'라고 발음하는 단어들입니다."

"그 단어는 영어로는 해석할 수 없습니까?"

"아까 말씀드린 대로, 문자 하나하나가 의미를 가지고 있으니 거기서 유추해서 해석해 봤습니다. 상당히 억지스러운 방법인데요."

이시다가 알파벳으로 적힌 문서를 드디어 꺼냈다.

"그런데 여기서 더 큰 수수께끼가 나타납니다."

루벤스는 영어로 해석된 문서를 열심히 읽어 내려갔지만 그저 글자만 읽힐 뿐이었다.

0.0 선론계(앞의 이론 또는 주장에 의해 만들어진 명제?) 1x1y 스나니 후론계(뒤의 이론 또는 주장에 의해 만들어진 명제?) 2x1y는 함께 시간의 함수 3x1y 스나니 1x2y 진리치는 확률적으로 변동 2x5y 창발에 대응 자나니 진리치와 타당성은 선형에도 비선형에도 전이. 카오스 및 카오스의 '창'에 나타나는 잠결해(일시적으로 정해진 답?)가 결정해가 되기 위해서는 초유지(문자는 '초유지(超遊知)'라고 되어 있지만 해석 불가능)에 의한 판단이 필요…….

"뭡니까, 이게? 진리치가 확률적으로 변동?"

말하면서도 루벤스의 시선은 서류에 그대로 꽂혀 있었다. 거기 쓰여 있는 내용은 의미 불명임에 틀림없지만 너무 난잡했다.

"그런 논리 체계는 들어본 적이 없습니다."

수학자 피셔가 말했다.

루벤스는 이시다에게 질문했다.

"'초유지'라는 단어의 의미는 전혀 알 수 없습니까?"

"문자 의미를 종합하면 '고정화되지 않은 지혜나 지식을 넘은 판단의 주체'라는 뜻인데, 번역 그 자체가 의미 불명이 되어 버립니다. 이 말의 의미를 이해하는 사람이 있다면 그것은 이 '초유지'라는 것을 애초부터 알고 있는 사람이겠죠."

하는 수 없이 루벤스는 메시지의 단편을 이어서 무리하게 해석해 보았다.

"이것은 복잡계에 대응하는 '복잡 논리'라고도 말할 만한 것을 시사하고 있는 것일까요? 분자론에 따라서 만들어진, 분자 논리처럼."

피셔가 대답했다.

"그렇다 해도 복잡 논리라는 게 어떤 공리계(公理系)인지 모릅니다."

잠자코 지켜보던 언어학자 댄포드가 입을 열었다.

"이번엔 제 의견을 말씀 드려도 되겠습니까? 그 문장을 해석하라는 의뢰를 받고 처음에는 엉터리 내용이라고 생각했습니다. 그런데 의미 내용은 차치하고 문법만 잡고 생각해 보니 기묘한 추측이 가능한 것을 알게 되었습니다. 이건 문법 레벨에서 새로이 창안한 인공 언어인지도 모릅니다."

"그럼 무슨 규칙에 따라 배열되어 있다는 말씀입니까?"

"그렇습니다. 우리 뇌로 지어내는 자연 언어와는 문법이 근본적으로 다릅니다. 이 문서를 조사하는 동안 저는 우리가 쓰는 말이 1차원이라고 깨달았습니다. 문자열이건 음성이건, 시간축에 따라서 한 방향으로 진행합니다. 그런데 이 문장은 그렇지 않아요. 평면 위에 놓인 개념이나 명제를 왔다 갔다 하며 전체 메시지가 완성됩니다. 그 평면상의 위치를 지시하는 것이 x와 y라는 좌표입니다. 배치 그 자체에 어떠한 의미, 혹은 규칙이 있는지는 알 수 없지만요. 거기다 마지막까지 읽어 보면 z좌표도 나오니까 언어 그 자체가 단층을 가지고 있다는 것을 알 수 있습니다. 이 문법을 쓰면 우리를 고민하게 하는 많은 패러독스가 소멸되겠지요."

루벤스는 너무 기묘한 결론에 당혹해하며 말했다.

"헌데…… 이 메시지를 작은 여자아이가 읽었다고 했죠?"

"그렇습니다."

"그러면 눈으로 읽는 것이 아니라 입으로도 말할 수 있는 언어라는 건데, 그런 복잡한 문법은 실용성이 없을 텐데요."

"말씀하신 대로 이 언어로 서로 대화하는 건 우리 뇌로는 무리입니다."

"우리 뇌로는 무리?"

댄포드가 무심코 따라한 말에 루벤스는 갑자기 충격을 받았다. 귓가에 눈앞의 언어학자가 아니라 하이즈먼 박사의 낮은 목소리가 다시 들려왔다. *자네는 중대한 문제를 놓치고 있어.*

"이런 언어로 대화를 나누려면 바로 이야기의 줄거리를 잃게 되겠지요. 무엇보다 2차원 공간에 흩어져 있는 개념이나 명제의 위치를 다 기억해 두지 않으면 커뮤니케이션이 성립하지 않으니까요. 그럼 문법과는 별개로 다른 하나 알게 된 것을 더 말씀 드리겠습니다. 원래 문서에는 '스나니'와 '자나니'라는 단어가 빈번히 나오는데, 이것은 일본어가 아니죠?"

댄포드는 놀라서 말을 잃은 루벤스를 의식하지 못하고 문서에 있는 두 개의 단어를 펜으로 가리켰다. 확인을 요청받은 이시다가 고개를 저어 보였다.

"일본어에 그런 단어는 없습니다. 게다가 이 두 단어는 중국 문자가 아니고 일본어의 독자적인 표음문자로 기록되어 있어서 의미를 유추하기가 불가능합니다."

"이 말의 기능에 주목하면 접속사처럼 사용되고 있다는 것을 알 수 있습니다. 하지만 이시다 씨가 말씀하시듯이 의미를 알 수 없기 때문에 구문론적인 이해밖에 할 수 없습니다."

댄포드 곁에서 대기하고 있는 피셔가 어지간히 우습다는 듯이 웃었다.

"그렇다면 이치에 맞지 않습니까. 접속사가 늘어났다면 논리 상수가 늘어났겠죠? 즉, 언어 그 자체가 다르니까 논리도 다른 셈이니 이 언어를 쓰는 사람은 보통 사람과는 다른 사고 회로를 가지고 있는 겁니다."

댄포드는 젊은 수학자보다 현실적인 결론을 입에 올렸다.

"아니면 아주 번거로운 장난질이라고 할 수 있겠죠."

루벤스가 떨리는 목소리를 억누르며 말했다.

"로건 씨, 이 통신은 일본에서 아프리카로 보내진 것입니까? 그 반대가 아니라."

"네. 그렇습니다."

루벤스의 내면을 뒤흔든 강한 충격이 그대로 지적 흥분으로 이어졌다. 하이즈먼 박사가 출제한 퀴즈의 해답은 상상을 초월하는 것이었다.

진화한 인류가 한 명 더 있었다.

해답을 증명할 생각으로 루벤스는 CIA를 통해 받은 '사이언티스트'의 보고를 떠올렸다. 국제 의료 원조 단체의 도쿄 사무국에서 얻어낸 정보야말로 진상을 해명할 열쇠였다.

"이시다 씨."

"네."

일본계 사람이 고개를 이쪽으로 돌렸다.

"일본의 국내법이나 국내 사정에 대한 지식도 있으십니까?"

"조금은요."

이시다가 겸손하게 대답했다.

"일본에는 '호적'이라는 가족 등록 제도가 있지요?"

"네."

"이 호적이 불법적으로 매매되는 일도 있다고 들었습니다만."

"네. 있지요. 조직 범죄 같은 데 쓰이는 것 같습니다. 다른 사람의 호적을 취득하면 신원을 숨길 수 있으니까요."

"어떻게 거래되고 있습니까?"

"부랑자나 일용직 노동자가 모이는 지역이 있으니, 거기서 상대를 찾는 거죠. 돈이 필요한 사람이라면 자기 호적도 팔 겁니다."

"그렇게 산 호적으로 다른 사람이 되는 일이 가능한 겁니까? 인터넷 서비스 업체와 계약하거나 은행 계좌를 열기도 하고, 부동산 매매 같은 것도?"

"네. 가능합니다."

"그러면 호적은 어떻게 만들어집니까?"

"아이가 태어나면 구청에 신청합니다."

"그때 필요한 서류는요?"

"의사가 발행한 증명서와 출생 증명서 두 종류가 필요할 것 같은데요."

"의사의 증명서는 임산부의 가족이라도 발행할 수 있습니까? 예를 들어 산부인과 의사가 임산부의 아버지여도 증명서를 쓸 수 있는 겁니까?"

"법률상으로는 문제없겠지요."

"그럼 질문을 바꾸겠습니다. 일본의 난민 수용 제도는 어떻게 되어 있습니까?"

이시다는 허공을 노려보며 머릿속을 뒤적거렸다.

"일본은 보수정당이 반세기에 걸쳐 집권을 이어오고 있기 때문에 외국인 수용에는 소극적입니다. 난민 수용의 실적은 미국의 100분의 1이하로, 비인도적이라고도 할 수 있는 수준입니다."

"그러면 일본에서 난민 인정을 받는 것은 매우 힘들다?"

"네. '난민쇄국'이라고 비난받는 나라니까요."

루벤스는 말하는 속도를 떨어뜨리고 구체적인 질문을 던져 보았다.

"지금까지 한 이야기를 바탕으로 하나 가정해 봅시다. 내전이 시작된 나라에서 임신부 한 명이 일본으로 도망갔다고 합시다. 하지만 그 임신부는 갓 낳은 여자애를 남기고 사망해 버렸습니다. 후견인이 된 일본인 여성이 남겨진 아이를 보호하려면 어떻게 할까요?"

이시다가 어려운 문제에 부딪혔다는 표정을 짓고 잠시 생각하고 말했다.

"역시 처음에는 난민 인정을 생각해 보겠지만 일본에서는 강제 송환을 당할 위험성이 충분히 있습니다. 조국에 아버지가 남아 있다면 더욱 위험하겠지요. 양녀로 삼는다는 방법도 있겠습니다만 그렇게 되면 친어머니의 정체를 밝혀야 하기 때문에 다시 난민 인정의 문제로 되돌아가는군요."

그때 이시다가 아까의 문답이 떠오른 듯, 미소를 지으며 루벤스에게 물었다.

"후견인이 된 일본인 여성입니다만, 그녀의 부친이 산부인과 의사입니까?"

"그렇습니다."

"아이를 지키기 위해서는 불법 행위도 서슴지 않는?"

"당연합니다."

"그러면 간단합니다. 일단 임신부가 출산 전에 사망했다는 진단서를 만듭니다. 이러면 난민이 될 상황이었던 아이의 존재도 소멸하겠죠. 그리고 아버지에게 허위로 출생증명서를 쓰도록 부탁하고 태어난 아이를 자기 딸이라고 구청에 등록하면 됩니다."

"가짜 어머니가 미혼에, 아이 아버지를 알 수 없어도 가능할까요?"

"가능합니다. 호적의 친부 부분을 비울 뿐이죠. 친어머니가 나설 리도 없으니 이 허위 신고가 발각될 걱정은 없습니다."

루벤스는 만족해서 크게 끄덕였다. Q.E.D. '증명 끝.'이었다.

언어는 그것을 이해하는 복수의 개체가 주고받음으로써 커뮤니케이션을 시작하는 도구가 된다. 인간은 의미를 알 수 없는 언어가 발신되어 수신된다고 하면 그 언어의 사용자는 두 명 이상이 존재한다는 뜻이다.

나이젤 피어스는 캉가 밴드 안에서 초인류가 태어났다는 것을 애초부터 알고 있었으리라. 9년 전 일본에서 이미 첫 번째 개체가 탄생했으니까.

내전 상황이었던 자이르에서 일본으로 이송된 피그미 임신부. 그녀는 아기를 낳은 직후 사망했다. 주치의였던 사카이 유리는 고아가 된 아기를 살리고 싶다는 일념으로 자기 딸로서 허위로 기재한 것임에 틀림없었다. 그 아이가 머리에 선천적인 이상을 가지고 있다는 것도 그녀의 동정심을 유발했으리라. 그런데 장애아라고 생각했던 피그미족 어린이가 성장하면서 경이적인 지성을 발휘하는 것을 보고 사카이 유리는 인류학자인 피어스에게 연락을 취했을 터였다. 그리고 그들은 에마라고 이름을 붙인 아이의 지능을 조사하여 다른 종의 인간이 탄생했다는 사실을 확신했으리라. 두 사람이 둘째 아이의 탄생을 예측하고서 내전을 계속하는 콩고에서 구출 계획을 세우기 시작했을 것이다. 아니, 계획을 주도한 것은 그 시점에서 딱 한 명 있던 인류종, 사카이 에마였을지도 모른다. 에마에게 있어서는 언젠가 태어날 제2의 아이를 어떻게 해서라도 일본으로 데려올 필요가 있었을 테니까.

교배 상대가 없으면 종(種) 그 자체가 1대에서 절멸하는 꼴이 되기 때문이었다.

누스 측에서 보면 특효약의 개발이야말로 가장 합리적인 답이었던 게지.

하이즈먼 박사는 적은 단서를 가지고도 모든 것을 통찰하고 있었다. 에마와 누스는 아마 같은 아버지를 가진 배다른 남매니까 종래의 근친혼 교배에서는 예거 부부에게 닥친 것과 같은 비극이 일어날 수도 있었다. 태어나는 아이가 부모 양쪽에서 같은 병인 유전자를 이어받게 될 위험이 높다는 뜻이었다. 고가 세이지에게서 아들 겐토에게 물려진 특효약 개발은 근친혼에 의한 유전병에 대처하기 위한 최초의 실험인 게 틀림없었다.

루벤스는 사카이 에마의 실제 나이를 헤아려 보았다. 여덟 살하고도 4개월이었다. 네메시스 작전이 상대하고 있던 것은 미개한 땅에서 태어나 자란 세 살 어린이가 아니라 선진국에서 모든 정보를 접하는 것이 가능한 여덟 살짜리 초인류였던 것이다.

또 한 가지 힌트는 자네가 아직 적의 능력을 얕보고 있다는 점이야.

진화한 인류가 겨우 세 살에 현생인류의 지력에 도달한다고 하면 벌써 사카이 에마의 지적 능력은 인간을 아득히 능가하고 있을 것이다.

루벤스는 작전 실패를 확신했다. 해독된 암호문을 보면 이미 에마가 호모 사피엔스의 사고 능력을 초월했다는 사실은 명백했다. 이 여덟 살짜리 어린아이는 현생인류의 이해의 한계를 뛰어넘은 상태로 세상을 인지하고 있었다.

지금 아프리카에 있는 누스는 인간에게는 불가사의에 속하는 지성체의 보호를 받으며 반드시 일본에 도착하리라. 그를 도와주는 사람들이 실수를 저지르지 않는 한.

여기까지 생각한 루벤스는, 갑자기 고가 겐토가 걱정되기 시작했다. 그 대학원생은 사카이 유리와 접촉했을 터였다. 일본 경찰이 그를 구속하면 수색의 손길이 사카이 유리에게까지 뻗을 우려가 있었다.

겐토가 자기 집으로 돌아오니 문에는 자물쇠가 걸려 있었는데도 입구 현관 바닥에 새 휴대 전화가 놓여 있었다. '지금까지 사용하던 단말기는 처분하라'라는 메모도 함께.

전화기를 집어 올려서 화면을 확인했다. 몇 번인가 착신이 있었는지 부재중 전화 기능에 메시지가 남아 있었다.

신발을 벗고 기프트1의 마지막 반응이 계속 되고 있는 실험실 쪽으로 발걸음을 내딛었을 때, 새 전화기가 울리기 시작했다. 겐토가 받았더니 그 땅 속에서 울리는 듯한 낮은 목소리가 들려왔다.

"지금 바로 그 방을 나가."

"왜요?"

겐토가 물었다.

"당신이 실수했어. 신문 기자에게 걸었던 전화가 역탐지되어서 위치가 발각되어 버렸어. 현재 다섯 명의 형사가 아파트 주변을 탐색하고 있어. 당신이 발견되는 것은 시간문제야."

차가운 공기가 겐토의 등을 훑고 지나갔다. 아파트 집주인이 말하던 이상한 냄새 소동이 형사들 귀에 들어가면 그들은 제일 먼저 이쪽으로 달려올 것이다. 겐토가 떨리는 목소리로 말했다.

"그렇지만 아직 약은 완성되지 않았는데."

"당신을 지키기 위해서야."

"단념하라는 말입니까?"

"그렇다."

"뭔가 방법이 있을 텐데. 실험 도구를 가지고 다른 장소로 옮기면……."

말은 했지만 필요한 물건이 너무 많아서 그것이 무리임을 인정할 수밖에 없었다. 설령 차를 수배한다 해도 옮기는 작업으로 몇 번을 들락날락거리면 싫어도 눈에 띄게 마련이었다.

"그렇게 우물쭈물하고 있으면 안 되지. 도망칠 기회는 단 한 번이라고 생각해. 밖으로 걸어가면 발견될 위험이 높아져. 아파트를 나가서 동쪽 길로 속보로 걸어가서 택시를 타고 도심으로 들어가. 다음 거처는 나중에 지시하겠다."

겐토가 손목시계를 보았다. 기프트의 합성이 완료되기까지 10시간이 남았다. 마지막 생성물을 분리해서 화학 구조가 확인되는 것이 거기서 8시간 뒤.

"하루만 있으면 특효약이 완성되는데."

"지체할 시간이 없다. 빨리 도망쳐."

입 주변이 피투성이가 되어 고통 받던 고바야시 마이카의 모습이 겐토의 뇌리를 스쳐 지나갔다. 자신은 그 아이의 목숨을 구할 수 있다고 겐토는 믿었다.

"나는 도망가지 않아요. 구해야 할 아이가 있어요."

"당신이 위험해져."

"당신도 과거에 아이 목숨을 구했었잖아요. 사카이 유리 씨."

얼굴을 마주하고 있는 것도 아닌데 거짓이 밝혀진 상대의 동요가 수화기를 통해 전해졌다. 겐토가 계속해서 말했다.

"노트북을 가지러 온 것은 나를 끌어들이지 않기 위해…… 나를 위험으로부터 멀리 떼어놓기 위해 그랬던 거죠?"

대답이 없었다.

"하지만 전 이미 휘말렸어요. 아버지 컴퓨터를 가지고 여기 와 버렸다고요. 이제 돌이킬 수 없다고요. 이대로 개발을 진행하겠습니다."

겐토는 그렇게 말하고 전화를 끊었다.

잠시 있다가 상대가 다시 전화를 걸었다. 겐토는 실험실에 들어가서 마그네틱 교반기 위에 있는 플라스크를 바라보며 생각했다.

형사들은 겐토가 사카이에게 전화를 걸었던 국도 주변에서부터 탐색을 시작할 것이다. 그 지점에서 실험실이 있는 아파트까지는 공동 주택이 여러 채가 몰려 있었다. 겨우 다섯 명이 집집마다 방문하며 돌아다닌다고 하면 하루 정도는 소요될 것으로 예상되었다.

겐토는 천국에 있을 아버지에게 말을 걸었다.

아버지의 유언을 완수할 테니까, 부디 아들 좀 지켜 줘요.

내가 10만 명의 어린이의 목숨을 구할 수 있도록 해 주세요.

그리고 겐토는 엷게 웃으면서, 의심해서 미안했다고 기도 끝에 덧붙였다.

3

케이프타운에 들어가기 전에 예거와 마이어스는 필요한 장비를 모두 사들여 갖췄다. 전지 같은 소모품과 각종 공구류, 그리고 전투복 대신으로 쓸 검은 스웨터나 카고 바지. 컴퓨터 프린터를 가지고 오지 않았던 피어스는 이동 중에 들렀던 피시방에서 필요한 서류를 인쇄하여 두 용병에게 건넸다.

날이 저물 무렵, 일동을 태운 랜드크루저가 제타 시큐리티를 가까이에서 바라볼 수 있는 지점에 도착했다. 구릉 지대에 떡하니 펼쳐져 있는 광대한 부지가 석양을 받으며 선명하게 빛나고 있었다. 철망과 철조망으로 된 담장 건너에 리조트 호텔을 떠올리게 하는 사옥이 선명하게 보였다. 비행장이 있는 곳은 그 바로 뒤였다.

일동은 차 안에 머무르며 마지막 브리핑을 했다. '일본의 조력자'에게서 받은 데이터는 필요한 정보를 모두 망라하고 있었다. 제타 시큐리티의 설계도와 감시카메라의 사각, 경비 요원의 위치와 인원 수, 각 방의 전자 도어를 해제하는 암호 목록. 그 밖에도 마이어스가 갖고 싶어 했던 보잉 737-700ER 기의 조종 매뉴얼도 있었다. 하지만 너무 두꺼워서 마이어스는 필요한 페이지만 간추려 조종석 계기류나 각종 스위치 위치를 머릿속에 새겨 넣었다.

행동 계획이 다 정해지고 예거가 뒷자리를 쳐다보니 아키리가 종이 묶음을 흥미롭게 바라보고 있었다.

"뭘 읽고 있어?"

예거가 물어봐도 아키리는 대답하지 않았다. 일부러 무시하는 것이 아니라 자료를 읽는 중이라 무아지경에 빠진 것 같았다. 고양이 비슷하게 치켜 올라간 큰 두 눈이 맹렬한 속도로 내용을 훑고 있었다.

"아키리가 보고 있는 것은 북대서양 해류도네."

피어스가 대신 대답했다.

"하늘을 날아가는데 조류의 흐름이 무슨 상관이 있다는 거요?"

"마지막 비장의 카드지."

피어스가 말했지만 자신만만한 태도가 아니라 표정에는 당혹한 기색이 어렸다.

"이 탈출 계획에는 나도 이해할 수 없는 측면이 있어서 그렇네. 일본의 조력자를 믿을 수밖에 없다네. 그보다……."

인류학자는 아키리가 회화를 할 때 사용했던 소형 컴퓨터를 꺼냈다.

"음성을 읽는 프로그램을 넣어 두었네. 이제부터 아키리가 키보드로 입력한 메시지는 음성으로 출력될 걸세."

"즐거운 대화가 되겠군."

예거가 말했다.

일동은 캔을 따서 아프리카에서 맞이하는 마지막 식사를 마치고, 제타 시큐리티의 뒤쪽으로 차를 이동시켰다.

2140시, 정각에 경비의 순찰차가 통과하는 것을 확인하고 예거가 나무 뒤에 숨겨뒀던 랜드크루저를 출발시켰다. 헤드라이트를 끄고서 도로를 가로질러 펜스 가까이에 바싹 붙였다. 높이 4미터의 철망에는 노란 해골 표시가 그려진 표지판이 걸려 있었다. 1만 볼트의 고압전류가 흐르고 있다는 뜻이었다.

차에서 내린 예거가 고무장갑을 끼고 펜스의 아래 앉았다. 플라스틱 공구를 써서 신중하게 철망을 끊어 젖혔다.

특수 부대원 출신에게는 초보적인 침입 기술이었다. 지면과 철망의 틈새가 충분히 열리자 마이어스가 큰 플라스틱 판을 받쳐 넣어서 예거의 침입구를 확보했다.

누워서 지면과 플라스틱 판 사이에 몸을 미끄러지며 들어간 예거는 전류 펜스에 닿지 않고서 제타 시큐리티의 부지 안으로 들어갔다. 바로 몸을 일으키고 철망 안쪽에 있는 전원(電源) 유닛으로 달려갔다. 그것은 허리 정도 높이의 금속제 상자인데 작은 자물쇠로 잠겨 있었다. 예거가 공구로 자물쇠를 부수고 문을 열어 일단 처음에 알람 스위치를 찾아내서 그것을 해제했다. 다음으로 경비실로 이어진 통신 케이블을 끊고 마지막으로 전원을 차단했다.

마이어스가 철망 밖에서 나이프를 던져봐서 안전을 확인하고 나서 바깥에 있는 세 사람이 펜스를 넘어와서 침입을 완료했다.

거기서 두 번째 단계로 신속하게 진행되었다. 사옥 뒤쪽을 향해 가던 네 사람이 감시 카메라의 사각을 골라서 지그재그로 이동했다. 오랜만에 보는 제타 시큐리티의 모습에 예거는 긴장이 되기는커녕 반갑기까지 했다.

예정보다 5분 빠른 2205시에 건물 뒷문에 도착했다. 눈앞에는 콘크리트로 지어진 무기고가 있는데 그 건너편에는 오렌지색 빛이 비추는 비행장이 넓게 펼쳐져 있었다.

모두 숨을 억누르고 한발 한발 디디며 다음 기회를 기다렸다. 이윽고 멀리 밤하늘에 충돌방지 점멸등의 붉은 빛이 뜨고 제트기의 굉음이 가까이 왔다. CIA 소유의 유령 회사가 가진 보잉 737형 기체였다. 공중에 떠 있는 기체의 실루엣이 지표에 날카롭게, 미끄러지듯이 하강했다.

소음이 충분히 커지기를 기다려서 네 사람이 일제히 움직였다. 무기고에 달려가서 입구 옆에 있는 패널에 암호를 입력하니 묵직한 문이 바로 열렸다. 안에 들어선 예거와 마이어스가 AK47을 놓고 서프레서가 달린 M4 카빈총으로 바꿔들었다. 다음으로 탄환을 장전한 권총을 피어스에게 넘기고 전원이 방탄조끼를 입었다.

세 살 어린이 몸에 맞는 방탄조끼가 없어서 피어스가 아키리를 등에 업었다. 인류학자의 몸 그 자체가 아키리에게는 방탄복이었다.

장비를 갖추고서 남자들이 받침차를 끌고 와서 기내에 실을 물자들을 차례로 옮겼다. 헬멧에 고글, 소형 산소봄베에 사각형 낙하산. 이도 저도 고공 강하 고공 산개(HAHO)에 필요한 장비였다. 공수 기장을 가진 두 용병이 피어스와 아키리를 안고 2인 낙하를 하기 때문에 하네스와 연결 기구 조합에 주의를 기울일 필요가 있었다.

비행장에서 들려오는 제트 엔진 울림이 최대 음량에 이르더니 갑자기 조용해졌다. 보잉기는 무사히 착륙을 마친 것 같았다.

예거가 세 번째 단계로 가기 위해 무기고 입구에서 상반신을 내밀고 바깥을 살폈다. 그랬더니 계획에는 없었던 작은 사고가 발생했다. 사옥 뒤쪽 문이 열리고 키 큰 남자가 모습을 드러낸 것이다. 그것이 누군지는 바로 알았다. 작전 부장 싱글턴이었다. 예거가 재빨리 머리를 굴려서 이 제부터 있을 귀찮은 작업을 간단히 만들 기회라고 판단했다. 수신호로 적이 출현했다고 마이어스에게 알리고 자신을 따라오라고 지시한 뒤, 무기고 바깥으로 기척을 죽이고 미끄러져 나왔다. 등 뒤에서 가까이 다 가가서 싱글턴의 후두부에 권총을 겨누고 일부러 방아쇠 당기는 소리를 내며 "움직이지 마." 하고 명령했다.

싱글턴이 가늘게 몸을 떨며 밤하늘을 향해 양손을 들었다.

"누구냐?"

"옛 친구다."

"목소리만으론 모르겠군. 뒤돌아봐도 되나?"

"그래."

민간 군사 기업 작전 부장이 천천히 몸을 돌렸다. 그는 자신에게 총구를 향하고 있는 예거와 마이어스를 확인하자마자 놀라서 눈을 크게 뜨고 말했다.

"너희들이군. 가디언 작전은 어떻게 됐지?"

"둘이 죽었다."

싱글턴이 어렴풋하긴 해도 고통스러운 표정을 지었다.

"뭐? 바이러스에 감염되었나?"

그 반응을 보고 예거는 품고 있던 의혹이 풀렸다. 싱글턴은 그 작전이 진짜 노리는 것이 무엇인지 아무것도 듣지 못한 것이었다. 그에 대한 적의는 버렸어도 호의가 생기지는 않았다.

"작전은 계속 되는 중이다. 이제부터 내가 시키는 대로 해."

"무슨 말이야? 펜타곤이 그렇게 하라 그랬나?"

"마음대로 해석해. 아무튼 시키는 대로 해."

싱글턴은 그제야 겨우 이것이 질 나쁜 장난질이 아니란 것을 알아차린 것 같았다.

"싫다고 하면 어떻게 되지?"

"저항 하지 마. 우리가 어떤 종류의 인간인지 잘 알잖아?"

가진 무기가 없는 상황에서 군인 출신 교관이 두 용병을 차례로 보고 나서 씁쓸한 얼굴로 끄덕였다.

"뭘 하면 되지? 내가 살아남으려면."

"무기고 안에 들어가."

예거가 명령했다.

10분 뒤, 싱글턴이 무기고를 나와 혼자서 비행장으로 걷기 시작했다.

격납고 앞에 비행기가 세워져 있는 지점에는 전장 30미터 정도 되는 소형 여객기가 기체의 수려한 곡선을 과시하듯이 두 날개를 펼치고 서 있었다. 그 주변에는 아홉 명의 작업자가 화물 반출과 급유 작업을 하고 있었다.

싱글턴은 트랩 아래 미국인 다섯 사람을 발견하고 가까이 다가갔다.

"제타 시큐리티에 오신 것을 환영합니다. 작전 부장 마이크 싱글턴입니다."

무기와 탄약을 싣고 온 CIA 요원들이 한 사람씩 자기소개를 하고 싱글턴과 악수를 나누었다.

"식당에서 가볍게 식사를 준비하고 있는데, 잠시만 기다려 주실 수 있습니까?"

"그럼요. 괜찮습니다."

친밀한 웃음을 지으며 부조종사가 말했다.

싱글턴은 컨테이너가 모두 내려와 있는 것을 확인하고 나서 작업 인원 모두에게 지시했다.

"다들 여기 모여."

작업복 차림의 남자들이 집합하니 그중 두 사람을 골라 싱글턴이 말했다.

"무기고 안 받침차에 물건을 실어놓았으니까, 그걸 가져와 주게. 객실로 운반하려고."

"네."

두 사람이 대답하고 무기고로 향했다.

보잉기 기장이 수상하다는 듯이 물었다.

"제 비행기에 뭘 싣게 됩니까?"

"아까 이쪽에 지시가 와서요. 추가 물자를 기내로 넣으려 합니다."

"랭글리에서 지시가 왔습니까?"

"그렇습니다."

요원 한 사람이 휴대 전화를 상의 주머니에서 꺼냈다. 본국에 확인할 작정이라는 것을 눈치 채고 싱글턴의 등 뒤로 식은땀이 흘렀다.

"죄송합니다만 전화는 하지 말아주십시오."

"왜입니까?"

의심스럽다는 듯한 표정으로 요원이 물었다.

"이유는 이것입니다."

싱글턴이 말하고 자신의 재킷 앞섶을 열어 보였다. 그의 가슴에는 휴대용 무전기 마이크와 원격 기폭 장치가 붙은 C4 고성능 폭약이 테이프로 붙어 있었다.

"저를 포함해서 여기 있는 모든 사람이 인질로 잡혔습니다. 지금 저격총을 가진 무장 인원이 여기서 떨어진 지점에서 이쪽에 총구를 겨누고 있습니다."

CIA 요원들이 활주로 건너편을 노려보았지만 격납고 부근이 너무 밝아서 깜깜한 다른 곳을 바라보기가 불가능했다.

"그들이 음성으로 이쪽 상황을 감시하고 있습니다. 여러분, 제발 제가 말하는 대로 해 주십시오. 일단 휴대하고 있는 무기와 통신기기를 모두 땅 위에 내려놓으시길 바랍니다."

무슨 생각이었는지, 요원 한 사람이 그 자리에서 몸을 피하려 했다. 하지만 그의 몸이 뛰어오른 순간, 날카로운 소리가 공기를 가르며 일직선으로 그의 오른쪽 어깨를 꿰뚫었다. 에이전트가 짧은 소리를 지르고 총상이 난 곳을 손으로 누르며 쓰러졌다.

다시금 싱글턴이 말했다.

"그들도 충분히 훈련된 사람들입니다. 저항하지 않으면 죽지 않습니다. 제발 부탁드립니다."

요원들이 마지못해 싱글턴의 지시에 따랐다. 무릎을 꿇게 하고 몸수색을 하고난 뒤, 눈가리개와 재갈을 물린 다음, 손을 뒤로 돌려서 플라스틱 수갑을 채웠다. 급유 담당자만은 포박을 면하고 작업을 계속하라는 명령을 받았다.

"가득 채워."

거기, 무기고에서 가라는 명령을 받은 두 사람의 작업자가 받침차를 밀며 돌아왔다. 그들이 비행기 아래 벌어진 이상한 상황을 보고 움직임을 멈췄지만, 싱글턴 몸에 감겨 있는 폭약을 보고 무슨 일이 일어났는지 알아차린 것 같았다. 빨리 하란 지시에 아무것도 묻지 않고 그 말에 따랐다. 두 사람이 기내로 화물을 다 옮기고 나서 기체 문을 연 채로 트럭을 벗어나라는 말을 듣고 작업 종료와 함께 인질 대열에 합류하게 되었다.

그리고 급유가 완료되기까지 한 시간 동안 아무 일도 일어나지 않은 채로 다들 방치되었다.

주 날개 아래 급유 차량이 기체에서 떨어지고 작업을 끝낸 급유 담당자를 싱글턴이 구속했다. 예거가 조준기 렌즈 너머로 그것을 확인하고 나서 엎드려 쏘는 자세에서 몸을 일으켰다. 그러곤 저격총을 M4 소총으로 바꿔들고서 활주로를 가로질러 갔다.

격납고에 다가가니 혼자 거기 우두커니 서 있던 싱글턴이 물었다.

"이제 됐나?"

억누른 목소리에는 피로와 무력감, 상대의 분노를 일으키지 않을 정도의 적의가 담겨 있었다.

"잘 됐군."

예거가 대답하고 싱글턴의 두 손에 플라스틱 수갑을 채웠다.

마이어스와 피어스, 그리고 아키리가 다른 방향에서 모습을 나타냈다. 인질들에게 저항할 여지가 없는 것을 마이어스가 확인하고 나서 메디컬 백을 내리고 어깨를 맞은 요원에게 응급처치를 했다.

"죽지는 않을 테니 안심해."

재갈을 물고 있는 상대가 목 안쪽에서 신음 소리를 냈다. 무슨 말을 하는지는 모르겠지만 감사의 말은 아니라는 것이 확실했다.

마이어스가 격납고 안에 있는 픽업트럭에 타고 시동을 걸었다. 인질 전원을 짐칸에 싣고서 사옥 뒤쪽에 있는 훈련장으로 옮겼다. 예거가 전원의 다리를 묶고서 인질 구출 훈련에 사용되는 모의 가옥 한 곳에 넣고 가뒀다.

"여기서 다음 훈련이 시행되는 건 언제지?"

예거가 작전 부장에게 물었다.

"모레야."

"그때까지 참아."

예거는 싱글턴에게도 안대와 재갈을 물리고 방을 나섰다. 이틀 뒤, 여기서 훈련을 받는 용병들은 진짜 인질을 발견하고 대경실색하리라.

복도에서 기다리던 피어스가 손목시계를 보고 말했다.

"더할 나위 없이 깔끔한 마무리로군. 자, 이 나라를 뜨자. 아프리카 탈출이다."

일동은 픽업트럭에 올라타서 격납고 안으로 돌아갔다. 밤이 깊어지고 있었다. 예거는 비행장에 도착해서 다시금 자신이 탈 항공기를 바라보았다. 새하얀 기체에는 운항 회사 로고가 그려져 있지는 않고 'N313P'

라는 등록 기체 번호밖에 보이지 않았다.

"도와줘."

마이어스가 바퀴막이를 벗겨내고 돌아와서 말을 걸었다. 두 사람이 격납고에 들어가서 신축성 사다리를 가지고 와서 기체 앞문에 걸었다. 10여 미터 되는 높이였다. 첫 번째로 마이어스가 사다리를 올라갔고 아키리를 업은 피어스와 예거가 뒤를 따랐다.

기내에 들어가니 깜깜했다. 마이어스가 손전등을 켜고 객실을 비췄다. 비즈니스 사양으로 꾸며진 내부는 일반 여객기와는 달라도 한참 달랐다. 앞쪽과 뒤쪽에 회의용 공간이 두 곳 있었고 자리는 창가에 설치되어 있지 않고 플로어 중앙 탁자를 둘러싸듯이 자리 잡고 있었다.

일동은 의자를 젖히고 문을 잠그려고 했다. 그런데 닫는 법을 몰라서 생각 외로 애를 먹었다. 무슨 구조인지 이런저런 이야기를 나누니 어둠 속에서 기계적인 음성이 울렸다.

"문을 기체와 평행하게 하고 나서 밖으로 밀어."

아키리가 컴퓨터를 써서 말한 것이다. 그 말대로 두꺼운 문을 움직였더니 부드럽게 움직여서 닫을 수 있었다.

"대단한데."

마이어스가 아키리의 머리를 쓰다듬고 조종실로 향했다.

콕핏에는 바깥에서 어렴풋하게 빛이 들어오고 있었다. 무수한 장치 종류가 조정석을 둘러싸고 있는 것이 보였다. 마이어스가 왼쪽 시트에 앉아서 앞으로 의자를 밀었다.

"기장석에 앉기는 처음인데. 예거, 옆에 앉아 줘."

"내가 할 수 있을까?"

"그럼. 계기류에 빛을 비춰 줘."

예거가 부조종사 자리에 앉아서 손전등 라이트를 꺼냈다. 가느다란 빛의 다말이 전자화된 기기들을 비췄다.

마이어스가 직접 만든 체크리스트를 펴고 "연료 밸브는? 보조 동력 장치 스위치는?" 등으로 혼잣말을 하며 스위치를 하나하나 켰다. 이윽고 기내 조명이 점등되고 액정 화면에는 처음 보는 계기류가 색색으로 빛나기 시작했다.

마이어스는 완전히 똑같은 조작을 두 번 반복하고 두 엔진에 시동을 거는 데 성공했다. 조종석에는 이제 연소를 시작한 엔진의 강한 포효 소리가 전해졌다.

"됐다! 해냈어!"

마이어스가 기뻐했지만 예거는 불안한 마음이 걷히질 않았다.

"기뻐하는 것은 비행기가 이륙하고 나서 하자."

지켜보던 피어스가 아키리를 안고서 조종실 뒤쪽 자리에 앉았다.

"비행 계획보다 조금 이르지만 이륙하지."

"안전벨트 꼭 해."

마이어스가 기장다운 말을 하더니 다시 앞을 보았다.

"가사!"

마이어스가 출력 조절 레버를 약간 앞으로 밀었다. 그랬더니 바로 엔진 소리가 커지고 기체 전체가 천천히 앞으로 움직이기 시작했다.

예거는 마이어스의 두 손이 조종간에서 떨어져 있는 것을 보고 놀랐다. 아무래도 지상 주행일 때에는 좌석의 왼쪽에 있는 다른 핸들을 쓰는 것 같았다. 보잉기는 좌우로 크게 돌면서 흔들흔들 유도로를 나아갔다. 활주로 바로 앞에 있는 커브가 아마추어 기장에게는 커다란 시련이었다. 바퀴가 빠지지 않도록 주의하면서 전진과 정지를 반복하다 겨우 해냈다.

마지막 방향 전환을 끝내고 보잉기가 일단 정지했다. 조종석 창밖으로 활주로 등불이 빛나는 탈출로가 곧게 뻗어 있었다.

"무선 주파수, 트랩 위치, 무선 중계기 입력……."

마이어스가 최종 체크를 끝내고 예거에게 말했다.

"무사히 이륙해서 기체가 떠오르면 이 레버를 들어 줘, 그럼 바퀴가 들어가게 돼."

"그것 말고는? 이륙 전에 속도 읽어 주는 건?"

예거가 빈약한 지식을 더듬으며 말했다.

"그것도 필요한데 정확한 수치를 몰라."

"뭐?"

마이어스가 웃어 보였지만 떨고 있었다.

"뭐, 됐어. 이렇게 하자. 속도계가 190노트를 표시하면 'VR'이라고 외쳐."

"괜찮겠지?"

"믿으라고."

마이어스가 왼손을 조종간에 얹고 오른손으로 출력 조절 레버를 90도 위치까지 움직였다. 엔진 회전수가 빨라지고 여태 낮게 울리던 소음이 귀를 찢을 듯이 큰 소리로 변했다. 마이어스가 소리쳤다.

"준비 됐어?"

"어!"

"오토 스로틀, 브레이크 해제."

마이어스의 조작과 함께 슬래스트 레버가 풀파워 위치로 움직이고 갑자기 보잉기가 급히 가속하며 앞으로 나아가기 시작했다. 예거의 몸이

의자에 확 쏠렸다. 동시에 기체 전체가 왼쪽으로 굽었다는 것을 느끼고 공포가 목 안에서 차올랐다. 진정할 새도 없이 계속 가속하고 있는 기체가 정지는 불가능하다고 생각될 정도로 속도를 높이고 있었다.

기장석에 앉아 있는 마이어스가 눈도 깜짝 안 하고 활주로 중심선을 바라보다 발치에 있는 방향타 페달로 진행 방향을 고치려고 했다. 최대 출력중인 제트 여객기가 오른쪽 왼쪽으로 기울면서 맹렬한 기세로 활주로를 돌진했다. 예거가 속도계를 응시했다. 아직 190노트에는 도달하지 않았다. 흘긋 눈을 올렸더니 활주로 끊어지는 틈이 바로 코앞까지 다가왔다. 이대로는 바깥에 있는 나무들에 처박게 된다.

"마이어스!"

예거의 외침과 동시에 마이어스가 조종간을 앞으로 당겼다. 기수가 위로 들렸다. 하지만 각도가 부족했다. 기체 아래에서 활주로가 사라지고 대신에 비행장 펜스가 급속도로 다가왔다.

죽음을 각오했던 예거는 몸 아래 뻥 뚫린 공간이 생긴 것을 느꼈다. 부유감. 기체가 떠오른 것이다. 보잉기가 펜스를 아슬아슬한 높이로 스쳐지나가는 이륙에 성공하고 그 앞 나무들을 훑듯이 밤하늘로 날아올랐다.

조종석에 있는 두 사람이 잠시 말도 못할 정도로 굳어 있었다. 예거도 굳은 그대로 자기 몸을 겨우 움직였다가 바퀴를 집어넣는 레버를 밀었다. 기체 바닥에서 앞바퀴가 수납되는 소리가 들리고 계기판에 켜져 있던 빨간 불이 꺼졌다.

마이어스가 굳은 얼굴로 조종간을 잡아당기고 있었지만 퍼뜩 정신이 돌아온 듯이 턱을 움직여서 "헬로오?"하고 말을 시작했다.

항공 교통관제를 담당하는 레이더 관제사와 교신을 시작한 듯했다. 이제부터 대서양 위를 비행하는 동안 이 비행기는 항상 레이더로 탐지될 것이다. 짧은 인사를 나누며 관제사와 대화를 마친 마이어스가 말했다.

"잘됐나 봐. 비행기 강탈이 들키진 않았어. 이제 조금 후면 자동 비행으로 전환할 거야."

평점은 C 마이너스였지만, 어쨌든 이륙했다. 예거는 마이어스를 칭찬했다.

"잘했어, 마이어스. 그래서 목표 지점에 언제 도착하지?"

"14시간 정도 걸려. 이제 반나절 지나면 이 임무도 종료되겠군."

예거도 끄덕이고 전신의 힘을 빼고 의자에 늘어졌다. 옆 창문을 통해 지상을 내려다보니 케이프타운 거리의 불빛 너머로 거대한 검은 해원이 펼쳐져 있었다. 탈출이 불가능하다고 생각했던 광대한 대륙이 뒤로 계속 물러나고 있었다.

마침내 아프리카를 벗어나는 때가 왔다. 그렇게 생각한 순간 예거는 자신을 잡아당기려 하는 눈에 보이지 않는 힘을 느꼈다. 과거 수백만 년이나 되는 기간 동안, 새로운 인류를 잉태해 왔던 대륙이 예거를 도망치게 하지 않겠다며 거대한 손을 뻗고 있는 것 같았다. 도망가야만 한다고 생각했다. 나쁜 운명과도 같은 이 불길한 힘을 떨쳐내야 했다.

손목시계를 보고 아들의 목숨이 사선을 맞이하지 않았다는 것을 확인했다. 저스틴은 아직 살아 있었다. 아버지와 아들 두 사람의 전투는 아직 끝나지 않았다.

4

겐토는 시간 감각을 완전히 잃어버렸다. 손목시계를 흘긋 봤더니 새벽 1시였다. 이 시각이면 형사들이 탐색을 중단했을 터였다. 당분간 이 아파트는 안전하다고 생각해도 되겠지.

예정 시각을 조금 넘어서 박층 크로마토그래피라는 방법으로 반응이 종료됨을 확인했다. 이제 기프트1을 만들어 내기 위한 모든 합성 작업을 완료했다.

젠토가 마그네틱 교반기에서 플라스크를 들어올려서 유심히 살펴봤다. 안에 가득 들어 있는 것은 무색의 용액이었다. 실험이 성공했다면 이 안에 변이형 GPR769를 활성화시키는 작동약이 들어 있을 것이다.

혼합용액에서 원하는 물질을 추출하기 위해 세심히 주의를 기울이며 후처리에 들어갔다. 유기물만을 추출하는 추출작업, 그리고 유기용매를 제거하기 위한 농축, 그리고 분리와 여태까지 자신이 몸에 지녀왔던 지식과 기술을 전부 사용해 누구도 만들지 못한 기적의 신약에 한층 가까워지고 있었다.

날이 새고 조금 지났더니, 후처리는 마지막 정제 단계에 접어들었다. 수직으로 선 가느다란 유리관, 칼럼 안에서 세 종류의 생성물이 분리되어 있었다. 극성이 다른 물질이 세 층으로 나뉘어 있는 것을 눈으로 확인할 수 있었다.

각자 층을 건류 플라스크에 옮겨서 회전 농축기로 증류했다. 각 물질이 유기용매에 녹아 있는 상태라, 이 용매를 제거하고 불순물이 없는 최종 생성물을 얻을 필요가 있었다. 만전을 기하기 위해 젠토는 진공 펌프를 써서 거의 완전하게 용매를 제거했다.

이제 드디어 최종 생성물을 꺼낼 수 있었다. 세 개의 플라스크에 남은 물질은 전부 결정화되지 않고 거품 형태의 비정질(非晶質)이 되어 있었다. 이 중에 어느 것이 기프트1인가.

감개무량한 심경에 잠길 틈도 없이 휴대 전화를 꺼냈다. 9시가 되기도 전에 걸었는데도 바로 받았다.

"여보세요?"

"잤어?"

정훈이 대답했다.

"아니, 일찍 일어나서 기다렸어. 어떻게 됐어?"

"완성했어."

정훈이 힘을 주며 말했다.

"좋아! 이제 구조 결정만 남았어?"

"생성물은 세 종류고 결정화된 것이 없어. 전부 NMR 분광법으로 가자. 지금 대학으로 보내면 돼?"

"그래. 공유 기기실은 예약해 뒀어."

·"시료 말고 기프트1 구조식을 써 둔 메모도 같이 보낼 테니 공유 기기실 아줌마한테 결과를 봐 달라고 할 수 있나? 그러면 결과를 다시 알려 줄 시간을 벌 수 있어."

'공유 기기실 아줌마'란 장치들의 유지, 관리를 담당하는 스펙트럼 분석 전문가였다. 그 안력(眼力)이 경이로워서 분석 결과가 아무리 난해하더라도 차트를 딱 한 번 보기만 하면 시료의 화학 구조를 알아차린다. 아줌마에게 부탁하면 어느 시료가 기프트1인지를 순식간에 알아봐 줄 터였다.

"오케이. 항공권 수속도 해 뒀어."

정훈은 리스본을 향해 오늘 밤 출발할 예정이었다.

"드디어 그렇게 되는구나."

"마지막까지 방심하지 말자."

겐토는 끄덕이고 지금 사용하는 새 휴대 전화 번호를 정훈에게 가르쳐 줬다.

"이제부터는 이 번호로 연락해."

"무슨 일 있었어? 그쪽은 괜찮아?"

정훈이 물었다.

"괜찮을 거야, 아마도."

그렇게 대답할 수밖에 없었다.

"아무튼 약을 건네받는 일은 저녁때 얘기하자."

"알았어."

전화를 끊고 나서 퀵서비스를 부르고 시료의 라벨이 제대로 붙어 있는지 확인했다.

이제 저스틴 예거가 살아날 거라는 전망이 생겼다. 문제는 구명 목록에 있던 다른 한 사람의 이름이었다. 고바야시 마이카는 아직 병원 침대 위에 있을까? 아니면 이미 병마와의 싸움에 져서 하늘의 부름을 받았을까?

정훈이 했던 말을 떠올리고 자신을 고무시켰다. 단념하긴 아직 일렀다.

미국 동부 시간 오후 11시. 국방성을 나서려는 루벤스는 주차장까지 왔다가 다시 호출을 받았다.

"시급히 이쪽으로 돌아오십시오. 바로 지금, 누스의 발자취를 찾았습니다. 그들은 아프리카를 탈출한 모양입니다."

작전 지휘소에 남아 있던 에이버리가 휴대 전화로 말했다.

"뭐라고? 배로?"

"아니요. 비행기입니다. 에비에이션 스페셜리티의 항공기가 탈취되었습니다."

에비에이션 스페셜리티란 비밀 작전에 종사하는 CIA 유령 회사였다. 루벤스는 전후 사정을 납득하지 못한 채로 펜타곤 지하 1층으로 빠르게 복귀했다. 생체 인증 시스템을 통과하고 지휘소로 들어갔더니 맞이하러 나온 에이버리가 빠르게 보고했다.

"무기 탄약의 밀수송에 쓰였던 CIA 소유기를 조너선 예거 일행이 탈취했습니다."

"어느 공항입니까?"

"제타 시큐리티의 비행장입니다."

납득과 동시에 감탄했다. 민간 군회사의 비행장은 전혀 예상 밖이었다.

"4시간 전에 비행장의 빛이 사라지는 것을 수상하게 여긴 경비원이 부지 내를 수색했더니 감금되어 있던 승무원을 발견했습니다. 훔쳐 간 비행기는 현재 관제 레이더에 계속 잡히고 있습니다."

"침로는 어떤가요? 아시아 방향입니까?"

"아니요. 대서양 위를 북서로 날고 있습니다."

여기서도 뒤통수를 맞았다. 북아메리카 대륙으로 향하고 있다고?

"거기다 이 항로는 에비에이션 스페셜리티 사가 제출했던 비행 계획 대로입니다. 이대로 가면 헤시피 공항에 착륙합니다."

"헤시피?"

"브라질 동쪽 끝입니다. 대서양으로 튀어나온 지점입니다. 그놈들, CIA 요원이라고 신분을 위장해서 밀입국할 생각 아닐까요?"

그런 단순한 계획은 아닐 거라고 루벤스도 생각했지만, 이 극본에 따라 대응책을 짜두면 누스를 도망치게 할지도 모른다고 예상했다. 그리고 타이밍 좋게도 엘드리지로부터 전화가 왔다. 네메시스 작전 감시관은 예상 밖의 전개에 분노를 감추지 않았다. 자기 목이 잘릴까 봐 허둥대는 꼴에 피식 웃음이 나왔다.

"이미 상황은 파악했소. 브라질에 있는 CIA의 '자산'을 헤시피의 구아라라페스 국제공항에 집결시키시오."

"브라질 정부에 연락은 어떻게 할까요?"

"필요 없소. 국무성 놈들은 말려들게 하지 마시오. 일이 커져. 정보기관만으로 처리하도록 합시다."

"알겠습니다."

"이제 그곳으로 가겠소."

마지막으로 엘드리지는 "대체 이게 무슨 일이오!" 하고 내뱉고 전화를 끊었다.

작전 지휘소는 불현듯 허둥대기 시작했다. 요원들에게 섞여서 스톡스 군사 고문이 입실했지만 루벤스가 인사하는 것보다 빨리, 홀랜드로부터 비밀전화가 왔다. CIA 국장으로부터의 직통 전화에 루벤스는 희미한 기대를 안고 귀를 기울였다. 먼저 홀랜드가 일방적으로 말했다.

"루벤스. 경어는 쓰지 말도록 하게. 고위 인사와 대화한다는 사실이 알려지면 안 되니까 말이야."

"아아, 알았어."

루벤스가 가벼운 어조로 대답했다.

"'제타'에서 일어난 일의 자세한 내막을 들었나?"

"아니."

"지금 막, 싱글턴이라는 남자와 전화로 이야기했네. 그가 하는 말에 따르면 워런 개럿이 사망했다는군."

"그 친구가?"

"그래. 예거가 그렇게 말했다는군."

루벤스가 등에 지고 있는 죄악이 또 하나 늘어났다. 미국 대통령의 범죄를 고발하려고 했던 용감한 남자가 목적을 이루지 못하고 네메시스 작전에 희생되었다. 개럿을 고용한 쪽은 바로 지금 루벤스가 느끼고 있는 것과 똑같은 자책에 빠져 있겠지. 권력의 주구로 전락하여 인명을 빼앗게 된 자신의 경박함에 대한 분노.

"이것으로 작전 중지 가능성이 생겼네."

CIA 국장은 배신자의 죽음을 노골적으로 기뻐했다. 누스의 구출뿐만 아니라 자기 손을 더럽혔던 '특별 이송'을 어둠에 묻어 버리게 된 것이 기쁜 것 같았다.

루벤스는 죄악감을 전혀 느끼지 못하는 상대에게 거센 분노를 느꼈지만 지금은 홀랜드를 자기편으로 놔두는 편이 상책이었다. 네메시스 작전의 숨겨진 목적이 달성되었다고 하지만 아직 낙관할 수 없었다. 홀랜드 이상으로 얼굴이 두껍고 거만한 남자가, 세계 최고의 권력을 손에 쥐고 인류를 벗어난 살육자가 누스의 말살을 바라고 있었기 때문이었다.

홀랜드가 말했다.

"자네 의견을 들려주게. 구아라라페스 공항에 요원들을 모아도 괜찮은가? 누스는 무사히 도망칠 수 있을까?"

"요원을 최소 인원으로 해 두지. 틈을 만들어 두면 괜찮을 것 같아."

CIA 국장에게도 브라질로 밀입국한다는 연극을 믿게 해두는 편이 안전했다.

"그렇겠군. 알았네."

"현재 대책은 그게 다야?"

루벤스가 거꾸로 질문해 봤다.

"그렇네. 훔쳐 간 비행기는 대서양 한가운데를 날고 있으니 전투기 항속 거리로는 닿지 않네. 그리고 이 보잉기는 마약 밀수 감시에도 사용되고 있기에 군용 레이더를 적재하고 있다네. 이쪽이 공중 조기 경보기(AWACS)를 날리면 바로 알아차리지. 헤시피까지는 놔두는 게 나아."

"참고를 위해서, 탈취된 비행기의 항속 거리는?"

"1만 1000킬로미터를 약간 웃도는 정도야. 기준치로는 마이애미 바로 앞까지라고 생각하네."

미국 지명을 듣자마자 루벤스는 어렴풋한 불안을 느꼈다.

"이 비행기의 방어 장치는 어떻게 되어 있지?"

"아무것도 없네. 레이더 말고는 통상 비즈니스 제트기와 똑같아. 전투기를 긴급발진만 하면 순식간에 끝나. 브라질 정부에는 아무것도 알리지 않는 편이 좋겠지."

누스는 어디로 갈 생각인가. 루벤스는 다시금 불가사의하게 느껴졌다. 헤시피 근처까지 가서 비행 계획을 벗어나게 되면 브라질 공군이 바로 긴급발진 태세를 갖춘다. 그 후에는 어디로 도망쳐도 똑같았다. 인근 여러 나라들의 공군기가 출동을 하고, 공해(公海)로 도망치다 보면 연료가 다 떨어질 터였다. 확실하게 말할 수 있는 것은 미국 본토에만은 오지 않을 것이라는 점이었다. 합중국의 영공 안에 들어오면 보잉기는 그 자리에서 격추될 테니까.

"레이더는 어때?"

기장석에 앉은 마이어스가 물었다. 예거가 조종실 후부에 설치된 장치에서 고개를 들었다.

"문제없어. 수상한 비행물체는 없어."

케이프타운을 벗어나고 나서 여섯 시간이 지났다. 아직 날은 밝지 않앗고, 고도 1만 1000미터 상공으로 무수한 별이 빛나는 우주 공간이 바로 눈앞에 보였다. 부조종석에서는 피어스의 무릎 위에 아키리가 앉아서 천체 관측이라도 할 모양인지 별 하나하나를 손가락으로 더듬고 있었다.

"이제 바빠질 거야. 연료는 어때?"

손목시계를 본 피어스가 말했다.

"꽤 많이 절약이 되고 있는데. 으스스할 정도야. 서쪽으로 향하는 기류를 읽었어. 제트기류가 가장 빠른 곳을 말이지."

마이어스가 대답했다.

보잉기는 수상하다고 생각되지 않는 선에서 비행 계획에서 벗어나서 비행하고 있었다. 자동비행에 입력할 수치를 '일본의 조력자'가 전자 메일로 계속 알려주고 있었다. 일동 사이에서는 이 정체불명의 일본인은 '에마'라는 은어로 통하게 되었다. 이 이름을 붙인 것이 피어스인데, 음부티족 말로 '엄마'를 의미하는 단어라고 했다.

"에마라는 놈이 기상 예보 전문가인가?"

"뭐든 잘 안다네. 준비는 됐나?"

피어스가 웃으며 예거를 돌아보았다.

"그렇소. 다들, 이쪽으로 모이시오."

조종석에 있는 모든 사람이 일어섰다. 자동 조종 장치로 제어되고 있는 비행기는 조종사가 없어도 아무렇지 않게 비행을 계속하고 있었다.

객실로 이동한 네 사람은 낙하 장비를 점검하기 시작했다. 일단 어른 셋이 추위로부터 몸을 지켜 줄 단열용 점프 슈트로 몸을 감싸고 예거와 마이어스가 서로 보조하며 낙하산 가방을 등에 짊어졌다. 그리고 산소 공급 시스템 등의 장치를 전부 몸에 장착하고 나서 급조한 2인 낙하용하네스를 시험해 봤다. 마이어스가 몸 앞에 있는 V링과 카라비너를 피어스가 장착한 하네스에 연결했다. 이제 두 사람의 몸이 튼튼하게 연결되었다.

남은 한 사람. 아키리는 머리가 커서 어른용 헬멧에 뭘 채워 넣고 씌웠더니 딱 맞았다. 고글과 산소 마스크도 제대로 얼굴을 감싸고 있었다. 단, 하네스만은 몸이 너무 작아서 준비할 수 없기 때문에 백팩 안에 아키리를 넣고 예거가 두 다리 사이에 매달기로 했다.

피어스가 만족스레 말했다.

"괜찮을 것 같군. 슬슬 예정 항로에서 벗어나게. 이 이상 브라질에 가까워지면 스크램블이 발동하니까."

일동이 장비를 풀고 조종실로 돌아왔다.

기장석에 앉은 마이어스가 조종간에 손을 얹으며 말했다.

"질문이 있어요."

"뭔가?"

"비행 계획에서 벗어난 뒤, 진짜 북쪽으로 향할 셈인가요? 그러면 틀림없이 미국 방공 식별권(ADIZ)에 들어가요. 그럼 요격 전투기가 날아올 텐데요."

"모든 조건을 맞추려면 이 루트밖에 없네."

"하지만 격추되면 끝이잖아요."

"에마는 괜찮다고 하는데."

"공해(公海)라서 더더욱 안심이 안 된다고요. 미국 공군의 요격 옵션에는 '영공 바깥과 방공 식별권 안쪽' 즉, 공해라도 격추될 수 있어요."

"그 부분은 나도 이상하게 생각하네. 하지만 에마가 격추될 걱정은 없으니 비행에 전념하라고 했네. 우리가 고려해야 하는 것은 얼마나 정확한 시각에, 정확한 지점에 도착할지야. 맡은 일만 제대로 하면 반드시 잘될 걸세."

마이어스가 옆을 향해 부조종석에 있는 예거의 표정을 살폈다.

"여기까지 왔으니 할 수밖에 없지. 에마를 믿어야지."

예거가 말했다.

"전투기를 따돌릴 거라고는 생각할 수 없어서 그러지. 그럼, 간다."

마이어스가 조종간을 잡았다.

"준비 됐어!"

피어스가 아키리를 데리고 뒤쪽 자리에 앉아서 소리쳤다.

마이어스가 조종간을 앞으로 눕혔다. 보잉기가 1만 1000미터의 고고도에서 기수를 내리고 해수면을 향해 급강하하기 시작했다.

관제 레이더에서 탈취된 비행기의 점이 사라진 오전 1시, 워싱턴DC에서는 기밀 통신망의 통신량이 단숨에 늘어났다.

그리고 한 시간도 지나지 않아 국가 안전 보장에 관련된 모든 각료가 백악관 지하에 있는 상황실에 집결했다.

5

정훈의 연락을 기다리던 겐토는 모든 의미로 살아 있는 기분이 들지 않았다. 기프트1의 합성은 성공했지만 쥐 세포를 사용한 최종 확인이 잘 될지, 경찰 수색은 어떻게 되었는지.

바깥을 나가면 형사에게 발견될 위험이 있어서 장도 보러 나갈 수 없었다. 하루 종일 식사도 하지 못한 겐토는 설탕을 핥아서 응급 처치를 했다. 지금은 뇌로 보낼 에너지가 절실했기 때문이었다.

불안과 싸우며 공복을 참았다. 하지만 잠에게는 질 것 같은 정오 전, 기다리고 기다렸던 전화가 드디어 정훈에게서 왔다.

"성공했어! 시료 안에 기프트1이 있어!"

정훈이 외쳤다. 단숨에 잠기운이 날아갔다. 겐토가 그 즉시 물었다.

"레이블 번호는?"

"'G1-7B'야."

탁자 위에 '7A'에서 '7C'까지 플라스크 세 개가 있었다. 가운데 있는 '7B'를 집어들고 이게 기프트 1이었구나 하는 마음에 감개무량하며 바라보았다.

"네가 해냈어! 겐토!"

정훈이 자기가 신약 개발에 으뜸 공로자임에도 불구하고 겐토를 축하했다. 겐토도 웃으며 대답했다.

"아냐. 이건 다 네 덕분이야. 그런데 도이에게 부탁한 세포는?"

"조금 더 걸릴 거래. 4시쯤에는 그쪽에 도착할 거야."

"알았어. 너는 몇 시에 대학에서 나올 거야?"

겐토가 마지막 스케줄 조정에 들어갔다. 정훈은 오늘 밤 리스본을 향해 출발한다.

"7시에 나가면 8시에 나리타 공항에 도착해. 비행기는 10시 출발이야."

"좋아. 그럼 7시에 대학 병원 앞에서 만나자. '기프트'를 가져갈게."

"오케이."

전화를 끊고 나서 다시 정신없이 바빠졌다. 기프트1과 기프트2를 염산염으로 바꿔서 수용성으로 만들고 농도를 조절하여 쥐에게 경구 투여하기 시작했다.

네 우리에서 키우고 있는 쥐들은 20마리가 통상 개체로, 다른 19마리에게는 폐포 상피 세포 경화증을 인위적으로 일으켜 놨다. 겐토는 각자 열 마리씩 신약을 투여하기로 했다. 투여량은 제약 프로그램 기프트의 지시에 따랐다. 쥐를 한 마리씩 손바닥에 올리고 주사기 끝에 붙은 긴 튜브로 직접, 위 속으로 주입했다. 여태까지 몇 번 연습을 해 놔서 빠르게 끝낼 수 있었다.

이어서 동맥혈 산소포화도 측정으로 넘어갔다. 쥐의 귀에 계측 장치 그립을 붙이기만 하면 혈액 속에 산소가 얼마나 들어 있는지를 알 수 있었다. 병에 걸린 쥐에게서 이 수치가 상승하기 시작하면 신약이 효과가 있다는 판단을 할 수 있었다.

하지만 이렇게 간단한 약리 시험만 해도 될까 하는 의문이 지금에 와서 들었다. 하지만 지금 갇혀 있는 상황에서는 대사나 중독 등을 조사할 시간이 없었다.

기프트의 계산 결과를 믿을 수밖에 없었다.

투여 개시 후 30분이 지나자 빠르게 효과가 나타나는 것이 보였다. 기프트의 예측대로였다. 아무것도 투여하지 않은 병을 발현시킨 생쥐의 수치가 계속 떨어지고 있는 것에 비해, 기프트를 투여한 무리에서는 하강이 멈춘 것으로 생각되었다. 하지만 여기서 결론을 내리기는 아직 일렀다. 겐토는 진정하라고 자신에게 말하면서 실험 노트를 정리하거나 리스본에 보낼 분량의 약을 용기에 옮기기도 하면서 30분 정도 측정을 계속했다.

한 시간, 두 시간이 지나는 동안에 두 무리가 명백하게 달라지기 시작했다. 세 시간 뒤, 겐토는 투여한 무리의 수치가 상승하고 있는 것이 아닌가 하는 기대를 가졌다. 그리고 네 시간 뒤에 확신했다. 쥐의 폐는 기능을 회복하기 시작하고 있었다. 폐포가 환기능을 되찾고 몸속에 산소를 보내기 시작했다.

바로 아까까지 빈사 상태였던 쥐들이 비틀거리면서도 다리를 움직이기 시작하고 급수 장치에서 물을 마시는 것을 보고 경악했다. 눈앞에서 일어나는 일이 현실 같지가 않았다. 신약의 효과가 너무나 극단적이어서 어쩐지 믿기가 어려웠다. 수면 부족에서 오는 환각인가 의심할 정도로 알로스테릭 병용약의 위력은 절대적이었다.

실험 노트 그래프로 눈을 돌려 측정을 실수했을 가능성이 없는지 확인하다 보니 갑자기 거세게 문을 두드리는 소리가 실내에 들려왔다.

너무 놀라 비명을 지를 뻔했다.

경찰이다.

그 형사들이 이 아파트를 발견한 것이다.

그런데 바로 "퀵입니다." 하고 말하는 소리가 들려서 뻣뻣하게 굳었던 온몸의 힘이 빠졌다. 도이가 만든 유전자 조작 세포가 드디어 도착한 것 같았다.

현관으로 가서 문을 열었더니 앞에 선 사람은 변장한 형사가 아니라 틀림없이 택배 배달 기사였다. 짐을 받고 문에 확실하게 열쇠를 채워 실험실로 돌아왔다.

받은 물건은 작은 종이박스였는데 안에는 플라스틱 플라스크 네 개, 멸균 처리된 기구 소량, 그리고 실험 순서를 메모한 문서가 있었다. 도이가 쓴 것으로 보이는 문서에는 정말 꼼꼼한 느낌으로 결합 실험 방법이 설명되어 있었다.

플라스크에 들어 있는 것은 병을 일으킨 쥐의 유전자를 도입한 CHO

세포였다. 세포막 위에 폐포 상피 세포 경화증의 원인이 되는 수용체 변이형 GPR769가 강제적으로 발현되어 있었다. 게다가 이 수용체는 특수한 시약으로 형광 표식이 되어 있어서 활성화하면 파란 빛이 나도록 되어 있었다. 즉, 기프트1과 기프트2를 써서 이 수용체를 파랗게 만들 수 있다면 신약 개발이 성공이라는 뜻이었다.

실험 순서를 훑어보다 '플레이트 리더'라는 장치가 없어서 순간 덜컹했지만 "간단하게 육안으로도 발광하는 것이 보인다"라고 쓰여 있어서 겨우 마음을 놓았다.

준비 작업을 마치면 남은 것은 시간과의 싸움이었다. 전공이 아닌 분야의 익숙하지 않은 작업이라 손이 많이 갔다. 배양 세포를 샬레에 옮기는 일만 갖고도 한참 고생했다. 틀리지 않도록 신중하게 작업을 진행하기 위해 거의 한 시간 걸려서 작업 준비를 전부 갖추었다.

평평한 원형 유리 접시에 유전자 조작 세포를 심었다. 겐토가 피펫을 써서 기프트 용액을 들고 세포 위에 천천히 부었다.

바로는 아무 일도 일어나지 않았다. G단백질 연결 수용체가 활성 발현되기까지 최저 10분 가량 걸렸다. 오래 걸리면 꼬박 하루가 필요한 경우도 있지만 쥐의 데이터가 맞는다면 30분 이내에 결과가 나올 것이다.

그런데 그 30분이 지났지만 파란 빛이 나타나지 않았다. 초조해졌다. 어딘가 순서가 잘못되었는지, 아니면 기프트가 수용체에 결합되지 않았는지.

책상을 떠나서 선반에 있는 쥐를 다시 한 번 측정해 봤다. 투여군 동맥혈 산소 포화도는 상승하는 폭이 더욱 증가했다. 그러면 어째서 세포에는 아무런 변화가 없을까?

샬레를 돌아보다가 겨우 알게 되었다. 세포의 미약한 발광을 육안으로 확인하는데 방이 너무 밝지 않나. 바로 천장 형광등을 끄고 깜깜해진 방 안을 더듬어가서 실험대 위를 보았다. 그랬더니 작은 유리접시 안에 무수한 푸른빛이 반짝이고 있었다. 그것을 눈으로 보자마자 겐토의 전신을 충격이 꿰뚫고 모든 털이 곤두서는 것이 느껴졌다.

활성화되었다.

말없이 바라보는 동안에도 '기프트'와 수용체의 결합이 차례로 일어나서 한 개, 또 한 개, 새로운 빛이 샬레 속에 깜빡였다.

인류 역사상 누구도 손에 넣지 못한 특효약의 개발에 성공했다. 지금, 이 시각, 이 순간, 변이형 GPR769의 활성 발현을 확인한 것은 세계에서 단 한 사람, 겐토뿐이었다. 자연이, 그 감춰진 속살을 자신에게만 보여주고 있었다.

한기를 느낄 정도로 엄청난 감동과 함께 신기한 도취의 감각이 머릿속에 퍼져 갔다. 인간의 뇌에는 지적 발견에 대한 보수계(자극을 받아 쾌감을 일으키는 부분 ── 옮긴이)가 있는 것 같았다. 둥실둥실 떠다니는 것 같은 쾌감을 즐기는 동안 표정에 기쁨도 즐거움도 아닌, 여태까지 인생에서 경험해 본 적이 없는 종류의 미소가 자연스레 떠올랐다. "연구만은 그만둘 수 없지."라고 말씀하시던 때의, 아버지 표정과 같은 미소였다.

이것이 과학이라는 것을 깨달았다. 아버지는 대단한 업적을 성취하지는 못했지만 그래도 나날이 수행되는 연구 중에서 자신만이 알고 있는 작은 발견을 부지런히 쌓아올렸다. 그것이 재미있어서 그만둘 수가 없던 것이다. 자연의 비밀을 푸는 일로 머리가 부들거릴 정도로 행복함을 얻으셨으리라.

의자에 앉아 있던 겐토가 크나큰 행복에 잠긴 채로, 동시에 과학 기술이 가진 무서운 측면도 깨달았다. 원자폭탄을 개발한 과학자들도 이 쾌감에 사로잡혔을 것이다.

그들도 엄청나게 많은 사람을 죽이려는 일념으로 원폭을 만드는 데 몰두한 것은 아니었을 거였다. 아인슈타인의 예언을 현실화하기 위해서, 그리고 그때까지 인류의 손이 닿지 않은 막대한 에너지를 얻는 일에 흥분했던 것이 아닐까. 미지에의 도전이 초래하는 도취가 인류사회에게는 양날의 검인 셈이었다.

겐토가 일어섰다. 방의 불을 켜고 아웃도어용 외투로 갈아입고 외출 준비를 했다. 회심의 '기프트'는 저스틴 예거와 고바야시 마이카 두 사람 몫을, 작은 용기에 나누어 준비했다. 각각 반년 분량이었다.

그때 노크 소리가 들렸다.

겐토가 움직임을 멈추고 바깥 기척을 살폈다.

잠시 후 다시 한 번, 현관의 얇은 문을 밖에서 두드리는 소리가 났다. 빈집인 것처럼 반응이 없는데도 바깥에 있는 사람이 떠나는 기척은 없었다. 집요하게도 계속 문을 두드렸다. 전력계의 회전을 보고 집 안에 사람이 있다는 것을 알아차린 것 같았다.

하지만 겐토는 다시 두려움에 떨지 않았다. 개발된 신약을 허공에 날려 버릴까 보냐 하는 생각이 점차 분노로 바뀌었다. 가방에 신약과 실험 노트, 휴대 전화와 노트북 등을 넣고 문간에 섰다.

"누구십니까?"

그렇게 묻자 남자의 목소리가 들렸다.

"경찰입니다. 잠깐 물어볼 일이 있습니다."

"네, 지금 열겠습니다."

겐토가 신을 신고 열쇠를 벗기고 손잡이를 돌려서 문을 열었다.

현관에 선 마른 남자는, 앞에 나타난 주민의 얼굴을 보고서 순식간에 눈빛이 변했다.

"고가 겐토지?"

겐토가 재빨리 고개를 돌리고 숨을 멈추고서, 손에 든 시험관의 내용물을 형사 얼굴에 뿌렸다.

"윽!"

괴로운 신음 소리를 내며 형사의 몸이 꺾이고 그 자리에 구토를 했다. 겐토가 호신용으로 준비해 둔 시약은 독성은 낮지만 심각한 악취를 뿌리는 화합물이었다. 옷에 한 방울 묻히기만 해도 전차에 탈 수 없을 정도로 무시무시했다. 그것도 샤워를 하는 정도로는 사라지지 않을 터였다. 이제 이 형사는 내일은 휴가를 잡게 될 처지가 됐다.

현관 앞에 널브러져서 계속 토하고 있는 형사 옆을 빠져나가 전속력으로 아파트 계단을 뛰어 내려갔다. 이미 날이 저물고 있었다. 손목시계를 보니 오후 6시 정각.

괜찮아. 겐토는 택시를 찾으며 생각했다. 정훈은 공항 도착에서 비행기 출발 시각까지 두 시간 여유가 있다고 예상했다. 지금부터 병원으로 달려가면 시간에 맞을 것이다. 공복과 피로로 두 다리가 후들거렸지만 마지막 힘을 쥐어짜내 달려갔다.

무슨 짓을 해서라도 약을 보내겠어.

저스틴 예거, 그리고 고바야시 마이카의 생명을 구하자.

보잉 737기는 추락 직전의 초저공 비행을 하고 있었다.

고도계가 가리키는 수치는 330피트였지만 부조종석에 앉아 있는 예거에게는 해수면 위를 활주하고 있는 것처럼 보였다. 여태 검은색 일색으로 물들어 있던 바다에도 서광이 비치기 시작해 때때로 보이는 흰 파도가 날이 밝고 있다는 것을 알려주고 있었다.

필사적으로 조종간을 쥐고 있는 마이어스가 지상 접근 경보장치의 경보음에 지지 않게 소리쳤다.

"지금 어디 부근이에요?"

"마이애미 남동, 약 450킬로."

그렇게 대답한 피어스가 소형 컴퓨터를 들여다보며 일본에서 보낸 지시를 전했다.

"1분 20초 후 상승하게. 방향은 동북동이네. 정확한 침로는 고도를 올리고 나서 지시할걸세."

그건 관제 레이더에 다시 잡힌다는 것을 의미했다.

"여기서 상승한다고? 어째서 50킬로 동쪽으로 벗어나지 않는 거죠? 일부러 방공 식별권 내에서 상승하라니 미친 짓이에요. 바로 F15가 날아올걸!"

"상황은 전부 에마의 통제 안에 있네. 아무튼 상승하게. 그리고 예거, 자동 비행 조작은 익혔나?"

"물론. 맡겨 주시오."

계기 패널 위쪽에 설치된 자동 조종 장치는 작은 손잡이와 스위치를 조작하기만 하면 되는 간편한 기술이었다. 그것만 하면 고도나 기수 방위를 설정했다.

"이제부터 모든 행동을 초단위로 해내야 하네. 실수만 안 하면 격추되지도 않을 걸세."

피어스가 무릎 위에 컴퓨터에 시선을 내리깔고 이어서 말했다.

"기수를 드는 것은 20초 뒤네. 속도를 430노트로 올리고 15도 각도로 상승해 주게. 그 후 고도 3만 3000피트를 유지."

"라저!"

마이어스가 말했다.

피어스가 초읽기를 시작하고 제로가 되는 타이밍에 마이어스가 조종간을 앞으로 당겼다. 바로 아래 보이던 해수면에서 기체가 떨어지고 엷게 밝아오기 시작한 하늘을 목표로 비행기가 날아올랐다.

소식이 끊긴 보잉기가 레이더 위에 다시 모습을 드러냈을 때, 네메시스 작전 지휘소의 모두가 놀라서 소리쳤다. 탑재된 연료 계산으로 보면 탈취된 비행기는 이미 추락했다고 생각했기 때문이었다.

작전 지휘소에 머무르던 루벤스는 정면 스크린을 주시했다. 거기에는 북미 방공 사령부(NORAD)에서 보낸 CG화면과 텔레비전 회의 시스템으로 연결된 백악관 상황이 나오고 있었다.

CG화면 위에는 플로리다 반도의 윤곽이 그려져 있었고 대서양 위를 비행하는 보잉기의 위치와 방향이 삼각형 마크로 표시되고 있었다.

마이애미 남동, 450킬로 공역에 홀연히 떠오른 기체는 진짜 탈취된 CIA 소유 비행기일까? 백악관 지하 1층 상황실에서는 통합 참모 본부 의장이 공군 대장에게 확인을 요청하고 있었다.

공군 대장이 즉각 대답했다.

"그들 말고는 짐작할 곳이 없습니다. 1분 이내에 이쪽 요격기가 긴급 발진할 것입니다."

"통신 네트워크가 가능하겠지?"

통합 참모 본부 의장이 못 박아 두듯이 말했다. 공군에는 무장 무인 정찰기 프레데터가 납치당했던 전과가 있었다.

"문제없습니다. 긴급발진할 '랩터'는 무선 원격 조정 비행기가 아님니다."

　상황의 추이를 지켜보던 루벤스에게 걱정과 두려움이 생기기 시작했다. 플로리다 주 에글린 공군 기지에서 F22 네 대의 편대가 날아올랐다는 보고를 받자 불안은 점점 커졌다. 보잉 비즈니스 제트기는 공대공 미사일로부터 몸을 지킬 장비라고는 하나도 없다. 이러면 틀림없이 격추될 것이다.

　순간 루벤스가 눈썹을 찌푸렸다. 뭔가 머릿속에 걸리는 것이 있었다.

　마이애미 남동, 450킬로 공역.

　보잉기의 출현 지점에 어떠한 의미가 있는 것처럼 신경이 쓰였다. 과거 기억을 더듬던 루벤스가 겨우 생각해 냈다. 마약 카르텔 중견 간부가 일으킨 사건이었다. 이 콜롬비아인이 자가용 제트기를 타고 미국으로 올 때, 파일럿이 실신하여 비행기가 추락 직전까지 갔다. 간부는 겨우 조종간을 쥐고 저공비행에서 상승했지만 이 동안 기체는 미국 방공 레이더망을 빠져나갔다.

　그리고 미확인 기체로서 소형기가 다시 레이더에 모습을 드러냈던 것이 마이애미 남동 450킬로미터 공역이었다.

　서서히 누스의 의도를 깨닫게 되었다. 이 사건으로 이미 북미 방공 사령부는 방공 체제를 검토할 것을 강요당했다. F22 설비를 포함한 새로운 행동 계획은 군사 통신망을 통해 각 관계 기관에 통보되었을 터였다. 그리고 누스는, 아니, 일본에 있는 에마는 아마도 이 기밀 정보를 해킹해서 영공 침범을 한 미확인 기체에 대해 미국 공군이 어떻게 대응하는지 예상하고 있었다. 지금 바로, 긴급 발진된 F22 편대가 에마에게 넘어갈 터였다.

　"탈취된 비행기가 침로를 변경했습니다."

루벤스가 고개를 들었다.

북상하던 CG 화면 위의 삼각형이 북동북으로 기수 방위를 바꾸었다. 여기서 다시 루벤스는 상대의 의도를 알 수 없게 되었다. 보잉기가 플로리다 반도에서 멀어져서 바다로 다시 돌아가고 있었다. 향하는 곳은 대항해시대에 많은 범선이 조난되었던 마의 해역, 사르가소 해였다. 이대로 비행을 할 경우, 착륙 가능한 육지는 버뮤다 섬밖에 없지만 이 작은 섬에 내린다 한들 도망갈 길은 없을 터였다. 즉, 누스 일행의 운명은 요격기에 격추되거나, 막다른 길에 몰리거나, 아니면 연료 부족으로 대서양 위에 추락하는 수밖에 없었다.

"위험 요소가 사라지고 있습니다."

통합 참모 본부 의장이 말하고 미국군 최고 사령관의 의향을 물었다.

"해당 비행기가 방공 식별권 바깥으로 나갈 경우, 어떻게 할까요?"

"계속 추격하시오."

번즈 대통령이 답하며 텔레비전 회의 화면에서 이쪽을 향해 이야기했다.

"그럴 수 있소?"

"네, 대통령 각하."

네메시스 작전 감독관이 격양된 목소리로 대답했다. 엘드리지에 있어서 지금 상황은 악몽 이외 아무것도 아니었다. 작전이 완전히 제어 불능이 되어 그의 창창하던 앞길이 굳게 닫히고 있었다.

홀랜드가 어떤 표정을 짓고 있나 싶어서 루벤스가 회의 화면을 응시했다. 열외자를 한 사람씩 비추는 작은 화면 안에 CIA 국장의 모습이 있었다. 표정에서 세세한 느낌까지는 나타나지는 않았지만 장관 뒤에 가까이 다가온 남자가 작은 쪽지를 건네는 것이 보였다.

625

홀랜드가 안경을 꺼내 손에 든 메모를 바라보았다. 순간, CIA 국장의 목에서 어깨에 걸친 선이 굳어진 것처럼 움직이지 않았다. 그리고 홀랜드가 미약하게 고개를 젓더니 번즈 대통령에게 말을 걸었다.

"지금 바로 들어온 정보입니다. 미국이 공격을 받고 있습니다."

"뭐요?"

번즈가 얼굴을 구기며 되물었다.

"알래스카 주, 위스콘신 주, 미시간 주, 메인 주의 화력 발전소가 사이버 공격을 받고 전력 공급이 중지되었습니다. 거기다 35기의 원자력 발전소 제어 시스템에 이상이 발생하여 가동을 정지했습니다."

상황실과 똑같이 네메시스 작전 지휘소에서도 동요하던 직원들이 침묵했다.

"복구가 늦어지면 동사자만 수십만 명이나 발생할 우려가 있습니다. 이와 관련하여……."

홀랜드가 주저하더니 덧붙였다.

"사이버 공격의 개시 시각이 요격기가 긴급발진한 시각과 같습니다."

최후통첩이 이거였나. 초인류는 종의 존속을 걸고, 용서 없이 반격에 나섰다. 에마는 무슨 짓을 해서라도 긴급발진에 의한 미사일 발사를 저지할 생각이었다.

겐토가 탄 택시가 긴시초 순환지점에서 고속도로로 빠졌다. 대학 병원은 바로 거기 있었다. 예정보다 15분 늦었지만 바로 정훈에게 약을 넘기면 괜찮을 거라고 생각했다. 나리타 공항으로 오토바이로 갈 정훈이 차가 막혀서 늦을 걱정은 안 해도 될 것이다.

운전수에게 병원으로 가는 길을 알려주고 있다 보니 전화가 울렸다.

착신 표시를 보니 정훈이 걸었다. 무슨 일이 있나 불안해하며 전화기를 귀로 가져갔다.

"여보세요?"

"겐토야? 지금 어디야?"

"바로 근처야. 이제 3분 있으면 도착할 거야."

주변을 신경 쓰듯이 작은 소리로 정훈이 제지했다.

"기다려. 오지 않는 게 좋을 것 같아."

"왜?"

"대학 병원 정문 앞에 있는데, 바깥쪽 도로에 차가 한 대 계속 서 있어. 운전수가 한 명인데, 이쪽을 감시하는 것 같아."

형사가 따라붙었을 가능성이 높았다. 공안 경찰의 감시 대상에는 겐토의 고향집이나 연구실 말고도 대학 병원도 포함되어 있었다. 겐토는 서둘러 수화기를 손으로 막고 운전수에게 말했다.

"죄송합니다만 적당한 곳에 세워 주시겠어요?"

"네."

운전수가 말하며 차선을 변경하고 차를 세웠다.

겐토가 전화를 다시 받았다.

"차가 움직이는 기색은 없어?"

"없어."

정훈이 대답했다.

"어떻게 하지? 만일을 위해서 다른 장소에서 만날까?"

"아냐, 잠깐 기다려."

형사의 눈을 피해 병원으로 들어가지 않는 한, 고바야시 마이카에게 약을 전할 수 없었다. 대신 정훈에게 가라고 해달랄까 생각했지만 생판 모르는 한국인 유학생이 갔다가는 잘 안 될 수도 있었다. 거기서, 문득 고바야시 마이카가 아직 살아 있는가 하는 의심이 들었다. 그 아이가 이미 죽었다면 위험을 일부러 무릅써 봤자 헛수고로 끝날 터였다.

아니야. 겐토가 마음을 고쳐먹었다. 그 아이를 위해 지금까지 힘을 내왔다. 희망을 버리면 안 돼.

"기사님, 목적지를 바꿀게요. 병원 뒤로 돌아가 주세요. 저 앞길 오른쪽으로 가주시면 돼요."

"저 두 번째 신호에서요?"

운전수가 그렇게 말하며 깜빡이를 켜고 차를 출발시켰다. 겐토가 전화에 대고 말했다.

"정훈. 뒷문으로 안으로 들어갈게. 정문 앞 차에 움직임이 없는지 봐줄래?"

"알았어."

"전화는 끊지 말고 있어 줘."

겐토가 가방 안에서 헤드셋을 꺼내 코드를 빼서 전화에 꽂았다. 이제 두 손을 자유롭게 쓰며 전화할 수 있었다.

택시가 대로를 오른쪽으로 꺾어서 뒷길로 들어갔다. 헤드라이트 빛 너머에 대학 병원을 감싼 콘크리트 담이 보였다. 겐토는 뒷자리에서 몸을 앞으로 내밀고 수상한 차가 길가에 세워져 있지 않다는 것을 확인했다. 괜찮을 것 같았다. 근처에 숨어 있는 형사는 없었다.

뒷문 앞에 택시가 서자, 겐토가 서둘러서 요금을 계산하고 차에서 내리며 확인했다.

"그쪽은 움직이지 않아?"

"괜찮아."

정훈이 대답하는 소리가 들렸다.

겐토는 고바야시 마이카의 생존을 빌며 뒷문을 통해 접수 창구에 말을 걸었다.

"소아과 요시하라 선생님께 전달할 물건이 있습니다."

"누구세요?"

접수 담당이 물었다.

"도쿄 문리대 약학부 도이입니다."

가짜 이름을 댄 순간 겐토의 심장이 덜컹, 강하게 고동쳤다. 접수창 유리에 본 적 있는 남자가 비쳤기 때문이었다. 수색 영장을 가지고 와서 겐토의 아파트에 발을 들이밀었던 가도타라는 형사였다. 병원 담 쪽, 주차장 구석에 세워둔 시커먼 승용차에서 내려 빠른 걸음으로 다가오고 있었다.

"들어가세요."

접수원이 말했다.

병원 본관에 들어선 겐토가 서둘러 엘리베이터로 달려 들어가려 했지만 바로 다시 생각했다. 가도타가 층 표시를 본다면 어느 층에서 내리는지 들켜 버릴 터였다.

그때 이어폰에서 정훈의 목소리가 들렸다.

"여보세요, 겐토? 차 안에 있던 남자가 밖으로 나왔어. 병원으로 달려가고 있어."

"이쪽에도 형사가 있었어. 발견됐나 봐."

겐토가 옆 계단 입구로 달려 들어갔다.

"어떻게 할 거야?"

"거기서 기다려. 6층 중환자실에 약을 건네고 어떻게든 빠져나갈게."

"알았어."

"일단 전화 끊을게."

겐토가 전화기 전원을 끄고 계단을 뛰어올라갔다. 6층까지 올라가서 철제문을 열었더니 중환자실 앞에 긴 복도가 뻗어 있었다. 형사들이 이 층까지 오려면 시간이 얼마나 걸릴까? 복도 막다른 곳에 스윙도어에는 창이 붙어 있어서 그 건너편에 엘리베이터 홀이 있었다. 아무도 없다. 아직 괜찮아.

겐토는 중환자실 앞까지 가서 벽면 창에서 안쪽을 들여다보았다. 제발 살아 있어 달라고 기도하면서 고바야시 마이카의 모습을 찾았더니 치료실 왼쪽에 사람들이 모여 있었다. 흰 옷차림의 의사와 간호사, 그리고 부모라고 생각되는 부부가 침대 주위에 서 있었다.

어머니가 끊임없이 눈물을 닦고 있었다. 다른 얼굴들도 침통한 표정으로 힘없이 고개를 푹 숙이고 있었다. 설마 하는 생각에 겐토가 서 있는 위치를 바꿔 사람들 틈으로 침대 위를 살폈다. 그 아이가 있었다. 지금도 산소마스크와 방울방울 떨어지는 링거가 늘어져 있었다. 작은 가슴이 작게 위아래로 움직이는 것을 확인하고 겐토는 뛰어오를 것 같았다. 고바야시 마이카는 살아 있었다. 저기 누워 있는 존재는 생명 그 자체였다.

재빨리 좌우를 둘러보고 안전을 확인했다. 아직 형사는 이 층에 오지 않았다. 겐토는 침대 옆에 요시하라의 모습을 발견하고 손을 들어 주의를 끌려고 했다.

선배 의사와 뭔가 이야기를 하던 요시하라가 겐토를 보고 당혹한 표정을 짓더니 이쪽으로 걸어 나왔다.

자동문을 지나 복도로 나온 요시하라가 마스크를 벗고 기분 안 좋다는 듯이 물었다.

"이런 때에 무슨 일이야?"

"저 애 상태는 어때요?"

요시하라가 힘없이 고개를 저었다.

"이제 틀렸어. 부모에겐 설명해 뒀어. 내일 아침까지 버틸 수 없어."

하지만 그 말이 겐토에게 용기를 주었다. 때맞춘 것이다. 딱 30분만 있으면 '기프트'가 위력을 발휘할 수 있다.

"근데, 뭐 하러 온 거야? 마이카한테 문병이라도 온 거야?"

"아니요. 사실, 폐경증 약을 가지고 왔습니다."

요시하라가 눈썹을 찌푸렸다.

"뭐라고?"

겐토가 가방을 뒤져서 비닐팩을 꺼냈다. 안에는 무수한 플라스틱 용기가 들어 있었다.

"경구 투여로 하루 한 번, 전부 반년 분량입니다. 이것을 지금 바로 마시게 하세요."

하지만 요시하라의 표정은 점점 험해졌다.

"어디서 나오는 약인데?"

순식간에 거짓말이 튀어나왔다.

"한약이에요. 안전성도 확인 끝냈습니다."

"말도 안 되는 소리 하지 마. 이쪽도 저 병에 대해서는 있는 대로 조사했어. 폐경증에 효과 있는 한약 따위가 있을 리 없어."

겐토는 외치고 싶은 것을 참고 계속 이야기했다.

"아닙니다. 저는 쥐를 대상으로 테스트도 했어요. 이 약에는 즉효성이 있어요. 지금 마시게 하면 저 아이 폐가 나아요. 펄스 옥시미터(산소포화도 측정기 — 옮긴이)를 보고 있으면 바로 효과를 증명할 수 있습니다."

"하지만 임상 실험을 하지 않았겠지? 그런 약물을 마시게 하다니 병원 윤리 위원회가 허락하지 않아."

"뭐가 윤리야!"

무심코 겐토가 외치니 요시하라가 노기를 띠었다.

"너, 제정신이야? 출처도 모르는 약을 내밀다니, 환자에게 마시게 할 것 같아?"

"그래도, 아무것도 안 하면 저 아이는 확실히 죽습니다!"

거기 엘리베이터 도착을 알리는 소리가 복도 안쪽에서 들려왔다. 겐토가 깜짝 놀라 눈을 돌렸다. 스윙도어 너머로 엘리베이터에서 나온 두 사람의 간호사 모습이 보였다. 겐토는 요시하라에게 눈을 다시 향하고 말했다.

"유전자 조작 쥐로 폐포 환기능을 확인했습니다. 30분 만에 동맥혈 산소포화도가 회복되기 시작했어요. 부탁이니, 제발 이 약을 저 애에게 마시게 해 주세요."

"하지만 병리해부로 이상한 소견이 나타난다면……."

"병리해부는 하게 되지 않을 거예요. 저 애는 죽지 않을 거란 말입니다! 이 약은 분명 효과 있어요!"

엘리베이터 도착 소리가 다시 울렸다. 열린 문에서 양복차림의 중년 남자가 내렸다. 가도타였다. 공안부 형사는 피의자를 찾으며 좌우로 두리번거리고 있었다.

"제길."

욕설이 입에서 흘러나왔다. 타임아웃이었다. 여기서 잡히면 저스틴 예거의 약을 정훈에게 전할 수 없었다. 엘리베이터 홀에 등을 돌리고 겐토가 말했다.

"아무것도 하지 않고 저 애가 죽는 것을 지켜볼지, 이 약을 써 볼지, 요시하라 선배에게 뒤를 맡기겠습니다. 부디 마이카를 살려 주세요."

겐토가 '기프트'가 든 봉지를 떠맡기고 하나밖에 없는 도주로인 계단으로 되돌아가기 시작했다.

"야, 기다려!"

요시하라의 목소리가 들려왔지만, 두려워서 돌아볼 수 없었다. 꾸물거리다간 가도타에게 잡힌다. 괴물이 바로 등 뒤에 쫓아온 것 같이 초조해졌다. 이제 눈에 띄지 않게 그 자리를 떠나기는 어려워졌다.

겐토는 복도를 일직선으로 가로질러 계단 입구에 있는 철문을 열어젖혔다. 남은 것은 1층까지 뛰어가기만 하면, 하고 발을 내딛었을 때, 복도에서 다른 발소리가 뛰어왔다. 무거운 구둣발 소리를 듣고 정문 앞을 지키고 있던 다른 한 사람의 형사라는 직감이 들었다.

이대로는 양쪽에 끼일 터였다. 위층으로 도망갈 수밖에 없었다. 하지만 계단과 엘리베이터 양쪽에서 쫓기게 되면 도망갈 길이 완전히 막히게 됐다. 어떻게 병원 밖으로 나가야 하나.

이제 틀렸는지도 모르겠다는 생각이, 겐토의 가슴을 뒤덮었다. 그런데 한 층을 빠져나가 좁은 계단을 올라갔더니 이번에는 다른 발소리가, 거칠게 부릉거리는 오토바이 엔진소리가, 병동 바깥에서 들려왔다. 7층에 도착한 겐토가 창을 열고 지상을 내려다보았다. 그랬더니 가로등 빛아래 오토바이에 탄 정훈이 이쪽을 올려다보고 있었다.

정훈이 겐토를 발견하고 바로 오른손을 액셀에서 떼고 손가락으로 전화 모양을 만들었다. 겐토가 서둘러 전화 전원을 켰다. 바로 전화가 오더니 이어폰으로 정훈의 목소리가 들려왔다.

"괜찮아?"

"괜찮아."

거짓말이었다. 정훈은 친구를 내버려두지 않을 것이다. 겐토가 궁지에 몰렸다는 것을 알면 이쪽으로 올 터였다.

"여기서 '기프트'를 던질 테니까 네가 나리타로 가 줘!"

"알았어!"

겐토가 신약이 든 봉투를 꺼내 창에서 조준해서 떨어뜨렸다. 하얀 봉투가 공중에 펄럭거리다가 하늘을 향해 뻗은 정훈의 왼손에 콱 잡혔다.

"어서 가!"

"저스틴은 반드시 구할 수 있을 거야!"

헬멧 실드를 내린 정훈이 힘차게 한 마디 남기고 맹렬히 달려 나갔다.

대형 오토바이가 뒷문을 빠져나갈 때까지, 겐토는 창가에 서서 바라보고 있었다. 이것이 친구와 마지막 이별일지도 모른다는 생각이 들었다.

멀어지는 배기음 대신에 복도에서 발소리가 다가왔다. 겐토는 문을 열고 7층 복도로 미끄러져 들어가 몸을 숨길 장소를 찾았다. 화장실 옆에 비품을 놔두는 창고가 있었는데 대걸레 같은 청소 용구가 가득 든 작은 로커가 있었다. 사람이 들어갈 거라고 생각할 수 없는 크기였지만 몸집이 작은 겐토라면 몸을 감출 수 있을 것 같았다.

겐토는 로커 안에 들어갔다. 양동이나 걸레, 빗자루 따위가 들어 있는 상자 속은 숨이 콱 막힐 정도로 곰팡내가 났다. 두 무릎을 끌어안고 몸을 굽혀 앉아 있는 겐토에게 이제 행운을 비는 것 말고 할 수 있는 일이 없었다.

고가 겐토가 도망치듯이 떠난 뒤, 레지던트인 요시하라는 손에 든 약을 쓰레기통에 버리려 했다. 하지만 겐토가 마지막으로 남긴 말이, 요시하라의 손을 붙들었다.

아무것도 안 하면 저 아이는 확실히 죽습니다!

폐포 상피 세포 경화증. 최첨단 의학으로도 고칠 수 없는 죽음의 병. 이 작은 용기에 든 무색투명한 액체를 마시게만 하면 그 난치병이 개선될 거라고?

요시하라는 볼품없이 야윈 겐토의 얼굴을 떠올리고, 이것은 결코 농담이 아니라고 생각했다. 학부생 시절 회식에서 언제나 탁자 끝에 앉아 있던 고가 겐토. 농담 하나 입에 담지 못하는 재미도 없고 웃기지도 않는 놈이었지만 그 따분한 인간이 눈에 눈물을 가득 담고 약을 마시게 하라고 호소했다. 목숨을 걸었다고 말해도 좋을 만큼, 귀기가 서린 모습으로.

아무것도 하지 않으면 고바야시 마이카는 죽을 운명이었다. 24시간 뒤에 살아 있다면, 그것은 기적일 것이다. 이 액체를 투여하기만 하면 그 기적이 일어날 거라고?

고가 겐토가 가져온 약을 시험해 보고 싶다는 생각이 들기 시작했다. 하지만 그런 일을 하면, 병원 윤리 규정을 어기고 만다.

자동문이 열리고 중환자실 안에서 주치의와 간호사, 그리고 고바야시 마이카의 아버지가 나왔다. 30대 중반의 부친은 해쓱한 표정으로, 사랑하는 딸의 치료에 힘을 쏟아 붓고 있는 주치의에게 감사 인사를 했다.

치료실 안에서는 어머니가 침대 곁에 남아 보라색으로 변한 딸의 얼굴을 물끄러미 바라보고 있었다. 요시하라는 어머니의 눈동자를 보고 인간이 이렇게 많은 눈물을 흘릴 수 있다는 사실에 놀랐다. 어머니는 마음속으로 세상에서 가장 사랑하는 딸에게 마지막 이별의 인사를 하고 있는 건지도 몰랐다.

요시하라는 주치의가 의국으로 돌아가기를 기다려 아버지에게 말을 걸었다.

"고바야시 씨. 잠깐 괜찮으십니까?"

"네."

마이카의 아버지가 애잔하게 대답을 하고 벤치가 있는 쪽으로 갔다.

요시하라는 아무에게도 들리지 않도록 작은 소리로 말했다.

"제가 이제부터 말씀드리는 내용은, 비밀로 해 주실 수 있습니까?"

고바야시가 눈썹을 모았다.

"무슨 말씀이신데요?"

"약속해 주십시오. 아무에게도 말하지 않으시겠다고."

석연치 않은 모양이지만 고바야시가 대답했다.

"네. 알겠습니다."

요시하라가 손에 든 봉투를 상대에게 보였다.

"안에 들어 있는 것은 폐경증에 들을지도 모른다는 한약입니다."

"네?"

여태까지 몇 번이나 희망이 깨져 왔던 아버지의 얼굴에, 거미줄처럼 가느다란 기대가 퍼져갔다.

"그런 약이 있었습니까?"

"하지만 안전성 확인이 되지 않았기 때문에 병원측에서는 마이카 양에게 투여할 수 없습니다. 제가 아버님께 건네 드리는 것도 안 됩니다."

"그럼 어떻게 하면? 약이 있는데 쓸 수가 없다는 말입니까?"

고바야시가 강하게 물었다. 이제 이 이상의 시련을 견딜 수 없다는 말투였다.

"아뇨. 사실은 한 가지 방법이 있습니다. 지금 바로 퇴원 수속을 해 주세요. 그렇게 하면 마이카 양은 이 병원의 환자가 아닙니다. 즉, 병원 윤리 규정에 묶이지 않게 됩니다. 퇴원 수속이 완료되자마자 이 약을 먹이는 겁니다. 병실 안에서 해도 상관없습니다."

너무 놀라 말도 못하던 아버지에게, 요시하라가 이어서 말했다.

"지금 바로 움직여 주십시오. 약의 효과가 나타나기까지 30분 걸립니다. 마이카 양의 목숨이 남아 있는 동안에 빨리!"

6

플로리다 반도 아바다, 고도 1만 1000미터 상공이 일출을 눈앞에 두고 신비로운 색채로 물들기 시작했다. 천구가 짙은 군청색에서 주황색으로 선명한 그라데이션을 그려냈고, 바로 아래는 아직 암흑으로 물든 해수면이 펼쳐져 있었다.

하지만 부조종석에 앉아 있는 예거는, 풍경을 감상할 상황이 아니었다. 연료계 잔량 경고등이 켜지고 나서 꽤 시간이 지났다. 탑재 연료는 이미 90퍼센트 이상이 소비되었다.

조종석 뒤에서 컴퓨터가 재생하는 인공 음성이 들려왔다.

"침로를 093으로 변경. 고도는 1500피트."

아키리가 어설픈 손놀림으로 키보드를 치며 지시를 내렸다.

"또 급강하야?"

마이어스가 물으니 피어스가 대답했다.

"빨리하게. 타이밍이 열쇠라고 했잖은가."

그 수치를 예거가 자동 조종 장치에 입력했다. 조종간이 혼자서 움직여서 보잉기가 왼쪽으로 선회하며 하강을 개시했다. 기수가 거의 똑바로 동쪽을 향하니 수평선 위에 떠 있는 태양의 단편이 눈으로 확인되었다.

붉은 광점을 보자 예거도 짚이는 구석이 있었다. 영격 전투기에 대한 방어책이다. '에마'라는 일본의 사령탑은 이 엔진을 노리고 발사되는 적외선 유도형 미사일을, 태양빛으로 혼란시킬 작정이 아닐까?

"목표 포인트는 아직인가요?"

마이어스가 물었다.

"아직이네."

피어스가 대답했다.

"연료가 3000파운드로 떨어졌다고요. 20분 이내에 추락하고 맙니다."

"괜찮네. 다 계획대로 진행되고 있으니까. 이제 곧 사르가소 해에 도착하네."

"레이더는 어떻게 돼 있어요? 전투기가 쫓아왔어요?"

"긴급발진의 기미는 없네."

"말도 안 돼. 방공식별권 내에 들어온 미확인 비행물체를 공군이 놓칠 리가 없을 텐데."

마이어스가 말하고서 강하중인 기체 전체의 밸런스를 잡으며 조종석을 이탈했다.

허리를 굽히고 레이더를 보는 마이어스에게 예거가 물었다.

"어때?"

"아무것도 안 나와."

예거는 안심했지만 마이어스의 표정이 순식간에 굳는 것이 보였다.

"왜 그래?"

"좋은 소식이 아니었어. 그 반대야. 긴급발진으로 출격한 전투기가 F15가 아니라 '랩터'야."

'랩터'라는 통칭을 들은 적이 있었다.

"F22?"

"그래."

레이더에 잡히지 않는 최신형 스텔스기. 모의 전투로 144대 0이라는 경이로운 격추율을 기록한 사상 최강의 전투기가 보잉 비즈니스 제트기를 떨어뜨리려고 배후에 숨어 있었다.

마이어스가 말했다.

"그놈들, 미사일을 발사할 때만 레이더에 반응해. 상대 위치를 알았을 때에는 늦은 거지. 공대공 미사일이 마하4로 날아온다고."

플로리다 주 에글린 공군 기지에서 긴급 발진한 F22 편대 네 기는 사르가소 해를 향해 비행하고 있었다. 순항 속도는 마하 1.8. 북대서양 위는 구름 한 점 없이 쾌청하여 태양이 수평선에서 떨어져 나온 지금, 시계는 파란색으로 가득히 물들었다.

편대장 그라임스 대위는 이번 출격이 명예로운 일이라고 느끼고 있었다. 대 테러 전쟁이 격해지는 가운데 일어난 콜롬비아인 영공 침범 사건과 부통령 암살에 따른 '방위 쥰비 태세 3'의 발령을 받고 테스트 단계에 있던 최신예 스텔스 전투기가 비밀리에 제33전술 전투 항공대에 배치되었다. 그리고 이번 긴급발진이야말로 F22에게 첫 실전 투입이었다.

목표는 탈취된 보잉 737-700ER형기라고 들었다. 데이터 링크를 통해 받은 레이더 영상에 적기가 표시되어 있었다. 120킬로 전방의 고고도를 미세하게 침로를 변경하며 비행하고 있었다.

그라임스에게 의외였던 것은 적기가 강한 레이터파를 발신하고 있다는 사실이었다. 통상 여객기에는 탑재되어 있지 않은 군용 레이더였다.

완전한 스텔스 성능을 자랑하는 랩터에 출격 명령이 내려온 이유가 이 때문이었나? 하지만 적기가 탐지 능력을 가지고 있다고는 해도, 어차피 비무장 비즈니스 제트기였다. 그렇게 경계할 필요가 있을지 궁금할 정도였다.

기묘한 항적을 그리고 있던 보잉기가 갑자기 급강하를 개시했다. 그 것을 쫓아서 옆으로 일자 대형을 짜고 날던 랩터가 그라임스 기부터 순서대로 고도를 떨어뜨렸다. 이제 F22의 편대 행동은 평소의 비상 출격에서 한참 벗어난 상황이었다. 방공 식별권을 나와서 한참 떨어진 거리를 날고 있었다.

그라임스도 연료 잔량이 신경 쓰이기 시작했다. 공해상으로 언제까지 쫓아갈 수 있을까? 이대로 가면 적기에 닿기 전에 격침해야 했다. 거기까지 생각하고 나서 겨우 자신들에게 내려질 명령이 예측되었다.

이제 3분이면 적기는 중거리 공대공 미사일 사정권에 들어온다.

무선 교신이나 경고 사격도 하지 않고, 가시거리 바깥에 있는 표적을 즉각 격추시키게 되지 않을까?

"다시 네바다, 캘리포니아, 콜로라도, 뉴욕 네 주가 당했습니다. 그리고 후버댐 제어 시스템에 이상, 텍사스 주의 석유 파이프라인이 정지, 전 금융기관 온라인 시스템 이상."

텔레비전 회의 시스템 화면 속에서 홀랜드가 메모를 읽어 주었다. 미국을 향한 사이버 공격이 시시각각 격렬해지고 있었다. 이미 30개 주에서 전력 공급이 정지되고 미국 북반구가 전기가 없는 시대로 역행하고 있었다.

이대로 날이 밝게 되면 어떻게 될지 루벤스는 계산해 봤다. 공업 생산이나 금융 시스템은 말할 것도 없이 모든 경제 활동이 저해되고 최소한 견적을 내봐도 수천억 달러 이상의 경제적 손실을 입게 될 것이다. 인적 피해도, 동사자뿐만이 아니었다. 교통 시스템 혼란이나 폭동에 의해 다수의 희생자가 나올 것이 확실했다.

이제 초인류와의 전쟁이 치킨 레이스 상황에 접어들었다. 서로를 향해 맹스피드로 접근하는 두 대의 차. 먼저 핸들을 돌리는 사람이 진다. 게임에 이기려면 죽음을 각오하고 직진할 수밖에 없었다. 하지만 상대가 같은 전략을 펼칠 경우, 둘 다 죽는다.

에마는 결코 핸들을 놓지 않을 거라고 루벤스가 생각했다. 생물종으로서의 명맥을 유지하기 위해서는 핸들을 고정하고 액셀을 밟아 게임에 승리하는 수밖에 없었다.

"중국이다! 틀림없이 중국 짓이야! 지금 바로 보복해!"

상황실에서는 라티머 국방 장관이 큰 소리로 외쳤다.

"지금 NSA가 원인을 해석 중입니다. 공격하는 나라가 정해질 때까지 성급한 판단은 피해야만……."

왓킨스 국가 정보장이 말하는 순간, 스크린 상의 화면이 일그러지고 작전 지휘소의 전기가 끼지기 시작했다. 전등은 바로 회복되었지만 백악관에 있는 각료들이나 네메시스 작전 지휘소에 있는 사람들도, 잠시 동안 말을 꺼내지 못하고 있었다. 수도 워싱턴의 전력 공급이 끊어진 것이었다.

보조 전력으로 기능을 회복한 상황실 안에서 번즈 대통령이 입을 열었다.

"CIA 국장의 의견을 듣고 싶군. 아직도 그 연설을 늘어놓을 생각이오?"

홀랜드는 힐문 당했어도 움츠러드는 기색을 보이지는 않았다.

"무슨 말씀이십니까?"

"이것도 그 어린애가 하는 짓이라고 말할 테냔 말이오!"

홀랜드가 말했다.

"확인할 수단은 딱 하나 있습니다. 지금 바로 네메시스 작전을 종료하는 것입니다. 기만 행동은 안 됩니다. 실제로 모든 작전 행동을 정지시키고 그 뜻을 관계처 각 곳에 통지해 주십시오. 만약 적이 누스라면 이 통신을 해킹해서 바로 사이버 공격을 중지할 겁니다."

묵묵히 입을 다물고 있던 번즈에게 홀랜드가 다시 말했다.

"비용은 전혀 들지 않습니다. 손해 볼 일 없는 명령입니다."

공군 대장도 끼어들었다.

"어떻게 할까요? 이대로 가면 F22 항속거리가 부족할 우려가 있습니다. 격추하려면 지금밖에 없습니다. 미사일 사정권에 들어가는 즉시 격추시키면 됩니다."

라티머가 말했다.

"적기는 동쪽 곧바로, 즉 태양을 향해 날고 있어. 지금 사용할 미사일이 뭐지?"

"AIM120입니다. 레이더 유도형 미사일이라, 태양광에 방해 받지 않습니다. 100퍼센트 격추 가능합니다."

"하지만, 공해상에서 격추는……."

이제 누스측에서는 모든 방법을 다 쓴 것 아닐까? 루벤스가 불안에 시달리는 한편으로 그 내면에서 솟아오르기 시작한 흉포한 행동도 의식되었다.

죽여. 루벤스는 인지를 뛰어넘는 존재에게 말을 걸었다.

에마야, 죽여.

너 자신이 천벌을 내리는 여신 '네메시스'가 되어서 우쭐거리고 있는 하등동물에게 응보를 안겨 주거라.

글래스 조종석에 있는 다기능 표시장치(MFD)에 '타깃을 격추하라'라는 명령이 떠올랐다. 그라임스 대령이 무선 봉쇄를 일시적으로 해제하고 편대 비행을 하고 있는 동료 기체에게 그 뜻을 전했다.

테이터 링크 레이더 화면을 확인하니 저공으로 날고 있던 적기가 북쪽으로 침로를 바꾸며 상승하려 하고 있었다. 하지만 비즈니스기가 아무리 버둥거려 봤자, 공대공 미사일을 회피하는 일은 절대 불가능했다.

그라임스가 '마스터 암' 스위치를 넣었다. 기체 바닥에서 해치가 열리고 병기고 안에서 AIM120이 미끄러져 나왔다. 이 최신예 미사일은 인간의 위대한 지성과 살의의 결정체였다. 비행 속도가 마하4. 미사일 자체에 레이더가 내장되어 있기 때문에 40킬로 떨어진 표적을 확실히, 그리고 1분 이내에 추락시킬 수 있었다. 암석이나 곤봉을 써서 동료를 죽여왔던 인류가 이후 20만년 동안에 걸친 대인 살상 병기의 개선을 거듭해서 날아다니는 도구를 여기까지 진화시켰다.

자체 레이너를 작동시킨 그리임스가 타깃을 조준했다. 이쪽이 레이더 파를 발하고 있기 때문에 이제 처음으로 적기는 랩터의 존재를 알아차리게 되겠지만, 이미 늦었다. 이제 보잉기가 미사일 공격을 피할 방법이 없었다.

헤드업 디스플레이에 '발사'라는 글자가 떴다. 그라임스는 조종간 발사 스위치에 엄지를 대고 중거리 미사일 발사 콜사인 '폭스 쓰리'를 보내고는 꾹 눌렀다.

쾽음을 내며 공대공 미사일이 기체에서 떨어져 나갔다. 미사일은 화염을 분사하면서 일직선으로 대양을 날아갔다. 랩터가 사냥감을 포식하는 것은 확실하다고 생각한 그때, 그라임스의 눈에 기괴한 광경이 비쳤다. 2킬로미터 앞을 비행하던 미사일이 갑자기 출현한 붉은 빛에 휩싸여 소멸된 것이다.

무슨 일이 일어났는지 이해할 수 없었다. 그라임스는 레이더 화면으로 미사일이 소실된 것을 확인했다. 유도장치가 고장이라도 났나. 제2격을 하려고 무선으로 동료 전투기에 지시를 내리려고 했지만 입에서 흘러나온 소리는 혼란스러운 외침이었다. 기체 전체가 급격하게 고도를 떨어뜨리며 제어 불능에 빠졌다. 그라임스는 순식간에 판단을 내리고 다리 사이에 있는 탈출 핸들에 손을 뻗었다. 하지만 좌석이 사출되지 않았다. 기체 후부에서 일어난 폭발로 그라임스는 랩터와 함께 천공으로 날려갔다.

레이더 위에 그때까지 보이지 않던 기체가 출현한 순간, 예거의 목덜미에 털이 쭈뼛 섰다. 적이 생각지 못했을 정도로 가까이 있었다. 공대공미사일 사정권에 있었다. 보잉기는 급상승을 하려 했지만 제트 전투기를 뿌리칠 정도의 기능은 없었다.

"40킬로 후방에 적기!"

예거의 목소리에 조종간을 쥐고 있는 마이어스가 뒤돌아봤다.

"레이더에 반응이 떴어?"

"그래."

"조준되었어! 미사일이 날아와!"

마이어스가 의미 없이 주위를 둘러보았다.

"당황하지 마! 침로를 바꾸지 마! 계측기대로 진행하게!"

피어스가 두 사람에게 외쳤지만 그의 목소리조차 공포로 떨리고 있었다.

조종간을 계속 당기고 있던 마이어스가 예거에게 물었다.

"보이는 것은 한 기밖에 없어?"

예거가 레이더로 눈을 돌렸더니 두 번째 광점이 떠서 긴급발진한 전투기보다 빠른 속도로 이쪽으로 오고 있었다.

"두 기째다! 엄청난 스피드로 날아와!"

"그게 미사일이야! 어떻게 피하지?"

"적외선 유도 미사일이면 태양광으로······."

마이어스가 가로막았다.

"아냐! 이 정도라면 레이더 유도형이다. 반드시 맞게 되어 있어!"

"잠깐! 적이 사라졌어."

예거가 외쳤다. 레이더 화면에서 모든 반응이 갑자기 사라졌다.

"사라졌다고? 그럴 리가 없어! 미사일만은 계속 잡힐 텐데!"

그때 피어스가 큰 소리로 끼어들었다.

"랩터는 신경 쓰지 말게! 현재 이쪽 고도는 어떻게 됐나?"

마이어스가 계기판을 바라보고 답했다.

"17000피트."

"좋아, 여기서부터는 자동 조종에 맡겨 최종 단계로 옮기세."

"드디어?"

"그렇네!"

설령 공대공 미사일이 붙어 따라온다고 해도 방어할 방법 같은 것은 하나도 없었다. 일동은 자동 조종 장치에 기체를 맡기고 언제 격추될지 모르는 공포 속에서 객실로 이동했다. 서둘러 낙하 강하 준비에 착수했

다. 몇 분이 지나도 비즈니스 제트기는 무사하게 날고 있었다. 예거는
격추되지 않는 것이 못 견디게 신기했다.

전원이 장비를 부착하고 나서 손목시계를 본 피어스가 말했다.

"20초 늦었네. 이제 틀리면 안 돼. 모든 순서를 완벽하게 이행하도록."

두 용병이 낙하산 가방을 등에 지고 조종실로 돌아왔다. 마이어스가
고도계를 보면서 피어스에게 확인했다.

"감압 개시는 31000피트부터였지?"

대답은 아키리가 안고 있는 컴퓨터에서 나왔다.

"33000피트로 변경. 침로를 019로 설정해."

예거는 수치를 들은 그대로 자동 조종 장치에 입력하고 물었다.

"아키리 네가 미사일을 떨쳐낸 거야?"

남다른 외모의 어린이는 아무 대답도 하지 않고 그렘린 같은 얼굴로
기분 나쁘게 웃을 뿐이었다.

긴급발진한 편대의 두 번째 기체를 조종하던 머독 중위가 오른쪽 전
방에 있던 편대장기가 폭발한 순간, 갑자기 선회 행동을 취했다. 급상승
과 함께 왼쪽으로 크게 선회하고 수평선으로 돌아왔다. 똑같이 산개한
남은 두 기가 좌우방향으로 날아와서 다시 포메이션을 잡았다.

편대장 그라임스는 탈출했을까? 해수면을 응시하던 머독이 거기서
믿지 못할 광경을 목격했다. 1000피트 아래쪽 방향에 펼쳐진 끝없는 바
다가 하얗게 변색되어 있었다.

본능적으로 위험을 알아차리고 머독이 무선봉쇄를 해제하여 비행 루
트 변경을 다른 기체에게 전달하려 했다. 그런데 세 번째와 네 번째 기체
가 잇달아 폭발했다. 파일럿이 탈출할 새도 없이, 갑작스런 추락이었다.

머독이 공중에 비산한 파편을 다시 급상승해서 회피했다. 맹렬한 가속도 때문에 머리에 혈류가 부족하고 눈앞이 시커멓게 변하기 시작했다. 거기다 기체가 어딘가 손상된 것 같았다. 랩터가 제어를 잃고 있었다.

다른 기체의 잔해가 새하얀 바다에 삼켜지고 있었다. 사르가소 해 상공에 혼자 남겨진 머독의 의식에 '왜' 라는 의문이 전율과 함께 떠올랐다. 랩터가 차례로 추락한 원인이 대체 뭐지? 정비 불량인가? 아니면 공격을 받았나?

"여기는 알파 1. 이글 2, 들리는가?"

사령부가 말을 걸어서 머독이 답했다.

"여기는 이글 2."

"현재 상황을 보고하라."

"다른 세 기가 추락했다. 무슨 일이 일어났는지 모른다."

"보고를 반복하라."

"이글 1, 3, 4가 추락했다고!"

다음은 자기 차례라는 공포가 머독의 등 뒤에 들러붙어 있었다.

"격추되었나?"

"추락 원인은 불명. 배기구에 붉은 빛이 퍼지더니 바로 폭발했다. 파일럿은 전원 사망한 듯."

"타깃은 어떻게 되었지?"

"격추 실패."

"다시 공격하라."

머독이 두려움에 떨었다. 미사일을 조준하기 위해서는 변색된 해역으로 기수를 향해야만 한다. 거기서 일단, 조종간을 왼쪽으로 눕히고 크게 선회하는 경로를 잡았다. 하얗게 물든 해역의 테두리를 따라서 나는 거다.

"라저."

자체 레이더를 작동시키니 표적인 보잉기가 떠올랐다. 머독이 악마의 해역으로부터 빨리 이탈하고 싶다는 일념으로 재빨리 표적을 조준했다.

"폭스 쓰리……."

콜 사인을 보내고 스위치를 눌렀다. 그때 잠잠했을 바로 아래의 해수면이 하얗게 물들기 시작했다. 머독이 눈을 크게 떴다. 수면을 뒤덮은 것은 무수한 거품이었다. 바다 전체가 끓어오르는 것처럼 격렬하게 거품을 내고 있었다. 바로 1킬로미터 앞에서 발사된 미사일이 상하로 비틀대더니 물거품에 떨어져서 그 주위 해수면이 일제히 끓어올랐다.

머독이 불바다를 회피하려 했지만 조종간이 듣지 않았다. 제어 불능에 빠진 랩터가 급강하에 들어갔다. 정체불명의 힘이 기체를 쥐고 바다 속으로 끌어당기려 하는 것을, 머독도 확실하게 의식했다.

"바다가 불타고 있다! 탈출한다!"

그것이 긴급발진한 편대의 마지막 통신이었다.

기울어진 기체가 서서히 자세를 바로잡았고 보잉기는 고도 33000피트에서 수평비행에 들어갔다.

조종석 뒤에 있는 마이어스가 출력 조절 레버를 되돌리고 속도를 떨어뜨리니 실속(失速) 경보 장치가 작동되어 조종간이 진동하기 시작했다.

예거는 헬멧과 스트랩을 확인하고 고글을 내리고서 전원에게 지시를 내렸다.

"산소마스크 장착해서 호흡 확인!"

아키리는 가방 속에 넣어져서 예거 몸 앞에 매달렸다. 마이어스가 아키리 얼굴에 마스크를 붙이고 산소 유량 조절 밸브를 당겨서 호흡을 확보해 주었다. HAHO 강하의 생명선, 산소 공급 시스템에 이상이 없었다.

전원이 끄덕이는 것을 확인하고, 마이어스가 몸을 내밀어서 여압장치 스위치를 껐다. 바로 천장에서 산소마스크가 떨어지고 계기판에 또 경고등이 켜졌다. 하지만 붉은 빛은 전혀 보이지 않았다. 이미 조종석 안에 있는 모든 경고등이 점등되어 있었기 때문이다.

엔진에서 보낸 압축 공기가 차단되고 기내 기압이 급격하게 떨어졌다. 산소 마스크를 부착하지 않았으면 몇 분 내로 기절했을 위험한 상황이었다. 외부 기압과 압력차가 0이 되기를 기다리며 마이어스가 연료계를 가리켰다. 연료 탱크는 거의 비어 있었다. 그것을 보고 피어스가 마스크 안에서 웅웅거리는 소리로 외쳤다.

"탈출 30초전!"

다들 조종실에서 뛰어나와 객실로 나와 기체 중앙 비상구까지 뛰었다. 주날개 위에 나 있는 문이었다. 마이어스와 피어스가 서로 하네스를 연결하고 2인 낙하할 태세를 갖추었다. 예거가 문을 열었더니 바람이 맹렬하게 기내에 불어 닥치고 객실 안 여기저기 늘어져 있던 산소마스크가 휘날렸다. 감압을 해 둔 덕분에 네 사람이 기체 바깥으로 휩쓸려 날아가지 않을 수 있었다.

피어스가 두 팔을 뻗어 손가락을 펴고 외쳤다.

"10초 전!"

한순간이었지만 남자들 전원이 서로 시선을 교차했다. 길고 힘든 싸움이 지금 끝나려고 하고 있다. 각자 눈에 함께 살아서 빠져나온 것에 감사와 격려의 빛을 띠웠다.

"5초 전!"

그 신호에 예거가 훤히 열린 문간으로 두 팔을 뻗었다. 배 앞에는 아키리가 캥거루 주머니에서 고개를 내미는 것처럼 머리를 내밀고 있었다.

"4! 3! 2……."

피어스의 초읽기가 이어지고 제로가 되는 타이밍에서 예거가 기체 밖으로 뛰쳐나갔다. 바로 밑에 있는 주날개로 뛰어내릴 생각이었지만 벽처럼 눌러 젖히는 단단한 풍압에 몸이 눕혀져서 그대로 날개 위에서 뒹굴며 떨어지는 모양새로 고도 1만 미터 공중에 날려 보내졌다. 일순 자취를 남기고 수평 꼬리 날개에 머리 위를 스치고 날아갔다. 내장이 빨려나가는 것 같은 부유감이 뱃속을 휘저었다. 대기와 중력의 희롱에 전신이 격하게 빙글빙글 돌았다. 겨우 파란색 일색의 공간에서 두 팔 두 다리를 뻗은 예거가 아래로 엎어진 형태로 공중에서 자세를 안정시켰다.

어깨 너머로 돌아봤더니 마이어스와 피어스가 바로 위에 쫓아와 있었다. 두 사람의 후방에서는 무인 보잉기가 비행하고 있었지만 급격히 기수를 들었나 했더니 그대로 한쪽 날개를 내린 상태로 양력을 잃었다. 일동을 아프리카에서부터 이끌고 와 준 아름다운 기체가 그 연료를 다 써서 제트 엔진의 포효를 멈추고 거대한 낙엽 한 장이 되어 사르가소 해로 낙하했다.

예거가 자세를 돌렸다. 아득히 아래에 터무니없이 많은 양의 물을 품은 푸른 행성이 떠 있었다.

아름답다고밖에 말할 수가 없는 구체를 바라보며 예거가 생각했다.

지금부터 나는 지구로 돌아간다.

모든 생명을 품고 기르고 있는 어머니의 별 위로.

사람들이 서로 사랑하고, 서로 증오하고, 선과 악의 틈에서 흔들리고 있는, 저 회색 세계로.

머독 중령과 교신이 끊어짐과 동시에 공군 대장이 직접 항공 구조대 출동 명령을 내렸다. 랩터 편대에 무슨 일이 일어난 것인가? 도저히 이해할 수 없는 일들에 국가 안전 보장 회의에 앉아 있는 사람들 모두 입을 굳게 다물고 있었다.

그리고 곧바로 이번에는 보잉기 기체가 레이더에서 사라졌다. 버뮤다섬 200킬로미터 앞 해역에서였다.

번즈가 침묵을 깨뜨렸다.

"어찌된 일이오? 어째서 레이더에서 사라졌지?"

공군 대장이 대답했다.

"목표가 추락했을 겁니다."

"격추되었다는 말이요?"

"아닙니다. 미사일이 발사되는 레이더파 반응이 없었습니다. 탈취된 비행기는 연료가 다 되어서 떨어진 것 같습니다."

"해상에 불시착했을 가능성은?"

"없습니다. 한 점에 머물러서 고도만 떨어지고 있는 상태였으니 틀림없이 추락한 겁니다."

대통령이 CIA 국장에게 고개를 돌렸다.

"네메시스 작전이 성공한 거요?"

멍한 표정으로 홀랜드가 말했다.

"네. 우리 적, '누스'는 말살되었습니다."

하지만 텔레비전 회의 시스템과 하는 대화를 바라보고 있던 루벤스는 누스의 생존을 확신했다. 가디언 작전 현장 요원 선별 기준에 공수 자격이 포함되어 있었다는 점이 떠오른 것이다. 그리고 나이젤 피어스 배경도.

그곳에 새로 남부 10개 주의 전력 공급이 정지되었다는 보고가 날아들었다. 홀랜드가 메모를 읽으며 대통령에게 이야기했다.

"지금부터는 현재 진행 중인 위기에 전념하기 위해 '네메시스'에 관련된 작전 행동은 중단해도 괜찮겠습니까?"

번즈가 정면 스크린에 시선을 던졌다. 거기 투영되고 있는 레이더 화면에는 아무것도 비치지 않았다.

"그래. 그래도 상관없겠군."

"당국 소관 사항뿐만이 아니라 정보기관 전체가 손을 놓아도 되겠습니까?"

번즈가 끄덕였다.

"이제 그 작전은 존재하지 않소."

텔레비전 화면 속에서 홀랜드가 말을 걸었다.

"들었소? 엘드리지. 다소 희생이 있었지만 네메시스 작전이 성공리에 마감되었소. 모든 '자산'에 활동을 정지시키고 관계자 전원의 테러리스트 수배를 즉시 해제하시오. 그리고 일본에 대한 공작도 정지요. 특별이송에 관련된 모든 수속을 종료시키도록."

"네. 국장님."

엘드리지가 답하고 작전 지휘소에 있는 부하들에게 각 관계 기관으로 연락할 것을 명령했다. 이제부터 CIA, NSA, DIA, FBI와 같은 정보기관이 작전 종결을 위해 움직이기 시작하고 일본과 미국 대륙에 분산되어 있던 '자산'에 활동 정지 명령이 떨어졌다.

네메시스 작전 종식은 거대한 괴물의 죽음을 연상시켰다. 그리고 괴물이 숨이 끊어지기를 기다렸다는 듯, 미국 전역의 발전소가 기능을 회복하기 시작했다. 알래스카, 미시간, 메인, 위스콘신이 차례로 전력 복구가 되고 있다는 정보에 상황실이 환희가 아니라 다시 불온한 공기에 휩싸였다.

"누가 발전소를 움직이고 있는 거지?"

라티머 국방 장관이 물었다.

대답하는 사람이 없었다.

번즈가 다시 질문했다.

"'누스'인가?"

잠시 지나고 나서 홀랜드가 세 번째 의문문을 입에 올렸다.

"또, 시작하실 겁니까?"

대통령이 짧은 고심 끝에 작게 고개를 저었다.

"아닐세."

고고도로부터 자유낙하를 하던 예거는 고도 8000미터에서 리프코드를 당겨서 낙하산을 펼쳤다. 사각형 낙하산이 머리위에 펴지고 낙하 속도를 급감속시켰다. 거기서부터는 좌우 토글로 낙하산을 조종하여 목표 지점을 향해 나아갔다. HAHO 강하에서는 고고도에서 낙하산을 펼치고 활공하게 되기 때문에 낙하점에서 30킬로미터나 수평거리를 이동할 수도 있게 되었다. 사각형 낙하산 크기라면 레이더에 포착될 걱정도 없었다.

하늘을 날며 한 시간 정도 지났을 즈음, 대해원의 한가운데에 드디어 목표 지점이 보이기 시작했다. 피어스 해운이 소유한 대형 화물선이 절해의 고도처럼 두둥실 떠 있었다.

갑판에 가득한 컨테이너 지붕을 향해 강하하면서 이것으로 모험이 끝났다고 생각했다. 살아남은 것이 기적 같았다. 그리고 케이프타운에서 여기까지 오는 탈출로가 완벽하게 준비되었다는 사실에 놀랍기도 했다. '에마'라는 암호명이 붙은 일본의 조력자는 어지간히 머리 좋은 사람임에 틀림없었다.

거기까지 생각을 하자 예거의 뇌리에 숲의 정령 같은 남자가 떠올랐다. 에시모였다. 임신 중인 아내와 생이별한 내용을 이야기할 때, 에시모가 "무중구"라고 하면서 일본인 믹을 가리켰다. 그리고 '백인 의사'가 데려갔던 몸이 무거운 아내는 두 번 다시 이투리 숲으로 돌아오지 않았다.

이름을 보니 에마가 여자일 거라고 예거는 생각했다. 아키리는 누나가 있는 것이다.

화물선이 가까이 왔다. 예거가 타이밍을 계산해서 두 손으로 쥔 스위치(토글)를 허리 아래까지 잡아 내려서 브레이크를 당겼다. 두 다리가 컨테이너 위에 착지하자 전신에 지구의 중력이 돌아왔다.

아키리는 무사했다. 뒤따라 온 마이어스와 피어스가 갑판 앞에 다른 컨테이너 위에 내렸다. 역할을 마친 낙하산이 바람을 잃고 납작해지며 그의 등 뒤에 풀썩 내려왔다.

예거와 마이어스는 엄지손가락을 세워 성공을 서로에게 보고했다.

두 용병은 새로운 인류와 함께 아프리카 탈출에 성공했다.

7

에어프랑스 비행기는 정각에 맞춰 리스본 포르텔라 공항에 착륙했다.

앞에서 셋째 열의 자리에서 일어선 이정훈은 비행기 밖으로 나선 첫 손님이 되었다. 그의 도착을 애타게 기다리는 사람을 생각해서 1초라도 빨리 약속 장소로 향해야만 했다. 입국심사는 경유지 파리에서 마쳤기 때문에 수화물 수취소로 직행했다.

화물이 나오기까지 꽤 기다렸다. 액체 신약은 객실 안으로 들어가도록 허가받을 수 없으니 할 수 없이 짐을 맡겼다.

이윽고 작은 배낭이 컨베이어에 실려서 운반되어 나오는 것을 보고 바로 내용물을 확인했다. 플라스틱으로 만들어진 작은 상자에 옮겨놨던 신약은 캡슐이 깨지거나 내용물이 흘러나온 흔적이 없었다.

이제 마지막 관문, 세관 검사만 남았다. 서둘러 일본을 떠난 탓에 수화물은 하나밖에 없었다. 화물이 적어서 의심받을지도 모른다고 걱정했지만 면세 줄에 선 승객은 체크 받지 않고 통과되었다.

정훈이 서둘러 도착 로비로 나섰다. 이국의 향취가 몸을 감쌌다. 포르텔라 공항은 국제공항이라고 보기 어려울 정도로 소규모 구조였지만 전면 유리로 된 외벽과 높이 바람구멍이 나 있는 덕에 좁다는 인상은 들지 않았다.

좌우를 둘러보니 찾는 사람을 바로 발견했다.

'저스틴 예거'라는 이름을 적은 큰 종이를 두 손으로 들고 있었다. 정훈은 금발의 미국인 여성에게 뛰어갔다.

"당신이 리 씨?"

리디아 예거가 먼저 말을 걸었다. 아직 30대로 젊은데도 리디아의 용모는 완연히 고통스러운 기색을 띠고 있었다. 이 어머니는 몇 년 동안이나 외아들과 함께 사투를 벌여왔을까 하는 생각이 들었다.

"네. 예거 씨이십니까?"

"만나서 기뻐요."

리디아가 억지로 미소를 만들어 마음이 아팠다. 지금 그녀의 아들은 최후를 맞이하려 했다.

일각을 다투는 상황이기 때문에 정훈은 플라스틱으로 된 작은 상자를 꺼내 짧게 설명했다.

"이 안에 새 약이 들어 있습니다. 하루 한 번, 저스틴에게 마시게 하세요. 그게 다입니다. 남은 것은 냉장고에 보관하십시오. 여기 있는 것은 반년 치이기 때문에 되도록 빨리 추가분을 보내겠습니다."

떨리는 목소리로 리디아가 말했다.

"너무 고마워요. 비용이라든가 사례는, 어떻게 하면 될까요?"

"아무것도 필요 없습니다. 이것은 아드님에게 보내는 '선물'입니다."

눈을 빛내는 리디아가 흘러넘칠 것 같은 눈물을 손가락으로 훔쳤다.

"그럼, 빨리 저스틴이 있는 곳으로 가 주세요."

리디아가 끄덕이고서 택시 승차장을 향해 달려갔다. 하지만 바로 발을 멈추고 뒤돌아서 아들을 위한 귀중한 시간을 할애하여 말했다.

"당신은 우리 가족을 구해 줬어요."

너무 의외라서, 처음으로 자기 인생이 올바른 방향으로 나아가고 있다는 것을 실감할 수 있었다. 자신이 선택한 약학의 길이 여기서 통한 것이다. 여태까지 했던 노력이 모두 보상받았다는 생각이 정훈의 가슴을 뜨겁게 했다.

"친구와 둘이 했어요. 고가 겐토라는 친구랑 둘이서."

정훈이 따뜻하게 웃으며 말했다.

기나긴 잠에서 깼을 때 겐토의 몸에서는 아직 냄새가 났다. 6시를 표시하고 있는 시계를 봐도 아침인지 밤인지 알 수 없었다. 침대에 웅크린 채 날짜를 확인하고서 자신이 16시간을 내리 잤다는 것을 알았다.

전날 밤, 대학 병원 청소 용구함에 틀어박혀 있다가 잠시 지나 휴대 전화로 전화가 왔다. 착신표시는 '파피'로 되어 있었지만 귓가에 들려온 것은 변조된 중저음이 아니라 보통 여자 목소리였다.

"겐토 씨죠?"

묻는 사람이 사카이 유리라는 것을 바로 알았다. 하지만 겐토는 바로 가까이 형사가 있을지도 몰라서 대답도 못하고 있었다. 사카이 유리는 이제 모든 일이 끝났으니 몸을 숨길 필요가 없다고 말하더니 전화를 끊었다.

겐토가 반신반의했지만 그때에는 작은 로커에 쑤셔 넣은 몸이 비명을 지르기 시작했다. 이 이상 같은 자세를 유지하기는 무리라고 판단하고 밖으로 굴러 나왔다.

병원 복도에는 아무도 없었다. 의사나 간호사뿐만 아니라 형사들 모습도 보이지 않았다. 겐토가 서둘러 계단을 내려가기 시작했지만 바로 아래 6층에서 발을 멈추고 문을 슬쩍 열어보았다. 복도 끝에서 중환자실를 흘끔 봤더니 고바야시 마이카의 주치의와 요시하라가 치료실로 뛰어가는 것이 보였다. 복도에 남아 있던 부모가 빨려 들어가듯이 안을 들여다보고 있었다. 이윽고 아버지의 얼굴에 한순간 미소가 떠오르는 것을 보고 알아차렸다. 요시하라가 전해 준 것이다. 죽음을 기다릴 수밖에 없는 환자에게 '기프트'를 투여한 것이 틀림없었다.

겐토가 미소 지었다. 이제 마이카는 살았어. 다행이야.

문을 슬쩍 닫고 1층으로 내려가서 통용구를 통해 병원 밖으로 나왔다. 배가 고파 쓰러질 것 같았기에 근처 편의점에서 도시락을 두 개 사서 길가에서 먹었다. 그리고 어디로 갈지 망설였다. 대학 근처에 있는 아파트로 갈까 아니면 마치다 실험실로 갈까.

왠지 아버지가 남긴 실험실로 돌아가고 싶다고 생각했다. 그곳이 자신이 있을 장소 같았다. 겐토는 택시를 불러서 도쿄 도심 반대쪽에 있는 낡아빠진 아파트로 돌아갔다.

방 입구에는 형사의 토사물과 시약의 강렬한 악취가 남아 있었다. 숨을 멈추고 문을 열어 안으로 들어갔더니 실험실이 그대로 있었다. 형사들이 수색했던 흔적도 없고 아무것도 가져가지 않았다. 그리고 드디어, 진짜 위기가 떠났다는 실감이 들었다.

겐토는 건강을 되찾고 있는 생쥐 무리를 바라보며 행복한 기분에 잠겨서 비투여군 9마리에게도 기프트를 마시게 했다. 그리고 침대에 드러누운 순간, 졸음이 맹렬하게 덮쳐 와서 정신을 잃고 잠에 빠져들었다.

충분히 수면을 취한 덕인지 되살아난 기분이었다. 침대에서 빠져나와서 개수대에서 세수하고 목욕탕에 가서 제대로 목욕을 해야겠다고 생각하며 전화를 봤다. 부재중 전화에 두 건의 메시지가 남아 있었다. 한 건을 재생했더니 정훈의 밝은 목소리가 들려왔다. 겐토가 웃으며 친구의 말을 들었다.

"겐토? 정훈이야. 지금, 리스본에 있어. 임무는 성공했어. 방금 전에 리디아 씨에게 기프트를 전했어. 이제 일본으로 돌아갈 거야. 도착하면 또 연락할게."

신약 개발의 으뜸가는 공로자가 겨우 40시간 만에 지구를 일주한다는 쾌거를 이룩하게 됐다. 얼마나 멋진 생명력인가. 겐토는 다시금 감동했다.

두 번째 부재중 전화는 사카이 유리였다. 기다란 메시지를 보낼 예정이기 때문에 그 10인치 노트북을 켜라는 말이었다. 패스워드는 여태 썼던 것들처럼 난해한 문자가 아니라 숫자 '1'을 두 번 입력하면 된다는 말이었다.

나쁜 소식이 아니길 빌며 겐토가 노트북 전원을 켰다. 파란색 일색인 화면에 '1'을 두 번 입력하니 컴퓨터가 기동되었다. 바로 자동 화면이 움직이더니 메일 프로그램이 화면에 표시되었다.

마우스를 움직여서 수신 메일 목록을 열었더니 작게 탄성을 질렀다. 거기에는 '다마 이과 대학 고가 세이지'라는 발신자 이름이 있으며 '겐토에게, 아버지로부터'라는 제목이 있었다.

아버지가 보낸 메시지였다. 모든 발단이 된 그 메일과 똑같이 생전에 준비하셨던 것이겠지. 겐토는 내용을 보려고 하다 문득 손을 멈췄다. 이것은 아마, 아버지가 보내는 마지막 말일 터였다. 그렇게 생각하니 서둘러 열기 아깝다는 기분이 들었다.

겐토는 마우스에서 한 번 손을 떼고 숨을 고르고 나서 화면의 한 점을 클릭했다. 그랬더니 이전과 똑같이 작은 폰트로 쓰여 있는 본문이 떴다.

겐토에게

이 메일이 도착했다는 뜻은, 뭔가 예측하지 못한 사태가 일어난 것임에 틀림없다. 아버지는 금방 너나 엄마가 있는 곳으로 돌아오려 했는데, 아무래도 그 예상이 빗나갔나 보다. 이런 일은 생각하고 싶지도 않지만, 아마 아버지는 두 번 다시 너와 만날 수 없겠지.

그 말대로라고 생각했다. 이제 자신은 아버지와 만날 수 없었다. 아버지의 궁해 보이는 얼굴을 보는 일도, 투덜거림을 듣게 되는 일도 불가능했다. 과학자가 아니면 이해할 수 없는 그 미소를 지으며 서로 대화하는 일도 불가능했다.

일이 이렇게 되어서 정말 미안하구나. 부디 어머니에게 잘 해드리렴. 남기고 싶은 말은 달리 잔뜩 있는데, 아무리 해도 여기서는 다 써낼 수가 없구나. 아버지는, 내가 이상적인 아버지였다든가, 후회없는 인생을 살았다든가, 그런 거짓말을 할 생각은 아니란다. 그 반대다. 최소한 네가 나중에 같은 길을 걷지 않도록 조언이라도 하고 싶지만 그것도 이룰 수 없게 되었구나. 한 가지만 말해 보자면 실패 없는 인생 따위는 있을 수가 없으며, 그 실패를 살리는 것도, 죽이는 것도 하기 나름이라는 말이다. 인간은 실패한 만큼 강해진다. 그것만은 기억해 두렴.

이것으론 부족했다. 딱 10분이라도 좋으니 다시 한 번 아버지를 만날 수 있으면 하고 빌지 않을 수 없었다. 그렇게 되면 아버지는 어떤 말씀을 해 주실까? 어떤 인생관을 전해 주실까?

마지막으로, 아버지가 너에게 묻고 싶은 것이 있구나.

아버지가 부탁한 연구를 다 했느냐?

너는 아이들의 생명을 구했느냐?

너는 인류에게 도움이 되었느냐?

미지의 세계로의 도전을 거리낌 없이 즐겼느냐?

자연이 환상적인 속살을 너에게만 보여 주었느냐?

그리고 너는, 어떤 예술품에서조차 얻지 못하는 감동을 맛보았느냐?

이 아버지는 알고 있단다. 네가 해냈으리라는 것을.

그런 우리 아들이, 아버지는 자랑스럽구나. 부디 이제부터도 망설임 없이 약학에의 길을 전진해 주렴.

이제 작별이구나.

안녕, 겐토.

좋은 과학자가 되거라.

아버지로부터.

아버지의 유서는 거기서 끝났다.

겐토는 눈물이 뺨을 타고 내려가는 것을 느끼며 이 슬픔과 줄곧 싸워 왔었다고 생각했다. 자신도, 정훈도, 이 세상에서 사라지려 하는 생명을 단 한 방울의 약으로 구하려 했다.

나는 해냈어! 겐토는 아버지의 혼에게 보고했다. 최고의 친구 덕에, 드디어 해냈어! 그리고 앞으로도 지켜봐 달라고 아버지에게 기도했다.

'기프트'를 정규 연구 개발 루트로 가져가서 10만 명이나 되는 아이들의 목숨을 구해 보이겠어.

그래. 이제부터 나는 이 길을 계속 갈 거야.

겐토의 모험은 이제 막 시작되었다.

백악관 서관 앞에 있는 장미 정원에 이른 봄의 햇빛이 비치기 시작했다. 집무실 창가에 서 있던 번즈는 네메시스 작전이 태동을 시작한 날을 떠올렸다. 계절은 달랐지만 그날도 분명 이런 아침이었다. 자신은 여기 우뚝 서서 대통령 일일 브리핑의 멤버가 모이는 것을 기다리고 있었다.

"대통령 각하. 이제 시작할까요?"

비서실장 에이커스가 말을 걸었다.

뒤돌아보니 벌써 익숙한 얼굴들이 모여 있다. 그 중에 새 얼굴이 하나 있어서 과연 그날과 똑같다고 번즈는 생각했다. 멜빈 가드너의 후임이 된 새 과학 고문이 부루퉁하게 소파 끝에 앉아 있었다. 이 과학자의 이름은 분명 라몬트라고 했었다.

번즈가 자리에 앉으니 평소처럼 국가 정보 장관인 왓킨스가 가죽 바인더 노트를 꺼냈다.

"오늘 아침 대통령 일일 브리핑입니다."

중요 정보들 중에 앞의 두 건은 미국에 걸려온 미증유의 사이버 공격에 대한 이야기였다.

왓킨스와 동행한 NSA 분석관이 대통령 브리핑을 담당했다.

"체임벌린 부통령의 비극적인 사건에 대해서는 저희 과실을 인정하지 않을 수 없었습니다. 중국 사이버 전 부대를 의심했지만 다른 배후가 있었습니다."

디지털 기술과는 소원한 번즈가 "되도록 알기 쉽게 설명하시오." 하고 미리 말했다.

"네. 그러면 기술적인 고찰 부분은 생략하고 결론만 말씀드리면, 인민해방군의 컴퓨터도 누군가에게 침입 당했다는 사실입니다. 즉, 우리를 공격하기 위해 발판으로 쓰인 것입니다."

"그렇다면 실제로 공격을 행한 건 누구인 거요?"

"안타깝지만 누구라고 특정하기 곤란합니다. 저희가 말할 수 있는 것은 그 사건이 중국의 짓이 아니라는 것뿐입니다."

"그 누군가는 단서를 전혀 남기지 않고 합중국 부통령을 암살했다는 말이오?"

속이 쓰려 보였지만 분석관은 "네."라고 인정했다.

하지만 번즈는 화내지 않았다. 공포를 느끼고 있었기 때문이다. '그 누군가'는 죽이려고 생각하면 번즈조차 죽일 수 있지 않은가?

왓킨스가 말했다.

"우리는 중국의 위협을 과대평가하고 있었습니다. 오늘 국가 안전 보장 회의에서 대중(對中) 정책 검토에 대해 의논하는 편이 좋을 것 같습니다."

그 옆에서 홀랜드 CIA 국장이 끄덕였다.

"검토 중인 군사 옵션은 동결해도 상관없겠죠."

번즈는 대답하지 않고 대통령 일보를 넘겨 두 번째 사안에 대해 질문했다.

"미국 전 국토에 대한 사이버 공격도 누가 했는지 모른다는 말이오?"

분석관은 이에 대해서도 인정할 수밖에 없었다.

"매우 유감스럽게도 그렇습니다. 나중에 알게 되었는데 이미 기묘한 사태가 진행되고 있었습니다. 공격을 받은 전 금융 기관의 데이터가 엉망진창으로 바뀌 쓰인 뒤 원래대로 되돌아 간 것입니다. 혹시 데이터가 복원되지 않았다면 우리나라의 경제는 붕괴되었을지도 모릅니다."

"적은 대체 뭘 위해 그런 짓을 했소?"

"상상할 수밖에 없지만, 위력 시위가 아니었을까 합니다."

너무나 솔직한 분석관의 말투가 신경이 쓰였는지, 왓킨스가 서둘러 말했다.

"법을 정비하는 것이 시급 과제라고 할 수 있습니다. 공공 인프라뿐만 아니라 금융 기관에도 사이버 공격 대책을 의무화해야 합니다."

"그걸로 해결 된다고 할 수 있소?"

대통령이 꺼낸 질문에 대답할 수 있는 사람은 아무도 없었다.

불쾌한 헛기침과 함께 번즈는 세 번째 보고서로 옮겼다.

"F22 추락 사고에 대해, 이건 대체 무슨 일이요?"

"다소 전문 지식을 필요로 하는 사항이라 라몬트 씨가 와 주셨습니다."

왓킨스가 그렇게 말하고 신임 과학 고문의 발언을 재촉했다.

라몬트는 안경을 벗고 끝자리에서 대통령을 향해 말했다.

"네 기의 전투기가 거의 동시에 추락한 것은 누군가에 의한 공격이 아니라 자연재해였습니다."

받아들이기 어려운 설명에 번즈가 표정을 구겼다.

"자연재해?"

"그렇습니다. 플로리다 반도 앞바다에서 심해 깊은 곳에는 메탄하이드레이트라는 물질이 대량으로 묻혀 있습니다. 원래는 천연 가스가 되는 메탄가스가 극히 낮은 온도와 높은 압력에 의해 물 분자에 갇힌 상태에 있는 상황입니다. 이 결정이 붕괴를 시작해서 해저에 묻혀 있던 대량의 가스가 일제히 대기 중으로 분출한 것입니다. 그곳을 불운하게도 F22 편대가 저공비행으로 지나고 있었습니다."

납득을 못하고 있는 번즈를 보고 라몬트가 계속했다.

"다시 말해 네 기의 전투기와 발사된 미사일은, 제트 엔진을 연소시키는 상태에서 가연성 가스 속으로 돌입했다는 뜻입니다. 엔진이 불완전 연소를 일으켜 추락하거나 또는 폭발할 수밖에 없었습니다. 파일럿이 마지막으로 보낸 '바다가 불타고 있다'는 보고는 폭발로 불길에 휩싸여서 추락한 잔해가 해수면으로 분출된 가스에 인화된 것으로 생각됩니다."

대통령 집무실에 자리한 고관들은 과학자의 설명을 그대로 받아들여도 될지 판단을 망설이고 있었다.

홀랜드가 말했다.

"질문 하나 해도 되겠습니까? 메탄하이드레이트라는 물질은 플로리다 반도 앞바다에만 있는 것입니까?"

"아닙니다. 남북 아메리카 대륙과 극동 해역에 많이 발견되었습니다."

"그렇다면 같은 사고가 각지에서 빈번하게 발생됩니까?"

라몬트가 고개를 저었다.

"플로리다 반도 앞바다 해역만 특별한 조건을 갖추고 있습니다. 북대서양 해류입니다. 아프리카에서 흘러들어온 난류(暖流)가 멕시코 만류가 되어 방향을 바꾸고, 이 해역으로 흘러들어오게 됩니다. 메탄하이드레이트가 이만큼 고온에 노출되는 해역은 이곳밖에 없습니다. 이 해수온 상승 자체가 가스 방출의 방아쇠가 된 것이죠."

"그럼…… '랩터' 편대가 전멸한 것은 운이 아주 나빴기 때문이라는 거요?"

번즈가 말했다.

"네. 지나가는 타이밍이 나빴던 것 같습니다."

"이 사고가 인위적으로 일어났을 가능성은?"

"있을 수 없습니다. 언제, 어디서 메탄가스가 대량으로 방출될지, 그것을 예측하기는 불가능합니다. 더욱이 초음속으로 비행하는 항공기를 정확한 타이밍으로 유도하다니 사람은 불가능합니다."

라몬트가 단언했다.

"'사람은'."

번즈가 작은 소리로 반복하며 홀랜드에게 물었다.

"이 보고서를 작성한 사람은 그 젊은 친구요?"

"아서 루벤스 말씀이십니까?"

"그렇소."

"그는 사직했습니다. 보고서를 작성한 사람은 다른 분석관입니다."

번즈는 끄덕이고서 침묵했다. 자신을 바라보는 시선이 신경 쓰였다.

누군가 자신을 보고 있다. 최고 권력자를 바라보는 눈이 아닌 모든 것을 꿰뚫어보는 듯한 시선으로.

심야의 상황 설명 때 이 방을 방문한 아서 루벤스의 시선일 것이라고 생각했다. 그 젊은이도 그런 눈으로 자신을 바라보고 있었다.

아니, 다르다. 인간의 눈이 아냐.

번즈를 공포에 떨게 하는 것은 자신이 어디 있든 무엇을 하든 항상 위에서 내려다보고 있는 것 같은 시선이었다. 체임벌린 부통령도 이 시선에서 도망칠 수 없었을 거리라고 생각했다. 누군가가 그를 지켜보고, 주시하다가, 심판을 내렸다.

"다음 의제를 진행해도 되겠습니까? 이라크 전황입니다."

에이커스가 물었다.

이 시선은 내가 죽을 때까지 등 뒤에 들러붙어 떨어지지 않을 것이라는 생각에, 번즈는 절망을 느꼈다.

루벤스는 단출하지만 좋은 취향으로 꾸며진 거실에 앉아 있었다. 창밖에 햇살을 바라보며 인디아나 주에도 봄이 오고 있다는 것을 알았다. 탁자 위에는 갓 꺼낸 찻잔에서 김이 솟아오르고 있었다.

석학과 지내는 한가로운 한 때. 이제 도청을 경계할 필요는 없어졌다.

"이제 안전한 건가?"

부인이 타 준 홍차를 입에 가져가며 하이즈먼이 말했다.

"네. 작전은 모두 종료했습니다. 표면상으로 보면 성공이라고 할 수 있지만 누스는 현재, 남몰래 일본으로 향하고 있겠지요."

루벤스는 부통령 암살 이후의 전말을 이야기했다. 전부 듣고 나서 하이즈먼은 만족스러운 미소를 지었다. 독재자의 패배에 쾌재를 부르는, 양식 있는 시민의 얼굴이었다.

"그런데 저번에, 저에게 내 주신 퀴즈 말씀입니다만, 겨우 답을 알았습니다. 대답은 '한 명 더 있다.'죠?"

"맞네. 처음부터 이길 수 없는 싸움이었지. 덧붙여서 추가된 한 명의 연령과 소재지도 알았나?"

"일본에 있다는 것밖에는 모르겠습니다. 연령은 8세, 이름은 사카이 에마입니다."

루벤스가 이어서 피그미 임신부가 일본으로 건너간 경위를 설명했다.

"키우는 부모가 된 사카이 유리라는 여성은 책임감이 강하고 애정이 많은 사람이던가 보군요."

하이즈먼이 끄덕였다.

"그게 제일 중요하지. 어머니의 애정이야말로 모든 평화의 주춧돌이야."

"앞으로 그들이 어떻게 행동할까요?"

하이즈먼이 학자의 얼굴로 돌아왔다.

"종으로서의 기반이 확립되기까지는 스스로의 존재를 은닉할 것이야. 그동안 호모 사피엔스라고 이름을 대는 하등동물의 습성을 습득해서 은연중에 지배적으로 나서기 시작하지 않을까?"

"구체적으로는 어떤 것을 상정하십니까?"

하이즈먼이 웃었다.

"모르지. 나도 하등동물의 일원이잖나. 그들의 몸이 되어 생각해 보면 일단은 핵을 근절하자는 방향으로 움직이지 않을까? 자신들이 태어난 세계를 바라다보면 세력다툼을 하고 있는 원숭이가 핵미사일 발사 버튼을 손에 넣은 것이나 다름없지 않나. 아니면 전쟁을 하고 싶어 하는 정치적인 리더만 선별해서 다 죽일지도 모르지."

그렇게 되면 평화적인 사람이 땅을 이어받게 될 것이라고 루벤스가 생각했다.

"장기적인 시점으로 보면 어떨까요? 30년 전에 박사님이 쓰신 보고서대로 우리는 멸종될까요?"

"그것은 그들이 얼마나 잔혹한가에 따라 다르겠지. 그 후엔 번식 속도가 문제일 걸세. 그들이 문명을 유지할 만한 개체 수에 이르기까지 우리는 노동력 확보를 위해 살려두겠지."

루벤스는 인류사에 있어서 확인되었던 성(性)의 도태의 실례를 떠올렸다. 유라시아 대륙에 있는 남성 중에 어떤 특정적인 Y염색체를 가진 사람이 있는데, 분자시계라고 불리는 생물학적인 수법을 써서 이 염색체가 나타난 시기와 지역을 산출해 내면 13세기 징기스칸의 정복전쟁 경로와 일치했다. 생애에 걸쳐서 살육과 약탈과 강간으로 점철된 세월을 보낸 몽골제국의 왕은 정복지의 미녀를 납치해서 하렘을 만들었고 믿기 어려울 숫자의 자손을 남겼다. 그리고 800년 뒤인 현재, 징기스칸의 유전자를 이어받은 사람은 남성만으로는 1600만 명이며, 여성이 비슷한 숫자로 있다고 하면 합계 3200만 명으로 추정될 것이다. 아마 이것이 당사자로서도 알지 못했던 전쟁의 진짜 목적이었을 것이다. '푸른 이리'라며 공포에 떨었던 잔혹하고 폭력적인 왕은 그가 가진 다른 이름대로, 짐승으로서는 우수한 개체였다. 인간으로서가 아니라.

그러면 겨우 둘밖에 없는 인류 종, 에마와 누스는 얼마나 빠른 속도로 자손을 증식시킬까? 그들에게는 하렘 대신에 생식(生殖) 의료가 있었다. 둘이 현생인류의 태내로부터 태어났다는 점을 함께 생각하면 인공 수정이나 대리모를 써서 개체 수를 단번에 늘리는 것도 가능할 것이다. 그리고 의료 기술을 혁신할 지성만이라도 겸비하게 된다면 겨우 800년의 기간 만에 수천만의 자손을 남기는 것도 허풍이 아닌 것처럼 느껴졌다.

최악의 경우, 현생인류는 30세기도 지나지 않아 지구상에서 퇴출될지도 몰랐다. 하지만 수십 년 전까지는 핵전쟁에 의해 바로 멸망할 것이라고 여겨졌으니, 그래도 꽤 오래 버텼다고 할 수 있겠다.

"차세대의 인간을 이 눈으로 보고 싶었는데. 분수에 넘치지만 그들이 평화를 사랑하는 종족이길 빌자고."

하이즈먼이 말했다.

에마와 누스의 자손이 쌓아올릴 사회에는 국가라는 단위가 없지 않을까 하고 루벤스가 몽상했다. 현생인류에게는 결코 만들 수 없는 경계선이 없는 세계. 그들의 고향이 그저 지구, 그게 전부였다.

"그럼 자네는 이제부터 어쩔 셈인가?"

"어딘가 연구 기관에 자리를 알아봐서 새로운 연구 테마에 붙어볼까 합니다. '생물학적 정치학'이라고 이름붙일 만한 연구입니다."

"구체적으로는 어떤 것을?"

"과학 기술로 무장한 동물의 영역다툼의 연구입니다. 노골적으로 말하면 그럴싸한 얼굴을 들고 다니는 권력자들이 얼마나 동물성에 영향을 받아 의사결정을 하고 있는지를 밝히는 것입니다. 전쟁을 지시하는 권력자의 정신병리도 다룰 예정이니 상당히 여러 학문 분야가 얽힌 분야가 되겠죠."

하이즈먼은 장난기 가득한 눈으로 말했다.

"재밌겠군. 철저하게 해 주게."

"네. 그놈들의 동물성을 폭로해서 짐승과 인간의 경계선을 정하겠습니다."

말하다가 루벤스는 문득 고개를 들었다.

"그러고 보니, 이전에 뵈었을 적에 박사님은 우리 인류를 '제노사이드를 일으키는 사람'이라고 정의하셨는데……."

"아, 그렇게 말했지."

"하나, 반증이 떠올랐습니다."

그러자 하이즈먼이 재미있다는 듯이 몸을 내밀었다.

"오호? 뭔가?"

"현생인류의 수입니다. 65억이라는 개체 수가 대형 포유류로서는 월등히 기준을 벗어난 번영이라고 할 수 있습니다. 이는 즉, 배타적인 행위에 비해 이타적인 행위가 웃돈 결과라고 할 수도 있지 않습니까? 다시 말해 우리는 악보다 선의 성향이 근소하게 웃돈다, 가까스로 '서로 돕는 사람'으로서의 면목을 지키고 있는 것이 아닐까요."

"아니네, 아니야, 그건 경제 활동의 결과일세. 돈을 벌기 위해 서로 돕는 거지. 간단한 예를 들면 선진국의 공적 개발 원조는 투자 목적으로 일어나지 않나. 어차피 아프리카를 본격적으로 지원하는 이유는 자원의 확보와 소비자 획득을 위해서 아닌가. 더 말해 보면 의료도 있지. 난치병의 치료약 개발도 이익이 최우선시 되네. 환자 수가 적은 희소병의 약물은 돈을 벌 수 없으니 개발되지도 않잖나."

하이즈먼은 인간에 대해 어디까지나 냉담한 태도를 취했다. 그것을 듣고 루벤스가 미소 지었다. 먹구름이 잔뜩 긴 사이로 비쳐 들어오는 한 줄기 광명을 봤다는 생각이 들었다.

"그러면 아무 담보물도 없이 자기 목숨을 위험에 처하면서까지 다른 사람을 구하려하는 사람이 있다면? 역의 플랫폼에서 떨어지는 외국인을 구조하거나 아니면 목숨 걸고 신약 개발에 뛰어든다던가, 그런 사람도 있습니다."

"극히 소수 아닌가. 그것도 일종의 진화한 인간이라고도 할 수 있지 않을까? 구태여 누스를 만나러 가지 않아도 그런 사람과 길에서 지나쳤을 수도 있겠군."

대답한 하이즈먼도 슬며시 미소를 되찾았다.

"그 사람 의외로 초라한 행색일지도 모르겠네요."

루벤스가 말했다.

예거 일행이 들어찬 대형 컨테이너 수송선이 파나마 운하에서 태평양을 지나, 이후는 요코하마 항을 목표로 순조로운 항해를 계속했다. 피어스 해운의 상속자와 함께 승선한 덕에 일동은 정중한 대접을 받고 있었다. 모두에게 샤워룸이 붙은 개인실이 배정 되었고 식사는 물론이고 바 코너에 있는 술을 마음껏 마셔도 되었다.

마음에 입은 상처를 알코올로 소독하려 하면 곧바로 의존증에 빠질 것을 알고 있기 때문에 예거는 주류만큼은 못 본체했다. 그리고 사우나에 들어가거나 갑판에 있는 작은 수영장에서 수영도 하면서 느긋하게 지내고 있었다. 불과 2주일도 안 되는 뱃길 여행은 육체적인 소모를 회복하기 위한 귀중한 냉각 기간이 되었다.

선내에는 인터넷을 할 수 있는 환경도 조성되어 있어서 예거는 연일 리스본으로부터 기분 좋은 정보를 받았다.

리디아가 보내 준 사진을 보면 아들이 기적적인 회복을 보이고 있는 것이 한눈에 확연했다. 주치의인 갈라도 박사는 합병증이 개선되는 대로 퇴원해도 좋다고 고했다.

미덥지 않아 뵈던 일본인 젊은이의 얼굴을 떠올리고 예거는 웃어 버렸다. 그녀석이 해냈다. 여태 아무도 고치지 못했던 병을 그 고등학생처럼 보이던 학자가 제압했다.

일본에 도착하기 전날, 피어스가 불러서 예거 일행은 상급 선원용 식당에 집합했다. 그 자리에는 아키리도 있었다. 다른 선원의 눈을 피하기 위해 세 살 어린이는 선내에 있을 때도 유아용 모자를 눈까지 쓰고 있었다.

일동이 네 명이 앉을 만한 사이즈의 둥그런 탁자를 둘러싸고 앉아 있으니 피어스가 말을 꺼냈다.

"이것이 상륙하기 전의 마지막 협상일세. 자네들 두 사람에게 제안이 있네."

"어떤 제안이오?"

예거가 물었다.

"일단 사생활 이야기라 미안하네만 자금 같은 경제적인 문제가 있다면 혼자서만 끌어안고 있지 말고 내게 얘기해 주게."

"뭣 때문에?"

"피어스 재단이 모든 것을 맡아 주지."

마이어스가 너무 놀라서 눈을 굴렸다.

"진짜요?"

"그렇네, 정말로. 그리고 자네들의 이후 활동에 대해서는 재단이 뒤를 맡아 줄 걸세. 연금을 지급할 테니 그 돈으로 살면 되지. 만약 일을 하고 싶다면 일자리도 제공해 줄 수 있네."

두 용병은 서로를 바라보았다. 마이어스가 말했다.

"본사 빌딩 주차장 담당자라도 할까?"

피어스가 웃었다.

"어쨌건 자네들은 이제 총은 필요 없게 됐네."

꿈같은 이야기에 예거가 뺨만 쓰다듬다가 바로 부담을 느껴서 진지한 표정으로 돌아왔다.

"다른 두 사람은 어떻게 되는 거요? 만약 개럿과 믹에게 가족이 있다면 뭔가 사례를 해 줄 수 없소?"

"개럿은 그럴 생각이네. 헌데 믹은 가족이 없더군. 아무것도 해 줄 수 없었네."

"그 녀석 안됐군."

마음속 깊이 유감스러워하며 예거가 손에 묻은 액체를 털듯이 오른손을 휘둘렀다. 그 동작이 버릇이었다. 믹을 사살한 순간 관자놀이에서 뿜어져 나온 피와 뇌수를 맨손으로 멈추려 했을 때의 감촉은 사라지기는

커녕 선명하게 남아 있었다. 예거는 자기 정당화 없이 온전히 죄를 짊어졌다. 이 고통을 느끼지 않게 되는 순간 진짜 악에게 몸을 맡기게 될 것 같았다. 아들의 생명을 지키기 위해 아버지가 전장에서 무슨 일을 했는지, 저스틴에게 이야기할 날이 살아생전에는 오지 않을 것이다.

"나머지는 그 일본인, 고가 겐토에 대한 건이오. 그에게는 한국인 협력자도 있나 보던데, 그 두 사람에 대해서는 어쩌실 생각이오?"

"걱정은 필요 없네. 두 사람의 장래도 재단이 보증할 테니까. 아직 그들에게 전하지는 않았지만 사실 장기적인 계획이 있네. 재단에서 출자하여 제약 벤처 기업을 세워서 그 두 사람을 수석 연구원으로 삼으려고 생각 중일세."

"그럼 우리는 거기 경비원을 하자."

마이어스가 말했다. 예거는 지금 다시 고가 겐토의 얼굴을 떠올렸다.

"괜찮겠소? 그는 사장 자리가 어울릴 것 같지는 않던데."

그러자 무기질적인 인공 음성이 끼어들었다.

"괜찮다."

일동의 눈이 세 살짜리 어린애에게 향했다. 아키리가 컴퓨터에 메시지를 입력하고 있었다.

'일본인과 한국인은 우리가 뒤를 맡아 줄 것이다.'

"우리라니, 너랑 에마 말이야?"

'그렇다.'

예거는 옛 기억을 뒤적였다. 콩고의 정글 속에서 컴퓨터를 써서 아키리와 나눈 첫 대화.

"제약 프로그램을 만들었다는 말은 진짜였구나."

'맞다.'

"고맙다고 하지. 너와 에마 덕에 내 아들이 살았어."

'천만에. 나도 감사의 말을 하고 싶다.'

아키리는 인간다운 대답을 건넸다.

"무슨?"

'당신들은 우리의 목숨을 지켰다.'

예거와 마이어스는 약간 놀라서 아키리의 모자를 들어 올리고 고양이 같은 눈을 바라보았다. 치켜뜬 시선을 받던 예거가 아키리의 눈꺼풀이 이중이라는 것을 깨달았다. 약간 기분이 나빠졌다.

"그것이 내 할 일이었어. 너와 똑같이 우리 인간도 자기 목숨을 소중이 생각하고 있지. 그것만은 기억해 줘."

예거가 말했다.

'그렇게 하지.'

아키리가 대답했다.

미팅이 끝나자 날짜가 변했지만 날은 아직 채 밝지 않은 상태였다. 대형 화물선은 이미 일본 영해로 들어왔다. 도쿄만이 멀리서 보이는 해역이었다. 예거와 마이어스는 야시경이나 GPS같은 장비를 확인했다. 용병 두 사람에게는 최후의 업무가 기다리고 있었다.

필리핀인 선장과 함께 좁은 갑판에 나온 네 사람은 배 바깥에 붙은 소형 고무보트를 바다 위에 내렸다. 그리고 뱃전에 걸어둔 사다리를 타고 우선은 마이어스가, 이어서 피어스, 마지막으로 아키리를 업은 예거가 보트로 옮겨 탔다. 배 바깥으로 스타터 로프를 당겼더니 시동이 한 번에 걸렸다.

갑판 위에서 경례하고 있는 선장을 눈으로 좇으며 피어스 해운의 상속자를 태운 보트는 북동쪽으로 향해가기 시작했다.

오전 4시인데도 불구하고, 수평선 위를 뒤덮은 거대한 육지의 실루엣이 눈으로 확인되었다. 상륙 목표지점은 도쿄에서 100킬로미터 정도 떨어진 보소반도 동쪽이었다. 적이 진 치고 기다리고 있는 전장이라면 어떨지 모르지만 비수기의 해수욕장에 상륙하자니 긴장감을 가지려야 가질 수가 없어서 다들 가볍게 농담을 주고받으며 관광객이 된 기분을 만끽했다.

이윽고 목표 지점이 가까워서 일단 엔진을 멈추고 적외선 망원 장치로 해안선을 살폈다. 긴 모래사장이 옆으로 이어져있고 그 안쪽에는 콘크리트 벽이 세워져 있는데 그 위는 차도라 차가 지나다녔다. 일정 간격으로 가로등이 설치되어 있는 덕분에 시야는 생각보다 밝았다. 마이어스가 시선을 올리며 말했다.

"낚시꾼은 없네. 길 위에 남자 둘이 있어. 오토바이 한 대 세워져 있고. 다른 차량은 없군."

"일본 친구일 걸세."

피어스가 말하며 휴대 전화를 걸었다. 그랬더니 야시경 속에 있는 남자가 바로 전화기를 귀에 대는 것이 보였다.

"오토바이 라이트 켜 보겠나?"

피어스가 부탁하니 전화를 받지 않는 남자가 오토바이에 다가가서 빛을 두 번 깜빡였다.

피어스는 전화를 끊고 말했다.

"클리어. 문제없네."

마이어스가 엔진에 시동을 다시 걸었고 파도 사이를 떠 있던 보트가 다시 움직이기 시작했다. 육지가 서서히 가까워졌다. 모래사장에 가까워지기를 기다렸다가 모터를 멈추고서 얕은 물가까지는 추진력으로 나아갔다.

날이 밝아지기 직전의 정적 속에서 근처에 들리는 소리라고는 은은한 파도 소리뿐이었다. 예거는 아키리를 등에 업고 보트에서 내렸다. 물 깊이는 종아리 정도였고 수온이 꽤 낮았다. 몸의 균형을 유지하면서 천천히 걷기 시작하니 목에 감긴 두 팔에서 세 살배기 아이의 온기가 전해졌다. 저스틴이 건강해지면 일본으로 데려오고 싶다는 생각이 들었다.

한 발 나아갈 때마다 물의 부력이 사라지고 다리에 느껴지는 무게가 늘어났다. 모래사장 위에 발자국이 남았고 이윽고 뒤따르는 파도도 사라졌다.

예거는 일본에 상륙했다.

모든 임무가 끝났다.

검은 보트에서 내려선 남자들이 굳건한 발걸음으로 모래사장 위를 걷기 시작했다.

그들의 도착을 기다리는 동안, 겐토는 동화가 현실이 된 듯한 신기한 감각에 사로잡혔다.

언젠가 미국인 한 명이 너를 찾아 올 것이다.

그 미국인이 지금, 겐토의 눈앞에 그대로 나타났다.

모든 위기가 사라진 다음 날 사카이 유리에게 다시 연락을 받고서 조너선 예거가 도착한다는 사실을 알았다. 그때에는 정훈도 포르투갈에서 돌아와 있었기 때문에 둘은 마중을 나가기로 했다.

그 후 약 일주일은 사회로 복귀하는 기간이 되었다. 집에 연락을 했더니 어머니는 아들에게서 전화를 받고 놀라고, 무사에 기뻐하며 이런저런 질문을 던졌다. 그때 나눈 이야기로 겐토는 의외의 사실을 알았다.

형사들이 어머니를 찾아와서 여러 혐의를 겐토에게 씌운 일에 대해 사죄했다고 한다.

그것을 알고 겐토는 쭈뼛쭈뼛 연구실에 얼굴을 내밀어 봤다. 그랬더니 소노다 교수도 눈을 동그랗게 뜨고 겐토를 맞이하며 그 역시 경찰에게 사정 설명을 들었다고 했다. 겐토는 이제 결백이 증명되어 떳떳하게 연구실로 복귀할 수 있었다.

언젠가는 폐포 상피 세포 경화증의 특효약에 대해 소노다 교수에게 이야기하려는 생각이었다. 교수의 수완이 있으면 대형 제약 회사도 끌어들여서 제대로 된 개발 루트로 생산할 수 있기 때문이었다.

"만약 특허로 돈을 엄청 벌게 되면 그 돈을 다음 개발 자금으로 쓰자. 아무도 손대려고 하지 않는 희귀병을 목표로."

사전에 상담을 받았던 정훈이 말을 꺼냈다. 당연했다. 겐토도 이견은 없었다.

단 한 사람, 관계자 중에서 겐토가 연락을 취하지 못했던 사람이 있었다. 스가이 기자였다. 이 아버지의 옛 친구에 대해서는 사카이 유리가 배후관계를 조사했던 모양이었다.

"그 사람은 아무것도 모르던데. 그러니까 용서해 주렴."

이것도 겐토는 이견이 없었다.

멀리 희게 빛나기 시작한 수평선에서 눈을 돌리니 예거 일행이 바로 아래까지 와 있었다. 콘크리트 계단을 밟으며, 국도 옆에 있는 주차장으로 올라오고 있었다.

겐토는 긴장하고 기다렸다. 이윽고 두꺼운 두 팔을 흔들면서 묵직해 보이는 미국인이 가로등 빛 속에 나타났다. 겐토는 영어로 첫 인사를 머릿속에서 골랐다. 하지만 그 문장은 필요하지 않았다. 계단을 다 올라온 예거가 겐토의 얼굴을 확인하더니 잠시 아무 말 없이 바라보다가 갑자기 끌어안았다. 억센 용병에게 온몸을 조여서 등을 팡팡 두들겨 맞고 나니 등뼈가 부러지지 않았는지 걱정되었다.

"고맙다, 겐토! 우리 아들이 살았어!"

예거가 큰 웃음소리와 함께 말했다.

"처, 천만에요."

겐토가 영어로 대답했다.

"약을 리스본에 전달해 준 게 자넨가?"

예거가 정훈을 바라보며 물었다.

"그렇습니다."

정훈이 대답했더니 예거는 그도 확 끌어안았다. 정훈은 함께 웃으며 예거와 어깨를 서로 두드렸다.

그리고 다 함께 서로 소개를 하기 시작했다. 나이젤 피어스는 다시금 겐토의 아버지에 대한 조의를 표하며 따뜻한 말을 건네주었다.

다른 한 사람인 스콧 마이어스라는 젊은 남자는 용병이라고는 생각할 수 없을만큼 따뜻하게 웃으며 악수를 청해 왔다. 마지막으로 겐토는 세 사람의 발치에 있는 어린 아이에게 눈을 멈췄다. 그 아이는 작은 몸에 맞지 않을 정도로 큰 모자를 쓰고 이쪽을 올려다보고 있었다.

"아키리네. 콩고 오지에서 겨우 여기까지 데려 왔지."

피어스가 말했다.

설마 이 아이가. 겐토는 아키리 앞에 몸을 굽혔다. 그랬더니 모자 그늘에 치켜 올라간 큰 눈이 보였다. 감정을 알 수 없는 깊고 검은 눈이었다. 놀랐지만 위화감은 순식간에 사라졌다. 보기에 따라서 귀엽게 생겼다고 생각했다.

"안녕, 아키리. 잘 왔어."

정훈도 어린아이의 얼굴을 쳐다보았다.

"그는 아직 말을 할 수 없네. 그리고 전쟁터에서 온 탓에 너무 피곤해하는군."

피어스가 말했다. 그제야 겐토도 알아차렸다. 마치다의 실험실과 콩고의 전장 사이를 연결했던 통신 화면에는 예거를 포함한 네 사람 정도 되는 병사가 있었다. 일본어를 말하는 남자도 있었다. 그가 전사한 모양이라고 생각했지만 구태여 확인하려고 하지는 않았다. 이제 와서 슬픈 일을 들을 기분이 들지 않았다. 전장에는 거기 있던 사람 말고는 알 수 없는 가혹한 이야기가 있겠지.

그랬더니 아키리의 표정이 살짝 움직였다. 눈가에 비친 그늘에서 겐토는 의심을 읽었다. 이쪽의 말을 의심하는 것일까?

"아키리. 네 가족이 왔나 봐."

피어스의 목소리에 모두들 국도로 몸을 돌렸다. 짙은 감색 승합차가 깜빡이를 켜고 일동이 있는 주차장으로 들어왔다. 겐토도 본 적이 있는 차였다. 그날 밤 대학에 나타났던 사카이 유리의 차였다.

승합차는 일동의 옆을 지나쳐서 떨어진 곳에 세워졌다. 그리고 곧바로 양쪽 문이 열리고 운전석에서 선이 가느다란 일본인 여성이, 조수석에서는 초등학생 정도 되는 여자아이가 내렸다.

"아키리!"

여자아이의 목소리에 아키리가 빠르게 반응했다.

"에마!"

아키리가 외치고는 큰 머리를 흔들면서 달려 나갔다.

희미하게 밝아오는 엷은 빛살 속에서 남동생을 끌어안은 누나의 모습을 겐토는 물끄러미 관찰했다. 의외로 아키리만큼 이상한 모습이라는 인상은 받지 못했다. 피부색이 동양인과 비슷했고 전두부가 부풀어 있는 만큼 얼굴이 좀 낮아서 아시아계와 아프리카계의 혼혈처럼 보였다. 그들은 성장함에 따라 보통 사람 모습과 비슷해지는 걸까? 허나 옆으로 비죽한 눈동자는 변하지 않았다. 체격이 초등학생 정도인데도 목부터 위로는 아기 같은 얼굴이 남아 있었다.

작은 남매를 그 자리에 남겨놓고 사카이 유리만 이쪽으로 다가왔다. 희미하게 미소를 짓고 있어서 그날 밤 대학교에서 만났을 때와 같은 어두운 느낌은 느껴지지 않았다.

피어스가 앞으로 나가서 이전에 자이르에서 행동을 함께 했던 여의사를 맞이했다. 두 사람이 짧게 대화를 나누고 서로를 포옹하며 재회의 기쁨을 나눴다.

그리고 다른 사람들과 서로 인사가 끝나고 나서 사카이 유리가 말했다.

"정말 감사합니다. 여러분 덕분에 새로운 생명을 지킬 수 있었어요."

"에마에게도 인사를 해야겠는데."

예거의 말에 사카이 유리가 약간 곤란하다는 표정을 짓더니 대답했다.

"저 애는 낯가림이 너무 심해서요."

멀리 떨어져서 이쪽을 보는 에마와 아키리는 사람을 무서워하는 작은 동물 남매처럼도 보였다. 좀 더 정확히 표현하자면 고릴라를 무서워하는 인간 남매라고 해야 하나?

정훈이 물었다.

"진짜 저 아이가 기프트를 개발한 겁니까?"

"네에."

"혼자서?"

사카이 유리가 끄덕이며 미소 지었다.

"한 가지, 깜빡 잊은 게 있어요. 그 제약 프로그램은 일정 시간이 지나면 자동적으로 사라지게 되어 있어요. 오늘 두 분이 들어가실 때쯤이면 사라져 있겠죠."

"내가 꿈을 꾸었구나."

정훈이 한 방 먹었다는 표정으로 로맨틱한 감상을 중얼거렸다. 겐토가 웃으며 친구 어깨를 두드리며 위로했다.

"여러분은 이제부터 어떻게 하실 생각이시죠?"

유리가 물었다.

"마치다의 아파트로 갈 겁니다. 예거 씨에게 약을 드릴 거예요."

겐토가 말했다. 지금 아버지가 남긴 실험실에서는 앞으로 3년 치의 '기프트'를 새로 합성하는 중이었다.

"알겠습니다. 저희도 돌아갈 건데, 부디 저희를 찾지 마세요. 무슨 일이 있으면 저희 쪽에서 연락 드리겠습니다."

"네."

"그럼 다음에 또 만나요."

사카이 유리가 그 자리에 있는 모든 사람과 악수를 하고 나서 자기 차로 돌아갔다.

어린 남매가 어머니나 다름없는 여성에게 웃으며 붙어 있었다. 유리는 사랑스럽다는 듯이 에마와 아키리를 한 사람씩 안아 올리더니 뒷자리에 태웠다. 그리고 남자들에게 손을 흔들며 마지막 인사를 하고 운전석에 올라탔다.

동이 트기 시작한 하늘 아래 붉은 미등을 밝히고 승합차가 조용히 움직였다.

국도로 나가는 차를 바라보며 정훈이 말했다.

"그 프로그램으로 좀 더 여러 가지 해 볼 걸 그랬어."

젠토도 아쉽다는 생각으로 말했다.

"그랬으면 암도 고칠 텐데."

"이제부터는 자기 머리로 노력하라는 뜻인가 봐."

"그럼."

그야말로 정훈이 말한 그대로라고 젠토는 생각했다. 진화한 존재로부터 보면 인간은 불쌍해 보일 정도로 하찮은 지력 정도밖에 없을지도 몰랐다. 아니면 눈살을 찌푸리고 싶을 정도로 야비한 생각밖에 없는 존재일지도 몰랐다. 하지만 그것이 주어진 모든 생물 진화의 과정에서 인간이 획득한 최선의 능력이었다. 최선을 다해 이 불완전한 뇌를 연마하며 여러 곤란한 상황에 맞설 수밖에 없었다.

아키리를 태운 승합차가 국도를 타고 커브를 돌며 보이지 않게 되었다. 해변은 다시 정적에 휩싸였다.

여태 잠자코 보고 있던 마이어스가 말했다.

"전부 끝났군. 예거, 쓸쓸하지 않아?"

예거가 대답했다.

"고양이라도 기르지, 뭐."

〈끝〉

| 감사의 글 |

이 책을 집필하면서 많은 분들의 도움을 받았습니다. 귀중한 시간을 할애해 전문적인 지식을 알려 주신 선생님들께 깊은 감사의 말씀을 드립니다.

소재 순서대로 우선 제약 화학과 관련해서는 다음 분들의 지도를 받았습니다.

사토 도시히코(도쿄여자의과 대학, 의사, 주식회사 엘제비어 Chief medical informatics officer)

이소가이 다카오(도쿄대 대학원 약학계연구과, 아스텔라스 제약이론과학 기부강좌 특임 교수)

다나베 세이치(도쿄이과 대학 약학부 교수·학부장 게놈 제약연구센터 소장

나가세 히로시(기타사토대학 약학부 생명약화학 연구실 교수)

히라야마 시게토(기타사토대학 약학부 생명약화학 연구실 조교)

야마모토 다다시(호시 약학대학 약품제조화학 연구실 조수)

하야시다 고헤이(기타사토대학 약학부 생명약화학 연구실 대학원생)

혼다 유야(도쿄이과 대학 대학원 약학연구과, 약학전공 다나베 연구실 졸업생)

사이키 가즈노리(도쿄이과 대학 대학원 약학연구과 약학전공 다나베 연

구실 박사 과정 3년)

기타사토대학의 나가세 선생님을 만나 뵙게 된 것은 생각지도 못한
기쁨이었습니다. 연구실에서 10시간이 넘는 인터뷰를 하도록 허락해 주
셨고 제약의 핵심인 '유기 합성'이란 분야에 대해서 자상하게 알려 주셨
습니다. 선생님의 깊은 학식과 경험에 기반한 가르침이 없었다면 이 책
의 주인공들에게는 비참한 운명이 기다리고 있었겠죠. 나가세 선생님의
가르침은 필자에게 '기프트'가 되었습니다. 진심으로 감사의 말씀을 드
립니다.

또한 인터넷을 비롯하여 컴퓨터에 관련된 내용은 다카키 히로미쓰 씨
(독립행정법인 산업기술총합연구소 정보 보안 연구센터 주임연구원)의 세
심한 지도가 있었고, 항공기와 관련해서는 아오키 요시토모 씨(항공 저
널리스트)에게 적확한 도움을 얻었습니다. 언어와 윤리의 관계에 대해서
는 노야 시게키 씨(도쿄대 교수)가 귀중한 조언을 해 주셨습니다.

또한 한국 문화에 대해 흥미로운 이야기를 들려주신 김태완 씨, 김형
옥 씨, 최종환 씨, 이은경 씨께 감사의 말씀을 드립니다.

신세를 진 이분들께 여기서 감사의 마음을 표함과 함께 내용의 고증
에 잘못된 부분을 비롯한 책임은 필자에게 있음을 덧붙입니다.

그리고 무엇보다 이 책을 읽어 주신 여러분께 마음 깊이 감사의 인사
를 드립니다.

감사합니다.

| 주요 참고 서적 |

立花隆, 文明の逆説, 講談社

立花隆, 21世紀 知の挑戦, 文芸春秋 (『21세기 지의 도전』, 청어람 미디어, 2003)

立花隆, サル学の現在, 平凡社

Georges Olivier, ヒトと進化, みすず書房

中原英臣·佐川峻, ウィルス進化論, 早川書房

京都大学大学院薬学研究科編, 新しい薬をどう創るか 創薬研究の最前線, 講談社

野崎正勝·長瀬博, 創薬化学, 化学同人

C.G.Wermuth, 最新 創薬化学, テクノミック

田辺靖一, ゲノム創薬 合理的創薬からテーラーメイド医療実現へ, 化学同人

藤井信孝·辻本豪三, インシリコ創薬化学, 京都廣川書店

Robert Young Pelton, ドキュメント 現代の傭兵たち, 原書房(『용병』, 교양인, 2009)

Dave Grossman, 戦争における 「人殺し」の心理学, 筑摩書房(『살인의 심리학』, 플래닛, 2011)

James Rissen, 戦争大統領, 毎日新聞社

Bob Woodward, ブッシュの戦争, 日本経済新聞社(『부시는 전쟁중』, 따뜻한손, 2003)

Seymour M. Hersh, アメリカの秘密作戦, 日本経済新聞社

William D. Hartung, ブッシュの戦争株式会社, 阪急コミュニケーションズ

Stephen Grey, CIA秘密飛行便 テロ容疑者移送工作の全貌, 朝日新聞社

James Bamford, すべては傍受されている 米国国家安全保障局の正体, 角川書店(『미 국가안보국 NSA 1,2』, 서울문화사, 2002)

小倉利丸, エシュロン 暴かれた全世界盗聴網 欧米会議最終報告書の深層, 七つ森書館

David Barstow, メッセージ·マシーン テレビ解説者を操る国防総脾省, 「クーリエ·ジャポン」 2009年7月呉

Peter Warren Singer, 子ども兵の戦争, NHK出版

Nicholas Wade, 5万年前 このとき人類の壮大な旅が始まった, イースト·プレス

市川光雄, 森の狩猟民 ムブティ·ピグミーの生活, 人文書院

船尾修, 循環と共存の森から 狩猟採集民ムブティ·ピグミーの知恵, 新評論

毎日新聞社科学環境部, 理系白書 この国を静かに支える人たち, 講談社

辛淑玉·野中広務, 差別と日本人, 角川書店

吉村昭, 関東大震災, 文藝春秋

秦郁彦, 南京事件 増補版, 中央公論新社

松岡環, 南京戦 切りさかれた受難者の魂 被害者120人の証言, 社会評論社

Lewis Carroll, Through the Looking-Glass, and What Alice Found There

D.A.May & J.J.Monaghan, "Can a single bubble sink a ship?", American Journal of Physics, Volume 71

686

옮긴이 | 김수영

서일대학 일본어과, 한국디지털대학교 실용외국어학과를 졸업했다. 사카구치 안고의 『백치』를 공역했고 『6시간 후 너는 죽는다』, 『도쿄 섬』을 번역했다.

제노사이드

1판 1쇄 펴냄 2012년 6월 15일
1판 41쇄 펴냄 2024년 8월 23일

지은이 | 다카노 가즈아키
옮긴이 | 김수영
발행인 | 박근섭
편집인 | 김준혁
책임편집 | 김준혁 · 장은진
펴낸곳 | 황금가지

출판등록 | 2009. 10. 8 (제2009-000273호)
주소 | 06027 서울 강남구 도산대로 1길 62 강남출판문화센터 5층
전화 | 영업부 515-2000 편집부 3446-8774 팩시밀리 515-2007
홈페이지 | www.goldenbough.co.kr

도서 파본 등의 이유로 반송이 필요할 경우에는 구매처에서 교환하시고
출판사 교환이 필요할 경우에는 아래 주소로 반송 사유를 적어 도서와 함께 보내주세요.
06027 서울 강남구 도산대로 1길 62 강남출판문화센터 6층 민음인 마케팅부

한국어판 © 황금가지, 2012. Printed in Seoul, Korea
ISBN 978-89-6017-419-1 03830